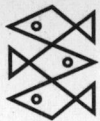

Als einer der schönsten historischen Romane, ja als der historische Roman schlechthin wurde ›Die schwarze Flamme‹ bei ihrem Erscheinen in Frankreich begrüßt.

Aus zeitgenössischen Quellen des 16. Jahrhunderts läßt Marguerite Yourcenar einen Helden erstehen, der so wahrhaftig erscheint, als hätte er tatsächlich gelebt. Der Alchimist, Arzt und Philosoph Zenon trägt Züge der bedeutendsten Gelehrten und Künstler seiner Zeit: Erasmus von Rotterdam, Leonardo da Vinci, Paracelsus und Campanella. Er ist beteiligt an der Erfindung des mechanischen Webstuhls, konstruiert Bomben aus »flüssigem Feuer«, nimmt Blutübertragungen vor und bekämpft die Syphilis. Seine Reisen führen ihn durch ganz Europa und bis in den Orient. Durch seine kühnen naturwissenschaftlichen Experimente und freidenkerischen Schriften gerät er in Konflikt mit Kirche und Gesetz. Bevor man ihn auf dem Scheiterhaufen verbrennen kann, wählt er den Freitod und stirbt als Märtyrer der Vernunft.

Bei Marguerite Yourcenar verschmelzen Historiographie und Roman. Wie schon in ›Ich zähmte die Wölfin‹ erweist sie sich auch hier als »Meisterin einer Gattung, die es vor ihr nicht gab« (Le Monde). Ihre Beschreibungen halten wissenschaftlicher Nachprüfung stand und haben eine Lebendigkeit, die an Bosch und Breughel erinnert. In den Ereignissen einer vergangenen Epoche legt sie die Wurzeln der Moderne und unserer eigenen Gegenwart bloß.

Marguerite Yourcenar, geb. 1903 in Brüssel, Historikerin, Literaturwissenschaftlerin, Schriftstellerin, lebte seit 1939 in den USA. 1981 wurde sie als erste Frau in die Académie Française gewählt. Ihr umfangreiches schriftstellerisches Werk, für das sie mit zahlreichen bedeutenden Literaturpreisen ausgezeichnet wurde, umfaßt Erzählungen, Romane, Dramen, Gedichte, Essays und Übersetzungen. Marguerite Yourcenar starb 1987 in Maine / USA.

Außerdem erschienen im Fischer Taschenbuch Verlag: die drei Bände ihrer Familiengeschichte, ›Gedenkbilder‹ (Bd. 5472), ›Lebensquellen‹ (Bd. 5473) und ›Liebesläufe‹ (Bd. 10499), der Essay ›Mishima oder die Vision der Leere‹ (Bd. 5474) und die Romane ›Der Fangschuß‹ (Bd. 5485) und ›Eine Münze in neun Händen‹ (Bd. 5476).

Marguerite Yourcenar

DIE SCHWARZE FLAMME

Roman

Fischer Taschenbuch Verlag

13.–17. Tausend: Oktober 1993

Ungekürzte Ausgabe
Veröffentlicht im Fischer Taschenbuch Verlag GmbH,
Frankfurt am Main, Juli 1993

Lizenzausgabe mit freundlicher Genehmigung
des Carl Hanser Verlags, München Wien
Die französische Originalausgabe erschien
unter dem Titel ›L'Œuvre au Noir‹
© Éditions Gallimard, Paris 1968
Aus dem Französischen von Anneliese Hager,
René Cheval und Bettina Witsch
Die erste deutsche Ausgabe erschien
im Verlag Kiepenheuer & Witsch, Köln Berlin 1969.
Für die Ausgabe des Carl Hanser Verlags
wurde die Übersetzung vollständig durchgesehen.
© 1991 Carl Hanser Verlag München Wien
Umschlaggestaltung: Buchholz / Hinsch / Hensinger
Druck und Bindung: Clausen & Bosse, Leck
Printed in Germany
ISBN 3-596-10072-0

Gedruckt auf chlor- und säurefreiem Papier

ERSTER TEIL

DAS UNSTETE LEBEN

Nec certam sedem, nec propriam faciem, nec munus ullum peculiare tibi dedimus, o Adam, ut quam sedem, quam faciem, quae munera tut optaveris, ea, pro voto, pro tua sententia, habeas et possideas. Definita ceteris natura intra praescriptas a nobis leges coercetur. Tu, nullis angustiis coercitus, pro tuo arbitrio, in cuius manu te posui, tibi illam praefinies. Medium te mundi posui, ut circumspiceres inde commodius quicquid est in mundo. Nec te caelestem neque terrenum, neque mortalem neque immortalem fecimus, ut tui ipsius quasi arbitrarius honorariusque plastes et fictor, in quam malueris tute forman effingas...

PICO DE LA MIRANDOLA
Oratio de hominis dignitate

Wir haben dir keinen bestimmten Wohnsitz, noch ein eigenes Gesicht, noch irgendeine besondere Gabe verliehen, o Adam, damit du jeden beliebigen Wohnsitz, jedes beliebige Gesicht und alle Gaben, die du dir sicher wünschst, auch nach deinem Willen und nach deiner eigenen Meinung haben und besitzen mögest. Den übrigen Wesen ist ihre Natur durch die von uns vorgeschriebenen Gesetze bestimmt und wird dadurch in Schranken gehalten. Du bist durch keinerlei unüberwindliche Schranken gehemmt, sondern du sollst nach deinem eigenen Willen, in dessen Hand ich dein Geschick gelegt habe, sogar jene Natur dir selbst vorherbestimmen. Ich habe dich in die Mitte der Welt gesetzt, damit du von dort bequem um dich schaust, was es alles in dieser Welt gibt. Wir haben dich weder als einen Himmlischen noch als einen Irdischen, weder als einen Sterblichen noch einen Unsterblichen geschaffen, damit du als dein eigener, vollkommen freier und ehrenhafter schaffender Bildhauer und Dichter dir selbst die Form bestimmst, in der du zu leben wünschst...

Die Landstraße

Heinrich-Maximilian Ligre war auf dem Weg nach Paris, den er in kleinen Etappen zurücklegte. Von den Streitigkeiten zwischen dem König und dem Kaiser wußte er nichts. Er wußte nur, daß der ein paar Monate alte Frieden bereits zerfaserte wie ein zu lange getragenes Kleid. Niemandem blieb es verborgen, daß Franz von Valois auch weiterhin nach dem Mailändischen schielte, wie ein unglücklich Verliebter nach seiner Schönen. Man wußte aus guter Quelle, daß er im stillen damit beschäftigt war, eine ganz neue Armee auszurüsten und sie an den Landesgrenzen des Herzogs von Savoyen aufzustellen; sie sollte ihm seine in Pavia verlorenen Sporen zurückholen. Da Heinrich-Maximilian Passagen von Vergil mit den trockenen Reisebeschreibungen seines Vaters, dem Bankier, vermischte, stellte er sich jenseits der mit Eis gepanzerten Berge Reiterkolonnen vor, die in die großen fruchtbaren und traumhaft schönen Länder hinabzogen: rotgelbe Ebenen, sprudelnde Quellen, an denen weiße Herden trinken, Städte, ziseliert wie Schmuckkästchen, bis zum Rande gefüllt mit Gold, Spezereien und fein verarbeiteten Lederwaren, reich wie Lagerhäuser und feierlich wie Kirchen; Gärten voller Statuen, Säle mit seltenen Handschriften, Frauen in seidenen Kleidern, die dem großen Kriegshelden wohlgesonnen sind; alle nur möglichen feinen Speisen und die raffiniertesten Schlemmereien – und auf massivsilbernen Tischen blinkt der volle, milde Malvasierwein in Karaffen aus venezianischem Glas.

Ein paar Tage zuvor hatte er ohne Bedauern sein Geburtshaus in Brügge und seine Zukunft als Kaufmannssohn hinter sich gelassen. Ein hinkender Sergeant, der sich rühmte, zur Zeit Karls VIII. in Italien gedient zu haben, hatte ihm eines

Abends mit ausdrucksvollen Gesten seine großen Taten geschildert und die Mädchen beschrieben und die Goldsäcke, die er bei der Plünderung der Städte hatte mitgehen lassen. Heinrich-Maximilian lohnte ihm seine Prahlereien mit einem Glas Wein im Wirtshaus. Als er wieder zu Hause war, sagte er sich, daß es an der Zeit wäre zu erproben, ob die Welt rund sei. Der zukünftige Konnetabel war unschlüssig, ob er sich den Truppen des Kaisers oder denen des Königs von Frankreich anschließen sollte. Am Ende entschied das Spiel mit der Münze: Kopf oder Zahl. Der Kaiser verlor. Eine Dienerin plauderte seine Reisevorbereitungen aus. Heinrich-Justus versetzte dem verlorenen Sohn zunächst einige Hiebe, dann aber – besänftigt durch den Anblick seines Jüngsten, der im langen Rock auf dem Teppich seines Sprechzimmers am Gängelband geführt wurde – wünschte er seinem Ältesten scherzhaft guten Rückenwind bei diesen leichtsinnigen Franzosen. Ein wenig trieb ihn sein väterliches Mitgefühl, viel mehr aber seine Eitelkeit und der Drang, seine weitreichenden Verbindungen unter Beweis zu stellen, als er sich vornahm, zu gegebener Zeit an seinen Vertreter in Lyon, Maître Muzot, zu schreiben, er möge diesen unlenkbaren Sohn dem Admiral Chabot de Brion empfehlen, der bei der Ligre-Bank sehr verschuldet war. Heinrich-Maximilian mochte sich zwar den Staub des Familien-Kontors von den Füßen schütteln wollen, aber man ist nicht umsonst der Sohn eines Mannes, der die Warenkurse steigen und fallen läßt und die Fürsten beleiht. Die Mutter des künftigen Helden füllte seine Taschen mit Proviant und steckte ihm heimlich das Reisegeld zu.

Als er durch Dranoutre kam, wo sein Vater ein Landhaus besaß, überredete er den Verwalter, ihn sein schon hinkendes Pferd gegen das schönste Tier im Stall des Bankiers auswechseln zu lassen. Aber schon in Saint-Quentin verkaufte er es wieder, einesteils, weil dieses prächtige Reitpferd wie durch Zauberei die Preise auf den Schiefertafeln der Wirte in die Höhe trieb, andernteils auch, weil die zu reiche Ausrüstung ihn hinderte, nach Herzenslust alle Freuden der Landstraße auszukosten. Um sein Kleingeld zu strecken, das ihm schneller als gedacht durch die Finger rann, aß er mit den Fuhrleuten in armseligen Herbergen ranzigen Speck und Kirchererbsen und schlief nachts auf Stroh, verlor aber bei Gelagen und Kartenspielen bereitwillig die Summen, die er durch den Verzicht auf bessere Nachtlager eingespart hatte. Dann und wann bot ihm eine barmherzige Witwe auf einem einsamen Hof Brot und ihr Bett an. Die gute Literatur vernachlässigte er nicht, denn er hatte seine Taschen mit kleinen, in Lammleder gebundenen Büchern beschwert, die er als Erbschaftsvorauszahlung aus der Bibiliothek seines Onkels, des büchersammelnden Domherrn Bartholomäus Campanus, entwendet hatte. Bei seiner mittäglichen Rast auf einer Wiese lachte er schallend über eine lateinische Pikanterie von Martial oder spuckte auch – eher zu Träumereien aufgelegt – schwermütig in das Wasser einer Pfütze und dachte an irgendeine zurückhaltende und sittsame Dame, der er in Sonetten – in der Art Petrarcas – seine Seele und sein Leben widmen wollte. Er lag im Halbschlaf; seine Schuhe ragten zum Himmel auf wie Kirchtürme; der hohe Hafer war eine Kompanie Landsknechte in groben grünen Kitteln; eine Mohnblüte war ein schönes Mädchen in zerknittertem Unterrock. Dann wieder schmiegte sich der junge Riese eng an die Erde. Eine Fliege oder auch die Glocke eines Dorfkirchturms weckte ihn auf. Die Mütze seitlich auf einem Ohr, Strohhalme in den gelben Haaren, marschierte Heinrich-Maximilian mit seinem langen, eckigen, ganz von der Nase bestimmten Gesicht, das von der Sonne und vom kalten Wasser gerötet war, fröhlich dem Ruhm entgegen.

Er tauschte Scherze mit den Vorübergehenden aus und erkundigte sich nach Neuigkeiten. Von La Fère ab ging etwa hundert Klafter vor ihm auf der Straße ein Pilger. Er ging schnell, und Heinrich-Maximilian, der es leid war, niemanden zu haben, mit dem er reden konnte, beschleunigte seine Schritte.

»Betet in Compostela für mich«, sagte der Flame.

»Ihr habt richtig geraten«, sagte der andere, »dorthin gehe ich.«

Er wandte sich unter seiner braunen Stoffkapuze um, und Heinrich-Maximilian erkannte Zenon.

Der magere Junge mit dem langen Hals schien seit ihrem letzten Streich auf dem Herbstmarkt eine Elle größer geworden zu sein. Sein schönes, immer noch so blasses Gesicht sah vergrämt aus, und in seinem Gang lag eine Art wilder Hast.

»Grüß Euch, Vetter«, sagte Heinrich-Maximilian fröhlich. »Der Domherr Campanus hat den ganzen Winter in Brügge auf Euch gewartet. Der Rector magnificus in Löwen rauft sich wegen Eurer Abwesenheit den Bart, und da taucht Ihr plötzlich an der Biegung eines Hohlweges auf – wie ich sag nicht wer.«

»Der bischöfliche Abt von Sankt-Bavon in Gent hat für mich ein Amt gefunden«, sagte Zenon vorsichtig, »habe ich da nicht einen Schirmherrn, der sich sehen lassen kann? Aber sagt mir lieber, warum Ihr Euch auf den Straßen Frankreichs als Landstreicher herumtreibt?«

»Daran seid Ihr vielleicht gar nicht so unschuldig«, antwortete der jüngere der beiden Wanderer, »ich habe das Kontor meines Vaters im Stich gelassen wie Ihr das theologische Seminar. Aber da Ihr nun vom Rector magnificus wieder auf den bischöflichen Abt gekommen seid...«

»Ihr habt gut lachen«, sagte der Geistliche, »man fängt immer als *famulus* von irgend jemandem an.«

»Dann doch lieber die Hakenbüchse tragen«, meinte Heinrich-Maximilian.

Zenon warf ihm einen verächtlichen Blick zu:

»Euer Vater ist reich genug, um Euch Kaiser Karls beste Landsknechtskompanie zu kaufen«, sagte er, »wenn Ihr beide findet, daß das Waffenhandwerk eine passende Beschäftigung für einen Mann ist.«

»Die Landsknechte, die mein Vater mir kaufen könnte, reizen mich genauso wenig wie Euch die Pfründen Eurer Äbte«, erwiderte Heinrich-Maximilian, »und übrigens kann man nur in Frankreich den Damen so recht dienen.«

Der Scherz fiel ins Leere. Der zukünftige Hauptmann blieb stehen, um einem Bauern eine Handvoll Kirschen abzukaufen. Sie setzten sich zum Essen an den Rand einer Böschung.

»Da seid Ihr nun als Narr verkleidet«, sagte Heinrich-Maximilian und betrachtete neugierig das Pilgergewand.

»Ja«, erwiderte Zenon, »aber ich war es leid, Bücherstroh zu dreschen. Lieber buchstabiere ich einen Text, der sich bewegt: tausend römische und arabische Zahlen, Lettern, die bald von links nach rechts laufen wie bei unseren Schreibern, bald von rechts nach links, wie in den orientalischen Handschriften. Durchgestrichenes bedeutet Pest oder Krieg. Titel sind mit rotem Blut geschrieben. Überall Zeichen, und hier und dort Flecken, seltsamer noch als Zeichen... Welches Kleidungsstück könnte bequemer sein, um unbemerkt seines Weges zu gehen?... Meine Füße streifen auf der Welt umher, wie Insekten in einem dicken Gesangbuch.«

»Sehr gut«, meinte Heinrich-Maximilian zerstreut, »aber warum geht Ihr nach Compostela? Ich kann mir nicht gut vorstellen, wie Ihr unter den dicken Mönchen sitzt und durch die Nase singt.«

»Huh«, machte der Pilger, »was habe ich mit diesen Nichtstuern und Schafsköpfen zu tun? Aber der Prior der Jacobiter von León ist ein Liebhaber der Alchimie. Er hat mit dem Domherrn Bartholomäus Campanus, unserem guten Onkel, korrespondiert, diesem langweiligen Dummkopf, der sich manchmal wie aus Versehen an verbotene Grenzen vorwagt. Der Abt von Sankt-Bavon seinerseits hat ihn per Brief dazu bewogen, mir das beizubringen, was er weiß. Aber ich muß mich beeilen, denn er ist alt. Ich fürchte, daß er seine Kenntnisse bald vergißt und stirbt.«

»Er wird Euch mit rohen Zwiebeln füttern und Euch seine mit Schwefel gewürzte Kupfersuppe abschöpfen lassen. Vielen Dank! Ich gedenke, mir für weniger Kosten besseren Fraß zu verschaffen.«

Zenon erhob sich, ohne zu antworten. Heinrich-Maximilian fuhr fort und spuckte im Weitergehen seine letzten Kerne aus:

»Der Frieden wackelt, Bruder Zenon. Die Fürsten reißen sich um die Länder, wie Betrunkene sich im Wirtshaus um die Schüsseln zanken. Hier die Provence, der Honigkuchen, dort das Mailändische, die Aalpastete. Von all dem wird wohl ein Krümel Ruhm abfallen, den ich mir zwischen die Zähne schieben kann.«

»*Ineptissima vanitas*«, meinte trocken der junge Geistliche. »Meßt Ihr den Nichtigkeiten, die man daherquatscht, immer noch Bedeutung bei?«

»Ich bin sechzehn Jahre alt«, sagte Heinrich-Maximilian, »in fünfzehn Jahren wird man ja sehen, ob ich zufällig Alexander ebenbürtig bin. In dreißig Jahren wird man wissen, ob ich soviel wert bin wie der selige Cäsar oder nicht. Soll ich mein Leben damit verbringen, in einem Laden in der Wollestraat Stoffe abzumessen? Es kommt darauf an, ein Mann zu sein.«

»Ich bin zwanzig Jahre alt«, erwog Zenon, »im allerbesten Falle habe ich noch fünfzig Studienjahre vor mir, ehe dieser Schädel sich in einen Totenkopf verwandelt. Nehmt Ihr Eure Hirngespinste und Eure Helden aus dem Plutarch, Bruder Heinrich. Für mich kommt es darauf an, mehr als ein Mann zu sein.«

»Ich gehe in Richtung Alpen«, sagte Heinrich-Maximilian.

»Und ich in Richtung Pyrenäen«, erwiderte Zenon.

Sie schwiegen. Die ebene, mit Pappeln gesäumte Straße breitete ein Stück des freien Universums vor ihnen aus. Der Abenteurer der Macht und der Abenteurer des Wissens gingen Seite an Seite.

»Seht«, fuhr Zenon fort, »jenseits dieses Dorfes liegen andere Dörfer, jenseits dieses Klosters andere Klöster, jenseits dieser Festung andere Festungen. Und in jeder der Ideenburgen, jeder der Meinungshütten, die *über* den Holzhütten und Steinburgen liegen, mauert das Leben die Narren ein, und den Weisen öffnet es einen engen Durchschlupf. Jenseits der Alpen liegt Italien, jenseits der Pyrenäen Spanien. Auf der einen Seite das Land von La Mirandola, auf der anderen das von Avicenna. Und noch weiter das Meer, und jenseits des Meeres, an anderen Ufern der unermeßlichen Weite, Arabien, Morea, Indien, die beiden Amerika. Und überall Täler, in denen man Heilkräuter sammeln kann, Felsen, in denen Metalle verborgen sind, von denen jedes ein Stück vom Stein der Weisen symbolisiert, geheimnisvolle Bücher, die zwischen den Zähnen der Toten liegen, Götter, in denen ein jeder seine eigene Verheißung hat, Menschenmassen, in denen jeder einzelne sich als Mittelpunkt der Welt ausgibt. Wer könnte so verrückt sein und sterben, ohne sich wenigstens in seinem Gefängnis umgesehen zu haben? Ihr seht es, Bruder Heinrich, ich bin wirklich ein Pilger. Der Weg ist lang, aber ich bin jung.«

»Die Welt ist groß«, sagte Heinrich-Maximilian.

»Die Welt ist groß«, wiederholte Zenon ernst, »möge es IHM, der da vielleicht IST, gefallen, das menschliche Herz so schwellen zu lassen, daß es das ganze Leben zu umfassen vermag.«

Und wieder schwiegen sie. Nach einer Weile schlug sich Heinrich-Maximilian an den Kopf und brach in Lachen aus:

»Zenon«, sagte er, »erinnert Ihr Euch noch an Euren Kameraden Colas Gheel, an den Mann mit den Bierseideln, Euren Johannisbruder? Er hat den Betrieb meines guten Vaters verlassen, wo man übrigens vor Hunger umkommt. Er ist nach Brügge zurückgekehrt. Er läuft mit einem Rosenkranz in der Hand durch die Straßen, murmelt Vaterunser für die Seele seines Thomas, dem Eure Maschinen den Kopf verdreht haben, und nennt Euch einen Handlanger des Teufels, einen Judas und Antichrist. Wo sein Perrotin ist, weiß niemand. Der Satan wird ihn wohl geholt haben.«

Eine häßliche Grimasse entstellte das Gesicht des jungen Geistlichen und machte ihn älter.

»Albernes Gefasel all das«, meinte er, »lassen wir diese Unwissenden. Sie sind, was sie sind: rohes Fleisch, das Euer Vater in Gold verwandelt, wovon Ihr eines Tages erbt. Redet Ihr mir nicht von Maschinen oder verdrehten Köpfen, dann werde ich Euch auch nichts von lahmen Stuten erzählen, die Ihr beim Roßtäuscher von Dranoutre auf Kredit gekauft habt, von verführten Mädchen oder von Weinfässern, die Ihr letzten Sommer eingeschlagen habt.«

Heinrich-Maximilian pfiff, ohne zu antworten, undeutlich ein Abenteurerlied vor sich hin. Sie unterhielten sich nur noch über den Zustand der Straßen und über den Preis der Unterkünfte.

Sie trennten sich an der nächsten Wegkreuzung. Heinrich-Maximilian wählte die Hauptstraße, Zenon schlug einen Seitenweg ein. Plötzlich kehrte der Jüngere wieder um, holte seinen Kameraden ein und legte die Hand auf die Schulter des Pilgers:

»Bruder«, sagte er, »erinnert Ihr Euch noch an Wiwine, jenes blasse Mädchen, das Ihr einst beschützt habt, wenn wir anderen schlechten Bengels sie nach Schulschluß in den Hintern kniffen? Sie liebt Euch. Sie behauptet, durch ein Gelübde an Euch gebunden zu sein. Sie hat dieser Tage den Antrag eines Schöffen abgewiesen. Ihre Tante hat sie geohrfeigt und auf Wasser und Brot gesetzt, aber sie bleibt fest. Sie will auf Euch warten, sagt sie, und wenn es sein muß, bis zum Ende der Welt.«

Zenon blieb stehen. Etwas Unentschlossenes tauchte in seinem Blick auf und verlor sich darin wie feuchter Dampf in der Glut.

»Und wenn schon«, sagte er. »Was gibt es schon Gemeinsames zwischen mir und dem kleinen geohrfeigten Mädchen? Ein anderer erwartet mich andernorts. Zu ihm gehe ich.«

Er setzte sich wieder in Bewegung.

»Wer?« fragte Heinrich-Maximilian bestürzt. »Der Prior von León, jener Zahnlose?«

Zenon wandte sich um:

»*Hic Zeno*«, sagte er. »Ich selber.«

Zenons Kinderjahre

Zwanzig Jahre früher war Zenon im Haus von Heinrich-Justus in Brügge zur Welt gekommen. Seine Mutter hieß Hilzonde, und sein Vater, Alberico de'Numi, war ein junger Prälat aus altem florentinischen Geschlecht.

Mit seinem langen Haar hatte Messer Alberico de'Numi im Feuer des ersten Jünglingsalters am Hofe der Borgia geglänzt. Zwischen zwei Stierkämpfen auf dem Platz von Sankt Peter hatte er Gefallen daran gefunden, sich mit Leonardo da Vinci, der damals Ingenieur von Cesare Borgia war, über Pferde und Kriegsmaschinen zu unterhalten; später, im düsteren Glanz seiner zweiundzwanzig Jahre, gehörte er zu der kleinen Anzahl junger Kavaliere, die Michelangelos leidenschaftliche Freunschaft wie ein Titel ehrte. Er hatte Abenteuer, die mit dem Dolch endeten; er fing an, antike Kunst zu sammeln; eine heimliche Liebschaft mit Julia Farnese war seinem Glück nicht abträglich. Seine Listen, die die Widersacher des Heiligen Stuhls in Sinigaglia in die tödliche Falle locken halfen, verschafften ihm die Gunst des Papstes und seines Sohnes; die Bischofswürde von Nervi war ihm so gut wie versprochen, doch der unvermutete Tod des Heiligen Vaters verzögerte diese Beförderung. Aus Enttäuschung darüber oder auch einer unglücklichen Liebe wegen, deren Geheimnis niemals bekannt wurde, stürzte er sich eine Zeitlang voll und ganz in Studien und Kasteiungen.

Man glaubte zuerst an ein raffiniertes Täuschungsmanöver. Doch dieser unbändige Mann wurde von einer heftigen asketischen Anwandlung ergriffen. Man erzählte von ihm, er habe sich in Grottaferrata, im Kloster der griechischen Mönche vom Heiligen Nilus, niedergelassen, mitten in einer der rauhesten Einöden Latiums, wo er, in Meditation und Gebet vertieft, an einer lateinischen Übersetzung des Lebens der Einsiedlermönche arbeitete. Erst auf einen ausdrücklichen Befehl Julius II., der seine trockene Intelligenz schätzte, entschloß er sich dazu, als päpstlicher Sekretär die Arbeiten der Liga von Cambrai zu verfolgen. Kaum angekommen, verschaffte er sich bei den Diskussionen eine Autorität, die sogar die des päpstlichen Legaten noch übertraf. Die Interessen des Heiligen Stuhls bei der Aufteilung von Venedig, über die er keine zehnmal in seinem Leben nachgedacht hatte, beschäftigten ihn nun vollauf. Bei den Festessen, die während der Arbeit der Liga gegeben wurden, brachte Messer Alberico de'Numi – wie ein Kardinal mit Purpur geschmückt – seine stattliche Erscheinung zur Geltung, die nicht ihresgleichen hatte und ihm bei den römischen Kurtisanen den Beinamen »der Einmalige« eintrug. Im Verlauf eines erbitterten Meinungsstreites vertrat er seine Position dank einer geradezu ciceronischen Redekunst mit solcher Überzeugungskraft, daß er die Zustimmung der Gesandten Maximilians davontrug. Als dann ein Brief seiner Mutter, einer geldgierigen Florentinerin, ihn daran erinnerte, einige Außenstände bei den Adornos in Brügge einzutreiben, entschied er sich, diese Summen, die für seine Laufbahn als Kirchenfürst so notwendig waren, sofort abzuholen.

Er ließ sich in Brügge bei seinem flämischen Agenten, Justus Ligre, nieder, der ihn gastlich aufnahm. Dieser dicke Mann war derart von der Liebe zu Italien besessen, daß er sich sogar einbildete, eine Ahnfrau von ihm müßte während einer jener Strohwitwenzeiten, unter denen Kaufmannsfrauen zu leiden haben, der Unterhaltung irgendeines Genueser Handelsmannes ihr Ohr geliehen haben. Messer Alberico de'Numi tröstete sich darüber, nur mit neuen Wechseln bezahlt zu werden, die auf die Herwarts von Augsburg ausgestellt waren, indem er seinen Gastgeber die Kosten für seine Hunde, seine Falken und seine Pagen tragen ließ. Das Haus Ligre, gestützt auf seine Lagerhäuser, wurde mit fürstlichem Überfluß geführt. Man aß dort gut, man trank dort noch besser, und obgleich Heinrich-Justus nur die Register seiner

Tuchfabrik las, setzte er doch seine Ehre darein, Bücher zu besitzen.

Oft war er auf Reisen über Berg und Tal: nach Tournai, nach Mecheln, wo er der Regentin Geldmittel vorstreckte, nach Antwerpen, wo er zusammen mit dem waghalsigen Lambrecht von Rechterghem einen Handel mit Pfeffer und anderen überseeischen Annehmlichkeiten aufgezogen hatte, nach Lyon, wo er meist persönlich seine Bankgeschäfte auf dem Allerheiligenmarkt abwickeln wollte. Währenddessen vertraute er die Haushaltsführung seiner jungen Schwester Hilzonde an.

Messer Alberico de'Numi verliebte sich sofort in dieses junge Mädchen mit den zarten Brüsten, dem spitz zulaufenden Gesicht, in den steifen, golddurchwirkten Samtkleidern, die sie aufrecht zu halten schienen. An Feiertagen war sie mit Juwelen geschmückt, um die eine Kaiserin sie beneidet hätte. Perlmutterschimmernde, beinahe rosa Augenlider umrahmten die blaßgrauen Augen, der etwas vorgewölbte Mund schien immer bereit, einen Seufzer auszuhauchen oder das erste Wort eines Gebets oder eines Liedes. Und vielleicht wünschte man nur deshalb, dieses Mädchen zu entkleiden, weil es einem schwerfiel, sie sich nackt vorzustellen.

An einem verschneiten Abend, als man noch sehnlicher als sonst von gut erwärmten Betten in gut verschlossenen Zimmern träumte, führte eine bestochene Dienerin Herrn Alberico in das Dampfbad, wo Hilzonde ihr langes gekräuseltes Haar, das sie wie ein Mantel umhüllte, mit Kleie durchbürstete. Das Kind schlug die Hände vors Gesicht, doch den sauberen und weißen Leib, der einer geschälten Mandel glich, überließ es kampflos den Augen, Lippen und Händen des Liebhabers. In dieser Nacht labte sich der junge Florentiner an dem versiegelten Brunnen, zähmte die beiden Zwillingslämmchen und lehrte den Mund die Spiele und Tändeleien der Liebe. Als der Tag dämmerte, ergab sich eine endlich eroberte Hilzonde ganz, und am Morgen kratzte sie mit den

Spitzen ihrer Fingernägel die weißbereifte Fensterscheibe und ritzte mit einem Diamantring ihre Initialen hinein, verschlungen mit denen ihres Geliebten, um so ihr Glück in eine dünne und durchsichtige Substanz einzuzeichnen, die sicherlich vergänglich war, doch kaum vergänglicher als Fleisch und Herz. Ihre Wonnen wurden noch gesteigert durch all die Freuden, die der Ort oder die Jahreszeit ihnen bot: kunstvolle Musik, die Hilzonde auf der kleinen hydraulischen Orgel, einem Geschenk ihres Bruders, spielte, stark gewürzte Weine, warme Zimmer, Spazierfahrten im Kahn auf den vom frisch getauten Eis noch blauen Kanälen, oder im Mai Ausritte über blühende Felder. Messer Alberico verbrachte angenehme Stunden, vielleicht noch süßer als die, die Hilzonde ihm schenkte, in den friedlichen niederländischen Klöstern, um nach alten vergessenen Handschriften zu forschen. Die italienischen Gelehrten, denen er über seine Funde berichtete, glaubten in ihm das Genie des großen Marsilius wieder aufblühen zu sehen. Abends vor dem Kamin betrachteten die beiden Liebenden gemeinsam einen großen Amethyst aus Italien, in dem man sah, wie Satyre Nymphen umschlangen, und der Florentiner brachte Hilzonde die Worte seiner Heimat bei, die die Dinge der Liebe bezeichnen. Er dichtete für sie eine Ballade in toskanischer Sprache. Die Verse, die er dieser Kaufmannstochter widmete, wären der Sulamith aus dem Hohenlied würdig gewesen.

Der Frühling ging vorüber, der Sommer kam. Eines schönen Tages erfuhr Messer Alberico durch einen Brief seines Vetters Giovanni de'Medici – teils verschlüsselt, teils in dem schalkhaften Ton, mit dem Giovanni alles, die Politik, die Gelehrsamkeit und die Liebe würzte – jene Details der kurialen und römischen Intrigen, um deren Genuß ihn sein Aufenthalt in Flandern brachte. Julius II. war nicht unsterblich. Trotz der Dummköpfe und Söldner, die schon ganz für den reichen Trottel Riario gewonnen waren, bereitete der scharfsinnige Medici von langer Hand seine Wahl durch das nächste Konklave vor. Messer Alberico wußte sehr wohl, daß seine wenigen Unterredungen mit den Geschäftsträgern des Kaisers nicht ausgereicht hatten, um in den Augen des gegenwärtigen Kirchenfürsten die ungebührliche Verlängerung seiner Abwesenheit zu entschuldigen. Seine Karriere hing künftig von diesem für die Papstwürde so geeigneten Vetter ab. Sie hatten auf den Terrassen von Careggi zusammen gespielt. Giovanni hatte ihn später in seine erlesene kleine Clique von Literaten eingeführt, die ein bißchen komödiantisch und ein ganz klein wenig intrigant veranlagt waren. Alberico schmeichelte die Aussicht, diesen listigen Mann zu beherrschen, der so weich war wie ein Mädchen. Er würde ihm schon helfen, sich zum Stuhl des heiligen Petrus vorzudrängen; etwas im Hintergrund und in Erwartung besserer Zeiten würde er die bestimmende Kraft der Herrschaft Giovannis sein. Er brauchte eine Stunde, um seine Abreise vorzubereiten.

Vielleicht hatte er keine Seele. Vielleicht entsprang seine plötzliche Glut nur dem Überschuß einer unglaublichen körperlichen Kraft. Vielleicht war er ein glänzender Schauspieler, der immer wieder neuartige Empfindungsmöglichkeiten erprobte – oder aber er nahm nur nacheinander eine Reihe von heftigen und stolzen, aber willkürlichen Haltungen ein, wie die Figuren Buonarottis auf den Gewölben der Sixtinischen Kapelle. Lucca, Urbino, Ferrara, diese Bauern auf dem Schachbrett seiner Familie verdrängten auf einmal die grünen und wasserreichen Ebenen, wo zu leben er eine Zeitlang bereit gewesen war. Er verstaute seine Fragmente antiker Handschriften und die Entwürfe seiner Liebesgedichte in Truhen. Gestiefelt und gespornt, in Lederhandschuhen und Pelzkappe, mehr denn je Kavalier und weniger denn je Kirchenmann, begab er sich nach oben zu Hilzonde, um ihr seine Abreise mitzuteilen.

Sie war schwanger. Sie wußte es. Sie sagte es ihm nicht. Sie war zu weich, um sich seinen ehrgeizigen Zielen entgegenzusetzen, und auch zu stolz, sich ein Geständnis zunutze zu machen, das ihre schmale Taille, ihr flacher Bauch noch nicht bestätigten. Es wäre ihr peinlich gewesen, der Lüge bezichtigt zu werden, und fast ebenso, ihm lästig zu fallen. Doch als sie ein paar Monate später ein Kind männlichen Geschlechts zur Welt brachte, meinte sie, kein Recht zu haben, Messer Alberico de'Numi die Geburt ihres gemeinsamen Sohnes zu verschweigen. Sie konnte kaum schreiben und brauchte Stunden, um einen Brief aufzusetzen, wobei sie die untauglichen Wörter mit dem Finger auslöschte. Als sie ihren Brief endlich fertig hatte, vertraute sie ihn einem nach Rom reisenden Genueser Kaufmann an, dem sie vertraute. Messer Alberico antwortete nie. Wenn der Genueser Kaufmann ihr auch später versicherte, er habe die Botschaft persönlich überbracht, wollte Hilzonde doch glauben, der Mann, den sie geliebt hatte, habe sie niemals erhalten.

Durch ihre kurze Liebe und die darauffolgende jähe Verlassenheit hatte die junge Frau genügend Genuß und Verdruß erfahren. Sie war ihres Fleisches und seiner Frucht überdrüssig und schien den matten Abscheu, den sie vor sich selbst hatte, auf ihr Kind zu übertragen. Regungslos lag sie in ihrem Wochenbett und sah gleichgültig zu, wie die Kindermädchen den kleinen bräunlichen Balg im Schein der Ofenglut wickelten. Da uneheliche Kinder an der Tagesordnung waren, hätte Heinrich-Justus für seine Schwester leicht eine einträgliche Heirat aushandeln können, aber die Erinnerung an den Mann, den sie nicht mehr liebte, genügte, um Hilzonde von dem schwerfälligen Bürger abzubringen, den das Sakrament neben sie unter das Federbett und auf das Kopfkissen hätte legen können. Die kostbaren Kleider, die ihr Bruder aus teuersten Stoffen für sie schneidern ließ, schleppte sie ohne Freude mit sich herum, aber auf den Wein, auf ausgesuchte Speisen, auf das wärmende Feuer und oft sogar auf weiße Wäsche verzichtete sie mehr aus Groll gegen sich selbst als aus Gewissensbissen. Sie nahm pünktlich an den Gottesdiensten teil. Wenn sich abends nach der Mahlzeit jedoch ein Gast am Tisch von Heinrich-Justus über die Ausschweifungen und Erpressungen in Rom ausließ, hielt sie in ihrer Spitzenklöppelei inne, um besser zuzuhören, zerriß auch manchmal mechanisch einen Faden, den sie dann stillschweigend wieder zusammenknotete. Die Männer jammerten auch über die Versandung des Hafens, durch die Brügge immer leerer wurde, zum Vorteil anderer Häfen, die für die Schiffe leichter zugänglich waren. Man machte sich über den Ingenieur Lancelot Blondeel lustig, der behauptete, mit Hilfe von Fahrrinnen und Gräben die Sandseuche beheben zu können. Oder man machte zotige Witze; jemand trug eine Geschichte vor, die schon zwanzigmal erzählt worden war, von einer gierigen Geliebten, vom betrogenen Ehemann, vom Verführer, der in einer Bütte versteckt wurde, oder von durchtriebenen Kaufleuten, die sich gegenseitig prellten. Hilzonde ging in die Küche, um das Anrichten zu überwachen. Auf ihren Sohn, der gierig an einer Amme saugte, warf sie nur einen Blick.

Eines Morgens stellte ihr Heinrich-Justus, der gerade von einer Reise zurückgekehrt war, einen neuen Gast vor. Einen Mann mit grauem Bart, der so einfach und ernsthaft war, daß man bei seinem Anblick an den heilsamen Wind auf einem unbesonnten Meer dachte. Simon Adriansen war gottesfürchtig. Das nahende Alter und ein Reichtum, von dem man sagte, daß er redlich erworben sei, gaben dem Kaufmann aus Seeland die Würde eines Patriarchen. Er war zweimal verwitwet: zwei fruchtbare Hausfrauen hatten nacheinander Haus und Bett mit ihm geteilt, bevor sie sich Seite an Seite in der Familiengruft an einer Kirchenmauer in Middelburg zur Ruhe legten. Seine Söhne waren zu Vermögen gekommen. Simon gehörte zu denen, die ihr Begehren den Frauen gegenüber väterlich besorgt macht. Da er zu dem Schluß gekommen war, daß Hilzonde traurig sei, pflegte er sich neben sie zu setzen.

Heinrich-Justus legte ihm gegenüber eine stetige Dankbarkeit an den Tag. Das Vermögen dieses Mannes hatte ihm über schwierige Zeiten hinweggeholfen. Er achtete Simon so sehr, daß er sich in seiner Gegenwart vom vielen Trinken zurückhielt. Doch der Wein verlockte ihn sehr und machte ihn gesprächig. So verschwieg er seinem Gast nicht lange Hilzondes Mißgeschick.

Als sie an einem Wintermorgen im Salon am Fenster arbeitete, kam Simon zu ihr und sagte feierlich:

»Eines Tages wird Gott alle Gesetze, die nicht Gesetze der Liebe sind, im Herzen der Menschen auslöschen.«

Sie verstand nicht. Er fing von neuem an:

»Eines Tages wird Gott keine andere Taufe anerkennen als die des Geistes und kein anderes Ehesakrament als das, welches die Körper zärtlich vereint.«

Da fing Hilzonde an zu zittern. Doch dieser sehr sanftmütige Mann erzählte ihr von dem Hauch einer neuen Wahrheitsliebe, der die Welt berühre, von der Lügenhaftigkeit jeglichen Gesetzes, das Gottes Werk erschwere, vom Nahen einer Zeit, in der die Einfalt der Liebe der Einfalt des Glaubens ebenbürtig sein werde. In seiner Sprache, die bildhaft war wie die Seiten einer Bibel, vermischten sich die Gleichnisse mit der Erinnerung an die Heiligen, die – wie er meinte – der römischen Tyrannei Schach geboten hätten. Er sprach kaum leiser – doch nicht ohne sich mit einem Blick überzeugt zu haben, daß die Türen geschlossen waren –, als er gestand, daß er noch zögere, sich öffentlich zur Glaubenslehre der Wiedertäufer zu bekennen, insgeheim aber habe er dem veralteten Prunk, den leeren Riten und trügerischen Sakramenten abgeschworen. Wenn man ihm Glauben schenken wollte, bildeten die Gerechten, Opfer und Auserwählte, von Generation zu Generation eine kleine Schar, die unversehrt war von den Verbrechen und Torheiten der Welt. Sünde gebe es nur im Irrtum, für keusche Herzen sei das Fleisch rein.

Dann sprach er mit ihr über ihren Sohn. Das Kind von Hilzonde, das außerhalb der kirchlichen Gesetze und gegen sie empfangen worden war, schien ihm mehr als jeder andere bestimmt, eines Tages die Frohe Botschaft der Einfältigen und Heiligen entgegenzunehmen und weiterzugeben. Die Liebe der rasch verführten Jungfrau zu dem italienischen Dämon mit dem Erzengelgesicht wurde für Simon zu einer mysteriösen Allegorie: Rom war die babylonische Hure, der die Unschuldige niederträchtigerweise geopfert worden war. Bisweilen huschte das leichtgläubige Lächeln eines Schwärmers über das große kräftige Gesicht, und seine ruhige Stimme nahm den etwas zu entschiedenen Ton eines Menschen an, der um jeden Preis überzeugen – und häufig sich selbst überlisten möchte. Aber Hilzonde empfand bei diesem Fremden nur stille Herzensgüte. Während alle, die mit der jungen Frau zu tun hatten, ihr gegenüber bisher nur Spott, Mitleid oder auch nur eine gutmütige und plumpe Nachsicht gezeigt hatten, sagte Simon, wenn er mit ihr von dem Mann sprach, der sie verlassen hatte: »Euer Gemahl«.

Und mit ernster Miene wies er darauf hin, daß jede Vereinigung vor Gott unlösbar sei. Hilzonde wurde wieder heiter, wenn sie ihm zuhörte. Sie blieb zwar traurig, aber sie fand nun ihr Selbstbewußtsein wieder. Das Haus der Ligre, das sich aus Stolz auf den Seehandel ein Schiff ins Wappen gemalt hatte, war Simon so vertraut wie sein eigenes Heim. Hilzondes Freund kam jedes Jahr wieder; sie erwartete ihn, und dann sprachen sie Hand in Hand von der Geistesgemeinschaft, die die Kirche ersetzen werde.

An einem Herbstabend überbrachten ihnen italienische Kaufleute die neuesten Nachrichten: Messer Alberico de'Numi, mit dreißig Jahren zum Kardinal ernannt, war in Rom bei einer Zecherei auf einem Weinberg der Farnese ermordet worden. Schmähschriften, die im Umlauf waren, beschuldigten den Kardinal Giuliano de'Medici dieses Mordes, weil er unzufrieden über die Einflußnahme seines Verwandten auf den Geist des Heiligen Vaters war.

Nur mit Abscheu vernahm Simon solch unbestimmte Gerüchte aus dem römischen Sündenpfuhl. Doch eine Woche später erhielt Heinrich-Justus einen Bericht, der diese Aussagen bestätigte. Hilzonde schien so gefaßt, daß nicht zu erraten war, ob sie sich heimlich freute oder weinte.

»Da seid Ihr nun Witwe«, sagte alsbald Simon Adriansen in feierlich-zärtlichem Ton, den er ihr gegenüber ständig anschlug.

Entgegen den Prognosen von Heinrich-Justus reiste er am nächsten Tag ab.

Sechs Monate später kam er zur gewohnten Zeit zurück und hielt bei ihrem Bruder um ihre Hand an.

Heinrich-Justus bat ihn in den Salon, wo Hilzonde arbeitete. Er setzte sich zu ihr und sagte:

»Gott hat uns nicht das Recht gegeben, seinen Geschöpfen Leid zuzufügen.«

Hilzonde hielt inne in ihrer Klöppelei. Ihre Hände blieben auf der begonnenen Arbeit liegen, und diese langen bebenden Finger auf den unvollendeten Blattornamenten ließen an die verschlungenen Wege der Zukunft denken. Simon fuhr fort:

»Wie hätte uns Gott das Recht geben können, uns gegenseitig Leid zuzufügen?« Die Schöne blickte mit dem Ausdruck eines kranken Kindes zu ihm auf. Er begann von neuem:

»Ihr seid nicht glücklich in diesem Haus voller Lachen. Mein Haus ist erfüllt von großer Stille. Kommt zu mir.«

Hilzonde willigte ein.

Heinrich-Justus rieb sich die Hände. Jacqueline, seine liebe Frau, die er bald nach Hilzondes Mißgeschick geheiratet hatte, beklagte sich laut, in der Familie erst an dritter Stelle nach einer Dirne und dem Bastard eines Priesters zu stehen, und der Schwiegervater, Johannes Bell, der reiche Händler aus Tournai, berief sich auf dieses Geschrei, um die Auszahlung der Mitgift zu verzögern. Und obschon Hilzonde ihren Sohn vernachlässigte, verursachte tatsächlich das kleinste Spielzeug, das man dem in legitimen Laken gezeugten Kind bewilligte, Streit zwischen den beiden Frauen. Die blonde Jacqueline konnte ja nun nach Herzenslust in Mützchen und gestickten Lätzchen schwelgen und ihren dicken Heinrich-

Maximilian an Feiertagen auf dem Tischtuch kriechen lassen, mit den Füßen in den Schüsseln.

Trotz seiner Abneigung gegen die Zeremonien der Kirche willigte Simon ein, die Hochzeit mit einem gewissen Prunk zu feiern, denn wider Erwarten war dies Hilzondes Wunsch. Doch am Abend, als sich die Eheleute in das Brautgemach zurückgezogen hatten, feierte er heimlich das Sakrament auf seine Weise noch einmal, brach das Brot und trank den Wein mit der Frau seiner Wahl. Hilzonde lebte in der Verbindung mit diesem Mann wieder auf wie eine gestrandete Barke, die die steigende Flut wieder mitreißt. Sie genoß das schamlose Geheimnis dieser erlaubten Freuden und die Art, wie der alte Mann, über ihre Schulter geneigt, ihre Brüste liebkoste, als ob die Liebe eine heilige Handlung wäre.

Simon Adriansen sorgte für Zenon. Aber wenn Hilzonde das Kind in die Nähe dieses bärtigen und runzligen Gesichtes schob, auf dessen Lippe eine Warze zitterte, schrie es, sträubte sich und riß sich wild von der mütterlichen Hand und ihren Ringen los, die ihm die Finger quetschten. Es ergriff die Flucht. Abends fand man es in der Backstube hinten im Garten wieder, wo es sich versteckt hatte und den Diener beißen wollte, der es lachend hinter einem Haufen Holzscheite hervorzog. Simon gab die Hoffnung auf, diesen jungen Wolf zu zähmen, und mußte sich entschließen, ihn in Flandern zu lassen. Außerdem war es klar, daß die Gegenwart des Kindes Hilzondes Kummer verschlimmerte.

Zenon wuchs für die Kirche heran. Der geistliche Stand bot einem Bastard die sichersten Mittel, angenehm zu leben und zu Ehren zu kommen. Außerdem schien die Wißbegier, von der Zenon schon so früh besessen war, und der Verbrauch an Tinte und Kerzen, die bis zum Morgengrauen brannten, seinem Onkel nur bei einem angehenden Priester vertretbar. Heinrich-Justus vertraute den Schüler seinem Schwager Bartholomäus Campanus an, der Domherr von Sankt-Donatus in Brügge war. Dieser vom Beten und dem Studium der schönen Wissenschaften ausgemergelte Gelehrte war so milde, daß er schon alt wirkte. Er lehrte seinen Zögling Latein und das wenige, was er vom Griechischen und der Alchimie wußte, und weckte die wissenschaftliche Neugier seines Schülers mit Hilfe der *Naturgeschichte* des Plinius. Das kalte kleine Gemach des Domherrn war ein Zufluchtsort, wohin der Junge vor den Stimmen der Händler flüchtete, die über englische Tuche diskutierten, vor der platten Lebensweisheit des Heinrich-Justus, vor den Liebkosungen der Zimmermädchen, die neugierig nach der grünen Frucht schielten. Dort befreite er sich von dem Zwang und der Armseligkeit der Kindheit; diese Bücher und dieser Lehrmeister behandelten ihn als Mann. Er liebte dieses Zimmer mit seinen Bücherwänden, den Gänsekiel, das Tintenfaß aus Horn, Handwerkzeug zu neuen Erkenntnissen, und er liebte auch die Bereicherung, die darin liegt zu erfahren, daß der Rubin aus Indien kommt, daß Schwefel sich mit Quecksilber vermählt, daß die Blume, die man auf lateinisch *lilium* nennt, auf griechisch *krinon* heißt und auf hebräisch *susannah*. Später merkte er, daß Bücher wie Menschen faseln und lügen und daß die weitschweifigen Erklärungen des Domherrn sich oft auf Dinge bezogen, die es nicht gab und die man also nicht zu erklären brauchte.

Sein Umgang gab Anlaß zur Sorge: seine Lieblingskameraden waren damals der Bader Johannes Myers, ein pfiffiger Mann, der bei Aderlaß und Stein-Behandlungen nicht seinesgleichen hatte, aber im Verdacht stand, Leichen zu sezieren, und ein gewisser Weber mit Namen Colas Gheel, ein Schlemmer und Prahlhans, mit dem er stundenlang Riemenscheiben und Kurbeln zusammensetzte, eine Zeit, die er besser bei Studium und Gebet zugebracht hätte. Dieser dicke Mann, der lebhaft und plump zugleich war, der ohne zu zählen das Geld ausgab, das er nicht hatte, war ein Fürst in den Augen der Lehrlinge, die er an Jahrmarktstagen freihielt. Diese solide Masse aus Muskeln, roten Haaren und blonder Haut beherbergte einen jener träumerischen und zugleich klugen Geister, die immer darauf aus sind, etwas zuzuspitzen, richtigzustellen, zu vereinfachen oder zu komplizieren. Jedes Jahr wurden in der Stadt Werkstätten geschlossen, und Heinrich-Justus, der sich rühmte, die seinen aus christlicher Barmherzigkeit offenzuhalten, nutzte die Arbeitslosigkeit, um regelmäßig die Löhne zu kürzen. Seine eingeschüchterten Arbeiter, die glücklich waren, noch eine Stellung und eine Glocke zu haben, die sie täglich zur Arbeit rief, lebten daher unter dem Druck vager Schließungsgerüchte und redeten jammernd davon, daß sie bald die Bettlerscharen vermehren müßten, die in dieser Teuerungszeit die Bürger erschreckten und sich auf den Straßen herumtrieben. Colas träumte davon, ihre Arbeit und ihre Nöte durch den Einsatz mechanischer Webstühle zu erleichtern, die man hier und da, in Ypern, in Gent und in Lyon in Frankreich, ganz im geheimen ausprobierte. Er hatte Zeichnungen gesehen, die er Zenon überließ; der Schüler korrigierte die Berechnungen, entflammte für technische Entwürfe und machte aus Colas Begeisterung für diese neuen Geräte eine gemeinsame fixe Idee. Seite an Seite beugten sie sich kniend über einen Haufen Eisenteile und wurden niemals müde, sich gegenseitig zu helfen, um ein Gegengewicht aufzuhängen, einen Hebel einzustellen, ineinandergreifende Zahnräder an- und abzumontieren. Endlose Diskussionen fanden statt, wenn es sich darum handelte, einen Bolzen einzusetzen oder eine Gleitstange zu schmieren. Zenons Erfindungsgeist übertraf das träge Gehirn von Colas Gheel bei weitem, aber die plumpen Hände des Handwerkers waren von einer Geschicklichkeit, die den Schüler des Domherrn, der zum ersten Mal mit etwas anderem als mit Büchern hantierte, entzückte.

»*Prachtig werk, mijn zoon, prachtig werk*«, sagte gewichtig der Werkmeister und legte seinen schweren Arm um den Hals des Schülers.

Abends nach dem Studieren traf Zenon sich heimlich wieder mit seinem Kumpan, indem er eine Handvoll Kies gegen die Scheiben der Schenke warf, wo sich der Werkmeister oft länger als nötig aufhielt. Oder er schlich sich, fast heimlich, in den Winkel des öden Lagerhauses, wo Colas mit seinen Maschinen hauste. Der große Raum war finster; aus Angst vor dem Feuer brannte die Kerze in einer Wasserschale, die auf dem Tisch stand, wie ein kleiner Leuchtturm in einem winzigen Meer. Der Lehrling Thomas aus Diksmuiden, der dem Werkmeister als Handlanger diente, sprang zum Spaß wie eine Katze auf die wackligen Gestelle und spazierte in der Finsternis des Dachbodens herum, wobei er in einer Hand eine Laterne oder ein Bierseidel schwenkte. Dann lachte Colas Gheel schallend. Er saß auf einem Brett, rollte mit den Augen und hörte Zenons weitschweifigen Reden zu, die von den Atomen des Epikur ohne Übergang zur Verdoppelung des Würfels galoppierten, von dem Wesen des Goldes zur Dummheit der Gottesbeweise, und ein leiser Pfiff der Bewunderung kam dann über seine Lippen. Der Schüler fand bei diesen Männern in Lederblusen, was die Herrensöhne bei Stallknechten und Hundepflegern finden: eine rauhere und freiere Welt als die eigene, weil sie sich weiter unten, fern von Vorschriften und Syllogismen bewegte, den beruhigenden Wechsel von grober Arbeit und ungestörter Faulenzerei, den menschlichen Geruch und die menschliche Wärme, eine von Flüchen, Anspielungen und Sprichwörtern durchsetzte Sprache, die ebenso geheimnisvoll war wie die besondere Sprache der Bruderschaften, eine Tätigkeit, die nicht darin besteht, sich mit einer Feder in der Hand über ein Buch zu beugen.

Der Student wollte aus Labor und Werkstatt etwas mitbringen, was die Behauptungen der Schule entkräftete oder bestätigte: Platon einerseits, Aristoteles andererseits wurden wie einfache Kaufleute behandelt, deren Gewichte man nachprüft. Titus Livius war nur ein Schwätzer; Cäsar, wie großartig er auch immer gewesen sein mochte, war tot. Von den Helden des Plutarch, deren Knochenmark den Domherrn Bartholomäus Campanus zusammen mit der Milch der Evangelien genährt hatte, behielt der Junge nur eines, nämlich daß die Kühnheiten des Geistes und des Fleisches sie ebenso weit und ebenso hoch gebracht hatten wie Enthaltsamkeit und Fasten, die – wie man sagt – die guten Christen in ihren Himmel bringen. Für den Domherrn stützten sich die heilige Weisheit und ihre profane Schwester gegenseitig. An dem Tag, da er hörte, wie Zenon die frommen Phantasien aus dem *Traum des Scipio* ins Lächerliche zog, begriff er, daß sein Schüler insgeheim auf die Tröstungen Christi verzichtet hatte.

Dennoch schrieb sich Zenon in Löwen im theologischen Seminar ein. Sein Eifer war erstaunlich. Der Neuankömmling war fähig, im Handumdrehen jede beliebige These zu verteidigen, und verschaffte sich unter seinen Mitschülern ein außerordentliches Ansehen. Die Bakkalaurei führten ein ungebundenes und fröhliches Leben. Man lud ihn zu Gelagen ein, bei denen er nur klares Wasser trank, und die Mädchen im Bordell gefielen ihm so gut, wie einem Feinschmecker eine Schüssel mit verdorbenem Fleisch. Man war sich über seine Schönheit einig, aber seine schneidende Stimme jagte Angst ein, das Feuer seiner dunklen Augen faszinierte und stieß zugleich ab. Phantastische Gerüchte über seine Geburt waren in Umlauf, er widerlegte sie nicht. Die Anhänger von Nicolas Flamel erkannten bald in dem fröstelnden Schüler, der immer unter einem Kaminsims saß und las, die Anzeichen einer alchimistischen Neigung: eine kleine Gemeinschaft von klugen Köpfen, die mehr herumschnüffelten und unruhiger waren als die anderen, nahm ihn in ihre Reihen auf. Noch vor Ablauf eines Trimesters sah er auf die Doktoren in ihren Pelztalaren herab, die sich, sichtlich befriedigt über ihr schwerfälliges und plumpes Wissen, im Refektorium über ihre gefüllten Teller beugten. Auch auf die lärmenden und flegelhaften Studenten sah er herab, die fest entschlossen waren, nur so viel zu lernen, wie sie brauchten, um einen fetten Posten zu ergattern, arme Schlucker, in deren Köpfen es nur ihres heißen Blutes wegen gärte, was aber mit der Jugend vergehen würde. Allmählich begann er auch seine kabbalistischen

Freunde zu verachten, aufgeblasene Hohlköpfe, vollgestopft mit Worten, die sie nicht verstanden und formelhaft wiederkäuten. Er stellte mit Bitterkeit fest, daß keiner von diesen Leuten, auf die er anfangs gezählt hatte, sich geistig oder praktisch einen Schritt weiter oder auch nur so weit vorwagte wie er.

Zenon wohnte im Dachgeschoß eines Hauses, das von einem Priester geleitet wurde. Eine Tafel, die im Treppenhaus hing, ordnete an, daß die Pensionäre sich zur abendlichen Messe einzufinden hätten, und verbot ihnen unter Androhung von Geldstrafe, Dirnen mitzubringen und ihre Notdurft anderswo als in den Latrinen zu verrichten. Aber weder die Gerüche noch der Ofenruß, weder die keifende Stimme der Haushälterin noch die von seinen Vorgängern mit lateinischen Zoten oder obszönen Zeichnungen verschmierten Wände, und auch nicht die Fliegen, die sich auf den Pergamenten niederließen, konnten diesen Geist, für den jedes Ding auf der Welt ein Phänomen oder ein Zeichen war, von seinen Berechnungen ablenken. Der Bakkalaureus erlebte in dieser Dachstube all die Zweifel, Versuchungen, Triumphe und Niederlagen, all die Tränen der Wut und die jugendlichen Freuden, die das reife Alter nicht kennt oder verachtet und von denen er selber später nur eine vom Vergessen getrübte Erinnerung bewahrte. Da er sich vornehmlich zu sinnlichen Leidenschaften hingezogen fühlte, die mit denen nichts gemein haben, die die meisten Menschen empfinden oder gestehen, zu Leidenschaften, die eher geheimgehalten werden müssen und oft zur Lüge, manchmal zum Trotz verleiten, glaubte dieser David im Kampf mit dem scholastischen Goliath seinen Jonathan in einem trägen blonden Mitschüler gefunden zu haben, der sich aber bald von ihm abwandte und den tyrannischen Kameraden verließ, um sich Burschen zuzuwenden, die mehr von Wein und Würfeln verstanden. Nach außen war nichts von dieser geheimen Vertrautheit in Erscheinung getreten, die in der Berührung und körperlichen Anwesenheit lag, den Blicken aber entzogen war, wie die

Eingeweide und das Blut. Als das zu Ende war, stürzte sich Zenon lediglich wieder tiefer in sein Studium. Blond war auch die Stickerin Jeannette Fauconnier, ein wunderliches Mädchen, beherzt wie ein Junge, gewohnt, daß eine ganze Eskorte von Studenten an ihren Unterröcken hing. Der Geistliche machte ihr einen ganzen Abend lang mit Spöttereien und Anzüglichkeiten den Hof. Zenon hatte sich damit gebrüstet, er werde die Gunst dieses Mädchens, wenn er wollte, schneller erlangen, als man braucht, um von den Hallen zur Peterskirche zu galoppieren. Daraus entstand ein Streit, der in eine regelrechte Prügelei ausartete, und die schöne Jeannette, die sich gern großzügig zeigte, gewährte ihrem verwundeten Beleidiger einen Kuß von ihrem Munde, den man in der damaligen Sprache das Tor der Seele nannte. Gegen Weihnachten schließlich, da nur noch eine Schramme mitten im Gesicht Zenons an diesen Streich erinnerte, schlich sich diese Schmeichelkatze in einer Mondnacht unbemerkt zu ihm, stieg lautlos die knarrende Treppe hinauf und huschte in sein Bett. Zenon war von diesem schlangenartigen und glatten Leib überrascht, der so geschickt die Initiative ergriff, von diesem Taubenhals, der leise gurrte, von diesem noch rechtzeitig erstickten Lachen, um die Haushälterin nicht aufzuwecken, die in der nächsten Mansarde schlief. Seine Freude daran war jedoch mit Furcht gemischt wie die eines Schwimmers, der in ein zwar erfrischendes, aber unheimliches Gewässer taucht. Einige Tage lang sah man ihn herausfordernd an der Seite dieses leichten Mädchens spazierengehen und den langweiligen Ermahnungen des Rektors trotzen. Er schien Appetit auf diese schalkhafte und glatthäutige Sirene bekommen zu haben. Doch kaum eine Woche später hatte er sich schon wieder ganz und gar auf seine Bücher gestürzt. Man schalt ihn, daß er dieses Mädchen so plötzlich verlassen hatte, um dessentwillen er ein ganzes Trimester lang so sorglos die Ehrungen des *cum laude* aufs Spiel gesetzt hatte; und seine relative Geringschätzung der Frauen brachte ihn in den Verdacht, Umgang mit Sukkuben zu haben.

Sommerliche Mußestunden

In jenem Sommer, kurz vor dem August, begab sich Zenon, wie jedes Jahr, wieder ins Grüne auf den Landsitz des Bankiers. Aber dieser lag nicht mehr wie früher in den Ländereien, die Heinrich-Justus seit jeher in Kuypen im Brügger Land besessen hatte. Der Geschäftsmann hatte die Domäne von Dranoutre zwischen Oudenaarde und Tournai erworben und das alte herrschaftliche Wohnhaus nach dem Abzug der Franzosen wieder instandsetzen lassen. Man hatte es so hergerichtet, wie es damals modern war, mit steinernen Sockeln und Karyatiden. Der dicke Ligre warf sich mehr und mehr auf den Kauf solcher Güter unter freiem Himmel, die auf beinahe anmaßende Weise das Vermögen eines Mannes bezeugen und ihn im Falle einer Gefahr zum Bürger von mehr als einer Stadt machen. Stück um Stück rundete er die Ländereien ab, die seine Frau Jacqueline in der Gegend von Tournai besaß. In der Nähe von Antwerpen hatte er soeben die Domäne von Gallifort erworben, eine prächtige Ergänzung seines Kontors auf dem Sankt-Jakobs-Platz, wo er nun mit Lazarus Tucher zusammenarbeitete. Da Heinrich-Justus Schatzmeister von Flandern war, eine Zuckerraffinerie in Maastricht und eine andere auf den Kanarischen Inseln besaß, Zollpächter von Seeland war, das Monopol des Alaunhandels in den baltischen Ländern innehatte und mit den Fuggern zusammen ein Drittel der Einkünfte des Ordens von Calatrava beanspruchte, kam er mehr und mehr in Berührung mit den Mächtigen dieser Welt: die Regentin in Mecheln bot ihm eigenhändig das geweihte Brot; Herr von Croy, der ihm 13000 Gulden schuldete, hatte kürzlich eingewilligt, einen neugeborenen Sohn des Kaufmanns über das Taufbecken zu halten, und man hatte mit dieser Hoheit einen Tag festgesetzt, an dem in seinem

Schloß von Roeulx die Taufe gefeiert werden sollte. Aldegonde und Constance, die beiden noch sehr jungen Töchter des großen Geschäftsmannes, würden eines Tages Titel tragen, wie sie jetzt schon eine Schleppe an ihren Röcken trugen.

Da Heinrich-Justus seine Tuchfabrik in Brügge nur noch als ein veraltetes Unternehmen betrachtete, das durch die Konkurrenz seiner eigenen Brokat-Importe aus Lyon und seiner Samt-Importe aus Deutschland gefährdet wurde, hatte er in der Umgebung von Dranoutre, draußen auf dem platten Lande, in jüngster Zeit Werkstätten gebaut, wo die städtischen Behörden von Brügge ihm nicht mehr hineinreden konnten. Man stellte auf seinen Befehl etwa zwanzig mechanische Webstühle auf, die Colas Gheel im Sommer zuvor nach Zenons Zeichnungen gebaut hatte. Der Kaufmann hatte Lust gehabt, diese Arbeiter aus Holz und Metall auszuprobieren, die weder tranken noch grölten, die zu zehnt die Arbeit von vierzig machten und die die Lebensmittelteuerung nicht ausnutzten, um eine Lohnerhöhung zu fordern.

An einem kühlen Tag, der schon herbstlich roch, wanderte Zenon zu dieser Oudenhover Weberei. Das Land war voll von Erwerbslosen, die Arbeit suchten. Kaum zehn Meilen trennten Oudenhove von der protzigen Pracht von Dranoutre, doch diese Entfernung hätte ebensogut die zwischen Himmel und Hölle sein können. Heinrich-Justus hatte eine kleine Gruppe von Handwerkern und Werkmeistern aus Brügge in einem alten, schlecht und recht reparierten Gebäude am Eingang des Dorfes untergebracht. Dieser Schlafsaal wurde zu einem Elendsquartier. Zenon warf nur einen flüchtigen Blick auf Colas Gheel, der an diesem Morgen betrunken war. Einer seiner Lehrjungen, ein blasser und mürrischer Franzose mit Namen Perrotin, spülte die Becher und überwachte das Feuer. Thomas, der seit kurzem mit einem Mädchen aus der Gegend verheiratet war, stolzierte auf dem Marktplatz in einem rotseidenen Kittel umher, den er am

Hochzeitstag zum ersten Mal getragen hatte. Ein hageres, lebhaftes Männchen, ein gewisser Thierry Loon, Garnwickler von Beruf, der unverhofft zum Werkmeister aufgerückt war, zeigte Zenon die endlich aufgestellten Maschinen, die den Tagelöhnern alsbald verhaßt waren, nachdem sie zunächst die phantastische Hoffnung gehegt hatten, dadurch mehr zu verdienen und sich weniger plagen zu müssen. Den Priester jedoch beschäftigten seit einiger Zeit andere Probleme; diese Gestelle und Gegengewichte interessierten ihn nicht mehr. Thierry Loon sprach mit kriecherischer Ehrerbietung von Heinrich-Justus, warf aber Zenon schräge Blicke zu, als er über ungenügende Verpflegung klagte, über die baufälligen Hütten aus Holz und Gipsschutt, die von den Verwaltern des Kaufmanns in aller Eile aufgebaut worden waren, über die Arbeitsstunden, die länger waren als in Brügge, da sie durch keine Gemeindeglocke mehr geregelt wurden. Der kleine Mann sehnte sich nach der Zeit zurück, da die Handwerker, weil sie auf ihre Privilegien vertrauen konnten, den Arbeitern den Hals umdrehten und Fürsten die Stirn boten. Das Neue machte ihn nicht bange, er schätzte die geniale Erfindung dieser Art von Käfigen, in denen jeder Arbeiter mit Füßen und Händen zwei Hebel und zwei Trittbretter gleichzeitig bediente, aber das zu rasche Tempo erschöpfte die Männer, und die komplizierten Getriebe erforderten mehr Sorgfalt und Aufmerksamkeit, als Handwerkerfinger und -schädel zu bieten haben. Zenon schlug ihm Verbesserungen der Konstruktion vor, aber der neue Werkmeister schien keinen Wert darauf zu legen. Dieser Thierry dachte todsicher nur daran, sich Colas Gheel vom Halse zu schaffen. Er zuckte die Schultern, als er von diesem Schlappschwanz, diesem Wirrkopf redete, dessen mechanische Hirngespinste am Ende nur bewirkten, daß aus den Männern mehr Arbeit gepreßt und die Arbeitslosigkeit verschlimmert wurde, diesem Kalb, das die Frömmigkeit wie eine Krätze überfallen hatte, seit ihm die Annehmlichkeiten und Zerstreuungen von Brügge nicht mehr zur Verfügung standen, diesem Trunkenbold, der nach der Zecherei den zerknirschten Ton eines öffentlichen Predigers anschlug. Diese unwissenden und streitsüchtigen Leute widerten den Priester an; verglichen mit ihnen bekamen die hermelinbesetzten und vor Logik sprühenden Doktoren wieder mehr Gewicht.

Zenons Fähigkeiten in der Mechanik brachten ihm wenig Ansehen in der Familie ein, in der man ihn einerseits verachtete, weil er ein armer Bastard war, andererseits wegen seines zukünftigen Priesterberufes halbwegs respektierte. Während des Nachtessens hörte der Priester Heinrich-Justus im Speisezimmer hochtrabende Reden über den Lebenswandel führen: man solle Jungfrauen immer meiden, aus Angst vor Schwangerschaften, Ehefrauen aus Angst vor dem Dolch, Witwen, weil sie einen zugrunde richten, man solle seine Einkünfte gut verwalten und Gott ehren. Der Domherr Bartholomäus Campanus, gewohnt, den Seelen nur das wenige abzuverlangen, was sie zu geben bereit sind, tadelte solch dick aufgetragene Weisheit nicht. Die Schnitter hatten an diesem Tag eine Hexe entdeckt, die gerade schadenfroh in ein Feld pinkelte, um den Regen auf das Korn herabzuziehen, das durch ungewöhnlich starke Regenschauer ohnedies schon halb verfault war; sie hatten sie ohne weiteren Prozeß ins Feuer geworfen; man machte sich über diese Sibylle lustig, die das Wasser zu beherrschen glaubte, aber nicht verstanden hatte, sich vor der Glut zu schützen. Der Domherr erklärte, daß der Mensch, wenn er die Sünder mit dem Feuertod bestraft, der nur einen Augenblick dauert, sich lediglich nach Gott richte, der sie ja zu derselben Strafe verurteile, aber für die Ewigkeit. Solche Gespräche unterbrachen jedoch den üppigen Abendimbiß nicht; Jacqueline, vom Sommer erhitzt, neckte Zenon soweit sich das für eine anständige Frau schickte. Diese fette Flämin, durch ihre kürzliche Niederkunft wieder schöner geworden, war stolz auf ihren Teint und ihre weißen Hände und üppig wie eine Pfingstrose. Der Priester schien weder ihre halboffene Bluse zu bemerken, noch die blonden Haarsträhnen, die den Nacken des jungen Geistlichen streiften, der sich über eine Buchseite neigte, bevor die Lampen hereingebracht wurden, noch das zornige Auffahren des Studenten, der die Frauen verachtete. Für Bartholomäus Campanus war jede Vertreterin des weiblichen Geschlechts gleichzeitig Maria und Eva, diejenige, die für das Heil der Welt ihre Milch und ihre Tränen vergießt, und diejenige, die der Schlange ergeben ist. Er senkte die Augen, ohne zu richten.

Zenon ging mit großen Schritten hinaus. Die kahle Terrasse mit ihren frisch gepflanzten Bäumen und ihren pompösen Muschelsteingrotten grenzte unmittelbar an die Viehweiden und die bestellten Felder; ein Weiler mit niedrigen Dächern verbarg sich hinter dem Auf und Ab der Heuschober. Doch die Zeit war vorbei, da Zenon sich nahe den Johannis-Feuern neben den Landarbeitern hätte ausstrecken können, wie einst in Kuypen, in der klaren Nacht am Sommeranfang. Auch auf der Bank in der Schmiede hätte man ihm an den kühlen Abenden keinen Platz mehr gemacht, wo ein paar Bauernlümmel, immer dieselben, bei der angenehmen Wärme dumpf vor sich hindösen und beim Gesumm der letzten Spätsommerfliegen irgendwelche Neuigkeiten austauschen. Alles trennte ihn jetzt von ihnen: ihr träges Dorf-Kauderwelsch, ihre kaum weniger trägen Gedanken und die Furcht, die ein Junge einflößt, der lateinisch spricht und in den Sternen liest. Manchmal fiel es ihm ein, seinen Cousin zu nächtlichen Streifzügen mitzuschleppen. Er ging in den Hof hinunter und pfiff leise, um seinen Kameraden zu wecken. Heinrich-Maximilian sprang über den Balkon, noch trunken vom tiefen Schlaf der Jugend; er roch nach Pferd und Schweiß von dem langen Ausritt am Vorabend. Aber die Hoffnung, am Rande eines Weges ein leichtes Mädchen auf den Rücken zu legen oder im Wirtshaus in Gesellschaft von Fuhrleuten Rosé zu picheln, machte ihn schnell munter. Die beiden Kameraden nahmen ihren Weg quer durch die Felder, halfen sich gegenseitig beim Überspringen der

Gräben, liefen auf das Feuer eines Zigeunerlagers oder das rote Licht einer entfernten Schenke zu. Bei der Rückkehr brüstete sich Heinrich-Maximilian mit seinen Großtaten; Zenon verschwieg die seinen. Das albernste dieser Abenteuer war, als sich der Erbe der Ligre nächtlicherweise in den Stall eines Pferdehändlers von Dranoutre schlich und zwei Stuten rosa anmalte, die ihr Besitzer am nächsten Morgen für verhext hielt. Eines schönen Tages kam heraus, daß Heinrich-Maximilian bei einem dieser Streifzüge ein paar Dukaten ausgegeben hatte, die er dem dicken Justus gestohlen hatte. Halb im Spiel, halb im Ernst kamen Vater und Sohn ins Handgemenge; man trennte sie, wie man einen Stier von seinem Jungtier trennt, wenn sie in der Koppel aufeinander losgehen.

Meistens aber ging Zenon allein fort, bei Tagesanbruch, mit seinen Merktäfelchen in der Hand, und wanderte weit ins Land hinein, auf der Suche nach einem unbekannten Wissen, das unmittelbar aus den Dingen kommt. Er wurde nicht müde, Steine in der Hand zu wägen und neugierig zu betrachten, deren blanke oder rauhe Oberfläche, deren rostige oder schimmelfarbene Tönung eine Geschichte erzählen und von den Metallen Zeugnis geben, die sie geformt haben, von Feuer und Wasser, die vor Zeiten ihre Materie ausgespien oder ihre Form zur Erstarrung gebracht hatten. Insekten schlüpften darunter hervor, merkwürdige Tiere einer animalischen Unterwelt. Er saß auf einer Anhöhe, betrachtete unter dem grauen Himmel die wellige Ebene, die hier und da von langgestreckten Sandhügeln aufgebläht wurde, und dachte an längst vergangene Zeiten, da das Meer noch diese großen Weiten bedeckt hatte, wo jetzt Getreide wuchs und denen es bei seinem Rückzug die Gleichförmigkeit und die Zeichnung der Wellen hinterließ. Denn alles wandelt sich, sowohl die Form der Welt als auch die Erzeugnisse der Natur, die in ständiger Bewegung ist und für die jeder Moment Jahrhunderte dauert. Oder er wandte sich auch, mit der plötzlichen starren und heimlichen Aufmerksamkeit eines Wilddiebes, den Tieren zu, die in der Tiefe der Wälder laufen, fliegen und kriechen, interessierte sich für die genaue Spur, die sie hinterlassen, für ihre Brunst, ihre Paarung, ihr Futter, für ihre Warnrufe und ihre Listen und die Art, wie sie sterben, wenn sie mit einem Stock erschlagen werden. Eine gewisse Sympathie verband ihn mit den Reptilien, diesen von den Menschen aus Furcht oder Aberglauben verleumdeten, kühlen, klugen, halb unterirdisch lebenden Tiere, die in jedem ihrer Ringe, mit denen sie sich dahinschlängeln, eine Art mineralische Weisheit umschließen.

An einem jener Abende während der heißesten Hundstage übernahm es Zenon, durch die Anweisungen von Johannes Myers gestärkt, einen vom Schlag getroffenen Bauern zur Ader zu lassen, anstatt auf die ungewisse Hilfe des Baders zu warten. Der Domherr Campanus beklagte diese Ungehörigkeit; Heinrich-Justus sprang ihm bei und jammerte laut, umsonst seine Dukaten für den Unterhalt der Studien seines Neffen ausgegeben zu haben, wenn dieser schließlich zwischen einer Lanzette und einem Schälchen landen würde. Der Geistliche ließ solche Ermahnungen mit feindlichem Schweigen über sich ergehen. Von diesem Tage an blieb er immer länger von zu Hause fort. Jacqueline glaubte an eine Liebschaft mit irgendeinem Bauernmädchen.

Einmal, da er Brot für mehrere Tage bei sich trug, wagte er sich bis zum Forst von Houthuist. Diese Gehölze waren Restbestände großer Hochwälder aus heidnischer Zeit; seltsame Ratschläge fielen aus ihren Blättern nieder. Mit erhobenem Kopf betrachtete Zenon von unten das dichte Laub- und Nadelwerk und erging sich erneut in alchimistischen Spekulationen, die er in der Schule oder trotz der Schule in Angriff genommen hatte; er fand in jeder dieser pflanzlichen Pyramiden die hermetische Hieroglyphe der aufsteigenden Kräfte wieder, das Zeichen der Luft, die diese schönen Waldwesen umgibt und nährt, das Zeichen des Feuers, dessen Wirkungskraft sie in sich tragen und das sie vielleicht eines Tages zerstören wird. Aber dieses vielfache Aufstreben wurde durch ein Hinabsteigen ausgeglichen; unter seinen Füßen ahmte das blinde und empfindliche Wurzelvolk im Finstern die unendliche Verästelung der kleinen Zweige gegen den Himmel nach, richtete sich behutsam nach wer weiß welchem Nadir aus. Hier und da verriet ein zu früh vergilbtes Blatt unter dem Grün das Vorhandensein von Metallen, aus denen es seine Substanz gebildet hatte und deren Verwandlung es bewirkte. Die Kraft des Windes bog die hohen Stämme wie einen Menschen sein Schicksal. Der Geistliche fühlte sich frei wie das Wild und ebenso bedroht, im Gleichgewicht wie der Baum zwischen oberer und unterer Welt, auch er gebeugt unter dem vielfachen Druck, der ihm auferlegt ist und der erst mit seinem Tode aufhören würde. Aber das Wort Tod war ja vorerst für diesen Zwanzigjährigen nur ein Wort.

In der Dämmerung bemerkte er auf dem Moos die Spur einer Holzfuhre; ein Geruch nach Rauch führte ihn in der schon finsteren Nacht zur Hütte der Köhler. Drei Männer, ein Vater und seine beiden Söhne, Henker der Bäume, Meister und Diener des Feuers, zwangen dieses Feuer, langsam seine Opfer zu verzehren, wobei es das feuchte, zischende und zitternde Holz in Kohle umwandelt, die seine Verwandtschaft mit dem feurigen Element auf immer bewahrt. Ihre Lumpen waren von ihren von Schweiß und Asche fast schwarz geschminkten Körpern fast nicht zu unterscheiden. Man war erstaunt über die weißen Haare des Vaters, die blonden Mähnen der Söhne, über den geschwärzten Gesichtern und auf den geschwärzten nackten Oberkörpern. Diese drei, die ebenso einsam wie Einsiedlermönche lebten, hatten beinahe alles vergessen, was zu ihrem Jahrhundert gehörte, oder hatten niemals etwas davon gewußt. Es kümmerte sie wenig, wer in Flandern regierte oder ob man das Jahr 1529 nach Christi Geburt schrieb. Sie schnaubten eher als daß sie sprachen und begrüßten Zenon, wie Tiere des Waldes einander begrüßen; der Geistliche war sich klar darüber, daß sie ihn auch hätten töten können, um ihm seine Kleider zu rauben, anstatt eine Portion von seinem Brot anzunehmen und ihre Kräutersuppe mit ihm zu teilen. Spät in der Nacht, als er in ihrer rauchigen Hütte fast erstickte, stand er auf, um gewohnheitsmäßig die Gestirne zu beobachten, und ging hinaus auf den verkohlten Platz, der in der Nacht weiß schimmerte. Der Kohlenmeiler glühte dumpf; seine geometrische Konstruktion war ebenso vollkommen wie die Befestigungswerke der Biber und die Bienenwaben. Ein Schatten bewegte sich auf rotem Feld; der jüngere der beiden Brüder überwachte die weißglühende Masse. Zenon half ihm, die Knüppel, die zu schnell verbrannten, mit einem Haken auseinanderzuziehen. Wega (in der Leier) und Deneb (im Schwan) funkelten zwischen den Baumwipfeln hindurch; Stämme und Zweige verdunkelten die tiefer am Himmel stehenden Sterne. Der Priester dachte an Pythagoras, an Nikolaus Cusanus, an einen gewissen Kopernikus, deren kürzlich aufgestellte Theorien in der Schule begeistert aufgenommen oder heftig abgelehnt worden waren, und ein Anflug von Stolz überkam ihn bei dem Gedanken, zu dieser geschickten und beweglichen Gattung der Menschen zu gehören, die das Feuer zähmt, die Substanz der Dinge verwandelt und die Wege der Gestirne erforscht.

Er verließ seine Gastgeber, ohne mehr Aufhebens zu machen, als wenn er die Rehe des Waldes verlassen hätte, und machte sich voller Ungeduld wieder auf den Weg, als ob das Ziel, das er sich im Geist gesteckt hatte, greifbar nahe wäre und er sich dennoch beeilen müsse, um es zu erreichen. Er wußte, daß er seine letzten Bissen Freiheit kaute und daß er in wenigen Tagen wieder die Bank eines Kollegs würde drücken müssen, um sich für später einen Posten als bischöflicher Sekretär zu sichern, der die Aufgabe hat, anmutige lateinische Sätze zu drechseln, oder irgendeinen theologischen Lehrstuhl, wo es ratsam sein würde, vor seinen Hörern nur erlaubte oder geduldete Behauptungen auszubreiten. Mit einer Unschuld, die seiner Jugend entsprach, glaubte er, daß bisher noch nie jemand so viel Groll hinsichtlich des priesterlichen Standes in seiner Brust gehegt oder die Revolte oder die

Scheinheiligkeit so weit getrieben habe wie er. Im Augenblick waren der Warnschrei eines Eichelhähers, das Hämmern eines Grünspechts der einzige morgendliche Gottesdienst. Ein Stück Kot dampfte schwach auf dem Moos, ein Zeichen dafür, daß ein nächtliches Tier vorbeigezogen war.

Sobald er auf der Landstraße war, vernahm er wieder den Lärm und das Geschrei des Jahrhunderts. Ein Trupp aufgeregter Bauern rannte mit Eimern und Forken vorbei; ein einsam gelegener großer Hof brannte, angezündet von einem dieser Wiedertäufer, von denen es jetzt wimmelte und die den Haß gegen die Reichen und Mächtigen mit einer besonderen Form von Gottesliebe vermischten. Zenon bemitleidete herablassend diese Schwärmer, die aus einem verfaulten Kahn in einen lecken Kahn sprangen und von einem uralten Irrtum in einen ganz neuen Wahn verfielen, aber der Ekel vor dem fetten Reichtum, der ihn umgab, brachte ihn wider Willen auf die Seite der Armen. Ein wenig weiter begegnete ihm ein entlassener Weber, der den Bettelstab ergriffen hatte, um sein Auskommen anderswo zu suchen, und er beneidete diesen Landstreicher darum, weniger Zwängen ausgesetzt zu sein als er.

Das Fest in Dranoutre

Eines Abends, als Zenon nach mehreren Tagen Abwesenheit
wie ein ausgemergelter Hund nach Hause zurückkehrte, erschien ihm von weitem das Haus von so vielen Fackeln erleuchtet, daß er aufs neue an eine Feuersbrunst glaubte.
Mächtige Kutschen versperrten die Straße. Da erinnerte er
sich, daß Heinrich-Justus schon seit Wochen auf einen königlichen Besuch gehofft und darüber verhandelt hatte.

Der Friede von Cambrai war gerade unterzeichnet worden.
Man nannte ihn den »Damenfrieden«, weil zwei Fürstinnen,
die der Domherr Barholomäus Campanus in seinen Predigten
mit den heiligen Frauen aus der Bibel verglich, recht und
schlecht die Aufgabe übernommen hatten, die Wunden des
Jahrhunderts wieder zu schließen. Die Königin-Mutter von
Frankreich, die zunächst durch ihre Furcht vor unheilvollen
Konstellationen der Gestirne zurückgehalten worden war,
hatte endlich Cambrai verlassen und war in ihren Louvre zurückgekehrt. Die Regentin der Niederlande verweilte auf ihrer
Heimreise nach Mecheln eine Nacht im Landhaus des Schatzmeisters von Flandern, und Heinrich-Justus hatte die Notabeln des Ortes eingeladen und aus allen möglichen Quellen einen Vorrat an Wachskerzen und seltenen Speisen bezogen. Von
Tournai hatte er die Musiker des Bischofs kommen lassen und
ein Divertimento nach antiker Weise vorbereitet, in dessen Verlauf brokatbekleidete Faune und Nymphen in grünseidenen
Hemden Madame Margarete einen Imbiß aus Marzipan, Man-
delkuchen und eingemachten Früchten darreichen sollten.

Zenon zögerte, den Saal zu betreten, aus Angst, seine abgetragenen, staubigen Kleider und der Geruch seines ungewasche-

nen Körpers könnten ihm die Chance nehmen, zu den Mächtigen dieser Welt vorzudringen. Zum ersten Mal in seinem Leben erschienen ihm Schmeichelei und Intrige als Künste, in denen man sich auszeichnen sollte, und der Platz eines Privatsekretärs oder fürstlichen Hofmeisters erstrebenswerter als der eines pedantischen Oberschullehrers oder eines Dorfbaders. Doch dann siegte die Arroganz seiner zwanzig Jahre und die Gewißheit, daß das Glück eines Mannes von seiner Wesensart und vom Wohlwollen der Gestirne abhängt. Er trat ein, setzte sich vor den Kamin, den man mit Laubwerk geschmückt hatte, und betrachtete ringsumher diesen menschlichen Olymp.

Die antikisch gekleideten Nymphen und Faune waren Sprößlinge von reichgewordenen Bauern und von Landadeligen, die der Schatzmeister unbedenklich an seinen Truhen naschen ließ; Zenon erkannte unter den Perücken und der Schminke ihr Flachshaar und ihre blauen Augen, und unter den bauschigen Falten der geschlitzten oder hochgeschürzten Tuniken die etwas plumpen Beine der Mädchen, von denen einige ihn im Schutz eines Heuschobers zärtlich geneckt hatten. Heinrich-Justus, noch gewichtiger und geröteter als sonst, bewirtete die Gäste mit seinem Kaufmannsluxus. Die kleine rundliche, schwarzgekleidete Regentin zeigte die freudlose Blässe der Witwen und die verkniffenen Lippen einer guten Hausfrau, die nicht nur über die Wäsche und die Anrichte, sondern über den Staat wacht. Ihre Lobredner priesen ihre Frömmigkeit, ihr Wissen und die Keuschheit, um derentwillen sie den melancholischen Ernst der Witwenschaft einer erneuten Heirat vorgezogen hatte, ihre Verleumder beschuldigten sie ganz im geheimen, die Frauen zu lieben, waren sich aber darin einig, daß diese Neigung bei einer edlen Dame weniger anstößig sei, als die entsprechende Anlage bei Männern, denn – so erklärten sie – es sei schöner für eine Frau, die Rolle des Mannes zu übernehmen, als für einen Mann, die Frau nachzuahmen. Die Kleider der Regentin waren kostbar, aber schlicht, wie es einer Fürstin geziemt, die

die äußeren Merkmale ihrer königlichen Stellung tragen muß, aber wenig darauf gibt, zu blenden oder zu gefallen. Während sie Süßigkeiten naschte, hörte sie wohlwollend zu, wie Heinrich-Justus seine höfischen Komplimente mit ausgelassenen Scherzen mischte, als eine fromme, aber keineswegs prüde Frau, die freimütigen Reden der Männer zuzuhören versteht, ohne mit der Wimper zu zucken.

Man hatte bereits Weine aus dem Rheintal, aus Ungarn und Frankreich getrunken; Jacqueline hakte ihre Bluse aus Silbertuch auf und befahl, ihren jüngsten, noch nicht entwöhnten Sohn zu ihr zu bringen, der ebenfalls Durst hatte. Heinrich-Justus und seine Frau stellten dieses neugeborene Kind, das sie verjüngte, gerne zur Schau.

Die durch die Falten der zarten Wäsche schimmernde Brust entzückte die Tischgäste.

»Man wird nicht bestreiten können«, sagte Madame Margarete, »daß er die Milch einer guten Mutter getrunken hat.«

Sie fragte, wie das Kind heiße.

»Es ist erst notgetauft«, antwortete die Flämin.

»Nun«, meinte Madame Margarete, »so nennt es Philibert, nach meinem Herrn, der zu Gott gegangen ist!«

Heinrich-Maximilian, der maßlos viel trank, erzählte den Ehrenjungfrauen von Kriegstaten, die er vollbringen werde, wenn er erst einmal das Alter habe.

»An Kampfgelegenheiten wird es ihm nicht fehlen in diesem unglücklichen Jahrhundert«, meinte Madame Margarete.

Im stillen fragte sie sich, ob der Schatzmeister wohl dem Kaiser diese Anleihe zu zwölf Prozent bewilligen würde, die die Fugger verweigert hatten und die dazu dienen sollte, die Kosten des letzten Feldzuges zu decken oder vielleicht auch des nächsten, denn man weiß ja, was Friedensverträge wert sind. Ein geringer Teil von diesen neunzigtausend Krontalern würde genügen, ihre Kathedrale von Brou in der Bresse zu vollenden, wo sie sich eines Tages neben ihrem Fürsten bis zum Ende der Welt zur Ruhe legen würde. Gerade so lange, wie sie brauchte, um einen vergoldeten Löffel an ihre Lippen zu führen, sah Madame Margarete wieder den nackten, jungen Mann vor sich, den sie vor mehr als zwanzig Jahren in die Erde gelegt hatte: die Haare vom Fieberschweiß verklebt, die Brust von Säften der Rippenfellentzündung aufgedunsen, aber trotzdem schön wie Apollo in der Sage. Nichts konnte sie darüber hinwegtrösten, weder die Liebenswürdigkeiten von Amant-Vert, ihrem Papagei aus Indien, noch die Bücher oder das süße Gesicht ihrer liebevollen Gefährtin, Madame Laodamie, weder die großen Geschäfte noch Gott, der den Fürsten Beistand und Vertrauter ist. Das Bild des Toten kehrte in die Schatzkammer der Erinnerung zurück; der Inhalt des Löffels verbreitete auf der Zunge der Regentin den Geschmack einer gefrorenen Süßspeise; sie fand wieder zu ihrem Platz am Tisch zurück, den sie keine Minute verlassen hatte, zu den roten Händen von Heinrich-Justus auf dem purpurnen Tafeltuch, zu dem auffälligen Putz von Madame d'Hallo_in, ihrer Hofdame, zu dem an der Brust der Flämin zur Schau gestellten Säugling, und dann sah sie hinten vor dem Kamin einen jungen Mann mit einem schönen arroganten Gesicht, der aß, ohne sich um die Tischgesellschaft zu kümmern.

»Und was ist mit dem da«, fragte sie, »der dem Kaminfeuer Gesellschaft leistet?«

»Dies sind alle meine Söhne«, sagte der Bankier mißgelaunt und zeigte auf Heinrich-Maximilian und das pausbäkkige Kind auf seinem bestickten Tuch.

Bartholomäus Campanus unterrichtete die Regentin halblaut von Hilzondes Abenteuer und beklagte gleichzeitig die ketzerischen Pfade, auf die Zenons Mutter sich verirrt hatte. Madame Margarete begann daraufhin mit dem Domherrn eine jener allgemeinen Diskussionen über den Glauben und die guten Werke, wie sie fromme und gebildete Leute jener Epoche täglich führten, ohne daß solch müßige Wortgefechte jemals zur Lösung des Problems beitrugen oder seine Nichtigkeit beweisen konnten. In diesem Augenblick hörte man ein Geräusch an der Tür. Schüchtern, aber auf einen Schlag kamen Leute herein.

Diese Tucharbeiter, die mit einem kostbaren Geschenk für Madame nach Dranoutre gekommen waren, gehörten zu den geplanten Belustigungen des Festes. Aber eine Schlägerei, die am Vorabend in einer Werkstatt vorgefallen war, hatte den Aufzug der Handwerker in eine Art aufrührerischen Tumult verwandelt. Alle Arbeiter aus dem Schlafsaal von Colas Gheel waren da, um Gnade für Thomas aus Diksmuiden zu erbitten, dem der Galgenstrick drohte, weil er die seit kurzem aufgestellten und endlich in Betrieb gesetzten Maschinen mit einem Hammer zerschlagen hatte. Der wirre Haufe, der noch um entlassene Wanderarbeiter und unterwegs angetroffene Strolche angeschwollen war, hatte zwei Tage gebraucht, um die paar Meilen von der Fabrik bis zum Lusthaus des Kaufmanns zurückzulegen. Colas Gheel, der bei der Verteidigung seiner Maschinen an den Händen verwundet worden war, stand trotzdem in der ersten Reihe der Bittsteller. Zenon erkannte in dieser undeutlich murmelnden Gestalt kaum den stämmigen Colas aus der Zeit, als er sechzehn war, wieder. Der Geistliche hielt einen Pagen, der ihm kandierte Mandeln anbot, am Ärmel zurück und erfuhr von ihm, daß Heinrich-Justus sich geweigert habe, die Klagen der Unzufriedenen anzuhören, daß sie aber auf einer Wiese hätten schlafen können und mit dem ernährt worden seien, was die Köche ihnen zuwarfen. Die Diener hätten die ganze Nacht Speisekammer, Silberzeug, Keller und Schober bewacht. Diese Unglücklichen schienen jedoch folgsam wie die Hammel zu sein, die man zur Schur führt; sie nahmen ihre Mützen ab; die Bescheidensten knieten sogar nieder.

»Gnade für Thomas, meinen Kameraden! Gnade für Thomas, dem meine Maschinen den Verstand getrübt haben!« leierte Colas Gheel. »Er ist zu jung, um am Galgen zu hängen!«

»Was«, sagte Zenon, »du verteidigst diesen Schurken, der unser Werk niedergerissen hat? Dein schöner Thomas tanzte gern; soll er nun unter freiem Himmel tanzen.«

Über diese Zänkerei auf flämisch brach die kleine Gruppe der Ehrenjungfrauen in lautes Gelächter aus. Verstört ließ Colas seine grauen Augen umherwandern und bekreuzigte sich, als er im Feuerschein des Kamins den jungen Geistlichen erkannte, den er einst seinen Johannisbruder genannt hatte.

»Gott hat mich in Versuchung geführt«, heulte der Mann mit den verbundenen Händen, »mich, der wie ein Kind mit Riemenscheiben und Kurbeln spielte. Ein Dämon hat mir Proportionen und Zahlen erklärt, und ich habe mit geschlossenen Augen einen Galgen gebaut, an dem ein Strick herunterhängt.«

Und er wich einen Schritt zurück, gestützt auf die Schulter des mageren Lehrlings Perrotin.

Ein kleiner quecksilbriger Mann, in dem Zenon Thierry Loon wiedererkannte, schlängelte sich bis zur Fürstin durch, um ihr eine Bittschrift zu überreichen, die sie sichtlich zerstreut an einen Edelmann ihres Gefolges weitergab. Der Schatzmeister bat sie untertänigst, sich in die Galerie nebenan zu begeben, wo Musiker für die Damen ein vokales und instrumentales Konzert vorbereiteten.

»Jeder Verräter an der Kirche wird früher oder später zum Rebellen gegen seinen Fürsten!« schloß Madame Margarete und erhob sich. Mit diesen Worten, die die Reformation verurteilten, brach sie schließlich die eifrig fortgeführte Unterhaltung mit dem Domherrn ab. Auf einen Blick von Heinrich-Justus hin überreichten die Weber der erhabenen Witwe feierlich die Schleife, die in Perlenstickerei ihre Initialen trug. Mit den Spitzen ihrer beringten Finger nahm sie anmutig das Geschenk der Handwerker entgegen.

»Sehen Sie, Madame«, sagte halb scherzend der Kaufmann, »das erntet man nun, wenn man aus purer Barmherzigkeit Fabriken offenhält, die mit Verlust arbeiten. Diese Lümmel bringen Ihnen Streitigkeiten zu Ohren, die ein Dorfrichter mit einem Wort beenden würde. Wenn mir nicht der Ruhm unserer Samt- und Brokatstoffe am Herzen läge...«

Die Regentin beugte die Schultern vor, wie sie es immer

tat, wenn das Gewicht öffentlicher Angelegenheiten auf ihr lastete, und betonte, wie notwendig es sei, die Aufsässigkeit des Volkes zu zügeln, in einer Welt, die schon von den Streitigkeiten der Fürsten, dem Vormarsch der Türken und der Ketzerei, die die Kirche zerreiße, aufgewühlt werde. Zenon hörte das Geflüster des Domherrn nicht, das ihn aufforderte, sich Madame zu nähern. Ein Geräusch von Trillern und Stuhlrükken mischte sich bereis mit den Zwischenrufen der Tucharbeiter.

»Nein«, sagte der Kaufmann, indem er hinter sich die Tür zur Galerie zumachte, und stellte sich vor den Männern auf, wie eine Dogge vor der Herde, »kein Mitleid für Thomas, dessen Rückgrat zerbrochen werden wird, wie er meine Webstühle zerbrochen hat. Gefiele es euch, wenn man zu euch käme und euch eure Bettgestelle zerschlüge?«

Colas Gheel brüllte wie ein Stier, den man absticht.

»Schweig, Freund«, sagte der dicke Kaufmann verächtlich, »Deine Musik verdirbt die, die man den Damen darbietet.«

»Du bist ein Gelehrter, Zenon! Dein Latein und dein Französisch finden eher Gefallen als unsere flämischen Stimmen«, sagte Thierry Loon, der die letzten Unzufriedenen anführte wie ein guter Kantor einen Chor. »Erkläre du ihnen, daß man die Menge unserer Arbeit vergrößert und unsere Löhne vermindert hat und daß der Staub, der aus den Geräten kommt, uns Blut spucken läßt.«

»Wenn diese Maschinen sich auf dem platten Land einbürgern, dann ist es aus mit uns«, sagte ein Handweber, »wir sind nicht dazu da, uns zwischen zwei Rädern abzurackern wie Eichhörnchen im Käfig.«

»Meint ihr, daß ich auf Neuheiten erpicht bin wie ein Franzose?« sagte der Bankier und mischte Gutmütigkeit mit Strenge wie Zucker mit saurem Wein. »Alle Räder und alle Ventile wiegen die Arme ehrlicher Leute nicht auf. Bin ich denn ein Menschenfresser? Hört auf mit den Drohungen, hört auf, über die Strafe für die mißratenen Stücke und die verknoteten Fäden zu murren, hört auf mit den törichten Forderungen nach Lohnerhöhung – als ob Geld nicht mehr kostete als Pferdeäpfel – und ich überlasse diese Gestelle den Spinnen als Rahmen. Eure Arbeitsverträge mit dem Lohn vom letzten Jahr werden für das nächste erneuert.«

»Mit dem Lohn vom letzten Jahr«, entrüstete sich eine schon schwächer werdende Stimme, »mit dem Lohn vom letzten Jahr, wo heute ein Ei teurer ist als eine Henne am letzten Sankt-Martinstag! Besser ist es, den Wanderstab zu nehmen und auf die Straße zu gehen.«

»Thomas soll verrecken, und mich stellt wieder ein«, heulte ein alter Wanderarbeiter, den sein zischendes Französisch noch wilder erscheinen ließ. »Die Bauern haben ihre Hunde auf mich gehetzt, und die Bürger in den Städten haben Steine nach uns geworfen. Mir ist mein Strohsack im Schlafsaal lieber als ein Straßengraben.«

»Die Webstühle, über die Ihr so schimpft, hätten meinen Onkel zum König und euch zu Fürsten gemacht«, sagte der Geistliche ärgerlich, »aber ich sehe hier nur einen reichen Klotz und einfältige Arme.«

Ein Murren kam vom Hof herauf, wo der Rest der Menge von unten die Fackeln des Festes und den oberen Teil der riesigen Festkuchen sah. Ein Stein durchlöcherte das Blau einer wappengeschmückten Scheibe. Der Kaufmann brachte sich geschwind vor den herunterfallenden blauen Hagelkörnern in Sicherheit.

»Hebt euch die Steine für diesen Schrullkopf auf! Der Trottel hat euch eingeredet, ihr könntet neben einer Spule faulenzen, die allein die Arbeit von dreißig Händen schafft«, sagte höhnisch der dicke Ligre und zeigte auf seinen Neffen, der in der Kaminecke hockte, »ich verliere dabei meine Gulden und Thomas seinen Hals. Ei, der schöne Plan eines Einfaltspinsels, der nur seine Bücher kennt!«

Der Mann neben dem Feuer spuckte aus, ohne zu antworten.

»Als Thomas gesehen hat, wie der Webstuhl Tag und Nacht arbeitete, und allein die Aufgaben von vier Mann verrichtete, hat er gar nichts gesagt«, fing Colas Gheel wieder an, »aber er zitterte und schwitzte, als hätte er Angst. Und man hat ihn als einen der ersten entlassen, als man meinen Trupp von Lehrlingen verkleinerte. Und die Mühlen knarrten weiter und die eisernen Stangen fuhren fort, ganz allein das Leinen zu weben. Und Thomas blieb hinten im Schlafsaal sitzen mit der Frau, die er vorigen Herbst geheiratet hat, und hörte sie mit den Zähnen klappern, wie Leute, denen es kalt ist. Und ich habe begriffen, daß unsere Maschinen eine Landplage waren wie der Krieg, die Lebensmittelteuerung und die ausländischen Tuche... und meine Hände haben die Schläge verdient, die sie bekamen... Und ich sage, daß der Mensch ganz einfach arbeiten soll, wie vor ihm seine Väter es taten, und sich mit seinen beiden Armen und seinen zehn Fingern begnügen soll.«

»Und was bist du denn anderes«, schrie Zenon nun voller Wut, »als eine schlecht geschmierte Maschine, die man benutzt und zum Abfall wirft und die leider wieder neue zeugt? Ich glaubte, du wärst ein Mann, Colas, aber ich sehe nur einen blinden Maulwurf! Ungehobelte Klötze, die weder Feuer noch Licht, noch Schöpflöffel hätten, wenn nicht ein anderer für euch gedacht hätte, und die sogar Angst vor einer Spule hätten, wenn man sie euch zum ersten Male zeigte. Geht zurück in eure Schlafsäle und verkommt zu fünft oder sechst unter derselben Decke und verreckt über euren Bordüren und eurem Wollsamt, wie es eure Väter taten!«

Der Lehrling Perrotin bewaffnete sich mit einem Humpen, der auf dem Tisch stehengeblieben war, und ging auf Zenon los. Thierry Loon packte ihn am Handgelenk; der Lehrling stieß laut kreischend Drohungen in pikardischem Platt aus, wobei er sich wand wie eine Schlange. Plötzlich verkündete Heinrich-Justus, der rasch einen seiner Haushofmeister nach unten geschickt hatte, mit dröhnender Stimme, daß man im Hof Bierfässer anzapfe, um auf den Frieden zu trinken. Das Gedränge der Männer riß Colas Gheel mit, der mit seinen beiden verbundenen Händen gestikulierte; Perrotin riß sich mit einem Faustschlag von Thierry Loon los und entwischte.

Nur ein paar Dickköpfe waren dageblieben und überlegten, wie die Arbeitslöhne im nächsten Vertrag wenigstens um ein paar magere Heller aufzubessern wären. Thomas und seine Nöte waren vergessen. Man dachte auch nicht mehr daran, noch einmal die Regentin anzuflehen, die sich's im Raum nebenan bequem gemacht hatte. Der Geschäftsmann war die einzige Macht, die diese Handwerker kannten und fürchteten; Madame Margarete sahen sie nur von weitem, wie sie auch das Tafelsilber, den Schmuck und die Stoffe und Bänder, die sie gewebt hatten, an den Wänden oder den Anwesenden, nur undeutlich und oberflächlich wahrnahmen.

Heinrich-Justus lachte leise über den Erfolg seiner Ansprache und seiner Freigebigkeit. Dieser Tumult hatte insgesamt nicht länger gedauert als eine Motette. Jene mechanischen Webstühle, denen er nur geringe Bedeutung beimaß, hatten ihn nicht viel gekostet und gerade den Aufpreis eines Feilschhandels ausgemacht; vielleicht könnte man sie in Zukunft noch einmal brauchen, aber nur, wenn die Handarbeit unglücklicherweise übertrieben teuer oder rar würde. Zenon, dessen Anwesenheit in Dranoutre den Kaufmann beunruhigte wie die einer Strohfackel in einer Scheune, würde nun seine Hirngespinste und seine feurigen Augen, mit denen er die Frauen verwirrte, anderswo herumschweifen lassen; und Heinrich-Justus würde sich bald an hohem Orte damit brüsten können, daß er in diesen bewegten Zeiten den Plebs zu beherrschen wisse und in einer Sache scheinbar nachzugeben verstehe, ohne aber jemals tatsächlich nachzugeben.

Durch ein geöffnetes Fenster betrachtete Zenon unten die in Lumpen gehüllten Schatten, die sich mit den Dienern und Wachen von Madame vermischten. An den Mauern befestigte Fackeln erhellten dieses Fest. Der Geistliche erkannte Colas Gheel an seinen roten Haaren und seinen weißen Leinwandstreifen in der Menge. Er war bleich wie seine Verbände und trank, an ein Faß gelehnt, gierig den Inhalt eines großen Schoppens aus.

»Er gießt sein Bier in sich hinein, während Thomas in seinem Gefängnis vor Angst schwitzt«, sagte der Geistliche verächtlich, »und ich liebte diesen Mann... Er ist vom Schlage Simon Petrus!«

»Frieden«, sagte Thierry Loon, der bei ihm geblieben war, »du weißt nicht, was Angst und Hunger sind.«

Er stieß ihn mit dem Ellenbogen und flüsterte:

»Laß Colas und Thomas, wo sie sind, und denke künftig an uns. Unsere Leute würden dir folgen wie der Faden dem Weberschiffchen. Sie sind arm, unwissend, tumb, aber zahlreich, wimmelnd wie Würmer, gierig wie Ratten, die den Käse riechen... Deine Webstühle würden ihnen gefallen, wenn sie nur ihnen allein gehörten. Man fängt damit an, ein Lusthaus in Brand zu stecken; am Ende besetzt man ganze Städte.«

»Geh, sauf mit den anderen, du Trunkenbold!« sagte Zenon.

Er verließ den Saal und verschwand über die leere Treppe. Auf dem Absatz stieß er mit Jacqueline zusammen, die ganz außer Atem mit einem Schlüsselbund in der Hand heraufkam.

»Ich habe die Tür der Vorratskammer verriegelt«, flüsterte sie, »man kann nie wissen...«

Und sie ergriff Zenons Hand, um ihm zu zeigen, daß ihr Herz zu schnell pochte:

»Bleibt, Zenon! Ich habe Angst!«

»Laßt Euch von den Wachsoldaten beruhigen«, erwiderte der junge Geistliche hart.

Am nächsten Tag suchte der Domherr Campanus seinen Schüler, um ihm mitzuteilen, daß Madame Margarete, bevor sie in die Kutsche stieg, sich nach den griechischen und hebräischen Kenntnissen des Studenten erkundigt und den Wunsch ausgesprochen hätte, ihn unter die Bedienten ihres Gefolges aufzunehmen. Aber Zenons Zimmer war leer. Den Aussagen der Diener nach war er im Morgengrauen fortgegangen. Der Regen, der seit mehreren Stunden nicht aufgehört hatte, verzögerte die Abreise der Regentin ein wenig.

Die Tucharbeiter waren wieder nach Oudenhoven zurückgekehrt, gar nicht so unzufrieden, da sie schließlich doch noch eine Lohnerhöhung von einem halben Heller pro Pfund beim Schatzmeister durchgesetzt hatten. Colas Gheel schlief unter einer Wagenplane seinen Bierrausch aus. Perrotin aber war in den frühen Morgenstunden verschwunden. Man erfuhr später, daß er sich in jener Nacht in Drohungen gegen Zenon ergangen hatte. Auch hatte er sich seiner Geschicklichkeit im Umgang mit dem Messer sehr gebrüstet.

Der Abschied von Brügge

Wiwine Cauwersyn bewohnte bei ihrem Onkel, dem Pfarrer der Jerusalemkirche in Brügge, ein kleines, mit polierter Eiche getäfeltes Kämmerchen. Ein schmales weißes Bett stand darin und auf dem Fensterbrett ein Topf mit Rosmarin; auf einem Wandbrett lag ein Meßbuch; alles war sauber, rein und friedlich. Jeden Tag zur Stunde der Prim kam diese kleine ehrenamtliche Mesnerin den ersten Kirchgängerinnen und dem Bettler zuvor, der seinen guten Platz auf der Türschwelle der Kirche einnahm; sie trippelte in Filzschuhen über die Steinplatten des Chors, wechselte das Wasser in den Vasen und reinigte sorgfältig die silbernen Kandelaber und Hostiendosen. Ihre spitze Nase, ihre Blässe, ihre Unbeholfenheit veranlaßten niemanden zu jenen lebhaften Kommentaren, die von alleine aufkommen, wenn ein hübsches Mädchen vorbeigeht, aber ihre Tante Godeliève verglich ihr blondes Haar liebevoll mit dem Gold eines wohlgeratenen flämischen Kuchens und des geweihten Brotes, und ihr gesamtes Betragen war fromm und häuslich. Ihre Vorfahren, die längs der Seitenschiffe unter poliertem Kupfer ruhten, beglückwünschten sich sicher, daß sie so brav war.

Denn sie stammte aus guter Familie. Ihr Vater, Thibaut Cauwersyn, ehemaliger Page von Madame Marie von Burgund, hatte die Tragbahre gehalten, auf der seine junge, tödlich verwundete Herzogin unter Gebeten und Tränen nach Brügge zurückgebracht worden war. Das Bild dieser verhängnisvollen Jagd verließ ihn niemals, sein Leben lang bewahrte er für diese so schnell dahingegangene Herrin eine zärtliche Hochachtung, die an Liebe grenzte. Er unternahm Reisen, diente dem Kaiser Maximilian in Regensburg und kam nach Flandern zurück, um dort zu sterben. Wiwine hatte ihn als einen dicken Mann in Erinnerung, der sie auf seine lederbedeckten Knie setzte und mit kurzatmiger Stimme deutsche Bänkellieder vor sich hinsummte. Ihre Tante Cleenwerck zog das Waisenkind auf. Sie war eine gute, vor Fett strotzende Frau, die Schwester und Verwalterin des Pfarrers der Jerusalemkirche; sie braute stärkende Fruchsäfte und kochte ausgezeichnete Konfitüren. Der Domherr Bartholomäus Campanus kam oft und gern in dieses Haus, in dem es nach christlicher Frömmigkeit und guter Küche roch. Er führte seinen Zögling dort ein. Tante und Nichte mästeten den Schüler mit ofenwarmen Leckerbissen, wuschen seine Knie und seine Hände, wenn er sich bei einem Sturz oder einer Rauferei verletzt hatte, und bewunderten gutgläubig die Fortschritte in der lateinischen Sprache. Später, als er in Löwen studierte und nur noch selten nach Brügge zu Besuch kam, verschloß ihm der Pfarrer seine Tür, da er von dieser Seite her einen bösen Geruch nach Atheismus und Ketzerei spürte. Aber an diesem Morgen hatte Wiwine von einem Klatschmaul erfahren, daß man gerade gesehen habe, wie Zenon mit Schmutz bespritzt und durchnäßt im Regen zu der Werkstatt von Johannes Myers gegangen sei, und sie wartete ruhig darauf, daß er sie in der Kirche aufsuchen werde.

Er trat geräuschlos durch die Sakristeitür ein. Wiwine lief ihm, in den Händen noch die Altardecken, mit der arglosen Fürsorglichkeit einer kleinen Dienerin entgegen.

»Ich geh' fort, Wiwine«, sagte er, »schnürt die Hefte zusammen, die ich in Eurem Schrank versteckt habe; ich werde kommen und sie abholen, wenn es ganz dunkel ist.«

»Wie seht Ihr nur aus, mein Freund«, sagte sie.

Er mußte wohl bei dem Platzregen durch den Schmutz des flachen Landes gewatet sein, denn seine Schuhe und der untere Teil seiner Kleider waren mit Erde verkrustet. Anscheinend hatte man ihn auch mit Steinen beworfen, oder er war gestürzt, denn sein Gesicht war nur noch ein einziger blauer Fleck, und einer seiner Ärmel hatte blutige Streifen.

»Es ist nichts Schlimmes«, sagte er, »nur eine Rauferei. Ich denke schon nicht mehr daran.«

Aber er ließ sie mit Hilfe eines feuchten Lappens so gut es ging die Spritzer und den Schlamm abreiben. Die verwirrte Wiwine fand ihn so schön wie den düsteren Christus aus bemaltem Holz, der unweit von ihnen unter einem Rundbogen lag, und sie bemühte sich um ihn wie eine kleine unschuldige Magdalena.

Sie erbot sich, ihn in die Küche von Tante Godeliève mitzunehmen, um seine Kleider zu reinigen und ihn mit warmen Waffeln zu stärken.

»Ich geh' fort, Wiwine«, wiederholte Zenon, »ich will sehen, ob die Unwissenheit, die Angst, die Dummheit und das abergläubische Geschwätz anderswo ebenso herrschen wie hier.«

Diese heftige Redeweise erschreckte sie; alles, was ungewöhnlich war, erschreckte sie. Dennoch verschmolz dieser männliche Zorn für sie mit den stürmischen Ausbrüchen des Schülers, so wie der Schlamm und das schwarzverkrustete Blut sie an den Zenon erinnerten, der von Straßenkeilereien übel zugerichtet heimkam und ihr guter Freund und lieber Bruder gewesen war, als sie zehn Jahre alt waren. Sie sagte im Ton einer sanften Ermahnung:

»Wie sprecht Ihr so laut in der Kirche!«

»Gott hört recht wenig«, antwortete Zenon bitter.

Er erklärte nicht, woher er kam, noch wohin er ging, welchem Tumult oder welchem Überfall er entronnen war, und auch nicht, welcher Abscheu ihn von einem mit Hermelin und Ehren ausstaffierten Gelehrtendasein abhielt, oder welche geheimen Absichten ihn ohne Begleitung auf die wenig sicheren Landstraßen zogen, wo sich die aus dem Krieg heimkehrenden Tippelbrüder herumtrieben und das heimatlose Gesindel, dem die kleine Schar, bestehend aus dem Pfarrer, aus Tante Godeliève und einigen Bediensteten, wohlweislich aus dem Wege ging, wenn man von einem Landausflug heimkehrte.

»Die Zeiten sind so schlecht«, meinte sie, die im Hause und auf dem Wochenmarkt üblichen Klagen wiederholend, »und wenn Ihr nun wieder einem Bösewicht begegnet...«

»Wer sagt Euch denn, daß ich nicht mit ihm fertig würde?« erwiderte er barsch. »Es ist nicht so schwierig, jemanden ins Jenseits...«

»Christian Merghelynck und mein Vetter Johannes von Behaghel, die in Löwen studieren, sind ebenfalls im Begriff, ins Priesterseminar zurückzukehren«, beharrte sie, »wenn Ihr Euch mit ihnen in der Herberge zum Schwan treffen wollt...«

»Christian und Johannes sollen ruhig vor den Attributen der göttlichen Person erblassen, wenn sie wollen«, erwiderte der junge Priester geringschätzig. »Und falls der Pfarrer, Euer Onkel, der mich als Atheisten verdächtigt, sich weiterhin über meine Ansichten beunruhigen sollte, so sagt ihm, daß ich meinen Glauben an einen Gott bekenne, der nicht von einer Jungfrau geboren wurde und nicht am dritten Tag wieder auferstehen wird, sondern dessen Königreich von dieser Welt ist. Versteht Ihr mich?«

»Ich werde es ihm auch sagen, ohne es zu verstehen«, sagte sie sanft, doch sie versuchte gar nicht erst, diese für sie abstrusen Äußerungen im Gedächtnis zu behalten. »Und weil meine Tante Godeliéve gleich nach dem Abendläuten die Tür zusperrt und den Schlüssel unter ihrer Matratze versteckt, werde ich Eure Hefte unter das Vordach legen, zusammen mit etwas Proviant für unterwegs.«

»Nein«, sagte er, »für mich ist gerade Vigilien- und Fastenzeit.«

»Wieso?« fragte sie und versuchte vergeblich, sich zu erinnern, welchen Heiligen man nach dem Kalender feierte.

»Das schreibe ich mir selber vor«, sagte er in scherzendem Ton, »habt Ihr niemals gesehen, wie sich Pilger zur Abreise vorbereiten?«

»Wie Ihr wollt«, erwiderte sie, während bei dem Gedanken an diese merkwürdige Reise Tränen ihre Stimme erstickten,

»und ich, ich werde die Stunden, die Tage und Monate zählen, wie jedesmal, wenn Ihr fort seid.«

»Was für eine Ballade erzählt Ihr mir da?« fragte er mit einem schmalen Lächeln. »Der Weg, den ich einschlage, wird niemals mehr hierher zurückführen. Ich gehöre nicht zu denen, die umkehren, um ein Mädchen wiederzusehen.«

»Nun«, meinte sie und hob ihre kleine eigensinnige Stirn zu ihm auf, »dann werde ich eines Tages zu Euch gehen, statt daß Ihr zu mir zurückkommt.«

»Vergebliche Mühe«, erwiderte er darauf und machte wie zum Scherz dieses Geplänkel mit, »ich werde Euch vergessen.«

»Mein lieber Herr«, sagte Wiwine, »die Leute aus meiner Familie liegen unter diesen Steinplatten und ihr Wahlspruch steht auf ihrem Kopfkissen: *In euch liegt mehr.* Und in mir liegt mehr, als Vergessen mit Vergessen zu vergelten.«

Sie stand vor ihm, eine kleine Quelle, fade und durchsichtig. Er liebt sie nicht. Dieses ein wenig einfältige Kind war sicher das schwächste der Bande, die ihn mit seiner kurzen Vergangenheit verknüpften. Doch ein schwaches Mitleid überkam ihn, gemischt mit dem Stolz, vermißt zu werden. Und mit der ungestümen Geste eines Mannes, der im Moment der Abreise irgend etwas verschenkt, wegwirft oder opfert, um sich wer weiß welcher Mächte zu versichern oder sich im Gegenteil von ihnen zu befreien, zog er plötzlich seinen schmalen Silberring ab, den er beim Ringspiel mit Jeannette Fauconnier gewonnen hatte, und legte ihn wie ein Geldstück in diese ausgestreckte Hand. Er rechnete keineswegs damit, zurückzukommen. Dieses kleine Mädchen würde von ihm nur das Almosen eines bedeutungslosen Traumes besitzen.

Als es dunkel geworden war, ging er die Hefte unter dem Vordach holen und brachte sie zu Johannes Myers. Zum größten Teil waren es Auszüge von heidnischen Philosophen, die er während seiner Ausbildung in Brügge unter der Obhut des

Domherrn heimlich abgeschrieben hatte und die eine ganze Menge skandalöser Ansichten über die Natur der Seele und die Nichtexistenz Gottes enthielten, oder auch Zitate von Kirchenvätern, die den Götzenkult angriffen und deren Sinn er verdreht hatte, um die Sinnlosigkeit der Frömmigkeit und der christlichen Zeremonien aufzuzeigen. Zenon war noch jung genug, um diesen ersten Freiheiten, die er sich als Schüler herausgenommen hatte, großen Wert beizumessen. Er diskutierte mit Johannes Myers über seine Zukunftspläne: dieser riet zu Studien an der medizinischen Fakultät in Paris, die er selber besucht hatte, ohne es allerdings bis zur Disputation und zum Doktorhut gebracht zu haben. Zenon begeisterte sich für viel weitere Reisen. Der Bader legte die Hefte des Studenten sorgfältig an einen verborgenen Platz, wo er seine alten Flaschen und seinen Vorrat an Leinenzeug verwahrte. Der Geistliche bemerkte nicht, daß Wiwine einen kleinen Heckenrosenzweig zwischen die Seiten gelegt hatte.

Das öffentliche Gerede

Später erfuhr man, daß er zuerst einige Zeit in Gent bei dem Domprobst von Sankt-Bavon zugebracht hatte, der sich mit Alchimie befaßte. Dann glaubte man ihn in Paris in jener Rue de la Bûcherie gesehen zu haben, wo die Studenten heimlich Leichen sezieren und wo man sich Pyrrhonismus und Ketzerei wie schlechte Manieren aneignet. Andere versicherten durchaus glaubwürdig, daß er seine Diplome an der Universität von Montpellier erworben hätte, worauf wieder andere erwiderten, er hätte sich an dieser berühmten Fakultät lediglich eingeschrieben und auf akademische Titel und Pergamente zugunsten praktischer Experimente verzichtet, da er Galenus und Celsus gleichermaßen verachtete. Man glaubte, ihn im Languedoc in der Person eines Magiers und Frauenverführers wiedererkannt zu haben, und um die gleiche Zeit in Katalonien im Gewand eines Pilgers, der von Montserrat kam und wegen des Mordes an einem Jungen in einem Gasthof gesucht wurde, wo gottloses Gesindel, Matrosen, Roßtäuscher, des Judentums verdächtige Wucherer und schlecht bekehrte Araber verkehrten. Man wußte in etwa, daß er sich für Spekulationen auf dem Gebiet der Physiologie und Anatomie interessierte, und aus der Geschichte von dem ermordeten Kind, die für ungebildete oder leichtgläubige Leute nur eine Angelegenheit von Zauberei oder schlimmer Lasterhaftigkeit war, wurde auf den Lippen der Besserwissenden eine Operation, durch die frisches Blut in die Adern eines reichen kranken Hebräers hatte übertragen werden sollen. Noch später behaupteten Leute, die von langen Reisen und mit noch längeren Lügengeschichten zurückkamen, ihn im Land der Agathyrsen, bei den Berbern und sogar am Hof des großen Daïr gesehen zu haben. Eine neue Art griechisches Feuer, das in Algier vom Pascha Khereddin Barbarossa angewandt wurde, beschädigte um 1541 eine kleine spanische Begleitflotte schwer. Diese unheilvolle Erfindung schrieb man ihm zu, und man sagte, sie habe ihn reich gemacht. Ein Franziskanermönch, der als Missionar nach Ungarn geschickt worden war, hatte in Buda einen flämischen Arzt getroffen, der sich gehütet hatte, seinen Namen zu nennen: ohne Zweifel war er das. Man wußte auch aus guter Quelle, daß er von Joseph Ha-Cohen, dem Leibarzt des Dogen, zur Konsultation nach Genua gerufen worden sei, doch dann hochmütig abgelehnt hätte, den Posten dieses Juden zu übernehmen, den man des Landes verwiesen hatte. Da man, oft zu Recht, annimmt, daß die Verwegenheiten des Fleisches die der Intelligenz begleiten, schrieb man ihm Vergnügungen zu, die nicht weniger gewagt waren als seine Arbeiten, und die verschiedensten Geschichten gingen um, die natürlich nach dem jeweiligen Geschmack derer, die seine Abenteuer verbreiteten oder erfanden, variierten. Doch von all diesen Kühnheiten war vielleicht die schockierendste, daß er, wie man sagte, den schönen Beruf des Arztes entwürdigte, indem er sich vor allem der groben Kunst der Chirurgie hingab und so seine Hände mit Blut und Eiter beschmutzte. Nichts konnte bestehen bleiben, wenn ein unruhiger Geist derart der guten Ordnung und den guten Sitten trotzte. Lange Zeit verlor man seine Spur, dann glaubte man ihn in Basel während einer Pestepidemie wiederzusehen: eine Reihe unverhoffter Heilungen brachten ihm in jenen Jahren den Ruf eines Wundertäters ein. Doch dann verstummte dieses Gerücht wieder. Dieser Mann fürchtete sich anscheinend vor den Paukenschlägen des Ruhms.

Gegen 1539 hatte man in Brügge eine kleine Abhandlung in französischer Sprache erhalten, die bei Dolet in Lyon gedruckt worden war und seinen Namen trug. Sie enthielt eine sehr genaue Beschreibung der Muskelfasern und der kreisförmig angeordneten Klappen des Herzens, gefolgt von einer

Studie über die Rolle, die dem linken Zweig des Nervus vagus bei der Funktion dieses Organs zukommen sollte. Zenon behauptete darin entgegen der Lehrmeinung, daß der Pulsschlag im Augenblick der Systole erfolge. Er ließ sich auch über die Verengung und Erweiterung der Arterien bei gewissen Alterskrankheiten aus. Der Domherr, der sich wenig auf diesem Gebiet auskannte, las die kurze Abhandlung immer wieder von neuem und war beinahe enttäuscht, nichts darin zu finden, was die Gerüchte über die Ruchlosigkeit seines ehemaligen Schülers rechtfertigte. Jeder beliebige Praktiker, schien ihm, hätte ein solches Buch schreiben können, das noch nicht einmal ein schönes lateinisches Zitat schmückte. Bartholomäus Campanus sah recht oft in der Stadt den Bader Johannes Myers auf seiner braven Eselin, der immer mehr Chirurg und immer weniger Bader geworden war, seitdem er mit den Jahren zu Ansehen gelangt war. Dieser Myers war vielleicht der einzige Bewohner von Brügge, von dem man berechtigterweise annehmen konnte, daß er von Zeit zu Zeit Nachrichten von dem zum Meister avancierten Studenten erhielt. Der Domherr war manchmal in Versuchung, diesen einfachen Mann anzusprechen, aber die Schicklichkeit schien dagegen zu sprechen, daß die ersten Worte von ihm kamen, und der gute Mann hatte den Ruf, durchtrieben und spöttisch zu sein.

Jedesmal, wenn ein Zufall ihm irgendeine Nachricht über seinen früheren Schüler zutrug, begab sich der Domherr sofort zum Pfarrer Cleenwerck, seinem alten Freund. Sie unterhielten sich abends im Sprechzimmer des Pfarrhauses ausführlich darüber und manchmal liefen die Tante Godelïeve oder ihre Nichte mit einer Lampe oder einer Schüssel durch das Zimmer, aber weder die eine noch die andere gab sich die Mühe hinzuhören, da es nicht ihre Gewohnheit war, den Gesprächen der beiden Kirchenmänner zu lauschen. Wiwine war aus dem Alter der kindlichen Liebeleien heraus. Sie verwahrte noch immer den schmalen Ring mit dem Blumenornament in einem Kästchen, das Glasperlen und Nadeln enthielt, aber sie wußte, daß ihre Tante ernste Pläne für sie schmiedete. Während die Frauen das Tischtuch zusammenfalteten und das Geschirr wegräumten, wendete Bartholomäus Campanus mit dem alten Pfarrer diese winzigen Nachrichtenfetzen hin und her, die, am ganzen Leben Zenons gemessen, nicht mehr waren als ein Fingernagel, gemessen an der Gesamtheit des Körpers. Der Pfarrer schüttelte den Kopf, da er von diesem von Ungeduld, eitlem Wissen und Hochmut verwirrten Geist nur das Schlimmste erwartete. Schwach verteidigte der Domherr den Studenten, den er geformt hatte. Nach und nach jedoch hörte Zenon auf, für sie eine Person, ein Gesicht, eine Seele, ein irgendwo auf einem Punkt des Erdkreises lebender Mensch zu sein; er wurde ein Name, weniger als ein Name, ein verblichenes Etikett auf einem Einmachglas, in dem langsam ein paar unvollständige und tote Erinnerungen an ihre eigene Vergangenheit verfaulten. Noch redeten sie von ihm. In Wirklichkeit vergaßen sie ihn.

Der Tod in Münster

Simon Adriansen wurde alt. Er merkte es weniger an der Müdigkeit als an einer Art zunehmender Heiterkeit. Es ging ihm wie einem Steuermann, der – schwerhörig geworden – das Brausen des Sturmes nur noch undeutlich vernimmt, aber weiterhin mit gleichem Geschick die Stärke der Strömungen, der Gezeiten und der Winde abzuschätzen vermag. Sein ganzes Leben lang war er von geringerem Reichtum zu größerem Reichtum gelangt: das Gold floß nur so in seine Hände; er hatte seinen Familiensitz in Middelburg aufgegeben zugunsten eines Hauses, das auf seine Kosten an einem neuangelegten Kai von Amsterdam erbaut worden war, zu der Zeit, als er in diesem Hafen die Konzession für Kolonialwaren erhalten hatte. In seiner unmittelbar am Schreijerstoren gelegenen Behausung wurden die Schätze von Übersee gesammelt und geordnet wie in einer festen Truhe. Aber Simon und seine Frau lebten abseits von all diesem Glanz auf der letzten Etage in einem kleinen Zimmer, das kahl wie eine Schiffskajüte war, und dieser ganze Luxus diente nur zum Trost der Armen.

Für sie waren die Türen immer offen, das Brot immer gebacken, die Lampen immer angezündet. Diese zerlumpten Gestalten waren nicht nur zahlungsunfähige Schuldner oder Kranke, denen die überfüllten Hospitäler die Pflege verweigerten, sondern auch brotlose Schauspieler, vom Branntwein verblödete Matrosen, am Schandpfahl aufgelesene Galgenvögel mit Peitschenstriemen auf den Schultern. Wie Gott, der will, daß ein jeder auf Seiner Erde einhergehen und sich Seiner Sonne erfreuen soll, war Simon Adriansen nicht wählerisch, sondern suchte vielmehr aus Abscheu vor den menschlichen Gesetzen diejenigen aus, die man für die Schlimmsten hält. Mit neuen warmen Kleidern, die der Meister selber ihnen anzog, setzte sich dieses eingeschüchterte Lumpengesindel an seinen Tisch. Auf der Galerie verborgene Musikanten flößten ihren Ohren einen Vorgeschmack des Paradieses ein; Hilzonde schmückte sich zum Empfang ihrer Gäste mit prächtigen Gewändern, die den Wert ihrer Almosen noch steigerten, und schöpfte mit einer silbernen Suppenkelle aus den Schüsseln.

Simon und seine Frau hatten, wie Abraham und Sarah, wie Jakob und Rahel, zwölf Jahre in Frieden miteinander gelebt. Sie hatten dennoch ihre Sorgen. Mehrere zärtlich geliebte und umsorgte Neugeborene waren ihnen eins nach dem anderen gestorben. Jedesmal neigte Simon den Kopf und sagte: »Der Herr ist der Vater. Er weiß, was für die Kinder gut ist.«

Und dieser wahrhaft fromme Mann brachte Hilzonde bei, wie süß das Entsagen ist. Aber ein Rest von Traurigkeit blieb in ihnen zurück. Endlich wurde ein Mädchen geboren und blieb am Leben. Simon Adriansen lebte seitdem mit Hilzonde in einem brüderlichen Geiste.

Seine Schiffe steuerten von allen Ufern der Erde zum Hafen von Amsterdam, aber Simon dachte an die große Reise, die unvermeidlich für uns alle – ob arm oder reich – an einem unbekannten Strand mit Schiffbruch endet. Die Seefahrer und Geographen, die sich mit ihm über die Portulane beugten und Karten für seinen Gebrauch anfertigten, waren seinem Herzen ferner als diese Abenteurer, die unterwegs waren in eine andere Welt: zerlumpte Prediger, auf dem Marktplatz verhöhnte und verlachte Propheten, Jan Matthyjs, ein halluzinierender Bäcker, Hans Bockhold, ein herumziehender Possenreißer, den Simon eines Abends halb erfroren auf der Schwelle einer Schenke gefunden hatte und der die Anpreisungen eines Marktschreiers in den Dienst der Macht des Geistes stellte. Unter ihnen bemerkte man einen, der bescheidener war als alle anderen, der sein großes Wissen verbarg und sich freiwillig dumm stellte, auf daß die göttliche Erleuchtung ungehemmter auf ihn herabkäme, Bernard Rottmann in seinem alten Pelzmantel. Einst war er Luthers Lieblingsschüler gewesen, jetzt aber spie er auf den Mann aus Wittenberg, diesen falschen Gerechten, der mit einer Hand den Kohl der Reichen und mit der anderen die Ziege der Armen streichelte und schlaff zwischen Wahrheit und Irrtum saß.

Die Arroganz der Heiligen, die unverschämte Art, mit der sie im Geist den Bürgern ihr Hab und Gut und den Honoratioren ihre Titel entrissen, um sie ganz nach ihrem Belieben neu zu verteilen, hatte ihnen den Zorn der Öffentlichkeit zugezogen. Vom Tode oder sofortiger Ausweisung bedroht, hielten die Guten im Haus von Simon geheime Zusammenkünfte ab, berieten wie Matrosen auf einem sinkenden Schiff. Aber von ferne ragte die Hoffnung empor wie ein Segel: Münster, wo es Jan Matthyjs, nachdem er den Bischof und die Schöffen verjagt hatte, gelungen war, sich niederzulassen, war zur Stadt Gottes geworden, wo zum ersten Male die Lämmer eine Zuflucht auf Erden fanden. Vergeblich nahmen sich die kaiserlichen Truppen vor, dieses Jerusalem der Entrechteten zu unterwerfen; alle Armen der Welt würden sich um ihre Brüder versammeln; Banden würden von Stadt zu Stadt ziehen, die schändlichen Kirchenschätze plündern und die Götzenbilder umwerfen; man würde den dicken Martin in seinem Thüringer Schweinestall, den Papst in seinem Rom schlachten. Simon hörte diese Reden an und strich sich dabei über seinen weißen Bart: er hatte das Temperament eines Mannes, der ans Risiko gewöhnt ist, und das veranlaßte ihn, die ungeheuren Gefahren dieses frommen Abenteuers widerspruchslos zu akzeptieren; Rottmanns Unbeirrbarkeit und die Scherze von Hans nahmen ihm die letzten Bedenken und beruhigten ihn ebenso, wie ihn die Ernsthaftigkeit des Kapitäns und die Heiterkeit des Schiffsjungen auf einem seiner Schiffe beruhigt hatten, wenn es in der Zeit der Stürme die Anker lichtete. Mit zuversichtlichem Herzen sah er eines Abends seine ärmlichen Gäste, die ihre Mütze bis über die Augen zogen oder sich die verschlissenen Enden eines Wollschals um den Hals schlangen, Seite an Seite in Schmutz und Schnee davongehen, bereit, sich gemeinsam bis nach Münster, dieser Stadt ihrer Träume, zu schleppen.

Eines Tages schließlich oder vielmehr eines Nachts in der kalten Morgendämmerung des Februars, ging er nach oben in das Zimmer, wo Hilzonde im Schein einer winzigen Nachtlampe gerade und regungslos in ihrem Bett ruhte. Er sprach sie mit leiser Stimme an, vergewisserte sich, daß sie nicht schlief, setzte sich schwerfällig ans Ende des Lagers und wie ein Kaufmann, der mit seiner Frau die Tagesabrechnung noch einmal durchgeht, erzählte er ihr von den geheimen Zusammenkünften, die sich in dem kleinen Zimmer unten abgespielt hatten. War sie es nicht auch leid, in einer dieser Städte zu leben, wo Geld, Fleisch und Eitelkeit grotesk auf dem Marktplatz herumstolzieren, wo die Mühsal der Menschen zu Steinen, Mauern, zu eitlen und sperrigen Gegenständen erstarrt zu sein scheint, über die der Geist nicht mehr weht? Was ihn betreffe, so habe er sich vorgenommen, sein Haus und seine Besitztümer in Amsterdam zu verlassen oder vielmehr zu verkaufen (denn warum ein Gut fruchtlos verschleudern, das Gott gehört?), um sich, solange noch Zeit dazu wäre, in der schon brechend vollen Arche von Münster niederzulassen, wo ihr Freund Rottmann ihnen schon ein Dach und Nahrung zu finden wissen würde. Er gab Hilzonde zwei Wochen Zeit, um diesen Plan zu überdenken, der Not, Exil, vielleicht auch den Tod in sich barg, aber auch die Aussicht, unter den ersten zu sein, die das Himmlische Reich begrüßen sollten.

»Zwei Wochen, Frau«, wiederholte er, »und nicht eine Stunde länger, denn die Zeit drängt.«

Hilzonde stützte sich auf den Ellenbogen und sah ihn mit plötzlich weit aufgerissenen Augen an:

»Die zwei Wochen sind um, mein Gemahl«, sagte sie mit einer Art stiller Geringschätzung für das, was sie auf diese Weise hinter sich ließ.

Simon lobte sie, daß sie auf ihrem gemeinsamen Weg zu Gott stets um einen Sprung voraus war. Seine Verehrung für seine Gefährtin hatte der Abnutzung durch das tägliche Leben widerstanden. Aus freien Stücken achtete dieser alte Mann nicht auf die Unvollkommenheiten, die Schattenseiten und die Fehler, die doch an der Oberfläche der Seele sichtbar sind, sondern er beachtete an den Geschöpfen seiner Wahl nur das, was sie vielleicht im reinsten Inneren ihrer selbst waren oder was sie zu werden trachteten. Unter dem lächerlichen Äußeren der Propheten, die er beherbergte, erkannte er Heilige. Da er seit der ersten Begegnung mit Hilzonde gerührt war von ihren klaren Augen, achtete er nicht auf den beinahe tükkischen Zug ihres traurigen Mundes. Diese magere und müde Frau blieb für ihn ein großer Engel.

Der Verkauf des Hauses und der Möbel war Simons letztes gutes Geschäft. Wie immer diente seine Gleichgültigkeit in Geldangelegenheiten seinem Vermögen, denn dadurch vermied er die Fehler, die man begeht, wenn man den Verlust fürchtet oder allzu hastig zuviel gewinnen will. Als sie sich freiwillig ins Exil begaben und Amsterdam verließen, waren sie von einem Respekt umgeben, der den Reichen trotz allem zuteil wird, selbst wenn sie empörenderweise für die Armen Partei ergreifen. Ein Wasserfahrzeug brachte sie nach Deventer; von da rollten sie in einem Fuhrwerk durch die Hügel von Geldern, die in jungem Grün standen. Sie hielten in westfälischen Gasthäusern an, um Räucherschinken zu kosten. Der Weg nach Münster bekam für diese Leute aus der Stadt den Anstrich einer Landpartie. Eine Dienerin namens Johanna, die Simon verehrte, weil sie einst für den Glauben der Wiedertäufer die Folter ertragen hatte, begleitete Hilzonde und das Kind.

Bernard Rottmann empfing sie an den Toren von Münster in einem Gedränge von Fuhren, Säcken und Fässern. Die Vorbereitungen auf die Belagerung erinnerten an die ungeordnete Geschäftigkeit vor manchen Festen. Während die beiden Frauen eine Wiege und ihre Siebensachen abluden, lauschte

Simon den Erklärungen des Großen Erneuerers. Rottmann war ruhig; ebenso wie die von ihm unterwiesene Menge, die Gemüse und Holz aus der Umgebung von Münster durch die Straßen schleppte, rechnete er auf die Hilfe Gottes. Dennoch brauchte die Stadt Geld. Noch mehr brauchte sie die Unterstützung der Kleinen, der Unzufriedenen, der Empörten, die über die Welt verstreut waren und nur auf den ersten Sieg des neuen Christus warteten, um das Joch jeglicher Götzenverehrung abzuschütteln. Simon war immer noch reich. Er hatte einbringliche Schuldforderungen in Lübeck, Elbing und bis nach Jütland und dem weit entfernten Norwegen hin. Er war es sich schuldig, diese Summen einzutreiben, die nur dem Herrn gehörten. Während der Reise würde er den frommen Herzen die Botschaft der aufständischen Heiligen überbringen können. Sein Ruf als Mann von Verstand und Geld, seine Kleidung aus gutem Tuch und weichem Leder würden ihm dort Gehör verschaffen, wo ein Prediger in Lumpen keinen Zutritt hätte. Dieser bekehrte Reiche war der beste Sendbote des Rats der Armen.

Simon schloß sich dieser Ansicht an. Man mußte schnell machen, um den Fallen der Fürsten und Priester zu entgehen. Hastig umarmte er Frau und Tochter und reiste auf dem muntersten der Maulesel, die ihn gerade bis zu den Toren der Arche gebracht hatten, auf der Stelle wieder ab. Wenige Tage später erschienen die Lanzenspitzen der Landsknechte am Horizont; die Truppen des Fürstbischofs bezogen rings um die Stadt Stellung, zwar ohne den Ansturm zu versuchen, doch bereit, so lange dazubleiben, bis dieses Lumpengesindel vom Hunger zur Übergabe gezwungen würde.

Bernard Rottmann hatte Hilzonde und ihr Kind in dem Haus des Bürgermeisters Knipperdolling untergebracht, der in Münster als erster die Reinen beschützt hatte. Dieser herzliche und friedfertige dicke Mann behandelte sie wie eine Schwester. Unter dem Einfluß von Jan Matthyjs, der eine neue Welt knetete wie vordem seine Brote in seinem Haarlemer Keller, wurden alle Dinge im Leben anders, leichter und einfacher. Die Früchte der Erde gehörten allen, wie die Luft und das Licht Gottes; wer Wäsche, Geschirr oder Möbel besaß, trug sie auf die Straße, um sie zu verteilen. Da alle einander mit strenger Liebe zugetan waren, halfen sie sich, tadelten sie sich, belauerten sie sich gegenseitig, um sich vor ihren Sünden zu warnen; die bürgerlichen Gesetze waren aufgehoben, aufgehoben die Sakramente; Gotteslästerungen und Fleischessünden wurden mit dem Strick bestraft; verschleierte Frauen glitten hier und da wie große unruhige Engel umher, und man hörte auf dem Platz die Schluchzer der öffentlichen Beichten.

Die kleine Zitadelle der Guten, umringt von den katholischen Truppen, lebte in göttlichem Fieber. Allabendliche Predigten unter freiem Himmel stärkten ihren Mut; Bockhold, der Lieblingsheilige, gefiel, weil er die blutigen Bilder der Apokalypse mit seinen Komödiantenpossen würzte. Die Kranken und ersten Verwundeten der Belagerung, die in der lauen Sommernacht unter den Arkaden des Platzes lagen, mischten ihr Stöhnen unter die schrillen Stimmen der Frauen, die den Vater um Hilfe anflehten. Hilzonde war eine der feurigsten. Aufrecht, groß, emporgereckt wie eine Flamme, prangerte Zenons Mutter die römischen Niederträchtigkeiten an. Abscheuliche Visionen füllten ihre von Tränen getrübten Augen. In sich selbst zusammensinkend, bog sich Hilzonde plötzlich wie eine hohe, zu dünne Kerze und weinte aus Zerknirschung, aus Zärtlichkeit und aus Todessehnsucht.

Der erste öffentliche Trauerfall war der Tod von Jan Matthyjs, der an der Spitze von dreißig Mann und einer Armee von Engeln bei einem Ausbruchsversuch gegen die Armee des Bischofs gefallen war. Hans Bockhold wurde unverzüglich auf dem Vorplatz der Kirche zum Propheten und König ausgerufen, auf dem Kopf eine Königskrone und hoch zu Roß auf einem Pferd, das als Harnisch ein Meßgewand trug. Man errichtete ein Podium, auf dem der neue David jeden Morgen thronte und unangefochten über die Angelegenheiten des

Himmels und der Erde entschied. Ein paar geglückte Streifzüge, bei denen man die bischöflichen Küchen überrumpelte und Ferkel und Hühner erbeutete, wurden bei Pfeifenklang auf dem Podium gefeiert. Hilzonde lachte wie die anderen, als die gefangengenommenen Küchenjungen des Feindes gezwungen wurden, die Gerichte zuzubereiten, und dann von der Menge mit Fußtritten und Faustschlägen getötet wurden.

Allmählich vollzog sich in den Seelen eine Veränderung, so wie sich nachts ein Traum unbemerkt in einen Alptraum verwandelt. Die Ekstase gab den Heiligen den schwankenden Gang von Betrunkenen. Der neue Christ-König verordnete eine Fastenzeit nach der anderen, um die Lebensmittel, die überall in den Kellern und Speichern der Stadt gestapelt waren, aufzusparen; gelegentlich aber, wenn eine Tonne mit Heringen über die Maßen zu stinken begann oder auf der Rundung eines Schinkens sich Flecken zeigten, fraß man sich voll. Bernard Rottmann, der erschöpft und krank sein Zimmer hütete, nahm die Entscheidungen des neuen Königs wortlos hin und begnügte sich damit, dem unter seinen Fenstern versammelten Volk von der Liebe, die alle irdischen Schlacken verzehrt, und von der Hoffnung auf das Königreich Gottes zu predigen. Knipperdolling war feierlich von dem abgeschafften Posten des Bürgermeisters zum Scharfrichter befördert worden. Dieser fette Mann mit gerötetem Hals strahlte bei der Ausübung seines neuen Amtes ein Wohlbehagen aus, als hätte er schon immer im geheimen vom Beruf eines Metzgers geträumt. Es wurde viel getötet; der König ließ die Feigen und die Lauen aus der Welt schaffen, ehe sie andere ansteckten; außerdem wurde durch jeden Toten eine Ration eingespart. In dem Haus, wo Hilzonde wohnte, sprach man von Hinrichtungen wie früher in Brügge von Wollpreisen.

Hans Bockhold willigte aus Demut ein, sich bei den irdischen Versammlungen nach seiner Geburtsstadt Johann von Leiden nennen zu lassen, nahm aber außerdem von seinen Getreuen einen anderen, unaussprechlichen Namen an, da er in sich eine übermenschliche Kraft und Leidenschaft spürte. Siebzehn Ehefrauen bezeugten die unerschöpfliche Lebenskraft Gottes. Angst oder Ruhmsucht drängte etliche Bürger, dem lebendigen Christus ihre Frauen auszuliefern, so, wie sie ihre Goldstücke abgeliefert hatten; Huren, die man aus schäbigen Bordells geholt hatte, rissen sich um die Ehre, den ehelichen Vergnügungen des Königs zu dienen. Er kam zu Knipperdolling, um sich mit Hilzonde zu unterhalten. Sie wurde blaß, als dieser kleine Mann mit den lebhaften Augen sie berührte und wie ein Schneider mit tastenden Händen den Besatz ihres Mieders beiseiteschob. Sie erinnerte sich und wollte sich doch nicht erinnern, daß er in den Amsterdamer Tagen, als er an ihrem Tisch nur ein ausgehungerter Possenreißer war, den Augenblick, da sie sich mit einer Schüssel in der Hand über ihn beugte, ausgenutzt hatte, um ihren Schenkel zu streifen. Sie gab voll Ekel den Küssen dieses feuchten Mundes nach, aber dieser Ekel verwandelte sich in Ekstase; das tiefste menschliche Schamgefühl fiel von ihr ab wie Lumpen oder wie tote Haut, die man im Dampfbad abschabt; in diesen faden und heißen Atem getaucht, hörte Hilzonde auf zu sein, und mit ihr Hilzondes Ängste, Gewissensbisse und Enttäuschungen. Der König drückte sie an sich und bewunderte ihren schlanken Körper, dessen Magerkeit, so sagte er, die gesegneten weiblichen Formen, die langen hängenden Brüste und den vorgewölbten Bauch noch mehr hervortreten zu lassen schien. Dieser Mann, der an Dirnen und plumpe Matronen gewöhnt war, begeisterte sich an Hilzondes besonderen Feinheiten: ihre zarten Hände, die auf der weichen Behaarung ihres Venusberges ruhten, erinnerten ihn an die Hände einer Dame, die achtlos auf ihrem Muff oder dem gelockten Fell ihres Schoßhündchens liegen. Er erzählte von sich: von seinem sechzehnten Lebensjahr an war er sich seines Gottseins bewußt. Er war von einem epileptischen Anfall getroffen im Laden des Kleidermachers hingefallen, in dem er Lehrling gewesen war und aus dem man ihn davongejagt hatte; unter Geschrei und Gegeifer war er in den Himmel eingetreten. Er hatte jenes göttliche Beben erneut in den Kulissen des Wandertheaters gespürt, wo er seine Rolle als geprügelter Hanswurst spielte; in einer Scheune, wo er zum ersten Mal ein Mädchen besessen, hatte er begriffen, daß Gott dieses bewegte Fleisch war, diese nackten Leiber, für die weder Armut noch Reichtum existiert, diese große Lebensflut, die auch den Tod hinwegspült und wie Engelsblut fließt. Er hielt diese Rede in einer prätentiösen Schauspielersprache, die von den grammatischen Fehlern eines Bauernjungen durchsetzt war.

An mehreren Abenden nacheinander nahm er sie mit, sich unter die Frauen Christi an die festliche Tafel zu setzen. Die Menge drängte sich derart an die Tische, daß sie beinahe zusammenbrachen; die Ausgehungerten erhaschten von den Hähnchen Hals und Beine, die der König ihnen zuzuwerfen geruhte, und erflehten seinen Segen. Die Fäuste der jungen Propheten, die dem König als Leibwache dienten, hielten dieses Gedränge in Schach. Die amtierende Königin Divara, die aus einem verrufenen Haus in Amsterdam kam, kaute gelassen und entblößte bei jedem Bissen ihre Zähne und ihre Zunge; sie sah aus wie eine träge und gesunde Kuh. Plötzlich hob der König die Hände und betete, und eine theatralische Blässe verschönte sein Gesicht mit den geschminkten Bäckchen. Oder aber er blies einem Tischgast ins Gesicht, um ihm den Heiligen Geist zu übermitteln. Eines Nachts ließ er Hilzonde ins Hinterzimmer treten und hob ihre Kleider hoch, um den jungen Propheten die makellose Nacktheit der Kirche zu zeigen. Ein Streit brach zwischen der neuen Königin und Divara aus, die sich auf Grund ihrer zwanzig Jahre stark fühlte und Hilzonde eine alte Matrone schimpfte. Beide Frauen wälzten sich auf den Fliesen und rissen sich büschelweise die Haare aus. Der König versöhnte sie, indem er sie an diesem Abend beide an seinem Herzen erwärmte.

Ein heftiger Tatendrang schüttelte bisweilen diese dummen und närrischen Seelen. Hans befahl die sofortige Zerstörung der Türme, der Glockentürme und derjenigen Giebel in der Stadt, die andere hochmütig überragten und so die

Gleichheit verhöhnten, die vor Gott unter allen herrschen soll. Scharen von Männern und Frauen, gefolgt von plärrenden Kindern, stürzten die Turmtreppen empor; aus Händen flog Schiefer und aus Schaufeln Ziegel herab, verletzten die Köpfe der Passanten und beschädigten die Dächer der niedrigen Häuser; vom Dach der Sankt-Moritz-Kirche riß man die kupfernen Heiligenfiguren halb ab, sie blieben schief zwischen Himmel und Erde hängen; man riß Gebälk ein und schlug so in die Wohnungen der früheren Reichen Löcher, durch die Schnee und Regen eindrangen. Eine alte Frau, die sich beklagt hatte, daß sie in ihrem Zimmer, das allen vier Winden offenstand, bei lebendigem Leibe erfriere, wurde aus der Stadt gejagt; der Bischof weigerte sich, sie in seinem Lager aufzunehmen; man hörte sie ein paar Nächte lang in den Gräben schreien.

Gegen Abend hielten die Arbeiter inne, verharrten mit ins Leere hängenden Beinen und hochgerecktem Hals und suchten ungeduldig den Himmel nach Zeichen für den Weltuntergang ab. Doch die rote Farbe im Westen verblich; und noch ein Abend ging ins Grau, dann ins Schwarz über, und die ermüdeten Zerstörer stiegen in ihre Elendsquartiere hinunter, um sich niederzulegen und zu schlafen.

Eine der Heiterkeit gleichende Unrast trieb die Leute, in den verwüsteten Straßen umherzuirren. Von den Festungswällen ließen sie neugierig ihre Blicke über das offene Land schweifen, das sie nicht betreten durften, so wie Seefahrer auf das gefahrvolle Meer blicken, das ihre Barke umgibt. Die Übelkeit, die der Hunger erzeugt, gleicht der, die man auf dem offenen Meer empfindet. Hilzonde ging pausenlos in denselben Gäßchen, denselben gewölbten Passagen hin und her und dieselben Treppen zu den Türmchen hinauf und hinunter, manchmal allein, manchmal ihr Kind an der Hand hinter sich herziehend. Die Glocken des Hungers tönten in ihrem leeren Kopf; sie fühlte sich leicht, munter wie die Vögel, die unaufhörlich zwischen den Kirchturmspitzen hin- und herflogen; sie war einer Ohnmacht nahe, doch so wie eine Frau vor dem Gipfel der Lust. Manchmal brach sie einen langen Eiszapfen ab, der am Gebälk hing, öffnete den Mund und lutschte diese Frische. Die Leute um sie herum schienen dieselbe gefährliche Euphorie zu erleben; trotz der Zänkereien um einen Brotkanten, um einen verfaulten Kohlkopf, leimte eine Art Zärtlichkeit, die aus den Herzen floß, diese Elenden und Hungrigen zu einer Masse zusammen. Trotzdem wagten seit einiger Zeit Unzufriedene, ihre Stimme zu erheben; man tötete die Lauen nicht mehr: es waren jetzt zu viele.

Johanna trug ihrer Herrin die finsteren Gerüchte zu, die über die Beschaffenheit des Fleisches, das man unter das Volk verteilte, zu kursieren begannen. Hilzonde aß und schien gar nicht hinzuhören. Manche Leute brüsteten sich damit, Igel, Ratten oder noch Schlimmeres probiert zu haben, ebenso wie Bürger, die man für sittenstreng hielt, plötzlich mit Unzüchtigkeiten prahlten, zu denen diese Gerippe und Gespenster gar nicht mehr fähig zu sein schienen. Man verbarg sich nicht mehr, um die Bedürfnisse des kranken Körpers zu verrichten; man hatte aus Erschöpfung aufgehört, die Toten zu begraben, aber noch waren die in den Höfen aufgestapelten Leichen durch den Frost eine saubere und geruchfreie Angelegenheit. Keiner sprach von den Pestfällen, die zweifellos von den ersten lauen Apriltagen an auftreten würden; man glaubte nicht mehr, daß man bis dahin noch durchhalten würde. Ebenso erwähnte niemand die Annäherungsarbeiten des Feindes, der systematisch damit beschäftigt war, die Wassergräben zuzuschütten, noch den – so glaubte man – nahe bevorstehenden Ansturm selbst. Das Gesicht der Gläubigen hatte den heimtückischen Ausdruck von Jagdhunden angenommen, die so tun, als hörten sie das Knallen der Peitsche hinter ihren Ohren nicht.

Eines Tages schließlich sah Hilzonde, die auf dem Festungswall stand, wie ein Mann neben ihr mit dem Arm auf etwas zeigte. Eine lange Kolonne bewegte sich in der gewellten

Ebene, Pferdezüge trotteten über die aufgetaute schlammige Erde. Ein Freudengeschrei brach los, und aus den schwachen Brüsten stiegen Choralfetzen auf: waren das nicht die Wiedertäufer-Armeen, die man in Holland und Geldern ausgehoben hatte und deren Ankunft Bernhard Rottmann und Hans Bockhold unaufhörlich ankündigten, die Brüder, die ihren Brüdern zu Hilfe kamen? Doch bald verbrüderten sich diese Regimenter mit den Truppen des Bischofs, die Münster umzingelten; der Märzwind spielte mit den Standarten, unter denen alsbald jemand die Flagge des Prinzen von Hessen erkannte; dieser Lutheraner vereinigte sich mit den Götzendienern, um das Volk der Heiligen zu vernichten. Einigen Männern gelang es, einen Steinblock oben von den Mauern herabzukippen, der etliche Pioniere zermalmte, die am Fuß der Befestigung arbeiteten. Der Schuß eines Wächters warf einen hessischen Meldereiter nieder. Die Belagerer antworteten mit einer Feuerrohrsalve, die mehrere Tote kostete. Danach versuchte niemand mehr etwas. Doch der erwartete Ansturm fand weder in dieser noch in den folgenden Nächten statt. Fünf Wochen verstrichen in lethargischer Untätigkeit.

Bernhard Rottmann hatte seit langem seine letzten Mundvorräte und den Inhalt seiner Arzneiflaschen verteilt; der König warf wie gewöhnlich aus seinem Fenster dem Volk Hände voll Korn zu, aber den Rest seiner unter dem Fußboden verborgenen Reserven gab er nicht her. Er schlief viel. Sechsunddreißig Stunden verbrachte er in einem kataleptischen Schlummer, ehe er ein letztes Mal auf dem fast leeren Platz predigte. Er hatte schon seit einiger Zeit seine nächtlichen Besuche in Hilzondes Wohnung aufgegeben; seine siebzehn Frauen, die er schimpflich davongejagt hatte, hatte er durch ein kaum mannbares, etwas stotterndes Mädchen ersetzt, das prophetische Gaben besaß und das er zärtlich sein weißes Vögelchen und die Taube seiner Arche nannte. Hilzonde empfand darüber, daß der König sie verlassen hatte, weder Kummer noch Unzufriedenheit, noch Überraschung; die Grenze zwischen dem, was gewesen war, und dem, was nicht gewesen war, verwischte sich für sie; es sah so aus, als erinnerte sie sich nicht mehr daran, von Hans als seine Geliebte behandelt worden zu sein. Aber alles blieb erlaubt; es kam vor, daß sie mitten in der Nacht die Rückkehr von Knipperdolling erwartete, neugierig, ob sie diese Fleischmasse würde in Erregung bringen können; er ging vorbei, ohne sie anzusehen, und brummte vor sich hin, um anderes als um eine Frau besorgt.

In der Nacht, in der die Truppen des Bischofs in die Stadt eindrangen, wurde Hilzonde gegen Mitternacht von dem lauten Gebrüll eines Wachtpostens geweckt, den man erwürgte. Zweihundert Landsknechte hatten sich, von einem Verräter geführt, durch eines der Ausfalltore eingeschlichen. Bernhard Rottmann, der als einer der ersten alarmiert wurde, warf sich aus seinem Krankenbett und stürzte auf die Straße, wobei seine Hemdenschöße grotesk um seine mageren Beine schlugen; er wurde barmherzigerweise von einem Ungarn getötet, der die Befehle des Bischofs nicht verstanden hatte, nach denen die Anführer der Rebellion lebendig abgeliefert werden sollten. Der König, der im Schlaf überrascht wurde, kämpfte sich von Zimmer zu Zimmer, von Flur zu Flur durch, mit dem Mut und der Behendigkeit einer Katze, die von Doggen verfolgt wird; als es Tag wurde, sah Hilzonde ihn seines Theaterplunders beraubt, nackt bis zum Gürtel, unter der Peitsche geduckt über den Platz gehen. Man stieß ihn mit Fußtritten in einen großen Käfig, in dem er die Unzufriedenen und Lauen einzusperren pflegte, bevor sie verurteilt wurden. Der halbtot geschlagene Knipperdolling wurde für tot gehalten und auf einer Bank zurückgelassen. Den ganzen Tag lang dröhnte der schwere Schritt der Soldaten durch die Stadt; dieses rhythmische Stampfen bedeutete, daß in dieser Narrenfestung der gesunde Menschenverstand wieder die Herrschaft übernommen hatte, in Gestalt jener Männer, die für einen festgesetzten Sold ihr Leben verkaufen, zu regelmäßigen Zeiten essen und trinken, gelegentlich plündern und vergewaltigen, aber irgendwo eine alte Mutter, eine sparsame Frau und einen kleinen Bauernhof besitzen, wohin sie zurückkehren, um dort zu leben, wenn sie fußlahm und alt geworden sind, die zur Messe gehen, wenn man sie dazu zwingt, und mäßig an Gott glauben. Die Hinrichtungen begannen wieder, aber dieses Mal wurden sie von der legitimen Obrigkeit befohlen und vom Papst wie von Luther gleichermaßen gebilligt. Diese ausgezehrten Leute in Lumpen, mit ihrem vom Hunger brandigen Zahnfleisch, wirkten auf die wohlgenährten Haudegen wie ekliges Ungeziefer, das auszurotten leicht und richtig war.

Nachdem das erste Durcheinander vorbei war, schlug das öffentliche Strafgericht seinen Sitz auf dem Platz der Kathedrale am Fuß des Podiums auf, wo der König seine Sitzungen abgehalten hatte. Die Sterbenden ahnten dunkel, daß sich die Versprechen des Propheten für sie auf andere Weise erfüllten, als man geglaubt hatte, so wie es immer mit Prophezeiungen geht. Die Welt ihrer Heimsuchung ging zu Ende; mit festem Schritt gingen sie in einen großen roten Himmel ein. Sehr wenige verfluchten den Mann, der sie zu dieser Erlösungs-Sarabande verführt hatte. Einige wußten im tiefsten Grunde ihrer selbst, daß sie den Tod seit langem herbeigewünscht hatten, so wie eine zu stark gespannte Kordel vielleicht zu reißen wünscht.

Hilzonde wartete bis zum Abend, daß sie an die Reihe käme. Sie hatte das schönste Kleid angezogen, das ihr geblieben war, ihre Zöpfe waren mit silbernen Nadeln aufgesteckt. Endlich erschienen vier Soldaten; es waren ehrliche Kerle, die nur ihr Handwerk verrichteten. Sie nahm die kleine Martha, die zu schreien begann, an die Hand und sagte zu ihr:

»Komm, mein Kind, wir gehen jetzt zu Gott.«

Einer der Männer entriß ihr das unschuldige Kind und warf es Johanna zu, die es an ihrem schwarzen Mieder auffing. Hilzonde folgte ihnen, ohne noch etwas zu sagen. Sie ging so schnell, daß ihre Häscher den Schritt beschleunigen mußten. Um nicht zu straucheln, raffte sie mit beiden Händen die langen Bahnen ihres grünseidenen Kleides hoch, in dem sie aussah, als schritte sie über Wellen. Als sie das Podium erreichte, erkannte sie flüchtig unter den Leichen Menschen, die ihr bekannt waren, darunter eine der ehemaligen Königinnen. Sie ließ sich auf den noch warmen Haufen fallen und bot ihren Hals dar.

Simons Reise wurde zu einem Kreuzweg. Einige Hauptschuldner wiesen ihn höflich ab, ohne zu zahlen, aus Furcht, die Tasche oder den Bettelsack der Wiedertäufer zu füllen; Vorhaltungen entfuhren dem Munde der Gauner und Geizhälse. Sein Schwager Justus Ligre erklärte, er sei nicht in der Lage, die große Summe, die Simon in seinem Antwerpener Kontor angelegt hatte, sofort zurückzuzahlen; er schmeichelte sich überdies, das Vermögen von Hilzonde und ihrem Kind umsichtiger zu verwalten als ein Einfaltspinsel, der gemeinsame Sache mit den Feinden des Staates machte. Simon ging mit gesenktem Kopf gleich einem abgewiesenen Bettler wieder hinaus durch das wie ein Reliquienkästchen geschnitzte und vergoldete Portal dieses Handelshauses, zu dessen Gründung er beigetragen hatte. In seiner Mission als Almosensammler scheiterte er ebenso: nur ein paar arme Teufel willigten ein, sich zugunsten ihrer Brüder schröpfen zu lassen. Zweimal hintereinander wurde er von den Kirchenbehörden bedroht und zahlte, um dem Gefängnis zu entgehen. Er blieb bis zum Schluß der reiche Mann, den seine Gulden schützten. Ein Teil der mageren Summen, die er auf diese Weise gesammelt hatte, wurde in Lübeck von einem Gastwirt gestohlen, bei dem er von einem Blutsturz getroffen in Ohnmacht fiel.

Da ihn sein Gesundheitszustand zwang, in kleinen Etappen zu reisen, kam er erst am Vorabend des Angriffs in Sichtweite von Münster. In die belagerte Stadt hineinzukommen, erwies sich als vergebliche Hoffnung. Im Lager des Fürstbischofs, dem er früher zu Diensten gewesen war, wurde er zwar schlecht aufgenommen, aber nicht belästigt, und es gelang ihm, in einem Bauernhof unterzukommen, der ganz nahe an den Wassergräben und grauen Mauern lag, die Hilzonde und das Kind vor ihm verbargen. Er aß an dem weißen Holztisch der Bäuerin gemeinsam mit einem Richter, der im Hinblick auf den in Bälde beginnenden kirchlichen Prozeß herbeigerufen worden war, einem Offizier des Bischofs und mehreren aus Münster entkommenen Überläufern, die nicht müde wurden, die Narrheiten der Getreuen und die Verbrechen des Königs anzuprangern. Doch Simon hörte dem Geschwätz der Verräter, die die Märtyrer verunglimpften, nur mit halbem Ohr zu. Am dritten Tag nach der Einnahme der Stadt bekam er endlich die Erlaubnis, Münster zu betreten.

Mühsam ging er durch die von Truppen bewachten Straßen, kämpfte gegen die Sonne und den trockenen Wind dieses Junimorgens und suchte verwirrt seinen Weg durch die Stadt, die er nur vom Hörensagen kannte. Unter einer Arkade des Großen Marktes erkannte er Johanna, die mit dem Kind auf dem Schoß auf einer Türschwelle saß. Das kleine Mädchen heulte, als dieser Fremde sich näherte, um es zu umarmen; Johanna machte, ohne ein Wort zu sagen, ihren untertänigen Knicks. Simon stieß die Tür mit den zerbrochenen Schlössern auf, lief durch die leeren Zimmer des Erdgeschosses, dann durch die der oberen Etagen.

Als er wieder auf den Platz hinaustrat, wandte er sich dem Platz der Hinrichtungen zu. Ein Streifen grünen Brokats hing über das Podium; er erkannte von weitem an diesem Stück Stoff Hilzonde, die unter einem Haufen von Toten lag. Ohne sich neugierig bei diesem Körper aufzuhalten, dessen Seele sich befreit hatte, kehrte er zu der Haushälterin und dem Kind zurück.

Ein Kuhhirte ging mit einem Tier, einem Eimer und dem Melkschemel auf der Straße vorüber und rief Milch aus; in dem Haus gegenüber eröffnete man wieder eine Schenke. Johanna nutzte die paar Heller, die Simon ihr gegeben hatte, um die Zinnbecher füllen zu lassen. Das Feuer knisterte im Herd; bald hörte man das Geklimper eines Löffels, den die Kleine in der Hand hielt. Das häusliche Leben nahm langsam um sie her wieder Gestalt an und erfüllte allmählich dieses verwüstete Haus, so wie die steigende Flut von neuem ein Ufer bedeckt, auf dem sich Treibgut, gestrandete Schätze und Krabben aus dem Wattenmeer ausgebreitet hatten. Die Dienerin machte für den Herrn das Bett von Knipperdolling zurecht, um ihm die Mühe zu ersparen, wiederum Treppen steigen zu müssen. Zuerst beantwortete sie nur mit säuerlichem Schweigen die Fragen des alten Mannes, der gemächlich sein warmes Bier trank. Als sie schließlich sprach, kam ein Schwall von Unflätigkeiten aus ihrem Mund, der zugleich nach Ausguß und nach Bibel roch. Der König war für die alte Hussitin niemals etwas anderes als ein Landstreicher gewesen, den man in der Küche abspeist und der es wagt, mit der Frau des Herrn zu schlafen. Als alles gesagt war, machte sie sich daran, unter geräuschvoller Zuhilfenahme von Bürsten und Holzeimern und dem Klatschen ausgespülter Putzlappen den Boden zu scheuern.

Er schlief wenig in dieser Nacht, wurde aber, entgegen dem, was die Dienerin glaubte, nicht von Empörung oder Scham bedrückt, sondern von jenem sanfteren Übel, das man Mitleid nennt. Simon, der in der lauen Nacht kaum Luft bekam, dachte an Hilzonde wie an eine verlorene Tochter. Er machte sich Vorwürfe, daß er sie diesen schlimmen Weg allein hatte gehen lassen, sagte sich dann aber, daß jeder sein eigenes Los hat, seinen nur ihm zukommenden Anteil am Brot des Lebens und des Todes, und daß es richtig war, daß Hilzonde dieses Brot nach ihrem Belieben und zu ihrer Stunde genossen hatte. Sie war ihm auch dieses Mal zuvorgekommen: sie hatte die letzten Schrecken vor ihm durchgestanden. Er gab weiterhin den Getreuen recht gegen Kirche und Staat, die sie vernichtet hatten; Hans und Knipperdolling hatten Blut vergossen; konnte man etwas anderes erwarten in einer Welt von Blut? Das Reich Gottes auf Erden, das Johannes, Petrus und Thomas zu Lebzeiten hätten sehen sollen, war seit mehr als fünfzehn Jahrhunderten von Feiglingen, Gleichgültigen und Schlauen aus Trägheit bis ans Ende der Zeiten verschoben worden. Der Prophet hatte gewagt, dieses Königreich, das im Himmel ist, bereits hier unten zu verkünden. Er wies den Weg, selbst wenn er zufällig die falsche Richtung eingeschlagen hatte. Hans blieb für Simon ein Christus insofern, als jeder Mensch ein Christus sein könnte. Seine Narrheiten erschienen ihm weniger schlimm als die umsichtigen Sünden der Pharisäer und Weisen. Der Witwer empörte sich nicht darüber, daß Hilzonde in den Armen des Königs die Freuden gesucht hatte, die er ihr seit langer Zeit nicht mehr hatte geben können; diese Heiligen hatten, sich selbst überlassen, bis zum Übermaß das Glück ausgekostet, das der Vereinigung der Leiber entspringt, doch diese Leiber, die von den Fesseln der Welt befreit und schon allem gegenüber empfindungslos waren, hatten in ihren Umarmungen zweifellos eine innigere Form der Seelenvereinigung kennengelernt. Das Bier entspannte die Brust des Greises und erleichterte ihm diese Milde, die zum Teil auf seine Ermüdung, aber auch auf eine sinnliche, herzergreifende Güte zurückzuführen war. Hilzonde wenigstens hatte ihren Frieden. Er sah im Schein der Kerze, die am Kopfende seines Lagers brannte, auf seinem Bett Fliegen herumkrabbeln, die zur Zeit in Münster reichlich vorhanden waren; sie hatten vielleicht auf diesem bleichen Gesicht gesessen; er fühlte sich im Einklang mit jener Verwesung. Plötzlich überkam ihn der Gedanke, daß das Fleisch des Neuen Christus jeden Morgen wehrlos den Kneifzangen und glühenden Eisen der Folterkammer ausgesetzt war, und dieser Gedanke wühlte in seinen Eingeweiden; an den lächerlichen Schmerzensmann gekettet, geriet er wieder in diese Hölle der Leiber, denen so wenig Freude und so viel Schmerz bestimmt ist; er litt mit Hans, wie Hilzonde sich mit ihm ergötzt hatte. Unter diesem Laken, in diesem Zimmer mit seinem lächerlichen Komfort, stieß er sich die ganze Nacht an dem Bild des Königs, der auf dem Platz lebendig in einen Käfig gesperrt war, so wie sich ein Mann mit brandigem Fuß unwillkürlich an seinem kranken Glied stößt. Seine Gebete unterschieden nicht mehr zwischen dem Schmerz, der ihm langsam das Herz zusammenzog, an den Schultermuskeln zerrte und bis zum linken Handgelenk hinunterzog, und den Zangen, die in das Fett an den Armen und rings um die Brustwarzen von Hans griffen.

Sobald er wieder so weit zu Kräften gekommen war, um ein paar Schritte tun zu können, schleppte er sich bis zum Käfig des Königs. Die Leute aus Münster hatten dieses Schauspiel satt, aber die Kinder preßten sich an die Gitterstangen und warfen unermüdlich Nadeln, Pferdemist und spitze Knochensplitter hinein, auf denen der Gefangene mit nackten Füßen gehen mußte. Wächter stießen dieses Lumpenpack wie einstmals im Festsaal lässig zurück; Monsignore von Waldeck wollte den König bis zu seiner Hinrichtung, die frühestens für den Mittsommer vorgesehen war, aushalten lassen.

Man hatte den Gefangenen gerade nach einer erneuten Folterung wieder hinter die Gitter seines Käfigs gebracht; er saß gekrümmt in der Ecke und zitterte. Aus seinem Kittel und seinen Wunden drang ein übler Gestank. Aber der kleine Mann hatte seine lebhaften Augen und seine einnehmende Schauspielerstimme behalten:

»Ich nähe, ich schneide, ich hefte«, sang der Gemarterte vor sich hin, »ich bin nur ein armer Schneiderlehrling... Kleider aus Haut... der Saum eines Kleides ohne Naht... Schlitzt nicht das Werk von...«

Er hielt plötzlich inne und warf einen verstohlenen Blick um sich, wie ein Mann, der sein Geheimnis zugleich hüten und halb preisgeben will. Simon Adriansen schob die Wächter beiseite, und es gelang ihm, seinen Arm zwischen die Gitterstäbe zu schieben.

»Gott behüte dich, Hans«, sagte er, indem er ihm die Hand hinstreckte.

Simon kam nach Hause zurück, abgespannt wie nach einer langen Reise. Seit seinem letzten Ausgang hatten sich große Veränderungen vollzogen, die nach und nach der Stadt Münster ihr glattes, gewohntes Gesicht wiedergaben. Die Kathedrale war von Kirchgesang erfüllt. Der Bischof hatte zwei Schritte von seinem Palast entfernt wieder seine Mätresse, die schöne Julia Alt, untergebracht, aber dieses zurückhaltende Wesen verursachte keinen Skandal. Simon nahm all das mit der Gleichgültigkeit dessen auf, der im Begriff ist, eine Stadt zu verlassen, und den ihr Tun und Treiben nicht mehr beschäftigt. Doch seine große Güte von einst war versiegt wie eine Quelle. Sobald er nach Hause kam, brach er in Wut aus über Johanna, die versäumt hatte, eine Feder, ein Fläschchen Tinte und Papier zu besorgen, wie er es ihr befohlen hatte. Als diese Dinge beisammen waren, benützte er sie, um an seine Schwester zu schreiben.

Er hatte seit fast fünfzehn Jahren keine Verbindung mehr mit ihr gehabt. Die gute Salome hatte einen der jüngeren Söhne aus dem mächtigen Bankhaus der Fugger geheiratet. Martin, der von seiner Familie benachteiligt worden war, hatte sich aus eigener Kraft ein Vermögen geschaffen; er lebte seit Beginn des Jahrhunderts in Köln. Simon bat die beiden, sich des Kindes anzunehmen.

Salome erhielt diesen Brief auf ihrem Landsitz in Lülsdorf, wo sie selbst das Aufhängen ihrer Wäsche überwachte. Sie überließ ihren Dienerinnen die Sorge um Laken und feine Wäsche und bestellte ihre Kutsche, ohne den Bankier auch nur um seine Meinung zu fragen, die im Haus wenig zählte. Sie lud Lebensmittel und Decken auf und rollte durch eine von Unruhen verwüstete Gegend gen Münster.

Sie fand Simon im Bett, den Kopf von einem alten zusammengelegten Mantel gestützt, den sie sogleich gegen ein Kissen austauschte. Mit jener dumpfen Bereitwilligkeit der Frauen, die bemüht sind, Krankheit und Tod auf eine belanglose Reihe kleiner, unbedeutender Übel zu reduzieren, dazu bestimmt, mit mütterlicher Umsicht gelindert zu werden, ließen sich Besucherin und Dienerin auf einen Austausch von Bemerkungen über Diät, Bettzeug und Nachtstuhl ein. Der kalte Blick des Sterbenden hatte seine Schwester wiedererkannt, doch Simon nutzte seinen Krankheitszustand aus, um die Anstrengung der gewohnten Begrüßung einen Augenblick hinauszuzögern. Endlich richtete er sich auf und tauschte mit Salome den üblichen Kuß. Gleich darauf fand er die Klarheit des Geschäftsmannes wieder und zählte die Gelder auf, die Martha zufielen, und solche, die man so bald wie möglich für sie eintreiben müßte. Die in ein Wachstuch eingeschlagenen Schuldscheine lagen in Reichweite seiner Hand. Seine Söhne, von denen sich der eine in Lissabon, der andere in London und der dritte als Druckereileiter in Amsterdam niedergelassen hatten, brauchten weder die Überbleibsel seiner irdischen Güter noch seinen Segen; Simon überließ alles dem Kind von Hilzonde. Der Greis schien seine Versprechungen gegenüber dem Großen Erneuerer vergessen zu haben, er paßte sich von neuem den Gebräuchen der Welt an, die er verließ und nicht mehr zu reformieren versuchte. Oder vielleicht kostete er so das bittere Vergnügen, sich von allem loszulösen, bis zum Ende aus, indem er auf Grundsätze verzichtete, die ihm teurer waren als das Leben selbst.

Salome liebkoste das Kind und war gerührt von seinen mageren Beinchen. Sie konnte keine drei Sätze sagen, ohne die Jungfrau und alle Heiligen von Köln um Hilfe anzurufen: die kleine Martha würde von Götzenanbetern erzogen werden. Das war hart, aber nicht härter als die Raserei der einen und die Gefühllosigkeit der anderen, nicht härter als das Alter, das den Gatten hinderte, die Gattin zu befriedigen, nicht härter, als jene tot wiederzufinden, die man als Lebende verlassen hatte. Simon zwang sich, an den König in seinem Todeskäfig zu denken; aber die Qualen von Hans bedeuteten heute nicht mehr das, was sie gestern bedeutet hatten; sie wurden erträglich, so wie jener Schmerz in Simons Brust erträglich wurde, der mit ihm sterben würde. Er betete, aber etwas sagte ihm, daß der Ewige keine Gebete mehr von ihm verlangte. Er strengte sich an, Hilzonde wiederzusehen, aber das Gesicht der Toten zeichnete sich nicht mehr klar ab. Er mußte weiter zurückgehen, bis in die Zeit der mystischen Hochzeit von

Brügge, zu Brot und Wein, die sie heimlich miteinander geteilt hatten, und zu dem ausgeschnittenen Mieder, das einen langen reinen Busen hatte erraten lassen. Auch das erlosch; er sah seine erste Frau wieder, diese gute Seele, mit der er in seinem Garten in Vlissingen frische Luft geschöpft hatte. Salome und Johanna stürzten von einem langen Seufzer erschreckt herbei. Man begrub ihn nach einem Hochamt in der Sankt-Lamprecht-Kirche.

Die Fugger in Köln

Die Fugger bewohnten in Köln auf dem Kirchplatz von Sankt-Gereon ein kleines Haus ohne auffällige Pracht, in dem alles auf Bequemlichkeit und Frieden abgestimmt war. Ein Duft von Backwaren und Kirschwasser zog stets durch die Räume.

Salome liebte es, nach langen, kunstvoll zusammengestellten Mahlzeiten noch am Tisch sitzen zu bleiben und sich die Lippen mit einer Damast-Serviette abzuwischen, ihre dicke Taille und ihren breiten rosigen Hals mit einer goldenen Kette zu umgeben und gute Stoffe zu tragen, deren mit ehrfurchtsvoller Sorgfalt gekämmte und gewebte Wolle etwas von der sanften Wärme lebender Schafe bewahrt. Ihre schicklich hochgezogenen Brusttücher bezeugten ohne Strenge die Sittsamkeit einer ehrbaren Frau. Ihre kräftigen Finger berührten die Tasten der kleinen tragbaren Orgel, die im Empfangszimmer stand; in ihrer Jugend hatte sich ihre schöne geschmeidige Stimme bei Madrigalen und kirchlichen Motetten entfaltet; sie liebte diese musikalischen Schnörkel ebenso wie ihre Stickereien. Aber das Essen blieb der wichtigste Vorgang: der fromm eingehaltene Kirchenkalender wurde von einem kulinarischen Kalender überlagert, von einer Jahreszeit der Gurken oder eingemachten Früchte, des weißen Käses oder der frischen Heringe. Martin war ein kleiner magerer Mann, den die Küche seiner Frau nicht zunehmen ließ. In geschäftlichen Angelegenheiten war er furchterregend wie eine Dogge, doch zu Hause wurde er wieder zu einem harmlosen Spaniel. Seine größte Kühnheit bestand darin, bei Tisch den Mägden zuliebe schlüpfrige Geschichten zu erzählen. Das Ehepaar hatte einen Sohn, Sigismund, der sich im Alter von sechzehn Jahren mit Gonzalo Pizarro nach Peru eingeschifft hatte, wo der Bankier beträchtliche Gelder angelegt hatte. Sie glaubten nicht mehr daran, ihn wiederzusehen, da die Dinge in Lima neuerdings eine recht schlechte Wendung genommen hatten. Eine noch sehr kleine Tochter milderte diesen Verlust; Salome erzählte lachend von dieser späten Schwangerschaft, die teils ihren neuntägigen Andachtsübungen und teils dem Effekt der Kapernsoße zu verdanken war. Dieses junge Mädchen und Martha waren fast gleichaltrig, die beiden Kusinen teilten dasselbe Bett, dasselbe Spielzeug und die gleichen heilsamen Hiebe miteinander, später dieselben Gesangsstunden und denselben Putz.

Der dicke Justus Ligre und der schmächtige Martin, der Frischling aus Flandern und das rheinische Wiesel, hatten sich seit über dreißig Jahren bald als Rivalen, bald als Verbündete gegenseitig von fern beobachtet oder beraten, unterstützt oder geschädigt. Sie schätzten einander nach ihrem wirklichen Wert, was weder die über ihr Vermögen verdutzten Gaffer noch die Fürsten, denen sie dienten und derer sie sich bedienten, hätten tun können. Martin wußte fast auf einen Heller genau, welchen Wert die Fabriken, Werkstätten und geradezu hochherrschaftlichen Domänen, in denen Heinrich-Justus sein Gold angelegt hatte, in barem Geld darstellten; der dick aufgetragene Luxus des Flamen lieferte ihm Stoff für gute Geschichten, ebenso wie die zwei oder drei groben Tricks, immer die gleichen, die dem alten Justus halfen, sich in schwierigen Fällen herauszuwinden. Heinrich-Justus seinerseits, der der Regentin der Niederlande als getreuer Diener respektvoll die nötigen Summen übergab, die sie zum Ankauf von italienischen Gemälden und zu frommen Stiftungen brauchte, rieb sich die Hände, wenn er erfuhr, daß der pfälzische Kurfürst oder der Herzog von Bayern ihre Juwelen bei Martin verpfändeten und ihn um ein Darlehen anbettelten, dessen Zinsfuß dem Wucherzins der Juden nicht nachstand; er lobte, nicht ohne eine Spur spöttischen Mitleids, diese Ratte, die unauffällig am Stoff der Welt nagte, anstatt tüchtig hineinzubeißen, diesen Schwächling, der Reichtümer verachtete, die man sehen, anfassen oder konfiszieren kann, dessen Unterschrift auf einem Blatt aber ebensoviel wert war wie die Karls V. Man hätte diese beiden Personen, die den jeweiligen Mächtigen solchen Respekt erwiesen, sehr überrascht, wenn man ihnen gesagt hätte, daß sie gefährlicher für die bestehende Ordnung seien als die ungetreuen Türken oder die aufständischen Bauern. Sie selbst waren, wie alle ihresgleichen, so sehr vom gegenwärtigen Augenblick und irgendwelchen Einzelheiten in Anspruch genommen, daß sie nichts von der störenden Macht ihrer Geldsäcke und Merkbücher ahnten. Und doch lächelten sie manchmal, wenn sie an ihrem Zahltisch saßen und sahen, wie sich gegen das Licht die steife Silhouette eines Ritters abzeichnete, der unter seinem vornehmen Gehabe die Furcht verbarg, abgewiesen zu werden, oder das einschmeichelnde Profil eines Bischofs, der ohne zu große Kosten die Türme seiner Kathedrale zu vollenden wünschte. Glockengeläute und Kanonendonner, feurige Pferde, nackte oder mit Brokat behängte Frauen überließen sie anderen; ihnen gehörte jener schändliche und erhabene, öffentlich angeprangerte und insgeheim angebetete oder gehätschelte Stoff, der den Schamteilen darin ähnelt, daß man wenig davon redet und stets daran denkt, die gelbe Substanz, ohne die Madame Imperia die Beine im Bett des Fürsten nicht breit machen würde und Monsignore die Edelsteine in seiner Mitra nicht bezahlen könnte: das Gold, dessen Mangel oder Überfluß entscheidet, ob das Kreuz mit dem Türkenmond Krieg führt oder nicht. Diese Geldgeber fühlten sich als Meister der Wirklichkeit.

Wie Martin von Sigismund war der dicke Ligre von seinem ältesten Sohn enttäuscht worden. Man hatte von Heinrich-Maximilian in zehn Jahren nichts weiter bekommen als ein paar Bitten um Geld und einen Band französischer Verse, die er wahrscheinlich in Italien zwischen zwei Feldzügen ausgebrütet hatte. Nur Unerfreuliches war von dieser Seite zu erwarten. Seinen Jüngsten überwachte der Geschäftsmann sehr genau, um erneute Ärgernisse zu vermeiden. Sobald dieser nach seinem Herzen geratene Sohn Philibert das Alter erreicht hatte, da man die Kugeln eines Rechenbretts ordentlich zu handhaben versteht, schickte er ihn zu Martin, dem Unfehlbaren, damit er die Finessen des Bankwesens erlerne. Philibert war fett für seine zwanzig Jahre; unter seinen sorgsam erlernten Manieren zeigte sich ein bäuerliches Naturell; seine kleinen grauen Augen blinkten durch den Schlitz seiner stets halbgeschlossenen Augenlider. Dieser Sohn des Schatzmeisters am Hof von Mecheln hätte den Fürsten spielen können; stattdessen zeichnete er sich darin aus, die Fehler in den Berechnungen der Angestellten aufzuspüren; abends und morgens prüfte er in einem lichtlosen Hinterzimmer, wo die Schreiberlinge sich die Augen verdarben, die D, die M, die X und die C, die mit den L und den I zu Zahlen zusammengefügt waren, denn Martin verabscheute die arabischen Ziffern, wenn er auch ihren Nutzen bei langen Additionen nicht leugnete. Der Bankier gewöhnte sich an den schweigsamen Jungen. Wenn das Asthma oder die Gichtschmerzen ihn an seine letzten Tage denken ließen, hörte man ihn zu seiner Frau sagen:

»Das dicke Dummerchen wird mich ersetzen.«

Philibert schien von seinen Registern und Radiermessern völlig in Anspruch genommen. Aber ein Anflug von Ironie blitzte unter seinen Augenlidern hervor; manchmal, wenn er die Geschäfte des Chefs noch einmal überprüfte, überkam ihn der Gedanke, daß nach Heinrich-Justus und Martin eines Tages Philibert der Schlaue kommen werde, durchtriebener als der eine, unerbittlicher als der andere. Er hätte die Erstattung der Schulden von Portugal gewiß nicht zu einem geringen Zinssatz von sechzehn Hellern pro Pfund übernommen, die jeweils zu einem Viertel auf den vier großen Märkten zu zahlen waren.

Sonntags ging er zu den Zusammenkünften, die im Sommer unter der Weinlaube, im Winter im Empfangszimmer stattfanden. Ein Prälat zitierte aus dem Lateinischen. Salome spielte mit einer Nachbarin Tricktrack und kommentierte jeden guten Zug mit einem rheinischen Spruch; Martin, der die beiden Mädchen in der französischen Sprache, die den Frauen so wohl ansteht, hatte unterweisen lassen, bediente sich selber dieser Sprache, wenn er manchmal subtilere oder anspruchsvollere Gedanken als an Wochentagen auszudrücken hatte. Man plauderte über den Krieg in Sachsen und seine Auswirkung auf den Wechselzins, über die Verbreitung der Ketzerei und je nach Jahreszeit über Weinlese oder Karneval. Die rechte Hand des Bankiers, ein schulmeisterlicher Genfer mit Namen Zebedäus Crêt, wurde aufs Korn genommen, weil er Pfeifen und Wein verabscheute. Dieser Zebedäus gab halb zu, Genf infolge eines Verfahrens, das wegen Verwaltung von Spielhöllen und illegaler Herstellung von Spielkarten anhängig war, verlassen zu haben, schob aber diese Vergehen auf das Konto seiner leichtfertigen Freunde, die jetzt zu Recht gestraft waren, und er verheimlichte nicht sein Verlangen, eines schönen Tages in den Schoß der Reformation zurückzukehren. Der Prälat protestierte und fuchtelte mit seinem Finger, den ein violetter Ring schmückte; jemand zitierte zum Spaß die kleinen gereimten Schelmereien von Theodor Beza, diesem schönen, von dem untadeligen Calvin so verhätschelten Sohn. Ein Gespräch entspann sich über die Frage, ob der Kirchenrat den Privilegien der Geschäftsleute günstig gesonnen wäre oder nicht, aber im Grunde wunderte sich niemand darüber, daß ein Bürger sich mit den von den Stadträten seiner guten Stadt erlassenen Vorschriften zufrieden gab. Nach dem Abendessen lockte Martin einen Hofrat oder den geheimen Gesandten des Königs von Frankreich in eine Fensternische. Der galante Pariser schlug aber sehr bald vor, sich doch wieder zu den Damen zu gesellen.

Philibert klimperte auf einer Laute, Benedikte und Martha erhoben sich Hand in Hand. Die Madrigale aus dem *Buch der Liebenden* sprachen von Lämmern, Blumen und der Frau Venus, aber die beliebten Melodien wurden von dem Wiedertäufer- oder Lutheraner-Gesindel, gegen das der Kirchenmann gerade bei der Predigt gewettert hatte, dazu benutzt, die Choraltexte zu begleiten. Benedikte ersetzte versehentlich die Strophe eines Liebesliedes durch den Vers eines Psalms. Martha machte ihr beunruhigt ein Zeichen, sie solle schweigen; die beiden Mädchen setzten sich wieder nebeneinander, und man hörte als Ritornell nur noch das Abendgeläut der Glocke von Sankt-Gereon. Der dicke Philibert, der ein talentierter Tänzer war, erbot sich manchmal, Benedikte neue Figuren zu zeigen; zuerst weigerte sie sich, fand aber dann ein kindliches Vergnügen am Tanz.

Die beiden Kusinen liebten einander mit Engelsliebe. Salome hatte es nicht übers Herz gebracht, Martha von ihrer Amme Johanna zu trennen, und die alte Hussitin hatte Simons Kind ihr Beben und ihre Strenge übermittelt. Johanna hatte Angst gehabt; die Furcht hatte aus ihr dem äußeren Anschein nach eine alte Frau gemacht, die sich wie alle anderen alten Frauen in der Kirche mit Weihwasser benetzte und das *Agnus Dei* küßte. Aber in ihrem tiefsten Innern blieb der Haß gegen die Teufel in brokatner Dalmatika, gegen die goldenen Kälber und fleischlichen Abgötter bestehen. Diese schwache Alte – der Bankier hatte sich nicht einmal die Mühe gemacht, sie von den zahnlosen Weibern zu unterscheiden, die unten seine Töpfe auswuschen – brummte als Antwort auf alles und jedes nur ein ewiges Nein. Wenn man ihr glauben wollte, so brütete in dieser Wohnung, die von Annehmlichkeiten und Wohlbehagen nur so strotzte, das Böse wie ein Wurf Ratten in dem weichen Flaum eines Daunenbetts. Es verbarg sich in der Truhe der Frau Salome und in Martins Geldschrank, in den Fässern im Keller und in den Kraftbrühen am Boden der Kochtöpfe, im frivolen Getön der Sonntagskonzerte, in den Pastillen des Apothekers und in der Reliquie der heiligen Apollonia, die die Zahnschmerzen heilt. Die Alte wagte nicht, sich offen an der Mutter Gottes in ihrer Nische im

Treppenflur zu vergreifen, aber man hörte sie über das Öl murren, das man für nichts und wieder nichts vor den steinernen Puppen verbrenne.

Salome erschrak, als sie bemerkte, daß die sechzehnjährige Martha Benedikte beibrachte, die Schachteln der Kurzwarenhändler, die mit kostbarem Tand aus Paris oder Florenz gefüllt waren, mit Verachtung zu strafen, oder die Nase über das Weihnachtsfest zu rümpfen, mit seiner Mischung aus Musik, neuen Kleidern und getrüffelter Gans. Himmel und Erde waren für die gute Frau ohne Probleme. Die Messe bot eine Gelegenheit zur Erbauung, ein Schauspiel und einen Vorwand, im Winter sein Pelzkäppchen und im Sommer sein Seidenjäckchen zu tragen. Maria mit dem Kind, Jesus am Kreuz, Gott in seiner Wolke thronten im Paradies und an den Kirchenwänden; die Erfahrung lehrte, bei welcher Heiligen Jungfrau man in dem oder jenem Falle die größte Chance hatte, erhört zu werden. Bei häuslichen Schwierigkeiten wurde die Äbtissin der Ursulerinnen, die gute Ratschläge erteilen konnte, gern befragt, was Martin aber nicht hinderte, sich über die Nonnen lustig zu machen. Die Ablaßverkäufe hatten, das ist wahr, die Säcke des Heiligen Vaters ungehörig anschwellen lassen, aber das Verfahren, mit dem Kredit der Lieben Frau und der Heiligen zu rechnen, um das Defizit des Sünders zu decken, war ebenso logisch wie die Transaktionen des Bankiers. Das sonderbare Benehmen von Martha wurde auf das Konto einer krankhaften Veranlagung geschoben; es wäre ungeheuerlich gewesen, sich vorzustellen, ein so sorgsam ernährtes Geschöpf könnte seine zarte Gefährtin verderben und sich mit ihr auf die Seite der Ungläubigen schlagen, die man verstümmelt und verbrennt, und könnte, um sich in die Streitereien der Kirche zu mischen, auf jene bescheidene Stille verzichten, die jungen Mädchen so gut ansteht. Johanna konnte nicht mehr tun, als ihren jungen Herrinnen mit ihrer ein wenig verrückten Stimme die Wege des Irrtums aufzuzeigen; sie war zwar eine Heilige, aber weil sie unwissend und unfähig war, sich auf die Heilige Schrift zu berufen, aus der

sie nur ein paar auswendig gelernte Bruchstücke in ihrer niederländischen Mundart wiederholte, stand es ihr nicht zu,
den wahren Weg zu weisen. Sobald die freisinnige Erziehung,
die Martin den beiden Mädchen hatte angedeihen lassen, ihre
Intelligenz entwickelt hatte, stürzte Martha sich heimlich auf
die Bücher, in denen von Gott die Rede ist.

Im Wald der Sekten verloren und voller Angst, keinen Führer zu haben, fürchtete Simons Tochter, von den alten Irrwe-
gen nur zugunsten eines neuen Irrtums abzulassen. Johanna
hatte ihr weder die Schande der Mutter noch das klägliche
Ende ihres betrogenen und verratenen Vaters verheimlicht.
Die Waise wußte, daß ihre Eltern, indem sie den römischen
Entartungen den Rücken gekehrt hatten, nur noch weiter auf
einem Weg fortgeschritten waren, der nicht in den Himmel
führt. Diese wohlbehütete Jungfrau, die immer nur in Begleitung einer Dienerin auf die Straße gegangen war, zitterte bei
dem Gedanken, die Schar der jammernden Verbannten und
ekstatischen Bettler zu vermehren, die von Stadt zu Stadt
streunten, von den Wohlanständigen verachtet wurden und
auf dem Stroh der Gefängnisse und Scheiterhaufen endeten.
Die Götzenanbetung war die Charybdis, aber Aufruhr,
Elend, Gefahr und Verworfenheit waren die Skylla. Behutsam half ihr der fromme Zebedäus aus dieser Sackgasse: eine
Schrift von Jean Calvin, die der umsichtige Schweizer ihr unter dem Siegel der Verschwiegenheit ausgeliehen hatte und
die sie nachts bei Kerzenschein mit so vielen Vorsichtsmaßnahmen las, wie andere Mädchen sie beim Entziffern einer
Liebesbotschaft treffen, zeigte Simons Kind das Bild eines
Glaubens, der frei von jedem Irrtum, ohne jede Schwäche
und selbst in seiner Freiheit streng war, das Bild einer zum
Gesetz gewordenen Rebellion. Wenn man dem Handelsgehilfen glauben wollte, so ging in Genf die evangelische Reinheit
Hand in Hand mit bürgerlicher Lebensklugheit und Beson-
nenheit: Tänzer, die wie Heiden hinter verschlossenen Türen
mit den Beinen zappelten, gefräßige Knirpse, die unver-
schämterweise während der Predigt ihre Süßigkeiten lutsch-

ten, wurden bis aufs Blut ausgepeitscht; Andersdenkende wurden verbannt; Spieler und Wüstlinge wurden mit dem Tode bestraft; Atheisten wurden mit Recht dem Scheiterhaufen überantwortet. Weit entfernt, sich den wollüstigen Regungen seines Blutes hinzugeben, wie der dicke Luther, der beim Verlassen des Klosters sogleich eine Nonne ehelichte, hatte der Laie Calvin lange gezögert, ehe er mit einer Witwe die keuscheste aller Ehen einging. Anstatt sich an der Tafel der Fürsten zu mästen, überraschte Meister Johannes seine Gäste in der Rue des Chanoines durch seine Genügsamkeit; seine Alltagskost bestand nur aus dem Brot und dem Fisch des Evangeliums, in diesem Falle aus Forellen und Schleien des Sees, die übrigens gar nicht zu verachten waren.

Martha unterwies ihre Gefährtin, die ihr, was die geistigen Belange betraf, in allem folgte, wenn sie ihr auch in seelischen Belangen voraus war. Benedikte war durch und durch erleuchtet; ein Jahrhundert früher hätte sie im Kloster das Glück genossen, nur Gott anzugehören; da die Zeiten nun einmal so waren, wie sie waren, fand dieses Lämmchen im evangelischen Glauben das grüne Gras, das Salz und das klare Wasser. Nachts saßen Martha und Benedikte Seite an Seite in ihrem ungeheizten Zimmer, verschmähten die Einladung von Daunenbett und Kopfkissen und lasen mit leiser Stimme immer wieder die Bibel. Ihre aneinandergeschmiegten Wangen schienen nur die Oberfläche, durch die sich zwei Seelen berührten. Martha wartete am Ende der Seite auf Benedikte, ehe sie umblätterte, und wenn die Kleine zufällig bei dieser frommen Lektüre eingenickt war, zog sie sanft an ihrem Haar. Benommen vor lauter Wohlbehagen, schlief Martins Haus seinen tiefen Schlummer. Einsam wie die Lampe der klugen Jungfrauen wachte in einem Dachzimmer im Herzen von zwei stillen Mädchen die kalte Glut der Reformation.

Dennoch wagte Martha selbst noch nicht, den Schandtaten der Papisten in aller Öffentlichkeit abzuschwören. Sie fand Vorwände, um der sonntäglichen Messe fernzubleiben, und ihr Mangel an Mut bedrückte sie wie eine schlimme Sünde.

Zebedäus lobte diese Umsicht. Meister Johannes hätte Johanna als erster getadelt, wenn sie das ewige Licht zu Füßen der Jungfrau im Treppenhaus ausgeblasen hätte, denn er warnte seine Anhänger vor jedem unnützen Skandal. Benediktes Zartgefühl hinderte sie daran, die Ihren zu belästigen oder zu beunruhigen, aber Martha weigerte sich am Abend des Allerheiligentages, für die Seele ihres Vaters zu beten, der – wo er auch immer sein mochte – ihr *Ave* nicht brauchte. So viel Härte erschütterte Salome, die nicht begriff, warum man dem armen Toten das Scherflein eines Gebetes verweigerte.

Martin und seine Frau erwogen schon seit langem, ihr Kind mit dem Erben der Ligre zu verheiraten. Sie sprachen darüber, wenn sie unter ihren sauber eingefaßten Laken friedlich im Bett lagen. Salome zählte die Stücke der Aussteuer, die Marderfelle und die gestickten Bettdecken an den Fingern ab, oder sie suchte in ihrem Gedächtnis nach dem Rezept eines erregenden Balsams, der in den Familien benutzt wurde, um am Hochzeitsabend die Bräute zu salben, denn sie befürchtete, daß Benediktes Schamgefühl sie widerspenstig gegen die ehelichen Freuden machen könnte. Für Martha würde man auf dem Kölner Markt schon einen angesehenen Kaufmann ausfindig machen, oder sogar einen stark verschuldeten Ritter, dem Martin großzügig die Hypotheken erlassen würde, die seine Ländereien belasteten.

Philibert drechselte der Erbin des Bankiers die üblichen Komplimente. Aber die Kusinen trugen die gleichen Häubchen und den gleichen Schmuck; er ließ sich täuschen, und Benedikte schien Gefallen daran zu finden, diese Verwechslungen mutwillig zu provozieren. Er fluchte laut darüber, denn die Tochter war ihr Gewicht in Gold wert, die Nichte höchstens eine Handvoll Gulden.

Als der Vertrag so gut wie fertig war, rief Martin seine Tochter in sein Zimmer, um den Tag der Hochzeit festzulegen. Weder froh noch traurig, unterbrach Benedikte die Umarmungen und zärtlichen Glückwünsche ihrer Mutter und ging in ihr Zimmer hinauf, um mit Martha zu nähen. Die Waise sprach von Flucht; vielleicht würde ein Flußschiffer einwilligen, sie nach Basel zu bringen, wo gute Christen ihnen sicherlich weiterhelfen würden, die nächste Wegstrecke zurückzulegen. Benedikte schüttelte den Sand des Schreibzeugs auf den Tisch und zog darin nachdenklich mit dem Finger den Lauf eines Flusses nach. Der Morgen brach an; sie fuhr langsam mit der Hand über die Karte, die sie gezeichnet hatte; als der Sand wieder glatt auf der polierten Fläche lag, stand Philiberts Braut auf und seufzte:

»Ich bin zu schwach.«

Da schlug Martha ihr nicht mehr vor zu fliehen, sondern wies lediglich mit der Spitze des Zeigefingers auf den Vers, in dem es heißt, daß man die Seinen verlassen und dem Herrn folgen solle.

Die Kälte des frühen Morgens zwang sie, im Bett Zuflucht zu suchen. Sittsam lagen sie, eine im Arm der anderen, und fanden Trost darin, ihre Tränen zu vermischen. Dann gewann ihre Jugend wieder die Oberhand, und sie machten sich über die kleinen Augen und die dicken Backen des Verlobten lustig. Die Freier, die man Martha vorgeschlagen hatte, waren auch nicht besser; Benedikte brachte sie zum Lachen, indem sie ihr den etwas kahlköpfigen Kaufmann, den an Turniertagen in ein klirrendes Blech gezwängten Junker oder den Sohn des Bürgermeisters beschrieb, einen Tölpel, herausgeputzt wie die Kleiderpuppen, die man den Schneidern aus Frankreich schickt, mit seinem Federbarett und seinem gestreiften Hosenlatz. Martha träumte in dieser Nacht, daß Philibert, dieser Sadduzäer, dieser Amalekiter mit unbeschnittenem Herzen, Benedikte in einer Kiste davontrüge, die ganz allein auf dem Rhein dahintrieb.

Das Jahr 1549 begann mit Regenfällen, die die Samenbeete der Gemüsegärtner wegspülten; das Hochwasser des Rheins überschwemmte die Keller, wo Äpfel und halbvolle Fässer auf dem grauen Wasser schwammen. Im Mai faulten die noch grünen Himbeeren in den Wäldern und die Kirschen in den Obstgärten. Martin ließ unter dem Portalvorbau von Sankt-Gereon Suppe an die Armen verteilen; die christliche Barmherzigkeit und die Furcht vor Unruhen veranlaßten die Bürger, solche Almosen auszuteilen. Aber diese Plagen waren nur Vorboten eines viel entsetzlicheren Unglücks. Die Pest kam aus dem Orient über Böhmen nach Deutschland. Wie eine Kaiserin reiste sie ohne Eile unter Glockengeläute umher. Sie beugte sich über das Glas des Trinkers, blies die Kerze des über seinen Büchern sitzenden Gelehrten aus, diente dem Priester bei der Messe, verbarg sich wie ein Floh im Hemd der Freudenmädchen und brachte in das Leben aller ein Element unverschämter Gleichheit, den herben und gefährlichen Keim des Ungewissen. Die Totenglocke verbreitete in der Luft den beharrlichen Lärm eines finsteren Festes. Die am Fuß der Glockentürme versammelten Gaffer wurden nicht müde, hoch oben die Silhouette des Glöckners zu betrachten, der bald kauerte, bald hing und mit seinem ganzen Gewicht an seiner großen Glocke zog. Die Kirchen wurden nicht leer, die Schenken auch nicht.

Martin verbarrikadierte sich in seinem Arbeitszimmer, wie er es vor einem Dieb getan hätte. Seiner Meinung nach bestand die beste Vorbeugung darin, mäßig von einem guten Jahrgang Johannisberger zu trinken, Mädchen und Trinkkumpane zu meiden, die Gerüche der Straße nicht in die Nase zu bekommen und sich vor allem nicht nach der Zahl der Toten zu erkundigen. Johanna ging auch weiterhin auf den Markt und trug die Abfälle hinunter. Ihr von Narben durchfurchtes Gesicht, ihre fremde Mundart hatten die Nachbarn schon immer verdrossen; in diesen unheilvollen Tagen verwandelte sich das Mißtrauen in Haß, und wenn sie vorbeiging, sprach man von Pestverbreiterinnen und Hexen. Ob sie es nun zugab oder nicht, die alte Magd freute sich insgeheim über die Ankunft der Geißel Gottes, und diese fürchterliche Freude stand ihr im Gesicht geschrieben, sie mochte am Lager der schwerkranken Salome noch so gefahrvolle Dienste übernehmen, die die anderen Dienerinnen ablehnten, ihre Herrin stieß sie ächzend zurück, als ob die Magd statt einer Wärmflasche eine Sense und eine Sanduhr trüge.

Am dritten Tag erschien Johanna nicht mehr am Bett der Kranken. Benedikte nahm es auf sich, ihr die Medizin einzuflößen und ihr den Rosenkranz, den sie dauernd fallen ließ, immer wieder zwischen die Finger zu schieben. Benedikte liebte ihre Mutter oder wußte vielmehr nicht, daß sie sie nicht lieben könnte. Doch sie hatte unter der albernen und plumpen Frömmigkeit ihrer Mutter gelitten, unter ihrem Wöchnerinnengeschwätz, ihren heiteren Ammengeschichten, mit denen sie ihre erwachsenen Kinder gern an die Zeit erinnerte, als sie noch lallten, auf dem Töpfchen saßen und gewickelt wurden. Die Scham über diese uneingestandene Ungeduld steigerte ihren Eifer als Pflegerin. Martha brachte die Tabletts und die Wäschestapel, richtete es aber so ein, daß sie das Zimmer nie betreten mußte. Es war ihnen nicht gelungen, sich ärztlichen Beistand zu verschaffen.

In der Nacht nach Salomes Tod spürte Benedikte, die neben ihrer Kusine lag, ihrerseits die ersten Anzeichen der herannahenden Krankheit. Ein brennender Durst verzehrte sie, von dem sie sich abzulenken wußte, indem sie an den Hirsch in der Bibel dachte, der aus der Quelle des lebendigen Wassers trinkt. Ein kurzer keuchender Husten kratzte in ihrer Kehle; sie unterdrückte ihn so gut wie möglich, um Martha schlafen zu lassen. Schon war sie nahe daran, dem Säulenbett zu entfliehen, und schwebte mit gefalteten Händen in ein großes helles Paradies empor, in dem Gott wohnte. Die evangelischen Choräle waren vergessen, und das vertraute Antlitz der Heiligen erschien wieder zwischen den Bettvorhängen; hoch oben vom Himmel streckte Maria die Arme unter azurblauen Falten hervor, und desgleichen tat das schöne pausbäckige Jesuskind mit seinen rosigen Fingern. Im stillen bereute Benedikte ihre Fehler: einen Streit mit Johanna über eine zerrissene Haube, ihr Lächeln als Antwort auf die Blicke der Jungen, die unter ihrem Fenster vorbeigingen, ein Verlangen zu sterben, das teils aus Trägheit, teils aus Ungeduld, in den Himmel zu kommen, und aus dem Wunsch herrührte, nicht mehr zwischen Martha und den Ihren wählen zu müssen, zwischen zweierlei Arten, mit Gott zu sprechen. Martha schrie auf, als sie im ersten Morgenlicht das verwüstete Gesicht ihrer Kusine bemerkte.

Benedikte schlief wie gewöhnlich nackt. Sie bat, man möge ihr das frisch gefältelte Nachthemd bereitlegen, und machte vergebliche Anstrengungen, sich die Haare zu glätten. Martha versorgte sie, ein Taschentuch vor der Nase und bestürzt über das Entsetzen, das sie vor diesem kranken Körper empfand. Eine tückische Feuchtigkeit erfüllte das Zimmer; da die Kranke fror, zündete Martha trotz der Jahreszeit den Ofen an. Genau wie ihre Mutter am Vorabend, bat die Kleine mit rauher Stimme um einen Rosenkranz, den Martha ihr mit spitzen Fingern gab. Als sie plötzlich mit kindlicher Schadenfreude die erschrockenen Augen ihrer Gefährtin über dem essiggetränkten Tuch bemerkte, sagte sie freundlich:

»Hab' keine Angst, Kusine, du bekommst den dicken Freier, der Passepied tanzt.«

Sie drehte sich zur Wand, wie immer, wenn sie schlafen wollte.

Der Bankier blieb auf seinem Zimmer, ohne von sich hören zu lassen. Philibert war nach Flandern zurückgekehrt, um den August mit seinem Vater zu verbringen. Martha, von den Dienstmädchen im Stich gelassen, weil sie sich nicht nach oben trauten, rief ihnen zu, sie sollten wenigstens Zebedäus herbeiholen, der die Abreise in seine Vaterstadt um einige Tage verschoben hatte, um den drängenden Geschehnissen die Stirn zu bieten. Er war bereit, sich bis auf den Treppenabsatz vorzuwagen, und zeigte ein geziemendes Mitgefühl. Die Ärzte der Stadt waren entweder am Ende ihrer Kräfte oder selber erkrankt oder fest entschlossen, ihre übrigen Patienten keinesfalls durch einen Besuch am Bett der Pestkranken anzustecken, aber man hatte von einem Vertreter dieser Kunst gehört, der gerade eben in Köln angekommen war, um an Ort und Stelle die Auswirkungen des Übels zu studieren. Man wollte tun, was man konnte, um ihn zu überreden, Benedikte zu helfen.

Diese Hilfe ließ lange auf sich warten. Inzwischen sank das Kind in sich zusammen. Martha lehnte am Türrahmen und überwachte sie von weitem. Ab und zu jedoch kam sie wieder näher, um ihr mit zitternder Hand zu trinken zu geben. Die Kranke konnte nur noch sehr mühsam schlucken; der Inhalt des Glases floß auf das Bett. Von Zeit zu Zeit ließ sie einen kurzen, trockenen Husten hören, ähnlich dem Kläffen eines kleines Hundes; jedesmal blickte Martha unwillkürlich zu Boden und suchte an ihrem Rocksaum den Pudel des Hauses, weil sie nicht glauben konnte, daß dieser tierische Laut aus diesem süßen Mund kam. Schließlich setzte sie sich auf den Treppenabsatz, um den Husten nicht mehr zu hören. Ein paar Stunden lang kämpfte sie mit dem Schrecken vor diesem Tod, dessen Herannahen sich vor ihren Augen vollzog, und mehr noch mit der entsetzlichen Angst, sie könnte selbst von der Pest wie von einer Sünde angesteckt sein. Benedikte war nicht mehr Benedikte, sondern eine Feindin, ein Tier, ein gefährlicher Gegenstand, den man unter keinen Umständen berühren durfte. Gegen Abend hielt sie es nicht mehr aus und ging hinunter an die Haustür, um auf die Ankunft des Arztes zu warten.

Er fragte, ob dies das Haus der Fugger wäre, und trat ohne weitere Umstände ein. Er war ein magerer, großer, hohläugiger Mann, der den weiten, roten Umhang der Ärzte trug, die bereit waren, die Pestkranken zu behandeln, und aus diesem

Grunde darauf verzichten mußten, die gewöhnlichen Kranken zu besuchen. Seine sonnengebräunte Haut gab ihm das Aussehen eines Ausländers. Er stieg rasch die Stufen hinauf; Martha dagegen ging unwillkürlich langsamer. Zwischen Bett und Wand stehend, schlug er das Laken zurück und deckte den mageren, von Krämpfen geschüttelten Körper auf der beschmutzten Matratze auf.

»Die Dienerinnen haben mich alle im Stich gelassen«, sagte Martha, um den Zustand der Wäsche zu erklären.

Er antwortete mit einer undeutlichen Kopfbewegung, da er damit beschäftigt war, die Lymphdrüsen an den Leisten und in den Achselhöhlen vorsichtig abzutasten. Die Kleine schwätzte oder sang zwischen zwei rauhen Hustenanfällen mit schwacher Stimme vor sich hin. Martha glaubte, ein Stück von einem frivolen Liedchen wiederzuerkennen, vermischt mit einem Psalm über die Ankunft des guten Herrn Jesus Christus.

»Sie phantasiert«, sagte sie fast verdrießlich.

»Hm, zweifellos«, meinte er zerstreut.

Der rotgekleidete Mann ließ das Laken wieder fallen und fühlte, sozusagen pro forma, den Puls am Handgelenk und oben am Hals. Dann zählte er einige Tropfen eines Elixiers in einen Löffel und schob ihn geschickt in den Mundwinkel der Kranken.

»Zwingt Euch nicht, tapfer zu sein«, mahnte er, als er merkte, daß Martha nur mit Widerwillen den Nacken der Kleinen stützte, »im Augenblick braucht Ihr ihr den Kopf oder die Hände nicht zu halten.«

Er wischte ihr mit einem Stückchen Scharpie etwas rötlichen Schleim von den Lippen und warf es in den Ofen. Der Löffel und die Handschuhe, die er benutzt hatte, nahmen den gleichen Weg.

»Stecht Ihr die Geschwulste nicht auf?« fragte sie unruhig, denn sie fürchtete, der Arzt könnte in der Eile eine notwendige Behandlung unterlassen; vor allem aber wollte sie ihn noch am Bett aufhalten.

»Sicher nicht«, sagte er halblaut, »die Lymphgefäße sind kaum geschwollen, und sie wird zweifellos hinübergehen, bevor sie verstopft sind. *Non est medicamentum* . . . Die Lebenskraft Eurer Schwester ist am Ende. Wir können allenfalls ihre Schmerzen lindern. «

»Ich bin nicht die Schwester«, widersprach Martha plötzlich, als ob diese Richtigstellung eine Entschuldigung dafür wäre, daß sie vor allem um sich selber bangte. »Ich heiße Martha Adriansen und nicht Martha Fugger. Ich bin die Kusine. «

Er widmete ihr nur einen flüchtigen Blick und war ganz damit beschäftigt zu beobachten, wie das Heilmittel wirkte. Die Kranke war ruhiger und schien zu lächeln. Er zählte für die Nacht noch eine zweite Dosis des Elixiers ab. Obschon dieser Mann keine Hoffnungen erweckte, verwandelte seine Gegenwart das, was für Martha seit Tagesanbruch ein Ort des Entsetzens gewesen war, in ein gewöhnliches Zimmer.

Als sie wieder im Treppenhaus waren, nahm er die Maske ab, die er am Lager der Pestkranken ordnungsgemäß getragen hatte. Martha folgte ihm bis zur letzten Stufe.

»Ihr sagt, Ihr nennt Euch Martha Adriansen«, sagte er auf einmal, »ich habe in meinen jungen Jahren einen schon älteren Mann gekannt, der diesen Namen trug. Seine Frau hieß Hilzonde. «

»Das waren meine Eltern«, antwortete Martha fast widerwillig.

»Leben sie noch?«

»Nein«, sagte sie mit gedämpfter Stimme, »sie waren in Münster, als der Bischof die Stadt einnahm. «

Er machte sich an der Haustür zu schaffen, deren Schlösser so kompliziert waren wie die eines Geldschrankes. Etwas frische Luft drang in die prachtvolle und beklemmende Vorhalle.

Die Dämmerung draußen war grau und regnerisch. »Geht wieder nach oben«, sagte er schließlich kühl, aber gütig. »Ihr scheint eine widerstandsfähige Konstitution zu haben, und die Pest fordert kaum noch neue Opfer. Ich rate Euch, ein in Weingeist getauchtes Tuch unter Eure Nase zu halten (zu Eurem Essig habe ich wenig Vertrauen) und bis zum Ende bei der Sterbenden zu wachen. Eure Befürchtungen sind natürlich und berechtigt, aber Scham und Reue sind auch schlimm.«

Sie wandte sich ab mit feuerroten Wangen, suchte in der Börse, die sie an ihrem Gürtel trug, und entschied sich schließlich für ein Goldstück. Die Geste des Bezahlens stellte den Abstand wieder her und erhob sie weit über diesen Vagabunden, der von Marktflecken zu Marktflecken zog und sein täglich Brot am Lager der Pestkranken verdiente. Er steckte das Geldstück unbesehen in die Tasche seines Umhangs und ging hinaus.

Als sie wieder allein war, holte Martha aus der Küche ein Fläschchen mit Weingeist. Der Raum war leer; die Dienerinnen waren sicherlich in der Kirche und murmelten Litaneien. Auf einem Tisch fand sie eine Scheibe Pâté, die sie langsam aß, mit dem festen Vorsatz, wieder zu Kräften zu kommen. Aus Vorsicht zwang sie sich, auch noch ein bißchen Knoblauch zu kauen. Als sie es über sich gebracht hatte, wieder nach oben zu gehen, schien Benedikte zu schlummern, aber die Buchsbaumperlen bewegten sich ab und zu in ihren Fingern. Nach der zweiten Dosis des Elixiers ging es ihr besser. Ein Rückfall raffte sie im Morgengrauen dahin.

Martha sah zu, wie sie noch am selben Tag mit Salome zusammen im Kloster der Ursulinerinnen beerdigt und gleichsam unter einer Lüge begraben wurde. Niemand würde jemals erfahren, daß Benedikte beinahe den schmalen Pfad gegangen wäre, auf den ihre Kusine sie gedrängt hatte, um mit ihr zur Stadt Gottes zu wandeln. Martha fühlte sich beraubt, verraten. Die Pestfälle wurden seltener, aber wenn sie durch die fast verlassenen Straßen ging, drückte sie vorsichtshalber auch weiterhin die Falten ihres Mantels fest an sich. Der Tod der Kleinen hatte ihr wildes Verlangen weiterzuleben nur gesteigert. Sie wollte keinesfalls auf das verzichten, was sie war und was sie besaß, und nicht eines jener kalten Bündel werden, die man unter einer Kirchenfliese beisetzt. Benedikte war tot und ihres Seelenheils durch all die Vaterunser und *Ave* sicher; Martha hatte keinen Anlaß, für ihre eigene Person so zuversichtlich zu sein; manchmal schien es ihr, als gehöre sie zu denen, die schon vor ihrer Geburt durch göttlichen Beschluß verdammt sind und bei denen selbst die Tugend eine Form der Verstocktheit ist, die Gott mißfällt. Aber welche Tugend besaß sie schon? Angesichts der Geißel war sie kleinmütig gewesen; es war nicht sicher, daß sie sich angesichts der Henker dem Ewigen treuer ergeben gezeigt hätte, als zu Zeiten der Pest gegenüber dieser Unschuldigen, die sie doch so sehr zu lieben geglaubt hatte. Ein Grund mehr, die Entscheidung, gegen die man keinen Einspruch erheben kann, so lange wie möglich aufzuschieben.

Sie gab sich alle Mühe, noch am selben Abend neue Dienstmädchen anzustellen, denn die geflohenen Dienstboten waren entweder nicht zurückgekommen oder bei ihrer Rückkehr entlassen worden. Man veranstaltete ein Großreinemachen; auf den Fußboden streute man mit Tannennadeln vermischte aromatische Kräuter. Bei diesem Hausputz entdeckte man, daß Johanna, von allen verlassen, in ihrer Gesindekammer gestorben war; Martha hatte keine Zeit, sie zu beweinen. Der Bankier kam wieder zum Vorschein, über die Trauerfälle gebührlich betrübt, aber fest entschlossen, sein Witwerdasein friedlich zu gestalten und die Leitung des Hauses irgendeiner tüchtigen Haushälterin seiner Wahl zu übergeben, die weder geschwätzig noch laut, nicht zu jung, aber auch nicht zu abstoßend sein sollte. Niemand – nicht einmal er selbst – war auf den Gedanken gekommen, daß seine hervorragende Gemahlin ihn sein Leben lang tyrannisiert hatte. Künftig würde er allein entscheiden, wann er aufstehen, wann er seine Mahlzeiten und an welchem Tag er seine Medizin einnehmen wollte, und niemand würde ihn mehr unterbrechen, wenn er einer Kammerzofe die Geschichte vom Mädchen und der Nachtigall ein bißchen weitschweifig erzählen sollte.

Er hatte Eile, sich dieser Nichte zu entledigen, die durch die Pest seine einzige Erbin geworden war, denn er hatte keinerlei Lust, sie sich bei Tisch gegenübersitzen und der Tafel vorstehen zu sehen. Er verschaffte sich einen Dispens für eine Heirat zwischen Geschwisterkindern, und der Name von Martha sollte im Vertrag den von Benedikte ersetzen.

Als Martha über die Absichten ihres Onkels unterrichtet war, ging sie ins Kontor hinunter, wo Zebedäus emsig bei der Arbeit war. Das Vermögen des Schweizers war gemacht; da der Krieg mit Frankreich kurz bevorstand, würde sich der Handelsgehilfe in Genf niederlassen und Martin künftig bei den Bankgeschäften mit seinen Schuldnern aus dem französischen Königshaus als Strohmann dienen. Zebedäus hatte während der Pest einige Gewinne für sich persönlich herausgeschlagen, die es ihm ermöglichen würden, in seinem Heimatlande wieder als geachteter Bürger zu erscheinen, dessen Jugendsünden man vergessen hat. Martha traf ihn im Gespräch mit einem Juden an, der auf Wochenfrist Geld verlieh, für Martin heimlich die Außenstände und die bewegliche Habe der Dahingeschiedenen aufkaufte, und auf den notfalls die ganze öffentliche Schande dieses lukrativen Handels zurückfallen würde. Er entließ ihn, als er die Erbin bemerkte.

»Nehmt mich zur Frau«, sagte Martha ganz unvermittelt zu ihm.

»Immer mit der Ruhe«, erwiderte der Handelsgehilfe und suchte nach einer Lüge.

Er war verheiratet, denn er hatte in seiner Jugend ein einfaches Mädchen, eine Bäckerin in Les Pâquis zur Frau genommen, weil ihn die Tränen der Schönen und das Gezeter der Familie nach der einzigen amourösen Unbedachtsamkeit seines Lebens eingeschüchtert hatten. Ihr einziges Kind war vor langer Zeit von Krämpfen dahingerafft worden. Er überwies seiner Frau eine magere Rente und sah zu, wie er sich diese

Hausfrau mit den rotgeränderten Augen möglichst vom Leibe hielt. Doch das Verbrechen der Bigamie gehört nicht zu denen, die man leichten Herzens begeht.

»Wenn es nach mir ginge«, meinte er, »so würdet Ihr Euren Diener in Ruhe lassen und zwei Heller Reue nicht so teuer einkaufen... Sähet Ihr denn das Geld von Martin so gern für die Wiederherstellung von Kirchen draufgehen?«

»Soll ich denn ewig im Lande Kanaan leben?« antwortete die Waise bitter.

»Die starke Frau, die in das Haus des Gottlosen eintritt, kann auch dort Gerechtigkeit walten lassen«, entgegnete der Handelsgehilfe, der im Stil der Heiligen Schrift genauso bewandert war wie sie.

Man merkte deutlich, daß er keine Lust hatte, sich mit den mächtigen Fuggern zu überwerfen. Martha senkte den Kopf; die Klugheit des Handelsgehilfen lieferte ihr die triftigen Gründe, sich zu fügen, die sie unbewußt gesucht hatte. Dieses strenge Mädchen frönte einem Greisenlaster: sie liebte das Geld um der Sicherheit willen, die es mit sich bringt, und um der Achtung willen, die es einem verschafft. Ein Fingerzeig von Gott selbst hatte sie dazu bestimmt, unter den Mächtigen dieser Welt zu leben; sie wußte genau, daß eine Mitgift wie die ihre ihre Autorität als Ehefrau verzehnfachen würde, und die Vereinigung zweier Vermögen ist eine Aufgabe, der sich ein vernünftiges Mädchen nicht entzieht.

Dennoch hielt sie darauf, jede Lüge zu vermeiden. Bei ihrer ersten Begegnung mit dem Flamen sagte sie zu ihm:

»Ihr wißt vielleicht nicht, daß ich dem heiligen evangelischen Glauben ergeben bin?«

Sie hatte zweifellos Vorwürfe erwartet. Doch ihr unbeholfener Verlobter begnügte sich damit, kopfschüttelnd zu antworten:

»Ihr entschuldigt mich, ich habe viel zu tun. Theologische Probleme sind sehr heikel.«

Und er kam nie wieder auf dieses Geständnis zu sprechen. Es war schwer zu erkennen, ob er besonders taktvoll oder lediglich sehr schwerfällig war.

Das Gespräch in Innsbruck

Heinrich-Maximilian sah dem Regen zu, der über Innsbruck fiel.

Der Kaiser hatte sich dort niedergelassen, um die Debatten des Tridentinischen Konzils zu verfolgen, das wie alle Versammlungen, die etwas entscheiden sollen, ergebnislos zu Ende zu gehen drohte. Man sprach bei Hofe nur noch über Theologie und kanonisches Recht; die Jagdpartien an den schlammigen Gebirgshängen reizten einen Mann wenig, der gewohnt war, den Hirsch in den fetten lombardischen Ebenen zu verfolgen; und während der Hauptmann den ewig dummen Regen die Scheibe herunterlaufen sah, gönnte er sich insgeheim die Freude, auf italienisch zu fluchen.

Er gähnte vierundzwanzig Stunden am Tag. Der glorreiche Kaiser Karl kam dem Flamen vor wie eine Art trauriger Narr, und der spanische Prunk wirkte auf ihn wie eine jener sperrigen und polierten Rüstungen, in denen man bei den Paraden schwitzt und denen jeder alte Soldat eine Büffelhaut vorzieht. Als Heinrich-Maximilian die Waffenlaufbahn eingeschlagen hatte, hatte er nicht mit der Langeweile der toten Zeiten gerechnet, und vor sich hinbrummend wartete er darauf, daß der Krieg diesen morschen Frieden ablöse. Glücklicherweise waren die kaiserlichen Mahlzeiten reich an Masthähnchen, Rehbraten und Aalpasteten; er aß Unmengen, um sich abzulenken.

Als er eines Abends in der Schenke saß und sich bemühte, die Brüste Vanina Camis, seiner lieben neapolitanischen Freundin, die wie nagelneuer weißer Satin schimmerten, in einem Sonett zu besingen, glaubte er sich vom Säbel eines Ungarn angestoßen und brach mit ihm einen Streit vom Zaune. Diese Zänkereien, die mit dem Degen endeten, gehörten zu seiner Wesensart; außerdem brauchte er sie aufgrund seines Temperamentes so nötig wie ein Handwerker oder ein Bauernlümmel eine Prügelei mit Faustschlägen oder Fußtritten. Aber diesmal nahm das Duell, das mit Flüchen in Makkaroni-Latein angefangen hatte, ein schnelles Ende; der Ungar war nur ein Feigling, der hinter der drallen Wirtin Zuflucht suchte; alles endete mit lautem Weibergeheul und zerbrochenem Geschirr; und der Hauptmann setzte sich angewidert wieder hin und versuchte von neuem, ein Sonett zu feilen.

Aber seine Reimwut war vergangen. Eine Schmarre an der Wange tat ihm weh, wenn er es auch nicht zugeben mochte; und das sich rasch rötende Taschentuch, das er sich als Verband um den Kopf gebunden hatte, gab ihm das lächerliche Aussehen eines Mannes, der eine dicke Backe hat. Er saß am Tisch vor seinem Pfefferragout und war zu verzagt, um zu essen.

»Ihr solltet einen Chirurgen aufsuchen«, meinte der Schankwirt.

Heinrich-Maximilian erwiderte, alle Chirurgen verdienten als Packesel gebraucht zu werden.

»Ich weiß einen geschickten«, sagte der Gastwirt, »aber er ist wunderlich und will niemanden behandeln.«

»Das ist ja mein Glück«, sagte der Hauptmann.

Es regnete immer noch. Der Schankwirt stand auf der Schwelle und sah zu, wie die Traufen Wasser spuckten. Plötzlich sagte er:

»Wenn man vom Wolf spricht...«

Fröstelnd in einen Umhang gehüllt und etwas gebeugt unter seiner braunen Kapuze, hastete ein Mann am Rinnstein entlang. Heinrich-Maximilian rief:

»Zenon!«

Der Mann drehte sich um. Sie starrten einander über die Auslage hinweg an, in der Gebäck und bratfertige Hühnchen aufgetürmt waren. Heinrich-Maximilian glaubte in Zenons Zügen eine Unruhe zu lesen, die wie Angst aussah. Als der

Alchimist den Hauptmann wiedererkannte, beruhigte er sich. Er setzte den Fuß in das niedrige Zimmer.

»Ihr seid verwundet?« fragte er.

»Wie Ihr seht«, erwiderte der andere. »Da Ihr noch nicht im Himmel der Alchimisten seid, gewährt einem armen Bettler ein bißchen Scharpie und einen Tropfen Heilwasser, wenn Ihr schon kein Jungbrunnenwasser habt!«

Sein Scherz war bitter. Es war ihm eigentümlich peinlich festzustellen, wie sehr Zenon gealtert war.

»Ich behandle niemanden mehr«, sagte der Arzt.

Aber sein Mißtrauen war verflogen. Er trat in den Schankraum und hielt hinter sich den Türflügel fest, der im Wind klapperte.

»Verzeiht mir, Bruder Heinrich«, sagte er, »ich freue mich, Euer liebes Gesicht wiederzusehen. Aber ich bin gezwungen, mich vor lästigen Leuten in acht zu nehmen.«

»Wer kennt die nicht?« sagte der Hauptmann und dachte an seine Gläubiger.

»Kommt mit zu mir«, schlug der Alchimist nach einigem Zögern vor, »dort werden wir uns wohler fühlen als in dieser Schenke.«

Sie gingen zusammen hinaus. Der Wind trieb den Regen in Böen vor sich her. Es war so ein Wetter, bei dem Luft und Wasser in Aufruhr sind und die Erde in ein großes trauriges Chaos zu verwandeln scheinen. Der Hauptmann fand, daß der Alchimist sorgenvoll und müde aussah. Zenon stieß mit der Schulter die Tür eines Hauses mit niedrigem Dach auf.

»Euer Gastwirt«, sagte er, »hat mir diese verlassene Schmiede, in der ich vor Neugierigen einigermaßen sicher bin, sehr teuer vermietet. Er versteht, Gold zu machen.«

Der Raum war schwach erleuchtet von dem rötlichen Schein eines sparsamen Feuers, auf dem irgendein Gebräu in einem feuerfesten Tontopf kochte. Der Amboß und die Kneifzangen des Hufschmiedes, der diese Bude früher bewohnt hatte, gaben dieser finsteren Häuslichkeit das Ausse-

hen einer Folterkammer. Eine Leiter führte zum Oberge-
schoß, wo Zenon vermutlich schlief. Ein junger Diener mit
rotem Haar und kurzer Nase tat so, als ob er sich in einer Ecke
zu schaffen mache. Zenon gab ihm für den Rest des Tages
frei, nachdem er ihn angewiesen hatte, zuvor noch etwas zu
trinken zu bringen. Dann machte er sich daran, Leinenzeug
herauszusuchen. Als Heinrich-Maximilian verbunden war,
fragte ihn der Alchimist:

»Was treibt Ihr in der Stadt?«

»Ich spiele Spion«, antwortete der Hauptmann geradeher-
aus. »Der Signor Strozzi hat mich hier wegen der Streitigkeiten um die Toskana mit einer geheimen Mission beauftragt. Tatsache ist, daß er nach Siena schielt, sich nicht damit
abfindet, aus Florenz verbannt worden zu sein, und hofft,
dort eines Tages das verlorene Terrain wieder zurückzugewin-
nen. Ich probiere angeblich verschiedene Bäder, Schröpf-
köpfe und Senfpflaster aus Deutschland aus, und ich mache
hier dem Nuntius den Hof, der die Farnese zu sehr liebt, um
die Medici lieben zu können, und der seinerseits ohne Über-
zeugung dem Kaiser den Hof macht. Ob man nun böhmi-
schen Tarock spielt oder das, ist gleich.«

»Ich kenne den Nuntius«, sagte Zenon, »ich bin ein wenig
sein Arzt, ein wenig sein Souffleur; es läge nur an mir, sein
Gold auf meinem kleinen Kohlenfeuer zu schmelzen. Habt
Ihr bemerkt, daß diese Männer mit dem Ziegenschädel dem
Bock und der antiken Chimäre nachschlagen? Monsignore
verfertigt scherzhafte Verschen und verhätschelt übermäßig
seine Pagen. Wenn ich das Talent dazu hätte, könnte ich als
sein Vermittler viel verdienen.«

»Was tue ich hier denn anderes als vermitteln?« sagte der
Hauptmann. »Und das tun sie ja alle; dieser beschafft Frauen
oder etwas anderes, jener die Gerechtigkeit und ein anderer
Gott. Am anständigsten ist immer noch der, der Fleisch verkauft und nicht Schall und Rauch! Doch ich nehme die Gegenstände meines kleinen Handels nicht so ernst, diese schon
zehnmal verschacherten Städte, diese syphilitische Ehrbar-

keit und diese faulen Gelegenheiten. Wo sogar ein kleiner Intrigant seine Taschen füllen würde, da kommen für mich höchstens meine Kosten für Postpferde und Herberge wieder herein. Wir werden arm sterben.«

»Amen«, sagte Zenon, »setzt Euch.«

Heinrich-Maximilian blieb nahe am Feuer stehen; Dampf stieg von seinen Kleidern auf. Zenon saß auf dem Amboß, ließ seine Hände zwischen seinen Knien herabhängen und sah in die lodernde Glut.

»Immer noch der Gefährte des Feuers, Zenon«, sagte Heinrich-Maximilian zu ihm.

Der junge rothaarige Diener brachte den Wein und ging pfeifend wieder hinaus. Der Hauptmann schenkte sich ein und fuhr fort:

»Erinnert Ihr Euch noch an die Ahnung des Domherrn der Erlöserkirche? Eure *Prognostiken zukünftiger Dinge* hätten seine allerschwärzesten Befürchtungen bestätigt; Euer Büchlein über die Eigenschaft des Blutes, das ich nicht gelesen habe, muß ihm wohl eher eines Baders denn eines Philosophen würdig erschienen sein, und Euer *Traktat über die physische Welt* wird ihn wohl zum Weinen gebracht haben. Er würde Euch den Teufel austreiben, wenn Euch das Unglück nach Brügge zurückführen sollte.«

»Er würde Schlimmeres tun«, sagte Zenon und schnitt eine Grimasse. »Und dabei war ich doch darauf bedacht gewesen, meine Gedanken in alle nur möglichen Umschreibungen zu kleiden. Da habe ich einen großen Buchstaben eingesetzt, dort ein Nomen; ich war sogar bereit, mit Attributen und Beispielen nicht zu geizen, und mit diesem schwerfälligen Plunder meine Sätze vollzustopfen. Mit diesem Gefasel ist es wie mit unseren Hemden und unseren Hosen; sie schützen den, der sie trägt, und hindern ihn nicht, darunter ruhig nackt zu sein.«

»Sie hindern ihn doch!« sagte der von der Pike auf gediente Soldat. »Ich habe noch nie einen Apollo in den Gärten des Papstes betrachtet, ohne ihn darum zu beneiden, daß er sich so den Blicken darbieten kann, wie seine Mutter Latona ihn geboren hat. Nur wenn man frei ist, fühlt man sich wohl; seine Ansichten zu verbergen ist noch beschwerlicher, als seine Haut zu bedecken.«

»Kriegslisten, Hauptmann«, sagte Zenon, »mit denen wir leben wie Ihr in Euren Deckungen und Gräben. Zum Schluß bildet man sich auf eine Anspielung etwas ein, die alles ändert, wie ein Minuszeichen, das man unbewußt vor eine Summe setzt; man bemüht sich, hier und da ein gewagtes Wort zu benutzen, das einem Augenblinzeln, dem Lüften eines Feigenblattes oder dem Fallenlassen einer Maske gleichkommt, die man sofort wieder aufsetzt, als ob nichts gewesen wäre. So vollzieht sich eine Auswahl unter unseren Lesern; die Dummen glauben uns; andere Dumme verlassen uns, da sie uns für dümmer halten als sich selbst; diejenigen, die uns bleiben, schlagen sich durch das Labyrinth, lernen das Hindernis der Lüge zu überspringen oder zu umgehen. Ich wäre sehr überrascht, wenn man nicht sogar in den heiligen Texten dieselben Tricks wiederfände. So gelesen, wird jedes Buch rätselhaft.«

»Ihr überschätzt die Heuchelei der Menschen«, sagte der Hauptmann und zuckte mit den Schultern, »die meisten denken zu wenig, um doppelsinnig zu denken.«

Und während er sich sein Glas wieder füllte, fügte er nachdenklich hinzu:

»So seltsam es auch ist, der siegreiche Kaiser Karl glaubt in diesem Augenblick, er wolle den Frieden, und Seine christliche Majestät, der König von Frankreich, glaubt es auch.«

»Was ist der Irrtum und sein Surrogat, die Lüge«, fuhr Zenon fort, »anderes als eine Art *caput mortuum*, eine träge Materie, ohne die sich die allzu flüchtige Wahrheit in den menschlichen Mörsern nicht zerstoßen ließe? Diese geistlosen Klugschwätzer vergöttern ihresgleichen und wettern über Andersdenkende; aber wenn unsere Gedanken wirklich anders geartet sind, dann entgehen sie ihnen. Sie bemerken sie nicht einmal mehr, ganz wie ein bissiges Tier bald aufhört, einen ungewohnten Gegenstand auf dem Boden seines Käfigs zu bemerken, den es weder zerreißen noch fressen kann. Auf diese Weise könnte man sich unsichtbar machen.«

»*Aegri somnia*«, sagte der Hauptmann, »ich verstehe Euch nicht mehr.«

»Bin ich Michel Servet, dieser Esel«, entgegnete Zenon aufgeregt, »daß ich riskieren sollte, mich auf einem öffentlichen Platz langsam verbrennen zu lassen, zu Ehren ich weiß nicht welcher Interpretation eines Dogmas, wo ich doch mitten in meinen Arbeiten über die diastolischen und systolischen Bewegungen des Herzens stecke, die mir viel mehr bedeuten? Wenn ich sage, daß drei eins sind oder daß die Welt in Palästina gerettet wurde – kann ich dann in diese Worte nicht einen geheimen Sinn legen, der sich unter dem äußeren Sinn verbirgt, und mir auf diese Weise sogar das Unbehagen nehmen, gelogen zu haben? Kardinäle (ich kenne welche) ziehen sich so aus der Affäre, und auch Doktoren, die jetzt angeblich im Himmel einen Heiligenschein tragen, haben es so gemacht. Ich schreibe wie jeder andere die vier Buchstaben des erhabenen Namens, aber was soll ich in diesen Namen hineinlegen? Alles oder einen alles ordnenden Verstand? Das, was ist, oder das, was nicht ist, oder das, was ist, indem es zugleich nicht ist, wie die Leere oder die Schwärze der Nacht? Zwischen dem Ja und dem Nein, zwischen dem Für und dem Wider gibt es so unermeßliche unterirdische Räume, in denen der bedrohteste aller Menschen in Frieden leben könnte.«

»Eure Kritiker sind nicht so dumm«, meinte Heinrich-Maximilian. »Diese Herren in Basel und das Inquisitionsgericht in Rom verstehen Euch gut genug, um Euch zu verurteilen. In ihren Augen seid Ihr nur ein Atheist.«

»Wer nicht ist wie sie, den halten sie für ihnen feindlich gesonnen«, sagte Zenon bitter.

Und er füllte einen Becher und trank seinerseits gierig den sauren deutschen Wein.

»Gott sei Dank«, sagte der Hauptmann, »werden all diese Betbrüder ihre Nase nicht in meine kleinen Liebesverse stekken. Ich habe mich immer nur einfachen Gefahren ausgesetzt: den Verletzungen im Krieg, den Fieberanfällen in Italien, der Franzosenkrankheit bei den Mädchen, den Läusen in der Herberge und den Gläubigern überall. Ich lasse mich mit diesem Gesindel mit Käppchen oder Barett, mit oder ohne Tonsur, nicht öfter ein, als ich nach Stachelschweinen jage. Ich habe nicht einmal den Idioten Robortello aus Udine widerlegt, der in meiner Anakreon-Übersetzung Fehler gefunden zu haben glaubt, aber nur ein Tölpel im Griechischen und allen anderen Sprachen ist. Ich liebe die Wissenschaft wie jeder andere, aber mich schert es wenig, ob das Blut in der Herzader rauf- oder runterfließt; mir genügt es zu wissen, daß das Blut kalt wird, wenn man stirbt. Und ob die Erde sich dreht...«

»Sie dreht sich«, sagte Zenon.

»... und ob die Erde sich dreht, kümmert mich kaum, solange ich auf ihr herumlaufe, und noch weniger, wenn ich darunter liegen werde. In Glaubenssachen werde ich dem folgen, was das Konzil entscheiden wird, wenn es überhaupt etwas entscheidet, so wie ich heute abend das essen werde, was der Schankwirt zusammenbraut. Ich nehme meinen Gott und meine Zeit, wie sie kommen, wenn ich auch lieber in dem Jahrhundert gelebt hätte, in dem man Venus verehrte. Ich möchte selbst auf meinem Totenbett nicht darauf verzichten, mich Unserem Herrn Jesus Christus zuzuwenden, wenn es mein Herz befiehlt.«

»Ihr seid wie ein Mensch, der ohne weiteres bereit ist zu glauben, daß in der kleinen Kammer nebenan ein Tisch und zwei Bänke stehen, weil ihm das gleichgültig ist.«

»Bruder Zenon«, sagte der Hauptmann, »ich finde Euch mager, erschöpft und verstört wieder, mit einem schäbigen Rock, den nicht einmal mein Bursche mehr anzöge. Ist es der Mühe wert, sich zwanzig Jahre lang anzustrengen, um schließlich beim Zweifel anzulangen, der doch von ganz allein in allen wohlgebildeten Köpfen wächst?«

»Unbestritten«, antwortete Zenon. »Eure Zweifel und Euer Glaube sind Luftblasen an der Oberfläche, aber die

Wahrheit, die sich in uns niederschlägt, wie das Salz in der Retorte bei einer riskanten Destillation, liegt jenseits der Erklärung und der Form, ist zu heiß oder zu kalt für den menschlichen Mund, zu schwer zu erfassen für den geschriebenen Buchstaben und kostbarer als er.«

»Kostbarer als die Erhabene Silbe?«

»Ja«, sagte Zenon.

Er sprach unwillkürlich leiser. In diesem Augenblick klopfte ein Bettelmönch an die Tür und ging, dank der Großzügigkeit des Hauptmanns, mit ein paar Hellern versehen weg.

Heinrich-Maximilian hatte sich nun wieder beim Feuer niedergelassen; auch er sprach mit leiser Stimme:

»Erzählt mir lieber von Euren Reisen«, flüsterte er.

»Warum?« fragte der Philosoph. »Ich werde Euch nichts von den Geheimnisses des Orients erzählen; es gibt sie gar nicht, und Ihr gehört ja nicht zu jenen Gaffern, die sich an einer malerischen Beschreibung des Sultanserails erfreuen. Ich erkannte schnell, daß die klimatischen Unterschiede, von denen man soviel hermacht, wenig bedeuten im Vergleich zu der Tatsache, daß der Mensch überall zwei Hände und zwei Füße, ein männliches Glied, einen Bauch, einen Mund und zwei Augen hat. Man unterstellt mir Reisen, die ich gar nicht gemacht habe. Ich selber habe solche Reisen aus List vorgegeben, um meine Ruhe zu haben, weil man mich anderswo glaubte. Man vermutete mich bereits bei den Tataren, während ich friedlich in Pont-Saint-Esprit im Languedoc experimentierte. Aber gehen wir weiter zurück: kurz nach meiner Ankunft in León wurde mein Prior von seinen Mönchen aus seiner Abtei verjagt. Sie beschuldigten ihn, dem Judentum anzuhängen. Und tatsächlich war sein alter Kopf voll merkwürdiger Formeln, die dem *Sohar* entnommen waren und die Verbindungen zwischen den Metallen, die Rangordnung der Himmelskörper und die Sterne selbst behandelten. Ich hatte in Löwen gelernt, die Allegorie zu verachten, da ich die Übungen satt hatte, durch die man Tatsachen symbolisiert, um dann auf solchen Symbolen aufzubauen, als ob sie Tatsachen wären. Aber niemand ist so närrisch, daß er nicht auch etwas Weisheit besäße. Mein Prior hatte seine Retorten lange genug brodeln lassen, um ein paar praktische Geheimnisse zu entdecken, die ich geerbt habe. Die Schule in Montpellier lehrte mich danach fast nichts mehr: Claudius Galenus war für diese Leute zu einem Idol aufgerückt, dem man die Natur opfert; als ich bestimmte Vorstellungen von Galenus angriff, von denen schon der Bader Johannes Myers wußte, daß sie sich auf die Anatomie des Affen und nicht auf die des Menschen stützten, glaubten meine Gelehrten lieber, das Rückgrat habe sich seit Christi Zeit verändert, als ihr Orakel der Oberflächlichkeit oder des Irrtums zu zeihen.

Aber es gab dort trotzdem ein paar verwegene Köpfe...

Wir waren knapp an Leichen, da die öffentlichen Vorurteile nun einmal sind, wie sie sind. Ein gewisser Rondelet, ein kleiner, stämmiger Arzt, der ebenso komisch war wie sein Name, verlor seinen Sohn, der am Tage zuvor vom Scharlachfieber befallen worden war, einen Schüler von zweiundzwanzig Jahren, mit dem ich am Grau-du-Roi Pflanzen gesammelt hatte. In dem von Essig durchtränkten Raum, wo wir den Toten sezierten – er war nicht mehr der Sohn oder der Freund, sondern nur ein schönes Exemplar der menschlichen Maschine –, hatte ich zum ersten Mal das Gefühl, daß die Mechanik einerseits und die große Kunst andererseits nichts anderes tun, als die Wahrheiten, die unsere Körper uns lehren und in denen sich die Struktur des Alls wiederholt, auf das Studium des Universums anzuwenden. Ein ganzes Leben war nicht zuviel, um das eine dem anderen vergleichend gegenüberzustellen: die Welt, in der wir leben, und die Welt, die wir sind. Die Lungen waren der Blasebalg, der die Kohlenglut anfacht, der Penis war eine Wurfwaffe, das Blut in den Mäandern des Körpers war das Wasser der Rinnsale in einem Garten des Orients, das Herz war – je nachdem welcher Theorie man den Vorzug gibt – entweder die Pumpe oder die Glut, das Gehirn der Kolben, in dem sich eine Seele destilliert...«

»Wir fallen wieder in die Allegorie zurück«, sagte der Hauptmann. »Wenn Ihr damit unterstellt, daß der Körper die beständigste aller Wirklichkeiten ist, so sagt es.«

»Nicht ganz«, erwiderte Zenon, »dieser Körper, unser Königreich, scheint mir manchmal aus einem ebenso losen und flüchtigen Gewebe gemacht zu sein wie ein Schatten. Ich fände es kaum verwunderlicher, meine tote Mutter wiederzusehen, als an einer Straßenecke Euer gealtertes Gesicht wiederzutreffen, dessen Mund noch meinen Namen weiß, aber dessen Substanz sich im Laufe von zwanzig Jahren mehrmals erneuert hat und in dem die Zeit die Farbe verändert und die Form überarbeitet hat. Wieviel Weizen ist gewachsen, wieviel Tiere haben gelebt und sind gestorben, um diesen Heinrich zu stärken, der der ist und doch nicht der ist, den ich mit zwanzig Jahren gekannt habe. Doch kommen wir auf die Reisen zurück... In Pont-Saint-Esprit, wo die Leute hinter ihren Fensterläden das Tun und Treiben ihres neuen Arztes belauerten, war ich nicht immer auf Rosen gebettet, und die Eminenz, auf die ich zählte, ging von Avignon fort nach Rom... Meine Chance bot sich in Gestalt eines Renegaten, der in Algier die Pferdekäufe für die Ställe des Königs von Frankreich besorgte: dieser ehrenwerte Freibeuter brach sich zwei Schritte von meiner Tür entfernt das Bein und bot mir als Tausch für meine Behandlung die Überfahrt auf seiner Tartane an. Ich weiß ihm dafür immer noch Dank. Meine ballistischen Arbeiten brachten mir im Berberland die Freundschaft Seiner Hoheit ein und auch die Gelegenheit, die Eigenschaften des Erdöls und seiner Verbindung mit ungelöschtem Kalk im Hinblick auf die Konstruktion von Wurfgeschossen zu studieren, die die Schiffe seiner Flotte abschießen könnten. *Ubicumque idem*: die Fürsten wollen Maschinen, um ihre Macht zu vergrößern oder zu bewahren, die Reichen wollen Gold, dafür decken sie eine Zeitlang die Kosten unserer Öfen; die Feiglinge und die Ehrgeizigen wollen die Zukunft erfahren. Ich habe mich, so gut ich konnte, mit alldem arrangiert. Der glücklichste Fund war immer noch ein siecher Doge oder ein kranker Sultan: dann floß mir das Geld zu; in Genua wurde ein Haus aus dem Boden gestampft, nahe bei San Lorenzo, oder in Pera im Christenviertel. Die Werkzeuge meiner Kunst wurden mir geliefert, darunter das seltsamste und kostbarste von allen: die Erlaubnis, nach meinem Belieben zu denken und zu handeln. Dann ging es los, mit den Schlichen der Neider, mit dem Flüstern der Hohlköpfe, die mich der Blasphemie ihres Korans oder ihres Evangeliums anklagten, dann erfolgte irgendein Komplott am Hof, in das verwickelt zu werden ich Gefahr lief, und schließlich kam der Tag, an dem man besser seinen letzten Zechino ausgibt, um ein Pferd zu kaufen oder ein Boot zu mieten. Zwanzig Jahre habe ich mit diesen wechselnden Geschicken hingebracht, die in den Büchern Abenteuer genannt werden. Ich habe manche meiner Kranken durch ein Übermaß an Kühnheit getötet, das wiederum andere geheilt hat. Aber ihr Rückfall oder ihre Besserung waren mir vor allem insofern wichtig, als sie eine Prognose bestätigten oder die Richtigkeit einer Methode bewiesen. Wissen und Betrachten genügen nicht, Bruder Heinrich, wenn sie sich nicht in Macht verwandeln: das Volk hat recht, in uns die Adepten einer weißen oder schwarzen Magie zu sehen. Von Dauer sein lassen, was vergeht, die vorgeschriebene Stunde vorgehen oder nachgehen zu lassen, sich der Geheimnisse des Todes bemächtigen, um gegen ihn zu kämpfen, sich natürlicher Rezepte zu bedienen, um der Natur zu helfen oder sie zu überlisten, die Welt und den Menschen beherrschen, sie erneuern, sie vielleicht erschaffen...«

»Es gibt Tage, an denen ich mir, da ich meinen Plutarch wieder las, gesagt habe, daß es zu spät ist und daß der Mensch und die Welt gewesen sind«, sagte der Hauptmann.

»Luftspiegelungen«, erwiderte Zonon. »Mit Eurem goldenen Zeitalter ist es wie mit Damaskus und Konstantinopel, die von weitem schön sind; um ihre Leprakranken und ihre verendeten Hunde zu sehen, muß man durch ihre Straßen gehen. Euer Plutarch lehrt mich, daß Hephästion eigensinnig darauf beharrt, an Diättagen wie der erste beste Kranke zu essen, und daß Alexander wie ein deutscher Haudegen soff. Wenige Zweifüßler seit Adam haben den Namen Mensch verdient.«

»Ihr seid Arzt«, sagte der Hauptmann.

»Ja«, erwiderte Zenon, »unter anderem.«

»Ihr seid Arzt«, wiederholte der eigensinnige Flame, »ich kann mir vorstellen, daß man es satt kriegt, die Menschen wieder zusammenzunähen, wie man es satt kriegt, sie aufzuschlitzen. Seid Ihr es nicht leid, nachts aufzustehen, um diese elende Brut zu behandeln?«

»*Sutor, ne ultra*...«, gab Zenon zurück. »Ich fühlte den Puls, prüfte die Zungen, untersuchte den Urin, aber nicht die Seelen... Es ist nicht an mir zu entscheiden, ob dieser an Kolik erkrankte Geizige es verdient, zehn Jahre länger zu leben, und ob es gut ist, daß jener Tyrann stirbt. Der schlimmste oder dümmste unserer Patienten kann uns noch etwas lehren, und ihr Eiter ist nicht ekelhafter als der eines klugen oder gerechten Menschen. Jede Nacht, die ich am Lager irgendeines Kranken zugebracht habe, stellte mich von neuem vor unbeantwortete Fragen: der Zweck des Schmerzes, die Güte der Natur oder ihre Gleichgültigkeit, und ob die Seele den Schiffbruch des Körpers überlebt. Die Analogieschlüsse, die mir früher so vorgekommen waren, als erhellten sie die Geheimnisse des Universums, schienen mir ihrerseits von neuen Möglichkeiten des Irrtums zu wimmeln, insofern als sie der dunkeln Natur jenen vorbestimmten Plan unterstellen möchten, den andere Gott unterstellen. Ich sage nicht, daß ich zweifelte; zweifeln ist etwas anderes, ich setzte die Erforschung bis zu dem Punkt fort, da jeder Begriff in meinen Händen nachgab wie eine Feder, die man verbiegt; sobald ich die Leiter einer Hypothese erkletterte, fühlte ich, wie unter meinem Gewicht das unerläßliche *Wenn* zerbrach. Ich hatte geglaubt, daß Paracelsus und sein System der Zeichen unserer Kunst einen triumphalen Weg eröffneten; praktisch führten sie zum dörflichen Aberglauben zurück. Das Studium der Horoskope hielt ich zu der Wahl der Arzneimittel und der

Voraussage tödlicher Unfälle nicht mehr für so einträglich wie früher; meinetwegen sind wir aus dem gleichen Stoff wie die Sterne; daraus folgt nicht unbedingt, daß sie uns festlegen oder lenken können. Je mehr ich darüber nachdachte, um so mehr schienen mir unsere Ideen und Idole, unsere sogenannten heiligen Bräuche und diejenigen unserer Visionen, die wir für unaussprechlich halten, von den Bewegungen der menschlichen Maschine erzeugt zu werden, nichts weiter, genauso wie der Wind aus den Nasenlöchern oder den unteren Partien, der Schweiß und das salzige Wasser der Tränen, das weiße Blut der Liebe, der Schmutz und die Exkremente des Körpers. Ich ärgerte mich darüber, daß der Mensch so seine eigene Substanz für fast immer unheilvolle Konstruktionen verschwendet, von Keuschheit spricht, ehe er die Maschine des Geschlechts auseinandergenommen hat, über den freien Willen disputiert, anstatt die tausend undurchsichtigen Ursachen zu erwägen, die bewirken, daß Ihr mit den Augen blinzelt, wenn ich Euch plötzlich einen Stock vor die Augen halte, oder von der Hölle redet, ehe er den Tod etwas genauer befragt hat.«

»Ich kenne den Tod«, sagte der Hauptmann gähnend, »zwischen dem Schuß aus der Hakenbüchse, der mich in Ceresole umwarf, und dem tüchtigen Schluck Schnaps, der mich wieder aufweckte, ist ein schwarzes Loch. Ohne die Feldflasche des Sergeanten wäre ich heute noch in jenem Loch.«

»Ich gestehe euch das zu«, sagte der Alchimist, »wenn es auch noch viel zugunsten des Begriffes der Unsterblichkeit zu sagen gäbe, wie auch dagegen. Was den Toten entzogen wird, ist zunächst die Beweglichkeit, danach die Wärme, danach mehr oder weniger rasch, je nachdem welchen Einwirkungen sie unterworfen sind, die Gestalt. Ob wohl auch die Bewegung und die Gestalt der Seele im Tode vergehen, nicht aber ihre Substanz? Ich war in Basel, zur Zeit der schwarzen Pest...«

Heinrich-Maximilian unterbrach ihn, um zu sagen, daß er

damals in Rom gelebt habe und daß die Pest ihn im Hause einer Kurtisane gepackt habe.

»Ich war in Basel«, fuhr Zenon fort. »Ihr wißt wohl, daß ich in Pera Monsignore Lorenzino de Medici, den Mörder, den das Volk spöttisch Lorenzaccio nennt, um weniges verfehlt hatte. Dieser aller Mittel beraubte Fürst hatte sich, genau wie Ihr, Bruder Heinrich, als Vermittler von Frankreich mit einer geheimen Mission bei der Hohen Pforte beauftragen lassen. Ich hätte diesen großherzigen Mann gerne gekannt. Als ich vier Jahre später durch Lyon kam, um meinen *Traktat über die physische Welt* dem unglücklichen Dolet, meinem Buchhändler, zu übergeben, traf ich ihn im Hinterzimmer einer Herberge, wo er melancholisch zu Tisch saß. Der Zufall wollte es, daß er in jenen Tagen von einem gedungenen florentinischen Mörder überfallen wurde; ich behandelte ihn, so gut ich konnte, wir konnten in aller Muße über die Narrheiten des Türken und unsere eigenen diskutieren. Dieser gehetzte Mann hatte vor, trotz allem in sein heimatliches Italien zurückzukehren. Bevor wir uns trennten, überließ er mir einen kaukasischen Pagen, den er von Seiner Hoheit, dem Sultan selbst, erhalten hatte, als Gegengabe für ein Gift, das er, falls er seinen Feinden in die Hände fallen sollte, einnehmen wollte, um zu sterben, ohne dem Stil, mit dem er gelebt hatte, untreu zu werden. Er fand keine Gelegenheit, mein Dragee auszuprobieren, da er sich in Venedig in einer finsteren Gasse von demselben gedungenen Mörder, der ihn in Frankreich verfehlt hatte, ins Jenseits befördern ließ. Aber sein Diener blieb bei mir... Ihr Dichter habt aus der Liebe eine ungeheure Heuchelei gemacht: was uns beschieden ist, scheint immer weniger schön als diese wie ein Mund auf den anderen gefügten Reime. Und doch, welchen anderen Namen soll man dieser Flamme geben, die wie ein Phönix aus der eigenen Glut wieder aufersteht, diesem Verlangen, am Abend das Gesicht und den Körper wiederzufinden, die man morgens verlassen hat? Denn gewisse Körper, Bruder Heinrich, sind erfrischend wie das Wasser, und man sollte sich wohl fragen, warum die glühendsten Körper die erfrischendsten sind. Ali kam also aus dem Orient, wie meine Salben und meine Latwerge; nie machte er mir auf den schmutzigen Straßen und in den verräucherten Nachtquartieren Deutschlands den Vorwurf, daß er die Gärten des Sultans und ihre im Sonnenschein springenden Fontänen vermisse... Ich liebte vor allem das Schweigen, zu dem uns die Schwierigkeit der Sprachen zwang. Ich kann das Arabisch der Bücher, aber Türkisch kann ich nur soviel, um nach dem Weg zu fragen; Ali sprach türkisch und etwas italienisch; von seiner Muttersprache fielen ihm nur im Traum wieder ein paar Worte ein... Nach so vielen grölenden und unzüchtigen Hurenböcken, die ich unglücklicherweise eingestellt hatte, hatte ich nun endlich diesen Kobold oder Wassergeist, welche das einfache Volk uns als Gehilfen zugesteht...

Nun, an einem häßlichen Abend in Basel, im Jahr der schwarzen Pest, fand ich in meinem Zimmer meinen Diener von dieser schrecklichen Plage befallen. Preist Ihr die Schönheit, Bruder Heinrich?«

»Ja«, sagte der Flame, »die weibliche. Anakreon ist ein guter Dichter und Sokrates ein sehr großer Mann, aber ich kann gar nicht begreifen, wie man auf diese Rundungen zarten und rosigen Fleisches verzichten kann, auf diese großen Leiber, die so erfreulich verschieden von unseren sind, in die man eindringt, wie Eroberer in eine jubelnde Stadt, die für sie mit Blumen geschmückt und beflaggt ist. Und wenn dieser Jubel lügt und dieser Flaggenschmuck uns täuscht, was tut's? An diesen Pomaden, diesen Frisuren und diesen Parfüms, deren Gebrauch einen Mann entehrt, habe ich durch die Frauen meine Freude. Warum sollte ich versteckte Gäßchen suchen, wenn vor mir eine besonnte Straße liegt, auf der ich in Ehren vordringen kann? Pfui über diese Wangen, die bald nicht mehr glatt sind und sich dem Geliebten weit weniger anbieten als dem Barbier!«

»Ich«, sagte Zenon, »genieße das Vergnügen, das ein wenig heimlicher ist als das andere, über alles, diesen Körper, der meinem ähnlich sieht und meine Wonne widerspiegelt, die angenehme Abwesenheit all dessen, was die gezierten Mienen der Kurtisanen, die Sprechweise der Petrarkisten, die gestickten Hemden der Signora Livia und die Brusttücher der Madame Laura der Lust hinzufügen; ich genieße diesen Umgang, der sich nicht scheinheilig durch die Fortpflanzung der menschlichen Gesellschaft rechtfertigt, sondern aus einem Verlangen entsteht und mit ihm vergeht, und wenn sich dieses Verlangen irgendwie mit Liebe mischt, so keineswegs, weil mich die gerade beliebten Liedchen im voraus dazu geneigt gemacht hätten... Ich bewohnte in jenem Frühling das Zimmer einer Herberge am Ufer des Rheins, das vom Tumult des steigenden Wassers erfüllt war; man mußte schreien, um sich verständlich zu machen; man konnte dort nur mit Mühe den Klang einer Viola da gamba vernehmen, die ich meinem Diener zu spielen auftrug, wenn ich niedergeschlagen war, denn die Musik ist mir immer gleichzeitig wie ein Heilmittel und wie ein Fest erschienen. Aber an jenem Abend erwartete mich Ali nicht mit einer Laterne in der Hand neben dem Pferdestall, wo ich meinen Maulesel unterbrachte. Ich nehme an, Bruder Heinrich, Ihr habt das Schicksal der Statuen bedauert, die von der Hacke verletzt und von der Erde zerfressen werden; Ihr habt die Zeit angeklagt, die die Schönheit so übel zurichtet. Und trotzdem könnte ich mir vorstellen, daß der Marmor es leid ist, so lange menschliche Gestalt bewahrt zu haben, und sich freut, einfach wieder Stein zu werden... Die Kreatur hingegen fürchtet die Rückkehr zur gestaltlosen Substanz ... Schon an der Türschwelle warnte mich ein übler Geruch, und die Anstrengungen des Mundes, der das Wasser ansaugt und wieder ausspuckt, das die Gurgel nicht mehr schluckt, und dieses Blut, das die kranken Lungen auswerfen. Aber das, was man Seele nennt, lebte weiter, und die Augen eines zutraulichen Hundes, der nicht daran zweifelt, daß sein Herr ihm zu Hilfe kommen kann... Sicherlich erwiesen sich meine Arzneien nicht zum ersten Mal als erfolglos, aber bis dahin war jeder Tote kaum mehr als ein verlorener Bauer auf meinem ärztlichen Schachbrett gewesen. Mehr noch, durch den dauernden Kampf mit Ihrer schwarzen Majestät bildet sich zwischen ihr und uns eine Art finstere Komplizenschaft; ein Hauptmann erkennt so schließlich die Taktik des Feindes und bewundert sie. Es kommt immer ein Moment, da unsere Kranken merken, daß wir Sie zu gut kennen, um uns nicht für sie in das Unvermeidliche zu schicken; während sie flehentlich bitten und sich noch sträuben, lesen sie in unseren Augen einen Urteilsspruch, den sie nicht sehen wollen. Man muß jemanden zärtlich lieben, um zu bemerken, wie empörend es ist, daß die Kreatur stirbt... Mein Mut ließ mich im Stich, oder wenigstens jene Kaltblütigkeit, die für uns so notwendig ist. Mein Beruf erschien mir nutzlos, was beinahe ebenso absurd ist, als ihn für erhaben zu halten. Nicht, daß ich litt: im Gegenteil, ich wußte, daß ich höchst unfähig war, mir den Schmerz dieses Körpers vorzustellen, der sich vor meinen Augen wand; mein Diener starb, wie in der Tiefe eines anderen Reiches. Ich rief, aber der Wirt hütete sich, mir zu Hilfe zu kommen. Ich hob den Leichnam auf und legte ihn auf den Fußboden, bis zur Ankunft der Totengräber, die ich im Morgengrauen holen würde; ich verbrannte die Strohmatratze Stück für Stück im Ofen des Zimmers. Die innere Welt und die äußere Welt, der Makrokosmos und der Mikrokosmos waren noch die gleichen wie zur Zeit der Leichenöffnungen in Montpellier, aber diese großen ineinandergreifenden Räder drehten sich im Leeren; diese fragilen Mechanismen entzückten mich nicht mehr...

Ich schäme mich zu gestehen, daß der Tod eines Dieners genügte, um in mir eine so schwarze Revolution zu erzeugen, aber man wird müde, Bruder Heinrich, und ich bin nicht mehr jung, ich bin über vierzig. Ich hatte meinen Beruf als Leiberflicker satt; ein Ekel überkam mich bei dem Gedanken, am nächsten Morgen dem Herrn Vogt wieder den Puls fühlen zu gehen, die Frau Schöffin zu beruhigen und das Uringlas vom Herrn Pastor im Gegenlicht zu betrachten. In jener Nacht nahm ich mir fest vor, niemanden mehr zu behandeln.«

»Der Wirt vom *Goldenen Lamm* hat mich über diese

Schrulle unterrichtet«, sagte der Hauptmann ernst, »aber Ihr behandelt die Gicht des Nuntius, und hier auf meiner Wange ist Eure Scharpie und Euer Pflaster.«

»Sechs Monate sind vergangen«, erwiderte Zenon, der mit der Spitze eines verkohlten Holzes Figuren in die Asche zeichnete. »Die Neugier erwacht wieder und das Verlangen, das Talent, das man besitzt, zu nutzen und den Gefährten, die mit uns in dieses seltsame Abenteuer verwickelt sind, wenn es geht, zu helfen. Die Vision jener schwarzen Nacht liegt hinter mir; wenn man so lange mit niemandem über diese Dinge spricht, vergißt man sie.«

Heinrich-Maximilian stand auf, ging ans Fenster und bemerkte:

»Es regnet immer noch.«

Es regnete immer noch. Der Hauptmann trommelte an die Scheibe. Plötzlich sagte er, während er sich wieder seinem Gastgeber zuwandte:

»Wißt ihr, daß Sigismund Fugger, mein Verwandter aus Köln, in einer Schlacht im Lande der Inkas tödlich verwundet worden ist? Dieser Mann, sagt man, hatte hundert gefangene Frauen, hundert kupferrote Körper mit verschiedenen Korallenverzierungen und eingeölten Haaren, die nach Gewürzen rochen. Als er merkte, daß er sterben würde, ließ Sigismund die hundert Haarschöpfe der Gefangenen abschneiden. Er befahl, sie auf einem Bett auszubreiten und wollte, daß man ihn zum Sterben auf dieses Fell legte, das nach Zimt, Schweiß und Frau roch.«

»Ich glaube kaum, daß diese schönen Haarflechten frei von Ungeziefer waren«, sagte der Philosoph mürrisch.

Und einer ärgerlichen Bewegung des Hauptmannes zuvorkommend, fuhr er fort:

»Ich weiß, was Ihr denkt. Ja, ich habe manches Mal schwarze Locken zärtlich entlaust.«

Der Flame fuhr fort auf und ab zu gehen, weniger um sich die Beine zu vertreten, als, wie es schien, um seine Gedanken abzuschütteln.

»Eure Stimmung ist ansteckend«, meinte er, als er sich endlich wieder auf seinen Platz am Herd setzte. «Eure Erzählung von vorhin verleitet mich, mein Leben wiederzukäuen. Ich beklage mich nicht, aber alles ist anders, als ich geglaubt hatte. Ich weiß, daß ich nicht das Zeug zu einem großen Feldherrn habe, aber ich habe diejenigen von nahem gesehen, die für solche gehalten werden: sie haben mich sehr überrascht. Ich habe aus Neigung ein gutes Drittel meiner Zeit auf der Halbinsel verbracht; das Wetter ist dort viel schöner als in Flandern, aber man ißt dort schlechter. Meine Gedichte verdienen nicht, das Papier zu überleben, auf das mein Buchhändler sie auf meine Kosten druckt, wenn ich mal zufällig die Mittel habe, mir wie jeder andere ein Kopfblatt und einen falschen Titel zu leisten. Die Lorbeeren der Hippokrene sind nicht für mich; ich werde nicht in Kalbsleder gebunden die Jahrhunderte überdauern. Aber wenn ich sehe, wie wenige die Ilias des Homer lesen, finde ich mich freudiger damit ab, wenig gelesen zu werden. Damen haben mich geliebt, aber sie gehörten selten zu denen, für deren Liebe ich mein Leben hergegeben hätte... (Aber ich brauche mich nur anzusehen: welche Arroganz zu glauben, daß die Schönen, nach denen ich lechze, Verlangen nach mir hätten...). Die Vanina in Neapel, deren Gatte ich sozusagen bin, ist ein ganz nettes Mädchen, aber sie riecht nicht gerade nach Ambra, und ihre rote Lockenpracht ist nicht ganz echt. Ich bin zurückgekehrt, um einige Zeit in meiner Heimat zu verbringen: meine Mutter ist tot, Gott behüte Sie! Die gute Frau wollte Euch wohl. Mein Vater ist vermutlich mitsamt seinen Goldsäcken in der Hölle. Mein Bruder hat mich gut aufgenommen, aber nach einer Woche habe ich begriffen, daß es an der Zeit war, wieder abzureisen. Manchmal bedaure ich, keine legitimen Kinder gezeugt zu haben, aber ich möchte keinen meiner Neffen zum Sohn haben. Ich bin genauso ehrgeizig wie jeder andere, aber wenn einer der gerade Mächtigen uns ein Patent oder eine Pension verweigert, welche Freude ist es dann, sein Vorzimmer zu verlassen, ohne Monsignore danken zu müssen, und nach eigenem Belieben auf den Straßen herumzulaufen, mit den Händen in den leeren Taschen... Ich habe mein Leben sehr genossen; ich danke dem Ewigen, daß jedes Jahr seinen Beitrag an heiratsfähigen Mädchen leistet und daß jeden Herbst Wein gekeltert wird. Ich sage mir manchmal, daß ich das gute Leben eines Hundes gelebt haben werde, der in der Sonne liegt, mit nicht wenigen Raufereien und ein paar Knochen zum Benagen. Und trotzdem kommt es selten vor, daß ich eine Mätresse ohne einen kleinen Seufzer der Erleichterung verlasse, wie ein Schüler, der die Schule verläßt, und ich glaube wohl, ich werde in meiner Todesstunde einen Seufzer gleicher Art ausstoßen. Ihr sprecht von Statuen; ich kenne kaum ein köstlicheres Vergnügen, als die marmorne Venus zu betrachten, die mein guter Freund, der Kardinal Caraffa, in seiner neapolitanischen Galerie aufbewahrt: ihre weißen Formen sind so schön, daß sie das Herz von jedem profanen Verlangen reinigen und man weinen möchte. Aber ich brauche mich bloß zu bemühen, sie eine knappe Viertelstunde zu betrachten, dann sehen meine Augen und auch mein Geist sie nicht mehr. Bruder, es liegt in fast allen irdischen Dingen ich weiß nicht welcher Bodensatz oder bitterer Nachgeschmack, durch die sie uns verleidet werden, und die wenigen Gegenstände, denen zufällig Vollkommenheit beschieden ist, sind todtraurig. Die Philosophie ist nicht meine Sache, aber ich sage mir manchmal, daß Plato recht hat und der Domherr Campanus auch. Es muß anderswo irgend etwas existieren, das vollkommener ist als wir selbst; ein Gut, dessen Vorhandensein uns erschüttert und dessen Abwesenheit wir nicht ertragen.«

»*Sempiterna temptatio*«, erwiderte Zenon, »ich sagte mir oft, daß nichts auf der Welt – außer einer ewigen Ordnung oder einem eigenartigen launischen Willen der Materie, sich selbst zu übertreffen – erklärt, warum ich mich täglich abmühe, ein wenig klarer zu denken als am Abend zuvor.«

Er blieb mit gesenktem Kinn sitzen, und die feuchte Abenddämmerung drang in das Zimmer. Die rote Glut im

Herd färbte seine von Säuren befleckten Hände, die hier und da von blassen Brandnarben gezeichnet waren, und man sah, daß er aufmerksam diese seltsamen Ausläufer der Seele betrachtete, diese großen Werkzeuge aus Fleisch, die dazu dienen, mit allem in Berührung zu kommen.

»Gelobt sei ich«, sagte er schließlich mit einer Art Schwärmerei, an der Heinrich-Maximilian den Zenon von einst hätte wiedererkennen können, der zusammen mit Colas Gheel von mechanischen Träumereien berauscht war. »Ich werde nie aufhören, mich darüber zu wundern, daß dieses von seinen Wirbeln gestützte Fleisch, dieser Rumpf, der durch den schmalen Steg des Halses mit dem Kopf verbunden ist und seine Glieder symmetrisch um sich ordnet, einen Geist enthalten und vielleicht erzeugen kann, der dank meiner Augen sieht und dank meiner Bewegungen fühlt... Ich kenne seine Grenzen und weiß, daß es ihm an Zeit fehlen wird, um weiterzukommen, und an Kraft, wenn ihm die Zeit zufällig vergönnt wäre. Aber er existiert, und in diesem Augenblick ist er der, der IST. Ich weiß, daß er sich täuscht, daß er irrt, daß er oft die Lehren, die ihm die Welt erteilt, falsch deutet, aber ich weiß auch, daß er in sich eine Fähigkeit trägt, seine eigenen Fehler zu erkennen und machmal auch zu berichtigen. Ich habe zumindest einen Teil dieser Kugel, auf der wir leben, bereist; ich habe den Schmelzpunkt der Metalle und die Entstehung der Pflanzen studiert; ich habe die Gestirne beobachtet und das Innere der Körper untersucht. Ich bin fähig, aus diesem glühenden Holzscheit, das ich hochhebe, den Begriff des Gewichts herzuleiten und aus den Flammen dort den Begriff der Wärme. Ich weiß, daß ich nicht weiß, was ich nicht weiß; ich beneide alle, die mehr wissen werden, aber ich weiß, sie werden genauso wie ich abzuschätzen, abzuwägen und Schlüsse zu ziehen haben und ihren eigenen Schlußfolgerungen mißtrauen müssen, sie werden im Falschen den Anteil Wahrheit finden und bei der Wahrheit die immerwährende Einmischung des Falschen berücksichtigen müssen. Ich habe mich niemals auf eine Idee versteift, weil ich Angst hatte, ich könnte dann ohne sie die Orientierung verlieren. Ich habe niemals eine als wahr erkannte Tatsache mit einer Lügensoße gewürzt, um sie mir selbst dadurch besser verdaulich zu machen. Ich habe niemals die Ansichten des Gegners entstellt, um ihn leichter zu bezwingen, nicht einmal die des Bombastus im Laufe unserer Debatte über das Antimon, was er mir nicht gedankt hat. Oder vielmehr doch: ich habe mich dabei ertappt und habe mich dann jedesmal getadelt, wie man einen unehrlichen Diener tadelt, und mir das Vertrauen an mich selbst erst auf mein Versprechen hin zurückgegeben, es besser zu machen. Ich habe meine Träume geträumt, ich halte sie für nichts anderes als für Träume. Ich habe mich gehütet, aus der Wahrheit ein Idol zu machen, und es vorgezogen, ihr den bescheideneren Namen der Richtigkeit zu belassen. Meine Triumphe und meine Gefahren sind nicht so, wie man sie sich denkt. Es gibt andere Arten des Ruhms als den Ruhm und andere Scheiterhaufen als den Scheiterhaufen. Es ist mir fast gelungen, mich vor Worten zu hüten. Ich werde ein bißchen weniger dumm sterben, als ich geboren wurde.«

»Na, das ist ja ganz schön«, sagte gähnend der Kriegsmann, »aber ein allgemeines Gerücht unterstellt Euch einen viel handfesteren Erfolg. Ihr macht Gold.«

»Nein«, sagte der Alchimist, »aber andere werden es machen. Das ist eine Frage der Zeit und der entsprechenden Hilfsmittel, bis der Versuch zum Erfolg führt. Was sind schon ein paar Jahrhunderte.«

»Eine sehr lange Zeit, wenn es darum geht, die Zeche im *Goldenen Lamm* zu bezahlen«, meinte der Hauptmann scherzend.

»Goldmachen wird vielleicht eines Tages ebenso leicht sein wie Glasblasen«, fuhr Zenon fort. »Wenn wir nur lange genug an der äußeren Schale der Dinge nagen, werden wir wohl schließlich die geheime Ursache der Affinitäten und der Unverträglichkeiten finden... Was ist schon eine mechanische Spindel oder eine Spule, die sich selbsttätig auffüllt, und doch könnte diese Kette unbedeutender Erfindungen uns weiter führen als Magellan und Amerigo Vespucci ihre Reisen. Ich werde wütend, wenn ich daran denke, daß die menschliche Erfindung seit dem ersten Rad, der ersten Winde und der ersten Schmiede stehengeblieben ist; man hat sich kaum darum gekümmert, die Anwendungsmöglichkeiten des vom Himmel gestohlenen Feuers zu vermehren. Und doch würde etwas Fleiß genügen, um aus einigen einfachen Prinzipien eine ganze Reihe sinnreicher Maschinen abzuleiten, die geeignet wären, die Weisheit oder die Macht des Menschen zu steigern: Geräte, die durch Bewegung Wärme erzeugen, Rohre, die Wärme ausströmen, wie andere Wasser ausströmen, und die das System der antiken Bodenheizung und der orientalischen Dampfräume zugunsten von Destillationen und Schmelzprozessen anwenden würden... Riemer in Regensburg glaubt, daß man durch das Studium der Gleichgewichtsgesetze für den Krieg wie für den Frieden Wagen bauen könnte, die in die Luft steigen und unter Wasser schwimmen. Euer Schießpulver, das Alexanders Heldentaten zu Kinderspielen degradiert, ist aus den Überlegungen eines Gehirns entsprungen...«

»Haltet ein!« sagte Heinrich-Maximilian. »Als unsere Väter zum ersten Mal das Feuer an die Lunte hielten, hätte man glauben können, diese laute Erfindung hätte die Kriegskunst über den Haufen werfen und die Kämpfe mangels Kämpfern abkürzen können. Nichts davon, Gott sei Dank! Man tötet mehr (und auch das bezweifle ich), und meine Landsknechte handhaben die Hakenbüchse anstelle der Armbrust. Aber die alte Tapferkeit, die alte Drückebergerei, die alte List, die alte Disziplin und der alte Ungehorsam sind geblieben, was sie waren, und mit ihnen die Kunst vorzurücken, sich zurückzuziehen oder stehen zu bleiben, Furcht einzujagen oder furchtlos zu scheinen. Unsere Krieger ahmen immer noch Hannibal nach und schlagen immer noch im Vegetius nach. Wie früher hängen wir noch immer im Schlepptau der Meister.«

»Ich weiß schon lange, daß eine Unze Trägheit mehr wiegt

als ein Scheffel Weisheit«, sagte Zenon verdrießlich. »Ich weiß durchaus, daß die Wissenschaft für Eure Fürsten nur ein Arsenal von Hilfsmitteln ist, die weniger ernst zu nehmen sind als ihre Karussells, ihre Federbüsche und ihre Patente. Und mittlerweile, Bruder Heinrich, kenne ich hier und da in verschiedenen Winkeln der Erde fünf oder sechs Herumtreiber, die noch verrückter, noch mittelloser und noch verdächtiger sind als ich, und die im geheimen von einer noch schrecklicheren Macht träumen, als Kaiser Karl sie jemals besitzen wird. Wenn Archimedes einen festen Punkt gehabt hätte, hätte er die Welt nicht nur aus den Angeln heben, sondern sie wie eine zerbrochene Muschel in den Abgrund zurückschleudern können... Und, offen gestanden, habe ich mir beim Anblick der bestialischen türkischen Grausamkeiten in Algier oder der Narrheiten und Rasereien, die überall in unseren christlichen Königreichen wütend um sich greifen, manchmal gesagt, daß es in unserer allgemeinen Unordnung nur ein Notbehelf war, unsere Mitmenschen zurückzuweisen, zu belehren, zu bereichern, mit Hilfsmitteln zu versehen und daß ein Phaethon aus freiem Antrieb und nicht durch einen unglücklichen Umstand eines Tages die Erde in Flammen aufgehen lassen könnte. Wer weiß, ob nicht am Ende gar irgendein Komet aus unseren Destillierkolben herauskommt? Wenn ich sehe, Bruder Heinrich, wozu unsere Spekulationen uns verführen, erstaunt es mich weniger, daß man uns verbrennt.«

Er stand plötzlich auf und fuhr fort:

»Ich habe Wind davon bekommen, daß die Verfolgungen aufgrund meiner *Prognostiken* schlimmer denn je wieder losgehen. Noch ist nichts gegen mich entschieden, aber die kommenden Tage versprechen unruhig zu werden. Ich schlafe selten in dieser Schmiede und ziehe es vor, mir für die Nacht weniger verdächtige Schlafstellen zu suchen. Gehen wir zusammen hinaus, aber wenn Ihr den Blick gewisser Neugieriger fürchtet, tätet Ihr gut daran, Euch schon auf der Türschwelle von mir zu trennen.«

»Für wen haltet Ihr mich?« sagte der Hauptmann und gab sich vielleicht lässiger, als er war.

Er knöpfte seine Jacke zu und wetterte gegen die Schnüffler, die ihre Nase in die Angelegenheiten anderer Leute stekken. Zenon zog seinen fast getrockneten Umhang wieder an. Die beiden teilten sich einen Rest Wein aus dem Krug, bevor sie gingen. Der Alchimist schloß die Tür ab und hängte den riesigen Schlüssel unter einen Balken, wo sein Diener ihn zu finden wüßte. Es regnete nicht mehr. Die Nacht brach herein, aber die schwachen Strahlen der untergehenden Sonne spiegelten sich noch auf dem frischen Schnee der Berghänge über dem Schiefer der grauen Dächer. Zenon prüfte im Gehen die dunklen Winkel.

»Ich bin knapp an Bargeld«, sagte der Hauptmann. »Wenn jedoch, in Anbetracht Eurer gegenwärtigen Schwierigkeiten...«

»Nein, Bruder«, entgegnete der Alchimist, »im Falle einer Gefahr wird der Nuntius mir das Geld geben, um mein Bündel zu schnüren. Behaltet Euren Zaster, um Eure eigenen Übel zu lindern.«

Eine von Wächtern begleitete Kutsche, die sicher irgendeine berühmte Persönlichkeit zum kaiserlichen Schloß von Ambras brachte, raste in voller Fahrt durch die enge Straße. Sie wichen aus, um ihr Platz zu machen. Als sie vorübergerasselt war, nahm Heinrich nachdenklich das Gespräch wieder auf:

»Nostradamus in Paris sagt die Zukunft voraus und praktiziert dennoch in Frieden. Was wirft man Euch vor?«

»Er bekennt, daß er es dank einer Hilfe von oben oder von unten tut«, sagte der Philosoph und putzte sich mit dem Ärmelaufschlag die Spritzer ab. »Diese Herren halten offensichtlich die ganz nackte Hypothese und die Abwesenheit von all dem Zubehör an Dämonen oder Engeln in brodelnden Kesseln für noch gottloser... Außerdem halten die Vierzeiler von Michel de Notre-Dame, die ich keineswegs verachte, die Neugier der Massen durch die Ankündigung öffentlicher Plagen und königlicher Todesfälle in Atem. Was mich betrifft, so berühren mich die augenblicklichen Sorgen von König Heinrich II. zu wenig, als daß ich versuchen wollte, ihren Ausgang vorherzusagen... Während meiner Reisen war mir eine Idee gekommen: da ich ständig auf den Straßen des Raumes umherschweifte, im *Hier* wußte, daß *Dort* mich erwartete, obschon ich noch nicht dort war, wollte ich mich auf meine Weise auf den Straßen der Zeit vorwagen. Ich wollte den Graben zwischen der unbedingt gültigen Prophezeiung dessen, der die Sonnenfinsternisse berechnet, und der schon schwankenderen Prognose des Arztes ausfüllen und behutsam wagen, die Vorahnung und die Mutmaßung gegenseitig zu stützen, und für diesen noch unerforschten Kontinent die Karte der Ozeane und der schon aufgetauchten Länder einzeichnen. Dieser Versuch hat mich ermüdet.«

»Ihr werdet das gleiche Schicksal haben wie der Doktor Faustus im Puppenspiel auf dem Jahrmarkt«, meinte der Hauptmann lustig.

»Aber nein!« entgegnete der Alchimist. »Überlaßt den alten Weibern dieses dumme Märchen vom Pakt und Untergang des gelehrten Doktors. Ein wirklicher Faustus hätte andere Ansichten über die Seele und die Hölle.«

Sie beschäftigten sich beide nur noch damit, die Pfützen zu meiden. Sie gingen die Uferstraßen entlang, da Heinrich-Maximilian nah an der Brücke wohnte.

»Wo verbringt Ihr die Nacht?«

Zenon warf seinem Gefährten einen heimlichen Blick zu und sagte vorsichtig:

»Ich weiß es noch nicht.«

Erneutes Schweigen; alle beide hatten ihren Vorrat an Worten erschöpft. Plötzlich blieb Heinrich-Maximilian stehen, zog aus seiner Tasche ein Notizbuch und begann vorzulesen, im Schein einer Kerze, die hinter einer großen, mit Wasser gefüllten Glaskugel in der Auslage eines Goldschmieds stand, der in jener Nacht noch spät arbeitete.

»... *Stultissimi, inquit Eumolpus, tum Encolpii, tum Gitonis*

aerumnae, et precipue blanditiarum Gitonis non immemor, certe
estis vos qui felices esse potestis, vitam tamen aerumnosam degitis
et singulis diebus vos ultro novis torquetis cruciatibus. Ego sic sem-
per et ubique vixi, ut ultimam quamque lucem tanquam non redi-
turam consumarem, id est in summa tranquillitate… Laßt es
mich übersetzen«, sagte der Hauptmann, »denn ich kann
mir denken, daß bei Euch das Apothekerlatein das andere
vertrieben hat. Dieser alte Lüstling Eumolpus richtet an
seine beiden Lieblinge Encolpius und Giton Worte, die ich
für wert hielt, in mein Brevier zu schreiben: ›Dummköpfe,
die Ihr seid, sagte Eumolpus und erinnerte sich an die Leiden
von Encolpius und Giton, und besonders an die Freundlichkeiten des letzteren, Ihr könntet glücklich sein und führt
dennoch ein elendes Leben, seid jeden Tag einem schlimme-
ren Ärgernis ausgesetzt als am Tag zuvor. Ich für mein Teil
habe jeden Tag gelebt, als ob dieser Tag, den ich erlebte,
mein letzter sein sollte, das heißt, *in vollkommener Ruhe!*‹ –
»Petronius«, erklärte er, »ist einer meiner heiligen Fürspre-
cher.«

»Das Schöne an der Sache ist«, lobte Zenon, »daß Euer Autor sich nicht einmal vorstellen kann, daß ein Weiser seinen
letzten Tag anders als in Frieden verleben könnte. Wir werden
es so einrichten, daß wir uns daran in unserer letzten Stunde
erinnern.«

Sie gingen um eine Straßenecke und standen vor einer er-
leuchteten Kapelle, in der eine Neun-Tage-Andacht zelebriert
wurde. Zenon machte Anstalten, dort einzutreten.

»Was wollt Ihr unter diesen Betbrüdern?« fragte der
Hauptmann.

»Habe ich Euch das nicht schon erklärt?« erwiderte Zenon,
»mich unsichtbar machen.«

Er schlüpfte hinter den Ledervorhang, der über der
Schwelle hing. Heinrich-Maximilian blieb einen Augenblick
stehen, ging weiter, kehrte wieder um, entfernte sich dann
endgültig und pfiff dabei sein altes Liedchen:

Zwei Kameraden waren wir,
Weit über die Berge gingen wir,
Gedachten den Magen uns vollzuschlagen . . .

Zu Hause angekommen, fand er eine Botschaft von Herrn Strozzi vor, die den geheimen Unterredungen über die Sieneser Angelegenheiten ein Ende machte. Heinrich-Maximilian meinte, der Wind stände nach Krieg, oder man hätte ihn vielleicht beim florentinischen Marschall angeschwärzt und so seine Exzellenz dazu überredet, einen anderen Agenten zu nehmen. In der Nacht fing der Regen wieder an und ging dann in Schnee über. Am nächsten Morgen packte der Hauptmann seine Sachen und machte sich auf, Zenon zu suchen.

Die weiß verhüllten Häuser ließen an Gesichter denken, die ihre Geheimnisse unter der Gleichförmigkeit einer Tarnkappe verbergen. Heinrich-Maximilian ging gern ins *Goldene Lamm* zurück, wo der Wein gut war. Der Wirt brachte ihm zu trinken und teilte ihm mit, daß Zenons Diener am frühen Morgen gekommen sei, um den Schlüssel zurückzubringen und die Miete für die Schmiede zu zahlen. Gegen Mittag habe ein Offizier der Inquisition, der beauftragt war, Zenon zu verhaften, den Wirt aufgefordert, ihm dabei zu helfen. Aber gewiß habe ein Dämon den Alchimisten rechtzeitig gewarnt. Man habe nichts Unheimlicheres bei ihm gefunden als einen Haufen Arzneifläschchen, die sorgfältig zertrümmert waren.

Heinrich-Maximilian stand hastig auf und ließ auf dem Tisch das Kleingeld zurück. Ein paar Tage später war er auf dem Wege durch das Brennertal wieder in Italien.

Heinrich-Maximilians Laufbahn

Er hatte sich in Ceresole hervorgetan und zur Verteidigung von ein paar klapprigen mailändischen Baracken soviel Genie eingesetzt – beliebte er zu sagen – wie der selige Kaiser, als er sich zum höchsten Herrn der Welt machte; Blaise de Montluc wußte ihm Dank für seine gutgewählten Worte, die der Mannschaft Mut machten. Sein Leben hatte er abwechselnd im Dienst des Königs von Frankreich und seiner Katholischen Majestät verbracht, aber die französische Heiterkeit entsprach seinem Temperament mehr. Als Dichter entschuldigte er die Unvollkommenheit seiner Reime damit, daß er sich um die Feldzüge kümmern müsse; als Hauptmann erklärte er seine taktischen Fehler damit, daß die Poesie in seinem Kopfe gäre; übrigens wurde er in dem einen wie dem anderen Beruf geachtet, deren gleichzeitige Ausübung aber keinen Reichtum bringt. Seine Streifzüge auf der Halbinsel hatten ihm manche Illusion über das goldene Land seiner Träume geraubt, er hatte gelernt, den römischen Kurtisanen zu mißtrauen, nachdem er ihnen einmal seinen Tribut gezollt hatte, und die Melonen an den Verkaufsständen in Trastevere umsichtig auszuwählen und ihre grünen Schalen dann lässig in den Tiber zu werfen. Er wußte durchaus, daß der Kardinal Mauricio Caraffa ihn nur für einen nicht allzu einfältigen Haudegen hielt, dem man in Friedenszeiten aus Mitleid einen schlechtbezahlten Posten als Wachthauptmann gibt; seine Geliebte Vanina in Neapel hatte ihm eine ganz schöne Summe für ein Kind abgebettelt, das vielleicht nicht einmal von ihm stammte; aber das spielte keine Rolle. Madame Renée de France, deren Palast das Hospiz der armen Schlucker war, hätte ihm gern eine Sinekure in ihrem Herzogtum Ferrara angeboten, aber sie nahm dort die ersten besten Habenichtse auf, wenn sie sich nur mit ihr am säuerlichen Landwein der Psalmen benebelten. Der Hauptmann hatte mit solchen Leuten nichts zu tun. Er lebte mehr und mehr mit seinen Landsknechten zusammen und ebenso wie sie. Jeden Morgen zog er seine geflickte Jacke mit dem gleichen Vergnügen über, wie man einen alten Freund wiederfindet, gab fröhlich zu, sich nur im Regen zu waschen, und teilte mit seinem Haufen pikardischer Abenteurer, albanischer Söldner und verbannter Florentiner den ranzigen Speck, das schimmelige Stroh und die Zärtlichkeiten des gelben Hundes, der der Truppe folgte. Aber sein rauhes Leben hatte auch köstliche Seiten. Nach wie vor liebte er die schönen antiken Namen, die auf das geringste Mauerstückchen Italiens den Goldpuder oder Purpurfetzen eines großen Andenkens zaubern, bummelte gern durch die Straßen, bald im Schatten, bald in der Sonne, sprach auf toskanisch ein schönes Mädchen an, in Erwartung eines Kusses oder eines Hagels von Schimpfwörtern, trank aus den Springbrunnen und schüttelte dann von seinen dicken Fingern die Tropfen auf das staubige Pflaster oder entzifferte auch aus dem Augenwinkel ein Stück einer lateinischen Inschrift, während er zerstreut an einen Eckstein pinkelte.

Von dem väterlichen Überfluß hatte er nur ein paar Anteile an der Raffinerie in Maastricht geerbt, deren Erträge selten den Weg in seine Tasche fanden, und eine der minderwertigen Ländereien der Familie, einen nach der Lombardei benannten Ort in Flandern, dessen Name allein diesen Mann lachen machte, der Gelegenheit gehabt hatte, die echte Lombardei in allen Richtungen zu durchstreifen. Die Kapaune und Holzklafter dieses Landsitzes wanderten in die Bratöfen und in die Holzschuppen seines Bruders; und das war recht so; er hatte an einem gewissen Tag seines sechzehnten Lebensjahres für das Linsengericht der Soldaten fröhlich auf sein Erstgeburtsrecht verzichtet. Die kurzen und förmlichen Briefe, die er manchmal anläßlich eines Todesfalles oder einer Heirat von seinem Bruder empfing, schlossen stets – das ist wahr – mit Unterstützungsangeboten für den Notfall,. aber Heinrich-

Maximilian wußte ganz genau, daß derjenige, der sie auf- setzte, sicher war, daß er niemals Gebrauch davon machen würde. Philibert Ligre unterließ es überdies nur selten, auf die ungeheuren Verpflichtungen und auf seine riesigen Ausla- gen in seiner Eigenschaft als Mitglied des niederländischen Staatsrates anzuspielen, so daß es schließlich der Hauptmann war, der, aller Sorgen ledig, ein reicher Mann zu sein schien, während der ganz mit Gold beladene Mann wie jemand da- stand, der in Geldverlegenheit war und aus dessen Truhen zu schöpfen man sich schämen würde.

Ein einziges Mal war der von der Pike auf gediente Soldat zu den Seinen zurückgekehrt. Man hatte ihn viel herumgezeigt, als ginge es darum, jedermann zu beweisen, daß dieser verlo- rene Sohn sich schließlich und endlich doch sehen lassen konnte. Schon die Tatsache, daß dieser Vertraute des Mar- schalls von Strozzi nahezu keine sichtbare Stellung und kei- nen militärischen Rang besaß, verlieh ihm eine Art Glanz, als würde er um so ansehnlicher, je unscheinbarer er wäre. Er spürte, daß die wenigen Jahre, die er älter als sein Nachgebo- rener war, aus ihm eine Reliquie aus einem anderen Zeitalter gemacht hatten; er kam sich naiv vor neben diesem jungen, vorsichtigen und eiskalten Mann. Kurz vor seiner Abreise ließ Philibert ihn wissen, daß der Kaiser, den die Baronskro- nen nicht viel kosteten, dem lombardischen Landsitz gerne ei- nen Titel anhängen wolle, wenn die soldatischen und diplo- matischen Fähigkeiten des Hauptmannes künftig einzig und allein in den Dienst des Heiligen Reiches gestellt würden. Heinrich-Maximilians abschlägige Antwort war beleidi- gend; auch wenn er es verachtete, einen solchen Schwanz hin- ter sich herzuziehen, so hätte solch ein Titel doch zur Be- rühmtheit der Familie beigetragen. Heinrich-Maximilian antwortete seinem Bruder, er könne ihm mit der Berühmt- heit der Familie den Buckel runterrutschen. Er hatte die prächtigen Täfelungen des Landguts von Steenberg sehr bald satt, die sein jüngerer Bruder nunmehr dem altmodischeren Dranoutre vorzog, deren Malereien nach Fabelmotiven diesem Mann, der an die auserlesenste italienische Kunst gewöhnt war, jedoch eher grob erschienen. Er hatte genug vom Anblick seiner mürrischen, juwelenbehangenen Schwestern und Schwäger, die auf den Nachbargütern saßen, mit ihren nichtsnutzigen Bälgern, die von zitternden Hauslehrern an der Leine gehalten wurden. Die kleinen Streitigkeiten, die Intrigen, die faden Kompromisse hinter der Stirn dieser Leute ließen ihn die Gesellschaft der Landsknechte und Marketenderinnen wieder schätzen, bei denen man wenigstens nach Belieben fluchen und rülpsen konnte und die höchstens ein Abschaum, aber nicht ein verborgener Bodensatz der Menschheit sind.

Vom Herzogtum Modena aus, wo sein Kamerad Lanza del Vasto eine Beschäftigung für ihn gefunden hatte – denn der Frieden dauerte für seine Geldbörse zu lange – beobachtete Heinrich-Maximilian aus dem Augenwinkel des Resultat seiner Unterhandlungen in den toskanischen Angelegenheiten: Abgesandte des Strozzi hatten die Sieneser endlich so weit gebracht, sich aus Liebe zur Freiheit gegen die Kaiserlichen zu erheben, und diese Patrioten hatten sich sogleich eine französische Garnison verschafft, die sie gegen Ihre Germanische Majestät verteidigen sollte. Heinrich nahm den Dienst unter Monsieur de Montluc wieder auf: eine Belagerung war ein Glücksfall, den man nicht vorbeigehen lassen sollte. Der Winter war rauh; die Kanonen auf den Befestigungswällen waren morgens mit einer dünnen Reifschicht überzogen; die Oliven und das zähe Pökelfleisch der kärglichen Rationen waren widerlich für den Geschmack der Franzosen. Monsieur de Montluc zeigte sich erst den Einwohnern, nachdem er seine eingefallenen Wangen mit Wein abgerieben hatte, so wie ein Schauspieler sich vor dem Auftritt schminkt, und verbarg hinter seinen wohlbehandschuhten Fingern das Gähnen des Hungers. Heinrich-Maximilian sprach sich in burlesken Versen dafür aus, den kaiserlichen Adler selber an den Bratspieß zu holen; das waren aber alles nur Kunststückchen und Theaterdialoge, wie man sie bei Plautus und auf den Gauklerbühnen von Bergamo findet. Der Adler sollte noch ein weiteres Mal die italienischen Gänschen verschlingen, nachdem er hier und da dem überheblichen französischen Hahn ein paar gute Schnabelhiebe versetzt hatte; ein paar tapfere Leute würden sterben, wie es ihr Beruf war; der Kaiser würde dann ein Tedeum für den Sieg bei Siena singen lassen, und neue Anleihen, die ebenso geschickt verhandelt würden wie ein Vertrag zwischen zwei souveränen Fürsten, würden Seine Majestät dem Haus Ligre – das übrigens seit ein paar Jahren diskret einen anderen Namen trug – oder irgendeinem konkurrierenden Kontor in Antwerpen oder Deutschland noch mehr verpflichten. Fünfundzwanzig Jahre Krieg und bewaffneter Friede hatten dem Hauptmann gezeigt, wie die Rückseite der Karten aussieht.

Doch dieser schlecht ernährte Flame berauschte sich an den Spielen, dem Lachen und den galanten Umzügen der vornehmen sienesischen Damen, die als Nymphen oder Amazonen verkleidet in kurzen rosa Satinröckchen auf dem Marktplatz paradierten. All die Bänder, die bemalten Banner, die Röcke, so angenehm vom Nordwind aufgeschürzt, der um die Ekken der grabenähnlichen dunklen Straßen fegte, heiterten die Truppen wieder auf, und in geringerem Maße auch die Bürger, die bestürzt waren über den Niedergang der Geschäfte und die Verteuerung der Lebensmittel. Der Kardinal von Ferrara vergötterte die Signora Fausta, wenn ihr auch der Wind von den Bergen her eine Gänsehaut über die üppigen entblößten Schultern jagte. Monsieur de Ternes erkannte den Preis der Signora Fortinguerra zu, die ihre langen Dianabeine von den Befestigungswällen herab galant dem Feind zur Schau stellte; Heinrich-Maximilian hielt es mit den blonden Zöpfen der Signora Piccolomini, einer stolzen Schönheit, die sich aber ungezwungen ihres süßen Witwendaseins erfreute. Er hatte sich mit der verzehrenden Leidenschaft des reifen Mannes in diese Göttin verliebt. Wenn die Stunde der Prahlereien oder der Vertraulichkeiten kam, ließ der Kriegsmann es sich nicht nehmen, unter den Herren die diskret triumphierende

Miene eines befriedigten Liebhabers aufzusetzen, eine unge-
schickte Heuchelei, von der jeder weiß, was sie wert ist, die
man aber unter Kameraden zuläßt, um an dem Tag, an dem
man sich seinerseits mit illusorischen Liebeserfolgen brüsten
möchte, ebenso wohlwollend angehört zu werden. Er wußte
jedoch, daß die Schöne sich mit ihren Liebhabern über ihn lustig machte. Schön war er noch nie gewesen, und jung war er
auch nicht mehr. Sonne und Wind hatten seinem Teint die Tönung von doppeltgebrannten sienesischen Ziegeln gegeben.
Wenn er, von Liebe durchdrungen, zu Füßen seiner Dame
saß, kam es ihm manchmal in den Sinn, daß dieses Schauspiel
eines schmachtenden Liebhabers einerseits und einer Kokotte
andererseits nicht dümmer war als das zweier einander ge-
genüberstehender Armeen und daß er es alles in allem vorgezogen hätte, wenn sie nackt mit einem nackten jungen Ado-
nis beisammen gelegen wäre oder sich den Spielchen mit
einer Dienerin hingegeben hätte, anstatt diesem schönen Körper das widrige Gewicht des seinen zuzumuten. Aber wenn
er nachts unter seiner dünnen Decke lag, erinnerte er sich
plötzlich einer kleinen Geste dieser langen beringten Hand,
einer besonderen Art seiner Angebeteten, sich die Haare
glattzustreichen, und er zündete rasch seine Kerze wieder an
und schrieb in herzzerreißender Eifersucht komplizierte
Verse.

Eines Tages, als die Speisekammern von Siena womöglich
noch leerer waren als sonst, wagte er es, seiner blonden Nym-
phe ein paar Scheiben eines Schinkens anzubieten, den er sich
auf nicht gerade ehrliche Weise verschafft hatte. Die junge
Witwe lag auf ihrem Ruhebett, mit einer Steppdecke vor der
Kälte geschützt, und spielte zerstreut mit der Goldquaste eines Kissens. Sie richtete sich mit plötzlich flatternden Augenlidern auf, neigte sich schnell mit einer fast flüchtigen Geste
dem Spender zu und küßte ihm die Hand. Er empfand dabei
ein so betörendes Glück, wie es ihm die hingebungsvollsten

Gefälligkeiten eben dieser Schönen niemals hätten bereiten können. Leise zog er sich zurück, um sie essen zu lassen.

Er hatte sich oft schon gefragt, auf welche Art und Weise und unter welchen Umständen er wohl sterben würde: durch einen Schuß aus der Hakenbüchse, der ihn zerrissen und blutend zurückließe, würdevoll auf den prächtigen Überresten spanischer Lanzen getragen, von Fürsten betrauert und von seinen Waffenbrüdern beweint und schließlich unter einer beredten lateinischen Inschrift an einer Kirchenmauer begraben; durch einen Säbelhieb bei einem Duell zu Ehren einer Dame; durch einen Messerstich in einer dunklen Straße; durch ein Wiederaufleben der Syphilis von einst; oder aber, wenn er die sechzig überschritten hätte, am Schlagfluß in irgendeinem Schloß, wo er für seine letzten Tage einen Platz als Stallmeister gefunden hätte? Als er einst malariakrank und schlotternd auf der Pritsche einer römischen Herberge, zwei Schritte vom Pantheon entfernt, gelegen war, hatte er sich darüber getröstet, in diesem Fieberland verrecken zu müssen, indem er daran dachte, daß die Toten ja dort drüben am Ende in besserer Gesellschaft sind als anderswo, er hatte die Gewölbebögen, die er durch sein Dachfenster sehen konnte, mit Adlern, auf den Kopf gestellten Waffenbündeln und mit weinenden Veteranen bevölkert, mit Fackeln, die das Begräbnis eines Kaisers beleuchteten, mit dem er zwar nicht identisch war, der aber so etwas wie ein unvergänglicher berühmter Mann war, an dessen Größe er teilhatte. Durch das Glockengedröhn des Wechselfiebers in seinem Kopf hatte er die schrillen Pfeifen und schallenden Posaunen zu hören geglaubt, die der Welt das Hinscheiden eines Fürsten verkündeten; er hatte in seinem eigenen Leib das Feuer empfunden, das den Helden verzehrt und ihn in den Himmel trägt. Diese phantasierten Todesfälle und Leichenbegängnisse wurden sein wirklicher Tod, seine wahrhaftige Beerdigung.

Er fiel im Laufe einer Furageexpedition, bei der seine Reiter

eine schlecht bewachte Scheune, zwei Schritte vor der Stadt-
mauer, gewaltsam zu stürmen versuchten; das Pferd von
Heinrich-Maximilian schnaubte friedlich auf dem mit ver-
trocknetem Gras bedeckten Boden; die frische Februarluft
auf den besonnten Hängen des Hügels war angenehm nach
den zugigen und dunklen Straßen von Siena. Ein unvorherge-
sehener Angriff der Kaiserlichen sprengte die Truppe, die zu
den Mauern zurückeilte. Heinrich-Maximilian verfolgte
seine Leute mit lauten Flüchen. Eine Kugel traf ihn an der
Schulter, er fiel mit dem Kopf auf einen Stein. Er spürte gerade noch den Aufprall, aber nicht mehr den Tod. Sein Pferd,
der Last ledig, tänzelte in die Felder davon, wo ein Spanier es
einfing und mit kleinen Schritten zum kaiserlichen Feldlager
führte. Zwei oder drei Landsknechte teilten sich die Waffen
und Kleider des Toten. In der Tasche seines Rocks steckte das
Manuskript seiner *Wappenkunde des weiblichen Körpers*; diese
Sammlung von kurzen, heiteren und zarten Versen, von der
er sich ein bißchen Ruhm erwartet hatte oder zumindest etwas Erfolg bei den Schönen, endete in der Grabensohle und
wurde dort mit ihm unter ein paar Schaufeln Erde bestattet.
Ein Sinnspruch, den er recht und schlecht zu Ehren der Signora Piccolomini geritzt hatte, blieb noch lange auf dem
Brunnenrand von Fontebranda sichtbar.

Zenons letzte Reisen

Es war eine jener Epochen, in denen die menschliche Vernunft in einem Flammenkreis gefangen ist. Aus Innsbruck entkommen, hatte Zenon einige Zeit zurückgezogen in Würzburg bei seinem Schüler Bonifatius Kastel gelebt, der die hermetische Kunst in einem Häuschen am Ufer des Mains praktizierte, dessen blaugrüne Farbe sich in den Fensterscheiben spiegelte. Aber die Untätigkeit und Unbeweglichkeit belasteten ihn, und Bonifatius war sicher nicht der Mann, der lange Zeit Risiken für einen gefährdeten Freund auf sich nahm. Zenon ging nach Thüringen, gelangte dann bis nach Polen und verpflichtete sich dort als Chirurg in den Armeen des Königs Sigismund, der sich mit Hilfe der Schweden darauf vorbereitete, die Moskowiter aus Kurland zu vertreiben. Am Ende des zweiten Kriegswinters veranlaßte ihn seine Neugier auf andere Pflanzen und Klimabedingungen dazu, sich im Gefolge eines gewissen Hauptmanns Guldenstarr nach Schweden einzuschiffen, der ihn Gustav Wasa vorstellte. Der König suchte einen Vertreter der ärztlichen Kunst, der fähig wäre, die Schmerzen zu lindern, die die Feuchtigkeit der Feldlager, die Kälte der Nächte, die er in seinen abenteuerlichen Jugendjahren auf dem Eise verbracht hatte, die Nachwirkungen alter Wunden und die französische Krankheit in seinem alten Körper zurückgelassen hatten. Zenon wurde wohlwollend empfangen, da er einen stärkenden Heiltrank für den Monarchen braute, der von der Weihnachtsfeier mit seiner jungen und dritten Frau in seinem weißen Schloß in Vastena erschöpft darniederlag. Den ganzen Winter über war er, an ein hohes Fenster zwischen dem kalten Himmel und den vereisten Flächen des Sees gelehnt, damit beschäftigt, die Stellungen der Gestirne zu berechnen, die dem Hause Wasa

Glück oder Unglück bringen könnten, unterstützt von dem jungen Prinzen Erik, der eine krankhafte Gier nach diesen gefährlichen Wissenschaften hatte. Vergeblich erinnerte ihn Zenon daran, daß die Sterne zwar unser Schicksal beeinflussen, aber nicht bestimmen können, und daß ebenso stark und geheimnisvoll das rote Gestirn ist, das in der Nacht des Körpers pocht und in seinem Käfig aus Knochen und Fleisch aufgehängt ist und das unser Leben bestimmt und komplizierteren Gesetzen als den unseren gehorcht. Aber Erik gehörte zu jenen, die ihr Geschick lieber von außen empfangen, entweder aus Stolz, weil er es schön fand, daß der Himmel selber sich mit seinem Schicksal befaßte, oder aus Trägheit, um für das Gute und Böse, das er in sich trug, keine Verantwortung übernehmen zu müssen. Er glaubte an die Sterne, wie er trotz des reformierten Glaubens, den er von seinem Vater empfangen hatte, zu den Heiligen und Engeln betete. Da es den Philosophen reizte, Einfluß auf eine königliche Seele zu nehmen, versuchte er hier und da durch eine Belehrung, einen Rat, auf ihn einzuwirken, aber in dem jungen Gehirn, das hinter diesen blaßgrauen Augen schlief, versanken die Gedanken anderer wie in einem Sumpf. Wenn die Kälte zu arg wurde, näherten sich Schüler und Philosoph dem gewaltigen Feuer, das unter dem Rauchfang des Kamins gefangen war, und Zenon wunderte sich jedesmal darüber, daß diese wohltuende Wärme, dieser domestizierte Dämon, der gefügig einen Becher Bier in der Asche wärmte, derselbe Flammengott war, der am Himmel kreist. An anderen Abenden kam der Prinz nicht, er war mit seinen Brüdern damit beschäftigt, in Gesellschaft von Freudenmädchen in den Schenken zu trinken, und der Philosoph berichtigte achselzuckend die Voraussagen, wenn sie in jener Nacht unheilvoll ausgefallen waren.

Einige Wochen vor dem Johannisfest ließ er sich beurlauben, um weiter nach Norden zu gehen und selber die Wirkungen des Polarlichts zu beobachten. Bald zu Fuß, bald mit Hilfe eines Pferdes oder eines Bootes irrte er von Kirchspiel zu Kirchspiel und dank der Vermittlung der Pastoren, bei denen der Gebrauch des Kirchenlateins noch überlebt hatte, konnte er sich verständlich machen. Gelegentlich sammelte er Heilrezepte bei den Kurpfuscherinnen der Dörfer, die die Kraft der Plfanzen und der Moose des Waldes kennen, oder bei den Nomaden, die ihre Kranken mit Bädern, Dämpfen und Traumdeutungen behandeln. Als er wieder an den Hof nach Uppsala zurückkehrte, wo Seine Schwedische Majestät das Herbstparlament eröffnete, merkte er, daß ein eifersüchtiger deutscher Kollege ihn um die Gunst des Königs gebracht hatte. Der alte Monarch fürchtete, daß seine Söhne sich der Berechnungen Zenons bedienen könnten, um die Lebensdauer ihres Vaters zu genau zu kalkulieren. Zenon zählte auf die Unterstützung des Thronerben, der sein Freund und fast sein Schüler geworden war, aber als er Erik zufällig in den Fluren des Schlosses traf, ging der junge Prinz vorbei, ohne ihn zu sehen, als ob der Philosoph plötzlich die Fähigkeit erlangt hätte, unsichtbar zu werden. Zenon schiffte sich heimlich auf einem Fischerboot des Mälarsees ein, erreichte damit Stockholm, ließ sich an Bord eines Schiffes nach Kalmar aufnehmen und segelte dann nach Deutschland.

Zum erstenmal in seinem Leben spürte er ein seltsames Bedürfnis, seine Füße wieder in die Spur seiner eigenen Schritte zu setzen, als ob sich sein Leben wie die Wandelsterne auf einer vorgezeichneten Bahn bewegte. In Lübeck, wo er mit Erfolg praktizierte, hielt es ihn kaum ein paar Monate. Das Verlangen hatte ihn überkommen, in Frankreich seine *Pro-Theorien* in Druck zu geben, mit denen er sich – mit Unterbrechungen – sein ganzes Leben befaßt hatte. Es lag ihm wenig daran, irgendeine Lehre zu etablieren, er wollte vielmehr ein Verzeichnis menschlicher Ansichten aufstellen und auf ihre Glückstreffer, ihr Ineinandergreifen und ihre geheimen Tangenten oder verborgenen Beziehungen hinweisen. In Löwen, wo er unterwegs anhielt, erkannte ihn niemand unter dem Decknamen Sebastian Theus, mit dem er sich ausstaffiert hatte. Wie die Atome eines Körpers, der sich unaufhörlich erneuert, aber bis zuletzt die gleichen Züge und Warzen behält, so hatten die Lehrmeister und Studenten mehr als einmal gewechselt, doch was er vernahm, als er sich in einen Hörsaal wagte, schien ihm nicht sehr verschieden von dem zu sein, was er früher ungeduldig oder auch begeistert gehört hatte. Er machte sich nicht die Mühe, sich in einer kürzlich eröffneten Weberei in der Umgebung von Oudenaarde Maschinen anzusehen, die denen sehr ähnlich waren, die er in seiner Jugend mit Colas Gheel konstruiert hatte, und die dort zur Zufriedenheit der Beteiligten funktionierten. Aber er lauschte neugierig der detaillierten Beschreibung, die ihm ein Algebraiker der Universität gab. Dieser Professor, der die praktischen Probleme ausnahmsweise nicht abtat, bat den fremden Gelehrten zum Abendessen und behielt ihn zur Nacht unter seinem Dach.

In Paris empfing Ruggieri, dem Zenon früher in Bologna begegnet war, ihn mit offenen Armen; der Mann für alles bei der Königin Katharina suchte einen zuverlässigen Assistenten, der kompromittiert genug war, um ihm im Falle einer Gefahr etwas voraus zu haben, und der ihm helfen sollte, die jungen Prinzen zu verarzten und ihre Zukunft vorauszusagen. Der Italiener führte Zenon in den Louvre, um ihn seiner Herrin vorzustellen, mit der er unter vielen Verbeugungen und vielem Lächeln rasch in ihrer Muttersprache redete. Die Königin prüfte den Fremden mit ihren funkelnden Augen, die sie geschickt spielen zu lassen verstand, wie es ihr auch gefiel, beim Gestikulieren Feuer in den Diamanten an ihren Fingern zu entzünden. Ihre gesalbten, etwas dicklichen Hände bewegten sich wie Marionetten in ihrem schwarzseidenen Schoß. Es war, als ließe sie einen Kreppschleier über ihr Gesicht fallen, als sie auf den fatalen Unfall zu sprechen kam, der drei Jahre vorher den Tod des Monarchen verursacht hatte:

»Hätte ich doch Eure *Prognostiken* besser verstanden, in denen ich neulich Berechnungen über die Lebensdauer, die den Fürsten allgemein zugebilligt wird, gesehen habe! Dann hätten wir dem seligen König vielleicht die Lanzenspitze ersparen können, die mich zur Witwe machte... Denn ich denke«, fügte sie gnädig hinzu, »Ihr seid nicht unbeteiligt an dem Werk, das in dem Ruf steht, für schwache Gehirne gefährlich zu sein, und das man einem gewissen Zenon zuschreibt.«

»Sprechen wir, als wäre ich dieser Zenon«, sagte der Alchimist. »*Speluncam exploravimus*... Eure Majestät wissen wie ich, daß die Zukunft mit mehr Zufällen schwanger geht, als sie zur Welt bringen kann. Und es ist durchaus nicht unmöglich, einige von ihnen in der Gebärmutter der Zeit sich bewegen zu hören. Aber allein das Geschehen entscheidet, welcher dieser Würmer lebensfähig ist und zur rechten Zeit ankommt. Ich habe niemals Katastrophen und Glücksfälle auf dem Markt verkauft, deren Geburt ich im voraus verkündet hätte.«

»Wollt Ihr auf diese Weise Eure Kunst bei Seiner Schwedischen Majestät herbsetzen?«

»Ich habe keine Veranlassung, die gescheiteste Frau Frankreichs zu belügen.«

Die Königin lächelte.

»*Parla per divertimento*«, protestierte der Italiener, beunruhigt, weil ein Kollege seine Wissenschaft schmälerte. »*Questo honorato viatore ha studiato anche altro che cose celeste; sa le virtudi di veleni e piante benefiche di altre parti che possano sanare gli ascessi auricolari del Suo Santissimo Figlio.*«

»Ich kann einen Abszeß austrocknen, aber nicht den jungen König heilen«, sagte Zenon lakonisch. »Ich habe Seine Majestät zur Besuchsstunde von weitem in der Galerie gesehen: es bedarf keiner großen Kunst, um den Husten und die Schweißausbrüche eines Schwindsüchtigen zu erkennen. Glücklicherweise hat Euch der Himmel mehr als einen Sohn beschert.«

»Gott erhalte ihn uns!« sagte die Königin und bekreuzigte sich automatisch. »Ruggieri wird Euch in der Nähe des Königs unterbringen, und wir zählen auf Euch, daß Ihr wenigstens einen Teil seiner Leiden lindern könnt.«

»Wer wird die meinen lindern?« fragte der Philosoph bitter. »Die Sorbonne droht, meine *Pro-Theorien* beschlagnahmen zu lassen, die ein Buchhändler aus der Rue Jacob gerade druckt. Kann die Königin verhindern, daß der Rauch meiner öffentlich verbrannten Schriften mich in meiner Dachkammer im Louvre belästigt?«

»Die Herren von der Sorbonne fänden es unangebracht, wenn ich mich in ihre Streitereien einmischte«, sagte die Italienerin ausweichend.

Bevor sie ihn verabschiedete, erkundigte sie sich lang und breit nach dem Zustand des Blutes und der Eingeweide des Königs von Schweden. Sie dachte manchmal daran, einen ihrer Söhne mit einer nordischen Prinzessin zu verheiraten.

Gleich nach dem Besuch bei dem kleinen kranken König verließen die Männer zusammen den Louvre und nahmen den Weg an den Seinequais entlang. Der Italiener überschüttete ihn im Gehen mit einer Flut von Anekdoten des Hofes. Zenon, in Gedanken, unterbrach ihn:

»Ihr werdet dafür sorgen, daß die Pflaster dem armen Kind fünf Tage lang aufgelegt werden.«

»Wollt Ihr denn selbst nicht wieder hingehen?« fragte der Scharlatan überrascht.

»Aber nein! Seht Ihr denn nicht, daß sie keinen Finger rühren wird, um mich aus der Gefahr zu ziehen, in die mich meine Schriften gebracht haben? Ich reiße mich nicht um die Ehre, im Gefolge der Fürsten ergriffen zu werden.«

»*Peccato!*« sagte der Italiener. »Eure Derbheit hat kein Mißfallen erregt.« Und plötzlich blieb er mitten im Gedränge stehen, packte seinen Begleiter am Handgelenk und senkte die Stimme:

»*E questi veleni? Sarà vero che ne abbia tanto e quanto?*«

»Wollt Ihr mich glauben machen, daß die Stimme des Volkes recht hat, die Euch beschuldigt, die Feinde der Königin ins Jenseits zu befördern?«

»Man übertreibt«, sagte Ruggieri in scherzhaftem Ton. »Aber warum sollte Ihre Majestät nicht einen Vorrat an Giften haben, so wie sie ihre Hakenbüchsen und Steinschleudern hat? Bedenkt, daß sie Witwe ist, Ausländerin in Frankreich, von den Lutheranern als Jezabel und von unseren Katholiken als Herodias angesehen, und daß sie fünf kleine Kinder am Halse hat.«

»Gott behüte sie!« antwortete der Atheist. »Aber sollte ich mich jemals irgendwelcher Gifte bedienen, so wird das zu meinem eigenen Nutzen und nicht zu dem der Königin sein.«

Er wohnte trotzdem bei Ruggieri, dessen Geschwätzigkeit ihn abzulenken schien. Seit Etienne Dolet, sein erster Buchhändler, wegen subversiver Ansichten erwürgt und ins Feuer geworfen worden war, hatte Zenon in Frankreich nichts mehr veröffentlicht. Mit um so größerer Sorgfalt überwachte er nun selbst den Druck seines Buches in dem Lädchen in der Rue Jacob, verbesserte hier und da ein Wort oder einen Begriff hinter einem Wort, merzte eine Unklarheit aus oder fügte im Gegenteil zu seinem Bedauern noch eine hinzu. Eines Abends zur Zeit des Nachtessens, das er allein bei Ruggieri einnahm, während der Italiener noch im Louvre beschäftigt war, kam Meister Langelier, sein gegenwärtiger Buchhändler, ganz außer sich, um ihm mitzuteilen, daß wahrhaftig der Befehl zur Beschlagnahme der *Pro-Theorien* und zu ihrer Vernichtung durch die Hand des Henkers gegeben worden war. Der Händler beklagte den Verlust seiner Ware, auf der die Tinte kaum trocken war. Ein Widmungsschreiben an die Königinmutter könnte vielleicht in letzter Minute alles wieder glätten. Zenon schrieb die ganze Nacht, strich durch, schrieb von neuem und strich es wieder durch. Als es hell wurde, erhob er sich von seinem Sitz, streckte sich, gähnte und warf seine Blätter und die Feder, die er benutzt hatte, ins Feuer.

Er hatte keine Mühe, seine Siebensachen und sein Arztbesteck zusammenzusuchen, da er sein übriges Gepäck vorsichtshalber in Senlis auf dem Speicher einer Herberge gelassen hatte. Ruggieri schnarchte im Zwischenstock in den Armen eines Mädchens. Zenon schob einen Zettel unter der

Tür durch, auf dem er ihm seine Abreise ins Languedoc mitteilte. In Wirklichkeit hatte er sich entschlossen, nach Brügge zurückzukehren und dort in Vergessenheit zu geraten.

Ein aus Italien mitgebrachter Gegenstand hing an der Wand des schmalen Vorzimmers. Es war ein florentinischer Spiegel mit Schildpattrahmen, der aus etwa zwanzig kleinen gewölbten Spiegeln, ähnlich den sechseckigen Zellen der Bienenwabe zusammengefügt war. Jeder war für sich in einer engen Fassung eingeschlossen, die früher der Panzer eines lebenden Tieres gewesen war. Im grauen Licht einer Pariser Morgendämmerung betrachtete sich Zenon darin. Er erblickte zwanzig Gesichter, die den optischen Gesetzen gemäß gedrungener und kleiner waren. Zwanzig Bilder eines Mannes mit Pelzkappe, eingefallenem gelblichen Teint und glänzenden Augen, die selber Spiegel waren. Dieser Mann auf der Flucht, eingeschlossen in eine ihm eigene Welt, getrennt von Menschen seinesgleichen, die in parallelen Welten ebenso auf der Flucht waren wie er, erinnerte ihn an die Hypothese des Griechen Demokrit, eine unendliche Reihe identischer Universen, in denen eine Reihe von Philosophen als Gefangene leben und sterben. Über diese Vorstellung mußte er bitter lächeln. Die zwanzig kleinen Personen im Spiegel lächelten auch, jede für sich. Er sah, wie sie dann den Kopf halb abwandten und zur Tür gingen.

ZWEITER TEIL

DAS UNBEWEGTE LEBEN

Obscurum per obscurius
Ignotum per ignotius

Zum Dunklen durch das noch Dunklere,
Zum Unbekannten durch das
noch Unbekanntere gehen.

Alchimistische Devise

Die Rückkehr nach Brügge

In Senlis fand er Platz im Wagen des Franziskanerpriors von Brügge, der aus Paris zurückkam, wo er dem Generalkapitel seines Ordens beigewohnt hatte. Dieser Prior war gelehrter, als sein Ordensgewand vermuten ließ, war neugierig auf Menschen und Dinge und nicht ohne eine gewisse Weltkenntnis. Die beiden Reisenden plauderten ungezwungen, während die Pferde sich Mühe gaben, gegen den sauren Wind der picardischen Ebenen anzukommen. Zenon verschwieg seinem Begleiter nur seinen wirklichen Namen und die Verfolgungen, denen sein Buch ausgesetzt war. Der Prior war übrigens so scharfsinnig, daß man sich fragen konnte, ob er nicht mehr über den Doktor Sebastian Theus erriet, als er ihn höflicherweise merken ließ. Die Fahrt nach Tournai ging langsam, weil eine Menschenmenge die Straßen verstopfte; sie erkundigten sich, und es stellte sich heraus, daß diese Leute auf den Marktplatz gingen, um einen gewissen Schneider Adrian hängen zu sehen, einen überzeugten Calvinisten. Auch dessen Frau war schuldig, aber da es unanständig ist, ein Geschöpf weiblichen Geschlechts unter freiem Himmel mit aufgeblähten Röcken über den Köpfen der Passanten baumeln zu lassen, würde man sie nach alter Sitte lebendig begraben. Diese brutale Torheit entsetzte Zenon, der im übrigen seinen Abscheu hinter einem unbewegten Gesicht verbarg, denn er hatte es sich zur Regel gemacht, in allem, was die Streitigkeiten zwischen Meßbuch und Bibel berührte, niemals seine Meinung zu zeigen. Der Prior verurteilte zwar – wie es sich gehörte – die Ketzerei, fand aber die Strafe ein bißchen hart, und diese vorsichtige Bemerkung ließ Zenon seinem Reisebegleiter gegenüber jenen fast übermäßigen Anflug von Sympathie empfinden, wie ihn die geringste gemäßigte Ansicht hervorruft, wenn ein Mann sie ausspricht, dessen Stellung oder dessen Gewand soviel nicht hätte hoffen lassen.

Der Wagen rollte wieder über Land, und der Prior sprach von anderen Dingen, während Zenon noch unter dem Gewicht der Schaufeln voll Erde zu ersticken glaubte. Da fiel ihm plötzlich ein, daß eine Viertelstunde vergangen war und jenes Geschöpf, dessen Ängste er ausstand, bereits aufgehört hatte, sie zu empfinden.

Man fuhr an den ziemlich vernachlässigten Gittern und Geländern der Domäne Dranoutre entlang; der Prior erwähnte beiläufig Philibert Ligre, der, wenn man ihm glauben wollte, in Brüssel in der Ratsversammlung der neuen Regentin, die über die Niederlande herrschte, der Mann war, nach dem sich alles richtete. Schon lange wohnte die reiche Familie Ligre nicht mehr in Brügge. Philibert und seine Frau lebten fast ständig auf ihrer Domäne Pradelles in Brabant, wo es ihnen eher möglich war, fremder Herren Diener zu spielen. Diese patriotische Geringschätzung gegenüber dem Spanier und seiner Sippschaft ließ Zenon die Ohren spitzen. Etwas weiter forderten wallonische Wachen in Helm und Lederhosen in anmaßendem Ton die Geleitbriefe der Reisenden. Der Prior ließ sie ihnen mit eisiger Verachtung überreichen. In Flandern hatte sich wahrlich einiges geändert. Auf dem Marktplatz in Brügge trennten sich die beiden Männer schließlich unter gegenseitigen Höflichkeitsbezeugungen und Hilfsangeboten für die Zukunft. Der Prior ließ sich in seiner Mietkutsche bis zu seinem Kloster bringen, und Zenon nahm sein Gepäck unter den Arm, zufrieden, sich nach dem langen Stillsitzen während der Reise die Füße vertreten zu können. Er staunte, daß er sich noch ohne Schwierigkeiten in den Straßen dieser Stadt zurechtfand, die er seit über dreißig Jahren nicht mehr wiedergesehen hatte.

Er hatte Johannes Myers, seinen alten Lehrer und Kollegen, der ihm schon mehrmals vorgeschlagen hatte, sein angenehmes Haus am Alten Holzquai mit ihm zu teilen, von seiner Ankunft unterrichtet. Eine Dienerin mit einer Laterne empfing den Besucher an der Schwelle. Als Zenon durch die geöffnete Tür stürmte, streifte er heftig die große, mürrische Frau, die nicht beiseitetrat, um ihn durchzulassen.

Johannes Myers saß in seinem Sessel und hatte seine gichtkranken Beine in geziemendem Abstand vom Feuer ausgestreckt. Der Hausherr und sein Besucher unterdrückten geschickt jeder für sich eine Geste der Überraschung. Der dürre Johannes Myers hatte sich in einen kleinen beleibten Greis verwandelt, dessen lebhafte Augen und schelmisches Lächeln sich in rosigen Fleischfalten verloren, und der vor Gesundheit strotzende Zenon von einst war ein scheuer, grauhaariger Mann geworden. Vierzig Jahre Praxis hatten dem Brügger Arzt gestattet, genug zusammenzubringen, um bequem leben zu können; sein Tisch und sein Keller waren gut, sogar zu gut für die Diät eines Gichtkranken. Seine Dienerin Kathrin, mit der er früher ein wenig geschäkert hatte, war zeimlich beschränkt, aber fleißig, treu, nicht geschwätzig und brachte keine galanten Liebhaber von Leckerbissen und alten Weinen in ihrer Küche unter. Johannes Myers gab bei Tisch einige seiner Lieblingsscherze über den Klerus und die Dogmen zum besten; Zenon erinnerte sich, sie früher unterhaltsam gefunden zu haben, jetzt erschienen sie ihm recht platt; wenn er jedoch an den Schneider Adrian in Tournai, an Dolet in Lyon und Servet in Genf dachte, so sagte er sich, daß der scharf gewürzte Skeptizismus des guten Alten in einer Zeit, da der Glaube in Raserei ausartete, auch seinen Wert hätte; er seinerseits fühlte sich zu solch oberflächlichen Spöttereien nicht mehr fähig, denn er war schon weiter fortgeschritten auf dem Weg zur totalen Verneinung, um zu sehen, ob man hinterher wieder etwas bejahen kann, und auf dem Weg zur totalen Auflösung, um zu sehen, wie dann alles auf einer anderen Ebene oder auf andere Weise wieder entsteht. Mancher Aberglaube mischte sich bei Johannes Myers in wunderlicher Weise mit jenem Bader-Pyrrhonismus. Er rühmte sich seiner hermetischen Wißbegierde, obwohl seine Arbeiten auf diesem Gebiet kindliche Spielereien waren; Zenon hatte große Mühe zu vermeiden, daß er in Erklärungen über die unaussprechliche Dreiheit oder den Mond-Merkur hineingezogen wurde, die ihn für diesen Ankunftsabend etwas zu langwierig dünkten. In der Medizin war der alte Johannes begierig auf Neuheiten, obschon er aus Vorsicht immer nach den überkommenen Methoden praktiziert hatte. Von Zenon erhoffte er ein spezifisches Mittel für seine Gicht. Was die verdächtigen Schriften seines Besuchers betraf, so fürchtete der Alte nicht, daß das Aufsehen, das sie erregt hatten, ihren Verfasser in Brügge sehr stören würde, falls die wahre Identität des Dr. Sebastian Theus entdeckt werden sollte. In dieser Stadt, die nur mit Streitigkeiten um Brandmauern beschäftigt war und an ihrem versandeten Hafen litt wie ein Kranker an seinem Harngrieß, hatte sich niemand die Mühe gemacht, diese Bücher durchzublättern.

Zenon streckte sich auf dem Bett aus, das man für ihn in der Mansarde hergerichtet hatte. Die Oktobernacht war kalt. Kathrin kam mit einem im Herd erwärmten und in Wollappen gewickelten Ziegelstein herein. Sie kniete sich zwischen Bett und Wand, schob das heiße Päckchen unter die Decken, berührte dabei die Füße der Reisenden, dann seine Fesseln, massierte sie behutsam, und plötzlich, ohne ein Wort zu sagen, bedeckte sie seinen nackten Körper mit gierigen Zärtlichkeiten. Im Schein des Lichtstümpfchens, das auf einer Truhe stand, war das Gesicht der Frau alterslos und nicht sehr verschieden von dem der Dienerin, die ihn vor fast vierzig Jahren die Liebe gelehrt hatte. Er hinderte sie nicht, sich schwerfällig neben ihm unter der Steppdecke auszustrecken. Dieses große Geschöpf war wie Bier und Brot, von dem man gleichgültig sein Teil nimmt, ohne Widerwillen und ohne Wonne. Als er aufwachte, ging sie schon unten ihrer Dienstbotenarbeit nach.

Im Laufe des Tages hob sie die Augen nicht zu ihm auf, bediente ihn aber bei den Mahlzeiten reichlich mit einer Art plumper Aufmerksamkeit. In der kommenden Nacht verriegelte er seine Tür und hörte, wie sich die schweren Schritte der Dienerin wieder entfernten, nachdem sie geräuschlos die Klinke heruntergedrückt hatte. Am nächsten Tag benahm sie sich ihm gegenüber nicht anders als zuvor; es schien, daß sie ihn ein für alle Male unter die Gegenstände eingereiht hatte, die ihr Dasein bevölkerten, die Möbel und Utensilien des Arzthauses. Aus Versehen vergaß er nach mehr als einer Woche, seine Tür zu verriegeln; sie kam mit einem einfältigen Lächeln herein und schürzte ihre Röcke, um ihre derben Reize zur Geltung zu bringen. Das Groteske an dieser Versuchung überwältigte seine Sinne. Niemals hatte er derart die urwüchsige Macht des Fleisches verspürt, unabhängig von Person, Gesicht und Körpergestalt und selbst von seinen eigenen sinnlichen Neigungen. Diese Frau, die auf seinem Kopfkissen keuchte, war eine Lemure, eine Lamia, eins jener Alptraumweibchen, die man auf den Kapitellen in den Kirchen sieht, kaum fähig, dünkte ihn, sich der menschlichen Sprache zu bedienen. Auf der Höhe der Lust jedoch entschlüpfte diesem dicken Mund eine Flut obszöner Worte wie Luftblasen. Seit seiner Schulzeit hatte er keine Gelegenheit mehr gehabt, sie auf flämisch zu hören oder zu benutzen; er stopfte ihr den Mund mit dem Handrücken. Am folgenden Morgen gewann der Ekel wieder die Oberhand; er machte sich Vorwürfe, daß er sich mit diesem Geschöpf eingelassen hatte, so wie man sich Vorwürfe macht, wenn man eingewilligt hat, in einem zweifelhaften Herbergsbett zu schlafen. Er vergaß nicht mehr, sich jeden Abend einzuschließen.

Er hatte eigentlich nur so lange bei Johannes Myers bleiben wollen, bis das durch die Beschlagnahmung und Vernichtung seines Buches aufgetürmte Gewitter vorübergezogen war. Doch manchmal schien es ihm, als sollte er bis zum Ende seiner Tage in Brügge bleiben, entweder weil diese Stadt am Schluß seiner Reisen wie eine Fallgrube für ihn war oder weil eine Art Trägheit ihn hinderte, wieder abzureisen. Der bewegungsunfähige Johannes Myers vertraute ihm die wenigen Patienten an, die er noch behandelte. Diese spärliche Kundschaft war nicht dazu angetan, den Neid der anderen Ärzte in der Stadt anzufachen, wie es in Basel der Fall gewesen war, wo Zenon seine Kollegen dadurch aufs äußerste erzürnt hatte, daß er seine Kunst vor einem auserwählten Kreis von Studenten öffentlich ausgeübt hatte. Dieses Mal beschränkten sich seine Beziehungen zu seinen Kollegen auf seltene Konsultationen, bei denen sich Herr Theus höflich der Meinung der Älteren oder Bekannteren unterwarf, oder auch auf kurze Gespräche, die nur das Wetter oder irgendeinen örtlichen Zwischenfall berührten. Die Unterredungen mit den Kranken drehten sich selbstverständlich nur um die Kranken selbst. Viele von ihnen hatten niemals etwas von einem Zenon gehört; für andere war er nur ein vages Gerücht unter denen, die sie in der Vergangenheit gehört hatten. Der Philosoph, der vor kurzem der Substanz und den Eigenschaften der Zeit eine kleine Schrift gewidmet hatte, konnte feststellen, wie schnell der Sand der Zeit durch das Gedächtnis der Menschen rinnt. Die vergangenen fünfunddreißig Jahre hätten ein halbes Jahrhundert sein können. Von Gebräuchen und Bestimmungen, die in seiner Schulzeit neu und umstritten waren, sprach man nun so, als wären sie schon immer dagewesen. Von Taten, die damals die Welt erschüttert hatten, war nicht mehr die Rede. Vor zwanzig Jahren Verstorbene wurden bereits mit denen der vorhergegangenen Generation verwechselt. Der große Reichtum des alten Ligre hatte ein paar Erinnerungen hinterlassen; trotzdem stritt man sich, ob er einen oder zwei Söhne gehabt hatte. Es gab da auch noch einen Neffen oder einen Bastard von Heinrich-Justus, aus dem nichts Anständiges geworden war. Von dem Vater des Bankiers behauptete man, er sei wie sein Sohn Schatzmeister von Flandern gewesen oder Referent der Ratsversammlung der Regentin, wie heute Philibert.

Das Erdgeschoß des Hauses Ligre, das seit langem unbewohnt war, hatte man an Handwerker vermietet. Zenon besuchte noch einmal die Fabrik, die vor nicht allzu langer Zeit Colas Gheels Wirkungsbereich gewesen war; eine Seilerei war nun darin. Niemand unter den Handwerkern erinnerte sich noch an diesen Mann, den die Bierseidel so schnell dumm gemacht hatten, der aber vor den Meutereien von Oudenhoven und der Erhängung seines Schatzes auf seine Weise ein Anführer und Fürst gewesen war. Der Domherr Bartholomäus Campanus lebte noch, ging aber selten aus, da ihn die Gebrechen, die mit dem Alter kommen, plagten, und glücklicherweise hatte man niemals nach Johannes Myers gerufen, um ihn zu behandeln. Zenon machte jedenfalls einen vorsichtigen Bogen um die Sankt-Donatus-Kirche, wo sein alter Lehrer noch in einem Chorstuhl an den Messen teilnahm.

Desgleichen hatte er vorsichtshalber sein Diplom von Montpellier, das mit seinem wirklichen Namen unterzeichnet war, in einer Kassette von Johannes Myers eingeschlossen und trug nur ein Pergament bei sich, das er früher einmal zufällig der Witwe eines deutschen Quacksalbers abgekauft hatte, der Gott hieß. Diesen Namen hatte er sogleich in eine griechisch-lateinische Form, in Theus, übersetzt, um mehr Verwirrung zu stiften. Mit Hilfe von Johannes Myers hatte er für seinen Gebrauch um die Gestalt dieses Unbekannten eine jener verworrenen und banalen Biographien gedichtet, die Behausungen ähneln, deren besonderer Vorzug es ist, mehrere Ausgänge und Eingänge zu haben. Um der Wahrscheinlichkeit willen fügte er dieser Biographie noch Geschehnisse seines eigenen Lebens bei, die er sorgfältig so auswählte, daß sie niemanden erstaunen oder interessieren konnten, und deren Erkundung – falls eine solche stattfände – nicht weit führen würde. Der Doktor Sebastian Theus war in Zutphen im Bistum Utrecht geboren, als natürlicher Sohn einer Frau aus der Gegend und eines Arztes aus der Bresse, der im Dienste des Hauses der Margarete von Österreich stand. Auf Kosten eines Gönners, der ungenannt bleiben wollte, war er in Kleve erzogen worden und hatte zunächst daran gedacht, dort in ein Augustinerkloster einzutreten, doch die Neigung zum väterlichen Beruf hatte den Sieg davongetragen; er hatte an der Universität zu Ingolstadt, dann in Straßburg studiert und daselbst eine Zeitlang praktiziert. Ein Botschafter von Savoyen hatte ihn mit nach Paris und Lyon genommen, so daß er ein wenig von Frankreich und vom Hof gesehen hatte. Nachdem er auf kaiserlichen Boden zurückgekehrt war, hatte er sich vorgenommen, nach Zutphen zurückzukehren, um sich dort, wo seine gute Mutter noch lebte, niederzulassen, aber er hatte vermutlich – wenn er auch nichts davon sagte – unter den Leuten der sogenannten reformierten Religion, die es dort nun in großer Zahl gab, zu leiden gehabt. Damals hatte er für seinen Lebensunterhalt die Stellvertretung angenommen, die ihm Johannes Myers, der früher in Mecheln seinen Vater gekannt hatte, angeboten hatte. Er gab auch zu, als Chirurg in den Armeen des katholischen Königs von Polen gewesen zu sein, verlegte aber diesen Dienst um gut zehn Jahre vor. Schließlich war er Witwer einer Arzttochter aus Straßburg. Diese Fabeln, zu denen er übrigens nur im Falle von indiskreten Fragen seine Zuflucht nahm, amüsierten den alten Johannes sehr. Doch manchmal spürte der Philosoph, wie ihm die nichtssagende Maske des Doktor Theus auf dem Gesicht klebte. Dieses imaginäre Leben hätte ebensogut sein eigenes sein können. Eines Tages fragte ihn jemand, ob er nicht auf seinen Reisen einen gewissen Zenon getroffen hätte. Fast ohne zu lügen, konnte er mit Nein antworten.

Nach und nach sprangen aus dem Grau dieser monotonen Tage Konturen hervor, oder es zeichneten sich Anhaltspunkte ab. Jeden Abend beim Nachtessen ging Johannes Myers ausführlich auf die Geschichte der Häuslichkeiten ein, die Zenon am gleichen Morgen besucht hatte, erzählte eine komische oder tragische Begebenheit, die an sich zwar banal war, aber zeigte, daß es in dieser verschlafenen Stadt ebensoviel Intrigen wie in einem Sultanspalast, ebensoviel Ausschweifungen wie in einem Bordell in Venedig gab. In den so einförmigen Lebensläufen von Rentnern oder Kirchenvorstehern kamen Temperamente, Charaktere zum Vorschein; Gruppen entstanden, die sich wie überall durch die gleiche Sucht nach Gewinn oder Intrige, durch die gleiche Verehrung desselben

Heiligen, durch die gleichen Übel oder die gleichen Laster bildeten. Der Argwohn der Väter, die Streiche der Kinder, die Bitterkeit zwischen alten Eheleuten waren nicht anders als in der Familie Wasa oder bei den Fürsten in Italien, aber die Einsätze waren im Vergleich zu den Leidenschaften so gering, daß diese gewaltig erschienen. Diese unfreien Existenzen ließen den Philosophen·den Wert eines Lebens ohne Bindungen schätzen. Die Ansichten waren so beschaffen wie die Menschen: sie paßten bald in eine vorher festgelegte Kategorie. Man erriet diejenigen, die alle Übel des Jahrhunderts den Freidenkern oder den Reformierten zuschrieben und für die die Frau Regentin immer recht hatte. Er hätte ihre Reden für sie zu Ende führen können, an ihrer Stelle die Lüge wegen der italienischen Krankheit, die sie sich in ihrer Jugend zugezogen hatten, erfinden können, sich an ihrer Stelle drücken oder mit beleidigter Miene reagieren können, wenn er für Johannes Myers vergessene Honorare forderte. Er konnte mit absoluter Sicherheit und ohne jemals fehlzugehen, vorhersagen, was herauskommen würde, wie die Waffel aus dem Waffeleisen.

Der einzige Platz in der Stadt, wo ihm ein freier Gedanke zu leuchten schien, war paradoxerweise die Zelle des Franziskanerpriors. Er suchte ihn weiterhin als Freund auf, und bald auch als Arzt. Diese Besuche waren selten, da sie beide nicht viel Zeit dafür erübrigen konnten. Zenon wählte den Prior als Beichtvater, als es ihm notwendig erschien, einen zu haben. Dieser Mönch geizte mit frommen Reden. Das Ohr erholte sich bei seinem vorzüglichen Französisch von dem flämischen Mischmasch. Die Unterhaltung drehte sich um alles, nur nicht um Glaubensthemen; vor allem aber interessierten diesen frommen Mann öffentliche Angelegenheiten. Er war sehr befreundet mit einigen Edelleuten, die sich bemühten, gegen die Tyrannei des Ausländers zu kämpfen, und er billigte ihr Verhalten, fürchtete aber gleichzeitig ein Blutbad für die belgische Nation. Als Zenon dem alten Johannes diese Prognosen mitteilte, zuckte der mit den Schultern: es sei im-

mer so gewesen, daß die Kleinen sich scheren lassen und die
Mächtigen sich die Wolle holen. Trotzdem war es ärgerlich,
daß der Spanier die Lebensmitttel mit neuen Steuern und jeden einzelnen mit einer Abgabe von einem Prozent belegen
wollte.

Sebastian Theus kehrte stets spät in die Wohnung am Alten
Holzquai zurück, da er die feuchte Luft der Straßen und die
langen Märsche außerhalb der Mauern, am Rand der grauen
Felder dem überheizten Sprechzimmer vorzog. Als er eines
Abends in der Jahreszeit, da es schon frühzeitig dunkel
wurde, nach Hause kam und den Vorraum durchquerte, sah
er Kathrin damit beschäftigt, die Laken im Kasten unter der
Treppe zu mustern. Sie hielt nicht inne, um ihm Licht zu machen, wie sie es sonst tat, wobei sie jedesmal eine bestimmte
Wendung des Korridors ausnutzte, um flüchtig den Schoß
seines Mantels zu streifen. In der Küche war der Herd erloschen. Zenon tastete im Dunkeln, um eine Kerze anzuzün-
den. Der noch warme Körper des alten Johannes Myers lag
ordentlich auf dem Tisch im Nebenzimmer ausgestreckt. Kathrin kam mit dem Laken herein, das sie als Leichentuch ausgesucht hatte.

»Der Herr ist am Schlagfluß gestorben«, sagte sie.

Sie ähnelte den schwarzverschleierten Totenwäscherinnen,
die er damals, als er im Dienste des Sultans stand, in den Häusern in Konstantinopel gesehen hatte. Das Ende des alten Arztes überraschte ihn wenig. Johannes Myers hatte selber damit
gerechnet, daß seine Gicht bis zum Herzen steigen würde.
Einige Wochen vorher hatte er vor dem Notar des Kirchspiels
ein Testament gemacht, das – in die üblichen frommen Flos-
keln gekleidet – sein Hab und Gut Sebastian Theus überließ
und der Kathrin bis an ihr Lebensende ein Zimmer im Dachgeschoß des Hauses. Der Philosoph sah sich das verzerrte und
aufgedunsene Gesicht des Toten näher an. Ein verdächtiger
Geruch und ein brauner Fleck im Mundwinkel weckten sei-

nen Argwohn. Er ging nach oben in sein Zimmer und wühlte in seiner Truhe. Der Inhalt eines kleinen Glasfläschchens war um einen Finger breit vermindert. Zenon erinnerte sich, dem alten Mann eines Abends diese Mischung aus tierischen und pflanzlichen Giften gezeigt zu haben, die er sich in einer Apotheke in Venedig besorgt hatte. Ein schwaches Geräusch veranlaßte ihn, sich umzudrehen; Kathrin stand auf der Türschwelle und beobachtete ihn, so wie sie ihn sicher auch durch den Türflügel ihrer Küche belauert hatte, als er seinem Lehrer diese paar Sachen gezeigt hatte, die er von seinen Reisen mitgebracht hatte. Er packte sie am Arm; sie fiel auf die Knie und vergoß einen verworrenen Strom von Worten und Tränen:

»*Voor u heb ik het gedaan!* Ich habe es für Euch getan«, wiederholte sie zwischen zwei Schluchzern.

Er schob sie gewaltsam zur Seite und ging wieder hinunter, um bei dem Toten zu wachen. Auf seine Art hatte der alte Johannes das Leben weise ausgekostet. Seine Beschwerden waren nicht so heftig, als daß er sich nicht noch ein paar Monate seines gemütlichen Daseins hätte erfreuen können: ein Jahr vielleicht oder bestenfalls zwei Jahre. Dieses idiotische Verbrechen brachte ihn ohne Grund um das bescheidene Vergnügen, auf der Welt zu sein. Dieser alte Mann hatte ihm immer nur wohl gewollt: Zenon fühlte ein bitteres und grausames Mitleid für ihn in sich aufsteigen. Gegenüber der Person, die ihn vergiftet hatte, spürte er eine vergebliche Wut, die der Tote selbst wahrscheinlich nicht einmal in solchem Grad empfunden hätte. Johannes Myers hatte seinen nicht eben geringen Scharfsinn immer dazu verwandt, mit den Ungereimtheiten dieser Welt seinen Spott zu treiben; diese lüsterne Dienerin, die sich beeilte, einen Mann, der sie nicht beachtete, zu bereichern, hätte ihm, wenn er noch am Leben gewesen wäre, Stoff zu einer guten Erzählung geliefert. So wie er da ruhig auf dem Tisch lag, schien er hundert Meilen von seinem eigenen Mißgeschick entfernt zu sein; wenigstens hatte sich der alte Bader immer über diejenigen lustig gemacht, die sich einbilden, daß man noch denkt oder daß man noch leidet, wenn man nicht mehr geht und nicht mehr verdaut.

Man begrub den alten Mann in seiner Pfarrgemeinde Sankt-Jakob. Bei der Rückkehr vom Begräbnis bemerkte Zenon, daß Kathrin seine Siebensachen und sein Arztbesteck in das Zimmer des Herrn gebracht hatte; sie hatte Feuer gemacht und das große Bett sorgfältig vorbereitet. Ohne etwas zu sagen, trug er die Sachen wieder in die Kammer, die er seit seiner Ankunft bewohnte. Sobald er in den Besitz seines Erbes gelangt war, entledigte er sich dessen durch eine notarielle Urkunde zugunsten des alten Sankt-Cosmas-Hospizes, das zum Franziskanerkloster gehörte. In dieser Stadt, wo die großen Vermögen von einst nicht mehr sehr zahlreich waren, kamen fromme Stiftungen selten vor. Die Großzügigkeit des Herrn Theus wurde bewundert, wie er es erwartet hatte. Das Haus von Johannes Myers sollte künftig ein Siechenheim werden, und Kathrin sollte dort als Dienerin wohnen. Das Bargeld würde dazu verwandt werden, einen Teil der Gebäude des alten Sankt-Cosmas-Hospizes instandzusetzen; der Franziskanerprior, der dieser Einrichtung vorstand, beauftragte Zenon, in den noch bewohnbaren Räumen eine Krankenstation für die Armen des Stadtteils und die Bauern, die an Marktttagen in die Stadt strömten, einzurichten. Zwei Mönche wurden angewiesen, ihm in der Apotheke zu helfen. Dieser Posten war wiederum nicht ruhmvoll genug, um die Eifersucht der Kollegen auf den Doktor Theus zu lenken; für den Augenblick saß er in einem sicheren Nest. Die alte Mauleselin von Johannes Myers wurde im Pferdestall von Sankt-Cosmas untergestellt und der Gärtner des Klosters beauftragt, für sie zu sorgen. In einem Zimmer des Obergeschosses wurde ein Bett für Zenon aufgestellt, und er brachte einen Teil der Bücher des alten Baders dorthin; seine Mahlzeiten wurden ihm aus dem Refektorium gebracht.

Der Winter verging mit diesen Instandsetzungen und Einrichtungsarbeiten; Zenon überredete den Prior, ihn eine Badestube nach deutscher Art einrichten zu lassen, und übergab ihm ein paar Aufzeichnungen über die Behandlung von Rheumatismus und Geschlechtskrankheiten durch heißen Dampf. Seine Kenntnisse in der Mechanik kamen ihm beim Legen von Leitungsrohren und der wirtschaftlichen Einrichtung eines Ofens zugute. In der Wollestraat hatte sich ein Schmied in den alten Pferdeställen der Ligre niedergelassen. Zenon begab sich abends dorthin und feilte, nietete, schweißte, hämmerte, in ständiger Beratung mit dem Schmiedemeister und seinen Gesellen. Die Jungen des Stadtteils, die dort zum Zeitvertreib zusammenkamen, wunderten sich über die Geschicklichkeit seiner mageren Hände.

In dieser ereignislosen Zeit wurde er zum erstenmal wieder erkannt. Er befand sich allein in der Apotheke, wie immer, wenn die beiden Mönche fortgegangen waren. Es war Markttag, und das übliche Kommen und Gehen der Armen hatte seit der Non angedauert. Da klopfte noch jemand an die Tür; es war eine alte Frau, die jeden Samstag ihre Butter in der Stadt verkaufte und von dem Arzt ein Mittel gegen ihren Ischias wünschte. Zenon suchte auf dem Wandbrett einen Steintopf heraus, der mit einem starken Gegenmittel gefüllt war. Er ging zu ihr hin, um ihr die Anwendung zu erklären. Plötzlich sah er in ihren blaßblauen Augen den Ausdruck fröhlichen Erstaunens, und da erkannte auch er sie wieder. Diese Frau hatte in der Küche des Hauses Ligre gearbeitet, damals als er noch ein kleines Kind war. Greete (der Name fiel ihm plötzlich wieder ein) war mit dem Diener verheiratet, der ihn wieder nach Hause gebracht hatte, als er das erste Mal ausgerissen war. Er erinnerte sich, daß sie ihn immer gütig behandelt hatte, wenn er zwischen ihren Töpfen und Schüsseln herumschlich; sie hatte ihn auf dem Tisch von dem warmen Brot und dem rohen backfertigen Teig naschen lassen. Sie wollte gerade in einen Überraschungsschrei ausbrechen, als er seinen Finger auf die Lippen legte. Die alte Greete hatte einen Sohn, der Fuhrmann war und gelegentlich mit Frankreich Schmuggel getrieben hatte; ihr armer Alter, der jetzt fast gelähmt war, hatte Ärger mit dem Gutsherrn des Ortes gehabt wegen einiger Apfelsäcke, die aus dem an den Hof grenzenden Obstgarten gestohlen worden waren. Sie wußte, daß es manchmal zweckmäßig ist, sich zu verstecken, selbst wenn man zu den Reichen und Vornehmen gehört, zu denen sie Zenon immer noch zählte. Sie schwieg, aber als sie ging, küßte sie ihm die Hand.

Dieser Zwischenfall hätte ihn beunruhigen müssen, denn er bewies ihm, daß er jeden Tag Gefahr lief, in ähnlicher Weise von anderen wiedererkannt zu werden; er hatte aber ganz im Gegenteil seine Freude daran, über die er sich selbst wunderte. Ganz sicher, sagte er sich, gab es dort gleich hinter den Stadtmauern bei Saint-Pierre-de-la-Digue einen kleinen Hof, wo man im Falle einer Gefahr übernachten konnte, und einen Fuhrmann, dessen Pferd und Wagen nützlich sein könnten. Doch das waren nur Vorwände sich selbst gegenüber. Jemand hatte sich noch gut genug an jenes Kind, an das er nicht mehr dachte, an jenes kindliche Wesen, das mit dem gegenwärtigen Zenon zu identifizieren zugleich vernünftig und in einem gewissen Sinne absurd war, erinnert, um es in ihm wiederzuerkennen, und das stärkte das Gefühl seiner eigenen Existenz. Zwischen ihm und einem menschlichen Geschöpf war ein wenn auch dünnes Band entstanden, das weder vom Geist bestimmt war, wie seine Beziehungen zum Prior, noch vom Fleisch, wie es bei den seltenen sinnlichen Verbindungen, die er sich noch erlaubte, der Fall war. Greete kam fast jede Woche wieder, um ihre Altersbeschwerden behandeln zu lassen; aber sie versäumte es selten, ein Geschenk mitzubringen: Butter in einem Kohlblatt, ein Stück selbstgebackenen Fladen oder eine Handvoll Kastanien. Sie sah ihm mit ihren alten heiteren Augen beim Essen zu. Zwischen ihnen bestand die Intimität eines wohlgehüteten Geheimnisses.

Der Abgrund

Nach und nach gingen infolge neuer Gewohnheiten, die er angenommen hatte, fast unmerkliche Veränderungen in ihm vor, so wie ein Mensch, der jeden Tag eine bestimmte Nahrung aufnimmt, schließlich in seiner Substanz und sogar in seiner Gestalt verändert wird, zunimmt oder abmagert, aus diesen Speisen Kraft schöpft oder sich Krankheiten zuzieht, die er zuvor nicht gekannt hatte. Doch der Unterschied zwischen gestern und heute verschwand, sobald er den Blick darauf richtete: er übte die Arztkunst aus, wie er es immer getan hatte, und es war nur von geringer Bedeutung, ob an Zerlumpten oder Fürsten. Sebastian Theus war ein Phantasiename, doch seine Rechte auf den Namen Zenon waren nicht eindeutig. *Non habet nomen proprium*: er gehörte zu den Menschen, die sich bis an ihr Lebensende immer darüber wundern, daß sie einen Namen haben, so wie man sich wundert, wenn man an einem Spiegel vorbeigeht, daß man ein Gesicht hat und daß es gerade dieses Gesicht ist. Seine Existenz war geheim und gewissen Einschränkungen unterworfen; sie war es immer gewesen. Er verschwieg die Gedanken, die für ihn am meisten zählten, denn er wußte schon lange, daß derjenige, der sich durch seine Reden in Gefahr begibt, nur ein Dummkopf ist, da es leicht ist, andere ihre Kehle und Zunge gebrauchen zu lassen, um Laute zu formen. Seine seltenen Redeanwandlungen waren immer nur das gewesen, was Ausschweifungen für einen keuschen Mann sind. In seinem Sankt-Cosmas-Hospiz lebte er fast eingeschlossen als Gefangener einer Stadt, und in dieser Stadt eines Stadtteils, und in diesem Stadtteil von einem halben Dutzend Zimmern, die an einer Seite auf den Gemüsegarten und auf die Nebengebäude eines Klosters und an der anderen auf eine nackte Mauer gingen. Seine ziemlich seltenen Wanderungen auf der Suche nach botanischen Proben führten ihn immer wieder über dieselben beackerten Felder und an denselben Leinpfaden entlang, durch dieselben Gehölze und an den Saum derselben Dünen, und er lächelte nicht ohne Bitterkeit über dieses Herumschwirren eines Insekts, das unverständlicherweise über einer Handbreit Erde kreist. Aber diese Begrenzung des Ortes, diese gleichsam mechanischen Wiederholungen der gleichen Bewegungen ergaben sich jedesmal, wenn man seine Fähigkeiten im Hinblick auf eine einzige, begrenzte und nützliche Aufgabe konzentrierte. Sein seßhaftes Leben bedrückte ihn wie eine Kerkerstrafe, die er vorsichtshalber über sich selbst verhängt hatte; aber das Urteil konnte widerrufen werden: viele Male schon und unter anderen Himmeln hatte er sich so niedergelassen, für einen Augenblick oder, wie er glaubte, für immer, als ein Mensch, der überall und nirgends Bürgerrecht genießt. Nichts bewies, daß er nicht schon morgen wieder das unstete Leben aufnehmen würde, das sein Los und seine Wahl gewesen war. Und dennoch bewegte sich sein Schicksal. Ein Gleiten vollzog sich, ohne daß es ihm bewußt wurde. Wie einem Menschen, der gegen den Strom und durch eine finstere Nacht schwimmt, fehlten ihm die Anhaltspunkte, um genau zu berechnen, wie weit er abgetrieben wurde.

Vor kurzem noch, als er seinen Weg im Gassengewirr von Brügge wieder aufgenommen hatte, hatte er geglaubt, daß diese Rast abseits der großen Straßen des Ehrgeizes und des Wissens ihm nach den Aufregungen der letzten fünfunddreißig Jahre etwas Ruhe bringen würde. Er hatte gehofft, die bange Sicherheit eines Tieres zu empfinden, das durch die Enge und Dunkelheit des Schlupfwinkels, wo zu leben es sich entschlossen hat, beruhigt ist. Er hatte sich getäuscht. Dieses bewegungslose Leben brodelte auf der Stelle; das Gefühl einer fast beängstigenden Aktivität dröhnte wie ein unterirdischer Fluß. Die Angst, die ihn bedrückte, war eine andere als die eines Philosophen, der seiner Bücher wegen verfolgt wird. Die Zeit, von der er geglaubt hatte, sie müßte in seinen Händen wie ein Bleiklumpen wiegen, floh dahin und zerrann wie Quecksilberkügelchen. Die Stunden, Tage und Monate stimmten nicht mehr mit dem Schlag der Uhren überein und nicht einmal mehr mit dem Lauf der Gestirne. Manchmal schien es ihm, als wäre er sein ganzes Leben in Brügge geblieben, und manchmal, als sei er am Abend zuvor dorthin zurückgekehrt. Auch die Orte bewegten sich; die Entfernungen hoben sich auf wie die Tage. Dieser Fleischer, jener Warenausrufer hätten ebensogut in Avignon oder in Vadstena gewesen sein können; dieses ausgepeitschte Pferd hatte er in den Straßen von Adrianopel niederstürzen sehen; jener Betrunkene hatte in Montpellier zu fluchen oder sich zu erbrechen begonnen; dieses Kind, das da in den Armen einer Amme wimmerte, war vor fünfundzwanzig Jahren in Bologna geboren worden; jenen Introitus in der Sonntagsmesse, der beizuwohnen er niemals versäumte, hatte er fünf Winter früher in einer Kirche in Krakau gehört. Er dachte selten an die Wechselfälle seines vergangenen Lebens, die schon wie Träume zerronnen waren. Manchmal sah er ohne ersichtlichen Grund die schwangere Frau in einem Dorf des Languedoc wieder vor sich, an der er trotz des Hippokratischen Eides eine Abtreibung vorgenommen hatte, um ihr einen schändlichen Tod bei der Rückkehr eines eifersüchtigen Ehemannes zu ersparen; oder die Grimasse Seiner Schwedischen Majestät beim Schlucken einer Arznei, oder seinen Diener Ali, wie er dem Maultier half, durch die Furt eines Flusses zwischen Ulm und Konstanz zu waten, oder den Vetter Heinrich-Maximilian, der vielleicht tot war. Ein Hohlweg, wo selbst im Hochsommer die Pfützen nicht austrockneten, erinnerte ihn an einen gewissen Perrotin, der ihm im Regen am Rand eines einsamen Weges aufgelauert hatte, am Tag nach einem Streit, an dessen Ursachen er sich nicht mehr erinnerte. Er ließ sie wieder auferstehen, die beiden aneinandergeklammerten Leiber im Dreck, eine blitzende, zur Erde gefallene Klinge und Perrotin von seinem eigenen Messer, das er losgelassen hatte, erstochen und selbst Dreck und Erde geworden. Diese alte Geschichte hatte keinerlei Bedeutung mehr und hätte auch nicht mehr Bedeutung gehabt, wenn jener kraftlose und warme Leichnam der eines zwanzigjährigen Geistlichen gewesen wäre. Dieser Zenon, der mit hastigem Schritt über das fette Pflaster von Brügge ging, hatte das Gefühl, als ob eine Flut von Tausenden menschlicher Wesen durch ihn hindurchzöge, so wie der Wind, der von weit herkam, seine abgetragenen Kleider durchblies, Wesen, die sich schon auf diesem Punkt der Erdkugel aufgehalten hatten oder bis zu jener Katastrophe, die wir das Ende der Welt nennen, noch kommen würden; ohne ihn zu sehen, durchzogen diese Geister den Körper dieses Mannes, der zu ihren Lebzeiten noch nicht da war oder nicht mehr leben würde, wenn sie da wären. Irgendwelche Leute, die er einen Augenblick zuvor auf der Straße getroffen, die er flüchtig wahrgenommen hatte und die dann sogleich in die formlose Masse des Vergangenen zurückgefallen waren, vergrößerten unaufhörlich diese Larvenschar. Zeit, Ort und Substanz verloren jene Merkmale, die sie für uns begrenzen; die Form war nur noch die zerfetzte Rinde der Substanz; die Substanz ergoß sich in eine Leere, die nicht ihr Gegenteil war; Zeit und Ewigkeit waren nur ein und dasselbe, wie ein schwarzes Gewässer, das in eine unveränderlich schwarze Wasserfläche fließt. Zenon versenkte sich in diese Visionen wie in einen Abgrund, so wie ein Christ in eine Meditation über Gott.

Auch die Ideen kamen ins Gleiten. Der Akt des Denkens interessierte ihn jetzt stärker als die fragwürdigen Produkte der Gedanken selbst. Er beobachtete sich genau beim Denken, so wie er mit dem Finger am Handgelenk die Pulsschläge der Schlagader oder das Auf und Ab seines Atems unter seinen Rippen hätte zählen können. Sein ganzes Leben lang hatte er darüber gestaunt, daß die Ideen die Fähigkeit hatten, sich kalt wie Kristalle zu seltsam nutzlosen Figuren zusammenzufügen, wie Tumore, die das Fleisch verschlingen, das sie hervorgebracht hat, die Fähigkeit zu wachsen oder in mißgebildeter

Weise gewisse Züge der menschlichen Person anzunehmen, wie jene leblosen Massen, mit denen manche Frauen niederkommen und die im Grunde nur Materie sind, die träumt. Eine ganze Anzahl von Geistesprodukten waren auch nichts weiter als mißgestaltete Mondkälber. Andere sauberere und deutlichere Begriffe, die wie von einem Meister geschmiedet waren, gehörten zu den Gegenständen, die aus der Entfernung täuschen; man wurde nicht müde, ihre Winkel und Parallelen zu bewundern; aber sie waren nur Gitter, in denen sich der Verstand selbst einschließt, und der Rost des Falschen fraß schon an ihren abstrakten Eisenstäben. Manchmal erbebte man wie an der Schwelle einer Verwandlung. Ein bißchen Gold schien im Tiegel des menschlichen Gehirns zu entstehen; man stieß jedoch am Ende nur auf einen Ersatz, wie bei den unredlichen Experimenten, mit denen die Hof-Alchimisten sich abmühen, ihren fürstlichen Klienten zu beweisen, daß sie etwas gefunden haben, aber das Gold auf dem Boden des Kolbens war nur ein banales, schon durch alle Hände gegangenes Dukatenstück, das der Blasebalgtreter vor dem Kochen hineingetan hatte. Die Begriffe starben wie die Menschen; er hatte im Laufe eines halben Jahrhunderts mehrere Generationen von Ideen zu Staub werden sehen.

Eine flüssigere Metapher, die von seinen früheren Meeresfahrten herrührte, drängte sich ihm auf. Der Philosoph, der den menschlichen Verstand in seiner Gesamtheit zu betrachten versuchte, sah eine Masse unter sich, die berechenbaren Kurven unterworfen war, von Strömungen gezeichnet, die man hätte kartographisch aufzeichnen können, von tiefen Falten durchfurcht, die vom Luftdruck und der schweren Trägheit der Wasser herrührten. Mit den vom Geist angenommenen Figuren ging es dabei wie mit jenen großen, aus dem undifferenzierten Wasser geborenen Formen, die einander an der Oberfläche des Abgrundes angreifen oder miteinander abwechseln. Jeder Begriff löste sich schließlich in sein eigenes Gegenteil auf, wie zwei Wellen in der Dünung, die aneinanderstoßen und sich in ein und demselben weißen

Schaum verlieren. Zenon sah diese wilde Flut zurückweichen und dabei das wenige an sinnlich wahrnehmbaren Wahrheiten, deren wir sicher zu sein glauben, wie Strandgut mitreißen. Manchmal schien er unter der Flut eine unbewegliche Substanz zu ahnen, die für die Ideen das sein könnte, was die Ideen für die Worte sind. Aber nichts bewies, daß dieses Substrat die unterste Schicht war oder daß diese Unbeweglichkeit nicht eine für den menschlichen Verstand zu schnelle Bewegung verbarg. Seit er es aufgegeben hatte, seine Gedanken mit lauter Stimme zu äußern oder sie schriftlich auf dem Warentisch der Buchhändler niederzulegen, hatte ihn diese Entwöhnung verleitet, bei der Suche nach reinen Begriffen tiefer als je zuvor hinabzusteigen. Jetzt verzichtete er zugunsten einer weitergehenden Prüfung zeitweise auf die Begriffe selbst; er hielt seinen Geist zurück, wie man den Atem anhält, um jenes Geräusch der Räder, die sich so schnell drehen, daß man nicht merkt, daß sie sich drehen, besser zu hören.

Aus der Welt der Ideen kehrte er in die undurchsichtigere Welt der Substanz zurück, die von der Form eingefaßt und begrenzt wird. In seinem Zimmer verwandte er seine durchwachten Nächte nicht mehr auf den Versuch, richtigere Ansichten über die Beziehungen zwischen den Dingen zu bekommen, sondern auf eine unausgesprochene Betrachtung der Natur der Dinge. Er korrigierte so das Laster des Verstandes, das darin besteht, die Dinge zu erfassen, um sich ihrer zu bedienen oder sie im Gegenteil zu verwerfen, ohne vorher genügend in die jeweils besondere Substanz eingedrungen zu sein, aus der sie gemacht sind. So war das Wasser bisher für ihn ein Getränk gewesen, das den Durst löscht, und eine Flüssigkeit zum Waschen, ein Bestandteil des Universums, das der christliche Demiurg erschaffen hat, von dem der Domherr Bartholomäus Campanus ihm erzählt hatte, als er von dem Geist sprach, der über den Wassern schwebt, es war das wesentliche Element der Hydraulik des Archimedes oder der Physik des Thales gewesen, oder auch das alchimistische Zeichen einer der Kräfte, die nach unten streben. Er hatte Verschiebungen berechnet, Mengen abgemessen oder abgewartet, daß sich Tröpfchen in der Röhre der Destillierkolben bildeten. Nun, da er eine Zeitlang zugunsten der Innenschau des hermetischen Philosophen auf die Beobachtung verzichtete, die von außen unterscheidet und differenziert, ließ er das Wasser, das in allem enthalten ist, in sein Zimmer eindringen wie die Ströme der Sintflut. Die Truhe und der Holzschemel schwammen; die Mauern stürzten unter dem Wasserdruck zusammen. Er gab dieser Flut nach, die jede Gestalt annimmt, aber sich in keine Form pressen läßt; er experimentierte mit der Zustandsveränderung der Wasserfläche, die zu Dampf wird, und des Regens, der zu Schnee wird; er machte sich die zeitweilige Starre des Eises zu eigen oder das Gleiten des klaren Tropfens, der unerklärlich schräg über die Scheibe läuft, – eine flüssige Absage an die Welt der Berechnungen. Er sagte sich von den Empfindungen der Wärme und Kälte los, die an den Körper gebunden sind, das Wasser trug ihn als Leichnam ebenso teilnahmslos wie ein Algenbündel davon. Als er wieder in seine leibliche Existenz zurückgekehrt war, fand er dort das wässrige Element wieder, den Urin in der Blase, den Speichel am Lippenrand, das in der Blutflüssigkeit vorhandene Wasser.

Dann kam er auf das Element zurück, als dessen Teil er sich immer gefühlt hatte, wandte seine Betrachtung dem Feuer zu, spürte in sich die mäßige und beglückende Wärme, die wir mit den Tieren, die laufen, und den Vögeln, die am Himmel fliegen, gemeinsam haben. Er dachte an das verzehrende Feuer des Fiebers, das er oft vergeblich zu löschen versucht hatte. Er sah das gierige Aufflackern der entstehenden Flamme, die rote Wonne der Glut und ihr Sterben in schwarzer Asche. Er wagte noch weiterzugehen und wurde eins mit dieser unerbittlichen Glut, die zerstört, was sie berührt; er dachte an die Scheiterhaufen, so wie er sie bei einem Autodafé in einer kleinen Stadt in Léon gesehen hatte, bei dem vier Juden umkamen, die angeklagt waren, scheinheilig die christliche Religion angenommen zu haben, ohne indessen aufzuhören, die von ihren Vätern ererbten Riten auszuüben, zusammen mit einem Ketzer, der die Wirksamkeit der Sakramente leugnete. Er stellte sich den für die menschliche Sprache zu heftigen Schmerz vor; er war der Mann, der den Geruch seines eigenen brennenden Fleisches in der Nase hatte; er hustete, umgeben von einem Rauch, der sich zu seinen Lebzeiten nicht mehr verflüchtigen würde. Er sah ein geschwärztes Bein, das sich ganz gerade in die Höhe hob, sah die Gelenke, an denen die Flammen leckten wie an einem Zweig, der sich in der Feuerstelle eines Kamins windet; gleichzeitig ließ er sich von dem Gedanken durchdringen, daß Feuer und Holz unschuldig sind. Er erinnerte sich, einen Tag nach dem Autodafé in Astorga mit dem alten alchimistischen Mönch Don Blas de Vela auf jenen verkohlten Platz gegangen zu sein, der ihn an den der Köhler erinnert hatte. Der gelehrte Jacobiter hatte sich gebückt, um sorgfältig zwischen den erloschenen Holzscheiten kleine leichte und gebleichte Knochen aufzusammeln; er suchte unter ihnen das *luz* der hebräischen Überlieferung, das den Flammen widersteht und als Keim für die Auferstehung dient. Früher hatte er über diesen kabbalistischen Aberglauben gelächelt. Schwitzend vor Angst hob er den Kopf, und wenn die Nacht klar genug war, betrachtete er durch das Fenster mit einer Art kalter Liebe das unerreichbare Feuer der Gestirne.

Was er auch tat, seine Überlegungen führten ihn zum Körper, seinem Hauptstudienobjekt, zurück. Er wußte, daß sich sein medizinisches Rüstzeug zu gleichen Teilen aus manueller Geschicklichkeit und empirischen Rezepten zusammensetzte, und auch sie wurden durch experimentelle Entdeckungen ergänzt, welche ihrerseits zu theoretischen, immer provisorischen Schlußfolgerungen führten; eine Unze wohlüberlegter Beobachtung galt auf diesem Gebiet mehr als eine Tonne von Träumen. Und nachdem er so viele Jahre damit verbracht hatte, die menschliche Maschine anatomisch zu untersuchen, warf er sich dennoch vor, nicht kühner vorgegangen zu sein bei der Erkundung dieses von Haut begrenzten Königreichs, dessen Fürst wir zu sein glauben und in dem wir doch nur ein Gefangener sind. In Eyoub hatte ihm der Derwisch Darazi, mit dem er Freundschaft geschlossen hatte, seine in Persien in einem Ketzerkloster erworbenen Methoden übermittelt, denn Mohammed hat wie Christus seine Abtrünnigen. Er nahm in seiner Dachkammer in Brügge Forschungen wieder auf, mit denen er früher in einem Hof, in dem eine Quelle plätscherte, begonnen hatte. Sie brachten ihn weiter, als ihn jemals einer seiner Versuche, die man *in anima vili* nennt, geführt hatten. Er lag auf dem Rücken, zog die Bauchmuskeln an, dehnte den Brustkasten aus, in dem sich dies schnell erschreckte Tier, das wir Herz nennen, auf und ab bewegt, pumpte sorgfältig seine Lungen auf und beschränkte sich bewußt darauf, nur ein Luftsack zu sein, der den Himmelskräften die Waage hält. Darazi hatte ihm geraten, so bis zu den Wurzeln des Seins zu atmen. Er hatte mit dem Derwisch auch das entgegengesetzte Experiment gemacht, nämlich das der ersten Auswirkungen langsamer Erdrosselung. Er hob den Arm und wunderte sich, daß der Befehl gegeben und empfangen wurde, ohne genau zu wissen, welcher Meister, dem man besser gehorcht als sich selbst, für diese Anweisung verantwortlich zeichnete: in der Tat, tausend Mal hatte er festgestellt, daß der bloß gedachte Wille, auch wenn er dabei seine ganze geballte Geisteskraft einsetzte, ebensowenig in der Lage ist, ihn mit den Augen blinzeln oder die Stirn krausziehen zu lassen, als das Gezeter eines Kindes es vermag, Steine von der Stelle zu bewegen. Man benötigte dazu das stillschweigende Einverständnis eines Teils von sich, der dem Urgrund des Körpers schon näher ist. So sorgfältig wie man die Fasern eines Blütenstiels trennt, trennte er die verschiedenen Formen des Willens voneinander.

Er regulierte die komplizierten Bewegungen seines tätigen Gehirns so gut er konnte, aber so wie ein Arbeiter vorsichtig das Räderwerk einer Maschine berührt, die er nicht zusammengebaut hat und deren Schäden er nicht reparieren könnte; Colas Gheel wußte über seine Webstühle besser Bescheid als er unter seinem Schädel über die zarten Regungen der Maschine, mit der er die Dinge wog. Sein Puls, dessen Schläge er so eifrig studiert hatte, wußte nichts von den Befehlen, die von seiner Denkfähigkeit herrührten, beschleunigte sich aber unter der Einwirkung von Angst und Schmerzen, zu denen sein Intellekt sich nicht herabließ. Sein Geschlechtswerkzeug gehorchte der Masturbation, aber diese vorsätzlich ausgeführte Handlung warf ihn für einen Augenblick in einen Zustand, den sein Wollen nicht mehr kontrollierte. Ebenso war ein- oder zweimal in seinem Leben empörenderweise und gegen seinen Willen der Tränenquell hervorgesprudelt. Alchimistischer als er selbst es jemals gewesen war, bewirkten seine Gedärme die Verwandlung von Tierkadavern oder Pflanzen in lebende Materie und trennten ohne sein Zutun das Nutzlose vom Nützlichen. *Ignis inferioris naturae:* diese geschickt zusammengerollten braunen Kotspiralen, die noch von der Verbrennung dampften, die sie in ihrer Gußform erfahren hatten, dieser mit einer ammoniak- und salpeterhaltigen Flüssigkeit gefüllte tönerne Nachttopf waren der sichtbare und übelriechende Beweis der Arbeit, die in Laboratorien ausgeführt wird, in deren Tätigkeit wir nicht eingreifen können. Zenon schien es, daß der Ekel der Feinen und das schmutzige Gelächter der Unwissenden eher von unserem Schrecken vor der unausweichlichen und geheimen Routine des Körpers herrührten, als daher, daß diese Dinge unsere Sinne beleidigen. Nachdem er tiefer in diese undurchsichtige Nacht des Innern hinabgestiegen war, lenkte er seine Aufmerksamkeit auf das festgefügte Gerüst der unter dem Fleisch verborgenen Knochen, die ihn überdauern würden und in einigen Jahrhunderten als einzige bezeugen würden, daß er gelebt hatte. Er drang in das Innere ihrer mineralischen Materie ein, die sich seinen menschlichen Leidenschaften und Emotionen verschloß. Er zog dann sein vergängliches Fleisch wie einen Vorhang wieder über sich, betrachtete sich als Ganzheit, ausgestreckt auf dem groben Bettlaken, und erweiterte bald willkürlich das Bild, das er sich von dieser Insel des Lebens, die sein Dominium war, gemacht hatte, von diesem ungenügend erforschten Kontinent, dessen Antipoden seine Füße darstellten, und bald engte er sich im Gegenteil ein, bis er nur noch ein Punkt im ungeheuren All war. Er wandte die Methoden Darazis an und bemühte sich, sein Bewußtsein vom Gehirn aus zu anderen Regionen seines Körpers gleiten zu lassen, etwa wie man die Hauptstadt eines Königreiches in eine ferne Provinz verlegt. Er versuchte hier und da etwas Licht in diese dunklen Gänge zu werfen.

Früher hatte er sich mit Johannes Myers über die Frömmler lustig gemacht, die in der menschlichen Maschine den Beweis für das Wirken Gottes sahen, doch die Achtung der Atheisten für dieses zufällige Meisterwerk, das die menschliche Natur in ihren Augen ist, erschien ihm jetzt ebenso lächerlich. Dieser an dunklen Fähigkeiten so reiche Körper war unvollkommen; in seinen kühnen Stunden hatte er sich in den Traum versponnen, einen vollkommeneren Automaten zu ersinnen, als wir es sind. Vor seinem inneren Auge hatte er das Fünfeck unserer Sinne durch und durch erforscht und gewagt, andere weisere Konstruktionen zu entwerfen, in deren Spiegel sich das Licht des Universums vollkommener brechen würde. Die Aufzählung der neun Pforten der Wahrnehmung, die in der Undurchdringlichkeit des Körpers geöffnet sind, welche Darazi ihm einst mit seinen gelblichen Fingern gegeben hatte, war ihm zunächst als der plumpe Versuch einer halb barbarischen anatomischen Klassifikation vorgekommen; doch sie hatte ihn auf die Unsicherheit der Kanäle aufmerksam gemacht, von denen wir abhängig sind, um zu erkennen und zu leben. Unsere Unzulänglichkeit war derart, daß man nur zwei enge Durchgänge zu verstopfen brauchte, um die Welt der Laute zu verschließen, und zwei andere Zugangswege, damit es Nacht würde. Man braucht nur drei dieser Öffnungen – und sie liegen so nahe beieinander, daß

eine Handfläche sie mühelos bedecken kann – mit einem Kne-
bel zu verstopfen, und schon ist es um dieses Tier geschehen,
dessen Leben an einem Atemzug hängt. Diese lästige Hülle,
die gewaschen, gefüttert, im Ofenwinkel oder unter dem Fell
eines toten Tieres erwärmt, abends wie ein Kind oder ein blö-
der Alter ins Bett gebracht werden mußte, diente wider Willen der gesamten Natur und, schlimmer noch, der Gesellschaft der Menschen als Geisel. An diesem Fleisch und dieser
Haut würde er vielleicht die Schrecken der Folter erleiden; die
Erschlaffung dieser mechanischen Kräfte würde ihn eines Tages daran hindern, die geplante Idee gebührend zu Ende zu
führen. Wenn das Wirken seines Geistes, den er einfachheits-
halber von seiner übrigen Materie trennte, bisweilen anrü-
chig erschien, so vor allem deswegen, weil dieser gebrechliche Geist von den Diensten des Leibes abhängig war. Er war
dieser Mischung aus unruhigem Feuer und dickem Lehm
überdrüssig. *Exitus rationalis:* eine Versuchung, ebenso gebie-
terisch wie der Kitzel des Fleisches, überkam ihn; ein Ekel,
vielleicht eine Eitelkeit, trieb ihn, die Geste auszuführen, die
alles beschließt. Er schüttelte ernst den Kopf wie vor einem
Kranken, der zu früh nach Medizin oder Nahrung verlangte.
Es würde immer noch Zeit sein, mit dieser beschwerlichen
Stütze unterzugehen oder ohne sie ein unstoffliches und un-
vorhersehbares Leben weiterzuführen, das nicht unbedingt
mehr Vorteile bieten mußte als das, welches wir im Fleische
führen.

Unerbittlich, fast widerwillig zwang sich dieser Reisende am
Ende eines Abschnitts von mehr als fünfzig Jahren zum ersten
Mal in seinem Leben, die zurückgelegten Wege im Geiste
nachzuzeichnen, wobei er das Zufällige vom Vorsätzlichen
oder Notwendigen schied und sich bemühte, das wenige, das
aus ihm selbst zu kommen schien, von dem zu trennen, was
untrennbar zu seinem Los als Mensch gehörte. Nichts war
so, wie er es zuerst gewollt oder im vorhinein gedacht hatte,

zuweilen war es dem vollkommen entgegengesetzt. Der Irrtum entstand mal aus der Wirkung eines Elements, dessen Vorhandensein er nicht geahnt hatte, mal aus einem Versehen in der Berechnung der Zeit, die sich als kürzer oder länger erwies, als auf den Uhren angegeben war. Mit zwanzig Jahren hatte er sich frei von Gewohnheiten oder Vorurteilen geglaubt, die unsere Handlungen lähmen und dem Verstand Scheuklappen aufsetzen, aber dann hatte er sein Leben damit verbracht, sich diese Freiheit, die er am Anfang schon ganz zu besitzen geglaubt hatte, Heller um Heller anzueignen. Man ist nicht frei, solange man Wünsche hat, solange man etwas will, etwas fürchtet, vielleicht solange man lebt. Als Arzt, Alchimist, Feuerwerker oder Astrologe hatte er wohl oder übel die Montur seiner Zeit getragen; er hatte es zugelassen, daß das Jahrhundert seinem Intellekt bestimmte Wendungen aufprägte. Weil er das Unwahre haßte und einen herben Charakter hatte, hatte er sich in Meinungsstreitigkeiten eingelassen, in denen ein kraftloses Ja auf ein törichtes Nein antwortete. Dieser umsichtige Mann hatte sich dabei ertappt, die Verbrechen noch abstoßender, den Aberglauben der Republiken oder der Fürsten noch törichter zu finden, wenn sie sein Leben bedrohten oder seine Bücher verbrannten; umgekehrt hatte er manchmal das Verdienst eines Dummkopfes mit Bischofsmütze, Krone oder Tiara, dessen Gunst ihm erlaubt hätte, von Ideen zu Taten zu schreiten, zu hoch veranschlagt. Das Verlangen, wenigstens ein Segment der Natur der Dinge zu ordnen, zu verändern oder zu beherrschen, hatte ihn ins Schlepptau der Großen dieser Welt gezogen, und er hatte hier und da Kartenhäuser errichtet oder Luftschlösser gebaut. Er rechnete nun mit seinen Hirngespinsten ab. Im Sultanspalast hatte ihm die Freundschaft des mächtigen und unglücklichen Ibrahim, des Wesirs Seiner Hoheit, Hoffnungen gemacht, seinen Plan, die Sümpfe in der Umgebung von Adrianopel trockenzulegen, erfolgreich ausführen zu können; eine sinnvolle Reform des Hospitals der Janitscharen hatte ihm am Herzen gelegen; auf Grund seiner Bemühungen hatte man hier und da mit dem Rückkauf von kostbaren Handschriften griechischer Ärzte und Astronomen begonnen, die einst von arabischen Gelehrten erworben worden waren und unter vielem Unnützen manchmal eine Wahrheit enthielten, die wiederzuentdecken sich lohnte. Vor allem war da ein gewisser Dioskorides gewesen, der noch ältere Fragmente des Krateuas enthielt und sich zufällig im Besitz des Juden Hamon, seines Kollegen im Dienste des Sultans, befand ... Aber der blutige Sturz von Ibrahim hatte all dies mit fortgerissen, und der Ekel, den dieser Schicksalsschlag nach so vielen anderen ihm verursacht, hatte sogar seine Erinnerung an diese ersten mißliebigen Unternehmungen getilgt. Er hatte mit den Schultern gezuckt, als die kleinmütigen Bürger von Basel sich schließlich geweigert hatten, ihm einen Lehrstuhl zu bewilligen, weil sie von den Gerüchten erschreckt waren, die aus ihm einen Sodomiten und Zauberer machten. (Er war seinerzeit das eine wie das andere gewesen, aber die Worte entsprachen den Dingen nicht, sie gaben nur die Meinung wieder, die sich die Menge von solchen Dingen machte.) Trotzdem war ihm noch lange Zeit ein galliger Geschmack in den Mund gekommen, wenn man diese Leute auch nur erwähnte. In Augsburg war er zu seinem großen Bedauern zu spät eingetroffen, um von den Fuggern einen Posten als Minenarzt zu bekommen, der es ihm ermöglicht hätte, die Krankheiten der Arbeiter zu beobachten, die unter Tage arbeiten und den starken metallischen Einflüssen von Saturn und Merkur ausgesetzt sind. Er hatte dort mögliche Heilverfahren und unerhörte Kombinationen vermutet. Und gewiß, er sah recht gut, daß diese Ambitionen nützlich gewesen waren, da sie seinen Geist sozusagen von einem Ort zum anderen befördert hatten; es ist besser, sich nicht zu früh dem ewigen Stillstand zu nähern. Nachträglich besehen, erschien ihm dieses Treiben dennoch wie ein Sandsturm.

Ebenso verhielt es sich mit dem komplizierten Bereich sinnlicher Freuden. Diejenigen, denen er den Vorzug gegeben hatte, gehörten zu den heimlichsten und gefährlichsten, zumindest in christlichen Landen und zu der Zeit, in der er zufällig auf die Welt gekommen war; vielleicht hatte er sie nur gesucht, weil das Verbergen und die Verbote daraus einen wilden Bruch mit den Sitten machten, ein Hinabtauchen in die Welt, die unter dem Sichtbaren und Erlaubten brodelt. Oder vielleicht rührte diese Wahl von einem ebenso einfachen und ebenso unerklärlichen Begehren her, wie das, das einen eher eine Frucht statt einer anderen wählen läßt: das scherte ihn wenig. Wesentlich war, daß seine Ausschweifungen wie seine Ambitionen im ganzen selten und kurz gewesen waren, als ob es in seiner Natur läge, das, was die Leidenschaften lehren oder geben konnten, schnell auszuschöpfen. Dieses seltsame Magma, das die Prediger mit dem nicht schlecht gewählten Wort Fleischeslust bezeichnen (denn es handelt sich durchaus, so scheint es, um ein Schwelgen des Fleisches, das seine Kräfte verausgabt), trotzte einer Untersuchung durch die Mannigfaltigkeit der Substanzen, aus denen es besteht und die sich ihrerseits in andere, nicht ganz einfache Bestandteile auflösen. Die Liebe war daran viel seltener beteiligt, als man vielleicht sagte, aber die Liebe war selbst kein reiner Begriff. Diese sogenannte niedrige Welt stand mit dem Auserlesensten in der menschlichen Natur in Verbindung. Ebenso wie der krasseste Ehrgeiz noch ein Traum des Geistes war, der sich bemüht, die Dinge zu ordnen und zu verändern, machte sich das Fleisch in seinen Kühnheiten die Neugier des Geistes zu eigen und phantasierte, wie der Geist es zu tun beliebt; der Wein der Wollust zog seine Kraft aus den Säften der Seele ebenso wie aus denen des Körpers. Nur allzuoft und unbegründet hatte er die Begierde nach einem jungen Körper in seiner Phantasie mit dem vergeblichen Plan verbunden, sich eines Tages den vollkommenen Schüler zu formen. Andere Gefühle, die eingestandenermaßen alle Menschen empfinden, waren dazugekommen. Bruder Juan in Léon und Francois Rondelet in Montpellier waren Brüder gewesen, die er früh verloren hatte, für seinen Diener Ali und später für Gerhart in Lübeck hatte er wie ein Vater für seine Söhne gesorgt.

Diese so verfänglichen Leidenschaften waren ihm wie ein unveräußerlicher Teil seiner menschlichen Freiheit erschienen; jetzt fühlte er sich frei ohne sie.

Die gleichen Überlegungen ließen sich auf die wenigen Frauen anwenden, mit denen er körperlichen Verkehr gehabt hatte. Es kümmerte ihn wenig, die Gründe für diese kurzen Bindungen zu erforschen, die vielleicht bezeichnender waren als die anderen, da er sie weniger spontan geknüpft hatte. War es jähes Begehren angesichts der besonderen Linien eines Körpers, war es ein Bedürfnis nach jener tiefen Ruhe, die manchmal die weibliche Kreatur gewährt, war es niedrige Anpassung an die Sitten oder gar, besser verborgen als eine Zuneigung oder ein Laster, das dunkle Verlangen, die Wirkung der hermetischen Lehren an dem vollkommenen Paar auszuprobieren, das in sich den antiken Hermaphroditen neu formt? Besser sagte man wohl, daß an solchen Tagen der Zufall die Gestalt einer Frau angenommen hatte. Vor dreißig Jahren hatte er in Algier aus Mitleid mit ihrer trostlosen Jugend ein Mädchen von guter Herkunft gekauft, das Piraten von einem Strand in der Umgebung von Valencia entführt hatten; er wollte sie, sobald es sich machen ließe, nach Spanien zurückschicken. Doch in dem engen Haus an der Berberküste hatte sich zwischen ihnen eine Vertrautheit entwickelt, die der einer Ehe sehr ähnlich war. Es war das einzige Mal, daß er es mit einer Jungfrau zu tun gehabt hatte: von ihrem ersten Verkehr bewahrte er weniger die Erinnerung an einen Sieg, als die an ein Geschöpf, das er hatte beruhigen und verbinden müssen. Einige Wochen lang teilte er Tisch und Bett mit dieser etwas verdrossenen Schönen, die ihm eine Dankbarkeit entgegenbrachte wie einem Kirchenheiligen. Doch ohne Bedauern hatte er sie einem französischen Priester anvertraut, der sich gerade mit einer kleinen Gruppe von Gefangenen beiderlei Geschlechts, die zu ihren Familien in ihr Land zurückkehren durften, nach Port-Vendres einschiffte. Die bescheidene Geldsumme, mit der er das Mädchen versehen hatte, dürfte ihr wohl erlaubt haben, ihr heimatliches Gandia in bequemen Etappen zu erreichen... Später hatte man ihm unter den Stadtmauern von Buda in seinem Beuteanteil eine junge und derbe Ungarin zugeteilt; er hatte sie genommen, um nicht noch mehr als Sonderling zu erscheinen, in einem Lager, wo er bereits durch seinen Namen und sein Aussehen auffiel und wo er, was er auch immer bei sich über die Dogmen der Kirche denken mochte, als Christ in einer unterlegenen Position war. Es wäre ihm nicht eingefallen, das Kriegsrecht über Gebühr in Anspruch zu nehmen, wenn sie nicht so begierig gewesen wäre, ihre Rolle als Beute zu spielen. Es schien ihm, als habe er die Früchte der Eva niemals besser gekostet... An jenem Morgen war er im Gefolge der Offiziere des Sultans in die Stadt gegangen. Kurze Zeit nach seiner Rückkehr ins Lager erfuhr er, daß in seiner Abwesenheit ein Befehl gegeben worden war, sich von Sklaven und beweglichen Gütern, die die Armee belasteten, zu befreien. Kadaver und Stoffballen schwammen noch auf dem Fluß... Das Bild dieses heißen, so schnell erkalteten Körpers hatte ihm noch lange danach jede fleischliche Vereinigung verleidet. Dann war er in die glühenden Ebenen zurückgekehrt, die von Salzsäulen und Engeln mit langen Locken bevölkert waren...

Im Norden hatte ihn die Dame von Frösö würdevoll empfangen, als er von seinen Reisen am Rand der Polarzonen zurückkehrte. Alles an ihr war schön, ihr hoher Wuchs, ihre helle Haut, ihre Hände, die geschickt Wunden verbinden und Fieberkranken den Schweiß abwischen konnten, die Leichtigkeit, mit der sie über den weichen Waldboden schritt und ruhig beim Durchwaten der Wasserläufe ihr Kleid aus groben Stoff über den nackten Beinen hochschürzte. Sie war bewandert in der Kunst lappländischer Hexen und hatte ihn in Hütten am Rand der Moore mitgenommen, wo man Dampfbehandlungen und magische, von Gesang begleitete Bäder nahm.

Abends hatte sie ihn auf ihrem kleinen Landsitz in Frösö am

weißgedeckten Tisch mit Roggenbrot und Salz, Beeren und Trockenfleisch bewirtet; sie war ihm in das große Bett im oberen Zimmer gefolgt und hatte sich mit der Ruhe der Gattin, die von Scham nichts weiß, zu ihm gelegt. Sie war Witwe und hatte vor, am Sankt-Martinstag einen freien Bauern aus der Nachbarschaft als Ehemann zu wählen, um zu vermeiden, daß der Besitz unter die Vormundschaft ihrer älteren Brüder zurückfiele. Es hätte nur an ihm gelegen, seine Kunst in dieser Provinz auszuüben, die groß war wie ein Königreich, und in der Ofenecke seine Abhandlungen zu schreiben und abends auf das Türmchen zu steigen, um die Gestirne zu beobachten... Trotzdem hatte er sich nach acht oder zehn Sommertagen, die da oben nur ein einziger Tag ohne Schatten sind, wieder auf den Weg nach Uppsala gemacht, wohin sich in jener Jahreszeit der Hof begeben hatte, in der Hoffnung, im Dienste des Monarchen bleiben und sich aus dem jungen Erik den königlichen Schüler formen zu können, der für einen Philosophen der sehnlichste Traum ist.

Doch sogar die geringe Anstrengung, diese Personen in seiner Erinnerung heraufzubeschwören, überstieg deren Bedeutung und die des sinnlichen Abenteuers. Alis Gesicht tauchte nicht häufiger wieder auf als das unbekannter Soldaten, die auf den Straßen Polens erfroren waren und die er aus Mangel an Zeit und Mitteln nicht hatte retten können. Die kleinbürgerliche Ehebrecherin aus Pont-Saint-Esprit hatte ihn angewidert mit ihrem runden, unter Spitzenfalten versteckten Bauch, ihren gekräuselten Haaren, die ein hageres und gelbliches Gesicht umgaben, mit ihren erbärmlichen und groben Lügen. Er hatte sich über die verstohlenen Blicke geärgert, die sie ihm in ihrer Angst zuwarf, da sie kein anderes Mittel kannte, um einen Mann zu bezwingen. Und trotzdem hatte er für sie seinen Ruf als Arzt aufs Spiel gesetzt; die Hast, weil vor Rückkehr des eifersüchtigen Ehemannes schnell gehandelt werden mußte, das elende Überbleibsel der menschlichen Vereinigung, das man unter einem Olivenbaum im Garten hatte begraben müssen, das mit Gold erkaufte Schweigen der Dienstmädchen, die bei Madame gewacht und die blutbefleckten Laken ausgewaschen hatten, all das hatte zwischen ihm und dieser Unglücklichen die Vertraulichkeit von Komplizen erzeugt. Er hatte sie besser gekannt als ein Liebhaber irgendeine Geliebte. Die Dame von Frösö war überaus wohltätig gewesen, jedoch nicht mehr als jene Bäckerin mit der pockennarbigen Haut, die ihm eines Abends zu Hilfe geeilt war, als er sich in Salzburg unter das Vordach ihres Ladens gesetzt hatte. Das war nach seiner Flucht aus Innsbruck; er war hundemüde und durchgefroren, da er den Weg auf schlechten Straßen in äußerster Eile zurückgelegt hatte. Sie hatte den Mann, der draußen auf der kleinen Steinbank kauerte, durch den Fensterladen ihrer Auslage aufmerksam betrachtet und ihm, da sie ihn zweifellos für einen Bettler hielt, ein noch warmes Weißbrot hinausgereicht. Dann hatte sie vorsichtig den Riegel wieder vorgeschoben, der die Fensterflügel verschloß. Er wußte sehr wohl, daß diese mißtrauische Wohltäterin gegebenenfalls auch mit einem Stein oder einer Schaufel nach ihm hätte werfen können. Trotzdem war sie eines der Gesichter der Güte. Freundschaft oder Abneigung zählten am Ende ebensowenig wie Sinnenlust. Menschen, die sein Leben begleitet oder gekreuzt hatten, vermischten sich, ohne etwas von ihren besonderen Eigenarten zu verlieren, in der Anonymität der Entfernung wie die Bäume eines Waldes, die von weitem ineinander überzugehen scheinen. Der Domherr Campanus vermischte sich mit dem Alchimisten Riemer, dessen Lehren er jedoch verabscheut hätte, und sogar mit dem verstorbenen Johannes Myers, der, wenn er noch lebte, ebenfalls achtzig Jahre alt wäre. Der Vetter Heinrich in seiner Büffelhaut und Ibrahim im Kaftan, Prinz Erik und jener Mörder Lorenzino, mit dem er einst ein paar denkwürdige Abende in Lyon verbracht hatte, waren nur noch verschiedene Gesichter eines festen Körpers, der der Mensch war. Die geschlechtlichen Merkmale zählten weniger, als der Verstand oder Unverstand der Begierde vermutet hätte: die Dame hätte ein Gefährte sein können; Gerhart war so zärtlich wie ein Mädchen. Es war mit den Geschöpfen, denen man im Laufe des Lebens näherkommt und die man dann wieder verläßt, wie mit jenen Gespenstergestalten, die man nie zweimal sieht, die aber eine beinahe schreckliche Individualität und Schärfe haben und zur Stunde, die dem Schlaf und Traum vorangeht, unter der Nacht unserer Augenlider auftauchen und bald mit der Geschwindigkeit eines Meteors vergehen, bald sich unter der Festigkeit des inneren Blickes auflösen. Dieses Kommen und Gehen von Phantomen unterstand komplexeren und noch unbekannteren mathematischen Gesetzen als den Gesetzen des Geistes oder der Sinne.

Aber auch das Gegenteil war wahr. Die Ereignisse waren in Wirklichkeit Fixpunkte, obwohl man die Ereignisse der Vergangenheit hinter sich gelassen hatte und eine Wegbiegung die Ereignisse der Zukunft noch verbarg; und ebenso war es mit den Menschen. Die Erinnerung war nur ein Blick, der sich von Zeit zu Zeit auf Wesen richtete, die im Inneren fortlebten, deren weiteres Dasein aber unabhängig vom Gedächtnis war. In Léon, wo Don Blas de Velas ihn veranlaßt hatte, zeitweise das Gewand eines Jakobiter-Novizen anzulegen, damit er ihm bei seinen alchimistischen Arbeiten besser helfen konnte, war ein Mönch in seinem Alter, Bruder Juan, sein Schlafgenosse in dem überfüllten Kloster gewesen, wo die Neuankömmlinge zu zweit und zu dritt Strohsack und Decke teilten. Zenon war, von einem beißenden Husten geschüttelt, in diese Mauern gekommen, durch die Wind und Schnee eindrangen. Bruder Juan pflegte seinen Kameraden, so gut er konnte, und stahl für ihn beim Bruder Koch manche Fleischbrühe. Ein *amor perfectissimus* hatte eine Zeitlang zwischen den beiden jungen Männern bestanden, und Zenons Gotteslästerungen und Negierungen waren für dieses zarte, von einer besonderen Verehrung für den Lieblingsapostel erfüllte Gemüt, nicht vorhanden. Als Don Blas, der von seinen Mönchen verjagt wurde, weil sie in ihm einen gefährlichen kabbalistischen Zauberer sahen, den abschüssigen Weg vom Kloster hinunterging und laute Verwünschungen ausstieß, entschied sich Bruder Juan, den alten Mann in seiner Erniedrigung zu begleiten, obwohl er weder sein Vertrauter noch sein Schüler war. Zenon bot dieser klösterliche Staatsstreich jedoch eine günstige Gelegenheit, auf immer mit einem widrigen Beruf zu brechen und sich andernorts in weltlicher Kleidung Wissen anzueignen, das mit dem Stoff der Träume weniger verhaftet war. Ob sein Lehrmeister jüdische Riten befolgt hatte oder nicht, ließ den jungen Geistlichen völlig kalt. Für ihn waren das christliche, das jüdische und das mohammedanische Gesetz gemäß der gewagten, von Generationen von Scholaren heimlich verbreiteten Formel nichts anderes als ein dreifacher Betrug. Don Blas war sicherlich entweder unterwegs oder in den Kerkern irgendeines geistlichen Gerichts gestorben; es hatte fünfunddreißig Jahre gebraucht, bis sein alter Schüler in dessen Wahnsinn eine unerklärliche Weisheit erkennen konnte. Was Bruder Juan betraf, so wäre er, wenn er noch irgendwo lebte, an die sechzig Jahre alt. Das Bild dieser Männer war freiwillig in Vergessenheit geraten, zusammen mit dem Bild der wenigen Monate, die er unter Kutte und Kapuze verbracht hatte. Und immer noch mühten sich Bruder Juan und Don Blas auf dem steinigen Weg im rauhen Aprilwind, und man brauchte sich nicht erst an sie zu erinnern, damit sie da wären. François Rondelet, der mit seinem Mitschüler durch die Heide ging und Zukunftspläne schmiedete, war gleichzeitig der François, der nackt auf dem Marmortisch des Universitätssaales lag, und der Doktor Rondelet, der die Armgelenke erklärte, schien sich eher an den Toten selbst als an seine Schüler zu wenden und über die Zeit hinweg mit einem gealterten Zenon zu diskutieren. *Unus ego et multi in me.* Nichts veränderte diese Statuen, die an ihre Standorte gebunden waren und für immer auf einer unbeweglichen Oberfläche standen, die vielleicht die Ewigkeit war. Die Zeit war nur ein Pfad, der sie miteinander verband. Eine Verbindung jedoch existierte: die Dienste, die man dem einen nicht erwiesen hatte, hatte man dem anderen erwiesen. Man war Don Blas nicht zu Hilfe gekommen, aber man hatte Joseph Ha-Cohen in Genua geholfen, der einen aber nichtsdestoweniger weiter als Christenhund angesehen hatte. Nichts endete: die Lehrer oder Mitbrüder, von denen er eine Idee aufgegriffen oder dank derer er sich eine andere, entgegengesetzte gebildet hatte, verfolgten unerbittlich ihre unversöhnlichen Kontroversen, und jeder saß inmitten seiner Weltanschauung wie ein Zauberer im Innern seines Kreises. Darazi, der sich einen Gott suchte, der ihm näher war als seine Halsschlagader, würde bis zum Ende mit Don Blas diskutieren, für den Gott der nicht offenbarte Eine war, und Johannes Myers würde über das Wort Gott mit seinem stummen Lächeln lachen.

Seit fast einem halben Jahrhundert bediente er sich seines Geistes, um so gut er konnte die Spalten in der Mauer zu erweitern, die uns von allen Seiten einschränkt. Die Risse im Gestein wurden größer, oder die Mauer, so schien es, verlor von selbst ihre Festigkeit, ohne indessen aufzuhören, undurchsichtig zu sein, als handelte es sich um ein Mauerwerk aus Rauch und nicht aus Stein. Die Gegenstände hörten auf, ihre Rolle als nützliches Zubehör zu spielen. Sie verloren ihre Substanz wie eine Matratze ihr Roßhaar. Ein Wald erfüllte das Zimmer. Dieser Schemel, auf die Entfernung bemessen, die den Arsch eines sitzenden Menschen vom Boden trennt, dieser Tisch, der zum Schreiben oder zum Essen dient, diese Tür, die einen von Wänden umgebenen Luftraum auf einen angrenzenden Luftraum öffnet, verloren die Daseinsberechtigung, die ein Handwerker ihnen gegeben hatte, waren nurmehr Baumstämme oder wunde Zweige wie die Bartholomäusdarstellungen in der Kirche, waren mit gespenstischen Blättern und unsichtbaren Vögeln behangen, knirschten noch von längst beruhigten Stürmen und zeigten hier und da ein Harzgerinnsel, das der Hobel zurückgelassen hatte. Diese Decke und diese abgelegte Kutte, die an einem Nagel hing, rochen nach Wollfett, Milch und Blut. Die Schuhe, die da neben dem Bett gähnten, hatten sich mit dem Atem eines Ochsen bewegt, der im Gras lag, und in dem Fett, mit dem der Schuhflicker sie eingeschmiert hatte, schrie ein abgestochenes Schwein. Der gewaltsame Tod war überall, wie in einer Metzgerei oder auf einem Galgenberg. Eine erdrosselte Gans schrie in der Feder, die dazu dienen sollte, auf alte Lappen Gedanken zu kritzeln, die man ewiger Dauer würdig erachtete. Alles war etwas anderes: dieses Hemd, das die Bernhardinerinnen für ihn bleichten, war ein Flachsfeld, blauer als der Himmel, und gleichzeitig ein Haufen Fasern, die auf dem Grund eines Kanals rösteten. Diese Geldstücke in seiner Tasche, die das Bild des verstorbenen Kaisers Karl trugen, waren gewechselt, geschenkt und gestohlen, gewogen und tausendmal abgefeilt worden, ehe er sie einen Augenblick sein eigen glaubte, aber dieses Hin und Her zwischen geizigen oder verschwenderischen Händen war kurz, verglichen mit der regungslosen Dauer des Metalls selber, das vor Adams Zeiten in die Adern der Erde eingelassen worden war. Die Ziegelmauern lösten sich in Schlamm auf, zu dem sie eines Tages wieder werden würden. Das Nebengebäude des Franziskanerklosters, in dem er ausreichend Wärme und Obdach fand, hörte auf, ein Haus zu sein, dieser geometrische Ort des Menschen, der ein noch zuverlässigerer Schutz für den Geist denn für den Körper war. Es war höchstens eine Hütte im Wald, ein Zelt am Straßenrand, ein Stoffetzen, zwischen die Unendlichkeit und uns geworfen. Die Dachziegel ließen den Nebel und die unfaßlichen Gestirne eindringen. Hunderte von Toten bevölkerten dieses Haus, und Lebende, die ebenso verloren waren wie die Toten; Dutzende von Händen hatten diese Fliesen gelegt, diese Ziegel geformt und diese Dielenbretter gesägt, vernagelt, zusammengefügt oder geleimt; es wäre ebenso schwer gewesen, einen Toten zum Leben zu erwecken, wie den Handwerker noch lebendig wiederzufinden, der dieses Stück Wollstoff gewebt hatte. Leute hatten das Haus bewohnt wie eine Raupe ihren Kokon und würden es nach ihm bewohnen. Eine Ratte hinter einer Wand, ein Insekt, das sich aus einem morschen Balken bohrte, betrachteten verborgen, wenn auch nicht ganz unsichtbar die Fülle und Leere, die er sein Zimmer nannte – anders als er. Er blickte nach oben. An der Decke trug ein freigelegter Balken eine Jahreszahl: 1491. Zu der Zeit, als sie eingekerbt wurde, um ein Datum festzuhalten, das heute niemandem mehr wichtig war, lebte er noch nicht und auch die Frau nicht, die ihn geboren hatte. Er vertauschte spielerisch die Ziffern: das Jahr 1941 nach Christi Geburt. Er versuchte, sich dieses Jahr vorzustellen, das keine Beziehung zu seiner eigenen Existenz hatte und von dem man nur eines wußte, nämlich, daß es einmal sein würde. Er ging auf seinem eigenen Staub. Aber es erging der Zeit wie einer Eichel: sie fühlte diese vom Menschen festgelegten Daten nicht. Die Erde drehte sich, ohne etwas vom julianischen Kalender oder vom christlichen Zeitalter zu wissen, und zog ihren Kreis, der wie ein glatter Ring ohne Anfang und ohne Ende ist. Zenon erinnerte sich, daß man bei den Türken das Jahr 973 nach der Hedschra zählte, aber Darazi hatte heimlich nach der Zeitrechnung des Khosroës gezählt. Vom Jahr ging er zum Tag über und dachte, daß in diesem Augenblick die Sonne über den Dächern von Pera aufging. Das Zimmer neigte sich auf die Seite, die Gurte kreischten wie Ankertaue; das Bett glitt von West nach Ost, in die Gegenrichtung der offensichtlichen Himmelsbewegung. Das Gefühl der Sicherheit, fest auf einem Zipfel belgischen Bodens zu ruhen, war ein letzter Irrtum; den Punkt des Raumes, an dem er sich befand, würde eine Stunde später das Meer und seine Wellen umschließen, noch später die beiden Amerika und der asiatische Kontinent. Diese Regionen, in die er nicht gehen würde, überlagerten im Abgrund das Sankt-Cosmas-Hospiz. Zenon selber zerstreute sich wie Asche im Wind.

SOLVE ET COAGULA... Er wußte, was dieser Bruch der Ideen, dieser Riß im Innern der Dinge bedeutete. Als junger Geistlicher hatte er im Nicolas Flamel die Beschreibung des

opus nigrum gelesen, jenes Versuchs der Auflösung und Aus-
glühung der Formen, der der schwierigste Teil des Steins der
Weisen ist. Don Blas de Vela hatte ihm oft feierlich versichert,
daß der Vorgang von selbst stattfände, wenn die Vorausset-
zungen dazu erfüllt wären, ob man es wolle oder nicht. Der
Geistliche hatte eifrig über diesen Sprüchen gebrütet, die ihm
aus wer weiß welchem unheimlichen und vielleicht wahr-
heitsgetreuen Zauberbuch entnommen schienen. Diesen alchimistischen Scheidungsvorgang, der so gefährlich war,
daß die hermetischen Philosophen nur verschleiert von ihm
redeten, der so schwierig war, daß viele sich ein Leben lang
vergeblich verzehrt hatten, um ihn zu erzielen, hatte er früher
mit einem einfachen Aufruhr verwechselt. Indem er dann diesen Ballast an Träumen, die so alt waren wie die menschliche
Illusion, über Bord warf und nur ein paar pragmatische Rezepte von seinen alchimistischen Lehrmeistern zurückbe-
hielt, hatte er sich entschlossen, die Materie im Sinne eines
Experiments, das man mit dem Körper der Dinge anstellt, zu
binden und zu lösen. Nun trafen die beiden Zweige der Para-
bel wieder zusammen, die *mors philosophica* hatte sich erfüllt:
der Operateur, der von den Säuren der Versuche verätzt war,
war zugleich Subjekt und Objekt, zerbrechliche Retorte und
schwarzer Niederschlag auf dem Boden des Beckens. Das
Experiment, das man auf das Laboratorium begrenzen zu
können glaubte, hatte sich auf alles ausgedehnt. Ergab sich
daraus, daß die weiteren Phasen des alchimistischen Abenteuers etwas anderes waren als Träume und daß er eines Tages
auch die asketische Reinheit des Werks in Weiß erkennen
würde, und dann den doppelten Triumph des Geistes und der
Sinne, der das Werk in Rot kennzeichnet? Aus der Tiefe der
Mauerspalte wurde eine Schimäre geboren. Er sagte aus Wagemut ja, wie er früher aus Wagemut nein gesagt hatte. Plötzlich hielt er inne und zog mit aller Kraft an seinen eigenen
Zügeln. Die erste Phase des Werkes hatte sein ganzes Leben
beansprucht. Zeit und Kräfte fehlten, um weiter vorzudringen, vorausgesetzt, daß da überhaupt ein Weg wäre und daß

ein Mensch diesen Weg beschreiten könnte. Entweder würde dieser Ideenfäulnis, diesem Tod der Instinkte, diesem Zermahlen der Formen – Vorgänge, die für die menschliche Natur fast unerträglich waren –, rasch der wirkliche Tod folgen, und er wäre neugierig zu sehen, auf welchem Wege; oder der aus den Bereichen des Taumels zurückgekehrte Geist würde seine gewohnten Bahnen wieder aufnehmen, nur mit freieren und wie gereinigten Fähigkeiten. Es wäre schön, die Wirkungen davon zu sehen.

Er fing an, sie zu sehen. Die Arbeiten auf der Krankenstation ermüdeten ihn nicht: seine Hand und sein Blick waren niemals sicherer gewesen. Seine zerlumpten Patienten, die geduldig jeden Morgen die Öffnung des Hospizes erwarteten, wurden mit ebensoviel Sorgfalt behandelt wie einst die Großen dieser Welt. Da ihm Ehrgeiz oder Furcht völlig abgingen, konnte er seine Methoden freier und fast immer mit guten Resultaten anwenden: dieser totale Einsatz schloß sogar das Mitleid aus. Seine von Natur aus hagere und nervöse Konstitution schien durch das nahende Alter gestärkt; er litt weniger unter der Kälte; der winterliche Frost und der feuchte Sommer schienen ihm nichts auszumachen; ein Rheumatismus, den er sich in Polen zugezogen hatte, plagte ihn nicht mehr. Er spürte keinerlei Nachwirkungen des Wechselfiebers mehr, das er einst aus dem Orient mitgebracht hatte. Gleichgültig aß er, was ihm einer der Brüder, die der Prior dem Hospiz zugewiesen hatte, aus dem Refektorium brachte, oder er suchte sich im Wirtshaus billige Gerichte aus. Fleisch, Blut und Innereien, alles was gezuckt und gelebt hatte, flößte ihm zu dieser Zeit seines Lebens Widerwillen ein, denn das Tier stirbt mit Schmerzen wie der Mensch, und es mißfiel ihm, Todesqualen zu verdauen. Seit der Zeit, da er bei einem Metzger in Montpellier selbst ein Schwein abgestochen hatte, um zu prüfen, ob der Pulsschlag der Arterie mit der Systole des Herzens zusammenfiele, fand er es nicht mehr angebracht, zweierlei

Begriffe zu benutzen, um das Tier, das man schlachtet, und den Menschen, den man tötet, zu bezeichnen: das Tier, das krepiert, und den Menschen, der stirbt. Er nahm am liebsten Brot, Bier und breiige Speisen zu sich, die etwas von der Würze der Erde bewahren, wasserhaltiges Grünzeug, erfrischende Früchte, unterirdische und schmackhafte Wurzeln. Der Gastwirt und der Bruder Koch wunderten sich über seine Enthaltsamkeit, hinter der sie eine fromme Absicht vermuteten. Manchmal jedoch befleißigte er sich, gedankenvoll ein Stück Kaldaunen oder eine Scheibe blutiger Leber zu essen, um sich zu beweisen, daß seine Weigerung vom Geist herrührte und nicht von einer Geschmackslaune. Seine Kleidung war immer nachlässig gewesen; aus Unachtsamkeit oder aus Geringschätzung erneuerte er sie nicht mehr. Was die Erotik betraf, war er immer noch der Arzt, der früher seinen Patienten die stärkenden Wirkungen der Liebe empfohlen hatte, wie man ihnen bei anderen Gelegenheiten Wein verschreibt. Diese brennenden Mysterien schienen ihm für viele von uns noch immer der einzige Zugang zu jenem feurigen Königreich, von dem wir vielleicht winzige Funken sind, aber dieser erhabene Aufschwung war kurz, und er war sich nicht sicher, ob ein Akt, der der Routine der Materie so sehr unterworfen und so abhängig von den Werkzeugen fleischlicher Zeugung ist, für den Philosophen nicht nur eine jener Erfahrungen war, die zu machen man sich schuldig ist, um danach darauf zu verzichten. Die Keuschheit, in der er früher einen zu bekämpfenden Aberglauben gesehen hatte, schien ihm jetzt eines der Gesichter seiner Abgeklärtheit; er genoß diese kühle Kenntnis, die man von den Menschen hat, wenn man sie nicht mehr begehrt. Einmal jedoch gab er sich, von einer Begegnung hingerissen, von neuem diesen Spielen hin und war erstaunt über seine eigenen Kräfte. Eines Tages ereiferte er sich über einen Schuft von Mönch, der in der Stadt Salben aus der Krankenstation verkaufte, aber sein Zorn war eher überlegt als spontan. Er gönnte sich sogar nach einer gelungenen Operation einen Anflug von Eitel-

keit, wie man einem Hund erlaubt, sich auf dem Rasen zu
schütteln.

Eines Morgens machte ihn bei einem seiner Spaziergänge
zum Kräutersammeln ein unbedeutender und fast grotesker
Vorfall nachdenklich; er beeindruckte ihn ähnlich wie einen
Frommen eine Offenbarung, die Licht in irgendein heiliges
Mysterium bringt. Er hatte die Stadt bei Tagesanbruch verlassen, um sich an den Rand der Dünen zu begeben. Er trug
eine Lupe bei sich, die er nach seinen Angaben bei einem Bril-
lenmacher in Brügge hatte anfertigen lassen und die ihm dazu
diente, die Würzelchen und Samenkörner der gesammelten
Pflanzen genau zu untersuchen. Gegen Mittag schlief er ein,
platt auf dem Bauch in einer Sandkuhle, den Kopf auf den
Arm gelegt; seine Lupe war ihm aus der Hand gefallen und
lag unter ihm auf einem trockenen Grasbüschel. Als er aufwachte, meinte er ein außerordentlich bewegliches Tier – ein
Insekt oder Weichtier – vor seinem Gesicht zu sehen, das sich
im Schatten bewegte. Es war von kugeliger Gestalt; sein mitt-
lerer, glänzend schwarzer und feuchter Körperteil war von einem weißrosa oder mattweißen Rand umgeben; außen hatte
es einen Saum von Härchen, welche einer Art weicher bräun-
licher Schale entsprossen, die von Rissen durchfurcht und mit
buckeligen Geschwülsten bedeckt war. Ein fast erschrecken-
des Leben beseelte dieses zerbrechliche Ding. In weniger als
einem Augenblick und noch bevor das Gesehene gedankliche
Gestalt gewinnen konnte, erkannte er, daß das, was er sah,
nichts anderes war, als sein Auge, das durch die Lupe reflek-
tiert und vergrößert wurde, hinter der das Gras und der Sand
eine Folie bildeten wie hinter einem Spiegel. Ganz in Gedanken versunken richtete er sich auf. Er hatte sich beim Sehen
gesehen; er war der Routine der gewohnten Perspektiven entkommen und hatte ganz nahe das kleine und unermeßliche,
vertraute und dennoch fremde, lebendige, aber verwundbare
Organ betrachtet, das mit unvollkommener und doch gewal-

tiger Kraft ausgestattet ist und auf das er angewiesen war, um das Universum zu sehen. Man konnte nichts Theoretisches aus dieser Vision ableiten, die seine Kenntnis von sich und gleichzeitig seine Vorstellung von der Mannigfaltigkeit der Gegenstände, aus denen dieses Ich besteht, auf wunderliche Weise bereicherte. Wie das Auge Gottes auf manchen Kupferstichen wurde dieses menschliche Auge ein Symbol. Wichtig war, das wenige zu sammeln, was es von der Welt durchscheinen ließ, bevor es Nacht wurde, seine Aussagen zu kontrollieren und, wenn möglich, seine Irrtümer zu berichtigen. In gewissem Sinne hielt das Auge dem Abgrund die Waage.

Er entkam dem schwarzen Engpaß. In Wirklichkeit war er ihm schon öfter als einmal entkommen. Er würde ihm auch abermals entkommen. Die Abhandlungen, die dem Abenteuer des Geistes gewidmet waren, täuschten sich, wenn sie ihm aufeinanderfolgende Phasen zuwiesen. Im Gegenteil, alle vermischten sich miteinander; alles war dazu bestimmt, noch einmal gesagt und unendlich wiederholt zu werden.

Die Sache des Geistes drehte sich im Kreise. Einst in Basel und an vielen anderen Orten hatte er dieselbe Nacht durchschritten. Dieselben Wahrheiten waren mehrmals neu erlernt worden. Aber die Erfahrung war kumulativer Art: auf die Dauer wurde der Schritt sicherer; das Auge sah tiefer in manche Finsternis hinein; der Geist stellte wenigstens gewisse Gesetzmäßigkeiten fest. Wie ein Mensch, der am Abhang eines Berges hinauf- oder vielleicht herunterklettert, so hob und senkte er sich auf der Stelle, höchstens öffnete sich der gleiche Abgrund bei jeder Biegung abwechselnd mal rechts, mal links. Der Aufstieg war nur an der dünneren Luft zu ermessen, an den neuen Gipfeln hinter denen, die vorher noch den Blick auf den Horizont zu versperren schienen. Doch die Vorstellung von Auf- oder Abstieg war falsch. Gestirne glänzten unten wie oben; er war nicht mehr auf dem Boden der Schlucht, und auch nicht in der Mitte. Der Abgrund war zugleich jenseits der Himmelssphäre und im Inneren der Knochenschale. Alles schien auf dem Grund einer unendlichen Reihe geschlossener Kurven stattzufinden.

Er hatte wieder zu schreiben begonnen, aber ohne die Absicht, seine Erzeugnisse zu veröffentlichen. Unter allen Abhandlungen der alten Medizin hatte er immer das dritte Buch der *Epidemien* des Hippokrates wegen der exakten Beschreibung klinischer Fälle mit ihren Symptomen, ihrem täglichen Fortschreiten und ihrem Ausgang bewundert. Er führte über die im Sankt-Cosmas-Hospiz behandelten Kranken ein ähnliches Register. Irgendein Arzt, der nach ihm leben würde, könnte vielleicht manchen Vorteil aus diesem Tagebuch eines Praktikers ziehen, der in Flandern zur Zeit Seiner Katholischen Majestät, Philipps II., tätig war. Eine Zeitlang beschäftigte ihn ein kühneres Projekt, ein *Liber singularis*, in dem er alles genau aufzeichnen wollte, was er von dem Menschen wußte, der er selber war: seine physische Beschaffenheit, sein Verhalten, seine eingestandenen oder heimlichen, zufälligen oder absichtlichen Handlungen, seine Gedanken und Träume. Er reduzierte diesen zu umfangreichen Plan und beschränkte sich auf ein einziges von diesem Menschen durchlebtes Jahr, dann auf einen einzigen Tag. Der gewaltige Stoff entzog sich ihm noch, und er merkte bald, daß von all seinen Lieblingsbeschäftigungen diese die gefährlichste war. Er verzichtete darauf. Manchmal schrieb er, um sich zu zerstreuen, angebliche Voraussagen auf, die in Wirklichkeit die Irrtümer und die Ungeheuerlichkeiten seiner Zeit verspotteten, indem sie ihnen das ungewöhnliche Aussehen einer Neuheit oder eines Wunders gaben. Bei Gelegenheit und als Belustigung übermittelte er dem Organisten von Sankt-Donatus, mit dem er befreundet war, seit er dessen brave Frau an einem harmlosen Tumor operiert hatte, einige dieser wunderlichen Rätsel. Der Organist und seine bessere Hälfte zerbrachen sich den Kopf, um hinter den Sinn zu kommen, wie bei gewöhnlichen Rätseln, dann lachten sie darüber, ohne etwas Böses darin zu sehen.

In jenen Jahren beschäftigte ihn auch eine Tomatenpflanze, eine botanische Seltenheit, die einem Ableger entsprossen war, den er mit viel Mühe von einem einzigen Musterexemplar aus der Neuen Welt erhalten hatte. Diese kostbare Pflanze, die er in seinem Laboratorium hielt, brachte ihn auf den Gedanken, sich wieder seinen alten Studien über die Bewegung des Saftes zuzuwenden. Mit Hilfe eines Deckels, der die Verdunstung des auf die Topferde gegossenen Wassers verhinderte, und durch sorgfältige Messungen jeden Morgen gelang es ihm festzustellen, wieviel Unzen Flüssigkeit täglich von den Saugkräften der Pflanze absorbiert wurden; später versuchte er algebraisch zu berechnen, bis zu welcher Höhe diese Fähigkeit die Säfte im Innern eines Baumstammes oder eines Stengels hochtreiben könnte. Er korrespondierte über dieses Thema mit einem Mathematiker, bei dem er ungefähr sechs Jahre zuvor in Löwen gewohnt hatte. Sie tauschten Formeln aus. Zenon erwartete ungeduldig seine Antworten. Er begann nun auch wieder an neue Reisen zu denken.

Die Krankheit des Priors

Eines Montags im Mai, am Festtag des Heiligen Blutes, verschlang Zenon hastig wie gewöhnlich im Wirtshaus zum Großen Hirschen seine Mahlzeit, allein in seiner gewohnten dunklen Ecke. Die Tische und Bänke an den Fenstern, die zur Straße gingen, waren dagegen besonders gut besetzt, denn man konnte von dort aus die Prozession vorbeiziehen sehen. Eine Kupplerin, die in Brügge ein berüchtigtes Haus führte und der man wegen ihrer Dickleibigkeit den Spitznamen *der Kürbis* gegeben hatte, saß an einem dieser Tische, zusammen mit einem bleichen kleinen Mann, den man für ihren Sohn hielt, und zwei Schönen des Etablissements. Zenon kannte den Kürbis von den Klagen eines schwindsüchtigen Mädchens her, das manchmal zu ihm kam und ihn um eine Hustenmedizin bat. Dieses Geschöpf redete unaufhörlich von den Gemeinheiten der Hausherrin, die es ausnutze und ihm die feine Wäsche stehle.

Eine kleine Gruppe wallonischer Wachen, die an der Kirchentür das Spalier gebildet hatten, kam zum Essen herein. Der Tisch vom Kürbis gefiel dem Offizier, und er befahl den Gästen dort, das Feld zu räumen. Der Sohn und die Dirnen ließen sich das nicht zweimal sagen, aber der Kürbis hatte ein stolzes Herz und weigerte sich aufzustehen. Als ein Wachsoldat sich bemühte, sie durch Hin- und Herschütteln zum Aufstehen zu bewegen, klammerte sie sich an den Tisch und warf dabei die Schüsseln um. Eine Maulschelle des Offiziers hinterließ eine fahle Spur auf ihrem dicken gelblichen Gesicht. Plärrend und um sich beißend, sich an Bänke und Türpfosten klammernd, ließ sie sich von den Wachen mitschleifen und hinauswerfen; einer von ihnen stach sie scherzhaft mit der Spitze seines Degens, um die Leute zum Lachen zu bringen.

Der Offizier, der sich auf den eroberten Platz gesetzt hatte, erteilte der Bedienerin, die den Boden aufputzte, verächtlich seine Befehle.

Niemand machte Anstalten, sich zu erheben. Einige kicherten aus feiger Gefälligkeit, die meisten aber wandten den Blick ab oder murrten, mit der Nase über ihrem Teller. Zenon überkam beim Anblick dieser Szene Ekel. Der Kürbis war bei allen verschrien; angenommen, man könnte gegen die Brutalität der Soldateska angehen, so wäre der Vorfall doch schlecht gewählt, und der Verteidiger der dicken Frau hätte nur faule Witze geerntet. Später erfuhr man, daß die Kupplerin anschließend wegen öffentlicher Ruhestörung ausgepeitscht und nach Hause geschickt worden war. Acht Tage später empfing sie wie üblich in ihrem Bordell und zeigte jedem, der es wollte, ihre Narben.

Als Zenon seine Aufwartung beim Prior machte, der erschöpft das Zimmer hütete, da er der Prozession zu Fuß gefolgt war, fand er ihn bereits von dem Zwischenfall unterrichtet. Er erzählte ihm, was er mit eigenen Augen gesehen hatte. Der fromme Mann seufzte und stellte seine Tasse mit Kräutertee vor sich hin.

»Dieses Weib ist der Abschaum seines Geschlechts«, sagte er, »und ich tadele Euch nicht, daß ihr ruhig geblieben seid. Aber hätten wir gegen solche Niederträchtigkeit protestiert, wenn es sich um eine Heilige gehandelt hätte? Diese Frau ist, wie sie ist, und doch war die Gerechtigkeit heute auf ihrer Seite, ebensogut kann man sagen, Gott und seine Engel.«

»Gott und seine Engel haben nicht zu ihren Gunsten eingegriffen«, sagte der Arzt ausweichend.

»Es liegt mir fern, die heiligen Wunder der Schrift zu bezweifeln«, sagte der Mönch mit einem gewissen Eifer, »aber in unserer Zeit, mein Freund (ich bin über sechzig), habe ich niemals erlebt, daß Gott unmittelbar in unsere irdischen Angelegenheiten eingegriffen hätte. Gott überträgt diese Aufgabe. Er handelt nur durch uns arme Menschen.«

Er suchte in der Schublade eines Schränkchens zwei dichtbeschriebene Blätter heraus und überreichte sie dem Doktor Theus.

»Seht«, sagte er, »mein Patenkind, Herr von Withem, ein Patriot, berichtet mir die Abscheulichkeiten, die wir andernfalls immer zu spät erfahren, nämlich dann, wenn die Erregung darüber schon vergangen ist, oder wir erfahren sie sofort, aber von Lügen versüßt. Unsere Phantasie ist sehr schwach, Herr Doktor. Wir ereifern uns, und mit Recht, über eine übel behandelte Kupplerin, weil die Mißhandlungen vor unseren Augen verübt wurden, aber Ungeheuerlichkeiten, die sich zehn Meilen von hier abspielen, hindern mich nicht, diesen Malventee auszutrinken.«

»Die Phantasie von Euer Hochwürden ist stark genug, um seine Hände zittern zu machen und den Rest des Kräutertees zu vergießen«, stellte Sebastian Theus fest.

Der Prior trocknete sein graues Wollgewand mit dem Taschentuch ab.

»Fast dreihundert Männer und Frauen, die man der Rebellion gegen Gott und den Fürsten bezichtigte, sind in Armentières hingerichtet worden«, murmelte er, als sagte er es widerwillig, »lest weiter, mein Freund.«

»Die armen Leute, die ich behandle, kennen bereits die Folgen des Krawalls von Armentières«, sagte Zenon, indem er dem Prior seinen Brief zurückgab. »Die anderen Übergriffe jedoch, von denen diese Blätter voll sind, bilden die Grundlage der Markt- und Weinstubenunterhaltungen. Solche Neuigkeiten fliegen zu ebener Erde. Eure Bürger und eure Honoratioren in ihren luftdicht verschlossenen Häusern vernehmen davon höchstens ein vages Gerücht.«

»So ist es«, sagte der Prior mit trauriger Entrüstung. »Gestern nach der Messe, als ich mich mit meinen geistlichen Kollegen auf dem Platz vor der Liebfrauenkirche befand, habe ich gewagt, ein Wort über die öffentlichen Angelegenheiten zu verlieren. Kein einziger war unter diesen frommen Leuten, der nicht die Ziele, wenn nicht die Begründung der Sondergerichte billigte oder doch nur schwach gegen ihre blutigen Ausschweifungen protestierte. Mit dem Pfarrer von Sankt-Aegidius hat es seine eigene Bewandtnis: er erklärt, daß wir wohl imstande sind, unsere Ketzer zu verbrennen, ohne daß der Ausländer uns zu zeigen braucht, wie.«

»Er steht in einer guten Tradition«, sagte lächelnd Sebastian Theus.

»Bin ich ein weniger eifriger Christ und frommer Katholik?« rief der Prior. »Man segelt nicht sein Leben lang auf einem schönen Schiff, ohne die Ratten zu verabscheuen, die an dessen Lebensmittelvorrat nagen. Aber das Feuer, das Eisen und das Grab dienen nur dazu, die Menschen zu verhärten, und zwar die, die solche Strafen verhängen, die, die wie zu einem Schauspiel herbeieilen, und die, die sie erleiden. So werden aus Starrköpfen Märtyrer. So spielen Starrköpfe die Rolle von Märtyrern. Man hält uns zum besten, Herr Doktor. Der Tyrann geht daran, unsere Patrioten zu dezimieren, unter dem Vorwand, Gott zu rächen.«

»Würden Euer Hochwürden diese Hinrichtungen billigen, wenn Ihr glauben würdet, daß sie geeignet sind, die Einheit der Kirche wiederherzustellen?«

»Führt mich nicht in Versuchung, mein Freund. Ich weiß nur, daß unser Landesvater Franz, der starb, als er versuchte, die bürgerlichen Streitigkeiten beizulegen, es gutgeheißen hätte, wenn unsere flämischen Edelleute einen Kompromiß ausarbeiteten.«

»Dieselben Herren glaubten, vom König fordern zu können, daß die Anschläge abgerissen würden, auf denen der vom Tridentinischen Konzil über den Ketzer verhängte Kirchenbann öffentlich bekanntgemacht wird«, sagte der Arzt zweifelnd.

»Warum nicht?« rief der Prior. »Diese von der Truppe bewachten Anschläge verhöhnen unsere bürgerlichen Freiheiten. Jeder Unzufriedene wird als Protestant bezeichnet. Gott verzeih mir! Die hätten selbst diese Kupplerin evangelischer Neigungen verdächtigt... Was das Konzil betrifft, so wißt Ihr wie ich, daß die geheimen Wünsche unserer Fürsten seine

Beschlüsse schwer belastet haben. Kaiser Karl sorgte sich vor allem um die Einheit des Reiches, was natürlich ist. König Philipp denkt an die Vorherrschaft Spaniens. Ach! Hätte ich nicht schon frühzeitig erkannt, daß die ganze Politik bei Hofe nur aus List und Gegenlist, Mißbrauch von Worten und Mißbrauch von Kräften besteht, so hätte ich vielleicht nicht genügend Frömmigkeit in mir gefunden, um die Welt gegen den Dienst an Unserem Herrn einzutauschen.«

»Euer Hochwürden haben sicher große Schicksalsschläge erlitten«, meinte der Doktor Theus.

»Aber nein!« erwiderte der Prior. »Ich war ein bei meinem Gebieter wohlgelittener Höfling und als Unterhändler erfolgreicher, als es meine schwachen Fähigkeiten verdienten, ich war der glückliche Ehemann einer frommen und guten Frau. Ich bin in dieser Welt voller Übel privilegiert gewesen.«

Seine Stirn wurde feucht vom Schweiß, was dem Arzt ein Zeichen von Schwäche zu sein schien. Er wandte dem Doktor Theus ein sorgenvolles Gesicht zu:

»Sagtet Ihr nicht, daß die kleinen Leute, die Ihr behandelt, die Bewegung der sogenannten Reformation mit Wohlwollen verfolgen?«

»Ich habe nichts dergleichen gesagt oder bemerkt«, antwortete Sebastian vorsichtig. »Euer Hochwürden wissen sehr wohl, daß diejenigen, die kompromittierende Ansichten nähren, gewöhnlich Schweigen zu bewahren wissen«, fügte er mit einem Stich Ironie hinzu. »Tatsächlich wirkt die evangelische Schlichtheit anziehend auf einige unter diesen Armen, aber die meisten sind gute Katholiken, und wenn auch nur aus Gewohnheit.«

»Aus Gewohnheit«, wiederholte der Mönch schmerzlich.

»Was mich betrifft«, sagte der Doktor Theus in kühlem Ton, entschlossen, ein wenig auszuholen, um dem Prior Zeit zu lassen, sich zu beruhigen, »sehe ich in alledem vornehmlich die immerwährende Verworrenheit menschlicher Angelegenheiten. Der Tyrann flößt denen, die das Herz am rechten Fleck haben, Schrecken ein, aber niemand leugnet, daß Seine

Majestät rechtmäßig über die Niederlande herrscht, die er von einer Ahnfrau erhalten hat, die die Erbin und das Idol Flanderns war. Ich untersuche hier nicht, ob es gerecht ist, ein Volk wie eine Kredenz zu vererben; unsere Gesetze sind so. Die Edelleute, die sich aus Demagogie Geusen nennen, haben zwei Gesichter wie Janus, sie sind Verräter für den König, dessen Vasallen sie sind, und Helden und Patrioten für die Menge. Andererseits sind die Intrigen unter den Fürsten und die Zwietracht in den Städten derart, daß vielen umsichtigeren Geistern die Erpressungen des Ausländers noch lieber sind als die Unordnung, die seiner Niederlage folgen würde. Der Spanier verfolgt die sogenannten Reformierten grausam, aber die Mehrzahl der Patrioten sind gute Katholiken. Diese Reformierten sind stolz auf ihre strengen Sitten, aber ihr Anführer in Flandern, Herr von Brederode, ist ein ausschweifender Schurke. Die Regentin, die ihren Platz behalten will, verspricht die Abschaffung der Inquisitionsgerichte und kündigt gleichzeitig die Einsetzung anderer Gesetzeskammern an, die die Ketzer auf den Scheiterhaufen bringen werden. Die Kirche besteht barmherzigerweise darauf, daß diejenigen, die sich *in extremis* bekennen, nur den einfachen Tod erleiden, und treibt auf diese Weise die Unglücklichen zu Meineid und Mißbrauch der Sakramente. Die Evangelischen ihrerseits erwürgen, wenn sie können, die kläglichen Reste der Wiedertäufer. Der Kirchenstaat von Lüttich, der *per definitionem* auf seiten der Heiligen Kirche steht, bereichert sich, indem er Waffen offen an die königlichen Truppen und heimlich an die Geusen liefert. Jeder verabscheut die Soldaten, die im Sold des Ausländers stehen, um so mehr, als diese sich auf Kosten der Bürger schadlos halten, da ihr Sold niedrig ist; aber die Räuberbanden, die, von den Unruhen begünstigt, durch die Lande ziehen, bewirken, daß die Bürger nach dem Schutz der Hellebarden und Lanzen rufen. Die auf ihre Rechte pochenden Bürger maulen grundsätzlich über den Adel und die Monarchie, aber die Ketzer kommen überwiegend aus dem niederen Volk, und jeder Bürger haßt die Armen. Bei all diesem Wortgeklingel, diesem Waffengetöse und manchmal dem Wohlklang der Goldmünzen hört man die Schreie der Geprügelten und Gefolterten noch am wenigsten. So ist die Welt, Herr Prior.«

»Beim Hochamt«, sagte der Superior melancholisch, »habe ich für das Wohlergehen der Regentin und Seiner Majestät gebetet (so ist es Brauch). Was die Regentin betrifft, geht es noch an; Madame ist eine recht gute Frau, die ein Abkommen zwischen Beil und Hauklotz sucht. Aber muß man für Herodes beten? Muß ich Gott um das Wohlergehen des Kardinals von Granvelle bitten, der uns von dem Ort aus, wo er angeblich im Ruhestand ist, weiterhin plagt? Die Religion zwingt uns, die eingesetzten Autoritäten zu respektieren, und ich habe nichts dagegen. Doch auch die Autorität wird delegiert, und je tiefer man hinabsteigt, desto gröbere und gemeinere Gesichter nimmt sie an, in denen sich in fast grotesker Weise die Spur unserer Verbrechen abzeichnet. Muß ich denn wirklich soweit gehen, für das Heil der wallonischen Wachen zu beten?«

»Euer Hochwürden können Gott immer bitten, diejenigen zu erleuchten, die uns regieren«, sagte der Arzt.

»Vor allem benötige ich selber seine Erleuchtung«, erwiderte der Franziskaner bedächtig.

Zenon brachte das Gespräch nun auf die Bedürfnisse und Kosten des Hospizes, da diese Unterhaltung über die öffentlichen Angelegenheiten den Mönch zu heftig erregte. Im Augenblick des Abschieds jedoch hielt ihn der Prior zurück und machte ihm ein Zeichen, vorsichtshalber die Zellentür wieder zu schließen:

»Ich brauche Euch ja nicht zur Vorsicht zu raten«, sagte er, »Ihr seht, daß niemand hoch oder niedrig genug gestellt ist, um Verdächtigungen und Erpressungen zu entgehen. Niemand soll von unseren Gesprächen erfahren.«

»Es sei denn, ich redete mit meinem Schatten«, sagte der Doktor Theus.

»Ihr seid eng mit diesem Kloster verbunden«, erinnerte ihn

der Prior. »Laßt Euch gesagt sein, daß es eine Menge Leute in dieser Stadt und selbst in diesen Mauern gibt, die den Prior der Franziskaner nicht ungern der Rebellion oder der Ketzerei anklagen würden.«

Solche Unterhaltungen ergaben sich ziemlich häufig. Der Prior schien begierig darauf zu sein. Dieser so geachtete Mann schien Zenon ebenso einsam und gefährdeter als er selber zu sein. Bei jedem Besuch sah der Arzt im Gesicht des Mönches deutlicher die Zeichen einer unbestimmbaren Krankheit, die seine Kräfte untergrub. Vielleicht waren die Angst und das Mitleid, zu denen das Elend der Zeit den Prior veranlaßte, die einzigen Ursachen dieses unerklärlichen Verfalls; Angst und Mitleid konnten aber im Gegenteil auch dessen Folgen sein und Zeichen dafür, daß seine Konstitution zu sehr erschüttert war, um die Übel der Welt mit jener robusten Gleichgültigkeit zu ertragen, die fast allen Menschen eigen ist. Zenon überredete Seine Hochwürden, täglich in Wein gemischte Stärkungsmittel anzuwenden. Der Prior nahm sie, ihm zu Gefallen.

Auch der Arzt hatte Geschmack an diesem Austausch von höflichen Worten gefunden, die dennoch fast ohne Lügen waren. Trotzdem überkam ihn nach diesen Unterhaltungen das Gefühl einer undefinierbaren Heuchelei. Einmal mehr hatte er, um sich verständlich zu machen – wie man sich an der Sorbonne zwingt, lateinisch zu sprechen – eine fremde Sprache annehmen müssen, die seine Gedanken entstellte, obwohl er all ihre Beugungen und Redewendungen völlig beherrschte. In diesem Fall war es die Sprache eines willfährigen, wenn nicht sogar frommen Christen und des loyalen Untertanen, der aber vom gegenwärtigen Zustand der Welt beunruhigt ist. Einmal mehr war er bereit – und er nahm dabei noch eher aus Respekt als aus Vorsicht Rücksicht auf die Ansichten des Priors –, von Voraussetzugen auszugehen, auf die irgend etwas aufzubauen er sich in seinem tiefsten Innern geweigert hätte; seine eigenen Sorgen stellte er zurück und zwang sich, nur eine Seite seines Geistes zu zeigen, immer die, die seinen Freund widerspiegelte. Solche den menschlichen Beziehungen innewohnende Falschheit, die ihm zur zweiten Natur geworden war, bekümmerte ihn in diesem freien Umgang zweier uneigennütziger Männer. Der Prior wäre erstaunt gewesen, wenn er hätte feststellen können, wie wenig Platz die Themen, die sie in seiner Zelle lang und breit diskutiert hatten, in den einsamen Überlegungen des Doktor Theus einnahmen. Nicht daß die Mißstände in den Niederlanden Zenon gleichgültig ließen, aber er hatte zu lange in einer Welt von Feuer und Blut gelebt, um bei diesen neuen Beweisen menschlichen Wahnsinns die schmerzliche Ergriffenheit des Priors empfinden zu können. Was seine eigenen Gefahren betraf, so schienen sie ihm im Augenblick durch die öffentlichen Unruhen eher kleiner als größer. Niemand dachte an den unbedeutenden Sebastian Theus. Die Heimlichkeit, die die Anhänger der Magie im Interesse ihrer Wissenschaft zu bewahren gelobten, umhüllte ihn zwangsläufig; er war tatsächlich unsichtbar.

An einem Abend in eben diesem Sommer stieg er zur Stunde des Abendläutens wieder in seine Dachkammer hinauf, nachdem er wie gewöhnlich die Haustür zugesperrt hatte. In der Regel wurde das Hospiz beim Angelus geschlossen. Nur einmal, als das Sankt-Johannes-Hospital während einer Epidemie die Kranken nicht mehr faßte, hatte der Arzt es auf sich genommen, Strohsäcke auszulegen und im unteren Saal Fieberkranke zu behalten. Bruder Lukas, der die Fliesen zu reinigen hatte, war gerade mit seinen Putztüchern und Eimern fortgegangen. Da hörte Zenon plötzlich eine Handvoll Kies an sein Fenster prasseln. Das erinnerte ihn an die ferne Zeit, da er sich nach dem Abendläuten mit Colas Gheel traf. Er zog sich an und ging hinunter.

Es war der Sohn des Schmieds aus der Wollestraat. Dieser

Josse Cassel erklärte, einer seiner Vettern aus Sint-Pieters bei Brügge habe sich das Bein gebrochen, weil ein Pferd, das er zum Beschlagen zu seinem Onkel brachte, ausgeschlagen habe; es gehe ihm sehr schlecht und er liege in einem Abstellraum hinter der Schmiede. Zenon nahm das Notwendige mit und folgte Josse durch die Straßen. An einer Kreuzung stießen sie auf die Wache, die sie ungehindert vorbei ließ, nachdem Josse erklärt hatte, er habe für seinen Vater, der sich mit einem Hammer zwei Finger zerschlagen habe, einen Chirurgen geholt. Diese Lüge gab dem Arzt zu denken. Der Verwundete lag auf einem improvisierten Bett ausgestreckt. Es war ein etwa zwanzigjähriger Bauernjunge, eine Art blonder Wolf, dem die schweißnassen Haare auf den Wangen klebten, halb ohnmächtig vor Schmerz und Blutverlust. Zenon verabreichte ihm ein Stärkungsmittel und untersuchte das Bein; die Knochen traten an zwei Stellen aus dem Fleisch, das in Fetzen herunterhing. Nichts an diesem Unfall sah so aus, als wäre er durch ein ausschlagendes Pferd verursacht worden; nirgends waren Abdrücke von Hufen zu sehen. Die Vorsicht erforderte in einem solchen Fall eine Amputation, aber als der Verwundete den Arzt die Klinge seiner Säge ins Feuer halten sah, kam er wieder so weit zu sich, daß er brüllen konnte; der Schmied und sein Sohn waren kaum weniger beunruhigt, da sie fürchteten, einen Toten am Hals zu haben, falls die Operation schlecht ausging. Zenon änderte seinen Plan und entschied sich für den Versuch, zunächst die Fraktur wieder einzurenken.

Der Junge kam dabei kaum besser weg. Die Anstrengung, das Bein auszustrecken, um die Knochen wieder einzurichten, ließ ihn schreien wie bei der Folter. Der Vertreter der ärztlichen Kunst mußte mit Messerschnitten die Wunde öffnen und hineingreifen, um die Knochensplitter zu suchen. Er säuberte danach die Oberfläche mit einem starken Wein, von dem der Schmied zum Glück einen Krug voll besaß. Vater und Sohn machten sich daran, Bandagen und Beinschienen vorzubereiten. Man erstickte fast in der kleinen Kammer, da die beiden Männer alle Öffnungen dicht verschlossen hatten, damit man das Geschrei nicht hörte.

Zenon verließ die Wollestraat, des Ausgangs ziemlich ungewiß. Dem Jungen ging es sehr schlecht, und nur die Widerstandskraft der Jugend gab einen Hoffnungsschimmer. Der Arzt kam danach täglich wieder, bald früh am Morgen, bald nach Schließung des Hospizes, um das Fleisch mit einem Essig abzuspülen, der den Eiter herauswusch. Später bestrich er es mit Rosenwasser, um ein übermäßiges Austrocknen der Wunde und die Entzündung der Wundränder zu verhindern. Er vermied möglichst die Nachtstunden, in denen sein Kommen und Gehen bemerkt worden wäre. Obwohl Vater und Sohn an ihrer Geschichte mit den Hufschlägen festhielten, verstand es sich doch ohne Worte, über diese Sache besser Stillschweigen zu bewahren.

Ungefähr am zehnten Tag bildete sich ein Abszeß; das Fleisch wurde schwammig, und das Fieber, das den Verwundeten niemals verlassen hatte, stieg wie eine Flamme. Zenon hielt ihn bei strenger Diät; er delirierte und bat um Essen. Eines Nachts verkrampften sich die Muskeln so heftig, daß das Bein seine Schienen zerbrach. Zenon gestand sich ein, daß er aus feigem Mitleid die Schienen nicht fest genug zusammengezogen hatte; man mußte das Bein von neuem strecken und einrenken. Die Schmerzen würden diesmal wohl noch heftiger sein als bei der ersten Behandlung, aber der Kranke ertrug sie besser, da Zenon ihn in einen Opiumrausch versetzt hatte. Nach sieben Tagen hatten die Kanülen den Abszeß entleert, und unablässige Schweißausbrüche ließen das Fieber sinken. Zenon verließ die Schmiede leichten Herzens, mit dem Gefühl, Fortuna auf seiner Seite gehabt zu haben, ohne die alle Geschicklichkeit umsonst ist. Es schien ihm, als habe er bei all seinen anderen Beschäftigungen und Arbeiten drei Wochen lang unaufhörlich alle seine Kräfte dieser Heilung gewidmet. Diese dauernde Aufmerksamkeit war dem, was der Prior den Zustand des Betens nannte, sehr ähnlich.

Aber dem Verwundeten waren in seinem Delirium gewisse Geständnisse entschlüpft. Josse und der Schmied bestätigten und vervollständigten schließlich aus freien Stücken die kompromittierende Geschichte. Han war aus einem armen Weiler ganz in der Nähe von Zevecote gekommen, drei Meilen von Brügge entfernt, wo sich kürzlich blutige Zwischenfälle ereignet hatten, die jeder kannte. Alles hatte mit einem Prediger angefangen, dessen Reden das Dorf erhitzt hatten; diese Bauernlümmel waren, unzufrieden mit dem Pfarrer, der beim Zehnten keinen Spaß verstand, mit dem Hammer in der Faust in die Kirche eingedrungen, hatten die Altarstatuen und die Prozessionsfigur der Heiligen Jungfrau zerschlagen und die gestickten Röcke, den Mantel und den Messing-Heiligenschein Unserer lieben Frau sowie die armseligen Schätze aus der Sakristei gestohlen. Alsbald kam eine Rotte unter dem Kommando eines gewissen Hauptmanns Julian Vargaz, um dieser Unordnung Einhalt zu gebieten. Hans Mutter, bei der man einen mit kleinen Perlen besetzten Satinstreifen fand, wurde nach den üblichen Vergewaltigungen, für die sie eigentlich nicht mehr ganz das passende Alter hatte, totgeschlagen. Die übrigen Frauen und Kinder wurden verjagt und zerstreuten sich über die Felder. Während einige Männer des Weilers auf dem Platz gehängt wurden, fiel Hauptmann Vargaz, von einer Kugel aus einer Hakenbüchse in die Stirn getroffen, aus dem Sattel zur Erde. Man hatte aus der Dachluke einer Scheune geschossen; die Soldaten schlugen und stachen auf die Heubündel ein, ohne jemanden zu finden, und legten schließlich Feuer. In der Gewißheit, den Mörder verbrannt zu haben, zogen sie dann wieder ab und nahmen den über einen Sattel gelegten Leichnam ihres Hauptmanns sowie einige Stück beschlagnahmten Viehs mit.

Han war vom Dach gesprungen und hatte sich beim Sturz das Bein gebrochen. Er hatte die Zähne zusammengebissen, sich unter einen Haufen Stroh und Kehricht am Rand des Dorfteichs geschleppt und war dort bis zum Abmarsch der Soldaten versteckt geblieben, voller Angst, das Feuer könnte auf seinen erbärmlichen Unterschlupf übergreifen. Aufgrund seines Gejammers, das er nicht mehr unterdrückte, entdeckten ihn gegen Abend Bauern, die von einem benachbarten Hof gekommen waren, um zu sehen, was es in dem verlassenen Dorf noch zu erbeuten gäbe. Die Plünderer hatten ein gutes Herz; man entschloß sich, Han unter der Plane eines zweirädrigen Karrens in die Stadt zu seinem Onkel zu bringen. Als er dort ankam, war er ohnmächtig. Pieter und sein Sohn schmeichelten sich, daß niemand gesehen hatte, wie die Karre in den Hof der Wollestraat fuhr.

Die Geschichte von seinem Tod in der brennenden Scheune bewahrte Han vor Verfolgungen, aber diese Sicherheit hing vom Schweigen der Bauern ab, die jeden Augenblick aus freien Stücken, vor allem aber gezwungenermaßen, reden konnten. Pieter und Josse riskierten ihr Leben, wenn sie einen Rebellen und Bilderstürmer beherbergten, und die Gefahr, die der Arzt lief, war nicht geringer. Sechs Wochen später hüpfte der Genesende mit Hilfe einer Krücke herum, aber die Verwachsungen der Narbe bereiteten ihm noch grausame Schmerzen. Vater und Sohn flehten den Arzt an, sie von diesem Jungen zu befreien, der überdies nicht zu denen gehörte, die man liebgewinnt: seine lange Zurückgezogenheit hatte ihn quengelig und zänkisch gemacht. Man war es leid, ihn unaufhörlich seine einzige Heldentat erzählen zu hören, und der Schmied, der ihm übelnahm, daß er seinen kostbaren Wein und sein Bier hinuntergegurgelt hatte, geriet in Wut, als er erfuhr, daß dieser Taugenichts Josse auch noch gebeten hatte, ihm ein Mädchen zu verschaffen. Zenon meinte, daß Han in der großen Stadt Antwerpen besser aufgehoben wäre, von wo aus er, wenn er ganz wiederhergestellt wäre, auf dem anderen Scheldeufer zu den kleinen Rebellenscharen von Kapitän Heinrich Thomaszoon und Kapitän Sonoy stoßen könnte, die in ihren hier und da entlang der seeländischen Küste im Hinterhalt liegenden Schiffen die königlichen Truppen ärgerten, so gut sie konnten.

Er dachte an den Sohn der alten Greete, der als Fuhrmann

allwöchentlich mit seinen Ballen und Säcken die Strecke fuhr. Dieser wollte, teilweise ins Vertrauen gezogen, den Jungen gern mitnehmen und ihn bei sicheren Leuten absetzen; nur benötigte man etwas Geld für diese Abreise. Pieter Cassel sagte, obwohl es ihm so eilte, seinen Neffen das Feld räumen zu sehen, er habe keinen Heller mehr, den er für ihn ausgeben könne. Zenon besaß nichts. Nach einigem Zögern begab er sich zum Prior.

Der fromme Mann beendete gerade seine Messe in der Kapelle, die an seine Zelle grenzte. Nach dem *Ite, Missa est* und den Fürbittegebeten bat Zenon ihn um eine Unterredung und erzählte ihm ungeschminkt das Abenteuer.

»Ihr habt da viel gewagt«, sagte der Prior ernst.

»In dieser höchst verworrenen Welt gibt es ein paar sehr klare Vorschriften«, sagte der Philosoph. »Es ist mein Beruf, Kranke zu behandeln.«

Der Prior stimmte zu.

»Niemand beweint Vargaz«, fuhr er fort. »Erinnert Ihr Euch, mein Herr, an die unverschämten Soldaten überall auf den Straßen, als Ihr in Flandern ankamt? Unter verschiedenen Vorwänden erlegte uns der König zwei Jahre nach dem Ende des Krieges mit Frankreich immer noch die Anwesenheit dieser Armee auf. Zwei Jahre! Dieser Vargaz nahm hier den Dienst wieder auf, um seine Gewalttätigkeiten, die ihn bei den Franzosen verhaßt gemacht hatten, an uns fortzusetzen. Man kann wohl kaum den jungen David aus der Heiligen Schrift loben, ohne dem Kind Beifall zu spenden, das Ihr behandelt habt.«

»Man muß zugeben, daß er ein guter Schütze ist«, sagte der Arzt.

»Ich möchte glauben, daß Gott ihm die Hand geführt hat. Aber ein Sakrileg ist ein Sakrileg. Gibt dieser Han zu, an dem Bildersturm beteiligt gewesen zu sein?«

»Er versichert es, aber ich sehe in solchen Prahlereien vor

allem den indirekten Ausdruck von Gewissensbissen«, sagte Sebastian Theus vorsichtig. »Ebenso deute ich gewisse Reden, die ihm im Delirium entschlüpft sind. Ein paar Predigten können in diesem Jungen nicht jede Erinnerung an seine früheren *Ave Maria* ausgelöscht haben.«

»Findet Ihr solche Gewissensbisse unberechtigt?«

»Machen Euer Hochwürden aus mir einen Lutheraner?« fragte der Philosoph mit einem schwachem Lächeln.

»Nein, mein Freund, ich fürchte, Ihr seid nicht gläubig genug, um ein Ketzer zu sein.«

»Jeder hat die Machthaber im Verdacht, in den Dörfern richtige oder falsche Prediger einzusetzen«, fuhr der Arzt sogleich fort und lenkte die Unterhaltung vorsichtig wieder auf etwas anderes als die Rechtgläubigkeit des Sebastian Theus. »Unsere Regierenden provozieren Ausschweifungen, um danach um so ungestörter zu strafen.«

»Mir sind die Tücken des Rats von Spanien gewiß bekannt«, sagte der Mönch ungeduldig, »aber muß ich Euch meine Bedenken erklären? Ich bin der letzte, der wünscht, daß ein Unglücklicher wegen theologischer Spitzfindigkeiten, die er nicht versteht, lebendig verbrannt wird. Aber in diesen Tätlichkeiten gegen Unsere liebe Frau liegt eine Gewalttätigkeit, die nach der Hölle riecht. Wenn es sich wenigstens um einen dieser Heiligen Georgs oder eine dieser Heiligen Katharinas gehandelt hätte, deren Existenz von unseren Gelehrten bezweifelt wird und an denen sich die Frömmigkeit des Volkes unschuldig erfreut... Ist es, weil unser Orden diese hohe Göttin (ein Dichter, den ich in meiner Jugend gelesen habe, nannte sie so) ganz besonders verehrt und behauptet, sie sei von der Sünde Adams unberührt, oder bin ich zu sehr durch die Erinnerung an meine arme Frau gerührt, die mit Grazie und Demut diesen schönen Namen trug? Kein Verbrechen gegen den Glauben empört mich so sehr wie eine Beleidigung dieser Maria, die die Hoffnung der Welt in sich trug, dieses seit Anbeginn der Zeiten auserwählte Geschöpf, das unsere Fürsprecherin im Himmel ist...«

»Ich glaube, Euch folgen zu können«, sagte Sebastian Theus, als er sah, wie dem Prior Tränen in die Augen stiegen. »Ihr leidet darunter, daß ein Gewalttätiger die Hand zu heben wagt gegen die reinste Form, die, wie Ihr meint, die göttliche Güte angenommen hat. Die Juden (ich habe oft mit Ärzten dieses Volkes verkehrt) haben mir von ihrer Schechina gesprochen, die die Zärtlichkeit Gottes bedeutet... Zwar bleibt sie für diese ein unsichtbares Gesicht..., aber wenn wir dem Unaussprechlichen schon menschliche Gestalt geben wollen, sehe ich nicht ein, warum wir ihm nicht gewisse weibliche Züge verleihen sollten, sonst reduzieren wir die Natur der Dinge um die Hälfte. Wenn die Tiere des Waldes irgendeinen Sinn für heilige Mysterien haben (und wer weiß, was im Innern der Kreaturen vorgeht), so stellen sie sich zweifellos an der Seite des göttlichen Hirsches eine unbefleckte Hirschkuh vor. Mißfällt dem Prior diese Vorstellung?«

»Nicht mehr als das Bild des unbefleckten Lammes. Und ist Maria nicht auch die reine Taube?«

»Solche Sinnbilder haben indessen ihre Gefahren«, fuhr Sebastian Theus nachdenklich fort. »Meine alchimistischen Brüder gebrauchen bildliche Ausdrücke, wie die Milch der Jungfrau, den schwarzen Raben, den grünen Weltlöwen und die metallische Kopulation, um Vorgänge ihrer Kunst zu bezeichnen, wo deren Virulenz oder Subtilität die menschlichen Worte übersteigt. Die Folge davon ist, daß die schlichten Geister sich an diese Scheinbilder hängen und daß umgekehrt scharfsinnigere Geister ein Wissen verachten, das gleichwohl weit reicht, ihnen aber in einem Sumpf von Träumen befangen scheint... Ich führe den Vergleich nicht weiter...«

»Die Schwierigkeit ist unlösbar, mein Freund«, sagte der Prior. »Ginge ich hin und sagte den Unglücklichen, daß die goldene Haube Unserer lieben Frau und ihr blauer Mantel nur ein ungeschicktes Symbol der Herrlichkeiten des Himmels sind und der Himmel seinerseits nur ein armseliger Abglanz des unsichtbaren Guten, so werden sie daraus schließen, daß ich weder an Unsere liebe Frau noch an den Himmel glaube. Wäre das nicht eine noch schlimmere Lüge? Die bezeichnete Sache beglaubigt das Zeichen.«

»Kommen wir wieder auf den Jungen zurück, den ich behandelt habe«, drängte der Arzt. »Euer Hochwürden vermuten doch nicht, daß dieser Han die seit jeher von der göttlichen Barmherzigkeit auserwählte Fürsprecherin niederzumetzeln glaubte? Er hat einen mit einem Samtgewand geschmückten Holzklotz zerbrochen, den ein Prediger ihm als Götzenbild vorhielt, und ich wage zu sagen, daß diese Gottlosigkeit, die den Prior zu Recht empört, wohl dem platten, gesunden Menschenverstand entsprochen hat, den er vom Himmel mitbekommen hat. Dieser Bauernjunge hat die Vermittlerin des Weltenheils ebensowenig beleidigt, wie er daran gedacht hat, das belgische Vaterland zu rächen, als er Vargaz tötete.«

»Er hat trotzdem das eine wie das andere getan.«

»Das frage ich mich«, meinte der Philosoph. »Ihr und ich, wir versuchen, den gewalttätigen Handlungen eines zwanzigjährigen Lümmels einen Sinn zu geben.«

»Legt Ihr großen Wert darauf, daß dieses Kind den Verfolgungen entkommt, Herr Doktor?« fragte der Prior plötzlich.

»Abgesehen davon, daß meine eigene Sicherheit dabei auf dem Spiel steht, sehe ich es lieber, wenn mein Meisterwerk nicht ins Feuer geworfen wird«, entgegnete Sebastian Theus in scherzendem Ton, »aber das kann der Prior sich wohl nicht vorstellen.«

»Um so besser«, sagte der Mönch, »so könnt ihr das Ereignis mit mehr Ruhe abwarten. Ich will Eurem Werk auch nicht schaden, Freund Sebastian. Ihr findet in dieser Schublade, was Ihr braucht.«

Zenon zog die unter der Wäsche versteckte Geldbörse hervor und suchte knausrig einige Geldstücke heraus. Als er sie wieder an ihren Platz legte, blieb er an einem rauhen Stück Stoff hängen und tat sein Bestes, um es wieder loszubekommen. Es war ein Büßergewand, auf dem hier und da schwärzliche Gerinnsel trockneten. Der Prior wandte den Kopf ab, als wäre er verlegen.

»Die Gesundheit von Euer Hochwürden ist nicht gut genug, um Euch so harte Übungen zu erlauben.«

»Im Gegenteil, ich möchte sie verdoppeln«, protestierte der Mönch. »Eure Tätigkeiten, Sebastian«, fuhr er fort, »haben Euch nicht die Zeit gelassen, um über das öffentliche Unglück nachzudenken. Alles, was man verbreitet, ist nur allzu wahr. Der König hat in Piemont gerade eine Armee zusammengezogen, unter dem Befehl des Herzogs von Alva, dem Sieger von Mühlberg, der in Italien als ein Mann von Eisen gilt. Diese zwanzigtausend Mann überschreiten in diesem Augenblick mit ihren Lasttieren und ihrem Gepäck die Alpen, um dann über unsere unglücklichen Provinzen herzufallen... Wir werden den Hauptmann Julian Vargaz vielleicht bald vermissen.«

»Sie beeilen sich, bevor die Straßen durch den Winter gesperrt sind«, sagte der Mann, der einst aus Innsbruck über die Gebirgswege geflohen war.

»Mein Sohn ist Leutnant des Königs, und es würde mich wundern, wenn er sich nicht in der Kompanie des Herzogs befände«, sagte der Prior wie jemand, der sich zu einem unangenehmen Geständnis zwingt. »Wir sind alle in das Übel verstrickt.«

Ein Husten, der ihn schon mehrmals unterbrochen hatte, schüttelte ihn von neuem. Sebastian Theus fühlte ihm den Puls und kehrte damit zu seinen ärztlichen Funktionen zurück.

»Die Sorge erklärt vielleicht das schlechte Aussehen des Priors«, sagte er nach einem Schweigen, »aber dieser Husten, der schon seit einigen Tagen anhält, und diese wachsende Atemnot haben Ursachen, die zu suchen meine Pflicht ist. Sind Euer Hochwürden damit einverstanden, wenn ich morgen mit Hilfe eines Instruments meiner Erfindung Euren Hals untersuche?«

»Alles, was Euch gefällt, mein Freund«, sagte der Prior, »sicher hat nur der regnerische Sommer diese Halsentzündung verursacht. Und Ihr seht ja selber, daß ich kein Fieber habe.«

Han reiste am selben Abend als Pferdeknecht mit dem Fuhrmann ab. Das bißchen Hinkerei schadete ihm in dieser Rolle nicht. Sein Führer setzte ihn in Antwerpen bei einem Packmeister der Fugger ab, der den neuen Ideen insgeheim wohlgesonnen war, am Hafen wohnte und Han anstellte, Gewürzkisten zuzunageln und zu öffnen. Gegen Weihnachten erfuhr man, daß der Junge, der wieder fest auf seinem heilen Bein stand, sich als Zimmermann auf einem Sklavenschiff verdingt hatte, das nach Guinea in See stach. Man brauchte auf derartigen Schiffen immer Arbeiter, die nicht nur fähig waren, die Schäden des Fahrzeuges zu reparieren, sondern auch Schotten zu bauen oder zu versetzen oder Hals- und Beinringe anzufertigen, und die im Falle einer Meuterei auch einen Schuß abzugeben wußten. Da die Bezahlung gut war, hatte Han diese Beschäftigung dem ungewissen Sold vorgezogen, den er im Dienste des Kapitäns Thomaszoon und seiner Meeresgeusen bekommen hätte.

Wieder wurde es Winter. Der Prior hatte wegen seiner chronischen Heiserkeit freiwillig darauf verzichtet, die Adventspredigten zu halten. Sebastian Theus setzte bei seinem Patienten durch, daß er nach dem Essen eine Stunde im Bett zubrachte, um seine Kräfte zu schonen, oder wenigstens in dem Sessel, den er vor kurzem mit seiner Zustimmung in seine Zelle hatte stellen lassen. Da diese der Klosterregel entsprechend weder Kamin noch Ofen enthielt, überredete Zenon ihn nicht ohne Mühe, dort ein Kohlenbecken aufstellen zu lassen.

An einem Nachmittag fand er ihn mit der Brille auf der Nase damit beschäftigt, Zahlen zu kontrollieren. Der Klosterverwalter Pieter von Hamaeren lauschte stehend den Bemerkungen seines Superiors. Zenon empfand gegenüber diesem Mönch, an den er keine zehnmal in seinem Leben das Wort gerichtet hatte, eine Abneigung, von der er fühlte, daß sie auf Gegenseitigkeit beruhte; Pieter von Hamaeren ging hinaus, nachdem er die Hand Seiner Hochwürden geküßt und dabei einen seiner zugleich hochmütigen und unterwürfigen Kniefälle gemacht hatte. Die Neuigkeiten des Tages waren besonders düster. Graf Egmont und sein Verbündeter, Graf Hoorn, die seit fast drei Monaten in Gent unter der Anklage des Hochverrats eingekerkert waren, hatten gerade erfahren, daß Ihnen ihre Peers das Urteil verweigert hatten, nach dem sie wahrscheinlich am Leben hätten bleiben können. Die Stadt summte von dieser Ungerechtigkeit. Zenon vermied es, als erster von diesem schweren Unrecht zu sprechen, da er nicht wußte, ob der Prior schon davon unterrichtet war. Er erzählte ihm hingegen den grotesken Ausgang von Hans Geschichte.

»Der große Pius II. hat einst den Sklavenhandel verurteilt, aber wer beachtet das?« sagte der Mönch müde.

»Tatsächlich gibt es bei uns noch schlimmere Ungerechtigkeiten... Ist bekannt, was man in der Stadt über die Niederträchtigkeit denkt, die man dem Grafen angetan hat?«

»Man bedauert mehr denn je, daß er den Versprechungen des Königs Glauben geschenkt hat.«

»Lamoral hat ein großes Herz, aber wenig Urteilsvermögen«, sagte der Prior ruhiger, als Zenon erwartet hätte. »Ein guter Unterhändler erweckt kein Vertrauen.«

Er nahm gehorsam die Tropfen eines Adstringens, die sein Arzt ihm eingegossen hatte. Dieser sah ihm mit geheimer Trauer zu: er glaubte nicht an die Heilkräfte dieser allzu harmlosen Arznei, sondern suchte vergeblich ein wirksameres Mittel gegen die Halsentzündung des Priors. Da er kein Fieber hatte, hatte er auf die Hypothese einer Schwindsucht verzichtet. Ein Polyp im Hals erklärte vielleicht diese Heiserkeit, diesen beständigen Husten, diese fortschreitende Behinderung beim Atmen und beim Essen.

»Danke«, sagte der Prior und gab ihm das leere Glas zurück. »Verlaßt mich heute nicht zu schnell, Freund Sebastian.«

Sie sprachen zunächst von diesem und jenem. Zenon hatte sich dicht neben den Mönch gesetzt, damit er die Stimme nicht erheben mußte. Plötzlich kam der Prior auf seine Hauptsorge zurück:

»Eine so offensichtliche Ungerechtigkeit, wie Lamoral sie gerade erlitten hat, zieht ein ganzes Gefolge ebenso schwarzer Ungerechtigkeiten nach sich, die aber unbemerkt bleiben«, sagte er, seinen Atem aufsparend. »Den Kastellan des Grafen hat man kurz nach seinem Herrn festgenommen und ihm mit einer Eisenstange die Knochen zerschlagen, in der Hoffnung, von ihm Geständnisse zu erhalten. Ich habe heute morgen meine Messe für die beiden Grafen gelesen, und es gibt sicher kein Haus in Flandern, wo man nicht für ihr Seelenheil in dieser oder in der anderen Welt betet. Aber wer denkt daran, für die Seele dieses Elenden zu beten, der übrigens gar nichts hat sehen können, weil er an den Geheimnissen seines Edelmannes nicht teilhatte. Nicht ein Knochen und keine Ader blieben ihm heil...«

»Ich verstehe«, erwiderte Sebastian Theus, »Euer Hochwürden loben die Treue des einfachen Mannes.«

»Es ist nicht ganz das«, sagte der Prior. »Dieser Kastellan war ein Pflichtvergessener, der – so sagt man – auf Kosten seines Herrn reich geworden ist. Es scheint auch, als hätte er ein Bild unterschlagen, das der Herzog für Seine Majestät erwerben sollte, eine unserer flämischen Teufeleien, auf der groteske Dämonen zu sehen sind, die Verdammte foltern. Unser König liebt die Malerei... Ob dieser unbedeutende Mensch geredet hat oder nicht, ist übrigens ohne Bedeutung, da die Sache des Grafen schon so gut wie entschieden ist. Aber ich denke daran, daß eben dieser Graf sauber unter einem Beilhieb auf einem schwarzbehängten Schafott sterben wird, von der Trauer der Bevölkerung getröstet, die in ihm mit Recht einen Freund des belgischen Vaterlandes sieht, nachdem er die Entschuldigungen des Henkers, der ihn köpfen wird, entgegengenommen hat, und begleitet von den Gebeten seines Schloßkaplans, der ihn in den Himmel schicken wird.«

»Diesmal verstehe ich«, sagte der Arzt. »Euer Hochwürden meinen, daß allen Behauptungen der Philosophen zum

Trotz der Rang und der Titel ihren Trägern gewisse unantastbare Vorteile verschaffen. Es ist schon etwas, spanischer Grande zu sein.«

»Ich drückte mich schlecht aus«, murmelte der Prior, »gerade weil der Mann klein, nichtig, und zweifellos kein Ehrenmann gewesen ist, nur mit einem schmerzempfindlichen Körper und einer Seele begabt, für die Gott selbst sein Blut vergossen hat, halte ich mich dabei auf, über seinen Todeskampf nachzusinnen. Ich habe mir sagen lassen, daß man ihn noch nach drei Stunden schreien hörte.«

»Nehmen Sie sich in acht, Herr Prior«, sagte Sebastian Theus und drückte die Hand des Mönches. »Dieser Elende hat drei Stunden gelitten, aber wieviel Tage und wieviel Nächte lang werden Euer Hochwürden dieses Ende noch einmal durchleben? Ihr quält Euch selber mehr, als die Henker diesen Unglücklichen.«

»Sagt das nicht«, erwiderte der Prior kopfschüttelnd. »Der Schmerz dieses Kastellans und die Raserei seiner Peiniger erfüllen die Welt und treten über den Rand der Zeit. Nichts kann bewirken, daß sie nicht ein Moment des ewigen Blicks Gottes gewesen sind. Jedes Übel ist in seiner Substanz unendlich, mein Freund, und an Zahl sind sie ebenso unendlich.«

»Was Euer Hochwürden vom Schmerz sagen, könntet Ihr auch von der Freude sagen.«

»Ich weiß... Ich habe meine Freuden gehabt... Jede unschuldige Freude ist ein Überbleibsel aus dem Garten Eden... Aber die Freude bedarf unser nicht, Sebastian. Nur der Schmerz erheischt unsere Barmherzigkeit. An dem Tag, da sich uns schließlich der Schmerz der Kreaturen offenbart, wird die Freude ebenso unmöglich wie dem guten Samariter ein Aufenthalt in einer Herberge bei Wein und Mädchen, während neben ihm ein Kranker verblutet. Ich begreife nicht einmal mehr die Heiterkeit der Heiligen auf Erden, noch ihre Glückseligkeit im Himmel...«

»Wenn ich etwas von der Sprache der Frömmigkeit verstehe, durchschreitet der Prior seine dunkle Nacht.«

»Ich bitte Euch inständig, mein Freund, führt diese Not nicht auf ich weiß nicht welche fromme Prüfung auf dem Wege zur Vollkommenheit zurück, auf dem zu sein ich mir übrigens nicht einbilde... Betrachten wir lieber die dunkle Nacht der Menschen. Ach, man fürchtet, sich zu täuschen, wenn man sich über die Ordnung der Dinge beklagt! Und doch, wie können wir es wagen, mein Herr, Seelen zu Gott zu schicken, zu deren Fehlern wir durch die körperlichen Qualen, die wir sie erdulden lassen, auch noch die Verzweiflung und die Gotteslästerung hinzufügen? Warum haben wir es zugelassen, daß der Eigensinn, die Schamlosigkeit und die Rachsucht sich in die Lehrstreitigkeiten einschleichen, die – wie die über das Heilige Abendmahl, das Sanzio in den Gemächern des Heiligen Vaters malte – sich nur oben im Himmel hätten abspielen sollen? Denn schließlich, wenn der König letztes Jahr geruht hätte, den Protest unserer Edelleute anzuhören, wenn zur Zeit unserer Kindheit Papst Leo einen unwissenden Augustinermönch gütig empfangen hätte... was wollte er denn anderes als das, was alle unsere Institutionen immer benötigen, nämlich Reformen... Dieser Bauer wurde ungehalten über Mißstände, die mich selber schockiert haben, als ich den Hof Julius III. besuchte; er wirft unseren Orden nicht zu Unrecht einen Wohlstand vor, der uns belastet und der nicht nur und allein im Dienste Gottes steht...«

»Der Prior blendet uns gerade nicht mit seinem Luxus«, unterbrach Sebastian Theus ihn mit einem Lächeln.

»Ich habe jegliche Annehmlichkeit«, sagte der Mönch und streckte die Hand nach den grauen Kohlen aus.

»Euer Hochwürden sollten den Gegner nicht aus Großmut in einem zu guten Licht erscheinen lassen«, sagte der Philosoph, nachdem er überlegt hatte. »*Odi hominem unius libri*: Luther hat eine abgöttische Verehrung der Bibel propagiert, die schlimmer ist als viele der von ihm als abergläubisch verurteilten Bräuche, und die Lehre, daß man nur durch den Glauben zum Heil gelange, setzt die Würde des Menschen herab.«

»Ich gebe es zu«, sagte der Prior erstaunt, »aber schließlich verehren wir alle wie er die Heilige Schrift, und zu Füßen des Erlösers würdigen wir alle unsere geringen Verdienste herab.«

»Gewiß, Euer Hochwürden, und das ist es vielleicht, was diese erbitterten Debatten für einen Atheisten unverständlich machen würde.«

»Deutet nicht an, was ich nicht hören will«, murmelte der Prior.

»Ich schweige«, sagte der Philosoph. »Ich stelle nur fest, daß die reformierten deutschen Herren, die mit den Köpfen aufständischer Bauern Ball spielen, den Landsknechten des Herzogs wohl ebenbürtig sind und daß Luther genau wie der Kardinal von Granvelle auf der Seite der Fürsten stand.«

»Er hat sich für die Ordnung entschieden, wie wir alle«, sagte der Prior müde.

Draußen war heftiges Schneetreiben. Als der Arzt sich erhoben hatte, um auf seine Krankenstation zurückzugehen, machte der Superior ihn darauf aufmerksam, daß sich bei einem so rauhen Wetter nur wenige Kranke hinauswagen würden und daß der Bruder Krankenpfleger genügen würde.

»Laßt mich Euch ein Geständnis machen, das ich einem Kirchenmann verschweigen würde, genauso wie Ihr eher mir als einem Kollegen eine kühne anatomische Hypothese mitteilen würdet«, fing der Prior mühsam wieder an. »Ich ertrage es nicht mehr, mein Freund Sebastian, sechzehnhundert Jahre sind nun bald seit der Menschwerdung Christi vergangen, und wir schlafen auf dem Kreuz ein wie auf einem Kopfkissen... Man könnte fast meinen, da die Erlösung ein für allemal stattgefunden hat, bleibt uns nichts anderes übrig, als uns mit der Welt abzufinden, wie sie nun einmal ist, oder höchstens sein Heil für sich allein zu suchen. Wir verherrlichen zwar den Glauben; wir führen ihn durch die Straßen spazieren und brüsten uns damit; wir opfern ihm, wenn es sein muß, tausend Leben, unseres inbegriffen. Wir bereiten auch der Hoffnung ein großes Fest; nur allzuoft haben wir sie den

Frommen zu einem hohen Preis verkauft. Aber wer sorgt sich um die Barmherzigkeit außer einigen Heiligen, und dabei zittere ich noch, wenn ich an die engen Grenzen denke, innerhalb derer sie sie ausüben... Selbst in meinem Alter und unter dieser Kutte erschien mir mein zu großes Mitgefühl oft wie ein Makel meiner Natur, gegen den zu kämpfen angebracht wäre... Und ich sage mir, wenn einer von uns den Märtyrertod auf sich nähme, nicht für den Glauben, der hat schon genug Zeugen, sondern für die Barmherzigkeit, wenn einer auf den Galgen kletterte oder sich auf die Reisigbündel am Marktplatz an die Stelle oder wenigstens an die Seite des garstigen Opfers schwänge, dann wären wir vielleicht auf einer anderen Erde und unter einem neuen Himmel. Der schlimmste Schurke oder der schändlichste Ketzer wird niemals weiter unter mir stehen, als ich unter Jesus Christus stehe.«

»Wovon der Prior träumt, gleicht sehr dem, was unsere Alchimisten den trockenen oder den schnellen Weg nennen«, sagte Sebastian Theus ernst. »Schließlich handelt es sich darum, alles auf einen Schlag zu verwandeln, und das mit unseren schwachen Kräften. Das ist ein gefährlicher Pfad, Herr Prior.«

»Befürchtet nichts«, entgegnete der Kranke mit einem fast schamhaften Lächeln. »Ich bin nur ein armer Mann, und ich stehe recht und schlecht sechzig Mönchen vor. Würde ich sie freiwillig in ich weiß nicht welches Mißgeschick mit hineinziehen? Nicht jeder, der das will, öffnet durch ein Opfer die Tür zum Himmel. Die Opferung wird sich, falls sie stattfindet, auf andere Weise vollziehen müssen.«

»Sie erfolgt von selbst, wenn die Hostie bereit ist«, überlegte Sebastian Theus laut und dachte an die geheimen Warnungen der hermetischen Philosophen.

Der Prior sah ihn verwundert an:

»Die Hostie...«, sagte er ehrfurchtsvoll und kostete dieses schöne Wort aus. »Man behauptet, daß Eure Alchimisten aus Jesus Christus den Stein der Weisen machen und das Meßopfer dem Großen Werk gleichsetzen.«

»Einige sagen es«, erwiderte Zenon und zog dem Prior die herabgerutschte Decke wieder über die Knie. »Aber was können wir aus solchen Gleichsetzungen anderes schließen, als daß der menschliche Geist eine bestimmte Neigung hat?«

»Wir zweifeln«, sagte der Prior mit plötzlich zitternder Stimme, »wir haben gezweifelt... Während wievieler Nächte habe ich gegen den Gedanken gekämpft, daß Gott nur ein Tyrann oder ein unfähiger Monarch ist und daß der Atheist, der ihn leugnet, der einzige ist, der nicht lästert... Dann ist mir ein Licht aufgegangen; die Krankheit bewirkt eine Öffnung. Ob wir uns nicht täuschen, wenn wir Seine Allmächtigkeit voraussetzen und wenn wir in unseren Übeln die Verwirklichung seines Willens sehen? Ob es nicht an uns liegt, daß Sein Reich kommt? Ich habe neulich gesagt, daß Gott seine Aufgaben überträgt; ich gehe noch weiter, Sebastian. Vielleicht ist er in unseren Händen nur eine kleine Flamme, die zu nähren und nicht erlöschen zu lassen von uns abhängt; vielleicht sind wir der fernste Punkt, zu dem Er gelangt... Wieviele Unglückliche, die die Vorstellung seiner Allmacht empört, würden aus ihrer tiefsten Not herbeieilen, wenn man sie bäte, der Schwäche Gottes zu Hilfe zu kommen?«

»Das verträgt sich aber sehr schlecht mit den Dogmen der Heiligen Kirche.«

»Nein, mein Freund, ich schwöre im voraus allem ab, was das nahtlose Gewand ein bißchen mehr zerreißen würde. Gott ist allmächtig in der Welt des Geistes, meinetwegen, aber wir sind hier in der Welt der Körper. Und haben wir ihn auf dieser Erde, auf der Er gewandelt ist, anders erblickt, denn als einen Unschuldigen auf dem Stroh, ganz wie die Säuglinge, die in unseren von den Truppen des Königs verwüsteten Dörfern des Kampenlandes auf dem Schnee liegen, oder als einen Landstreicher, der nicht einmal einen Stein hat, auf den er sein Haupt zur Ruhe betten kann, als einen zum Tode Verurteilten, der an einer Wegkreuzung gehängt wird und sich ebenfalls fragt, warum Gott ihn verlassen hat? Jeder von uns ist recht schwach, aber es ist tröstlich zu denken, daß Er noch ohnmächtiger und entmutigter ist und daß es unsere Aufgabe ist, Ihn zu zeugen und Ihn in den Geschöpfen zu retten... Ich bitte um Verzeihung«, sagte er hustend. »Ich habe Euch eine Predigt gehalten, die ich auf der Kanzel nicht mehr halten kann.«

Er hatte sein mächtiges und wie plötzlich von Gedanken entleertes Haupt an die Kopfstütze des Sessels zurückgelehnt. Sebastian Theus beugte sich freundschaftlich über ihn und hakte dabei seinen Umhang zu:

»Ich werde über die Ideen, die mir der Prior freundlicherweise dargelegt hat, nachdenken«, sagte er. »Darf ich Euch nun, bevor ich mich verabschiede, als Gegengabe eine Hypothese vortragen? Die Philosophen unserer Zeit setzen in der Mehrzahl die Existenz einer *Anima Mundi* voraus, die empfindend und mehr oder weniger bewußt ist und an der alle Dinge teilhaben; ich habe selber über die dumpfen Gedanken der Steine meditiert... Und dennoch schienen die einzig bekannten Tatsachen darauf hinzuweisen, daß das Leid und folglich die Freude und eben dadurch auch das Gute und das, was wir das Böse nennen, die Gerechtigkeit und das, was wir für Ungerechtigkeit halten, und schließlich in der einen oder anderen Form der Verstand, der dazu dient, diese Gegensätze zu unterscheiden, einzig und allein in der Welt des Blutes und vielleicht in der des Saftes existieren, in der des Fleisches, das von Nervensträngen wie von einem Netz von Blitzen durchzogen ist, und (wer weiß?) in der des Stengels, der zum Licht, seinem höchsten Gut, hinwächst, an Wassermangel leidet und sich bei Kälte zusammenzieht oder, so gut er kann, den unbilligen Übergriffen anderer Pflanzen widersteht. Alles übrige, ich meine das mineralische Reich und das des Geistes, sofern es existiert, ist vielleicht gefühllos und unbewegt, jenseits oder diesseits unserer Freuden und Leiden. Unsere Prüfungen, Herr Prior, bilden möglicherweise nur eine winzige Ausnahme in der Weltwerkstatt, und dies könnte die Gleichgültigkeit jener unwandelbaren Substanz erklären, die wir ehrfürchtig Gott nennen. «

Der Prior unterdrückte einen Schauder.

»Was Ihr sagt, ist erschreckend«, erwiderte er. »Aber wenn es sich so verhält, so sind wir wieder mehr denn je in der Welt des zerstampften Korns und des blutenden Lammes. Gehet hin in Frieden, Sebastian. «

Zenon ging durch den Bogengang zurück, der das Sankt-Cosmas-Hospiz mit dem Kloster verband. Der vom Wind verwehte Schnee häufte sich hier und da in großen weißen Wogen. In seiner Wohnung angelangt, ging er geradewegs in die kleine Kammer, wo die von Johannes Myers ererbten Bücher im Regal standen. Der Alte besaß eine Abhandlung über Anatomie, die vor zwanzig Jahren von Andreas Vesalius veröffentlicht worden war, der wie Zenon zugunsten einer vollständigeren Kenntnis des menschlichen Körpers gegen die träge galenische Tradition gekämpft hatte. Zenon war dem berühmten Arzt, der eine schöne Karriere bei Hof gemacht hatte, bevor er im Orient an der Pest starb, nur ein einziges Mal begegnet; Vesalius hatte sich hinter sein medizinisches Spezialgebiet verschanzt und hatte keine Verfolgung zu fürchten gehabt, außer der der Banausen, an der es ihm übrigens nicht gefehlt hatte. Auch er hatte Leichen gestohlen; er hatte sich eine Vorstellung vom inneren Menschen gemacht aufgrund der Knochen, die er unter den Galgen und auf den Scheiterhaufen sammelte oder auf noch unanständigere Weise dank der Einbalsamierung von hohen Persönlichkeiten, denen man heimlich eine Niere oder den Inhalt eines Hodens entnimmt, den man durch etwas Scharpie ersetzt, da hinterher nichts darauf hindeutet, daß die Präparate von Ihren Hoheiten stammen.

Zenon legte den Folianten unter die Lampe und suchte den Holzschnitt heraus, auf dem ein Querschnitt der Speiseröhre und des Kehlkopfes mit der Luftröhre abgebildet war: die

Zeichnung schien ihm eine der unvollkommensten des großen Lehrmeisters zu sein, aber er wußte sehr wohl, daß Vesalius, wie er selbst, oft zu schnell am schon verwesenden
Fleisch hatte arbeiten müssen. Er legte den Finger auf die
Stelle, an der er bei dem Prior das Vorhandensein eines Poly-
pen vermutete, der den Kranken eines Tages ersticken würde.
Er hatte in Deutschland Gelegenheit gehabt, einen Landstreicher zu sezieren, der an dem gleichen Übel gestorben
war; diese Erinnerung und die Untersuchung mit Hilfe des
speculum oris erlaubten ihm, hinter den unklaren Krankheits-
symptomen des Priors die unheilvolle Tätigkeit einer Fleisch-
parzelle zu erkennen, die nach und nach die benachbarten
Gewebe verschlang. Es sah so aus, als ob der Ehrgeiz und die
Gewalttätigkeit, die der Natur des Mönches so fremd waren,
sich in diesem Schlupfwinkel seines Körpers verschanzt hätten, von wo aus sie schließlich diesen gütigen Mann zerstören
würden. Wenn er sich nicht täuschte, hatte der Prior der Franziskaner zu Brügge, Johann-Ludwig von Berlaimont, ehemaliger Oberförster der Königinwitwe Maria von Ungarn,
Bevollmächtigter beim Vertrag von Crespy, nur noch einige
Monate zu leben, weil ihn dieser Knoten, der sich hinten im
Halse bildete, erwürgen würde, sofern der Polyp nicht auf
seinem Wege eine Vene zerreißen und den Unglücklichen in
seinem eigenen Blut ertränken würde. Von der niemals auszu-
schließenden Möglichkeit eines zufälligen Todes, der die
Krankheit selbst sozusagen überholt, einmal abgesehen, war
das Schicksal des heiligen Mannes besiegelt, so als ob er schon
gelebt hätte.

Das zu tief im Inneren sitzende Übel war für Messer oder
Brenneisen unerreichbar. Die einzige Möglichkeit, das Leben
dieses Freundes zu verlängern, bestand darin, seine Kräfte
durch eine wohlüberlegte Diät zu unterstützen; man würde
daran denken müssen, sich halbflüssige, zugleich gehaltvolle
und leichte Nahrungsmittel zu beschaffen, die er ohne allzu
große Mühe schlucken könnte, wenn er durch die zuneh-
mende Verengung die übliche Klosterkost nicht mehr würde

aufnehmen können; man müßte auch dafür Sorge tragen, ihm die Aderlasse und Abführmittel der gewöhnlichen praktischen Ärzte zu ersparen, die in dreiviertel der Fälle nur die menschliche Substanz auf grausame Weise verbrauchen. Wenn der Augenblick gekommen wäre, übermäßige Schmerzen einzuschläfern, würde man sich wirksamer Opiate bedienen, und es wäre klug, ihn bis dahin mit schmerzstillenden Mitteln abzulenken, die ihm die Angst ersparen würden, seiner Krankheit ausgeliefert zu sein. Mehr vermochte die Kunst des Arztes im Augenblick nicht.

Er blies die Lampe aus. Es fiel kein Schnee mehr, aber sein tödlich kaltes Weiß erfüllte das Zimmer; die schrägen Dächer des Klosters glänzten wie Glas. Ein einziger gelber Planet leuchtete im Süden im Zeichen des Stieres mit mattem Glanz, nicht weit vom herrlichen Aldebaran und den schimmernden Plejaden. Zenon hatte schon seit langem aufgehört, Gestirnkonstellationen zu berechnen, da er unsere Beziehung zu diesen fernen Sphären für zu verworren hielt, um sichere Berechnungen daraus ableiten zu können, selbst wenn sich zuweilen seltsame Ergebnisse aufdrängten. Gegen die Fensternische gelehnt, versank er dennoch in dunkle Träumereien. Er wußte wohl, daß sie beide, der Prior und er, nach dem Stand der Gestirne bei ihrer Geburt alles von dieser Opposition des Saturn zu fürchten hatten.

Die Verwirrungen des Fleisches

Als Bruder Krankenpfleger hatte Zenon seit einigen Monaten einen achtzehnjährigen Franziskaner, der den Trunkenbold und Balsamdieb, dessen man sich entledigt hatte, vorteilhaft ersetzte. Der Bruder Cyprianus war ein Bauernjunge, der mit fünfzehn Jahren ins Kloster eingetreten war, kaum genug Latein für die Responsorien bei der Messe konnte und nur das breite Flämisch seines Dorfes sprach. Man überraschte ihn oft dabei, wie er Volkslieder vor sich hin sang, die er wohl beim Ochsentreiben gelernt hatte. Er zeigte noch kindische Schwächen, wie zum Beispiel heimlich seine Hand in das Gefäß voll Zucker zu stecken, der zum Süßen der Arzneitränke dient. Aber dieser sorglose Junge hatte eine Geschicklichkeit ohnegleichen, ein Pflaster aufzulegen oder zu verbinden; keine Wunde, keine Ausscheidung erschreckte oder ekelte ihn. Die Kinder, die ins Hospiz kamen, liebten sein Lächeln. Zenon beauftragte ihn, die allzu wackeligen Patienten, die er nicht allein in die Stadt zurückzuschicken wagte, nach Hause zu bringen. Die Nase in der Luft und froh über den Lärm und den Betrieb der Straße, lief Cyprianus vom Hospiz zum Sankt-Johannes-Hospital, lieh oder verlieh Medikamente, erlangte ein Bett für irgendeinen Landstreicher, den man nicht auf der bloßen Erde sterben lassen konnte, oder überredete in Ermangelung eines besseren eine Frömmlerin aus dem Viertel, diesen Zerlumpten bei sich aufzunehmen. Zu Beginn des Frühlings, wenn der Klostergarten noch nicht in Blüte stand, machte er sich einen Spaß daraus, Weißdorn zu stehlen, um die Gute Jungfrau unter dem Bogengang damit zu schmücken.

Sein unwissender Kopf steckte voller Aberglauben, den er von den Klatschweibern des Dorfes übernommen hatte. Man mußte ihn daran hindern, auf die Wunden der Kranken das Papierbildchen eines Heiligen zu kleben, dem man Heilkräfte zuschrieb. Er glaubte an den Werwolf, der in den verlassenen Straßen heult, und sah überall Zauberer und Hexen. Das Meßamt konnte, wenn man ihm glauben wollte, nicht stattfinden ohne die heimliche Anwesenheit eines dieser Wesen, die sich dem Teufel verschrieben hatten. Wenn er einmal alleine in der leeren Kapelle bei der Messe dienen mußte, verdächtigte er den Priester oder stellte sich irgendwo im Dunkeln einen unsichtbaren Zauberer vor. Er behauptete, daß der Priester an bestimmten Tagen des Jahres gezwungen wäre, den Zauberer zu machen, was so vor sich ginge, daß der Priester die Taufgebete rückwärts hersagte, und als Beweis führte er an, seine Patin habe ihn eilig aus dem Taufbecken gezogen, weil sie gesehen hätte, daß der Herr Pfarrer sein Brevier verkehrt herum hielt. Man könne sich schützen, indem man Berührungen vermied oder indem man die Hand auf die der Hexerei Verdächtigen legte, und zwar oberhalb der Stelle, wo sie sie auf einen selbst gelegt hatten. Als Zenon ihn eines Tages zufällig an der Schulter berührte, richtete er es einen Moment später so ein, daß er ihm das Gesicht streifte.

An einem Morgen nach dem Weißen Sonntag hielten sie sich beide im Laboratorium auf. Sebastian Theus brachte sein Register in Ordnung. Cyprianus stampfte schläfrig Kardamomkörner. Manchmal hielt er inne und gähnte.

»Ihr schlaft im Stehen«, sagte der Arzt unvermittelt. »Soll ich annehmen, daß Ihr die Nacht mit Gebeten verbracht habt?« Der Junge lächelte verschmitzt.

»Die Engel versammeln sich nachts«, sagte er nach einem Blick zur Tür. »Das Weinkännchen kreist; die Wanne ist für das Bad der Engel bereit. Sie knien vor der Schönen nieder, die sie umarmt und küßt; die Dienerin der Schönen löst ihre langen Zöpfe, und alle beide sind nackt wie im Paradies. Die Engel ziehen ihre Wollkleider aus und bewundern sich in den Kleidern aus Haut, die Gott ihnen gemacht hat; die Kerzen

leuchten und verlöschen, und jeder folgt dem Verlangen seines Herzens.«

»Das sind ja schöne Märchen!« sagte der Arzt verächtlich.
Aber eine dumpfe Unruhe überkam ihn. Er kannte diese
Anreden mit Engelsnamen, diese sanft-lasziven Bilder: sie
waren das Erbteil vergessener Sekten, die man seit mehr als
einem halben Jahrhundert in Flandern mit Feuer und Schwert
ausgerottet zu haben glaubte. Er erinnerte sich, daß er als kleines Kind unter dem Kamingesims in der Wollestraat leise von
diesen Versammlungen reden gehört hatte, bei denen die
Gläubigen sich im Fleisch erkennen.

»Wo habt Ihr diesen gefährlichen Unsinn aufgeschnappt?«
fragte er streng. »Träumt von etwas Besserem.«

»Das sind keine Märchen«, sagte der Junge mit beleidigtem
Gesicht. »Wann immer Mynheer es wünscht, wird Cyprianus ihn an der Hand nehmen, und er wird die Engel sehen
und berühren.« »Ihr macht wohl Spaß«, sagte Sebastian
Theus etwas zu streng. Cyprianus hatte sich wieder darange-
macht, seine Kardamomkörner zu stampfen. Von Zeit zu
Zeit hielt er eines der schwarzen Körner an die Nase, um den
guten würzigen Duft besser zu riechen. Es wäre klüger gewesen, die Reden des Jungen zu ignorieren, aber Zenons Neu-
gierde gewann die Oberhand:

»Wo und wann finden Eure angeblichen nächtlichen Zusammenkünfte statt?« fragte er gereizt. »Es ist nicht so einfach, das Kloster nachts zu verlassen. Ich weiß, daß gewisse
Mönche über die Mauer springen...«

»Das sind Dummköpfe«, entgegnete Cyprianus mit ver-
ächtlicher Miene.   »Der Bruder Florian hat einen Gang
gefunden, durch den die Engel kommen und gehen. Er liebt
Cyprianus.«

»Behaltet Eure Geheimnisse für Euch«, sagte der Arzt heftig. »Woher wißt Ihr, daß ich Euch nicht verraten werde?«

Der Junge schüttelte sanft den Kopf:

»Mynheer wird doch den Engeln nicht schaden wollen«,
flüsterte er mit der Unverschämtheit eines Komplizen.

Ein Schlag des Türklopfers unterbrach das Gespräch. Zenon fuhr mit einem solchen Schrecken auf, wie er ihn seit den Ängsten in Innsbruck nicht mehr empfunden hatte, und ging, die Tür zu öffnen. Es war nur ein junges Mädchen, das an einer Hautflechte litt und immer schwarz verschleiert ging, nicht aus Scham wegen der Krankheit, sondern weil Zenon beobachtet hatte, daß die Verheerungen durch das Licht zunahmen. Durch die Aufnahme und die Behandlung dieser Unglücklichen wurde er abgelenkt. Andere Sieche folgten. Zwischen dem Arzt und dem Krankenpfleger wurde einige Tage lang kein gefährliches Wort mehr gewechselt. Aber Zenon sah den kleinen Mönch nun mit anderen Augen an. Unter dieser Kutte lebten ein Körper und eine Seele, die beunruhigend und verführerisch waren. Gleichzeitig kam es ihm vor, als hätte sich im Boden seines Schlupfwinkels ein Spalt aufgetan. Ohne es sich einzugestehen, suchte er eine Gelegenheit, mehr darüber zu erfahren.

Sie ergab sich am folgenden Samstag. Nach der Schließung des Hospizes saßen sie an einem Tisch und reinigten die Instrumente. Die Hände von Cyprianus bewegten sich emsig zwischen den spitzen Pinzetten und scharfen Skalpellen. Plötzlich stützte er seine Ellenbogen zwischen all dem Metall auf und sang ganz leise eine alte und komplizierte Weise:

> Ich rufe und werde gerufen,
> Ich trinke und werde getrunken,
> Ich esse und werde gegessen,
> Ich tanze, und jeder singt,
> Ich singe, und jeder tanzt ...

»Was ist das schon wieder für ein Liedchen?« fragte der Arzt barsch.

In Wirklichkeit hatte er die verbotenen Verse eines apokryphen Evangeliums wiedererkannt, denn er hatte sie mehrmals von Hermetikern gehört, die ihnen okkulte Kräfte zuschrieben.

»Es ist eine Litanei des heiligen Johannes«, sagte der Junge unschuldig, und indem er sich über den Tisch beugte, fuhr er in zart vertraulichem Ton fort:

»Der Frühling ist gekommen, die Taube gurrt sehnsuchtsvoll, das Bad der Engel ist ganz lau. Sie nehmen einander bei der Hand und singen leise, aus Angst, von bösen Menschen gehört zu werden. Bruder Florian hat gestern eine Laute mitgebracht, und er spielte ganz leise so süße Weisen, daß man weinen mußte.« »Seid Ihr viele, die an diese abenteuerlichen Dinge glauben?« fragte Sebastian Theus wider Willen.

Der Junge zählte an seinen Fingern ab:

»Da ist Quirinus, mein Freund, und der Novize Franz von Buren, der ein reines Gesicht und eine schöne klare Stimme hat. Matthias Aerts kommt machmal«, fuhr er fort und fügte noch zwei Namen hinzu, die der Arzt nicht kannte, »und Bruder Florian fehlt selten bei den Zusammenkünften der Engel. Pieter von Hamaeren kommt nie, aber er liebt sie.«

Zenon war auf die Erwähnung dieses Mönches nicht gefaßt, weil er ihn für keusch gehalten hatte. Zwischen ihnen bestand eine Feindschaft, seitdem Pieter, der Verwalter, sich den Instandsetzungen von Sankt-Cosmas widersetzt und wiederholt versucht hatte, die Gelder des Hospizes zu kürzen. Einen Augenblick lang schien es ihm, als wären die merkwürdigen Geständnisse von Cyprianus nur eine Falle, die Pieter für ihn aufgestellt hatte. Aber der Junge fuhr fort:

»Die Schöne kommt auch nicht immer, sondern nur, wenn die bösen Menschen ihr keine Angst machen. Ihre dunkelhäutige Dienerin bringt in einem Linnen das gesegnete Brot der Bernhardinerinnen. Bei den Engeln gibt es weder Scham noch Eifersucht, und auch kein Verbot, was den zärtlichen Gebrauch des Körpers betrifft. Die Schöne tröstet mit ihren Küssen alle, die danach verlangen, aber sie liebt nur Cyprianus.«

»Wie nennt Ihr sie?« fragte der Arzt und vermutete zum ersten Mal einen Namen und ein Gesicht hinter dem, was ihm bis dahin nur wie die verliebte Erfindung eines Jungen erschienen war, dem Mädchen versagt waren, seit er auf die Spiele mit den Kuhhirtinnen unter den Weiden hatte verzichten müssen.

»Wir nennen sie Eva«, sagte Cyprianus sanft.

Eine Handvoll Kohlen glühte in einem Kocher auf dem Fensterbrett. Man benutzte ihn, um den Gummi für die Augensalben zum Schmelzen zu bringen. Zenon ergriff den Jungen bei der Hand und zog ihn zu der kleinen Flamme. Einen langen Augenblick hielt er seinen Finger über die weißglühende Masse. Cyprianus erbleichte bis in die Lippen, auf die er sich beißen mußte, um nicht zu schreien. Zenon war kaum weniger bleich. Er ließ die Hand des Jungen alsbald wieder los.

»Wie werdet Ihr die gleiche Flamme auf Eurem ganzen Leib ertragen?« fragte er leise. »Sucht Euch weniger gefährliche Vergnügungen als Eure Engelsversammlungen.«

Mit der linken Hand hatte Cyprianus einen auf dem Regal stehenden Topf mit Lilienöl ergriffen, und er benutzte es, um die verbrannte Stelle zu bestreichen. Zenon half ihm schweigend, seinen Finger zu verbinden.

In diesem Augenblick trat der Bruder Lukas mit einem Tablett für den Prior ein, dem man jeden Abend ein Beruhigungsmittel brachte. Zenon übernahm das und ging allein zu dem Mönch hinauf. Am nächsten Tag erschien der ganze Vorfall nur noch wie ein böser Traum, aber er sah Cyprianus im Saal wieder, wie er gerade den Fuß eines verwundeten Kindes wusch. Er trug immer noch seinen Verband. In der folgenden Zeit wandte Zenon jedesmal mit der gleichen unerträglichen Angst seinen Blick von der Narbe des verbrannten Fingers ab. Cyprianus schien es darauf anzulegen, ihm fast kokett die Narbe unter die Augen zu halten.

In der Zelle von Sankt-Cosmas wurden die alchimistischen Forschungen nun durch das ängstliche Kommen und Gehen eines Mannes ersetzt, der die Gefahr sieht und einen Ausweg sucht. Nach und nach, so wie Gegenstände aus dem Nebel auftauchen, zeichneten sich Tatsachen unter den Faseleien von Cyprianus ab. Das Bad der Engel und ihre unsittlichen Zusammenkünfte erklärten sich mühelos. Brügge war von einem Netz von unterirdischen Gängen durchzogen, die sich von Lager zu Lager, von Keller zu Keller verzweigten. Nur ein verlassenes Haus trennte die Nebengebäude des Franziskanerklosters von dem Kloster der Bernhardinerinnen; Bruder Florian, der ein bißchen mauern und anstreichen konnte, hatte bei seinen Instandsetzungsarbeiten an der Kapelle und den Klostergängen wohl alte Dampfbaderäume oder Waschräume gefunden, die für diese Narren ein heimliches Zimmer und ein zärtlicher Zufluchtsort geworden waren. Dieser Florian war ein Schlingel von vierundzwanzig Jahren, der seine frühe Jugend damit verbracht hatte, durch das Land zu streifen und die Edelleute in ihren Schlössern und die Bürger in ihren Stadthäusern zu porträtieren, wofür er als Entgelt ein Nachtlager und Essen bekommen hatte. Weil das Kloster, in dem er plötzlich die Kutte genommen hatte, wegen der Unruhen in Antwerpen hatte evakuiert werden müssen, hatte man ihn seit dem Herbst bei den Franziskanern in Brügge untergebracht. Freundlich, gewitzt und gutaussehend, wie er war, umringte ihn immer eine Schar von Lehrlingen, die auf seinen Leitern herumturnten. Dieser Wirrkopf hatte wohl irgendwo noch ein paar jener Begarden oder Brüder vom Heiligen Geist getroffen, die zu Anfang des Jahrhunderts ausgerottet worden waren, und sich bei ihnen diese blumige Sprache und diese seraphischen Anreden geholt, wie eine ansteckende Krankheit, die er dann an Cyprianus weitergegeben hatte. Vielleicht aber hatte auch der Bauernjunge selbst diese gefährliche Redeweise in dem Aberglauben seines Dorfes aufgeschnappt wie Keime einer vergessenen Pest, die heimlich tief in einem Schrank weiterbrüten.

Seit der Krankheit des Priors hatte Zenon im Kloster eine Neigung zu Unregelmäßigkeiten und Unordnung beobachtet: die nächtlichen Gottesdienste wurden, wie man sagte, nur noch dann und wann von einigen der Brüder besucht; eine ganze Gruppe widersetzte sich heimlich den Reformen, die der Prior in Übereinstimmung mit den Empfehlungen des Konzils eingeführt hatte; die ausschweifenderen Mönche verabscheuten Johann-Ludwig von Berlaimont wegen der Sittenstrenge, die er beispielhaft verkörperte, die strenggläubigeren dagegen verachteten ihn wegen seiner als übertrieben angesehenen Gutherzigkeit. Es bildeten sich bereits Parteien im Hinblick auf die Wahl des nächsten Superiors. Die Kühnheiten der Engel waren durch diese Interregnumsatmosphäre zweifellos erleichtert worden. Außergewöhnlich war, daß ein vorsichtiger Mann wie Pieter von Hamaeren es zuließ, daß sie die tödliche Gefahr nächtlicher Zusammenkünfte auf sich nahmen und die noch größere Narrheit begingen, zwei Mädchen daran teilnehmen zu lassen, aber sicherlich konnte Pieter weder Florian noch Cyprianus etwas abschlagen.

Diese Mädchen selber waren Zenon zuerst nur wie raffinierte Decknamen oder ganz einfach wie Träume erschienen. Dann aber fiel ihm ein, daß man in dem Stadtviertel viel von einem Fräulein aus guter Familie redete, das während der Abwesenheit ihres Vaters, der Anwalt des Rates von Flandern war und nach Valladolid gereist war, um Rechenschaftsberichte zu überbringen, gegen Weihnachten zu den Bernhardinerinnen gezogen war. Ihre Schönheit, ihr Putz, die dunkle Haut und die Ohrringe ihrer kleinen Dienerin gaben den Gesprächen in den Läden und auf der Straße Nahrung. Das Fräulein von Loos ging mit ihrer Mulattin aus, um sich zur Kirche zu begeben oder beim Putzmacher oder Konditor Einkäufe zu machen. Es war durchaus möglich, daß Cyprianus bei einem seiner Botengänge mit den Schönen Blicke und dann Worte getauscht hatte oder daß Florian, der die Fresken des Chors ausbesserte, Mittel und Wege gefunden hatte, die beiden für sich oder seinen Freund zu gewinnen. Zwei mutige Mädchen konnten sich sehr wohl nachts durch das Labyrinth von Gängen zu den nächtlichen Zusammenkünften der Engel schleichen und in ihrer mit Bildern aus der Heiligen Schrift erfüllten Phantasie eine Sulamith und eine Eva darstellen.

Wenige Tage nach Cyprianus' Enthüllungen ging Zenon zum Konditor in der Langerstraat, um Gewürzwein zu kaufen, der zu einem Drittel das Heilgetränk des Priors abgab. Idelette von Loos suchte auf dem Ladentisch Zuckergebäck und Windbeutel aus. Sie war ein kaum fünfzehnjähriges Mädchen, schlank wie ein Schilfrohr mit langen, fast weißblonden Haaren und Augen so klar wie eine Quelle. Dieses bleiche Haar und diese wasserklaren Augen erinnerten Zenon an den Jüngling, der in Lübeck sein unzertrennlicher Gefährte gewesen war. Das war zu der Zeit, als er zusammen mit dessen Vater, dem Gelehrten Aegidius Friedhof, einem reichen Goldschmied aus der Breiten Straße und seinerseits in allen Leidenschaften erfahren, gewisse Nachforschungen über die Verbindung und den Feingehalt von Edelmetallen anstellte. Dieses besonnene Kind war zugleich ein köstliches Objekt der Begierde und ein eifriger Schüler gewesen... Gerhart war für den Alchimisten so eingenommen, daß er ihn sogar auf seinen Reisen nach Frankreich begleiten wollte, und sein Vater war damit einverstanden, daß er auf diese Weise seine Reise durch Deutschland begänne, aber der Philosoph hatte für diesen zart erzogenen Jungen den rauhen Ton der Straßen und ihre anderen Gefahren gefürchtet. Dieser vertraute Umgang in Lübeck, der wie ein Spätsommer seines unsteten Lebens gewesen war, fiel ihm wieder ein, aber diese Erinnerungen waren nicht mehr eine trockene Gedächtnisleistung, so wie die fleischlichen, die er kürzlich heraufbeschworen hatte, sondern stiegen ihm zu Kopf wie ein Wein, von dem man sich vor allem nicht berauschen lassen durfte. Diese Erinnerung brachte ihn, ob er wollte oder nicht, der verrückten Engelschar näher. Aber noch andere Erinnerungen wirbelten um das kleine Gesicht von Idelette: etwas Verwegenes und Mutwilliges an Fräulein von Loos ließ Jeanette Fauconnier aus der Vergessenheit auftauchen, das Studentenliebchen von Löwen, das seine erste männliche Eroberung gewesen war; Cyprianus' Stolz kam ihm nicht mehr so kindisch oder nichtig vor. Seine Erinnerung wollte noch weiter zurückgehen: aber der Faden riß; die Mulattin lutschte lachend Bonbons, und Idelette warf beim Hinausgehen diesem graugelockten Unbekannten ein Lächeln zu, wie sie es für alle Vorübergehenden hatte. Ihr weites Kleid füllte den schmalen Ladeneingang aus; der Konditor, der die Frauen liebte, machte seinen Kunden darauf aufmerksam, wie gut das Fräulein mit einer Hand das Bündel ihrer Röcke zu schürzen verstand, wobei sie ihre Knöchel entblößte und den schönen Moiré über ihre Schenkel zog.

»Ein Mädchen, das seine Formen zeigt, gibt jedem zu verstehen, daß es nach anderem hungert als nach Butterwekken«, sagte er anzüglich zu dem Arzt.

Dieser Scherz gehörte zu denen, die unter Männern ausgetauscht zu werden pflegen. Zenon lachte pflichtschuldig.

Das nächtliche Auf und Ab fing wieder an: acht Schritte zwischen der Truhe und dem Bett, zwölf Schritte zwischen der Fensterluke und der Tür; er zog eine Fußspur, als wäre er schon ein Gefangener. Seit jeher hatte er gewußt, daß manche seiner Leidenschaften, die einer Ketzerei des Fleisches gleichgesetzt wurden, ihm das Schicksal einbringen konnten, das den Ketzern bestimmt war, nämlich den Scheiterhaufen. Man findet sich mit der Grausamkeit der Gesetze seines Jahrhunderts ab, wie man sich mit Kriegen abfindet, die die menschliche Dummheit hervorruft, mit der Ungleichheit der Stände, mit der üblen Straßenpolizei und mit der Sorglosigkeit der Städte. Selbstverständlich konnte man verbrannt werden, weil man Gerhart geliebt hatte, wie man geröstet werden konnte, weil man die Bibel in der Volkssprache gelesen hatte. Diese Gesetze, die gerade durch die Natur dessen, was sie zu bestrafen vorgaben, unwirksam waren, betrafen aber weder die Reichen noch die Großen dieser Welt: der Nuntius in Innsbruck hatte sich mit obszönen Versen gebrüstet, für die ein armer Mönch gebraten worden wäre; man hatte niemals erlebt, daß ein hoher Herr ins Feuer geworfen worden wäre, weil er seinen Pagen verführt hatte. Die Gesetze wüteten gegen unscheinbarere Individuen, aber die Unscheinbarkeit war auch ein Zufluchtsort: trotz Haken, Netzen und Laternen setzen die meisten Fische ihren Weg ohne Kielwasser in den schwarzen Tiefen fort, und kümmerten sich nicht um diejenigen ihrer Gefährten, die blutig auf einem Schiffsdeck zappeln. Aber er wußte auch, daß der Groll eines Feindes, eine momentane Wut und Tollheit der Menge oder ganz einfach die törichte Strenge eines Richters genügten, um Schuldige, die vielleicht unschuldig waren, zugrunde zu richten. Die Gleichgültigkeit verwandelte sich in Wut und die teilweise Mitschuld in Abscheu. Sein ganzes Leben lang hatte er diese Angst, die mit so vielen anderen Ängsten verbunden ist, erlebt. Aber was man sich selber noch einigermaßen gefallen läßt, erträgt man weniger leicht, wenn es einen anderen trifft.

Diese unruhigen Zeiten verführten zu Denunziationen auf jedem Gebiet. Das niedere Volk, das insgeheim von den Bilderstürmern verführt war, warf sich gierig auf jeden Skandal, der die mächtigen Orden, denen man ihre Reichtümer und ihren Einfluß zum Vorwurf machte, in Verruf bringen konnte. In Gent waren ein paar Monate zuvor neun Augustinermönche, die zu Recht oder Unrecht sodomitischer Beziehungen verdächtigt worden waren, nach unerhörten Folterungen verbrannt worden, um die Erregung der Gaffer zu besänftigen, die sich gegen die Kirchenmänner zusammengerottet hatten; die Furcht, man könnte den Anschein erwekken, einen Skandal vertuschen zu wollen, hatte verhindert, daß man es bei Disziplinarstrafen bewenden ließ, die vom Orden selber auferlegt worden wären, wie es die Klugheit geboten hätte. Die Lage der Engel war noch gefährlicher. Die verliebten Spiele mit den beiden Mädchen, die eigentlich in den Augen des Mannes von der Straße das hätten abschwächen müssen, was man für das eigentlich Schwarze an dem Abenteurer hielt, brachten im Gegenteil diese Unglücklichen noch mehr in Gefahr. Das Fräulein von Loos würde der Zielpunkt werden, auf den sich die gemeine Neugier des Volkes heftet; das Geheimnis der nächtlichen Zusammenkünfte hing künftig von Weibergeschwätz oder von einer unerwünschten Schwangerschaft ab. Doch die größte Gefahr lag in den Engelsnamen, den Kerzen, den kindischen Riten mit Wein und gesegnetem Brot, dem Aufsagen apokrypher Bibelsprüche, von denen niemand, nicht einmal ihre Verfasser, jemals etwas verstanden hatten, und schließlich in der Nacktheit, die doch kaum etwas anderes war als die Nacktheit von Jungen, die um eine Pfütze spielen. Ein ordnungswidriges Verhalten, das sicherlich Ohrfeigen verdiente, würde diese närrischen Herzen und schwachen Köpfe in den Tod führen. Niemand würde soviel Verstand haben, um es lediglich natürlich zu finden, daß unwissende Kinder, die mit Entzücken die Freuden des Fleisches entdeckten, sich der heiligen Sätze und Bilder bedienten, die man ihnen seit jeher eingeflößt hatte. So wie die Krankheit des Priors Datum und Art seines Todes ziemlich genau bestimmte, schienen Zenon Cyprianus und seine Gefährten so verloren zu sein, als ob sie schon in den Flammen geschrien hätten.

Er saß an seinem Tisch, schrieb undeutlich Zahlen oder Zeichen auf die Ränder eines Registers und sagte sich, daß seine eigene Rückzugslinie außerordentlich verletzbar war. Cyprianus hatte ihn unbedingt zum Vertrauten, wenn nicht zum Komplizen machen wollen. Ein etwas weitergehendes Verhör würde fast unvermeidlich seinen richtigen Namen und seine wirkliche Person enthüllen, und es war nicht tröstlicher, wegen Atheismus als wegen Sodomie verhaftet zu werden. Er vergaß auch nicht die Behandlung von Han und die Vorkehrungen, die er getroffen hatte, um ihn der Gerichtsbarkeit zu entziehen, Taten, die ihn von einem Tag zum anderen zum Rebellen machen konnten, der an den Galgen gehörte. Die Vorsicht hätte geboten, abzureisen, und zwar sofort. Aber es kam nicht in Frage, jetzt das Krankenlager des Priors zu verlassen.

Johann-Ludwig von Berlaimont starb langsam, und das entsprach dem, was man von dem gewöhnlichen Verlauf seiner Krankheit wußte. Er war fast so mager geworden wie ein Schwindsüchtiger, was bei diesem Mann um so mehr auffiel, als er von robustem Körperbau gewesen war. Da die Schluckbeschwerden zugenommen hatten, ließ Sebastian Theus von der alten Greete leichte Speisen, Kraftbrühen und Fruchtsäfte herstellen, die sie nach ehemaligen Rezepten der Küche des Hauses Ligre zubereitete. Obgleich der Kranke sich zwang, Gefallen daran zu finden, berührte er sie doch nur mit spitzen Lippen, und Zenon hatte den Verdacht, daß er dauernd Hunger litt. Die Stimme war fast ganz erloschen; der Prior behielt sich das Reden für die notwendigsten Gespräche mit seinen Untergebenen oder seinem Arzt vor. In der übrigen Zeit schrieb er Wünsche und Anordnungen auf Papierfetzen, die auf seinem Bett lagen, aber er bemerkte gegenüber Zenon einmal, daß es nicht mehr viel zu schreiben oder zu sagen gab.

Der Vertreter der Arztkunst hatte darum gebeten, dem Kranken so wenig wie möglich von den Geschehnissen draußen mitzuteilen, da er ihm den Bericht von den Grausamkeiten des Ketzertribunals, das in Brüssel wütete, ersparen wollte. Aber die Nachrichten schienen bis zu ihm durchzusikkern. Gegen Mitte Juni stritt sich der Novize, der mit der körperlichen Pflege des Priors betraut war, mit Sebastian Theus über den Tag, an dem man ihn zum letzten Mal ein Kleiebad hatte nehmen lassen, das seine Haut erfrischte und ihm für eine Zeitlang wieder ein gewisses Wohlbehagen zu verschaffen schien. Der Prior wandte den beiden sein graues Gesicht zu und flüsterte mühsam.

»Das war am Montag, dem sechsten, an dem Tag, als die beiden Grafen hingerichtet wurden.«

Einige Tränen rollten still über seine eingefallenen Wangen.

Später erfuhr Zenon, daß Johann-Ludwig von Berlaimont durch seine verstorbene Frau mit Lamoral verwandt war. Wenige Tage später vertraute der Prior seinem Arzt tröstende Zeilen für die Witwe des Grafen, Sabine von Bayern, an, die Sorgen und Schmerz, wie man sich erzählte, an den Rand des Grabes gebracht hatten. Sebastian Theus hatte den Brief mitgenommen, um ihn einem Boten zu übergeben, aber Pieter von Hamaeren, der sich auf dem Flur herumtrieb, trat dazwischen, da er eine Unüberlegtheit des Priors für das Kloster befürchtete. Verächtlich überreichte Zenon ihm das Schreiben. Der Verwalter gab es zurück, nachdem er Kenntnis davon genommen hatte: es war nichts Gefährliches an diesen Beileidsworten für die erlauchte Witwe und diesen Versprechen, für sie zu beten. Madame Sabine wurde von den Beamten des Königs höchstpersönlich mit Ehrerbietung behandelt.

Da Zenon dauernd über die Angelegenheit, die ihn beschäftigte, nachdachte, redete er sich schließlich ein, es würde, um das Schlimmste zu verhindern, genügen, Bruder Florian anderswo Kapellen ausbessern zu lassen. Sich selbst überlassen, würden Cyprianus und die Novizen nicht wagen, ihre nächtlichen Zusammenkünfte wieder aufzunehmen, und andererseits war es nicht unmöglich, die Bernhardinerinnen zu veranlassen, zwei Mädchen besser zu überwachen. Da die Versetzung Florians allein vom Prior abhing, entschloß sich der Philosoph, diesem das wenige anzuvertrauen, das nötig war, um ihn zu sofortigem Handeln zu veranlassen. Er wartete einen Tag ab, an dem der Kranke sich weniger schlecht fühlte.

Das war an einem Nachmittag Anfang Juli der Fall, an dem der Bischof persönlich gekommen war, um sich nach dem

Befinden des Priors zu erkundigen. Monsignore war gerade wieder fortgegangen. Johann-Ludwig von Berlaimont lag mit seiner Kutte bekleidet auf seinem Bett, und die Anstrengung, die es ihn gekostet hatte, seinen Gast mit Höflichkeit zu empfangen, schien ihn für einen Augenblick belebt und gekräftigt zu haben. Sebastian sah auf dem Tisch ein fast unberührtes Tablett stehen.

»Ihr werdet dieser guten Frau danken«, sagte der Mönch mit festerer Stimme als sonst. »Ich habe zwar nur wenig gegessen«, fügte er fast heiter hinzu, »aber es ist nicht schlecht, wenn ein Mönch zum Fasten gezwungen wird.«

»Der Bischof hat dem Prior doch sicherlich einen Dispens erteilt«, sagte der Arzt im gleichen scherzhaften Ton.

Der Prior lächelte.

»Monsignore ist sehr kultiviert, und ich halte ihn für einen Mann mit Herz, auch wenn ich zu denen gehörte, die gegen seine Ernennung durch den König waren, der sich über unsere alten Bräuche hinwegsetzte. Ich hatte das Vergnügen, ihm meinen Arzt zu empfehlen.«

»Ich suche keinen anderen Posten«, sagte Sebastian Theus vergnügt.

Das Gesicht des Kranken zeigte schon die Erschöpfung.

»Ich will mich nicht beklagen, Sebastian«, meinte er geduldig und verlegen wie immer, wenn er von seinen eigenen Beschwerden sprach. »Meine Schmerzen sind durchaus erträglich... Aber da sind peinliche Nebenwirkungen. So zögere ich, die Heilige Kommunion zu empfangen... Es brauchte nur ein Husten oder ein Schluckauf zu kommen... Ob wohl irgendein leichtes Mittel diese Halsentzündung ein bißchen lindern könnte?«

»Die Halsentzündung ist heilbar, Herr Prior«, log der Arzt. »Wir erhoffen viel von diesem schönen Sommer...«

»Gewiß«, meinte der Prior zerstreut. »Gewiß...«

Er streckte seine magere Hand aus. Da der Bruder Krankenwärter sich einen Augenblick entfernt hatte, sagte Sebastian Theus, er habe soeben zufällig den Bruder Florian getroffen.

»Ja«, nickte der Prior und wollte wohl damit zeigen, daß er noch ein gutes Namensgedächtnis hatte. »Man wird ihn damit beschäftigen, die Fresken des Chors zu erneuern. Für neue Gemälde fehlt das Geld...«

Er schien zu glauben, der Mönch mit den Pinseln und Farbnäpfchen wäre am Vorabend angekommen. Im Gegensatz zu den Gerüchten, die in den Klostergängen in Umlauf waren, glaubte Zenon Johann-Ludwig von Berlaimont im Vollbesitz seiner geistigen Fähigkeiten, nur hätten diese sich sozusagen verinnerlicht. Plötzlich gab ihm der Prior ein Zeichen, sich zu ihm niederzubeugen, als hätte er ihm ein Geheimnis zuzuflüstern, aber vom Bruder Maler war schon nicht mehr die Rede.

»...Die Opferung, von der wir irgendwann sprachen, Freund Sebastian... Aber es gibt nichts zu opfern... Es ist unwichtig, ob ein Mann meines Alters lebt oder stirbt...«

»Mir ist es wichtig, daß der Prior lebt«, antwortete der Arzt fest.

Doch dieser hatte darauf verzichtet, um Hilfe zu bitten. Jeder Versuch, einen anderen einzuweihen, lief Gefahr, sich in eine Denunziation zu verwandeln. Diese Geheimnisse hätten einem erschöpften Mund versehentlich entschlüpfen können; es war sogar möglich, daß dieser Mann, der am Ende seiner Kräfte war, eine Strenge unter Beweis stellen würde, die sonst nicht in seiner Natur lag. Zu guter Letzt bewies der Vorfall mit dem Schreiben, daß der Prior nicht mehr Herr in seinem Hause war.

Zenon machte noch einen Versuch, Cyprianus zu erschrecken. Er erzählte ihm von dem fatalen Unglück der Augustiner in Gent, von dem der Bruder Krankenpfleger eigentlich schon etwas wissen mußte. Das Ergebnis war anders, als er erwartet hatte.

»Die Augustiner sind Dummköpfe«, sagte der junge Franziskaner kurz und bündig.

Aber drei Tage später näherte er sich dem Arzt mit sorgenvoller Miene:

»Der Bruder Florian hat einen Talisman verloren, den er von einer Ägypterin hatte«, sagte er ganz verstört. »Es scheint, daß Schlimmes dadurch entstehen kann. Wenn Mynheer mit den Kräften, die er hat...«

»Ich bin kein Amuletthändler«, erwiderte Sebastian Theus und machte auf dem Absatz kehrt.

Am folgenden Tag, in der Nacht von Freitag auf Samstag, arbeitete der Philosoph über seinen Büchern, als ein leichter Gegenstand durch das offene Fenster hereinfiel. Es war eine Haselrute. Zenon ging ans Fenster. Ein grauer Schatten, von dem er nur ungenau das Gesicht, die bloßen Füße und Hände erkannte, verharrte unten in einer Haltung, als ob er ihn riefe. Einen Augenblick später ging Cyprianus fort und verschwand unter dem Bogengang.

Zenon setzte sich zitternd wieder an seinen Tisch. Ein heftiges Verlangen hatte sich seiner bemächtigt, dem er – das wußte er im voraus – nicht nachgeben würde, so wie man in anderen Fällen trotz eines stärkeren Widerstandes weiß, daß man sich gehenlassen wird. Es ging nicht darum, diesem Wahnsinnigen zu irgendeiner unbekannten Ausschweifung oder einem nächtlichen Zauber zu folgen. Aber in seinem ruhelosen Leben und angesichts des langsamen Verfalls, der sich im Fleisch und vielleicht auch in der Seele des Priors vollzog, ergriff ihn ein Verlangen, bei einem jungen und warmen Körper die Kälte, das Zugrundegehen und die Nacht zu vergessen. Mußte man in Cyprianus' Beharrlichkeit nicht die Bemühung sehen, einen Mann für sich zu gewinnen, den man für nützlich hielt und überdies noch mit okkulten Fähigkeiten begabt glaubte? War dies ein Beispiel mehr für die ewige Kraft der Verführung, die Alkibiades an Sokrates versucht hatte? Eine noch wahnsinnigere Idee kam dem Alchimisten in den Sinn. War es möglich, daß seine eigenen Wünsche, die er zum Nutzen gelehrterer Forschungen als der des Fleisches selbst bezwungen hatte, außerhalb seiner selbst diese kindliche und schädliche Gestalt angenommen hatten? *Extinctis luminibus*: er blies die Lampe aus. Vergeblich versuchte er, als Anatom und nicht als Liebender, sich mit Verachtung die Spiele dieser sinnlichen Kinder vorzustellen. Er sagte sich wieder und wieder, daß der Mund, in den man die Küsse träufelt, nur die Höhlung der Kauvorgänge ist und daß die Spur derselben Lippen, in die man soeben noch biß, am Rand eines Glases abstoßend wirkt. Vergeblich stellte er sich weiße aufeinandergepreßte Raupen oder arme in Honig gefangene Fliegen vor. Doch was man auch immer tat, Idelette und Cyprianus, Franz von Bure und Matthias Aerts waren schön. Das verlassene Dampfbad war tatsächlich eine Zauberkammer; die große sinnliche Flamme verwandelte alles, wie die Flamme des alchimistischen Athanor, und sie war es wert, daß man die Flamme des Scheiterhaufens risikierte. Das Weiß der nackten Körper leuchtete wie jenes Phosphoreszieren, das von den verborgenen Kräften der Steine Zeugnis ablegt.

Am Morgen hatte er sich entspannt. Die schlimmste Ausschweifung in einer dunklen Spelunke war besser als der Mummenschanz der Engel. Unten in dem grauen Saal, in Gegenwart einer alten Frau, die jeden Samstag kam, um ihre Krampfadern behandeln zu lassen, wies er Cyprianus heftig zurecht, weil er den Verbandskasten hatte fallen lassen. Nichts Ungewöhnliches ließ sich von dem Gesicht mit den leicht geschwollenen Augenlidern ablesen. Die nächtliche Einladung war wohl nur ein Traum gewesen.

Aber die Zeichen, die von der kleinen Schar ausgingen, waren jetzt von Feindseligkeit und Spott erfüllt. Eines Morgens fand der Philosoph, als er ins Laboratorium kam, eine Zeichnung, die offen auf dem Tisch lag und zu geschickt gemacht war, um von Cyprianus zu stammen, der sich kaum einer Feder zu bedienen wußte, um seinen Namen zu schreiben. Florians bizarre Phantasie war in dieser Ansammlung von Figuren offenbar. Es war einer jener Lustgärten, die man gelegentlich bei den Malern fand und in denen die braven Leute eine Satire des Sündenfalls sahen, andere, gescheitere, dagegen eine Kirmes fleischlicher Kühnheiten. Eine Schöne stieg, von ihren Liebhabern begleitet, in ein Springbrunnenbecken, um darin zu baden. Zwei Liebende umarmten sich hinter einem Vorhang, nur durch die Stellung ihrer nackten Füße verraten. Ein junger Mann spreizte mit zärtlicher Hand die Knie des geliebten Partners auseinander, der ihm wie ein Bruder ähnlich sah. Aus dem Mund und der geheimen Öffnung eines knienden Jungen reckten sich zarte Blüten zum Himmel auf, eine Mulattin reichte eine Riesenhimbeere auf einem Tablett herum. Die auf diese Weise allegorisch dargestellte Sinnenlust wurde zu einem Zauberspiel, einem gefährlichen Gespött. Der Philosoph zerriß nachdenklich das Blatt.

Zwei oder drei Tage später erwartete ihn ein anderer lasziver Scherz: man hatte aus einem Wandschrank einige alte Schuhe hervorgeholt, die gebraucht wurden, um bei Schmutz und Schnee durch den Garten zu gehen; diese Schuhe lagen gut sichtbar auf dem Fußboden in obszöner Unordnung übereinander. Zenon stieß sie mit einem Fußtritt auseinander; es war ein grober Scherz. Beunruhigender war ein Objekt, das er eines Abends in seinem Zimmer fand. Es war ein glatter Stein, auf den ungeschickt mit Bleistift ein Gesicht und weibliche oder vielleicht hermaphroditische Merkmale gekritzelt worden waren; der Kieselstein war von einer blonden Haarlocke umgeben. Der Philosoph verbrannte die Locke und warf diese Art Zauberpuppe mit Verachtung in eine Schublade. Die Belästigungen hörten auf; niemals hatte er sich herabgelassen, mit Cyprianus darüber zu sprechen. Er glaubte nun, daß die Narrheiten der Engel von selber vergehen würden, aus dem einfachen Grunde, weil alles vergeht.

Das öffentliche Unglück brachte dem Sankt-Cosmas-Hospiz neuen Zulauf. Unter die ständigen Patienten mischten sich Besucher, die man selten zweimal sah: Bauersleute, die ein buntes Durcheinander an Gegenständen mit sich schleppten, die sie kurz vor einer Flucht zusammengerafft oder aus einem brennenden Haus gezogen hatten: versengte Decken, Plumeaus, die die Federn verloren, Küchengeschirr oder gesprungene Töpfe. Frauen trugen Kinder in schmutzigen Wäschebündeln. Diese Bauern, die aus aufständischen Dörfern verjagt worden waren, da diese systematisch von der Truppe entvölkert wurden, litten fast alle an Faustschlägen oder Wunden; ihr Hauptübel aber war ganz einfach der Hunger. Manche durchquerten die Stadt wie wandernde Herden und wußten nicht, welches ihre nächste Etappe sein würde; andere wieder gingen zu Verwandten, die in dieser weniger leidgeprüften Gegend lebten und noch Tiere und ein Dach über dem Kopf hatten. Mit Hilfe von Bruder Lukas brachte es Zenon zuwege, Brot zu haben, das er an die Ärmsten verteilen konnte. Man sah auch Leute aus den berufs- und gewerbetreibenden Ständen, die weniger jammerten, aber ängstlicher waren, und meist allein oder in kleinen Gruppen von zweien oder dreien reisten. Sie kamen aus den Städten im Inneren des Landes und wurden sicherlich vom Bluttribunal gesucht. Diese Flüchtlinge trugen gute bürgerliche Kleidung zur Schau, doch ihre zerfetzten Schuhe, ihr geschwollenen und blasenbedeckten Füße verrieten die langen Märsche, an die diese Seßhaften nicht gewöhnt waren; diese Leute verheimlichten, wohin sie unterwegs waren, aber Zenon wußte von der alten Greete, daß fast täglich von einsamen Stellen der Küste Fischerboote abfuhren, die diese Landsleute nach England oder Seeland brachten, je nachdem was ihre Mittel und der Wind ihnen erlaubten. Man behandelte sie, ohne Fragen zu stellen.

Sebastian Theus verließ den Prior kaum noch, aber man konnte sich auf die beiden Mönche verlassen, die schließlich doch wenigstens die Anfangsgründe der Pflegekunst erlernt hatten. Der Bruder Lukas war ein ruhiger, pflichtbewußter Mann, dessen Geist nicht über die unmittelbar zu erledigende Arbeit hinausging. Cyprianus verfügte über eine gewisse liebenswürdige Güte.

Man hatte darauf verzichten müssen, die Schmerzen des Priors mit Opiaten einzuschläfern. Eines Abends hatte er seinen Beruhigungstrunk zurückgewiesen.

»Versteht mich, Sebastian«, flüsterte er ängstlich, weil er zweifellos einen Widerstand des Arztes befürchtete. »Man möchte nicht schlafen in dem Augenblick, da... *Et invenit dormientes...*«

Der Philosoph machte ein Zeichen des Einverständnisses. Seine Rolle bei dem Sterbenden bestand von nun an darin, ihm ein paar Löffel Fleischbrühe einzuflößen oder dem Bruder Krankenwärter zu helfen, diesen großen abgezehrten Körper, der schon nach dem Grab roch, hochzuheben. Er kam spät nach Sankt-Cosmas zurück und legte sich angekleidet nieder, immer gefaßt auf eine Erstickungskrise, die der Superior nicht überstehen würde.

Eines Nachts meinte er, über die Fliesen des Flures eilige Schritte auf seine Zelle zukommen zu hören. Er erhob sich hastig und öffnete die Tür. Da war nichts und niemand. Er lief trotzdem zum Prior.

Johann-Ludwig von Berlaimont saß aufrecht, von der Bettrolle und den Kissen gestützt. Seine weitgeöffneten Augen wandten sich dem Arzt zu, mit – wie es diesem schien – einem Ausdruck grenzenloser Fürsorge.

»Reist ab, Zenon!« sagte er deutlich. »Nach meinem Tod...« Ein heftiger Hustenanfall unterbrach ihn. Zenon war bestürzt und hatte sich instinktiv umgedreht, um zu sehen, ob der Krankenwärter auf seinem Holzschemel zugehört haben konnte. Aber der alte Mann schlief und wackelte mit dem Kopf. Der erschöpfte Prior war schräg auf seine Kissen zurückgefallen und in einen unruhigen Dämmerzustand gesunken. Zenon beugte sich klopfenden Herzens über ihn, war versucht, ihn zu wecken, um noch ein Wort , noch einen Blick zu erhaschen. Er zweifelte an seinen Sinnen und selbst an seinem Verstand. Nach einer Weile setzte er sich neben das Bett. Schließlich war es nicht unmöglich, daß der Prior seinen Namen schon immer gewußt hatte.

Der Kranke wurde von schwachen Zuckungen geschüttelt. Zenon massierte ihm langsam Füße und Beine, wie es ihm einst die Dame von Frösö beigebracht hatte. Diese Behandlung konnte es mit allen Opiaten aufnehmen. Schließlich schlief er selbst am Rande des Bettes ein, den Kopf in die Hände gestützt.

Am Morgen ging er ins Refektorium hinunter, um einen Teller lauwarme Suppe zu sich zu nehmen. Pieter von Hamaeren war dort. Der Ausruf des Priors hatte auf fast abergläubische Weise alle Befürchtungen des Alchimisten wieder geweckt. Er nahm Pieter von Hamaeren beseite und sagte ihm unverblümt:

»Ich hoffe, Ihr habt Ordnung in die Narreteien Eurer Freunde gebracht.«

Er wollte von der Ehre und der Sicherheit des Klosters sprechen. Der Verwalter ersparte ihm diese Lächerlichkeit.

»Ich weiß von dieser ganzen Geschichte nichts«, sagte er heftig.

Und er entfernte sich mit lautem Sandalengeklapper.

Der Prior empfing an diesem Abend zum dritten Mal die letzte Ölung. Das kleine Zimmer und die angrenzende Kapelle waren voll von kerzentragenden Mönchen. Einige weinten; andere begnügten sich damit, der Zeremonie mit Würde beizuwohnen. Der halberstarrte Kranke gab sich anscheinend Mühe, so leicht wie möglich zu atmen, und betrachtete die kleinen gelben Flammen, als sehe er sie nicht.

Als die Sterbegebete beendet waren, gingen die Anwesenden der Reihe nach hinaus und ließen nur zwei Mönche mit ihrem Rosenkranz zurück. Zenon, der sich abseits gehalten hatte, nahm seinen gewohnten Platz wieder ein.

Die Zeit der mündlichen Mitteilungen, selbst der kürzesten, war vorüber; der Prior begnügte sich damit, durch Zeichen um etwas Wasser oder um die Urinflasche zu bitten, die an einer Ecke des Bettes befestigt war. Es schien Zenon, daß im Innern dieser Welt des Verfalls, wie ein Schatz unter einem Trümmerhaufen, noch ein Geist vorhanden wäre, mit dem man vielleicht über die Worte hinaus in Verbindung bleiben könnte. Er hielt weiterhin das Handgelenk des Kranken, und diese schwache Berührung schien ausreichend , um dem Prior ein wenig Kraft zu vermitteln und von ihm dafür ein wenig Heiterkeit zu bekommen. Zuweilen dachte der Arzt an die Überlieferung, die besagt, daß die Seele eines Menschen, wenn sie ihn verläßt, wie ein in Nebel gehülltes Flämmchen über ihm schwebt, und er starrte in das Halbdunkel, aber was er sah, war wahrscheinlich nur der Reflex einer brennenden Kerze in der Fensterscheibe. Als es dämmerte, zog Zenon seine Hand zurück; der Augenblick war gekommen, den Prior allein vor die letzten Pforten treten zu lassen oder, im Gegenteil, vielleicht von den unsichtbaren Gestalten begleitet, die er in seinem Todeskampf wohl heraufbeschworen hatte. Einen Augenblick später schien der Kranke dem Aufwachen nahe; es sah aus, als ob die Finger seiner linken Hand unsicher etwas auf seiner Brust suchten, da wo Johann-Ludwig von Berlaimont früher sicherlich sein Goldenes Vlies getragen hatte. Zenon bemerkte auf dem Kopfkissen ein Skapulier, dessen Gewebe zerfasert war. Er legte es an den richtigen Platz zurück, der Sterbende legte seine Finger mit einer zufriedenen Miene darauf. Lautlos bewegten sich seine Lippen. Nach angestrengtem Hinhören verstand Zenon schließlich das Ende eines wohl zum tausendsten Mal wiederholten Gebetes:

»...*nunc et in hora mortis nostrae.*«

Eine halbe Stunde verstrich; er bat die zwei Mönche, sich des Leichnams anzunehmen.

Er wohnte der Beerdigungsfeier des Priors von einem der Seitenschiffe der Kirche aus bei. Die Feierlichkeit hatte viele Leute angezogen. Er erkannte in der ersten Reihe den Bischof und dicht neben ihm, auf einen Stock gestützt, einen halblahmen, aber stämmigen Greis. Es war niemand anderes als der Domherr Bartholomäus Campanus, der mit dem hohen Alter ein stattliches und sicheres Aussehen bekommen hatte. Die Mönche unter ihren Kapuzen ähnelten einander alle. Franz von Bure schwenkte das Weihrauchgefäß; er hatte wahrhaftig ein Engelsgesicht. Hier und da leuchtete der Heiligenschein oder der helle Farbfleck des Mantels einer Heiligen auf.

Der neue Superior war eine ziemlich glanzlose, aber sehr fromme Persönlichkeit, und er stand im Ruf eines tüchtigen Verwalters. Es ging das Gerücht, daß er auf den Rat von Pieter von Hamaeren, der für seine Wahl eingetreten war, wahrscheinlich in Kürze das Sankt-Cosmas-Hospiz, das für zu kostspielig gehalten wurde, schließen lassen würde. Vielleicht hatte man auch Wind von den Diensten bekommen, die man den Leuten erwies, die vor dem Ketzertribunal flüchteten. Zu dem Arzt jedoch hatte man keinerlei Bemerkung gemacht. Ihm bedeutete das wenig: Zenon hatte sich entschlossen, gleich nach dem Begräbnis des Priors zu verschwinden.

Dieses Mal nahm er nichts mit. Er würde seine Bücher zurücklassen, in die er ohnehin nur noch recht selten hineinsah. Seine Manuskripte waren weder kostbar noch kompromittierend genug, als daß er sie mitgenommen hätte, anstatt sie ihr Dasein irgendwann im Ofen des Refektoriums beenden zu lassen. Da die Jahreszeit warm war, beschloß er, seinen Umhang und seine Wintersachen dazulassen; eine einfache Jacke über seiner besten Kleidung würde genügen. Er würde seine mit etwas Wäsche umwickelten Instrumente und ein paar seltene und teure Medikamente in eine Tasche tun. Im letzten Augenblick legte er auch seine zwei alten Sattelpistolen dazu. Jede Einzelheit dieser Beschränkung auf das Nötigste war Gegenstand langer Überlegungen gewesen. An Geld fehlte es ihm nicht: abgesehen von dem wenigen, das Zenon von den geringen Einkünften, die ihm das Kloster bewilligt hatte, für diese Reise erspart hatte, war ihm einige Tage vor dem Tod des Priors von dem alten Bruder Krankenwärter ein Päckchen überbracht worden, das die Börse enthielt, aus der er früher einmal etwas für Han genommen hatte. Der Prior schien sich ihrer seither nicht mehr bedient zu haben.

Zuerst hatte er die Absicht gehabt, sich den Wagen von Greetes Sohn bis Antwerpen zu leihen und von dort nach Seeland oder Geldern zu gelangen, die im offenem Aufstand gegen die königliche Autorität lagen. Aber wenn nach seiner Abreise Verdacht auf ihn fallen sollte, war es besser, wenn diese alte Frau und ihr Sohn, der Fuhrmann, nichts damit zu tun gehabt hätten. Er faßte den Entschluß, zu Fuß an die Küste zu gehen und sich dort ein Boot zu besorgen.

Am Abend vor seiner Abreise wechselte er zum letzten Mal ein paar Worte mit Cyprianus, der im Laboratorium vor sich hinsang. Der Junge trug eine Miene ruhiger Zufriedenheit zur Schau, die ihn wütend machte.

»Ich will annehmen, daß Ihr in dieser Trauerzeit auf Eure Vergnügungen verzichtet habt«, sagte er ohne Umschweife zu ihm.

»Cyprianus kümmert sich kaum noch um nächtliche Zusammenkünfte«, sagte der junge Mönch mit der kindischen Gewohnheit, die er hatte, von sich selber wie von einem anderen zu sprechen. »Er trifft die Schöne ganz allein und unter freiem Himmel. «

Er ließ sich nicht lange bitten und erklärte, daß er am Kanal einen verlassenen Garten entdeckt hatte, dessen Gitter er aufgebrochen habe und wo Idelette ihn manchmal träfe. Die Mulattin stand hinter einer Mauer versteckt Schmiere.

»Habt Ihr daran gedacht, die Schöne rücksichtsvoll zu behandeln? Euer Leben kann von einem Wöchnerinnengeschwätz abhängen.«

»Die Engel können weder empfangen noch Kinder bekommen«, erklärte Cyprianus in dem Ton falscher Sicherheit, mit dem man angelernte Formulierungen hersagt.

»Ach, laßt doch diese Begardensprache«, erwiderte der Arzt, der es satt hatte.

Am Tag, bevor er die Stadt verließ, aß er, wie so oft, mit dem Organisten und seiner braven Frau zu Abend. Nach der Mahlzeit nahm ihn der Organist wie gewöhnlich mit, damit er sich die Stücke anhörte, die er am folgenden Sonntag auf der großen Orgel von Sankt-Donatus spielen würde. Die in den volltönenden Pfeifen eingeschlossene Luft breitete sich in dem leeren Kirchenschiff harmonischer und mächtiger aus als jede menschliche Stimme. Als er ein letztes Mal auf seinem Bett in seiner Zelle von Sankt-Cosmas lag, spielte Zenon sich die ganze Nacht immer wieder eine bestimmte Motette von Orlando die Lasso vor, die mit seinen Zukunftsplänen zu tun hatte. Es hatte keinen Sinn, zu früh fortzugehen, da die Stadttore erst bei Sonnenaufgang geöffnet wurden. Er schrieb einen Brief, des Inhalts, daß einer seiner Freunde, der in einem Nachbarort erkrankt sei, ihn dringend zu sich gerufen habe und daß er sicher vor Ablauf einer Woche zurück sein werde. Man muß sich immer den Weg für eine mögliche Rückkehr offenlassen. Als er sich vorsichtig aus dem Hospiz schlich, lag die Straße schon ganz in grauer, sommerlicher Morgendämmerung. Der Konditor, der den Laden seines Geschäfts öffnete, war der einzige, der ihn fortgehen sah.

Der Spaziergang auf der Düne

Er erreichte das Damme-Tor in dem Augenblick, als man das Fallgitter hochzog und die Zugbrücke herunterließ. Die Wachen grüßten ihn höflich; sie waren an die morgendlichen Ausflüge des Kräutersammlers gewöhnt; sein Bündel zog die Aufmerksamkeit nicht auf sich.

Er ging mit großen schnellen Schritten an einem Kanal entlang; um diese Zeit kamen die Gemüsegärtner in die Stadt, um ihr Grünzeug zu verkaufen; viele von diesen Leuten kannten ihn und wünschten ihm guten Tag; ein Mann, der sich gerade zum Hospiz aufmachen wollte, um einen Bruch behandeln zu lassen, war bekümmert, als er erfuhr, daß der Arzt fortging; der Doktor Theus versicherte ihm, daß er gegen Ende der Woche zurück sein werde, doch es fiel ihm schwer, diese Lüge auszusprechen.

Man hatte einen jener schönen Vormittage vor sich, an denen die Sonne allmählich den Nebel durchdringt. Den Wanderer erfüllte ein so lebhaftes Wohlbehagen, daß es fast an Fröhlichkeit grenzte. Es schien auszureichen, um die Ängste und Sorgen, die die letzten Wochen recht unruhig gemacht hatten, wie eine Last von seinen Schultern abzuschütteln und hinter sich zu werfen und sich mit sicherem Schritt einem Punkt der Küste zuzuwenden, wo er ein Boot finden würde. Der Morgen begrub die Toten; die freie Luft vertrieb den Fieberwahn. Brügge, das eine Meile hinter ihm lag, hätte sich in einem anderen Jahrhundert oder in einer anderen Sphäre befinden können. Er war erstaunt, daß er sich freiwillig fast sechs Jahre lang im Sankt-Cosmas-Hospiz eingeschlossen hatte, wo er in eine klösterliche Routine versunken war, die schlimmer war als der Stand des Kirchenmannes, der ihn mit zwanzig Jahren abgeschreckt hatte, wobei er die Bedeutung der in geschlossener Gesellschaft unvermeidlichen kleinen Intrigen und kleinen Ärgernisse überschätzt hatte. Es schien ihm fast, als habe er die unbegrenzten Möglichkeiten der Existenz verhöhnt, indem er so lange auf die weite offene Welt verzichtet hatte. Das Fortschreiten des Geistes, der sich einen Weg an der Rückseite der Dinge bahnt, führte ganz sicher in erleuchtete Tiefen, machte aber genau die Übung unmöglich, die darin besteht, zu sein. Zu lange hatte er auf das Glück verzichtet, geradewegs vor sich hin zu gehen, nur dem Augenblick zu leben, den Zufall wieder zu seinem Los werden zu lassen, ohne zu wissen, wo er diese Nacht schlafen würde, noch womit er acht Tage später sein Brot verdienen sollte. Die Veränderung war eine Wiedergeburt und beinahe eine Seelenwanderung. Die regelmäßige Bewegung der Beine reichte aus, die Seele zu befriedigen. Seine Augen beschränkten sich einzig und allein darauf, seinen Gang zu lenken und sich gleichzeitig am schönen Grün des Grases zu erfreuen. Das Gehör vernahm mit Genugtuung das Wiehern eines Füllens, das an einer grünen Hecke entlanggaloppierte, oder das unbedeutende Quietschen eines Karrens. Der Abreise entsprach eine vollkommene Freiheit.

Er näherte sich dem Marktflecken Damme, dem ehemaligen Hafen von Brügge, wo früher, vor der Versandung der Küste, die großen Überseeschiffe anlegten. Diese Zeiten der Geschäftigkeit waren vorbei; Kühe weideten, wo man früher die Wollballen auslud. Zenon erinnerte sich, mitangehört zu haben, wie Blondeel, der Ingenieur, Heinrich-Justus inständig darum bat, einen Teil, der notwendigen Mittel vorzustrecken, um das Eindringen des Sandes zu bekämpfen; der kurzsichtige Reiche hatte den tüchtigen Mann abgewiesen, der die Stadt gerettet hätte. Diese knausrige Sippschaft hatte niemals anders gehandelt.

Er hielt auf dem Marktplatz an, um sich einen Laib Brot zu kaufen. Die Türen der Bürgerhäuser waren halb geöffnet. Eine Matrone mit rosig weißer Haut unter ihrer schmucken Haube ließ einen Spaniel los, der fröhlich davonlief, am Gras schnupperte, bevor er einen Augenblick lang in der zerknirschten Haltung erstarrte, die Hunde annehmen, wenn sie sich erleichtern, und danach seine Sprünge und Spiele wieder aufnahm. Eine Schar plärrender Kinder ging zur Schule in ihren hellen Kleidern, anmutig und rund wie Rotkehlchen. Und doch waren sie alle Untertanen des Königs von Spanien, die eines Tages diesen Schurken von Franzosen den Schädel einschlagen würden. Eine Katze strich vorbei, auf dem Weg nach Hause; die schlaffen Füße eines Vogels hingen aus ihrem Maul. Ein angenehmer Duft von Teig und Fett kam aus dem Laden eines Garkochs, vermischt mit dem faden Geruch der benachbarten Metzgerei; die Meisterin scheuerte die blutbefleckte Schwelle mit viel Wasser. Der übliche Galgen erhob sich außerhalb des Fleckens auf einem kleinen grasbewachsenen Hügel, aber der Körper, der daran hing, war schon so lange dem Regen, der Sonne und dem Wind ausgesetzt gewesen, daß er fast so sanft wirkte wie alte abgelegte Sachen; der Wind spielte freundlich mit den verblichenen Fetzen seiner Kleidung. Eine Jagdgesellschaft zog mit Armbrüsten aus, um Krammetsvögel zu schießen; es waren brave, lustige Bürger, die sich beim Sprechen gegenseitig auf die Schultern schlugen; jeder trug quer über die Brust die Jagdtasche, die bald Teile des Lebens erhalten würde, die einen Augenblick zuvor noch hoch am Himmel gesungen hatten. Zenon beschleunigte den Schritt. Er war eine Zeitlang allein auf einer Straße, die sich zwischen zwei Wiesen hindurchschlängelte. Die ganze Welt schien aus blassem Himmel und grünem Gras zu bestehen, das von Saft strotzte und sich unaufhörlich dicht am Boden wie eine Welle bewegte. Einen Augenblick kam ihm der alchimistische Begriff der *viriditas* in den Sinn, der unschuldige Durchbruch des Seins, das mit dem Wesen der Dinge ungestört wächst, ein Stückchen Leben im Reinzustand; dann verzichtete er auf jegliche Suche nach Begriffen und gab sich nur noch der Unmittelbarkeit des Morgens hin.

Nach einer Viertelstunde traf er einen kleinen Kurzwarenhändler, der mit seinen Ballen vor ihm herging; sie wechselten einen Gruß; der Mann beklagte sich, der Handel gehe schlecht, da so viele Dörfer im Innern des Landes von den Haudegen ausgeplündert worden waren. Hier wenigstens war es ruhig; es passierte nicht viel. Zenon ging weiter und war wieder allein. Gegen Mittag setzte er sich auf eine Böschung, um sein Brot zu essen, und sah von dort aus in der Ferne schon den grauen Streifen des Meeres schimmern.

Ein Reisender, mit einem langen Stab, setzte sich neben ihn. Es war ein Blinder, der auch etwas aus seinem Bettelsack holte, um nicht länger zu fasten. Der Arzt wunderte sich, wie geschickt dieser Mann mit den weißen Augen den Dudelsack, den er auf der Schulter trug, abnahm, den Riemen losschnallte und das Instrument vorsichtig ins Gras legte. Der Blinde freute sich, daß der Tag so schön war. Er verdiente seinen Lebensunterhalt, indem er den Jungen und Mädchen im Wirtshaus oder auf den Bauernhöfen zum Tanz aufspielte; er wollte heute abend in Heyst schlafen, wo er am Sonntag spielen sollte; dann würde er nach Sluys weitergehen: Gott sei Dank gebe es immer genug Jugend, um überall sein Auskommen und manchmal auch sein Vergnügen zu finden. Würde Mynheer es wohl glauben? Ab und zu fände man Frauen, die Blinde zu schätzen wüßten; man solle das Unglück, keine Augen mehr zu haben, nicht übertreiben. Wie viele seinesgleichen gebrauchte dieser Blinde das Wort »sehen« allzu häufig: er sehe, daß Zenon ein Mann in den besten Jahren sei und Bildung besitze; er sehe, daß die Sonne noch hoch am Himmel stehe; er sehe, daß hinter ihnen auf dem Weg eine etwas gebrechliche Frau ein Joch trage, an dem zwei Eimer hingen. Übrigens war nicht alles an diesen Prahlereien falsch: er war es, der als erster eine Natter bemerkte, die durch das Gras kroch. Er versuchte sogar mit Hilfe seines Stockes, dieses garstige Tier zu töten. Zenon verließ ihn, nachdem er ihm einen Heller als Almosen gegeben hatte, und wurde deswegen von seinen gellenden Segenswünschen verfolgt.

Der Weg führte um einen ziemlich großen Bauernhof herum, den einzigen in dieser Gegend, wo man unter seinen

Füßen schon das Knirschen des Sandes spürte. Der Besitz sah gut aus mit seinen hier und da durch Haselnußbüsche verbundenen Ländereien, seiner Mauer entlang eines Kanals, seinem von einer Linde beschatteten Hof, wo die Frau mit dem Joch sich, von ihrer Last befreit, auf einer Bank ausruhte; ihre beiden Eimer hatte sie neben sich gestellt. Zenon zögerte einen Augenblick, ehe er vorbeiging. Dieser Ort namens Oudebrügge hatte den Ligre gehört; er war vielleicht immer noch in der Familie. Vor fünfzig Jahren hatten seine Mutter und Simon Adriansen kurz vor ihrer Hochzeit für Heinrich-Justus den Pachtzins des kleinen Hofes abgeholt; dieser Besuch war eine vergnügliche Landpartie gewesen. Seine Mutter hatte sich ans Ufer des Kanals gesetzt und ihre nackten Füße ins Wasser hängen lassen, die darin noch weißer schienen. Simon hatte beim Essen Krümel auf seinen grauen Bart verstreut. Die junge Frau hatte für das Kind ein hartes Ei geschält und ihm die kostbare Eierschale gegeben. Das Spiel bestand darin, in Windrichtung auf den nahen Dünen herumzulaufen und dabei diesen leichten Gegenstand zu halten, der auf der flachen Hand entwischte und vor einem herflog, sich dann einen Augenblick lang wie ein Vogel niederließ, so daß man dauernd versuchen mußte, ihn wieder einzufangen, wobei der Lauf durch eine Reihe unterbrochener Kurven und abgebrochener Geraden erschwert wurde. Manchmal schien es ihm, als hätte er sein ganzes Leben hindurch dieses Spiel gespielt.

Er kam nun auf dem lockeren Boden nicht mehr so schnell voran. Die Straße führte quer durch die Dünen hinauf und hinab, nur an Wagenspuren im Sand zu erkennen. Er kam an zwei Soldaten vorbei, die sicher zur Besatzung von Sluys gehörten, und war froh, bewaffnet zu sein, denn jeder Soldat, den man an einem einsamen Ort trifft, wird leicht zum Banditen. Doch sie begnügten sich damit, einen altdeutschen Gruß zu murmeln, und schienen sehr erfreut, als er ihnen in derselben Sprache antwortete. Von einer Anhöhe aus sah Zenon endlich das Dorf Heyst mit seinem Hafendamm, in dessen Schutz vier oder fünf Boote lagen. Andere schaukelten auf dem Meer. Dieser Weiler am Rande des Unermeßlichen besaß alle wesentlichen Vorteile einer Stadt im kleinen: eine Markthalle, die sicher zum Ausrufen der Fische diente, eine Kirche, einen Platz mit Galgen, niedrige Häuser und hohe Speicher. Das Wirtshaus *Zum schönen Täubchen*, das nach Josses Auskunft als Sammelplatz für die Flüchtlinge diente, war ein baufälliges Haus am Fuß einer Düne, mit einem Taubenschlag, in den man als Aushängeschild einen Besen gesteckt hatte, was bedeutete, daß dieses armselige Gasthaus auch ein ländliches Bordell war. An einem solchen Ort würde er auf sein Gepäck und das Geld, das er bei sich trug, achtgeben müssen.

Zwischen den Hopfenstauden des kleinen Gartens erbrach ein Gast, der zuviel getrunken hatte, sein Bier. Eine Frau schrie dem Betrunkenen von einem Dachfenster in der oberen Etage aus etwas zu, zog dann ihren Strubbelkopf wieder zurück und machte sicher alleine noch ein Nickerchen. Josse hatte Zenon das Kennwort gegeben, das er selber von einem Freund bekommen hatte. Der Philosoph trat ein und begrüßte die Leute. Der Schankraum war verräuchert und schwarz wie ein Keller. Die Wirtin hockte vor dem Kamin und bereitete ein Omelett, unterstützt von einem Jungen, der den Blasebalg hielt. Zenon setzte sich an einen Tisch und sagte, verlegen diesen fertigen Satz wie ein Schauspieler auf den Jahrmarktsbrettern herunterleiern zu müssen: »Wer zum Ziel will…«

»…scheut nicht die Mittel«, antwortete die Frau und drehte sich um. »Wo kommt Ihr her?«

»Josse schickt mich.«

»Er schickt uns nicht wenige«, meinte die Wirtin mit einem mächtigen Augenzwinkern.

»Täuscht Euch nicht in mir«, sagte der Philosoph, dem unbehaglich war, weil er hinten im Saal einen Sergeanten mit Federhut erblickte, der seinen Krug leerte. »Mit mir ist alles in Ordnung.«

»Was wollt Ihr dann bei uns?« protestierte die schöne Wirtin. »Beunruhigt Euch nur nicht wegen Milo«, fuhr sie fort und wies mit dem Daumen auf den Soldaten. »Er ist der Geliebte meiner Schwester. Der ist in Ordnung. Ihr werdet doch etwas essen?«

Diese Frage war fast ein Befehl. Zenon willigte ein, etwas zu essen. Das Omelett war für den Sergeanten; die Wirtin brachte in einer Schüssel ein annehmbares Ragout. Das Bier war gut. Es stellte sich heraus, daß der Kriegsmann Albanese war und daß er im Nachschub der herzoglichen Truppen über die Alpen gekommen war. Er sprach ein mit Italienisch durchsetztes Flämisch, mit dem die Wirtin ohne allzu große Mühe fertigzuwerden schien. Er beklagte sich, er habe den ganzen Winter vor Kälte geschlottert, und die Beute sei nicht so groß, wie man in Piemont gesagt habe, denn es gebe nicht so viele Lutheraner zum Prellen und Plündern, wie man da unten behauptet habe, um Soldaten anzulocken.

»So ist es eben«, sagte die Wirtin in tröstendem Ton. »Man verdient nie so viel, wie die Leute meinen, daß man verdient. Mareijke!«

Mareijke kam herunter, mit einem Schal um den Kopf. Sie setzte sich neben den Sergeanten. Sie aßen mit der Hand aus derselben Schüssel. Sie steckte ihm die guten Speckstücke in den Mund, die sie aus dem Omelett zog. Das Kind am Blasebalg war verschwunden.

Zenon schob seinen Napf zurück und wollte zahlen.

»Warum so eilig?« fragte lässig die schöne Wirtin. »Mein Mann und Niklas Bambeke werden nachher zum Abendessen kommen. Sie kriegen auf dem Meer immer nur kalt zu essen, die armen Hunde!«

»Ich möchte das Boot lieber sofort sehen.«

»Macht 20 Heller das Fleisch, 5 Heller das Bier und 5 Dukaten der Passierschein des Sergeanten«, erklärte sie höflich. »Dazu kommt das Bett. Vor morgen früh werden Sie nicht in See stechen.«

»Ich habe bereits meinen Passierschein«, protestierte der Wanderer.

»Ein Passierschein ist nur gültig, wenn Milo damit einverstanden ist«, erwiderte die Frau Wirtin. »Hier ist er der König Philipp.«

»Es ist noch gar nicht gesagt, daß ich mich einschiffe«, wandte Zenon ein.

»Nur keine Feilscherei!« brummte mit erhobener Stimme der Albanese hinten aus dem Saal. »Ich werd' mich nicht Tag und Nacht auf dem Hafendamm lahmlaufen, um zu sehen, wer abfährt und wer nicht.«

Zenon zahlte, was man verlangte. Er hatte vorsichtshalber gerade soviel Geld in eine Börse getan, wie er brauchte, damit man nicht glaubte, er hätte noch mehr bei sich versteckt.

»Wie heißt die Barke?«

»Genau wie hier«, antwortete die Wirtin. »*Das schöne Täubchen*. Das sollte er nicht verwechseln. Was Mareijke?«

»Wahrhaftig nicht«, sagte das Mädchen. »Mit den *Vier Winden* würden Sie sich im Nebel verirren und geradewegs nach Vilvoorden segeln.«

Der Scherz kam den beiden Frauen sehr lustig vor, und sogar der Albanese verstand genug, um schallend zu lachen. Vilvoorden war ein Ort im Landesinnern.

»Ihr könnt Euer Gepäck hierlassen«, bemerkte die Wirtin gutgelaunt.

»Ebensogut kann ich es sofort an Bord bringen«, erwiderte Zenon. »Das ist mir mal ein Mißtrauischer«, spottete Mareijke, als er hinausging.

Beinahe wäre er auf der Schwelle mit dem Blinden zusammengeprallt, der hier der Jugend zum Tanz aufspielen wollte. Dieser erkannte ihn wieder und grüßte ihn unterwürfig.

Auf der Straße zum Hafen traf er einen Trupp Soldaten, die wieder zum Wirtshaus hinaufgingen. Einer von ihnen fragte ihn, ob er vom *Schönen Täubchen* käme; auf seine bejahende Antwort hin ließ man ihn vorbeigehen. Milo war hier ohne Zweifel der Herr.

Das schöne Täubchen des Meeres war eine ziemlich große Barke mit bauchigem Rumpf, die wegen der Ebbe auf dem Sand lag. Zenon konnte fast trockenen Fußes herangehen. Zwei Männer arbeiteten am Takelwerk, zusammen mit dem Kind, das vorhin den Blasebalg am Feuer der Schenke bedient hatte; ein Hund lief zwischen den zusammengerollten Tauen herum. Weiter entfernt in einer Wasserpfütze zeigte eine blutige Masse von Heringsköpfen und -schwänzen, daß man die Ausbeute des Fischfangs anderswo hingebracht hatte. Einer der Männer sprang an Land, als er den Reisenden kommen sah.

»Ich bin Jans Bruynie«, sagte er. »Schickt Euch Josse wegen England? Ich sollte noch wissen, was Ihr zahlen wollt.«

Zenon begriff, daß das Kind vorausgeschickt worden war, um Bescheid zu sagen. Man hatte wohl Spekulationen über das Ausmaß seines Reichtums angestellt.

»Josse hat von sechzehn Dukaten gesprochen.«

»Mein Herr, das ist der Preis, wenn Betrieb ist. Neulich hatte ich elf Personen. Mehr als elf geht nicht. Sechzehn Dukaten pro Lutheraner, das macht hundertsechsundsiebzig. Ich sage nicht, daß ich für einen einzigen Mann...«

»Ich gehöre nicht der reformierten Religion an«, unterbrach ihn der Philosoph, »ich habe eine Schwester, die in London mit einem Kaufmann verheiratet ist...«

»Von solchen Schwestern haben wir viele«, sagte Jans Bruynie spaßig. »Es ist schön, wie die Leute plötzlich riskieren, seekrank zu werden, um ihre Verwandten zu umarmen.«

»Nennt mir Euren Preis«, sagte der Arzt beharrlich.

»Mein Gott, lieber Herr, ich will Euch nicht davon abbringen, eine Reise nach England zu machen. Mir gefällt diese Reise nicht. Angesichts der Tatsache, daß man wie im Krieg lebt...«

»Noch nicht«, sagte der Philosoph und streichelte den Kopf des Hundes, der seinem Herrn an den Strand gefolgt war.

»Das ist Jacke wie Hose«, erwiderte Jans Bruynie. »Die

Reise ist erlaubt, weil sie noch nicht verboten ist, aber sie ist auch nicht ganz erlaubt. Zur Zeit der Königin Maria, der Frau von Philipp, da ging das; mit Verlaub, man verbrannte die Ketzer wie hier. Jetzt geht alles schlecht: die Königin ist ein Bastard und macht heimlich Kinderchen. Sie behauptet, Jungfrau zu sein, aber nur um Unserer lieben Frau einen Streich zu spielen. Man reißt den Priestern im Land die Därme aus dem Leib und scheißt in die geweihten Gefäße. Das ist nicht schön. Ich geh' lieber an den Küsten fischen.«

»Man kann auch auf hoher See fischen«, sagte Zenon.

»Wenn man fischt, kommt man zurück, wann man will; wenn ich nach England segle, ist das eine Reise, die lange dauern kann... Der Wind, wißt Ihr, oder eine Flaute ... Und wenn sich Neugierige um meine Schiffsladung kümmern sollten, dann hat man da auf der Hinfahrt ein seltsames Wild an Bord, und auf der Rückfahrt... Einmal«, fügte er hinzu, wobei er die Stimme senkte, »habe ich sogar Schießpulver für Herrn von Nassau mitgebracht. An dem Tag war es nicht schön, in meiner Nußschale zu segeln.«

»Es gibt auch andere Boote«, sagte der Philosoph lässig.

»Das fragt sich, mein Herr. Die *Heilige Barbara* arbeitet gewöhnlich mit uns; sie hat einen Seeschaden; nichts zu machen. Der *Heilige Bonifatius* hat Ärger gehabt... Es gibt Boote auf dem Meer, sicher, aber der Teufel weiß, wann sie zurückkommen ... Wenn Ihr es nicht eilig habt, könntet Ihr es in Blankenberghe oder in Weenduyne versuchen, aber Ihr werdet dieselben Preise finden wie hier.«

»Und dieses da?« fragte Zenon und zeigte auf ein leichteres Boot, auf dem ein kleiner Mann friedlich am Heck saß und sein Essen kochte.

»Die *Vier Winde?* Geht nur hin, wenn es Euch Spaß macht«, erwiderte Jans Bruynie.

Zenon saß auf einer alten Heringstonne und dachte nach. Die Schnauze des Hundes ruhte auf seinen Knien.

»Ihr fahrt auf jeden Fall bei Sonnenaufgang los?«

»Zum Fischen, lieber Herr, zum Fischen. Natürlich. wenn Ihr, sagen wir, fünfzig Dukaten hättet...«

»Ich habe vierzig«, sagte Sebastian Theus fest.

»Also für fünfundvierzig. Ich will einen Kunden nicht aussaugen. Wenn Ihr nichts Eiligeres vorhabt, als Eure Schwester in London zu besuchen, warum bleibt Ihr nicht zwei oder drei Tage im *Täubchen?*... Ausreißer, die Feuer unter dem Hintern haben, kommen dauernd an ... Ihr würdet nur Euren Anteil bezahlen.«

»Ich möchte lieber unverzüglich abfahren.«

»Das denke ich mir... Und es ist klüger, denn gesetzt den Fall, der Wind dreht sich... Seid Ihr einig geworden mit dem Kauz, den sie da im Wirtshaus haben?«

»Wenn es sich um die fünf Dukaten handelt, die sie mir abgepreßt haben...«

»Das ist nicht unser Bier«, sagte Jans Bruynie geringschätzig. »Die Frauen arrangieren sich mit ihm, damit man an Land keinen Ärger hat. He, Niklas«, rief er seinem Kameraden zu, »hier ist der Passagier!«

Ein rothaariger Mann mit riesigen Schultern kam halb aus einer Luke hervor.

»Das ist Niklas Bambeke«, erklärte der Steuermann. »Da ist auch noch Michel Sottens, aber der ist nach Hause zum Essen gegangen. Ihr werdet doch mit uns im *Täubchen* essen? Laßt Euer Gepäck hier.«

»Ich werde es für die Nacht brauchen«, sagte der Arzt und verteidigte seine Tasche, der Jans sich bemächtigen wollte. »Ich bin Chirurg und habe meine Instrumente bei mir«, fügte er hinzu, um das Gewicht der Tasche zu erklären, die sonst Anlaß zu Vermutungen hätte geben können.

»Der Herr Chirurg hat sich auch mit Feuerwaffen versehen«, sagte der Steuermann sarkastisch, als er aus dem Augenwinkel die Metallkolben sah, die die Tasche des Arztes ausbeulten.

»Das ist ein kluger Mann«, sagte Niklas Bambeke und

sprang aus der Barke. »Man trifft allerlei Gesindel, sogar auf dem Meer.«

Zenon folgte ihnen auf dem Fuß zum Wirtshaus hinauf. An der Ecke der Markthalle schwenkte er seitlich ab, um sie glauben zu lassen, er müßte nur mal Wasser abschlagen. Die beiden Männer gingen in lebhaftem Gespräch über irgend etwas weiter, von dem Hund und dem Kind begleitet, die im Kreis herumliefen. Zenon ging um die Halle herum und langte bald wieder am Strand an.

Die Nacht kam. Zweihundert Schritte weiter stand eine halb verfallene Kapelle, die in den Sand eingesunken war. Er blickte ins Innere. Eine Lache, die die letzte Sturmflut zurückgelassen hatte, füllte das Kirchenschiff mit den vom Salz zerfressenen Heiligenfiguren. Der Prior hätte sich dort sicher gesammelt und hätte gebetet. Zenon ließ sich in der Vorhalle nieder und legte den Kopf auf seine Tasche. Zur Rechten sah man die dunklen Bootsrümpfe, eine Laterne brannte am Heck der *Vier Winde*. Der Wanderer überlegte, was er in England machen würde. Vor allem müßte er es vermeiden, dort für einen papistischen Spion gehalten zu werden, der sich als Flüchtling ausgibt. Er sah sich in den Straßen Londons umherirren, sich um einen Posten als Chirurg bei der Flotte bewerben oder um einen Platz bei einem Arzt, wie er ihn bei Johannes Myers eingenommen hatte. Er konnte kein Englisch, aber eine Sprache lernt man schnell, und Latein ist weit verbreitet. Mit ein bißchen Glück fände man eine Stellung bei einem vornehmen Herrn, der begierig auf aphrodisische Mittel oder Arzneien für seine Gicht war. Er war an großzügige Gehälter gewöhnt, die aber nicht immer ausbezahlt wurden, an den Platz am obersten oder untersten Ende des Tisches, je nach der Laune, die Mylord oder Seine Hoheit an dem Tag haben würden, an Streitigkeiten mit den ansässigen Quacksalbern, die dem fremden Scharlatan feindlich gesonnen waren. In Innsbruck oder anderswo hatte er all das schon erlebt. Er würde daran denken müssen, vom Papst immer nur mit Geringschätzung zu sprechen, wie man es hier von Johannes

Calvin tat, oder den König Philipp lächerlich zu finden, wie es in Flandern die Königin von England war.

Die Laterne der *Vier Winde* kam an der Hand eines gehenden Mannes schaukelnd näher. Der kleine kahlköpfige Steuermann blieb vor Zenon stehen, der sich halb aufrichtete.

»Ich habe gesehen, daß der Herr sich in der Vorhalle zur Ruhe gelegt haben. Mein Haus ist hier ganz nah. Wenn Euer Gnaden die Nachtluft fürchten...«

»Ich liege hier gut«, sagte Zenon.

»Dürfte ich, ohne allzu neugierig erscheinen zu wollen, Euer Gnaden fragen, wieviel sie bis England verlangen?«

»Ihr werdet ihre Preise wohl kennen.«

»Ich will sie ja nicht tadeln, Euer Gnaden. Die Saison ist kurz; nach Allerheiligen, der Herr müssen das begreifen, ist es nicht immer angenehm, Segel zu setzen. Aber wenigstens sollten sie ehrlich sein... Ihr nehmt doch nicht an, daß sie Euch für diesen Preis bis nach Yarmouth bringen werden? Nein, mein Herr, sie werden Euch auf See mit den Fischern von drüben austauschen, und Ihr habt wieder neue Kosten zu zahlen.«

»Das ist auch eine Methode«, sagte der Reisende zerstreut.

»Haben sich der Herr nicht gesagt, daß es für einen Mann, der nicht mehr jung ist, gewagt ist, allein mit drei Burschen zu fahren? Ein Schlag mit dem Ruder ist schnell getan. Die Sachen verkaufen sie an die Engländer, und wo kein Kläger ist, ist kein Richter.«

»Wollt Ihr mir vorschlagen, mich auf den *Vier Winden* nach England mitzunehmen?«

»Nein, mein Herr, mein Schiff ist nicht breit genug. Und selbst Friesland ist sehr weit. Doch wenn es sich nur um eine Luftveränderung handelt, sollten der Herr wohl wissen, daß Seeland dem König sozusagen aus den Händen gleitet. Da unten wimmelt's von Geusen, seitdem Herr von Nassau selbst den Kapitän Sonnoy bevollmächtigt hat... Ich kenne die Höfe, wo sich die Herren Sonnoy und Dolhain mit Proviant versorgen... Welchen Beruf haben Euer Gnaden?«

»Ich behandle meinesgleichen«, sagte der Arzt.

»Der Herr werden auf den Fregatten dieser Herren Gelegenheit haben, ganz schöne Schlag- und Schnittwunden zu behandeln. Und man ist in wenigen Stunden dort, wenn man mit dem Wind umzugehen weiß. Man kann sogar vor Mitternacht abfahren: die *Vier Winde* brauchen keinen großen Tiefgang.«

»Wie werdet Ihr die Patrouillen von Sluys umgehen?«

»Man kennt genug Leute, mein Herr. Ich habe Freunde dort. Aber Euer Gnaden werden die guten Kleider ablegen und sich als armer Seemann kleiden müssen. Wenn zufällig jemand an Bord käme...«

»Ihr habt mir Euren Preis noch nicht genannt.«

»Wären fünfzehn Dukaten für Euer Gnaden zuviel?«

»Der Preis ist bescheiden. Seid Ihr sicher, daß Ihr im Dunkeln nicht nach Vilvoorden segelt?«

Der kleine kahlköpfige Mann zog eine teuflische Grimasse: »Verdammter Calvinist! Schinder der heiligen Jungfrau! Hat man Euch das im *Schönen Täubchen* weisgemacht?«

»Ich sage nur, was man mir gesagt hat«, entgegnete Zenon lakonisch.

Der Mann ging fluchend weg. Nach zehn Schritten ließ er seine Laterne herumwirbeln und drehte sich um. Aus dem wütenden Gesicht war wieder ein unterwürfiges Gesicht geworden.

»Ich sehe, daß der Herr sich auskennen«, fing er salbungsvoll wieder an, »aber man muß sich nicht alles aufschwätzen lassen. Euer Gnaden werden mir wohl verzeihen, daß ich ein bißchen heftig gewesen bin, aber ich bin nicht schuld an der Verhaftung von Herrn von Battenburg. Es war nicht mal ein Steuermann von hier... Und außerdem läßt sich das, was den Gewinn angeht, nicht vergleichen: Herr von Battenburg ist ein dicker Fisch. Der Herr wird bei mir an Bord so sicher sein wie im Haus seiner geheiligten Mutter...«

»Genug«, sagte Zenon. »Eure Barke kann um Mitternacht in See stechen; ich kann in Eurem nahegelegenen Haus die

Kleider wechseln, und Euer Preis ist fünfzehn Dukaten. Laßt mich in Frieden.«

Doch der kleine Mann gehörte nicht zu denen, die man leicht entmutigt. Er ließ erst ab, nachdem er Seiner Gnaden versichert hatte, daß sie sich, falls sie zu müde sein sollten, bei ihm für billiges Geld erholen und man erst nächste Nacht abfahren könnte. Kapitän Milo werde ein Auge zudrücken; er sei ja nicht mit Jans Bruynie verheiratet.

Als Zenon allein war, fragte er sich, wie er diese Schurken, als sie krank waren, mit soviel Ergebenheit hatte behandeln können, da er sie gesund am liebsten umgebracht hätte. Als die Laterne ihren Platz am Heck der *Vier Winde* wieder eingenommen hatte, stand er auf. Die schwarze Nacht verbarg seine Bewegungen. Er ging langsam, mit seinem Gepäck unter dem Arm, eine Viertelmeile in Richtung Weenduyne. Zweifellos würde es überall dasselbe sein. Es war ihm unmöglich zu entscheiden, wer von diesen beiden Narren log oder ob zufällig beide die Wahrheit sagten. Möglich wäre auch, daß alle beide logen und es sich dabei nur um eine Rivalität zwischen zwei armen Kerlen handelte. Mochte das entscheiden, wer wollte.

Eine Düne verbarg die Lichter von Heyst, das doch ganz nah war. Er suchte sich eine windgeschützte Kuhle, weit genug oberhalb der Flutlinie, die man sogar im Finstern an der Feuchtigkeit des Sandes erkennen konnte. Die Sommernacht war lau. Es war immer noch Zeit, sich am frühen Morgen etwas einfallen zu lassen. Er deckte sich mit seiner Jacke zu. Der Nebel verbarg die Sterne, außer der Wega, die fast im Zenit stand. Das Meer ließ sein ewiges Rauschen hören. Er schlief traumlos.

Die Kälte weckte ihn vor Tagesanbruch. Ein bleiches Licht überzog den Himmel und die Dünen. Die steigende Flut leckte fast schon an seinen Schuhen. Er fröstelte, aber die Kälte enthielt bereits die Verheißung eines schönen Sommertages. Sanft rieb er seine Beine, die von der nächtlichen Unbeweglichkeit steif geworden waren, und sah zu, wie das gestaltlose Meer seine schnell vergehenden Wellen gebar. Das Rauschen, das seit Anbeginn der Welt da ist, ertönte immer noch. Er ließ eine Handvoll Sand durch seine Finger rinnen. *Calculus*: mit dieser Flucht von Atomen begann und endete alles Sinnen über die Zahlen. Um derart die Felsen zu zerbröseln, waren mehr Jahrhunderte erforderlich gewesen, als es Tage in den Erzählungen der Bibel gab. Seit seiner Jugendzeit hatten ihn die Gedanken der antiken Philosophen gelehrt, auf die dürftigen sechstausend Jahre herabzusehen, die alles sind, was Juden und Christen vom ehrwürdigen Alter der Welt kennen wollen, das sie an der kurzen Dauer des menschlichen Gedächtnisses messen. Bauern von Dranoutre hatten ihm in den Torfstichen riesige Baumstämme gezeigt, von denen sie glaubten, daß die Wasser der Sintflut sie dorthin getragen hatten, aber es hatte andere Überschwemmungen gegeben als die, die man mit der Geschichte eines weinliebenden Patriarchen verknüpfte, so wie es andere Feuersbrünste als die groteske Katastrophe von Sodom gegeben hatte. Darazi hatte von Myriaden von Jahrhunderten gesprochen, die nur ein Atemzug der Unendlichkeit sind. Zenon rechnete aus, daß er am nächsten vierundzwanzigsten Februar neunundfünfzig Jahre alt würde, falls er noch am Leben wäre. Doch mit diesen elf- oder zwölfmal fünf Jahren ging es wie mit der Handvoll Sand: der Taumel großer Zahlen ging von ihnen aus. Mehr als eine und eine halbe Milliarde von Augenblicken lang hatte er an verschiedenen Punkten der Erde gelebt, während die Wega um den Zenit kreiste und das Meer an allen Stränden der Welt sein Rauschen ertönen ließ. Achtundfünfzigmal hatte er das Gras des Frühlings und die Fülle des Sommers erlebt. Es war bedeutungslos, ob ein Mann dieses Alters lebte oder starb.

Die Sonne war schon kräftig, als er oben von der Düne *Das schöne Täubchen* seine Segel setzen und aufs Meer hinausfahren sah. Das Wetter wäre schön gewesen für die Reise. Das schwere Boot entfernte sich schneller, als man hätte annehmen können. Zenon legte sich wieder in sein Sandnest, ließ von der guten Wärme jede Spur nächtlicher Steifheit aus seinem Körper vertilgen und betrachtete nachdenklich sein rotes Blut durch die geschlossenen Augenlider. Er erwog seine Chancen, als ob es sich um die eines anderen handelte. Bewaffnet wie er war, könnte er den Schurken, der am Ruder der *Vier Winde* saß, zwingen, ihn an irgendeinem Strand abzusetzen, der nur von Meeresgeusen besucht wurde; er könnte ihm auch eine Kugel in den Kopf jagen, wenn er Miene machen sollte, den Bug auf ein Schiff des Königs zu richten. Ohne Reue hatte er das Paar Pistolen benutzt, um einen Arnauten ins Jenseits zu befördern, der ihn einst im bulgarischen Wald überfallen hatte; er hatte sich danach männlicher gefühlt, genau wie damals, als er Perrotins Hinterlist vereitelt hatte. Doch die Vorstellung, das Gehirn dieses Betrügers zerspritzen zu sehen, schien ihm heute nur noch abstoßend. Die Empfehlung, als Chirurg zu den Mannschaften der Herren Sonnoy oder Dolhain zu stoßen, war gut; dorthin hatte er seinerseits Han geschickt, als diese patriotischen Halbpiraten noch nicht die Macht und die Mittel besaßen, die sie dank neuer Unruhen gerade erlangt hatten. Eine Stelle bei Ludwig von Nassau war nicht ausgeschlossen: diesem Edelmann fehlte es in seinen Diensten sicher an Vertretern der Arztkunst. Eine solche Existenz als Partisan oder Seeräuber würde sich kaum von dem unterscheiden, was er in der polnischen Armee oder bei der türkischen Flotte erlebt hatte. Schlimmstenfalls konnte man sogar eine Zeitlang bei den Truppen des Herzogs Brenneisen oder Messer führen. Und für den Tag, an dem ihn der große Ekel vor dem Krieg packen würde, blieb ihm die Hoffnung, zu Fuß einen Erdenwinkel zu erreichen, wo die grausamste der menschlichen Torheiten gerade nicht wütete. Nichts von alledem war unausführbar. Aber immer wieder mußte er daran denken, daß er vielleicht in Brügge niemals belästigt werden würde.

Er gähnte. Diese Möglichkeiten interessierten ihn nicht mehr. Er zog seine vom Sand beschwerten Schuhe aus und grub seine Füße mit Befriedigung in die warme und lockere

Schicht, unter der er die Meereskühle suchte und fand. Er zog seine Kleider aus, legte sein Gepäck und seine schweren Schuhe sorgfältig darauf und ging zum Meer. Die Flut ging schon zurück: bis zur halben Wade im Wasser, watete er durch schillernde Lachen und setzte sich der Bewegung der Wellen aus.

Nackt und allein, fielen die Verhältnisse von ihm ab, wie seine Kleider von ihm abgefallen waren. Er wurde wieder zu jenem Adam Cadmon der hermetischen Philosophen, der im Herzen der Dinge ist und in dem sich erhellt und ausdrückt, was sonst überall in der Substanz zerstreut und unausgesprochen bleibt. Nichts in dieser Unermeßlichkeit hatte einen Namen: er weigerte sich daran zu denken, daß der Vogel, der auf einem Wogenkamm schaukelnd fischte, eine Möwe war und das seltsame Tier, das seine Glieder, die so verschieden von den menschlichen sind, in einer Lache bewegte, ein Seestern. Die Flut ging immer weiter zurück und hinterließ Muscheln, deren Spiralen so rein waren wie die des Archimedes. Die Sonne stieg unmerklich höher und verkürzte den menschlichen Schatten auf dem Sand. Er war von dem ehrfürchtigen Gedanken erfüllt, der ihm auf allen öffentlichen Plätzen Mohammeds oder Christi den Tod gebracht hätte, daß die dem mutmaßlichen Höchsten Gut angemessenen Symbole absurderweise immer noch die sind, die als die ketzerischsten angesehen werden, und daß diese feurige Kugel der einzig sichtbare Gott ist für Geschöpfe, die ohne ihn zugrundegehen müßten. Desgleichen war der wirklichste Engel diese Möwe, die sichtbarer existierte als Seraphine und Himmelsthrone. In dieser Welt ohne Gespenster war selbst die Grausamkeit rein: der Fisch, der unter der Welle zappelte, würde einen Augenblick später nur noch ein blutiger Leckerbissen im Schnabel eines fischenden Vogels sein, aber der Vogel erfand keine falschen Vorwände für seinen Hunger. Der Fuchs und der Hase, die List und die Angst, bewohnten die Düne, auf der er geschlafen hatte, aber dieser Mörder berief sich nicht auf Gesetze, die einst von einem scharfsinnigen Fuchs erlassen oder von einem Fuchsgott empfangen worden waren; das Opfer glaubte sich nicht seiner Missetaten wegen bestraft und beteuerte beim Sterben nicht feierlich seine Treue zu seinem Fürsten. Die Gewalt der Woge war ohne Zorn. Der Tod, der bei den Menschen immer obszön ist, war in dieser Einsamkeit rein. Ein Schritt weiter über diese Grenze zwischen dem Gleitenden und dem Flüssigen, dem Sand und dem Wasser, und der Ansturm einer stärkeren Welle würde ihn stürzen lassen; diese kurze Agonie ohne Zeugen hätte etwas weniger den Charakter des Todes. Vielleicht würde er dieses Ende eines Tages bereuen. Aber mit so einer Möglichkeit war es, wie mit seinen England- oder Seelandplänen, die aus Ängsten des Vortages entstanden waren oder aus künftigen Gefahren, die in diesem ungetrübten Augenblick noch fern waren, Pläne, die vom Verstand geschmiedet wurden und nicht einer inneren Notwendigkeit entsprangen. Noch hatte die Stunde zur Überfahrt nicht geschlagen.

Er kehrte zu seinen Kleidern zurück, die er nur mit Mühe wiederfand, da sie schon von einer leichten Sandschicht bedeckt waren. Der Rückgang des Meeres hatte innerhalb kurzer Zeit die Entfernungen verändert. Der Abdruck seiner Füße auf dem feuchten Sand war von der Welle sofort weggewaschen worden; auf dem trockenen Sand verwischte der Wind alle Spuren. Sein Körper hatte nach dem Bad die Müdigkeit vergessen. Ein anderer Morgen am Meeresstrand verband sich unmittelbar mit diesem, als ob das kurze Zwischenspiel aus Sand und Wasser schon sechs Jahre gedauert hätte: während seines Aufenthalts in Lübeck hatte er sich mit dem Sohn des Goldschmieds an die Travemündung begeben, um Bernstein zu sammeln. Auch die Pferde hatten gebadet; von ihren Sätteln und Decken befreit, die vom Meerwasser durchtränkt waren, wurden sie wieder zu Geschöpfen, die um ihrer selbst willen da waren, anstatt brave gewöhnliche Reitpferde zu sein. Eines der Bernsteinstücke enthielt ein im Harz gefangenes Insekt; er hatte dieses Tierchen, das in einem Erdzeitalter eingeschlossen war, zu dem er keinen Zugang hatte, wie durch eine Dachluke betrachtet. Er schüttelte den Kopf, wie man eine lästige Biene verjagt: er erlebte jetzt zu oft Augenblicke, die vorbei waren, Augenblicke seiner eigenen Vergangenheit, nicht aus Bedauern oder Sehnsucht, sondern weil die Scheidewände der Zeit gesprengt zu sein schienen. Der Tag von Travemünde war im Gedächtnis gefangen wie in einer beinahe unvergänglichen Materie, Überbleibsel einer Zeit, in der es angenehm gewesen war zu leben. Wenn er noch zehn Jahre lebte, würde es ihm vielleicht mit dem heutigen Tag ebenso gehen.

Freudlos legte er seinen menschlichen Panzer wieder an. Ein Rest Brot von gestern und seine mit dem Wasser einer Zisterne halb gefüllte Kürbisflasche erinnerten ihn daran, daß er bis zu seinem Ende unter Menschen wandeln würde. Man mußte sich vor ihnen in acht nehmen, aber auch weiterhin ihre Dienste in Anspruch nehmen und ihnen solche erweisen. Er hängte seine Tasche über die Schulter und befestigte seine Schuhe mit den Schnürsenkeln an seinem Gürtel, um sich noch länger das Vergnügen zu bereiten, barfuß zu laufen. Er umging Heyst, das ihm wie ein Geschwür auf der schönen Haut des Sandes erschien, und nahm den Weg durch die Dünen. Auf der nächsten Anhöhe drehte er sich um und betrachtete das Meer. Die *Vier Winde* lagen immer noch im Schutz des Hafendammes; andere Boote hatten sich dem Hafen genähert. Ein Segel am Horizont schien ebenso rein wie ein Vogelflügel; vielleicht war es das Schiff von Jans Bruynie.

Er ging fast eine Stunde abseits der bezeichneten Pfade. In einer Senke zwischen zwei mit scharfen Gräsern bewachsenen Anhöhen sah er eine Gruppe von sechs Personen auf sich zukommen: einen Greis, eine Frau, zwei Männer schon reiferen Alters und zwei mit Stöcken bewaffnete Knaben. Der Greis und die Frau kamen auf dem weichen Boden nur mühsam voran. Alle waren wie städtische Bürger gekleidet. Diese Leute schienen lieber vorbeigehen zu wollen, ohne die Aufmerksamkeit auf sich zu ziehen. Sie antworteten jedoch, als er sie ansprach, und waren rasch durch das Interesse beruhigt, das ihnen dieser höfliche, französisch sprechende Reisende entgegenbrachte. Die beiden jungen Leute kamen aus Brüssel, sie waren katholische Patrioten, die sich bemühten, zu den Truppen des Prinzen von Oranien zu stoßen. Die andere Gruppe war calvinistisch; der Greis war ein Schullehrer aus Tournai, der in Begleitung seiner beiden Söhne nach England floh; die Frau, die ihm mit ihrem Taschentuch die Stirn abwischte, war seine Schwiegertochter. Der lange Weg zu Fuß war mehr, als der arme Mann ertragen konnte; er setzte sich einen Augenblick in den Sand, um zu verschnaufen; die anderen standen im Kreis um ihn herum.

Diese Familie hatte sich in Ekloo mit den beiden jungen Brüsseler Bürgern getroffen: die gleiche Gefahr und die gleiche Flucht hatten aus diesen Leuten, die in anderen Zeiten Feinde gewesen wären, Gefährten gemacht. Die Jungen sprachen mit Bewunderung von dem Herrn von der Marck, der geschworen hatte, seinen Bart solange wachsen zu lassen, bis die Grafen gerächt wären; er war mit den Seinen in die Wälder gezogen und knüpfte mitleidlos die Spanier auf, die ihm in die Hände fielen: solche Männer brauchte man in den Niederlanden. Zenon erfuhr von den Brüsseler Flüchtlingen auch Einzelheiten über die Verhaftung des Herrn von Battenburg und der achtzehn Edelmänner seines Gefolges, die von dem Steuermann, der sie nach Friesland brachte, verraten worden waren: die neunzehn Personen waren in der Festung Vilvoorden eingekerkert und enthauptet worden. Die Söhne des Lehrers wurden bei dieser Erzählung blaß und sorgten sich, was sie selbst wohl an der Küste erwarten würde. Zenon beruhigte sie: Heyst schien ein sicherer Ort zu sein, vorausgesetzt, daß man seinen Zehnt an den Hafenkapitän zahlte; beliebige Flüchtlinge liefen kaum Gefahr, wie die Fürsten ausgeliefert zu werden. Er fragte, ob die Leute aus Tournai bewaffnet seien. Sie waren es; sogar die Frau hatte ein Messer. Er riet ihnen, sich nicht zu trennen; vereint müßten sie kaum befürchten, bei der Überfahrt ausgeplündert zu werden, trotzdem sei es ratsam, in der Herberge und auf dem Boot nur mit einem Auge zu schlafen. Was den Mann der *Vier Winde* betraf, so war er verdächtig, aber die beiden kräftigen Brüsseler könnten ihn sicher in Zaum halten, und einmal in Seeland, schienen die Chancen gut, Banden von Aufständischen zu treffen.

Der Schulmeister hatte sich mühsam erhoben. Zenon, der nun seinerseits befragt wurde, erklärte, daß er Arzt sei in der Gegend und auch daran gedacht habe, übers Meer zu gehen. Die Fragen gingen nicht weiter; seine Angelegenheiten interessierten sie nicht. Als er sich von ihnen trennte, gab er dem Schulmeister ein Fläschchen mit Tropfen, die ihm eine Zeitlang das Atmen erleichtern würden. Man bedankte sich sehr, als er Abschied nahm.

Er sah sie nach Heyst weitergehen und entschied sich plötzlich, ihnen zu folgen. Zu mehreren war die Reise weniger riskant; man konnte einander sogar während der ersten Tage am anderen Ufer helfen. Er folgte ihnen etwa hundert Schritte, ging dann aber langsamer und ließ den Abstand zwischen sich und der kleinen Schar größer werden. Der Gedanke, Milo und Jans Bruynie wieder vor sich zu sehen, erfüllte ihn im voraus mit einem unerträglichen Überdruß. Plötzlich blieb er stehen und wandte sich ins Landesinnere.

Die blauen Lippen und der kurze Atem des alten Mannes fielen ihm wieder ein. Dieser Schulmeister, der seine armselige Stellung aufgab und dem Schwert, dem Feuer und der Flut trotzte, um laut seinen Glauben daran zu bekennen, daß die meisten Menschen für die Hölle bestimmt sind, schien ihm ein gutes Beispiel für den allgemeinen Wahnsinn; aber zweifellos existierten, jenseits dieser dogmatischen Torheiten zwischen den unruhigen menschlichen Geschöpfen heftige Abneigungen und Haß, die aus der tiefsten Tiefe ihrer Natur kommen und die sich an dem Tag, an dem es nicht mehr Mode wäre, sich der Religion wegen gegenseitig zu vernichten, anders geltend machen würden. Die beiden Brüsseler Patrioten schienen vernünftiger, aber die Jungen, die ihre Haut für die Freiheit riskierten, bildeten sich trotzdem etwas darauf ein, loyale Untertanen König Philipps zu sein; ihrer Meinung nach wäre alles gut, sobald man sich des Herzogs entledigt hätte. Die Leiden der Welt lagen viel tiefer.

Bald befand er sich wieder in Oudebrügge und ging diesmal auf den Hof des Gutes. Da war dieselbe Frau: sie saß auf der Erde und riß das Gras für die Kaninchen aus, die in einen großen Korb gesperrt waren. Ein Kind im Unterrock umkreiste sie. Zenon bat um ein wenig Milch und irgend etwas zu essen. Sie erhob sich mit einer Grimasse und forderte ihn auf, selber den Milchkrug aus dem Brunnen zu ziehen, in den sie ihn zum Kühlen hinabgelassen hatte; ihre rheumatischen Hände könnten nur schwer die Kurbel drehen. Während er den Flaschenzug handhabe, ging sie ins Haus und brachte Weißkäse und ein Stück Obstkuchen heraus. Sie entschuldigte sich für die Qualität der Milch, die dünn und bläulich war.

»Die alte Kuh ist fast trocken«, sagte sie. »Es ist, als wäre sie es müde, Milch zu geben. Wenn man sie zum Bullen führt, will sie nicht mehr. Man wird sie bald essen müssen.«

Zenon fragte, ob der Bauernhof wohl der Familie Ligre gehöre. Sie sah ihn plötzlich mißtrauisch an:

»Ihr seid doch nicht zufällig der Aufseher? Vor Michaelis sind wir nichts schuldig.«

Er beruhigte sie: er sammele zum Vergnügen Kräuter und kehre nach Brügge zurück. Wie er angenommen hatte, gehörte der Bauernhof Philibert Ligre, dem Herrn von Dranoutre und Oudenhoven, einem großen Tier im Rat von Flandern. Wie ihm die gute Frau erklärte, hätten reiche Leute immer eine ganze Reihe von Namen.

»Ich weiß«, sagte er. »Ich gehöre zu der Familie.«

Sie sah nicht so aus, als ob sie ihm glaube. Dieser Wanderer hatte nichts besonders Prächtiges an sich. Er erwähnte, er sei vor sehr langer Zeit einmal auf den Hof gekommen. Alles sei fast so, wie er es in Erinnerung hatte, nur kleiner.

»Wenn Ihr hier wart, muß ich schon dagewesen sein«, sagte die Frau, »seit mehr als fünfzig Jahren habe ich mich nicht von hier fortbewegt.«

Es schien ihm wohl, als hätte man damals nach der Mahlzeit im Grünen die Reste den Bauern überlassen, aber er erinnerte sich nicht mehr an ihre Gesichter. Sie setzte sich neben ihn auf die Bank; er hatte sie auf den Weg der Erinnerungen gebracht: »Die Herren kamen damals manchmal«, fuhr sie fort. »Ich bin die Tochter des früheren Pächters; wir hatten elf Kühe. Im Herbst schickten wir ihnen einen Wagen mit Töpfen voll gesalzener Butter nach Brügge. Jetzt ist es ganz anders; sie lassen alles verfallen ... Und außerdem habe ich meine liebe Mühe, mit meinen Händen im kalten Wasser zu arbeiten.«

Sie legte die Hände auf ihre Knie und faltete ihre gekrümmten Finger. Er riet ihr, die Hände täglich in warmen Sand zu stecken.

»An Sand fehlt es hier ja nicht«, meinte sie.

Das Kind drehte sich weiter im Hof herum wie ein Kreisel und stieß dabei unverständliche Laute aus. Vielleicht war es schwachsinnig. Sie rief es, und eine wunderbare Zärtlichkeit erhellte ihr reizloses Gesicht, sobald es auf sie zulief. Sorgfältig wischte sie ihm den Speichel aus den Mundwinkeln.

»Das ist mein Jesus«, sagte sie sanft. »Seine Mutter arbeitet auf den Feldern mit den beiden, die sie säugt.«

Zenon erkundigte sich nach dem Vater. Er was der Steuermann der *Heiligen Bonifatius.*

»Die *Heilige Bonifatius* hat Ärger gehabt«, sagte er mit einer Miene, als wüßte er Bescheid.

»Das ist jetzt wieder in Ordnung«, sagte die Frau, »er wird für Milo arbeiten. Er muß ja verdienen. Von all meinen Jungen bleiben mir nur noch zwei. Denn ich habe zwei Ehemänner gehabt, mein Herr«, fuhr sie fort, »und wir drei hatten zehn Kinder. Acht sind auf dem Friedhof. All die Mühe umsonst ... Der Jüngste hilft an windigen Tagen dem Müller, so daß wir immer Brot haben. Er darf auch den Abfall haben. Der Boden hier ist kümmerlich für das Korn.«

Zenon betrachtete die baufällige Scheune. Oben am Tor hatte einst jemand dem Brauch gemäß eine Eule befestigt, die er sicher mit einem Stein betäubt und lebendig angenagelt hatte; die übriggebliebenen Federn bewegten sich im Wind.

»Warum habt Ihr diesen Vogel gequält, der Euch nützlich war?« fragte er und zeigte mit dem Finger auf den großen gekreuzigten Raubvogel. »Diese Tiere fangen die Mäuse, die das Korn fressen.«

»Ich weiß nicht, mein Herr«, antwortete die Frau, »aber es ist so Brauch. Und außerdem kündigt ihr Schrei den Tod an.«
Er antwortete nichts. Sie wollte ihn offensichtlich etwas fragen:

»Diese Flüchtlinge, mein Herr, die man auf der *Heiligen Bonifatius* mitnimmt ... Sicher, die ganze Gegend verdient daran. Allein heute habe ich sechs Essen verkauft. Und dann gibt es welche, wo es einem wehtut, wenn man sie sieht... Aber man fragt sich trotzdem, ob das wohl ein ehrlicher Handel ist. Die Leute, die fliehen, tun es ja nicht wegen nichts ... Der Herzog und der König müssen doch wissen, was sie tun.«

»Ihr seid nicht verpflichtet, Euch danach zu erkundigen, wer diese Leute sind«, sagte der Reisende.

»Ja, das ist wohl wahr«, meinte sie und wackelte mit dem Kinn. Er hatte ein paar Halme von dem Grashaufen genommen und schob sie durch die Stäbe des Korbes den Kaninchen hin, die daran knabberten. »Wenn diese Tiere Euch gefallen, mein Herr«, fuhr sie in freundlichem Ton fort. »Sie sind fett, zart, gerade richtig ... Wir hätten sie Sonntag zubereitet. Nur fünf Heller pro Kopf.«

»Ich?« fragte er überrascht. »Und was eßt Ihr am Sonntagmittag?«

»Mein Herr«, erwiderte sie mit bittendem Blick, »es geht nicht bloß ums Essen... Mit dem Geld und den drei Hellern für den Imbiß kann ich meine Schwiegertochter im *Schönen*

Täubchen Schnaps holen schicken. Man muß sich doch von Zeit zu Zeit das Herz erwärmen. Wir werden auf Eure Gesundheit einen heben.«

Sie hatte kein Kleingeld, um auf seinen Gulden herauszugeben. Das hatte er erwartet. Unwichtig. Die Freude hatte sie verjüngt: am Ende war sie vielleicht das fünfzehnjährige Mädchen, das einen Knicks gemacht hatte, als Simon Adriansen ihm ein paar Heller geschenkt hatte. Er nahm seine Tasche und ging mit den üblichen Höflichkeiten zum Gatter.

»Vergeßt sie nicht, mein Herr«, sagte sie und reichte ihm den Korb, »das wird Eurer Dame Freude machen: solche gibt es in der Stadt nicht. Und weil Ihr ein bißchen zur Familie gehört, sagt ihnen doch, daß sie vor dem Winter bei uns reparieren. Es regnet das ganze Jahr herein.«

Mit dem Korb am Arm ging er hinaus wie ein Bauer, der auf den Markt zieht. Der Weg führte alsbald in ein Gehölz und mündete dann im Brachland. Er setzte sich auf die Böschung des Straßengrabens und steckte vorsichtig die Hand in den Korb. Lange, fast wollüstig streichelte er die Tiere mit dem weichen Fell, dem nachgiebigen Rückgrat, den zarten Flanken, unter denen das Herz mit großen Schlägen pochte. Die Kaninchen waren nicht einmal ängstlich und fraßen weiter; er fragte sich, welche Sicht der Welt und seiner selbst sich wohl in ihren großen lebhaften Augen spiegelte. Er nahm den Deckel ab und ließ sie in die Felder laufen. Er freute sich ihrer Freiheit und sah die unzüchtigen und gefräßigen Ausreißer in den Büschen verschwinden, diese Erbauer unterirdischer Labyrinthe, diese furchtsamen Kreaturen, die dennoch mit der Gefahr spielen, wehrlos bis auf die Kraft und Wendigkeit ihrer Lenden, unzerstörbar allein durch ihre unerschöpfliche Fruchtbarkeit. Wenn es ihnen gelänge, den Schlingen, Stökken, Mardern und Sperbern zu entkommen, so könnten sie ihre Sprünge und Spiele noch eine Zeitlang fortsetzen; ihr Winterpelz würde unter dem Schnee weiß werden; im Frühling würden sie sich wieder von neuem von gutem grünen Gras ernähren. Er stieß den Korb mit dem Fuß in den Graben.

Der weitere Weg verlief ohne Zwischenfälle. Er schlief in dieser Nacht unter einer Baumgruppe. Am nächsten Tag kam er ziemlich früh an die Tore von Brügge und wurde wie immer von der Wache respektvoll gegrüßt.

Sobald er in der Stadt war, kam die einen Augenblick lang unterdrückte Angst wieder an die Oberfläche; unwillkürlich lauschte er auf die Worte der Vorübergehenden, hörte aber nichts Außergewöhnliches, was sich auf ein paar junge Mönche oder die Liebschaften eines schönen vornehmen Mädchens bezogen hätte. Auch sprach niemand von einem Arzt, der Rebellen behandelt hatte und sich unter falschem Namen verbarg. Er kam rechtzeitig im Hospiz an, um den Bruder Lukas und den Bruder Cyprianus zu entlasten, bei denen sich die Kranken drängten. Der Zettel, den er vor seiner Abreise zurückgelassen hatte, lag irgendwo auf dem Tisch; er zerknüllte ihn zwischen den Fingern; ja, seinem Freund aus Ostende gehe es besser. An diesem Abend leistete er sich im Wirtshaus ein ausgiebigeres und besseres Abendbrot als sonst.

Die Mausefalle

Mehr als ein Monat verging ohne Störung. Das Hospiz sollte kurz vor Weihnachten seine Tore schließen, aber diesmal würde der Herr Sebastian Theus ganz offen nach Deutschland abreisen, wo er früher gelebt und praktiziert hatte. Insgeheim und ohne diese für Luthers Sache gewonnenen Gebiete öffentlich zu erwähnen, nahm Zenon sich vor, wieder nach Lübeck zu gehen. Dort würde er das Vergnügen haben, den klugen Aegidius Friedhof wiederzusehen und Gerhart, der nun im Mannesalter war. Vielleicht wäre es möglich, die leitende Stelle im Heilig-Geist-Hospital zu bekommen, die der wohlhabende Goldschmied ihm damals fast versprochen hatte.

Von Regensburg kündigte ihm sein alchimistischer Mitbruder Riemer, dem Zenon schließlich geschrieben hatte, ein unverhofftes Glück an. Ein Exemplar der *Pro-Theorien*, das dem Pariser Freudenfeuer entkommen war, hatte seinen Weg nach Deutschland gefunden; ein Doktor aus Wittenberg hatte das Werk ins Lateinische übersetzt, und durch diese Veröffentlichung entstand wieder ein ruhmreiches Gerede um den Philosophen. Das Inquisitionsgericht wurde mißtrauisch, wie früher die Sorbonne, aber der Gelehrte aus Wittenberg und seine Mitbrüder entdeckten im Gegenteil in diesen nach Ansicht der Katholiken von Ketzerei besudelten Texten ein Beispiel für die Anwendung freier Forschung; und die Aphorismen, die das Wunder durch die Wirkung der Inbrunst dessen erklärten, dem es widerfährt, schienen zugleich geeignet, den papistischen Aberglauben zu bekämpfen und ihre eigene Lehre vom erlösenden Glauben zu unterstützen. Die *Pro-Theorien* wurden in ihren Händen ein leicht verfälschtes Instrument, aber auf solche schiefen Deutungen muß man gefaßt sein, solange ein Buch existiert und auf den Geist der Menschen wirkt. Es war sogar die Rede davon, Zenon – wenn man seine Spur wiederfände – einen Lehrstuhl für Naturphilosophie an der sächsischen Universität anzubieten. Diese Ehre war nicht ohne Risiko, und es wäre klug, sie zugunsten anderer und freierer Arbeiten abzulehnen, aber die unmittelbare Berührung mit anderen Geistern war nach seinem langen Rückzug auf sich selbst verführerisch, und ein totgeglaubtes Werk wieder aufleben zu sehen, ließ den Philosophen in allen Fasern die Freude einer Wiedergeburt empfinden. Zur gleichen Zeit war auch der *Traktat über die physische Welt,* der seit der über Dolet hereingebrochenen Katastrophe nicht mehr verlegt worden war, bei einem Buchhändler in Basel wieder erschienen, wo man die Vorurteile und heftigen Auseinandersetzungen von früher anscheinend vergessen hatte. Die leibliche Anwesenheit Zenons wurde fast unwichtig: seine Ideen waren ohne ihn ausgeschwärmt.

Seit seiner Rückkehr von Heyst hörte er nichts mehr von der kleinen Gruppe der Engel. Er vermied mit größter Sorgfalt, mit Cyprianus allein zu sein, so daß die Flut der Vertraulichkeiten eingedämmt war. Gewisse Maßnahmen, die Sebastian Theus sich vom alten Prior gewünscht hatte, um eine Katastrophe für alle zu vermeiden, hatten sich von selbst eingestellt. Bruder Florian ging demnächst nach Antwerpen, wo man sein von Bilderstürmern angezündetes Kloster wieder aufbaute; er würde dort den Kreuzgang mit Fresken ausmalen. Pieter von Hamaeren besuchte verschiedene Unterhäuser in der Provinz, deren Abrechnungen er bereinigte. Die neue Verwaltung hatte Arbeiten in den Kellerräumen des Klosters angeordnet; man hatte gewisse Teile zugemauert, da sie einzustürzen drohten, was die Engel ihres geheimen Zufluchtsortes beraubte. Die nächtlichen Zusammenkünfte hatten so gut wie ganz aufgehört; die unerhörten Schamlosigkeiten fielen seitdem sicher wieder auf das Niveau alltäglicher und flüchtiger klösterlicher Sünden zurück. Für die Begegnungen von Cyprianus mit der Schönen in dem verlassenen

Garten war die Jahreszeit nicht sehr günstig, und vielleicht hatte Idelette sich einen ansehnlicheren Liebhaber beschafft, als ein junger Mönch es war.

Aus all diesen Gründen mochte sich das Benehmen von Cyprianus verdüstert haben. Er sang seine Bauernliedchen nicht mehr und erfüllte seine Aufgaben mit trübsinniger Miene. Sebastian hatte zunächst vermutet, der junge Krankenpfleger gräme sich genau wie Bruder Lukas wegen der baldigen Schließung des Hospizes. Eines Morgens bemerkte er, daß das Gesicht des Jungen Tränenspuren zeigte.

Er ließ ihn in das Laboratorium eintreten und schloß die Tür. Dort waren sie allein wie an jenem Morgen nach dem Weißen Sonntag, als Cyprianus seine gefährlichen Geständnisse machte. Zenon sprach als erster:

»Ist der Schönen ein Unglück zugestoßen?« fragte er unvermittelt.

»Ich sehe sie nicht mehr«, antwortete der Junge mit erstickter Stimme. »Sie schließt sich mit der Mulattin in ihrem Zimmer ein und behauptet, sie sei krank, um ihre Bürde zu verbergen.«

Er erklärte, daß die einzigen Nachrichten, die er erhielt, aus dem Munde einer Laienschwester stammten, die teils durch kleine Geschenke bestochen, teils von dem Zustand der Schönen, die zu pflegen sie beauftragt war, gerührt war. Aber es war schwierig, sich mittels dieser bis zur Dummheit einfältigen Frau zu verständigen. Die geheimen Ausgänge von früher existierten nicht mehr, und auf jeden Fall hätten die beiden Mädchen, die jetzt sogar vor einem Schatten erschraken, den Versuch nicht mehr gewagt, in der Nacht auszugehen. Der Bruder Florian hatte zwar als Maler Zugang zur Kapelle der Bernhardinerinnen, aber mit dieser Affäre wollte er nichts zu tun haben.

»Wir haben uns gestritten«, sagte Cyprianus düster.

Die Frauen erwarteten Idelettes Niederkunft um Sankt Agathe. Der Arzt berechnete, daß es noch fast drei Monate bis dahin wären. Zu dieser Zeit würde er schon lange in Lübeck sein.

»Verzweifelt nicht«, sagte er und bemühte sich, gegen die Niedergeschlagenheit des jungen Mönchs anzugehen. »In solchen Dingen beweisen Frauen großen Scharfsinn und Mut. Die Bernhardinerinnen haben, wenn sie dieses Mißgeschick entdecken, keinerlei Interesse daran, es auszuplaudern. Ein Neugeborenes kann man leicht in einen Turm legen und der öffentlichen Barmherzigkeit anvertrauen.«

»Diese Krüge und Glasgefäße sind voller Pulver und Wurzeln«, sagte Cyprianus heftig bewegt. »Die Angst wird sie töten, wenn man ihr nicht zur Hilfe kommt. Wenn Mynheer wollten...«

»Seht Ihr denn nicht, daß es zu spät ist und daß ich keinen Zutritt zu ihr habe? Fügen wir doch so vielen Ausschweifungen nicht noch ein blutiges Unglück hinzu.«

»Der Pfarrer von Ursel hat die Kutte abgeworfen und ist mit seinem Liebchen nach Deutschland entflohen«, sagte Cyprianus plötzlich. »Könnten wir denn nicht...«

»Mit einem Mädchen dieses Standes und in diesem Zustand würdet ihr erkannt werden, bevor ihr das Gebiet der Freigrafschaft Brügge verlassen habt. Denkt nicht mehr daran. Aber niemand wird erstaunt sein, wenn ein junger Franziskaner auf den Landstraßen umherzieht und um sein Brot bettelt. Geht allein fort. Ich kann Euch für die Reise mit ein paar Dukaten versorgen.«

»Ich kann nicht«, sagte Cyprianus schluchzend.

Er hatte sich, den Kopf in den Händen, auf den Tisch fallen lassen. Zenon betrachtete ihn mit unendlichem Mitleid. Das Fleisch war eine Falle, in die diese beiden Kinder gegangen waren. Er streichelte liebevoll den geschorenen Kopf des jungen Mönchs und verließ den Raum.

Der Blitz schlug früher ein, als man gedacht hätte. An dem Tag der Heiligen Lucia befand sich Zenon im Wirtshaus, als er seine Nachbarn in aufgeregtem Geflüster – das niemals Gutes verheißt, denn es handelt sich fast immer um jemandes Unglück – über eine Neuigkeit reden hörte. Ein vornehmes Mädchen, das bei den Bernhardinerinnen wohnte, hatte ein zu früh geborenes, aber lebensfähiges Kind, das sie gerade zur Welt gebracht hatte, erwürgt. Das Verbrechen war nur durch die kleine maurische Dienerin des Fräuleins aufgedeckt worden, die entsetzt aus dem Zimmer ihrer Herrin entflohen und wie eine Verrückte durch die Straßen geirrt war. Gute, aber auch von redlicher Neugier getriebene Leute hatten die Mulattin bei sich aufgenommen; sie hatte schließlich in ihrem schwer verständlichen Geplapper alles erzählt. Die Schwestern hatten danach die Festnahme ihrer Pensionärin durch die Wache nicht mehr verhindern können. Deftige Scherze über die Heißblütigkeit vornehmer Mädchen und die kleinen Geheimnisse der Nonnen mischten sich mit empörten Ausrufen. In dem eintönigen Leben der kleinen Stadt, wo selbst das Gerücht von großen Tagesereignissen nur gedämpft anlangte, war dieser Skandal interessanter als eine abgedroschene Geschichte von irgendeiner verbrannten Kirche oder aufgehängten Protestanten.

Als Zenon das Wirtshaus verließ, sah er in der Langestraat Idelette, wie sie hinten im Karren der Wache liegend vorüberfuhr. Sie war sehr blaß, von der Blässe einer Wöchnerin, aber ihre Wangen und Augen brannten vor Fieber. Einige Leute sahen sie mitleidig an, die meisten aber spornten sich gegenseitig an, sie zu verhöhnen. Unter ihnen waren der Konditor und seine Frau. Die kleinen Leute des Stadtviertels rächten sich für die kostbaren Kleider und die verrückten Ausgaben dieser schönen Puppe. Zwei der Mädchen vom *Kürbis*, die sich zufällig dort befanden, gehörten zu den eifrigsten, als hätte das Fräulein ihnen das Handwerk verdorben.

Zenon ging heim, und das Herz zog sich ihm zusammen, als hätte er gerade gesehen, wie eine Hirschkuh den Jagdhunden ausgeliefert wurde. Er suchte Cyprianus im Hospiz, aber der junge Mönch war nicht da, und Zenon wagte nicht, sich im Kloster nach ihm zu erkundigen, aus Angst, er könnte auf ihn aufmerksam machen.

Noch hoffte er, daß Idelette beim Verhör durch den Vogt oder die Kanzleibeamten die Geistesgegenwart besitzen würde, sich einen Liebhaber zu erfinden. Aber dieses Kind, das sich die ganze Nacht hindurch die Hände zerbissen hatte, um nicht zu schreien, aus Angst, daß sein Stöhnen jemand wecken könnte, war am Ende seines Mutes. Sie redete und weinte ausgiebig und verschwieg weder die Zusammenkünfte mit Cyprianus am Ufer noch die Spiele und Freuden bei der Engelsversammlung. Am meisten entsetzten sich die Schreiber, die diese Geständnisse notierten, und dann die Öffentlichkeit, die deren Echo gierig aufnahm, über den Verzehr des gesegneten Brotes und des vom Altar gestohlenen Weines, die beim Schein von Kerzenstümpfchen gegessen und getrunken worden waren. Die fleischlichen Vergehen erschienen durch solche Sakrilegien noch schlimmer. Cyprianus wurde am nächsten Tag verhaftet; danach kamen Franz von Bure, Florian, Bruder Quirinus und zwei andere Novizen, die auch in die Sache verwickelt waren, an die Reihe. Matthias Aerts wurde ebenfalls verhaftet, aber infolge eines angeblichen Fehlurteils über die Person sofort wieder freigelassen. Ein Onkel von ihm war Schöffe in der Freigrafschaft Brügge.

Ein paar Tage lang füllte sich das schon halb geschlossene Sankt-Cosmas-Hospiz, das der Arzt voraussichtlich in der folgenden Woche wegen seiner Reise nach Deutschland verlassen würde, mit einem Haufen Neugieriger. Bruder Lukas zeigte ihnen ein unerschütterliches Gesicht; er weigerte sich, an die ganze Affäre zu glauben. Zenon behandelte sie, aber ließ sich nicht dazu herab, auf Fragen zu antworten. Ein Besuch von Greete rührte ihn fast zu Tränen: die alte Frau hatte nur den Kopf geschüttelt und gesagt, das sei alles sehr traurig.

Er behielt sie den ganzen Tag über da und bat sie, seine Wäsche zu waschen und auszubessern. Gereizt hatte er von Bruder Lukas die Tür des Hospizes vor der Zeit schließen lassen; die alte Frau, die an einem Fenster nähte oder bügelte, beruhigte ihn teils durch ihr freundschaftliches Schweigen, teils durch ihre Worte voll stiller Weisheit. Sie erzählte ihm kleine, ihm unbekannte Begebenheiten aus dem Leben von Heinrich-Justus, von niedrigen Knausereien und von freiwillig oder gewaltsam erlangten Vertraulichkeiten mit den Mägden: im übrigen sei er ein recht braver Mann, dem in seinen guten Tagen Scherze und sogar Geschenke leicht von der Hand gegangen waren. Sie erinnerte sich an Namen und Aussehen zahlreicher Verwandter, von denen Zenon nichts wußte: so war sie imstande, eine ganze Liste von Brüdern und Schwestern aufzuzählen, die zwischen Heinrich-Justus und Hilzonde geboren und jung gestorben waren. Er sann einen Augenblick darüber nach, was aus diesen so schnell abgebrochenen Schicksalen, diesen Trieben ein- und desselben Baumes wohl hätte werden können. Zum ersten Mal in seinem Leben lauschte er aufmerksam einem langen Bericht über seinen Vater, dessen Namen und Geschichte er kannte, über den er aber in seiner Kindheit nur bittere Anspielungen gehört hatte. Dieser junge italienische Kavalier, der der Form halber und um seinen und seiner Familie Ehrgeiz zu befriedigen, Geistlicher geworden war, hatte Feste gegeben, seinen roten Sammetumhang und seine goldenen Sporen hochmütig in Brügge spazieren geführt, sich an einem Mädchen erfreut, das ebenso jung, aber im ganzen weniger unglücklich war als Idelette heute, und das Resultat von alledem waren diese Arbeiten, diese Abenteuer, diese Meditationen, diese Pläne, die seit achtundfünfzig Jahren andauerten. Alles in dieser Welt, die die einzige ist, zu der wir Zugang haben, war seltsamer, als die Gewohnheit uns glauben macht. Schließlich steckte Greete Schere, Garn und Nadeldöschen wieder in ihre Tasche und bemerkte, daß Zenons Wäsche für die Reise bereit sei. Nachdem sie ihn verlassen hatte, heizte er den Ofen für das Wasser- und Dampfbad, das er in einem Winkel des Hospizes nach dem

Vorbild dessen eingerichtet hatte, das er einst in Pera gehabt hatte. Allerdings hatte er es selten für seine Kranken benutzt, die sich oft gegen solche Behandlungen sträubten. Er wusch sich gründlich, schnitt sich die Nägel und rasierte sich mit großer Sorgfalt. Des öfteren hatte er sich den Bart wachsen lassen, bei der Armee oder auf der Landstraße notgedrungen, sonst um sich besser zu tarnen oder um nicht durch ein Aussehen aufzufallen, das der Mode nicht entsprach, aber er zog ein klares, nacktes Gesicht vor. Das Wasser und der Dampf erinnerten ihn an das feierliche Bad, das er nach der Lapplandexpedition bei seiner Ankunft in Frösö genommen hatte. Signe Ulfsdatter hatte ihn selbst bedient, wie es bei den Damen ihres Landes der Brauch war. Sie hatte in diese Zuvorkommenheit einer Dienerin die Würde einer Königin gelegt. In Gedanken sah er die große kupferbeschlagene Bütte und das Muster der gestickten Handtücher wieder vor sich.

Er wurde am folgenden Tag verhaftet. Cyprianus hatte, um der Folter zu entgehen, alles gestanden, was man von ihm verlangte, und noch viel mehr. Daraus ergab sich ein Vorführungsbefehl gegen Pieter von Hamaeren, der sich gerade in Oudenaarde befand. Was Zenon betraf, waren die Aussagen des jungen Mönchs vernichtend: wenn man ihnen glauben wollte, wäre der Arzt von Anfang an der Vertraute und Komplize der Engel gewesen. Er hätte Florian mit den nötigen Liebesträken versorgt, um Idelette zum Nutzen von Cyprianus zu verführen, und er hätte ihr später abscheuliche Mixturen verschrieben, um sie ihrer Frucht zu entledigen. Der Angeklagte behauptete, zwischen ihm und dem Arzt hätte eine unerlaubte Intimität bestanden. Zenon hatte im folgenden Gelegenheit, über diese Aussagen nachzudenken, die den Tatsachen genau entgegengesetzt waren: die einfachste Annahme war, daß der verwirrte Junge sich auf Kosten anderer hinauszureden versuchte; oder er hatte vielleicht gewünscht, von Sebastian Theus Dienste und Liebkosungen zu bekommen, und schließlich geglaubt, sie auch empfangen zu haben. Man fällt immer in irgendeine Falle; es war gleichgültig, ob es diese war.

Zenon war auf alles gefaßt. Er ergab sich ohne Widerstand. Als er in die Kanzlei kam, überraschte er jedermann, indem er seinen wirklichen Namen angab.

DRITTER TEIL

Das Gefängnis

Non è viltà, ne da viltà procede
S'alcun, per evitar più crudel sorte,
Odia la propria vita e cerca morte…

Meglio è morir all'anima gentile
Che supportar inevitabil danno
Che lo farria cambiar animo e stile.
Quanti ha la morte già tratti d'affano!
Ma molti ch'hanno il chiamar morte a vile
Quanto talor sia dolce ancor non sanno.

GIULIANO DE MEDICI

Nicht schändlich ist's noch schändliche Wesensart,
Wenn jemand, um ein grauenvolles Los zu meiden,
Sein eigen Leben haßt und nach dem Tode trachtet.

Denn für ein edelmütig Herz ist sterben besser,
Als unvermeidlich' Leiden zu ertragen,
Das sein Gemüt und seine Lebensart zugrunde richtet.
Unzählige schon hat der Tod von ihrer Angst befreit!
Doch viele schmähen diese Zuflucht in den Tod,
Da sie nicht wissen, wie süß das Sterben ist.

Die Anklage

Im städtischen Gefängnis verbrachte er nur eine Nacht. Gleich am nächsten Tag wurde er, nicht ohne gewisse Rücksichten, in ein Zimmer mit Aussicht auf den Hof der alten Kanzlei überführt, das mit Fenstergittern und festen Riegeln versehen war, aber fast alle Bequemlichkeiten bot, die ein Häftling von Bedeutung beanspruchen konnte. Man hatte dort unlängst einen Schöffen gefangen gehalten, der wegen Veruntreuungen angeklagt war, und früher einen Lehnsherrn, der um einen hohen Preis von der französischen Partei gekauft worden war; nichts war geziemender als eine solche Haftstätte. Übrigens hatte die Nacht im Kerker genügt, um Zenon mit einem Ungeziefer zu behaften, von dem er sich erst nach mehreren Tagen befreien konnte. Zu seinem Erstaunen erlaubte man ihm, sich seine Wäsche bringen zu lassen; nach einigen Tagen gab man ihm sogar sein Schreibzeug zurück. Man versagte ihm jedoch Bücher. Bald bekam er die Erlaubnis, täglich in dem Hof, dessen Boden mal gefroren, mal aufgeweicht war, in Gesellschaft des Kerls, der sein Wärter war, spazierenzugehen. Eine Angst verließ ihn trotzdem nicht, die Angst vor der Folter. Daß Menschen bezahlt wurden, um ihresgleichen systematisch zu quälen, hatte diesen Mann, dessen Beruf es war zu heilen, immer empört. Schon lange hatte er sich gewappnet – nicht gegen den Schmerz, der an sich kaum heftiger war als der des Verwundeten, der von einem Chirurgen operiert wird, sondern gegen das Grauen, das ihm absichtlich eingeflößt werden würde. Allmählich hatte er sich an den Gedanken gewöhnt, Angst zu haben. Wenn es ihm eines Tages widerführe, zu wimmern, zu schreien oder jemanden fälschlich anzuklagen, wie Cyprianus es getan hatte, so träfe die Schuld daran diejenigen, die es fertigbringen, die Seele eines Menschen zu zermürben. Aber diese so sehr gefürchtete Prüfung kam nicht. Offenbar traten mächtige Beschützer auf den Plan. Sie konnten aber nicht verhindern, daß er den Schrecken vor der Folterbank bis zum Schluß nicht loswurde und er sich beherrschen mußte, nicht jedesmal, wenn die Tür geöffnet wurde, aufzufahren.

Als er vor ein paar Jahren in Brügge angekommen war, hatte er geglaubt, daß das Andenken an ihn der Unkenntnis und Vergessenheit Platz gemacht hätte. Darauf hatte er seine zweifelhafte Sicherheit gegründet. Aber ein Spukbild von ihm mußte wohl in der Tiefe der Erinnerung überlebt haben; durch diesen Skandal tauchte es wieder auf, wirklicher als der Mann, an dem man solange gleichgültig vorübergegangen war. Unbestimmte Gerüchte verdichteten sich plötzlich, verbunden mit den plumpen Bildern vom Zauberer, vom Abtrünnigen, vom Schurken, vom Spion aus der Fremde, die überall und immer in einfältigen Köpfen herumspuken. Niemand hatte Zenon in Sebastian Theus wiedererkannt; rückblickend erkannten ihn nun alle Leute. Auch hatte niemand in Brügge früher seine Schriften gelesen; sie wurden heute sicher nicht häufiger studiert, aber die Kenntnis davon, daß sie in Paris verurteilt und in Rom für verdächtig gehalten worden waren, erlaubte nun jedem, über diese gefährlichen Schriften herzuziehen. Ein paar Vorwitzige, die mit einem scharfen Blick begabt waren, hatten sicherlich schon frühzeitig seine Identität geahnt; Greete war nicht die einzige, die Augen und ein Gedächtnis besaß. Aber diese Leute hatten geschwiegen, was sie eher zu Freunden als zu Feinden zu machen schien, oder vielleicht hatten sie nur auf ihre Stunde gewartet. Zenon zweifelte immer noch, ob jemand den Prior der Franziskaner gewarnt hatte oder ob dieser, als er einem Unbekannten anbot, in Senlis in seine Kutsche zu steigen, nicht vielmehr wußte, daß er es mit dem Philosophen zu tun hatte, dessen höchst umstrittene Schrift man auf dem Marktplatz verbrannte. Er neigte dazu, das letztere anzunehmen, da er Wert darauf legte, diesem großherzigen Mann so verbunden wie möglich zu sein.

Wie dem auch immer sein mochte, sein Verhängnis hatte ein anderes Gesicht bekommen. Er war nicht mehr der unbekannte Statist einer Orgie, in die eine Handvoll Novizen und zwei oder drei schlechte Mönche verwickelt waren; er wurde wieder der Darsteller seines eigenen Abenteuers. Die Hauptanklagepunkte mehrten sich, aber wenigstens würde er nicht der unbedeutende Wicht sein, der in aller Eile durch eine beschleunigte Rechtsprechung hinweggefegt wird, wie es Sebastian Theus wahrscheinlich gewesen wäre. Sein Prozeß drohte sich wegen heikler Kompetenzfragen hinzuziehen. Die bürgerlichen Richter urteilten in letzter Instanz über die gewöhnlichen Verbrechen, aber in einem verwickelten Prozeß wegen Atheismus und Ketzerei bestand der Bischof darauf, das letzte Wort zu sprechen. Dieser Anspruch schockierte in einer Stadt, wo man bis dahin ohne Bischofssitz ausgekommen war, und bei einem erst kürzlich vom König eingesetzten Mann, der vielen wie ein wohlweislich nach Brügge versetzter Helfershelfer des Inquisitionsgerichts erschien. Folglich nahm sich dieser geistliche Würdenträger vor, seine Macht unter Beweis zu stellen, indem er den Prozeß mit Gerechtigkeit führte. Der Domherr Campanus setzte sich trotz seines hohen Alters sehr für diese Sache ein; er schlug vor und setzte schließlich durch, daß zwei Theologen der Universität Löwen, wo der Angeklagte seinen akademischen Grad in kanonischem Recht erhalten hatte, als Hörer zugelassen wurden; man wußte nicht, ob diese Maßnahme in Übereinstimmung mit dem Bischof oder gegen ihn getroffen wurde. Unter ein paar überspannten Geistern kursierte die verschrobene Ansicht, daß ein Gottloser, dessen Lehren zu vereiteln so wichtig war, unmittelbar zum Ressort des Heiligen Stuhls gehöre und daß es ratsam wäre, ihn unter guter Bewachung in irgendeiner Zelle des Klosters Santa Maria sopra Minerva in Rom nachdenken zu lassen. Die vernünftigen Leute dagegen bestanden darauf, diesen Ungläubigen sofort abzuurteilen, der in Brügge geboren und unter falschem Namen in die Stadt zurückgekommen war, wo seine Anwesenheit im

Schoß einer frommen Gemeinschaft Ausschweifungen begünstigt hatte. Dieser Zenon, der zwei Jahre am Hof Seiner Schwedischen Majestät verbracht hatte, war vielleicht ein Spion der Mächte des Nordens; man vergaß nicht, daß er sich früher bei dem ungetreuen Türken aufgehalten hatte; es ging darum zu wissen, ob er dort vom Glauben abgefallen war, wie das Gerücht besagte, oder nicht. Man machte sich auf einen jener Prozesse mit verschiedenen Anklagepunkten gefaßt, die Jahre zu dauern drohen und als gezielte Ablenkung für die Launen einer Stadt dienen.

In diesem Durcheinander waren die Angaben, die zur Verhaftung von Sebastian Theus geführt hatten, zweitrangig. Der Bischof, der aus Prinzip gegen die Anklage der Zauberei war, hielt nichts von der Geschichte mit den Liebestränken, die er für ein Hirngespinst hielt, aber gewisse bürgerliche Richter glaubten fest daran, und für das einfache Volk lag gerade darin der Kern der Sache. Nach und nach sah man wie bei allen Prozessen, die eine Zeitlang die Gaffer anziehen, zwei merkwürdig verschiedene Fälle sich auf zwei Ebenen abzeichnen: den Sachverhalt, wie er den Rechtsgelehrten und Geistlichen erschien, die von Berufs wegen zu richten haben, und den Sachverhalt, wie ihn die Menge erfindet, die nach Ungeheuern und Opfern verlangt. Der Rechtsvertreter, der mit der strafrechtlichen Anklage beauftragt war, hatte den vertrauten Umgang mit der kleinen adamitischen und verzückten Engelgruppe von Anfang an ausgeklammert; die Beschuldigungen von Cyprianus waren von den sechs anderen Eingekerkerten widerlegt worden; diese kannten den Arzt nur, weil sie ihn unter den Klosterarkaden oder auf der Langestraat bemerkt hatten. Florian schmeichelte sich, daß er Idelette mit Versprechungen von Küssen, süßer Musik und Reigen, bei denen man sich an den Händen hält, verführt hatte, ohne daß er dabei der Alraunenwurzel bedurft hätte; Idelettes Verbrechen selbst entkräftete die Geschichte von dem Abtreibungstrunk, den das Fräulein, wie es hoch und heilig beteuerte, niemals erbeten hatte oder hätte ablehnen müssen;

schließlich, und das war noch besser, erschien Zenon dem Florian als ein schon älterer Sonderling, der zwar der Hexerei ergeben, aber den Spielen der Engel aus Boshaftigkeit feindlich gesonnen war und der Cyprianus von ihnen absondern wollte. Aus diesen wenig zusammenhängenden Aussagen konnte man allenfalls schließen, daß der sogenannte Sebastian Theus durch seinen Krankenpfleger etwas von den Orgien in der Badestube gewußt hatte, ohne seine Pflicht, sie anzuzeigen, erfüllt zu haben.

Eine verabscheuungswürdige Vertraulichkeit mit Cyprianus blieb glaubhaft, aber die Leute aus dem Stadtviertel hoben die guten Sitten und Tugenden des Arztes in den Himmel; es war sogar etwas irgendwie Verdächtiges an einem so unvergleichlichen Ruf. Man leitete eine Untersuchung über den Anklagepunkt der Sodomie ein, der die Neugier der Richter erregte: durch vieles Nachforschen glaubte man, den Sohn eines Patienten von Johannes Myers finden zu können, mit dem der Angeklagte am Anfang seines Aufenthaltes in Brügge Freundschaft geschlossen hatte; man ließ es aus Respekt vor einer guten Familie dabei bewenden, und dieser junge Kavalier, der wegen seines guten Aussehens gerühmt wurde, war seit langem in Paris, wo er seine Studien beendete. Diese Entdeckung hätte Zenon zum Lachen gebracht: das Verhältnis hatte sich auf den Austausch von Büchern beschränkt. Von niedrigeren Beziehungen, wenn es sie gab, war keine Spur geblieben. Aber der Philosoph hatte oft in seinen Schriften das Experimentieren mit den Sinnen und die Inanspruchnahme aller Möglichkeiten des Körpers gepriesen, und aus einer derartigen Lehre können die schwärzesten Freuden gefolgert werden. Die Vermutung blieb bestehen, aber aus Mangel an Beweisen beließ man es beim Gedankenfrevel.

Andere Beschuldigungen waren möglicherweise sehr viel gefährlicher. Die Franziskaner selber klagten den Arzt an, das Hospiz zu einem Sammelort für Flüchtlinge gemacht zu haben, die sich der Gerichtsbarkeit entzogen. Bruder Lukas war in diesem Punkt wie in vielen anderen sehr nützlich; seine

Meinung war ganz klar: alles wäre falsch in dieser Sache. Man hätte die Ausschweifungen in der Badestube sehr übertrieben; Cyprianus wäre nur ein Grünschnabel, der sich von einem zu schönen Mädchen hatte betören lassen; den Arzt träfe kein Vorwurf. Was die rebellischen oder calvinistischen Flüchtlinge beträfe, so trügen sie, falls einige wenige die Schwelle des Hospizes überschritten hätten, keine Schilder um den Hals, und beschäftigte Leute hätten Besseres zu tun, als ihnen die Würmer aus der Nase zu ziehen. Nachdem er auf diese Weise die längste Rede seines Lebens gehalten hatte, zog er sich zurück. Er leistete Zenon noch einen weiteren vorzüglichen Dienst. Beim Aufräumen in dem verlassenen Hospiz stieß er auf den Kieselstein mit der menschlichen Gestalt, den der Philosoph beiseitegelegt hatte, und warf diesen Gegenstand, den man besser nicht herumliegen ließ, in den Kanal. Der Organist dagegen schadete dem Angeklagten; man könne zwar nur Gutes über ihn aussagen, aber es hätte ihnen einen Schlag versetzt, ihm und seiner Frau, daß Sebastian Theus nicht Sebastian Theus war. Den meisten Schaden aber richtete die Erwähnung der komischen Prophezeiungen an, über welche die guten Leute so sehr gelacht hatten; man fand sie in Sankt-Cosmas in einem Wandschrank des Bücherzimmers wieder, und Zenons Feinde wußten sich ihrer zu bedienen.

Während Schreiber mit peinlich sauberen Schriftzügen die vierundzwanzig Hauptanklagepunkte, die gegen Zenon aufgestellt waren, nochmals abschrieben, ging das Abenteuer von Idelette und den Engeln seinem Ende zu. Das Verbrechen des Fräulein von Loos war offenkundig und seine Strafe der Tod; selbst die Anwesenheit des Vaters hätte sie nicht gerettet, und dieser, der zusammen mit anderen Flamen in Spanien als Geisel festgehalten wurde, erfuhr erst später von ihrem Verhängnis. Idelette nahm ein gutes und frommes Ende. Man hatte die Hinrichtung um einige Tage vorverlegt, damit sie nicht in die Weihnachtsfestlichkeiten fiel. Die öffentliche Meinung war umgeschlagen: man war von dem reumütigen Verhalten und den verweinten Augen der Schönen gerührt und bedauerte dieses fünfzehnjährige Mädchen. Rechtmäßig hätte Idelette als Kindsmörderin lebendig verbrannt werden müssen, aber ihre vornehme Abstammung verhalf ihr dazu, enthauptet zu werden. Unglücklicherweise hatte der Henker, eingeschüchtert von diesem zarten Hals, keine sichere Hand: er mußte dreimal von neuem ansetzen und entkam, nachdem das Urteil vollstreckt war, von der Menge ausgepfiffen, verfolgt von einem Hagel von Holzschuhen und einem Sturzregen von Kohlköpfen, die man aus den Marktkörben zusammengeholt hatte.

Der Prozeß der Engel dauerte länger: man bemühte sich, Geständnisse zu erhalten, die geheime Filiationen ans Licht brächten und so vielleicht bis zu jener Sekte der Brüder-vom-Heiligen-Geist zurückführten, die Anfang des Jahrhunderts ausgerottet worden war und angeblich ähnliche Verirrungen gestanden und praktiziert hatte. Aber Florian, dieser Narr, war unerschrocken; hochnäsig selbst bei der Folterung erklärte er, er habe den ketzerischen Lehren eines gewissen Adamiten-Großmeisters Jakob van Almagien nichts zu verdanken, der obendrein Jude und vor ungefähr fünfzig Jahren gestorben war. Allein und ohne Glaubenslehre hätte er das reine Paradies der körperlichen Wonnen entdeckt. Alle Folterwerkzeuge der Welt würden ihn nicht dazu bringen, etwas anderes zu sagen. Der einzige, der dem Todesurteil entkam, war der Bruder Quirinus, der die Ausdauer aufgebracht hatte, unaufhörlich den Irren zu spielen, sogar während der Folterungen, und demzufolge als solcher eingesperrt wurde. Die fünf anderen Verurteilten nahmen wie Idelette ein frommes Ende. Durch Vermittlung seines Wärters, der derartige Händel gewohnt war, hatte Zenon die Henker bestochen, daß diese jungen Leute erwürgt wurden, bevor sie mit dem Feuer in Berührung kamen, ein kleines, sehr gebräuchliches Abkommen, das das magere Gehalt der Scharfrichter recht willkommen abrundete. Die List gelang bei Cyprianus, Franz von Buren und einem der Novizen; Zenon rettete sie vor dem Schlimmsten, ohne daß er ihnen freilich das Grauen zu ersparen vermochte, unter dem sie vorher gelitten hatten. Dagegen versagte die Vereinbarung bei Florian und den anderen Novizen, denen heimlich Hilfe zu bringen dem Henker keine Zeit blieb; man hörte sie fast zwei Viertelstunden lang schreien.

Der Verwalter war mit dabei, aber als Toter. Sobald er von Oudenaarde zurückgeführt und in Brügge eingesperrt worden war, hatte er sich von seinen Freunden, die er in der Stadt hatte, Gift bringen lassen, und so wurde er dem Brauch gemäß tot eingeäschert, da man ihn nicht lebendig verbrennen konnte. Zenon mochte zwar diese verschlagene Person nicht sehr, aber man mußte anerkennen, daß Pieter von Hamaeren verstanden hatte, sein Schicksal in die Hand zu nehmen und als Mann zu sterben.

Zenon erfuhr all diese Einzelheiten von seinem Wärter mit dem zu losen Mundwerk; der Schurke entschuldigte sich wegen des Mißgeschicks, das zwei der Verurteilten betroffen hatte; er schlug sogar vor, einen Teil des Geldes zurückzugeben, obwohl niemand schuld daran war. Zenon zuckte mit den Schultern. Er hatte sich wieder in eine tödliche Gleichgültigkeit gehüllt: wichtig war, bis zum Schluß seine Kräfte zu schonen. Dennoch brachte er diese Nacht schlaflos zu. Da er in seinen Gedanken nach einem Gegenmittel für all das Entsetzliche suchte, träumte er, daß Cyprianus oder Florian sich mutig ins Feuer gestürzt hätten, um irgend jemanden zu retten. Die Grausamkeit lag wie immer weniger in den Tatsachen als in der menschlichen Torheit. Plötzlich stieß er auf eine Erinnerung: in seiner Jugend hatte er dem Emir Nourreddin sein Rezept für flüssiges Feuer verkauft, das man in Algier in einer Seeschlacht angewandt und vielleicht weiterhin benutzt hatte. Die Tat als solche war alltäglich: jeder Feuerwerker hätte es ebenso gemacht. Diese Erfindung, die Hunderte von Menschen verbrannt hatte, war sogar als ein Fortschritt in der Kriegskunst erschienen. Greueltat gegen Greueltat; die Gewalttätigkeiten einer Schlacht, in der jeder ebensogut tötet wie stirbt, ließen sich sicherlich nicht mit der methodischen Infamie einer Todesstrafe vergleichen, die im Namen eines gütigen Gottes befohlen wird; nichtsdestoweniger war auch er Urheber und Komplize von Schandtaten, die dem armseligen Fleisch des Menschen zugefügt werden, und er hatte dreißig Jahre gebraucht, bis ihm Gewissensbisse kamen, über die Admirale oder Fürsten wahrscheinlich bloß gelächelt hätten. Da war es ebensogut, dieser Hölle bald zu entkommen.

Man konnte sich nicht darüber beklagen, daß die Theologen, die beauftragt waren, die unverschämten, ketzerischen oder einfach gottlosen Sätze aufzuzählen, die aus den Schriften des Philosophen stammten, ihre Arbeit nicht gewissenhaft ausgeführt hätten. Man hatte sich aus Deutschland die Übersetzung der *Pro-Theorien* verschafft; die anderen Arbeiten befanden sich in der Bibliothek von Johannes Myers. Zu Zenons größtem Erstaunen hatte der Prior seine *Prognostiken zukünftiger Dinge* besessen. Beim Zusammenstellen dieser Thesen – oder vielmehr der Kritik an ihnen – hatte der Philosoph Gefallen daran gefunden, einen Katalog menschlicher Ansichten im Jahr der Gnade 1569 aufzustellen, wenigstens soweit sie die abstrusen Regionen betrafen, in denen sein Geist umhergeschweift war. Das Kopernikanische System war von der Kirche nicht geächtet, wenn auch die erfahrensten unter den Leuten mit Beffchen und Barett den Kopf mit schlauer Miene schüttelten und versicherten, daß es bald zu einer Ächtung kommen würde; aber die Behauptung, daß die Sonne und nicht die Erde im Mittelpunkt der Welt steht, die geduldet wurde, wenn man sie als zaghafte Hypothese präsentierte, verletzte darum nicht weniger den Aristoteles, die Bibel und mehr noch das menschliche Bedürfnis, unseren Standort in die Mitte des Alls zu verlegen. Es war verständlich, daß eine Ansicht, die sich von den Selbstverständlichkeiten des gesunden Menschenverstandes entfernte, dem Pöbel mißfiel. Zenon brauchte nicht weit zu suchen; er wußte von sich selber, wie sehr die Vorstellung von einer Erde, die sich bewegt, die Gewohnheiten durchbricht, die jeder von uns angenommen hat, um zu leben; er hatte sich daran berauscht, einer Welt anzugehören, die nicht mehr bloß das baufällige Haus des Menschen war; von solcher Ausdehnung wurde es den allermeisten übel. Schlimmer noch als die Kühnheit, in den Mittelpunkt der Dinge statt der Erde die Sonne zu stellen, erschien Demokrits Irrtum – nämlich der Glaube an die Unendlichkeit der Welten, welcher sogar der Sonne ihren bevorzugten Platz entreißt und die Existenz eines Zentrums leugnet – den meisten Geistern als eine finstere Gotteslästerung. Weit entfernt davon, freudig wie der Philosoph die Sphäre der Fixsterne zu sprengen und sich in kalte und glühende Räume zu stürzen, fühlte der Mensch sich verloren, und der Kühne, der es wagte, ihre Existenz zu beweisen, wurde ein Abtrünniger. Dieselben Regeln galten für den noch heikleren Bereich der ganz reinen Ideen. Der Irrtum von Averroës, die Annahme einer Gottheit, die kalt im Inneren einer ewigen Welt agiert, schien den Frommen die Hilfsquelle eines Gottes zu entziehen, der sein Ebenbild ist und seinen Zorn und seine Güte allein dem Menschen vorbehält. Die Ewigkeit der Seele, der Irrtum des Origines, wurde mit Entrüstung aufgenommen, weil sie das unmittelbare Erlebnis auf so gut wie nichts reduzierte: der Mensch wünschte, daß sich vor ihm eine glückliche oder unglückliche Unsterblichkeit auftäte, für die er verantwortlich war, aber nicht, daß sich nach allen Seiten eine ewige Dauer ausbreitete, in der er zugleich war und nicht war. Der Irrtum des Pythagoras, der es zuließ, daß die Tiere eine der unseren in Natur und Wesen ähnliche Seele hätten, schockierte den ungefiederten Zweifüßler noch mehr, da er darauf bestand, das einzige Lebewesen zu sein, das ewig dauert. Die irrige Aussage Epikurs, nämlich die Annahme, der Tod sei ein Ende – obwohl sie dem, was wir an Kadavern und auf Friedhöfen sehen, am meisten entspricht –, verletzte nicht nur unsere Gier, auf der Welt zu sein, sondern auch den Stolz, der uns törichterweise versichert, daß wir verdienen, dort auch zu bleiben. Alle diese Ansichten galten als eine Beleidigung Gottes; in Wirklichkeit aber warf man ihnen vor allem vor, die Bedeutung des Menschen zu erschüttern. Es war also natürlich, daß sie die, die sie verbreiteten, ins Gefängnis brachten – oder zu noch Schlimmerem.

Wenn man von den reinen Ideen wieder herunterstieg auf die krummen Wege des menschlichen Verhaltens, so war die Angst, mehr noch als der Stolz, das erste Motiv der Ablehnung. Die Kühnheit des Philosophen, der das freie Spiel der Sinne preist und fleischliche Freuden ohne Verachtung behandelt, empörte die Menge, die in diesem Bereich von viel Aberglauben und noch mehr Heuchelei beherrscht wird. Wenig galt, ob der Mann, der sich so weit vorwagte, ernster und manchmal sogar keuscher war als seine erbitterten Verleumder oder nicht: man war sich einig, daß kein Feuer, keine Todesstrafe auf der Welt imstande war, eine so gräßliche Sittenfreiheit zu sühnen, gerade weil die geistige Kühnheit die rein körperliche noch schlimmer zu machen schien. Die Gleichgültigkeit des Gelehrten, für den jedes Land Heimat ist und jede Religion als Kult ihre eigene Berechtigung hat, brachte diese Menge der Unfreien ebenfalls in Wut; wenn dieser abtrünnige Philosoph, der jedoch keine seiner wahren Anschauungen leugnete, für sie alle auch ein Sündenbock war, so hatte doch jeder eines Tages im geheimen oder manchmal sogar unbewußt gewünscht, dem Kreis zu entkommen, in dem er gefangen war und sterben würde. Der Rebell, der sich gegen seinen Fürsten erhob, erzeugte in den ordnungsliebenden Menschen etwas von der gleichen neidischen Wut: sein Nein verdroß ihr unablässiges Ja. Aber die schlimmsten dieser Ungeheuer mit der absonderlichen Denkungsart waren diejenigen, welche irgendeine Tugend an den Tag legten: sie machten noch viel mehr Angst, wenn man sie nicht ganz und gar verachten konnte.

DE OCCULTA PHILOSOPHIA: da gewisse Richter immer wieder auf die magischen Praktiken, denen er sich früher oder erst kürzlich gewidmet haben sollte, zurückkamen, wurde der Gefangene, der, um seine Kräfte zu schonen, fast nicht mehr nachdachte, veranlaßt, über dieses erregende Thema nachzugrübeln, das ihn neben anderen sein ganzes Leben lang so stark beschäftigt hatte. Vor allem auf diesem Gebiet widersprachen die Ansichten der Gelehrten denen des Pöbels. Von der gemeinen Herde wurde der Magier wegen seiner für unermeßlich gehaltenen Fähigkeiten gleichzeitig verehrt und gehaßt; da spitzte sich wieder das Ohr des Neids. Mit großer Enttäuschung hatte man bei Zenon nur das Werk von Agrippa von Nettesheim gefunden, das auch der Domherr Campanus und der Bischof besaßen, und das neuere von Giovanni della Porta, das Monsignore gleichfalls auf seinem Tisch hatte. Da man hartnäckig auf diesen Themen bestand, hielt es der Bischof um der Gerechtigkeit willen für angebracht, den Angeklagten zu verhören. Während die Magie für die Toren die Wissenschaft vom Übernatürlichen war, beunruhigte dieses System den geistlichen Würdenträger, weil es das Wunder leugnete. Zenon war in diesem Punkt beinahe aufrichtig. Das sogenannte magische Universum bestand aus Anziehungen und Abstoßungen, die mysteriösen, aber für den menschlichen Verstand nicht zwangsläufig undurchdringlichen Gesetzen gehorchten. Der Magnet und der Bernstein schienen unter den bekannten Substanzen die einzigen zu sein, die diese Geheimnisse halbwegs enthüllten, die noch niemand erforscht hatte und die eines Tages vielleicht alles aufklären würden. Das große Verdienst der Magie und ihrer Tochter, der Alchimie, war, für die Einheit der Materie einzutreten, weshalb gewisse Retorte-Philosophen geglaubt hatten, sie mit dem Blitz und dem Licht gleichsetzen zu können. Man schlug auf diese Weise einen Weg ein, der weit führte, dessen Gefahren aber alle Alchimisten, die dieses Namens würdig waren, erkannten. Die mechanischen Wissenschaften, mit denen sich Zenon stark beschäftigt hatte, waren mit diesen Forschungen verwandt, insofern sie sich bemühten, die Kenntnis der Dinge in eine Verfügungsgewalt über die Dinge und indirekt über den Menschen umzusetzen. In gewissem Sinn war alles Magie: Magie die Wissenschaft von Kräutern und Metallen, die dem Arzt erlaubte, die Krankheit und den Kranken zu beeinflussen; magisch die Krankheit selber, die sich dem Körper auferlegt wie ein Besessensein, von dem dieser manchmal nicht genesen will; magisch die Macht der schrillen oder tiefen Töne, die die Seele erregen oder sie im Gegenteil beruhigen; magisch vor allem die aufwühlende Macht der Worte, die fast immer stärker sind als die Dinge und die die Aussagen des *Sepher Yetsira* über sie verständlich macht, vom *Johannes-Evangelium* ganz zu schweigen. Der Nimbus, der die Fürsten umgibt und der von den Zeremonien der Kirche ausgeht, war Magie und Magie waren die schwarzen Blutgerüste und grauenerregenden Trommeln der Hinrichtungen, die die Gaffer noch mehr als die Opfer faszinieren und erschrecken. Magisch endlich die Liebe und der Haß, die unserem Hirn das Bild eines Wesens einprägen, von dem besessen zu sein wir uns bereitfinden.

Der Monsignore schüttelte nachdenklich den Kopf: ein so eingerichtetes Universum ließ dem persönlichen Willen Gottes keinen Platz mehr. Zenon nickte, nicht ohne zu wissen, welche Gefahr er lief. Man tauschte dann einige Argumente aus über das, was der persönliche Wille Gottes sei, durch welche Vermittler er ausgeübt werde und ob er beim Wirken von Wundern notwendig sei. Der Bischof zum Beispiel fand nichts Anstößiges an der Interpretation, die der Autor des *Traktats über die physische Welt* von den Wundmalen des heiligen Franziskus gegeben hatte, die er als Auswirkung der mächtigen Liebe darstellte, die überall den Liebenden dem Geliebten ähnlich gestaltet. Die Ungebührlichkeit, deren der Philosoph sich schuldig gemacht hatte, war, diese Auslegung als exklusiv und nicht als inklusiv darzubieten. Zenon leugnete, das getan zu haben. Der Monsignore wechselte, gleichsam mit der Höflichkeit des Dialektikers, auf die Seite des

Gegners und erinnerte daran, daß der sehr fromme Kardinal Nikolaus Cusanus unlängst die Schwärmerei für wundertätige Statuen und blutende Hostien gedämpft hatte; dieser ehrwürdige Gelehrte (auch er hatte die Vorstellung von einem unendlichen Universum vertreten) schien fast im voraus die Lehre des Pomponatius gebilligt zu haben, für den die Wunder ganz und gar der Effekt der Einbildungskraft sind, was Paracelsus und Zenon auch von den Erscheinungen der Magie behaupteten. Aber der fromme Kardinal, der einst nach besten Kräften die Irrtümer der Hussiten bekämpft hatte, würde so kühne Ansichten heute vielleicht verschweigen, um nicht den Anschein zu erwecken, er wolle den Ketzern und Gotteslästerern Vorschub leisten, die zahlreicher waren als zu seiner Zeit.

Zenon konnte nur zustimmen: der Wind stand sicherlich weniger denn je nach Meinungsfreiheit. Er fügte sogar hinzu, indem er des Bischofs dialektische Höflichkeit erwiderte, daß, wenn man von einer Erscheinung sage, sie bestünde ganz und gar in der Einbildungskraft, dies nicht bedeute, sie sei im gewöhnlichen Sinne des Wortes eingebildet: die Götter und Dämonen, die in uns hausen, sind ganz und gar wirklich. Der Bischof runzelte die Stirn über den ersten der beiden Pluralis, aber er war gebildet und wußte, daß man denen, die ihre griechischen und lateinischen Autoren gelesen haben, einiges nachsehen muß. Der Arzt fuhr bereits fort und beschrieb die fürsorgliche Aufmerksamkeit, die er den Halluzinationen seiner Patienten stets gewidmet hatte: der wahre Kern der Menschen trat dabei zutage, und manchmal ein echter Himmel und eine wirkliche Hölle. Um wieder auf die Magie und andere analoge Systeme zurückzukommen, mußte man nicht nur gegen den Aberglauben kämpfen, sondern auch gegen den finsteren Skeptizismus, der in vermessener Weise das Unsichtbare und Unerklärte leugnet. In diesem Punkt waren der Prälat und Zenon sich ohne Hintergedanken einig. Man streifte zum Abschluß die Hirngespinste des Kopernikus: dieses völlig hypothetische Gebiet war für den Angeklagten theologisch ungefährlich. Allenfalls konnte man ihn der Anmaßung bezichtigen, eine obskure, der Heiligen Schrift widersprechende Theorie als die einleuchtendere dargelegt zu haben. Ohne in der Verurteilung eines Systems, das die Geschichte Josuas lächerlich macht, so weit zu gehen wie Luther und Calvin, hielt es der Bischof für die wahren Christen für weniger annehmbar als das von Ptolemäus. Er machte dabei übrigens eine sehr richtige mathematische Einwendung, die auf den Parallaxen beruhte. Zenon gab zu, daß vieles noch zu prüfen wäre.

Als Zenon nach Hause, das heißt ins Gefängnis zurückkam und sehr wohl wußte, daß das Ende dieser Kerkerleiden tödlich sein würde, stellte er sich, der Sophisterei müde, darauf ein, so wenig wie möglich nachzudenken. Besser war es, seinem Geist mechanische Beschäftigungen zu bieten, die ihm ersparen würden, in Schrecken oder Wut zu verfallen: er war selber der Patient, den es zu unterstützen und nicht aufzugeben galt. Seine Sprachkenntnisse kamen ihm zu Hilfe. Er beherrschte die drei oder vier gelehrten Sprachen, die man in der Schule lernt, und hatte sich im Laufe seiner Reisen und seines Lebens so weit wie möglich mit einem guten halben Dutzend verschiedener Umgangssprachen vertraut gemacht. Oft hatte er bedauert, dieses Wortgepäck mitzuschleppen, von dem er keinen Gebrauch mehr machte: es lag etwas Groteskes darin, den Laut oder das Zeichen zu kennen, deren man sich bediente, um die Idee der Wahrheit oder der Gerechtigkeit in zehn oder zwölf Sprachen zu bezeichnen. Dieser Ballast wurde zum Zeitvertreib; er stellte Reihen zusammen, bildete Gruppen, verglich Alphabete und grammatische Regeln. Er spielte mehrere Tage mit dem Plan einer logischen Sprache, die, ebenso klar wie die musikalische Notierung, imstande wäre, alle möglichen Tatsachen ordnungsgemäß auszudrükken. Er erfand verschlüsselte Sprachen, als ob er jemanden hätte, dem er geheime Botschaften schicken wollte. Auch die

Mathematik war ihm dienlich: er schätzte die Abweichung der Gestirne über dem Dach des Gefängnisses; er berechnete noch einmal genau die Wassermenge, die täglich von der Pflanze aufgesogen und verdunstet wurde, die jetzt wahrscheinlich in seinem Laboratorium vertrocknete.

Er dachte wieder eingehend an die fliegenden und schwimmenden Maschinen, an die Aufzeichnung von Lauten durch Mechanismen, die das menschliche Gedächtnis imitieren, von denen Riemer und er einst Entwürfe gezeichnet hatten, und es gelang ihm noch, deren Umrisse in seinen Merkheftchen zu skizzieren. Aber ein Mißtrauen gegen diese künstlichen Verlängerungen, die den Gliedern des Menschen angesetzt werden sollten, hatte ihn befallen; was für einen Sinn hätte es, wenn man sich unter einer Glocke aus Eisen und Leder in den Ozean versenken könnte, solange der Taucher, auf seine eigenen Kräfte angewiesen, in der Flut erstickte, oder wenn man mit Hilfe von Trittbrettern und Maschinen zum Himmel aufstiege, solange der menschliche Körper diese schwere Masse blieb, die wie ein Stein herunterfällt. Und was hätte es für einen Sinn, wenn man Mittel erfände, um das menschliche Wort aufzunehmen, das die Welt schon zu sehr mit seinem Lügengeplapper erfüllt. Fragmente von alchimistischen Tabellen, die er in León auswendig gelernt hatte, tauchten plötzlich aus dem Vergessen auf. Bald sein Gedächtnis, bald sein Urteil prüfend, bemühte er sich, Punkt für Punkt einige seiner chirurgischen Eingriffe aufzuzeichnen: die Blutübertragung zum Beispiel, die er zweimal versucht hatte. Der erste Versuch war über seine Erwartung hinaus gelungen, aber der zweite hatte den plötzlichen Tod herbeigeführt, nicht von dem, der das Blut spendete, sondern von dem, der es empfangen hatte, als ob es tatsächlich zwischen zwei roten Flüssigkeiten, die in verschiedenen Individuen kreisen, Formen von Haß und Liebe gäbe, über die wir nicht unterrichtet sind. Die gleichen Übereinstimmungen und die gleichen Abneigungen erklärten ohne Zweifel bei den Ehepaaren Sterilität und Fruchtbarkeit. Dieses letzte Wort brachte ihn, ohne es zu wollen, wieder auf Idelette, wie sie von der Wache abgeführt wurde. Risse entstanden in seiner so gut errichteten Abwehr: eines Abends, als er an seinem Tisch saß und sein Blick die Kerzenflamme streifte, fielen ihm plötzlich die jungen Mönche ein, die man auf den Scheiterhaufen geworfen hatte, und Schrecken, Mitleid, Angst und ein Zorn, der sich in Haß verwandelte, ließen ihn zu seiner Beschämung einen Strom von Tränen vergießen. Er wußte nicht mehr sehr genau, über wen noch über was er so weinte. Die Gefangenschaft machte ihn schwach.

Am Lager der Kranken hatte er oft Gelegenheit gehabt, von Träumen erzählen zu hören. Auch er hatte seine Träume geträumt. Man begnügte sich fast immer damit, diesen Visionen Weissagungen zu entnehmen, die manchmal wahr sind, weil sie die Geheimnisse des Schläfers enthüllen, aber er sagte sich, daß solche Spiele des Geistes, der sich selbst überlassen ist, uns vor allem darüber belehren, wie die Seele die Dinge wahrnimmt. Er zählte die Eigenschaften der im Traum gesehenen Substanz auf: Leichtigkeit, Unantastbarkeit, Zusammenhanglosigkeit, völlige Freiheit hinsichtlich der Zeit, der Wechsel in den Erscheinungsformen der Person, der bewirkt, daß jeder mehrfach vorhanden ist und daß mehrere zu einem verschmelzen, das gleichsam platonische Gefühl der Wiedererinnerung, die beinahe unerträgliche Empfindung einer Notwendigkeit. Diese Kategorien des Gespenstischen waren dem sehr ähnlich, was die Hermetiker von der Existenz jenseits des Grabes zu wissen behaupteten, als ob die Welt des Todes für die Seele die Welt der Nacht fortgesetzt hätte. Allerdings bekam auch das Leben selber unter dem Blickwinkel dessen, der bereit ist, es zu verlassen, die seltsame Instabilität und bizarre Anordnung der Träume. Er kam von einem zum anderen, wie vom Richterzimmer, wo man ihn verhörte, zu seiner gut verriegelten Zelle und von seiner Zelle zu dem kleinen verschneiten Hof. Er sah sich an der Tür eines schmalen Türmchens, wo Seine Schwedische Majestät ihn in Vadstena untergebracht hatte. Ein großer Elch, den Prinz Erik am Vorabend im Wald gejagt hatte, stand vor ihm, unbeweglich und geduldig wie es Tiere sind, die eine Hilfe erwarten. Der Träumer fühlte, daß es seine Pflicht war, die wilde Kreatur zu verbergen und zu retten, aber ohne zu wissen, mit welchen Mitteln er sie die Schwelle dieser menschlichen Behausung überschreiten lassen sollte. Der Elch war von einem leuchtenden und feuchten Schwarz, als ob er durch einen Fluß zu ihm gekommen wäre. Ein anderes Mal saß Zenon in einer Barke, die aus einem Fluß ins weite Meer hinausfuhr. Es war ein schöner Tag mit Sonne und Wind. Zu Hunderten flitzten und schwammen Fische um den Vordersteven, bald von der Strömung getragen, bald sie überholend und vom Süßwasser in die salzigen Gewässer treibend, und diese Wanderung und dieser Aufbruch waren voller Freude. Aber das Träumen wurde überflüssig. Die Dinge nahmen von selbst jene Farben an, die sie nur in Träumen haben und die an das Grün, das Purpurrot und das reine Weiß der alchimistischen Nomenklaturen erinnerten: ein orangefarbener Apfel, der eines Tages seinen Tisch prachtvoll schmückte, glänzte lange wie eine Goldkugel; sein Duft und sein Geschmack waren ebenfalls eine Botschaft. Mehrmals meinte er feierliche Musik zu vernehmen, die der von Orgeln ähnlich war, wenn Orgelmusik sich lautlos verbreiten könnte; diese Klänge richteten sich eher an den Geist als an das Gehör. Zenon strich mit dem Finger über die kleinen Unebenheiten eines mit einer Flechte bedeckten Ziegels und glaubte Welten zu erforschen. Eines Morgens, als er mit seinem Bewacher Gilles Rombaut die Runde im Hof machte, sah er auf dem holprigen Pflaster eine durchsichtige Eisschicht, unter der eine Wasserader pulsierte. Der winzige Wasserlauf suchte und fand sein Gefälle.

Einmal wenigstens wurde er am hellichten Tage von einer Erscheinung aufgesucht. Ein schönes und trauriges Kind von ungefähr zehn Jahren hatte sich im Zimmer niedergelassen. Ganz in Schwarz gekleidet, sah es aus wie ein spanischer Infant, der aus einem jener Zauberschlösser kam, die man im Traum besucht, aber Zenon hätte es für wirklich gehalten, wenn es sich nicht plötzlich und geräuschlos eingefunden hätte, ohne eingetreten zu sein und das Zimmer durchschritten zu haben. Dieses Kind sah ihm ähnlich und war doch nicht dasselbe, das in der Wollestraat aufgewachsen war. Zenon suchte in seiner Vergangenheit, die wenig Frauen aufwies. Er hatte Casilda Perez wohlweislich schonend behandelt, da er wenig Lust hatte, dieses arme Mädchen von ihm geschwängert nach Spanien zurückzuschicken. Die Gefangene vor den Mauern von Buda war gestorben, kurz nachdem er sie genommen hatte, und nur aus diesem Grunde erinnerte er sich daran. Die anderen Frauen waren fast nur Dirnen gewesen, auf die die Zufälligkeiten der Reise ihn zutrieben: er hatte sich aus diesen Bündeln aus Rock und Fleisch nicht viel gemacht. Aber die Dame von Frösö war anders gewesen: sie hatte ihn genug geliebt, um zu wünschen, ihm eine dauernde Zuflucht zu bieten; sie hatte ein Kind von ihm gewollt; er würde niemals erfahren, ob dieser Wunsch, der weiterging als das körperliche Verlangen, sich verwirklicht hatte oder nicht. War es möglich, daß dieser Samenstrahl, die Finsternis durchdringend, zu diesem Geschöpf geführt hätte, das seine eigene Substanz erweiterte und vielleicht vervielfältigte, dank diesem Wesen, das er war und doch nicht er? Er empfand eine unendliche Müdigkeit und unwillkürlich einen gewissen Stolz. Wenn dem so war, so hatte er etwas, woran er sich halten konnte, wie schon durch seine Schriften und seine Taten; er würde dem Labyrinth erst am Ende der Zeiten entkommen. Das Kind von Signe Ulfsdatter, das Kind der hellen Nächte, eine Möglichkeit unter vielen, betrachtete mit seinen erstaunten, aber ernsten Augen diesen erschöpften Mann, als wäre es im Begriff, ihm Fragen zu stellen, auf die Zenon keine Antworten hatte. Es wäre schwierig gewesen zu sagen, wer den anderen mit dem größeren Mitgefühl betrachtete. Die Vision löste sich so plötzlich auf, wie sie entstanden war; das Kind, das vielleicht imaginär war, verschwand. Zenon zwang sich, nicht mehr daran zu denken; es war zweifellos nur eine Halluzination des Gefangenen gewesen.

Der Nachtwächter, ein gewisser Hermann Mohr, war ein großer, dicker und schweigsamer Mann, der hinten im Flur mit einem Auge schlief und keine andere Leidenschaft zu haben schien, als die Schlösser zu ölen und blankzuputzen. Gilles Rombaut aber war ein unterhaltsamer Spitzbube. Als Hausierer und als Soldat im Krieg hatte er die Welt gesehen; sein unerschöpfliches Geschwätz setzte Zenon in Kenntnis über das, was man in der Stadt sagte und tat. Er hatte über die sechzig Heller zu verfügen, die dem Gefangenen pro Tag bewilligt wurden, wie allen Gefangenen von achtbarem, wenn nicht adeligem Stand. Er stopfte ihn mit Lebensmitteln voll und wußte sehr gut, daß sein Kostgänger sie kaum anrühren würde und daß die Pasteten und das Pökelfleisch schließlich auf dem Tisch der Eheleute Rombaut und ihrer vier Kinder landen würden. Dieser Überfluß an Eßwaren und seine von Frau Rombaut recht gut gewaschene Wäsche erfreuten den Philosophen wenig, der einen Blick in die Hölle der gewöhnlichen Gefangenen geworfen hatte, aber eine gewisse Kameraderie war zwischen ihm und dem kreuzfidelen Kerl entstanden, wie sie kaum ausbleiben kann, wenn ein Mann einem anderen seine Nahrung bringt, ihn spazierenführt, ihn rasiert und seinen Kübel leert. Die Betrachtungen dieses Kauzes waren ein angenehmer Ausgleich zu dem theologischen und juristischen Stil. Gilles war, angesichts des üblen Zustandes in dieser unserer Welt, nicht ganz sicher, ob es einen Lieben Gott gäbe. Idelettes Mißgeschick kostete ihn eine Träne: es war schade, daß man eine so schöne Kleine nicht am Leben gelassen hatte. Er fand das Abenteuer der Engel lächerlich, erklärte aber gleichzeitig, daß jeder sich belustigt, so gut er kann, und daß man über Geschmack und Farben nicht streiten soll. Er liebte die Mädchen, was ein weniger gefährliches, aber teures Vergnügen war, das bei ihm zuhause manchmal zu Streitigkeiten führte. Die öffentlichen Angelegenheiten waren ihm scheißegal. Zenon und er spielten Karten; Gilles gewann immer. Der Mediziner verarztete die Familie Rombaut. Ein großes Stück Fladen, das Greete am Dreikönigstag für Zenon in der Kanzlei hinterlegt hatte, stach dem Schuft in die Augen, und er beschlagnahmte es zum Nutzen der Seinen, was übrigens nicht schlecht getan war, da der Gefangene sowieso zu viel zu essen hatte. Zenon erfuhr niemals, daß Greete ihm diesen schüchternen Treuebeweis gegeben hatte.

Als der Augenblick kam, verteidigte sich der Philosoph recht gut. Manche Anklagepunkte, die man schließlich zurückzog, waren töricht: er hatte im Orient bestimmt nicht den Glauben Mohammeds angenommen; er war nicht einmal beschnitten. Sich von dem Vorwurf reinzuwaschen, er habe dem ungetreuen Barbaren zu einer Zeit gedient, als dessen Flotten und Armeen den Kaiser bekämpften, war eine weniger leichte Aufgabe; Zenon machte geltend, daß er sich als Sohn eines Florentiners, jedoch im Languedoc ansässig und praktizierend, damals als Untertan des Allerchristlichsten Königs betrachtet habe, der gute Beziehungen zur Osmanischen Pforte unterhielt. Das Argument war kaum stichhaltig, aber es verbreiteten sich für den Angeklagten sehr günstige Erzählungen über diesen Besuch in der Levante. Zenon sollte einer der Geheimagenten des Kaisers im Berberland gewesen sein, und nur die Diskretion verschlösse ihm den Mund. Der Philosoph widersprach weder dieser Vorstellung noch ein paar anderen, nicht weniger romanhaften, um unbekannte Freunde, die sie augenscheinlich in Umlauf gesetzt hatten, nicht zu entmutigen. Die beiden beim König von Schweden verbrachten Jahre waren jedoch nachteiliger, weil neueren Datums und weil kein Hauch einer Legende sie zu verschönen vermochte. Es ging darum zu wissen, ob er in diesem angeblich reformierten Land katholisch gelebt hätte. Zenon bestritt, seinem Glauben abgeschworen zu haben, setzte aber nicht hinzu, daß er zur Predigt gegangen war, was er übrigens so selten wie möglich getan hatte. Der Verdacht auf Spionage im Dienste des Auslands tauchte wieder auf; der Angeklagte machte sich ziemlich unbeliebt, als er darlegte, daß er sich, wäre er bestrebt gewesen, jemanden von etwas in Kenntnis zu setzen oder jemandem etwas zu überbringen, wohl in einer Stadt niedergelassen hätte, die weniger abseits von großen Ereignissen lag als Brügge.

Aber gerade dieser lange Aufenthalt Zenons in seiner Heimatstadt unter falschem Namen zog die Stirn der Richter kraus: man vermutete Abgründe. Wenn ein von der Sorbonne verurteilter Ungläubiger sich einige Monate bei einem befreundeten Bader versteckt hatte, der durch seine christliche Frömmigkeit wenig auffiel, so ließ man das gelten; daß aber ein tüchtiger Mann, der Könige als Patienten gehabt hatte, für lange Zeit die dürftige Existenz eines Hospizarztes auf sich nahm, war zu seltsam, um unverdächtig zu sein. Der Angeklagte blieb in diesem Punkt eine Antwort schuldig. Er verstand selbst nicht mehr, warum er sich so lang in Brügge aufgehalten hatte. Aus einer Art Anstand erwähnte er die Zuneigung, die ihn immer enger an den verstorbenen Prior gebunden hatte, nicht: dieser Grund hätte schließlich nur ihm eingeleuchtet. Was die schändlichen Beziehungen zu Cyprianus betraf, so leugnete der Angeklagte sie gänzlich, doch bemerkte jeder, daß seiner Aussage die sittliche Empörung fehlte, die am Platz gewesen wäre. Auf den Anklagepunkt, Flüchtlinge in Sankt-Cosmas behandelt und wiederhergestellt zu haben, kam man nicht mehr zurück: der neue Prior der Franziskaner, der vernünftigerweise der Ansicht war, daß sein Kloster schon zu sehr unter dieser ganzen Affäre gelitten hatte, bestand darauf, daß man die Gerüchte über die mangelnde Loyalität des Hospizarztes gar nicht wiederaufleben lasse. Der Angeklagte, der sich bis dahin sehr gut gehalten hatte, geriet in Wut, als Pierre Le Cocq, der Prokurator von Flandern, das alte Thema der ungebührlichen und magischen Beeinflussungen wieder aufrollte und darauf aufmerksam machte, daß die törichte Eingenommenheit Johann-Ludwigs von Berlaimont für den Arzt möglicherweise durch eine Behexung erklärt werden könnte. Zenon, der dem Bischof bereits auseinandergesetzt hatte, daß in einem gewissen Sinne alles Magie sei, wurde rasend, daß man auf solche Weise den Verkehr von zwei freien Geistern herabwürdigte. Der hochwürdige Bischof wies nicht auf den offensichtlichen Widerspruch hin.

Auf dem Gebiet der Glaubenslehre war der Angeklagte so gewandt, wie es ein von mächtigen Spinnweben gefesselter Mann nur sein kann. Die Frage nach der Unendlichkeit der Welten beschäftigte besonders die beiden Theologen, die man als Zuhörer berufen hatte; man stritt lange darüber, ob unendlich und unbegrenzt das gleiche bedeuteten. Das Wortgefecht über die Unsterblichkeit der Seele oder ihr nur teilweises oder nur zeitweiliges Überleben, das faktisch für den Christen ganz einfach der Sterblichkeit gleichkam, dauerte noch länger: Zenon erinnerte ironisch an die Definition der verschiedenen Teile der Seele bei Aristoteles, über die dann die arabischen Doktoren subtile Klügeleien angestellt hatten. Nahm man an, daß die vegetative oder die animalische Seele unsterblich war, die rationale oder die intellektuelle Seele, oder am Ende die prophetische Seele, oder eine Wesenheit, die diesen allen zugrundeliegt? In einem bestimmten Moment der Debatte machte er geltend, daß manche seiner Hypothesen im ganzen genommen an die hylemorphische Theorie des heiligen Bonaventura erinnerten, die eine gewisse Körperlichkeit der Seelen impliziere. Man bestritt den Zusammenhang, aber der Domherr Campanus, der dieser Debatte beiwohnte und sich erinnerte, seinem Schüler einst diese scholastischen Feinheiten beigebracht zu haben, spürte bei dieser Argumentation einen Anflug von Stolz.

Im Laufe dieser Sitzung las man – etwas zu lange nach Meinung der Richter, die der Ansicht waren, man wüßte genug darüber, um zu urteilen – aus den Heften vor, in die Zenon vor vierzig Jahren Zitate von Heiden oder notorischen Atheisten oder von einander widersprechenden Kirchenvätern geschrieben hatte. Johannes Myers hatte dieses Schülerarsenal unglücklicherweise sorgfältig aufgehoben. Diese ziemlich abgedroschenen Argumente machten den Angeklagten und

Monsignore fast in gleicher Weise ungeduldig, aber die Nicht-Theologen waren davon mehr schockiert als von den Kühnheiten der *Pro-Theorien*, die zu verwirrend waren, um leicht verstanden zu werden. Endlich las man unter düsterem Schweigen aus den *Komischen Prophezeiungen* vor, mit denen Zenon vor kurzem den Organisten und seine Frau wie mit harmlosen Rätseln ergötzt hatte. Diese groteske Welt, vergleichbar der, welche man auf den Bildern bestimmter Maler sieht, erschien plötzlich gefährlich. Mit dem Unbehagen, das der Wahnsinn erweckt, lauschte man der Geschichte von der Biene, der man ihr Wachs wegnimmt, um Tote zu ehren, die keine Augen mehr haben und vor denen Kerzen vergeblich herunterbrennen und die ebensowenig Ohren haben, um Bittgesuche zu hören, noch Hände, um zu geben. Bartholomäus Campanus selber erbleichte, als von Völkern und Fürsten in Europa die Rede war, die bei jeder Frühlingsnachtgleiche einen einst im Orient verurteilten Rebellen beweinen und bejammern, oder auch von Schurken und Narren, die drohen und Versprechungen machen im Namen eines unsichtbaren und stummen Herrgotts, als dessen Vertreter sie sich ohne Beweise ausgeben. Man lachte auch nicht über das Bild von den Unschuldigen Kindlein, die trotz ihres kläglichen Geschreis täglich zu Tausenden erwürgt und aufgespießt werden, noch über das Bild von Menschen, die auf Vogelfedern einschlafen und in den Himmel der Träume befördert werden; auch nicht über die Knöchelchen der Toten, welche auf Holzbrettern, die vom Blut des Weines befleckt sind, über das Glück der Lebenden entscheiden, und noch weniger über die an beiden Enden durchbohrten und auf zwei Stelzen hockenden Säcke, die einen unflätigen Wortschwall über die Welt verbreiten und in ihrem Fleischmagen die Erde verdauen. Über die gotteslästerliche Absicht hinaus, die an mehr als einer Stelle hinsichtlich der christlichen Institutionen sichtbar war, fühlte man angesichts dieser Hirngespinste eine noch totalere Ablehnung, und sie hinterließ einen unbestimmten Ekel im Mund.

Auch auf den Philosophen wirkte diese Lesung wie ein bitteres Aufstoßen, und höchst wehmütig stimmte ihn, daß die Zuhörer sich über den Vermessenen empörten, der das jämmerliche menschliche Los in seiner Absurdität zeigte, und nicht über dieses Los selber, das zu ändern sie doch bis zu einem gewissen Grade die Macht hatten. Während der Bischof vorschlug, mit diesen albernen Flausen aufzuhören, kam der Doktor der Theologie, Hieronymus van Palmaert, der den Angeklagten offensichtlich verabscheute, auf die von Zenon gesammelten Zitate zurück und meinte, daß die Arglist, die darin besteht, von alten Autoren verderbliche und gotteslästerliche Ansichten zu entlehnen, noch sündhafter wäre als eine unmittelbare Behauptung. Der Monsignore fand diese Ansicht übertrieben. Das apoplektische Gesicht des Doktors wurde rot vor Zorn, und er fragte sehr laut, warum man ihn bemüht hätte, seine Meinung über sittliche und religiöse Verirrungen zu äußern, die einen Dorfrichter nicht einen Augenblick hätten zaudern lassen.

Zwei für den Angeklagten sehr nachteilige Begebenheiten ereigneten sich während dieser Sitzung. Eine große Frau mit groben Zügen trat sehr aufgeregt vor. Es war Kathrin, die ehemalige Dienerin von Johannes Myers, die es schnell leid geworden war, den von Zenon im Haus am Holzkai untergebrachten gebrechlichen Alten den Haushalt zu führen, und nun beim *Kürbis* Geschirr spülte. Sie beschuldigte den Arzt, Johannes Myers mit seinen Wundermitteln vergiftet zu haben; sich selbst belastend, um den Gefangenen zugrundezurichten, gestand sie, Zenon bei diesem Vorhaben geholfen zu haben. Dieser schlechte Mensch hätte ihr zuvor mit Hilfe von giftigen Mixturen die Sinne entflammt, so daß sie mit Leib und Seele seine Sklavin gewesen wäre. Sie konnte sich nicht genugtun an ungeheuerlichen Einzelheiten ihres sinnlichen Umgangs mit dem Arzt; es war anzunehmen, daß sie durch ihre Vertrautheit mit den Mädchen und Kunden vom *Kürbis* inzwischen viel gelernt hatte. Zenon bestritt entschieden, den alten Johannes vergiftet zu haben, gab aber zu, daß er zweimal mit dieser Frau verkehrt hatte. Die kreischenden und von heftigen Gebärden begleiteten Geständnisse Kathrins fachten das ins Stocken geratene Interesse der Richter sofort wieder an; ihre Wirkung auf das Publikum, das sich am Eingang des Saales drängte, war enorm; alle finsteren Gerüchte um den Hexenmeister wurden dadurch um so mehr bestätigt. Aber das üble Weibsbild, einmal in Schwung gebracht, hörte nicht wieder auf; man brachte sie zum Schweigen; da sie die Richter beschimpfte, wurde sie aus dem Saal geworfen und zu den Verrückten geschickt, wo sie sich ganz nach Belieben austoben konnte. Die Richter blieben dennoch unschlüssig. Daß Zenon die Erbschaft des Baders nicht behalten hatte, bewies sein Desinteresse und schloß jedes Motiv zu dem Verbrechen aus; andererseits hätten ihm Gewissensbisse dieses Verhalten eingeben können.

Während man darüber beratschlagte, erhielten die Richter durch einen anonymen Brief eine beim augenblicklichen Zustand der öffentlichen Angelegenheiten noch gefährlichere Anzeige. Die Botschaft kam offenbar von den Nachbarn des alten Schmiedes Cassel. Man versicherte, daß sich der Arzt zwei Monate lang täglich zu der Schmiede begeben hätte, um einen Verwundeten zu behandeln, der kein anderer als der Mörder des verstorbenen Hauptmanns Vargaz war; derselbe Arzt hätte den Mörder sehr geschickt entwischen lassen. Zum Glück für Zenon befand sich Josse Cassel, der über viele Punkte hätte aussagen können, in königlichen Diensten in Geldern, im Regiment des Herrn von Landas, dessen Befehl er sich gerade unterstellt hatte. Der alte Pieter, der nun allein gelassen war, hatte den Schlüssel unter die Tür gelegt und war in ein Dorf zurückgekehrt, wo er Grundbesitz hatte, niemand wußte, wo es lag. Zenon leugnete, wie es ratsam war, und fand unvermutet einen Verbündeten in dem Gerichtsverwalter, der den Tod des Mörders von Vargaz in einer Scheune unlängst in seine Registratur eingetragen hatte und sich nicht der Anklage aussetzen wollte, er habe diese schon weit zurückliegende Sache nachlässig untersucht. Der Briefschreiber wurde nicht entdeckt, und die Antworten von Josses Nachbarn waren weder Fisch noch Fleisch; niemand, der bei Sinnen war, hätte zugegeben, daß er zwei Jahre gewartet hatte, ehe er ein solches Verbrechen anzeigte. Aber es war eine schwere Beschuldigung und gab der, er habe den Flüchtlingen im Hospiz geholfen, wieder mehr Gewicht.

Für Zenon war der Prozeß nicht viel anderes als eines dieser Kartenspiele mit Gilles, bei denen er durch Zerstreutheit oder aus Gleichgültigkeit immer verlor. Ganz wie die bunten Pappstückchen, die den Spieler ruinieren oder bereichern, hatte jede Figur im gerichtlichen Spiel einen willkürlichen Wert; genau wie beim Blanca- oder Lomberspiel war es ratsam, auf der Hut zu sein, zu mogeln oder zu passen, sich zu tarnen und zu lügen. Die Wahrheit, hätte man sie gesagt, hätte ohnehin jeden verwirrt. Sie unterschied sich sehr wenig von der Lüge. Da, wo er die Wahrheit sagte, schloß dieses Wahre Falsches mit ein: er hatte weder der christlichen Religion noch dem katholischen Glauben abgeschworen, hätte es aber nötigenfalls mit ruhigem Gewissen getan und wäre vielleicht Lutheraner geworden, wenn er, wie er es erhofft hatte, nach Deutschland zurückgekehrt wäre. Er bestritt mit gutem Recht die sinnlichen Beziehungen zu Cyprianus, aber er hatte eines Abends diesen nun vergangenen Körper begehrt; in gewissem Sinne waren die Behauptungen dieses unglücklichen Kindes weniger falsch als Cyprianus, damals als er sie aufstellte, vielleicht selber geglaubt hatte. Niemand beschuldigte ihn mehr, Idelette einen Abtreibungstrank angeboten zu haben, und er hatte guten Gewissens geleugnet, es getan zu haben, aber mit dem geheimen Vorbehalt, daß er ihr behilflich gewesen wäre, hätte sie rechtzeitig darum gebeten, und daß es ihm leid täte, wenn er ihr auf diese Weise das beklagenswerte Ende nicht hätte ersparen können.

Andererseits hätte da, wo sein Leugnen buchstäblich nur eine Lüge war – wie im Falle von Hans Behandlung – die reine Wahrheit nicht weniger gelogen. Die Dienste, die er den Rebellen erwiesen hatte, bewiesen nicht, wie der Prokurator mit Empörung, die Patrioten mit Bewunderung glaubten, daß er für die letzteren Partei ergriffen hatte; keiner dieser Erbitterten hätte seine kühle ärztliche Hingebung begriffen. Die Scharmützel mit den Theologen hatten ihren Reiz gehabt, aber er wußte sehr genau, daß kein dauerhafter Vergleich zustande kommt zwischen denen, die untersuchen, abwägen, sezieren und stolz sind auf ihre Bereitschaft, morgen anders denken zu können als heute, und denen, die glauben oder zu glauben behaupten und die ihresgleichen unter Todesstrafe zwingen, dies ebenfalls zu tun. Eine langweilige Irrealität herrschte in diesen Kolloquien, wo Fragen und Antworten nicht zueinander paßten. Es passierte ihm, daß er während einer der letzten Sitzungen einschlief; ein Rippenstoß von Gilles, der neben ihm saß, mahnte ihn zur Ordnung. Einer der Richter schlief tatsächlich auch. Dieser Beamte wachte auf in dem Glauben, das Todesurteil wäre schon ausgesprochen, was alle zum Lachen brachte, auch den Angeklagten.

Nicht nur im Gerichtssaal, auch in der Stadt hatten die Meinungen von Anfang an komplizierte Konfigurationen gebildet. Die Einstellung des Bischofs war nicht klar, aber er verkörperte offensichtlich die Mäßigung, wenn nicht gar die Nachsicht. Da der Monsignore *ex officio* einer der Stützpfeiler der königlichen Macht war, ahmten viele Honoratioren seine Haltung nach; Zenon wurde beinahe zum Schützling der Partei der Ordnung. Doch gewisse Anklagepunkte gegen den Gefangenen waren so schwerwiegend, daß die Mäßigung zu seinen Gunsten ihre Gefahren hatte. Die Verwandten und Freunde, die Philibert Ligre in Brügge noch besaß, waren unschlüssig: der Angeklagte gehörte schließlich zur Familie, aber sie waren sich nicht sicher, ob dies ein Grund wäre, ihn zu belasten oder ihn zu verteidigen. Diejenigen dagegen, welche unter der harten Hand der Bankiers Ligre zu leiden gehabt hatten, bezogen Zenon in ihren Groll mit ein; dieser Name brachte sie in Harnisch. Die Patrioten, deren es viele unter den Bürgern gab und die den besten Teil des einfachen Volkes bildeten, hätten diesen Unglücklichen, der in dem Ruf stand, ihren Leuten geholfen zu haben, unterstützen müssen; einige taten es wirklich, doch die meisten dieser Enthusiasten neigten den evangelischen Lehren zu und verabscheuten den bloßen Verdacht auf Atheismus oder Ausschweifung mehr als alles andere; außerdem haßten sie die Klöster, und dieser Zenon schien ihnen in Brügge mit den Mönchen im Bunde gestanden zu haben. Nur ein paar einzelne Männer, unbekannte Freunde des Philosophen, die sich ihm aus Sympathie anschlossen, wobei die Ursache für jeden verschieden war, bemühten sich diskret, ihm dienlich zu sein, ohne die Aufmerksamkeit der Justiz auf sich zu ziehen, der zu mißtrauen fast alle ihre Gründe hatten. Sie ließen keine Gelegenheit vorbeigehen, um Verwirrung zu stiften, da sie auf diese Konfusion zählten, um irgendeinen Gewinn für den Gefangenen zu erlangen oder wenigstens seine Verfolger lächerlich zu machen.

Der Domherr Campanus erinnerte sich noch lange daran, daß Anfang Februar, kurz vor der verhängnisvollen Sitzung, in die Kathrin plötzlich hereingeplatzt war, die Herren Richter einen Augenblick am Ausgang der Kanzlei stehengeblieben waren, um ihre Ansichten auszutauschen, nachdem der Bischof fortgegangen war. Pierre le Cocq, der in Flandern das Faktotum des Herzogs Alva war, wies darauf hin, daß man fast sechs Wochen mit Lappalien verloren habe, während es so einfach gewesen wäre, die gesetzlichen Strafen anzuwenden. Nichtsdestoweniger schätzte er sich glücklich, daß dieser Prozeß, der ohne Bedeutung war, da er mit keinen großen Tagesereignissen in Verbindung stand, gerade dadurch dem Volk eine der nützlichsten Zerstreuungen bot. Die einfachen Leute von Brügge würden sich weniger über das beunruhigen, was in Brüssel beim Standgericht geschah, wenn sie sich an Ort und Stelle mit dem Herrn Zenon beschäftigten. Außerdem war es nicht schlecht, zu diesem Zeitpunkt, da jeder der Justiz ihre angebliche Willkür vorwarf, zu zeigen, daß man in Flandern in Rechtssachen noch die Formen zu wahren wußte. Mit leiser Stimme fügte er hinzu, daß der hochwürdige Bischof von der rechtmäßigen Amstgewalt, die einige wenige zu Unrecht in Abrede stellten, weisen Gebrauch gemacht habe, aber daß es vielleicht angebracht wäre, zwischen der Funktion und dem Menschen zu unterscheiden: es gäbe bei Monsignore gewisse Skrupel, die er ablegen müsse, wenn er sich weiterhin mit dem Beruf des Richters befassen wolle. Der Pöbel lege großen Wert darauf, dieses Individuum auf dem Scheiterhaufen zu sehen, und es sei gefährlich, einem Köter den Knochen wegzunehmen, den man vor seinen Augen habe tanzen lassen.

Bartholomäus Campanus wußte sehr wohl, daß der einflußreiche Prokurator bei der Ligre-Bank, wie man sie in Brüssel immer noch nannte, große Schulden hatte. Er schickte am nächsten Tag einen Eilboten zu seinem Neffen Philibert und der Dame Martha, seiner Frau, und bat sie, Pierre Le Cocq zu bewegen, irgendeinen günstigen Ausweg für den Gefangenen zu finden.

Eine schöne Wohnung

Der prächtige Wohnsitz in Forestel war von Philibert und seiner Frau erst vor kurzem im italienischen Stil gebaut worden; man bewunderte die Zimmerfluchten mit dem glänzenden Parkett und den hohen Fenstern, die auf den Park gingen, wo an diesem Februarmorgen Schnee und Regen fielen. Maler, die auf der Halbinsel studiert hatten, hatten die Decken der Prunkgemächer mit Szenen aus der profanen Geschichte und den Fabeln ausgemalt: der Edelmut des Alexander, die Mildherzigkeit des Titus, die vom Goldregen überschwemmte Danae und der zum Himmel aufsteigende Ganymed. Ein florentinisches Kabinett, mit Einlegearbeiten aus Elfenbein, Jaspis und Ebenholz, zu denen die drei Regierungen beigetragen hatten, war mit gewundenen Säulchen und Frauenakten geschmückt, die von Spiegeln vervielfältigt wurden; Sprungfedern öffneten Geheimschubladen. Aber Philibert war zu schlau, um seine Staatspapiere diesen Fallen anzuvertrauen, die kompliziert waren wie das Innere eines Gewissens, und was etwa Liebesbriefe betraf, so hatte er niemals welche verfaßt oder erhalten, da seine ohnehin sehr gemäßigten Leidenschaften sich nur schönen Mädchen zuwandten, an die man nicht schreibt. In dem Kamin, der mit Medaillons, die die Kardinaltugenden darstellten, geschmückt war, brannte zwischen zwei kalten und glänzenden Wandpfeilern ein Feuer; die dicken, aus dem benachbarten Wald geholten Baumstümpfe waren in dieser Pracht die einzigen natürlichen Gegenstände, die nicht von Arbeiterhand poliert, gehobelt oder lackiert worden waren. Aufgereiht auf einer Kredenz zeigten einige Bücher ihre mit Gold geprägten Kalbs- oder Schaflederrükken; es waren fromme Schriften, die niemand aufschlug; schon lange hatte Martha die *Unterweisung in christlicher Reli-*

gion von Calvin geopfert, da dieses ketzerische Buch zu kompromittierend war, wie Philibert ihr höflich zu verstehen gegeben hatte. Philibert selber besaß eine Sammlung von Traktaten über Ahnenforschung und in einer Schublade einen schönen Aretino, den er von Zeit zu Zeit seinen Gästen zeigte, während die Damen über Schmuckstücke oder Gartenblumen plauderten.

Eine vollkommene Ordnung herrschte in diesen Räumen, die man nach einem Empfang am Vorabend gerade wieder aufgeräumt hatte. Herzog von Alva und sein Adjutant Lancelot von Berlaimont hatten sich bereitgefunden, nach der Rückkehr von einer Inspektion im Bezirk Mons zum Abendessen zu kommen und die Nacht über dazubleiben; da der Herzog zu müde war, um ohne Beschwerlichkeit die große Treppe hinaufzusteigen, hatte man sein Bett in einem der unteren Räume unter einem Zelt von Wandteppichen aufgestellt, das ihn vor Zugluft schützte und das von Spießen und silbernen Trophäen gehalten wurde; von diesem Heldenlager, auf dem der berühmte Gast bedauerlicherweise schlecht geschlafen hatte, war bereits keine Spur mehr vorhanden. Die Unterhaltung beim Abendessen war zugleich nüchtern und vorsichtig gewesen; man hatte von öffentlichen Angelegenheiten gesprochen, wie Leute, die daran teilnehmen und wissen, woran sie sind; taktvollerweise hatte man weiter nichts gründlich behandelt. Der Herzog zeigte sich voller Zuversicht hinsichtlich der Lage in Niederdeutschland und in Flandern; die Aufstände waren niedergeworfen; die spanische Monarchie brauchte nicht zu befürchten, daß man ihr Middelburg oder Amsterdam jemals entreißen würde, Lille oder Brüssel übrigens auch nicht. Er konnte sein *Nunc dimittis* aussprechen und bat den König, ihm einen Nachfolger zu geben. Er war nicht mehr jung, und seine Hautfarbe zeugte von einer Leberkrankheit; sein Mangel an Appetit zwang die Gastgeber, hungrig zu bleiben. Lancelot von Berlaimont aß trotzdem ganz nach Belieben und teilte gleichzeitig Einzelheiten über das Leben im Heer mit. Der Fürst von Oranien war geschlagen; es war nur ärgerlich für die Disziplin, daß die Truppen so unregelmäßig ausgezahlt wurden. Der Herzog runzelte die Stirn und sprach von anderen Dingen; es schien ihm wenig geschickt, in diesem Augenblick die Geldnöte der königlichen Sache zu erörtern. Philibert, der genau wußte, auf welche Summe sich das Defizit belief, zog es gleichfalls vor, bei Tisch nicht über Geld zu reden.

Sobald ihre Gäste beim Morgengrauen abgereist waren, ging Philibert, etwas ungehalten, daß er schon so früh am Morgen Artigkeiten hatte hersagen müssen, wieder nach oben in sein Bett, in dem er mit Rücksicht auf sein gichtkrankes Bein mit Vorliebe arbeitete. Für seine Frau dagegen, die jeden Tag mit der Sonne aufstand, hatte diese Stunde nichts Ungewöhnliches. Martha ging mit ihrem gleichmäßigen Schritt durch die leeren Räume und rückte hier und da auf einer Truhe eine Nippessache aus Gold oder Silber zurecht, die von einem Diener leicht verschoben worden war, oder kratzte auf einer Konsole eine kaum bemerkbare Wachsspur mit dem Fingernagel weg. Einen Augenblick später brachte ihr ein Sekretär von oben den Brief des Domherrn Campanus, dessen Siegel erbrochen war. Eine kleine ironische Notiz von Philibert war dabei, die andeutete, daß sie darin Nachrichten von ihrem gemeinsamen Vetter und ihrem eigenen Halbbruder finden würde.

Vor dem Kamin sitzend, durch einen gestickten Ofenschirm vor dem zu heißen Feuer geschützt, nahm Martha das lange Sendschreiben zur Kenntnis. Die Blätter, bedeckt mit einer kleinen schwarzen Handschrift, knisterten in ihren mageren Händen, die aus Spitzenmanschetten ragten. Sie hielt alsbald inne, um nachzudenken. Bartholomäus Campanus hatte sie gleich bei ihrer Ankunft in Flandern als Neuvermählte von der Existenz dieses Halbbruders mütterlicherseits unterrichtet; der Domherr hatte ihr sogar empfohlen, für diesen Gottlosen zu beten, da er nicht wußte, daß Martha vom Beten Abstand genommen hatte. Die Geschichte von diesem illegitimen Sohn war für sie eine weitere Befleckung ihrer schon so besudelten Mutter gewesen. Es war für sie nicht schwer gewesen, festzustellen, daß der Arzt und Philosoph, der durch die Behandlung der Pestkranken in Deutschland berühmt geworden war, mit dem rotgekleideten Manne identisch war, den sie am Lager Benediktes empfangen und der sie so merkwürdig nach ihren toten Eltern befragt hatte. Oftmals hatte sie an diesen unheimlichen Mann gedacht und sogar von ihm geträumt. Er hatte sie genauso nackt gesehen wie Benedikte auf ihrem Totenbett: er hatte das tödliche Laster der Feigheit erraten, das sie in sich trug, unsichtbar für alle, die sie für eine starke Frau hielten. Der Gedanke an seine Existenz war für sie ein Stachel im Fleisch. Er war dieser Rebell gewesen, der zu sein sie nicht fähig gewesen war; während er auf den Straßen der Welt umherirrte, hatte ihr Weg sie nur von Köln nach Brüssel geführt. Nun war er in das finstere Gefängnis geraten, das sie früher so schmählich für sich selbst gefürchtet hatte; die Strafe, die ihm drohte, schien ihr gerecht: er hatte gelebt, wie es ihm beliebte; die Gefahren, die er lief, hatte er selbst gewählt.

Sie wandte den Kopf, von einem kalten Luftzug gestört; dem Feuer zu ihren Füßen gelang es nur, einen kleinen Teil des großen Saals zu erwärmen. Die Eiseskälte war dieselbe, so schien es, die man empfindet, wenn ein Gespenst vorbeigeht: dieser Mann, der nun seinem Ende so nah war, war für sie immer ein solches gewesen. Aber hinter Martha war nichts als der prächtige und leere Empfangsraum. Die gleiche prunkvolle Leere hatte in ihrem Leben geherrscht. Die einzigen ein wenig milde gestimmten Erinnerungen waren die an jene Benedikte, die Gott – wenn es überhaupt einen Gott gab – ihr wieder genommen und die sie nicht einmal bis ans Ende zu pflegen vermocht hatte; den evangelischen Glauben, der sie in ihrer Jugend entflammt hatte, hatte sie im Verborgenen erstickt; von ihm blieb nur eine ungeheure Menge Asche zurück. Seit mehr als zwanzig Jahren hatte sie die Gewißheit, daß sie verdammt war, nicht mehr verlassen; das war alles, was sie von dieser Lehre behielt, die laut zu bekennen sie nicht gewagt hatte. Doch die Vorstellung ihrer eigenen Hölle hatte schließlich etwas Altbackenes und Phlegmatisches angenommen: sie wußte, daß sie verdammt war, wie sie wußte, daß sie die Frau eines reichen Mannes war, mit dem ihr Los sie verbunden hatte, und die Mutter eines Leichtfußes, der höchstens zum Herumstreiten oder zum Trinken in Gesellschaft junger Edelleute taugte, oder wie sie auch wußte, daß Martha Ligre eines Tages sterben würde. Sie war ohne Mühe tugendhaft gewesen, da sie niemals irgendwelche Liebhaber abzuweisen gehabt hatte. Philiberts schwache Flamme hatte sich ihr nach der Geburt ihres einzigen Sohnes nicht mehr zugewandt, so daß sie sich nicht einmal den erlaubten Sinnesfreuden hingeben konnte. Sie allein wußte von den Begierden, die ihr manchmal unter die Haut gekrochen waren; sie hatte sie weniger gebändigt als mit Verachtung gestraft, wie man eine vorübergehende Unpäßlichkeit des Körpers mit Verachtung straft. Sie war ihrem Sohn eine gerechte Mutter gewesen, ohne die natürliche Frechheit des Jungen zu meistern oder seine Liebe zu gewinnen; man sagte von ihr, sie sei ihren Dienern und Dienstmädchen gegenüber hart bis zur Grausamkeit, aber man mußte sich bei diesem Pack ja Respekt verschaffen. Ihre Haltung in der Kirche war erbaulich für jedermann, aber im stillen verachtete sie diesen Mummenschanz. Wenn dieser Bruder, den sie nur ein einziges Mal gesehen hatte, sechs Jahre unter falschem Namen gelebt, seine Laster verborgen und ein tugendhaftes Leben vorgetäuscht hatte, so war das wenig im Vergleich zu dem, was sie ihr ganzes Leben hindurch getan hatte. Sie nahm den Brief des Domherrn und ging zu Philibert hinauf.

Wie immer, wenn sie das Zimmer ihres Mannes betrat, kniff sie verächtlich die Lippen zusammen, da sie die Fehler in seinem Verhalten und seiner Diät bemerkte. Philibert versank in weichen Kopfkissen, die für seine Gicht nachteilig waren, und die Konfektdose in Reichweite seiner Hand war es nicht weniger. Er hatte Zeit, einen Rabelais unter die Decke zu schieben, den er in seiner Nähe behielt, um sich zwischen zwei Diktaten abzulenken. Sie setzte sich, den Oberkörper sehr gerade, ziemlich weit von seinem Bett entfernt auf einen Sessel. Mann und Frau wechselten ein paar Worte über den Besuch am Vorabend; Philibert lobte Martha wegen der ausgezeichneten Zusammenstellung der Mahlzeit, der der Herzog unglücklicherweise wenig zugesprochen hatte. Alle beide beklagten sein schlechtes Aussehen. Für die Ohren des Sekretärs bestimmt, der seine Papiere einsammelte, bevor er zur Abschrift ins Nebenzimmer ging, bemerkte der dicke Philibert in ehrerbietiger Weise, daß man zwar viel von dem Mut der auf Befehl des Herzogs hingerichteten Rebellen spräche (deren Anzahl man übrigens verdoppelte), aber nicht genug von der Seelenstärke dieses Staatsmannes und Feldherrn, der sich für seinen Herrn zu Tode diente. Martha nickte.

»Die öffentlichen Angelegenheiten scheinen mir weniger gesichert, als der Herzog es glaubt oder glauben machen will«, fügte er nüchterner hinzu, nachdem sich die Tür wieder geschlossen hatte. »Alles wird von der Energie seines Nachfolgers abhängen.«

Martha, anstatt darauf einzugehen, fragte ihn, ob er es denn nötig fände, unter so vielen Daunendecken zu schwitzen.

»Ich brauche die guten Ratschläge meiner Frau im Hinblick auf andere Dinge als meine Kissen«, sagte Philibert mit dem leicht spöttischen Ton, den er ihr gegenüber annahm. »Habt Ihr den Brief unseres Onkels gelesen?«

»Das ist eine ziemlich schmutzige Affäre«, sagte Martha zögernd.

»Alle, in die die Justiz ihre Nase steckt, sind so, und sie macht sie dazu, wenn sie es nicht sind«, sagte der Ratsherr. »Der Domherr, der sich die Sache sehr zu Herzen nimmt, findet vielleicht, daß zwei öffentliche Hinrichtungen in einer Familie zu viel sind.«

»Jeder weiß, daß meine Mutter in Münster als Opfer der Aufstände gestorben ist«, sagte Martha, deren Augen dunkel wurden vor Zorn.

»Das ist alles, was man darüber wissen sollte, und ich habe Euch selber geraten, es in eine Kirchenwand einhauen zu lassen«, erwiderte Philibert mit sanfter Ironie, »aber im Augenblick ist die Rede von dem Sohn dieser tadellosen Mutter… Es steht fest, daß der Prokurator Flanderns mit einer hohen Summe bei uns in der Kreide steht, das heißt bei den Erben Tucher, und daß er es angenehm finden könnte, wenn man gewisse Eintragungen löschte… Aber Geld bringt nicht alles in die Reihe, wenigstens nicht so leicht, wie es diejenigen glauben, die, wie der Domherr, wenig haben. Die Sache scheint mir schon recht weit fortgeschritten, und Le Cocq hat vielleicht seine eigenen Gründe, noch weiter zu gehen. Seid Ihr sehr betroffen von alledem?«

»Bedenkt doch, daß ich diesen Mann nicht kenne«, sagte Martha kühl, die sich im Gegenteil sehr genau an den Augenblick erinnerte, als dieser Fremde in dem dunklen Flur des Hauses Fugger seine Maske abgenommen hatte, die für den Pestarzt vorgeschrieben war. Aber in Wahrheit wußte der mehr über sie als sie über ihn, und – wie dem auch sei – dieser Winkel ihrer Vergangenheit gehörte zu denen, die nur für sie allein bedeutsam waren, und Philibert hatte dort keinen Zutritt.

»Merkt Euch, daß ich nichts gegen meinen Vetter und Euren Bruder habe, den ich sehr gern hier hätte, um meine Gicht zu behandeln«, fing der Ratsherr wieder an und lehnte sich in seine Kissen zurück. »Aber wie ist er nur auf die Idee gekommen, sich in Brügge zu verkriechen wie ein Hase unter dem Bauch der Hunde, und noch dazu unter einem falschen Namen, der nur Dummköpfe täuscht… Die Welt verlangt von uns nur ein wenig Diskretion und ein wenig Klugheit. Wozu soll man Ansichten veröffentlichen, die der Sorbonne und dem Heiligen Vater mißfallen?«

»Das Schweigen ist schwer zu ertragen«, sagte Martha plötzlich wie gegen ihren Willen.

Der Ratsherr betrachtete sie mit spöttischem Erstaunen.

»Sehr gut«, sagte er, »helfen wir also diesem Jemand, sich

aus der Affäre zu ziehen. Aber bedenkt, wenn Pierre Le Cocq einwilligt, werde ich sein Schuldner statt er der meine, und wenn er durch Zufall nicht einwilligt, werde ich ein Nein zu schlucken haben. Es ist möglich, daß Herr von Berlaimont mir Dank dafür wüßte, einem Mann, der unter dem Schutz seines Vaters stand, ein skandalöses Ende zu ersparen, aber wenn ich mich nicht sehr täusche, kümmert er sich wenig darum, was sich in Brügge tut. Was schlägt meine liebe Frau vor?«

»Nichts, was Ihr mir hinterher vorwerfen könntet«, erwiderte sie in trockenem Ton.

»So ist es recht«, meinte der Ratsherr mit der Befriedigung eines Mannes, der die Aussicht auf einen Streit schwinden sieht. »Da meine gichtigen Hände mir verbieten, die Feder zu halten, werdet Ihr die Freundlichkeit haben, für mich an unseren Onkel zu schreiben und uns dabei seinen frommen Gebeten zu empfehlen...«

»Ohne die Hauptsache zu erwähnen?« fragte Martha berechtigterweise.

»Unser Onkel ist schlau genug, um eine Auslassung zu verstehen«, bestätigte er und neigte dabei den Kopf. »Es ist wichtig, daß der Bote nicht mit leeren Händen fortgeht: Ihr habt sicher Mundvorräte für die Fastenzeit mitzuschicken (Fischpasteten wären angebracht) und irgendein Stück Stoff für seine Kirche.«

Mann und Frau tauschten einen Blick. Sie bewunderte Philibert wegen seiner Umsichtigkeit, wie andere Frauen ihren Mann seines Mutes und seiner Manneskraft wegen bewundern. Alles ging so gut, daß er so unvorsichtig war hinzuzufügen:

»Das ganze Übel kommt durch meinen Vater, der diesen Bastard von Neffen wie einen Sohn erziehen ließ. Wäre er in einer unbedeutenden Familie beköstigt worden und hätte er nicht die Schule besucht...«

»Ihr sprecht über dieses Thema der Bastarde als Mann von Erfahrung«, sagte sie mit plumpem Sarkasmus.

Er konnte ganz ungezwungen lächeln, denn schon wandte sie ihm den Rücken zu und näherte sich der Tür. Das uneheliche Kind, das er von einem Hausmädchen hatte (und das überdies vielleicht gar nicht von ihm stammte), hatte seine ehelichen Beziehungen eher erleichtert als gestört. Sie kam immer wieder auf diesen einzigen Beschwerdepunkt zurück und ließ andere, wichtigere außer acht, ohne ein Wort zu sagen oder (wer weiß?) ohne sie überhaupt zu bemerken. Er rief sie zurück.

»Ich habe eine Überraschung für Euch«, sagte er, »ich habe heute morgen etwas Besseres empfangen als die Botschaft von unserem Onkel. Hier sind die Briefe, die bestätigen, daß die Domäne Steenberg zu einer Vizegrafschaft erhoben ist. Ihr wißt, daß ich Steenberg anstelle von Lombardei einsetzen ließ, da dieser Name bei einem Sohn und Enkel von Bankiers lächerlich hätte wirken können.«

»Ligre und Foulcre klingen gut genug in meinen Ohren«, meinte sie mit kühlem Hochmut, indem sie, wie es gebräuchlich war, den Namen der Fugger französierte.

»Sie lassen ein bißchen zu sehr an die Aufschriften auf Dukatensäcken denken«, meine der Ratsherr. »Wir leben in einer Zeit, da ein schöner Name unentbehrlich ist, um bei Hofe voranzukommen. Man muß mit den Wölfen heulen, meine liebe Frau, und mit den Pfauen schreien.«

Als sie hinausgegangen war, streckte er die Hand nach der Konfektdose aus und stopfte sich den Mund voll. Er ließ sich nicht täuschen von ihrer Verachtung für Titel: alle Frauen lieben den Flitter. Etwas verdarb ihm ein wenig den Geschmack des Konfekts. Es war schade, daß man nichts für diesen armen Kerl tun konnte, ohne sich zu kompromittieren.

Martha stieg die Prachttreppe wieder hinunter. Gegen ihren Willen summte ihr der neue Titel angenehm in den Ohren; ihr Sohn würde ihnen auf jeden Fall eines Tages dankbar dafür sein. Im Vergleich dazu verlor der Brief des Domherrn an Bedeutung. Darauf zu antworten war eine Last; sie dachte von neuem mit Bitterkeit daran, daß Philibert alles in allem stets nach seinem Belieben handelte und daß sie ihr Leben lang nur die reiche Verwalterin eines reichen Mannes sein würde. Durch einen seltsamen Widerspruch stand ihr dieser Bruder, den sie seinem Schicksal überließ, im Augenblick näher als ihr Mann und ihr einziger Sohn: mit Benedikte und ihrer Mutter gehörte er zu einer geheimen Welt, in der sie eingeschlossen blieb. In gewissem Sinne wurde sie in ihm mitverurteilt. Sie ließ ihren Haushofmeister rufen, um ihn anzuweisen, die Geschenke zusammenzustellen, die man dem Boten übergeben würde, der in der Küche schlemmte.

Der Haushofmeister hatte ein kleines Anliegen, über das er gern mit Madame sprechen wollte. Eine wunderbare Gelegenheit bot sich. Wie Madame sehr wohl wußte, waren die Güter des Herrn von Battenburg nach seiner Hinrichtung beschlagnahmt worden. Sie waren noch unter Zwangsverwaltung, da der Verkauf zum Nutzen des Staates erst nach der Bezahlung der privaten Schulden stattfinden sollte. Man konnte nicht sagen, daß die Spanier die Sache nicht vorschriftsmäßig abwickelten. Aber dank dem früheren Kastellan des Hingerichteten hatte er von der Existenz eines Postens Wandteppiche Wind bekommen, die beim Inventar nicht aufgeführt waren und über die man nebenher verfügen konnte. Es waren schöne Aubussons, die Episoden aus der Heiligen Geschichte darstellten, »Die Anbetung des Goldenen Kalbs«, »Die Verleugnung des heiligen Petrus«, »Die Feuersbrunst von Sodom«, »Der Sündenbock«, »Die Juden im Feuerofen«. Der gewissenhafte Haushofmeister steckte die kleine Liste wieder in seine Westentasche. Madame hatte gerade erwähnt, daß sie die Wandbehänge im Ganymed-Salon recht gern erneuert haben wollte. Und auf jeden Fall stiegen diese Stücke mit der Zeit an Wert.

Sie dachte einen Augenblick darüber nach und nickte zustimmend. Das waren keine profanen Themen wie die, mit denen Philibert sich etwas zu viel abgab. Und sie glaubte, diese Wandteppiche wohl früher im Privathaus des Herrn von Battenburg gesehen zu haben, wo sie sehr edel wirkten. Dies war ein Geschäft, das man nicht versäumen sollte.

Der Besuch des Domherrn

An dem Nachmittag, der auf Zenons Verurteilung folgte, erfuhr der Philosoph, daß der Domherr Bartholomäus Campanus ihn im Sprechzimmer der Kanzlei erwarte. Er ging hinunter, begleitet von Gilles Rombaut. Der Domherr bat den Wärter, daß man sie allein ließe. Beim Hinausgehen drehte Rombaut zur größeren Sicherheit den Schlüssel in der Tür einmal um.

Der alte Bartholomäus Campanus saß schwerfällig in einem Sessel mit hoher Lehne nahe an einem Tisch; seine beiden Stöcke lagen neben ihm auf dem Boden. Ihm zu Ehren hatte man im Kamin ein tüchtiges Feuer gemacht, dessen Schein das karge und kalte Tageslicht dieses Februarnachmittags ergänzte. Das breite Gesicht des Domherrn, das von Hunderten kleiner Runzeln durchfurcht war, erschien bei dieser Beleuchtung fast rosig, aber Zenon bemerkte seine geröteten Augen und das unterdrückte Zittern der Lippen. Die beiden Männer waren unschlüssig, wie sie einander begegnen sollten. Der Domherr machte eine Bewegung, als wolle er aufstehen, aber sein Alter und seine Gebrechen machten diese Höflichkeit unmöglich, und es war keineswegs sicher, ob diese einem Verurteilten erwiesene Höflichkeit nicht etwas Unschickliches gehabt hätte. Zenon blieb ein paar Schritte entfernt stehen.

»*Optime pater*«, sagte er, und nahm damit eine Anrede wieder auf, die er in seiner Schulzeit für den Domherrn benutzt hatte, »ich danke Euch für die kleinen und großen Gefälligkeiten, die Ihr mir während meiner Gefangenschaft erwiesen habt. Ich habe alsbald erraten, woher diese Aufmerksamkeiten kamen. Euer Besuch ist eine davon, die ich nicht erhoffen konnte.«

»Daß Ihr Euch nicht früher zu erkennen gabt!« erwiderte der Greis mit liebevollem Vorwurf. »Ihr habt zu mir immer weniger Vertrauen gehabt als zu diesem Bader...«

»Wundert Ihr Euch, daß ich mich vorgesehen habe?« fragte der Philosoph.

Er rieb sich ständig die steifen Finger. Sein Zimmer war bei diesem Winterwetter heimtückisch feucht, obwohl es im oberen Stockwerk lag. Er setzte sich auf einen Stuhl in der Nähe des Feuers und streckte seine Hände danach aus.

»*Ignis noster*«, sagte er leise und gebrauchte damit einen alchimistischen Ausdruck, den Bartholomäus Campanus ihm als erster beigebracht hatte.

Den Domherrn durchlief ein Schauder.

»Mein Anteil an den Gefälligkeiten, die man Euch zu erweisen versuchte, ist gering«, sagte er und bemühte sich, in gesetztem Ton zu sprechen. »Ihr erinnert Euch vielleicht, daß unlängst eine schwerwiegende Meinungsverschiedenheit den Monsignore und den alten Prior der Franziskaner entzweit hatte. Aber diese beiden ehrwürdigen Männer haben einander schließlich geschätzt. Der verstorbene Prior empfahl Euch auf seinem Totenbett dem hochwürdigen Bischof. Dem Monsignore war viel daran gelegen, daß Ihr gerecht beurteilt würdet.«

»Ich danke ihm dafür«, erwiderte der Verurteilte.

Der Domherr fühlte in dieser Antwort einen Anflug von Ironie.

»Denkt daran, daß nicht der Monsignore allein den Urteilsspruch zu fällen hatte. Bis zum Schluß hat er zu Nachsicht geraten.«

»Ist das nicht so üblich?« fragte Zenon mit einiger Bitterkeit, »*Ecclesia abhorret a sanguine.*«

»Diesmal war es aufrichtig«, antwortete der Domherr gekränkt, »aber unglücklicherweise sind die Verbrechen des Atheismus und der Gottlosigkeit offenkundig, und Ihr habt gewollt, daß dem so sei. Auf dem Gebiet des zivilen Rechts ist gottlob nichts gegen Euch bewiesen worden, aber Ihr wißt wie ich, daß für den Pöbel zehn Vermutungen soviel sind wie ein überzeugender Beweis, und sogar für die meisten Richter. Die Beschuldigungen dieses beklagenswerten Kindes, an dessen Namen ich mich nicht einmal erinnern mag, haben Euch ganz zu Anfang sehr geschadet ...«

»Ihr konntet Euch doch wohl nicht vorstellen, daß ich an den Scherzen und Spielen in der Badestube beim Schein gestohlener Kerzen teilnahm?«

»Niemand hat das getan«, sagte der Domherr ernst. »Vergeßt nicht, daß es andere Arten von Mitschuld gibt.«

»Es ist merkwürdig, daß für unsere Christen die sogenannten Verwirrungen des Fleisches das Böse par exellence sind«, sagte Zenon nachdenklich. »Niemand bestraft voller Zorn und Abscheu die Grausamkeit, die Roheit, die Barbarei, die Ungerechtigkeit. Keiner wird sich morgen einfallen lassen, die guten Leute obszön zu finden, die kommen werden, um meine Zuckungen in den Flammen anzusehen.«

Der Domherr bedeckte das Gesicht mit der Hand.

»Verzeiht mir, mein Vater«, sagte Zenon. »*Non decet*. Ich werde nicht wieder die Ungehörigkeit begehen, zu versuchen, die Dinge so darzustellen, wie sie sind.«

»Darf ich es wagen zu sagen, daß das, was in dem Abenteuer, dessen Opfer Ihr seid, verwirrt, die seltsame Solidarität mit dem Bösen ist«, sagte der Domherr fast im Flüsterton, »die Unreinheit in all ihren Formen, vielleicht vorsätzlich sündhafte Kindereien, die Gewalttätigkeit gegen ein unschuldiges Neugeborenes und schließlich die Gewalttätigkeit gegen sich selbst, die schlimmste von allen, die dieser Pieter von Hamaeren verübt hat. Ich gestehe, daß mir diese ganz finstere Affäre zuerst von den Feinden der Kirche maßlos übertrieben, wenn nicht gar von ihnen erfunden erschien. Aber ein Christ und ein Mönch, der Selbstmord verübt, ist ein schlechter Christ und ein schlechter Mönch, und dieses Verbrechen war sicher nicht sein erstes Verbrechen. Ich bin untröstlich, daß ich Euch mit Eurem großen Wissen in all dies verstrickt finde.«

»Die gegen das eigene Kind begangene Gewalttat dieser Unglücklichen ist der eines Tieres sehr ähnlich, das sich ein Glied durchbeißt, um der Falle zu entkommen, in welche die Grausamkeit der Menschen es gestürzt hat«, sagte der Philosoph bitter. »Was Pieter von Hamaeren betrifft . . .«

Er unterbrach sich vorsichtshalber, da er sich im klaren darüber war, daß das einzige, was er an diesem Verstorbenen lobenswert fand, gerade sein Freitod war. In seiner völligen Ohnmacht als Verurteilter blieb ihm noch eine sorgfältig zu wahrende Chance und ein zu hütendes Geheimnis.

»Ihr seid nicht hierhergekommen, um vor mir noch einmal den Stab über ein paar Unglückliche zu brechen«, sagte er, »nutzen wir diese kostbaren Augenblicke besser.«

»Die Wirtschafterin von Johannes Myers tat Euch ebenfalls großes Unrecht«, versetzte traurig der Domherr mit dem Eigensinn des hohen Alters. »Niemand ehrte diesen schlechten Mann, den ich übrigens für völlig vergessen hielt. Aber der Giftverdacht hat ihn wieder in aller Mund gebracht. Ich habe Skrupel, eine Lüge anzupreisen, aber es wäre besser gewesen, jeden sinnlichen Verkehr mit dieser schamlosen Magd zu leugnen.«

»Ich finde es wunderbar, daß es eine der gefährlichsten Handlungen meines Lebens sein soll, daß ich zwei Nächte mit einer Magd geschlafen habe«, erwiderte Zenon höhnisch.

Bartholomäus Campanus seufzte: dieser Mensch, den er herzlich lieb hatte, schien für ihn völlig unzugänglich.

»Ihr werdet niemals wissen, mit welchem Gewicht Euer Schiffbruch auf meinem Gewissen lastet«, wagte er zu sagen, indem er einen neuen Anlauf nahm. »Ich rede nicht von Euren Taten, von denen ich wenig weiß und die ich für unschuldig halten will, wenn auch der Beichtstuhl mich lehrt, daß sich schlimmere Handlungen mit Tugenden wie den Euren verbinden können. Ich spreche von diesem verhängnisvollen Aufruhr des Geistes, der selbst die Vollkommenheit in ein Laster verwandeln würde und dessen Keim ich vielleicht ohne es zu wollen, in Euch gelegt habe. Wie hat sich doch die Welt gewandelt und wie ersprießlich erschienen die Wissenschaften und das Altertum zu der Zeit, als ich Kunst und Literatur studierte... Wenn ich daran denke, daß ich Euch als erster die Heilige Schrift lehrte, die Ihr verachtet, so frage ich mich, ob ein strengerer oder erfahrenerer Lehrer als ich es war...«

»Grämt Euch nicht, *optime pater*«, sagte Zenon. »Der Aufruhr, der Euch beunruhigt, lag in mir selbst – oder vielleicht im Jahrhundert.«

»Eure Zeichnungen von fliegenden Bomben und von Wagen mit Windantrieb, die die Richter lachen machten, haben mich an Simon den Zauberer denken lassen«, sagte der Domherr und sah ihn beunruhigt an. »Aber ich habe auch an die mechanischen Hirngespinste in Euren jungen Jahren gedacht, die Unruhe und Tumult erzeugten. Ach, das war gerade an dem Tage, als ich von der Regentin für Euch die Zusicherung einer Stelle bekam, die Euch eine ehrenvolle Karriere eröffnet hätte...«

»Sie hätte mich möglicherweise auf anderen Wegen zu demselben Punkt geführt. Wir wissen über Straßen und Ziel eines Menschenlebens weniger als der Zugvogel über seine Wanderungen.«

Bartholomäus Campanus sah, in seine Träumereien verloren, den zwanzigjährigen Priester wieder vor sich. Dessen Leib oder wenigstens dessen Seele hätte er retten wollen.

»Meßt jenen mechanischen Phantasien, die an sich weder ruhmvoll noch unheilvoll sind, keinen größeren Wert bei als ich«, erwiderte Zenon verächtlich. »Es ist mit ihnen wie mit den Erfindungen des Glasbläsers, die ihn von der reinen Wissenschaft ablenken, die diese aber bisweilen fördern oder befruchten. *Non cogitat qui non experitur.* Selbst in der Arztkunst, der ich mich vor allem mit Fleiß gewidmet habe, spielt vulkanisches und alchimistisches Gedankengut seine Rolle. Aber da unsere Rasse zweifellos bis ans Ende der Jahrhunderte so bleiben wird, wie sie ist, gebe ich zu, daß es schlecht ist, wenn man Narren instand setzt, die Maschinerie der

Dinge niederzureißen und Rasenden ermöglicht, zum Himmel aufzusteigen. Was mich betrifft, und in dem Zustand, in den das Gericht mich versetzt hat«, fügte er mit einem trockenen Lachen hinzu, das Bartholomäus Campanus erschaudern ließ, »bin ich dabei, Prometheus zu tadeln, daß er den Sterblichen das Feuer gebracht hat.«

»Ich habe achtzig Jahre gelebt, ohne zu ahnen, wie weit die Bösartigkeit der Richter ging«, sagte der Domherr entrüstet. »Hieronymus van Palmaert freut sich, daß man Euch aufruft, Eure unendlichen Welten zu erforschen, und Le Cocq, dieser dreckige Mensch, schlägt höhnisch vor, man möge Euch aussenden, mit einer himmlischen Bombarde Moritz von Nassau zu bekämpfen.«

»Er lacht zu Unrecht. Solche Wahngebilde werden an dem Tag Wirklichkeit werden, an dem die menschliche Art ebenso darauf erpicht sein wird wie auf den Bau ihrer Louvres und ihrer Kathedralen. Er wird vom Himmel steigen, der Schreckenskönig, mit seinen Heuschreckenarmeen und seinen Hekatombenspielen... O grausames Tier! Nichts wird auf der Erde, unter der Erde oder im Wasser sein, das nicht verfolgt, verdorben oder zerstört wird... Öffne dich, ewiger Abgrund, und verschlinge, solange es noch Zeit ist, die zügellose Rasse...«

»Wie bitte?« fragte der Domherr aufgeschreckt.

»Nichts«, antwortete zerstreut der Philosoph, »ich rezitierte nur eine meiner *Komischen Prophezeiungen*.«

Bartholomäus Campanus seufzte. Die Angst war für diesen sonst so starken Geist zu groß gewesen. Das Nahen des Todes ließ ihn irre reden.

»Ihr habt wohl Euren Glauben an die erhabene Vortrefflichkeit des Menschen verloren«, sagte er, traurig den Kopf schüttelnd. »Zuerst zweifelt man an Gott...«

»Der Mensch ist ein Unternehmen, das die Zeit, die Notwendigkeit, das Glück und die einfältige und immer wachsende Vorherrschaft der Menge gegen sich hat«, erwiderte der Philosoph gelassener. »Die Menschen werden den Menschen töten.«

Er verfiel in ein langes Schweigen. Diese Ermattung schien dem Domherrn ein gutes Zeichen, der nichts mehr fürchtete als die Vermessenheit einer zu selbstgewissen Seele, die zugleich gegen Reue und Angst gewappnet ist. Behutsam fing er wieder an:

»Soll ich also glauben, wie Ihr es dem Bischof gesagt habt, daß die Suche nach dem Stein der Weisen für Euch kein anderes Ziel hat, als die menschliche Seele zur Vollkommenheit zu führen? Wenn dem so ist«, fuhr er in einem unwillkürlich enttäuschten Ton fort, »würdet Ihr uns näher sein, als der Monsignore und ich zu glauben wagten, und diese magischen Geheimnisse, die ich immer nur von weitem betrachtet habe, lassen sich auf das zurückführen, was die Heilige Kirche täglich ihre Getreuen lehrt.«

»Ja«, sagte Zenon, »seit sechzehnhundert Jahren.«

Der Domherr war unschlüssig, ob diese Antwort nicht den Stachel eines beißenden Spottes enthielt. Aber die Augenblicke waren kostbar. Er setzte sich darüber hinweg.

»Mein lieber Sohn«, sagte er, »denkt Ihr, ich sei gekommen, um Euch in eine Debatte zu verwickeln, die nicht mehr zeitgemäß ist? Ich habe bessere Gründe, hier zu sein. Der Monsignore macht mich darauf aufmerksam, daß es sich bei Euch nicht im eigentlichen Sinn um Ketzerei handelt, wie bei diesen verabscheuungswürdigen Sektierern, die heutzutage die Kirche bekämpfen, sondern um gelehrte Gottvergessenheiten, deren Gefahr im ganzen genommen nur für die Gelehrten evident ist. Der hochwürdigste Bischof versichert mir, daß Eure *Pro-Theorien*, die soeben verurteilt wurden, weil sie unsere heiligen Dogmen auf das Niveau vulgärer Vorstellungen herabziehen, wie sie sogar bei den schlimmsten Götzendienern verbreitet sind, genausogut einer neuen *Apologetik* dienen könnten: es würde ausreichen, wenn die gleichen Lehrsätze in unseren christlichen Wahrheiten die Krönung der der menschlichen Natur innewohnenden Ahnungen erkennen ließen. Ihr wißt wie ich, daß es immer nur auf die Richtung ankommt...«

»Ich glaube zu verstehen, wohin dieses Gespräch tendiert«, sagte Zenon. »Wenn die morgige Zeremonie durch die eines Widerrufs ersetzt würde...«

»Erhofft nicht zu viel«, sagte der Domherr vorsichtig. »Nicht die Freiheit wird man Euch bieten. Aber der Monsignore setzt sich sehr dafür ein, Eure Inhaftierung in *loco carceris* in einem Kloster seiner Wahl zu erreichen; Euer zukünftiges Wohlergehen wird von den Beweisen abhängen, die Ihr der guten Sache zu liefern versteht. Ihr wißt, daß es gerade bei lebenslänglichen Gefangenschaften fast immer eine Möglichkeit gibt, herauszukommen.«

»Eure Hilfe kommt recht spät, *optime pater*«, murmelte der Philosoph, »es wäre besser gewesen, meinen Anklägern früher das Maul zu stopfen.«

»Wir machten uns keine Hoffnung, den Prokurator von Flandern besänftigen zu können«, sagte der Domherr und schluckte die Verbitterung herunter, die ihm sein vergeblicher Vorstoß bei den reichen Ligre verursacht hatte. »Ein Mann wie er verurteilt wie ein Hund, der sich auf eine Beute stürzt. Wir mußten dem Verfahren seinen Lauf lassen, danach waren wir frei, die Möglichkeiten anzuwenden, die uns zur Verfügung stehen. Die niederen Weihen, die Ihr einst erhalten habt, unterstellen Euch der Zensur der Kirche, garantieren Euch aber auch einen Schutz, welchen die grobe weltliche Justiz nicht bietet. Ich habe wahrhaftig bis zum Schluß gezittert, Ihr könntet aus Trotz irgendein nicht wiedergutzumachendes Geständnis ablegen...«

»Ihr hättet mich trotzdem bewundern müssen, wenn ich es aus Bußfertigkeit getan hätte.«

»Ich wäre Euch dankbar, das Tribunal von Brügge nicht mit einem Bußgericht zu verwechseln«, sagte der Domherr ungeduldig. »Was hier zählt, ist, daß der beklagenswerte Bruder Cyprianus und seine Komplizen einander widersprochen haben, daß wir von den gemeinen Lügen der Geschirrspülerin erlöst sind, da man sie bei den Irren eingesperrt hat, und daß die Übelwollenden, die Euch beschuldigen, den Mörder eines spanischen Hauptmanns behandelt zu haben, verschwunden sind... Die Verbrechen, die sich nur auf Gott beziehen, gehören in unsere Zuständigkeit...«

»Rechnet Ihr die Behandlung eines Verwundeten zu den Straftaten?«

»Meine Ansicht tut nichts zur Sache«, sagte ausweichend der Domherr. »Meine Meinung, wenn Ihr sie hören wollt, ist, daß jeder einem Nächsten erwiesene Dienst für anerkennenswert gehalten werden muß, daß er sich aber in Eurem Fall mit einer Rebellion verbindet, die dies unter keinen Umständen ist. Der verstorbene Prior, der manchmal falsch dachte, hat zweifellos diese aufwieglerische Nächstenliebe nur zu sehr gebilligt. Wir können froh sein, daß man keinen Beweis dafür erbringen konnte.«

»Man hätte ihn mühelos erbracht, wenn Eure freundliche Fürsorge mir nicht die Folter erspart hätte«, sagte achselzuckend der Gefangene. »Ich habe Euch bereits dafür gedankt.«

»Wir haben uns hinter dem Spruch *Clericus regulariter torqueri non potest per laycum* verschanzt«, sagte der Domherr wie einer, der einen Erfolg verzeichnet. »Erinnert Euch jedoch, daß Ihr in gewissen Punkten, wie dem der Sitten, höchst verdächtig bleibt und *novis survenientibus inditiis* vor Gericht erscheinen müßtet. Ebenso verhält es sich in Sachen Rebellion. Denkt, wie es Euch beliebt, über die Mächte dieser Welt, aber bedenkt, daß die Interessen der Kirche und die der Ordnung auch weiterhin dieselben bleiben werden, solange die Rebellen mit der Ketzerei im Bunde stehen.«

»Ich verstehe all das«, sagte der Verurteilte und nickte dabei mit dem Kopf. »Meine Sicherheit würde ganz und gar vom guten Willen des Bischofs abhängen, dessen Macht sinken oder dessen Standpunkt sich ändern kann. Nichts beweist, daß ich den Flammen in sechs Monaten nicht wieder ebenso nah bin wie jetzt.«

»Ist das nicht eine Befürchtung, die Ihr das ganze Leben hindurch habt haben müssen?« fragte der Domherr.

»In der Zeit, da Ihr mich die Anfangsgründe der Literatur

und der Wissenschaften lehrtet, ist jemand, der rechtmäßig oder unrechtmäßig eines Verbrechens überführt wurde, in Brügge verbrannt worden, und einer unserer Diener hat mir von seiner Hinrichtung erzählt«, sagte der Gefangene anstelle einer Antwort. »Um das Interesse an dem Schauspiel zu steigern, hatte man ihn mit einer langen Kette an einen Pfahl gebunden, was ihm erlaubte, lodernd herumzulaufen, bis er mit dem Gesicht auf die Erde fiel oder, um es deutlich auszudrükken, in die Glut. Ich habe mir oft gesagt, daß diese Greueltat als Bild für den Zustand eines Menschen dienen könnte, den man fast freiläßt.«

»Glaubt Ihr nicht, daß dies unser aller Los ist?« fragte der Domherr. »Mein Dasein ist friedlich verlaufen, und ich wage zu sagen unschuldig, aber man hat nicht achtzig Jahre gelebt, ohne zu erfahren, was Zwang ist.«

»Friedlich – ja«, sagte der Philosoph, »unschuldig – nein.«

Die Unterhaltung der beiden Männer nahm wieder, ohne daß sie es wollten, den beinahe zänkischen Ton ihrer ehemaligen Lehrer-Schüler-Debatten an. Der Domherr war entschlossen, alles zu ertragen, er betete innerlich, daß ihm die überzeugenden Worte eingegeben würden.

»*Iterum peccavi*«, sagte Zenon endlich mit ruhigerer Stimme. »Aber wundert Euch nicht, mein Vater, daß Eure Freundlichkeiten als Falle erscheinen können. Meine wenigen Begegnungen mit dem hochwürdigen Bischof haben mir keinen Mann voller Mitleid gezeigt.«

»Der Bischof liebt Euch nicht mehr, als Le Cocq Euch haßt«, sagte der Domherr und unterdrückte die Tränen. »Ich allein... aber abgesehen davon, daß Ihr ein Bauer seid in der Schachpartie, die sie miteinander spielen«, fuhr er in gesetzterem Ton fort, »ist der Monsignore nicht ohne menschliche Eitelkeit und stolz darauf, einen Gottlosen, der fähig ist, seinesgleichen zu überzeugen, zu Gott zurückzuführen. Die morgige Zeremonie wird für die Kirche ein spürbarer Sieg sein, als Euer Tod es gewesen wäre.«

»Der Bischof muß sich doch im klaren darüber sein, daß

die christlichen Wahrheiten einen sehr kompromittierten Apologeten in mir haben würden.«

»Gerade darin täuscht Ihr Euch«, entgegnete der alte Mann. »Die Gründe, die ein Mensch hat, sein Wort zurückzunehmen, werden schnell vergessen, und seine Schriften bleiben. Schon sehen manche Eurer Freunde in Eurem verdächtigen Aufenthalt in Sankt-Cosmas die demütige Buße eines Christen, der bereut, schlecht gelebt zu haben, und einen anderen Namen annimmt, weil er sich heimlich guten Werken widmen will. Gott verzeih mir«, fügte er mit schwachem Lächeln hinzu, »wenn ich nicht selbst das Beispiel vom heiligen Alexis zitiert habe, der als Armer verkleidet in den Palast zurückkehrte, in dem er geboren wurde.«

»Der heilige Alexis lief jeden Augenblick Gefahr, von seiner frommen Gemahlin erkannt zu werden«, scherzte der Philosoph, »meine Seelenstärke hätte nicht so weit gereicht.«

Bartholomäus Campanus, von neuem schockiert von dieser Ungeniertheit, runzelte die Stirn. Zenon las in dem alten Gesicht einen Schmerz, der ihm leid tat. Er entgegnete behutsam:

»Mein Tod schien sicher, und ich hatte nur noch wenige Stunden *in summa serenitate* zu verbringen... vorausgesetzt, ich wäre dazu imstande gewesen«, fuhr er mit einem freundschaftlichen Kopfnicken fort, das dem Domherrn närrisch erschien, das sich aber an einen Spaziergänger richtete, der auf einer Straße in Innsbruck Petronius las. »Aber Ihr führt mich in Versuchung, mein Vater: ich sehe mich bereits meinen Lesern in aller Aufrichtigkeit erklären, daß der Bauernlümmel, der höhnisch erklärte, daß er in seinem Kornfeld Jesus Christus' Unendlichkeiten besäße, ein gutes Possenthema ist, aber daß der Kerl sicher ein schlechter Alchimist wäre, oder auch, daß die Riten und Sakaramente der Kirche ebensoviel und manchmal mehr Wirkkräfte haben als meine medizinischen Arzneien. Ich sage Euch nicht, daß ich gläubig bin«, sagte er und kam damit einer freudigen Regung des Domherrn zuvor, »ich sage, daß das bloße Nein mir keine Antwort mehr zu sein scheint, was nicht bedeutet, daß ich bereit bin, ein bloßes Ja auszusprechen. Das Prinzip der Dinge, das uns unzugänglich ist, im Innern einer PERSON einzusperren, die nach menschlichem Vorbild zugeschnitten ist, scheint mir noch immer eine Lästerung zu sein, und trotzdem fühle ich unwillkürlich irgendeinen Gott in diesem Fleisch gegenwärtig, das sich morgen in Rauch auflöst. Sollte ich auszusprechen wagen, daß gerade dieser Gott mich zwingt, Euch mit nein zu antworten? Und dennoch: jede geistige Einsicht stützt sich auf willkürliche Fundamente; warum nicht diese? Jede Lehre, die sich bei den Massen durchsetzt, muß der menschlichen Dummheit Vorschub leisten: es käme auf das gleiche heraus, wenn Sokrates morgen zufällig den Platz von Mohammed oder von Christus einnähme. Aber wenn dem so ist«, sagte er und fuhr sich plötzlich müde mit der Hand über die Stirn, »warum auf das leibliche Wohl und auf die Wonnen der Übereinstimmung verzichten? Es dünkt mich, als hätte ich all das schon seit Jahrhunderten erwogen und nochmals erwogen.«

»Laßt mich Euch führen«, sagte fast zärtlich der Domherr, »Gott allein wird Richter sein über den Grad von Heuchelei, den Euer Widerruf morgen enthalten wird. Ihr selbst könnt es nicht beurteilen: was Ihr für eine Lüge haltet, ist vielleicht ein echtes Glaubensbekenntnis, das sich ohne Euer Wissen formuliert. Die Wahrheit hat geheime Mittel, um sich in eine Seele einzuschleichen, die sich nicht mehr gegen sie verschließt.«

»Sagt dasselbe von der Heuchelei«, erwiderte ruhig der Philosoph. »Nein, mein vortrefflicher Vater, ich habe manchmal gelogen, um zu leben, aber ich beginne, meine Begabung zum Lügen zu verlieren. Zwischen Euch und uns, zwischen den Ideen des Hieronymus van Palmaert, denen des Bischofs und den Euren einerseits und den meinen andererseits gibt es manche Ähnlichkeit, oft einen Kompromiß, niemals aber eine dauerhafte Beziehung. Es ist mit ihnen wie mit Kurven, die nach einem gemeinsamen Plan, dem menschlichen Verstand, gezeichnet sind, alsbald aber auseinanderstreben, um sich dann einander wieder zu nähern, sich darauf von neuem voneinander entfernen, sich manchmal in ihren Flugbahnen überschneiden oder sich – im Gegenteil – in einem Segment dieser Bahnen berühren, von denen aber keiner weiß, ob sie sich in einem Punkt jenseits unseres Horizontes wieder vereinen oder nicht. Es ist eine Unwahrheit, wenn man behauptet, sie seien parallel.«

»Ihr sagtet *uns*«, murmelte der Domherr wie erschreckt. »Ihr seid jedoch allein.«

»In der Tat«, erwiderte der Philosoph, »ich habe glücklicherweise keine Namenslisten abzuliefern, an wen auch immer. Jeder von uns ist sein einziger Lehrer und sein einziger Jünger. Die Erfahrung fängt jedesmal wieder bei Null an.«

»Der verstorbene Prior der Franziskaner, der – obwohl zu nachsichtig – ein guter Christ und ein beispielhafter Mönch war, hat nicht wissen können, in welchem Abgrund von Aufruhr zu leben Ihr Euch entschlossen habt«, sagte der Domherr beinah scharf. »Ihr habt ihn ohne Zweifel viel und oft belogen.«

»Ihr täuscht Euch«, erwiderte der Gefangene und warf einen fast feindseligen Blick auf diesen Mann, der ihn hatte retten wollen, »wir fanden jenseits der Gegensätze wieder zusammen.«

Er stand auf, als ob er es wäre, der sich zu verabschieden hätte. Der Kummer des alten Mannes verwandelte sich in Zorn.

»Euer Eigensinn ist ein Ketzerglaube, für dessen Märtyrer Ihr Euch haltet«, sagte er entrüstet. »Ihr scheint den Bischof zwingen zu wollen, sich die Hände zu waschen in...«

»Das Wort ist unglücklich«, bemerkte der Philosoph.

Der alte Mann beugte sich vor, um die beiden Stöcke aufzuheben, die ihm als Krücken dienten, wobei er seinen Stuhl mit Gepolter nachzog. Zenon bückte sich und reichte sie ihm. Der Domherr stand mit Mühe auf. Der Wärter Hermann Mohr, der im Flur auf der Lauer lag, wurde durch diesen Lärm von Schritten und Stühlerücken aufgescheucht und drehte schon den Schlüssel im Schloß um, weil er glaubte, die Unterredung sei zu Ende, aber Bartholomäus Campanus rief ihm mit erhobener Stimme zu, noch einen Augenblick zu warten. Die halbgeöffnete Tür wurde wieder geschlossen.

»Ich habe meine Mission schlecht erfüllt«, sagte der alte Priester mit plötzlicher Demut. »Eure Standhaftigkeit erfüllt mich mit Grauen, weil sie einer völligen Gleichgültigkeit gegenüber Eurer Seele gleichkommt. Ob Ihr es wißt oder nicht, die falsche Scham allein veranlaßt Euch, der öffentlichen Ermahnung, die dem Widerruf vorangeht, den Tod vorzuziehen.«

»Mit brennender Kerze und einer lateinischen Antwort auf die lateinische Rede von Monsignore«, sagte der Gefangene mit beißendem Spott, »das wäre für mich – ich gebe es zu – eine böse Viertelstunde gewesen...«

»Der Tod auch«, sagte kummervoll der Greis.

»Ich gestehe Euch, daß es ab einem gewissen Grad von Narrheit oder vielmehr von Weisheit wenig wichtig erscheint, ob ich es bin oder ein ganz Beliebiger, den man verbrennt«, sagte der Gefangene, »und auch nicht, ob diese Hinrichtung morgen oder in zwei Jahrhunderten stattfindet. Ich mache mir keine Hoffnung, daß so noble Gefühle angesichts der Hinrichtungsstätte standhalten: wir werden in Kürze sehen, ob ich wirklich diese *anima stans et non cadens* in mir habe, die unsere Philosophen beschreiben. Aber vielleicht legt man zu großen Wert auf den Grad von Standhaftigkeit, den ein sterbender Mensch beweist.«

»Meine Gegenwart macht euch nur noch verstockter«, sagte der alte Domherr voller Schmerz. »Ich lege dennoch Wert darauf, Euch, ehe ich Euch verlasse, auf einen rechtmäßigen Vorteil aufmerksam zu machen, den wir Euch sorgfältig aufgehoben haben und den Ihr vielleicht nicht erkannt habt. Wir wissen sehr wohl, daß Ihr einst aus Innsbruck geflohen seid, nachdem man Euch heimlich vor einem Haftbefehl, der vom örtlichen Kirchengericht ausging, gewarnt hatte. Wir bewahren Stillschweigen über diese Sache, die – wenn sie bekannt wäre – Euch in die unheilvolle Lage des *fugitivus* brächte und Eure Wiederaussöhnung mit der Kirche erschweren, wenn nicht unmöglich machen würde. Ihr bräuchtet also nicht zu befürchten, unnötigerweise gewisse Zugeständnisse zu machen... Ihr habt zum Überlegen noch eine ganze Nacht vor Euch...«

»Da habe ich nun den Beweis, daß ich mein ganzes Leben noch mehr bespitzelt worden bin, als ich angenommen hatte«, sagte wehmütig der Philosoph. Sie waren allmählich bis zur Tür gelangt, die der Wärter wieder geöffnet hatte. Der Domherr näherte sein Gesicht dem des Verurteilten.

»Was den körperlichen Schmerz betrifft«, sagte er, »so kann ich Euch versprechen, daß Ihr jedenfalls nichts zu befürchten habt. Der Monsignore und ich haben alle Anordnungen getroffen...«

»Ich sage Euch meinen Dank dafür«, erwiderte Zenon und erinnerte sich dabei nicht ohne Bitterkeit, daß er Florian und einem der Novizen vergeblich den gleichen Dienst erwiesen hatte.

Eine schwere Müdigkeit hatte den alten Mann überkommen. Die Idee, den Gefangenen entfliehen zu lassen, kam ihm in den Sinn; sie war absurd; man durfte nicht daran denken. Er hätte Zenon gern seinen Segen gegeben, fürchtete aber, daß dieser schlecht aufgenommen würde, und wagte aus diesem Grunde nicht, ihn zu umarmen. Zenon seinerseits machte eine Bewegung, um seinem alten Lehrer die Hand zu küssen, hielt sich aber zurück, da er befürchtete, diese Geste könnte etwas Unterwürfiges haben. Was der Greis für ihn zu tun versucht hatte, reichte nicht aus, um seine Liebe zu ihm zu erwecken.

Um sich in die Kanzlei zu begeben, hatte der Domherr wegen des schlechten Wetters eine Sänfte benutzt; die durchgefrorenen Träger warteten draußen. Hermann Mohr bestand darauf, daß Zenon wieder in seine Zelle hinaufstieg, bevor man den Besucher über die Türschwelle geleitete. Bartholomäus Campanus sah seinen ehemaligen Schüler in Begleitung des Wärters die Treppe hinaufgehen. Der Pförtner der Kanzlei, der eine Reihe von Türen hintereinander öffnete und wieder schloß, half anschließend dem Kirchenmann, in die Sänfte zu steigen, und zog den Ledervorhang zu. Bartholomäus Campanus, den Kopf an ein Kissen gelehnt, sagte eifrig die Gebete für Sterbende her, aber dieser Eifer war nur mechanisch; die Worte glitten über seine Lippen, ohne daß seine Gedanken ihnen zu folgen vermochten. Der Weg des Domherrn ging über den Marktplatz. Dort würde morgen die Hinrichtung stattfinden, wenn sich der Gefangene nicht in der Nacht besann, doch Bartholomäus Campanus zweifelte daran, weil er diesen luziferischen Hochmut kannte. Er erinnerte sich, daß im vergangenen Monat die sogenannten Engel außerhalb der Stadt, gleich hinter dem Kreuztor, hingerichtet worden waren, da ja sittliche Verbrechen für so abscheulich gehalten wurden, daß sogar ihre Bestrafung gleichsam unbemerkt stattfinden mußte; der Tod eines Mannes, den man der Gottlosigkeit und des Atheismus überführt hatte, war dagegen ein in jeder Hinsicht erbauliches Schauspiel für das Volk. Zum ersten Mal in seinem Leben erschienen dem alten Mann diese Anordnungen, die man der Weisheit der Altvorderen verdankte, anfechtbar.

Es war der Abend vor dem Fastnachtdienstag; ausgelassene Leute liefen bereits durch die Straßen und ergingen sich in den üblichen Unverschämtheiten in Wort und Tat. Der Domherr wußte sehr wohl, daß die Ankündigung einer Hinrichtung in einem solchen Falle die Erregung des Pöbels steigerte. Zweimal hielten Kneipenbrüder die Sänfte an, öffneten den Vorhang, um hineinzusehen, und waren offenbar enttäuscht, keine schöne Dame darin zu finden, die sie erschrecken konnten. Der eine dieser Narren trug die Maske eines Trunkenbolds und traktierte Bartholomäus Campanus mit ungehörigem Geschrei; der zweite schob, ohne etwas zu sagen, ein bleiches Gespenstergesicht zwischen die Vorhänge. Hinter ihm spielte ein Faschingsnarr mit Schweinskopf ein kleines Flötenstück.

An seiner Haustür wurde der alte Mann von seiner Adoptivnichte Wiwine zuvorkommend empfangen, die er als Wirtschafterin eingestellt hatte, als der Pfarrer Cleenwerck gestorben war, und die ihn wie immer in dem kleinen gewölbten Gang ihres wohltemperierten Hauses erwartete, da sie durch ein Guckloch gespäht hatte, ob der Onkel wohl bald zum Essen käme. Sie war fett und einfältig geworden, wie früher ihre Tante Godeliève, und hatte außerdem ihren Teil an Hoffnungen und Enttäuschungen dieser Welt gehabt. Man hatte sie noch spät mit einem ihrer Cousins namens Nikolaus Cleenwerck verlobt, einem kleinen Gutsbesitzer aus der Umgebung von Caestre, der schöne Grundstücke besaß und den sehr guten Posten eines Generalleutnants in der Statthalterei von Flandern innehatte; unglücklicherweise war dieser so vorteilhafte Verlobte kurz vor der Hochzeit beim Überqueren des Teiches von Dickebusch zur Zeit der Eisschmelze ertrunken. Von diesem Schlag hatte sich Wiwines Verstand nicht wieder erholt, aber sie blieb, wie früher ihre Tante, eine fürsorgliche Hausfrau und tüchtige Köchin; niemand tat es ihr gleich an Fruchtweinen und Konfitüren. Der Domherr hatte sie in diesen Tagen erfolglos zu bewegen versucht, für Zenon zu beten, an den sie sich nicht mehr erinnerte, aber er hatte sie von Zeit zu Zeit überreden können, einen Korb für einen armen Gefangenen zurechtzumachen.

Er lehnte den Rinderbraten zum Abendessen ab, den sie für ihn zubereitet hatte, und ging alsbald nach oben, um sich ins Bett zu legen. Er zitterte vor Kälte; sie machte eilig einen Bettwärmer mit guter warmer Asche zurecht. Er brauchte lange, um unter seiner gestickten Bettdecke einzuschlafen.

Zenons Ende

Als die Tür seiner Zelle sich mit lautem Eisengerassel wieder hinter ihm geschlossen hatte, zog Zenon nachdenklich den Hocker heran und setzte sich an den Tisch. Es war noch heller Tag, denn das finstere Gefängnis der alchimistischen Allegorien war in seinem Fall ein sehr helles Gefängnis. Durch das dichte Gitterwerk, das das Fenster sicherte, schien ein bleigraues Weiß aus dem schneebedeckten Hof herauf. Gilles Rombaut hatte wie immer, bevor er dem Nachtwächter den Posten überließ, das Abendessen für den Gefangenen auf einem Tablett zurückgelassen. Es war an jenem Abend noch reichlicher als sonst. Zenon schob es weg: es schien ihm absurd und fast unzüchtig, diese Nahrungsmittel in Speisesaft und Blut umzusetzen, die er nicht mehr brauchen würde. Doch er schüttete sich zerstreut ein paar Schluck Bier in einen Zinnbecher und trank die bittere Flüssigkeit.

Seine Unterhaltung mit dem Domherrn hatte dem ein Ende gesetzt, was für ihn seit dem Urteil am Morgen die Feierlichkeit des Todes gewesen war. Sein Schicksal, das er für besiegelt gehalten hatte, war wieder ins Schwanken geraten. Das Angebot, welches er zurückgewiesen hatte, blieb noch ein paar Stunden gültig: vielleicht verschanzte sich ein Zenon, der schließlich fähig wäre, ja zu sagen, in einem Winkel seines Gewissens, und die kommende Nacht könnte diesem Feigling den Vorzug vor ihm selber geben. Es genügte, wenn eine von tausend Chancen übrigblieb: die so nahe und für ihn so verhängnisvolle Zukunft bekam dadurch trotz allem einen Unsicherheitsfaktor, der das Leben selber war, und durch eine seltsame Gnade, die er auch am Lager seiner Patienten festgestellt hatte, behielt der Tod auf diese Weise eine Art trügerischer Unwirklichkeit. Alles schwankte; alles würde bis zum letzten Atemzug schwanken. Und doch stand sein Entschluß fest: er erkannte es weniger an den erhabenen Zeichen von Mut und Aufopferung als an einer unbestimmten, dumpfen Art der Ablehnung, die ihn gegen Einflüsse von außen wie einen Block zu verschließen schien und fast auch gegen die Empfindung selbst. Er hatte sich bereits mit seinem Ende abgefunden; er war schon Zenon *in aeternum*.

Andererseits und sozusagen als letzte Zuflucht gab es hinter dem Entschluß zu sterben einen anderen, heimlicheren Entschluß, den er dem Domherrn sorgfältig verborgen hatte, nämlich den, von eigener Hand zu sterben. Aber auch dabei blieb ihm noch eine ungeheure und zermürbende Freiheit: er konnte sich nach Belieben an diesen Entschluß halten oder darauf verzichten, konnte die Bewegung ausführen, die alles beendet, oder – im Gegenteil – die *mors ignea* akzeptieren, die sich kaum von dem Todeskampf eines Alchimisten unterscheidet, der sein langes Gewand aus Versehen an der Glut seines Athanor entzündet. Diese Wahl zwischen der Hinrichtung und dem Freitod, die bis zuletzt in einer Faser seiner denkenden Substanz offenblieb, schwankte nicht mehr zwischen dem Tod und einer Art von Leben, wie es die Wahl zwischen Annahme und Ablehnung des Widerrufs getan hatte, sondern sie betraf das Mittel, den Ort und den genauen Zeitpunkt. An ihm war es, zu entscheiden, ob er auf dem Marktplatz unter hämischem Geschrei enden sollte, oder in Frieden zwischen diesen grauen Wänden. An ihm war es dann, die letzte Handlung um einige Stunden hinauszuschieben oder zu beschleunigen, die Wahl zu treffen, ob er die Sonne an einem gewissen 18. Februar 1569 aufgehen sehen oder heute, bevor die Nacht zur Neige ging, sterben wollte. Die Ellenbogen auf den Knien, unbeweglich, fast friedlich, sah er vor sich hin ins Leere. Wie mitten in einem Orkan, wenn sich eine schreckliche Stille einstellt, regten sich Zeit und Geist nicht mehr.

Die Glocke der Liebfrauenkirche läutete: er zählte die Schläge. Plötzlich war alles anders. Vorbei war die Ruhe, fortgetragen von der Angst wie von einem Wind, der sich im

Kreise dreht. Bildfetzen wirbelten daher in diesem Sturm: von dem Autodafé in Astorga vor siebenunddreißig Jahren, von den kürzlich erlebten Einzelheiten bei der Hinrichtung Florians, von den zufälligen Begegnungen mit den scheußlichen Überbleibseln der Exekutive an den Straßenecken der Städte, durch die er gezogen war. Es war, als ob die Nachricht von dem, was kommen würde, plötzlich in ihm zu einem körperlichen Verständnis gelangte, indem sie jedem der Sinne seinen Anteil am Schrecken verschaffte: er sah, fühlte, roch, hörte, wie morgen auf dem Marktplatz die einzelnen Geschehnisse bei seinem Ende sein würden. Die leibliche Seele, von den Debatten der rationalen Seele wohlweislich ferngehalten, erfuhr plötzlich und von innen her, was Zenon ihr verheimlicht hatte. Etwas in ihm zerriß wie ein Strick; sein Mund war trocken; die Haare auf seinen Handgelenken und Handrücken sträubten sich; er klapperte mit den Zähnen. Diese Verwirrung, die er an sich selbst niemals erfahren hatte, erschreckte ihn mehr als all sein übriges Mißgeschick. Er preßte mit beiden Händen seine Kiefer zusammen, atmete in tiefen Zügen, um sein Herz zu bremsen, und es gelang ihm, diese Art von körperlichem Aufruhr zu unterdrücken. Es war zuviel; es kam darauf an, ein Ende zu machen, bevor ein körperlicher Zusammenbruch oder die Auflösung seines Willens ihn unfähig machten, seinen eigenen Übeln abzuhelfen. Risiken, die bislang nicht vorauszusehen gewesen waren und seinen vernunftgemäßen Abgang zu verhindern drohten, zeigten sich seinem wieder klar gewordenen Geist zuhauf. Er betrachtete seine Lage mit dem Blick des Chirurgen, der um sich her seine Instrumente zusammensucht und sich seine Chancen ausrechnet.

Es war vier Uhr; seine Mahlzeit stand auf dem Tisch, und man hatte die Freundlichkeit so weit getrieben, ihm die übliche Kerze zu lassen. Der Schließer, der ihn bei seiner Rückkehr aus der Kanzlei eingesperrt hatte, würde nur noch einmal nach dem Abendläuten erscheinen, um dann erst beim Morgengrauen wieder vorbeizukommen. Es schien also, daß er die Wahl zwischen zwei langen Zeiträumen hätte, in denen er seine Aufgabe vollbringen konnte. Doch diese Nacht war anders als andere: eine lästige Botschaft konnte vom Bischof oder vom Domherrn kommen, für die man genötigt wäre, die Tür wieder aufzuschließen. Ein grausames Erbarmen stellte manchmal dem Verurteilten irgendeinen Pfaffen oder ein Mitglied einer Ordensgemeinschaft vom Seligen Tod an die Seite, mit dem Auftrag, dem Todeskandidaten eine fromme Hilfe zu gewähren und ihn zum Beten zu überreden. Es war auch möglich, daß man seiner Absicht zuvorkam; man konnte ihm vielleich jeden Augenblick die Hände fesseln. Er horchte auf Türenknarren, auf Schritte; alles war still, aber die Augenblicke waren kostbarer als jemals zuvor, wenn er gezwungen gewesen war, abzureisen.

Mit einer noch zitternden Hand hob er den Deckel des Schreibzeugs, das auf dem Tisch stand. Zwischen zwei dünnen Brettchen, die wie eines aussahen, befand sich der Schatz immer noch da, wo er ihn versteckt hatte: eine geschmeidige und dünne, weniger als zwei Daumen lange Klinge, die er zuerst in seinem Wamsfutter getragen und dann in dieses Versteck gebracht hatte, nachdem das Schreibzeug, das man ihm zurückgab, von den Richtern gebührend durchsucht worden war. Zwanzigmal täglich hatte er sich von dem Vorhandensein dieses Gegenstands überzeugt, den aus dem Rinnstein aufzusammeln er früher nicht für wert befunden hätte. Gleich nach seiner Verhaftung im Laboratorium von Sankt-Cosmas hatte man ihn nach Arzneifläschchen oder verdächtigen Süßigkeiten durchsucht, danach noch zweimal, nach dem Tod von Pieter von Hamaeren und als Kathrin die Frage des Gifts wieder zur Sprache gebracht hatte, und er war froh, daß er klugerweise darauf verzichtet hatte, sich mit solchen unschätzbaren, aber verderblichen oder zerbrechlichen Produkten zu versehen, die man fast unmöglich bei sich aufbewahren oder lange in einer nackten Zelle verstecken konnte und die sein Vorhaben zu sterben unfehlbar verraten hätten. Er verlor dadurch zwar das Privileg einer dieser blitzschnellen und einzig barmherzigen Todesarten, aber dieses sorgfältig geschliffene Stückchen eines Rasiermessers würde ihm wenigstens ersparen, seine Wäsche zerreißen zu müssen, um Schlingen daraus zu drehen, die manchmal unwirksam waren, oder sich vielleicht erfolglos mit einer abgebrochenen Tonscherbe abzumühen.

Die vorübergehende Angst hatte sein Gedärm aufgewühlt. Er ging zum Kübel, der in der Ecke des Raumes stand, und entleerte sich. Der Geruch der Stoffe, die durch die menschliche Verdauung ausgelaugt und ausgeschieden werden, stieg ihm einen Augenblick in die Nase und erinnerte ihn noch einmal an die engen Zusammenhänge von Fäulnis und Leben. Seine Hosenbänder wurden mit sicherer Hand wieder zusammengezogen. Der Henkelkrug auf dem Wandbrett war mit eiskaltem Wasser gefüllt; er benetzte sein Gesicht und behielt einen Tropfen davon auf der Zunge zurück. *Aqua permanens*: für ihn würde es zum letzten Mal Wasser sein. Vier Schritte brachten ihn wieder zum Bett, auf dem er sechzig Nächte lang geschlafen oder gewacht hatte: einer der Gedanken, die ihm schwindelerregend durch den Kopf schossen, war, daß die Spirale seiner Reisen ihn nach Brügge zurückgeführt, daß Brügge sich auf den Raum eines Gefängnisses verengt hatte und daß die Kurve schließlich auf diesem schmalen Rechteck endete. Ein Murmeln kam hinter ihm aus den Ruinen einer vergangenen Zeit, die weniger beachtet wurde und weiter zurücklag als die anderen, es war die rauhe und sanfte Stimme von Bruder Juan, der in einem schattigen Kloster mit kastilianischem Akzent lateinisch sprach. *Eamus ad dormiendum, cor meum.* Aber von schlafen war nicht die Rede. Noch niemals hatte er sich körperlich und geistig frischer gefühlt: seine sparsamen und raschen Bewegungen glichen denen seiner großen Momente als Chirurg. Er entfaltete die grobe Wolldecke, dick wie aus Filz, und formte daraus auf dem Boden am Bett entlang eine Art Trog, der die ausströmende Flüssigkeit wenigstens zum Teil aufhalten und aufsaugen würde. Um noch sicherer zu gehen, nahm er sein Hemd vom Vortag und rollte es vor der Tür zu einem Wulst zusammen. Es sollte verhindern, daß auf dem leicht abschüssigen Fußboden ein Rinnsal zu rasch den Flur erreichte und Hermann Mohr, wenn er zufällig den Kopf über seinem Werktisch hob, auf den Fliesen einen dunklen Fleck bemerkte. Dann zog er geräuschlos seine Schuhe aus. Soviel Vorsicht war nicht nötig, aber die Lautlosigkeit schien ihm ein Schutz.

Er streckte sich auf dem Bett aus und lehnte seinen Kopf an das harte Kissen. Seine Gedanken wanderten zurück zum Domherrn Campanus, den dieses Ende mit Abscheu erfüllen würde und der doch der erste gewesen war, der ihn die Alten hatte lesen lassen, deren Helden auf diese Art umkamen. Doch dieser feine Spott knisterte nur auf der Oberfläche seines Geistes, ohne ihn von seinem einzigen Ziel abzulenken. Schnell, mit der Gewandtheit des Baders, auf die er neben den höher bewerteten und unsichereren Fähigkeiten des Arztes stets stolz gewesen war, beugte er sich vor, zog leicht die Knie an und durchschnitt die Tibia-Vene auf der Außenseite des linken Fußes an einer der für den Aderlaß üblichen Stellen. Sehr schnell richtete er sich wieder auf, stützte sich auf das Kopfkissen und beeilte sich, der immer möglichen Ohnmacht zuvorzukommen. Er suchte die Pulsader am Handgelenk und schlitzte sie auf. Der kurze und oberflächliche Schmerz, verursacht durch die zerschnittene Haut, wurde kaum wahrgenommen. Die Fontänen sprangen hervor; die Flüssigkeit schoß heraus, wie sie es immer tut, ungeduldig, hätte man meinen können, den dunklen Labyrinthen zu entweichen, wo sie eingeschlossen im Kreise läuft. Zenon ließ den linken Arm hängen, um das Ausströmen zu erleichtern. Noch war der Sieg nicht vollkommen. Es könnte geschehen, daß zufällig jemand kam und daß man ihn morgen blutend und verbunden zum Scheiterhaufen schleppte. Doch jede weitere Minute war ein Triumph. Er warf einen Blick auf die vom Blut schon schwarze Decke. Er verstand jetzt, daß eine primitive Vorstellung aus dieser Flüssigkeit die Seele selber machte, da die Seele und das Blut zugleich entflohen. Diese alten Irrmeinungen enthielten eine einfache Wahrheit. Er dachte daran – fast mit einem Lächeln –, daß die Gelegenheit günstig war, um seine alten Experimente über Systole und Diastole des Herzenz zu vervollkommnen. Doch die erworbenen Kenntnisse zählten von nun an nicht mehr als die Erinnerung an Ereignisse oder an menschliche Begegnungen; er hing noch für einige Augenblicke an dem dünnen Faden der Person, aber die Person, die ihre Last abgeworfen hatte, unterschied sich nicht mehr vom Sein. Er richtete sich noch einmal mühsam auf, nicht, weil es ihm wichtig erschien, sondern um sich zu beweisen, daß diese Bewegung noch möglich war. Oft hatte er eine Tür wieder aufgemacht, einfach um sich zu vergewissern, daß er sie nicht für immer hinter sich geschlossen hatte, hatte sich nach jemandem umgewandt, den er verlassen hatte, um die Endgültigkeit einer Trennung zu leugnen und sich so seiner eigenen kleinen menschlichen Freiheit gewiß zu werden. Dieses Mal gab es keine Möglichkeit der Umkehr.

Sein Herz klopfte mit starken Schlägen; eine heftige und ungeregelte Geschäftigkeit herrschte in seinem Körper, wie in einem geschlagenen Land, wo aber noch nicht alle Kämpfer die Waffen gestreckt haben; eine Art Zärtlichkeit erfaßte ihn für seinen Körper, der ihm gut gedient hatte, der alles in allem noch etwa zwanzig Jahre hätte leben können und den er auf diese Weise vernichtete, ohne ihm erklären zu können, daß er ihm so schlimmere und unwürdigere Leiden ersparte. Er hatte Durst, doch kein Mittel, diesen Durst zu stillen. Ebenso wie die ungefähr drei Viertelstunden, die seit seiner Rückkehr in dieses Zimmer verstrichen waren, ausgefüllt gewesen waren von einer beinahe unanalysierbaren Unendlichkeit von Gedanken, Empfindungen, Gesten, die mit Blitzesschnelle aufeinander folgten, hatte sich der schmale Raum zwischen Bett und Tisch ausgedehnt, gleich dem, der zwischen den Kreisbahnen der Planeten liegt: der Zinnbecher schwamm weit hinten wie in einer anderen Welt. Doch dieser Durst würde bald aufhören. Er erlitt den Tod eines jener Verwundeten, die am Rande eines Schlachtfeldes zu trinken verlangen und die er in das gleiche kalte Erbarmen einschloß wie sich selbst. Das Blut der Tibia-Vene floß nur noch stoßweise; mit Anstrengung, wie man ein riesiges Gewicht anhebt, gelang es ihm, seinen Fuß zu verlagern, um ihn aus dem Bett hängen zu lassen. Seine rechte Hand, die immer noch die Klinge festhielt, hatte sich leicht an der Schneide verletzt, doch er spürte den Einschnitt nicht. Seine Finger glitten auf seiner Brust hin und her und versuchten unsicher, den Kragen seines Wamses aufzuknöpfen; er bemühte sich vergeblich, diese unnütze Bewegung zu unterdrücken, aber diese Zuckungen und diese Angst waren ein gutes Zeichen. Ein eiskalter Schauer durchfuhr ihn wie zu Beginn einer Übelkeit: es war gut so. Durch das Geräusch von Glocken, Donner und Geschrei der Vögel, die zu ihren Nestern zurückkehrten, durch dieses Geräusch hindurch, das von innen her seine Ohren erfüllte, hörte er draußen deutlich ein regelmäßiges Tröpfeln: die vollgesogene Decke faßte das Blut nicht mehr, das nun auf den Boden rann. Er versuchte, die Zeit zu berechnen, die die Blutlache brauchte, um sich bis zur anderen Seite der Schwelle, jenseits der dürftigen Schranke des Wäschestücks, auszudehnen. Aber das war belanglos: er war gerettet. Selbst wenn unglücklicherweise Hermann Mohr bald die Tür mit den schwer beweglichen Riegeln öffnete, würden Erstaunen, Furcht, langes Treppengelaufe, um Hilfe zu holen, seinem endgültigen Entweichen Zeit genug lassen. Man würde morgen nur einen Leichnam verbrennen.

Das unermeßliche Rauschen des fliehenden Lebens hielt weiterhin an: ein Springbrunnen in Eyoub, das Plätschern einer Quelle, die in Vaucluse in der Provence aus der Erde sprang, ein Wildbach zwischen Östersund und Frösö wurden Teil seines Denkens, ohne daß er sich ihrer Namen zu erinnern brauchte. Dann nahm er in all diesem Lärm ein Röcheln wahr. Er atmete in langen, lauten, flachen Zügen, die seine Brust nicht mehr füllten; jemand, der nicht mehr ganz er selbst war, sondern ein wenig abseits an seiner linken Seite zu liegen schien, betrachtete teilnahmslos diese Todeskrämpfe. So atmet ein erschöpfter Läufer, der am Ziel ankommt. Die Nacht war hereingebrochen, ohne daß er zu erkennen vermochte, ob es in ihm oder im Zimmer geschah: alles war Nacht. Auch die Nacht bewegte sich: Die Finsternis wich, um einer anderen Platz zu machen, Abgrund um Abgrund, dichtes Dunkel um dichtes Dunkel. Aber dieses Schwarz, anders als das, welches man mit den Augen sieht, zitterte von Farben, die sozusagen aus ihrer Abwesenheit hervortraten: das Schwarz wurde zum fahlen Grün, dann zum reinen Weiß; das blasse Weiß verwandelte sich in rotes Gold, ohne daß jedoch die ursprüngliche Schwärze aufhörte; genauso wie die hellen Sterne und das Nordlicht in der Nacht flackern, die trotzdem dunkel bleibt. Einen Augenblick, der ihm ewig erschien, pochte in ihm oder außerhalb von ihm eine scharlachrote Kugel, blutete auf dem Meer. Wie die Sommersonne in den polaren Regionen schien die leuchtende Kugel zu zögern, bereit, einen Grad tiefer zum Nadir herabzusinken, um dann mit einem unmerklichen plötzlichen Auffahren wieder dem Zenit entgegenzusteigen und schließlich von einem blendenden Tag aufgesogen zu werden, der gleichzeitig die Nacht war.

Er sah nichts mehr, aber die Geräusche draußen erreichten ihn noch. Wie kürzlich in Sankt-Cosmas hallten eilige Schritte den Flur entlang: es war der Schließer, der gerade auf dem Fußboden eine schwärzliche Lache bemerkt hatte. Einen Augenblick früher hätte den Sterbenden ein Entsetzen gepackt bei dem Gedanken, er würde wieder erfaßt und gezwungen, ein paar Stunden länger zu leben und zu sterben. Doch alle Angst hatte aufgehört: er war frei. Dieser Mann, der zu ihm kam, konnte nur ein Freund sein. Er machte oder glaubte eine Anstrengung zu machen, um aufzustehen, ohne genau zu wissen, ob man ihm zu Hilfe kam oder ob er vielmehr Hilfe brachte. Das Quietschen beim Herumdrehen der Schlüssel und Zurückschieben der Riegel war für ihn nicht mehr als der überschrille Laut einer Tür, die sich öffnet. Und nur so weit kann man mitgehen bei Zenons Ende.

ANMERKUNG DER AUTORIN

Der vorliegende Roman hat als Ausgangspunkt eine Erzählung von etwa 50 Seiten: *D'après Dürer*, die mit zwei weiteren Novellen, ebenfalls mit historischem Hintergrund, in dem Band *La Mort conduit l'Attelage* 1934 bei Grasset veröffentlicht wurde. Diese drei vereinigten und gleichzeitig durch nachträgliche neue Titelgebung voneinander unterschiedenen Erzählungen (*D'après Greco, D'après Dürer* und *D'après Rembrandt*) waren übrigens nur drei Fragmente eines sehr großen Romans, den ich von 1921 bis 1925, zwischen meinem 18. und 22. Lebensjahr konzipiert und zum Teil fieberhaft ausgearbeitet habe. Von dem, was als ein breitangelegtes Romanfresko gedacht war, das sich über mehrere Jahrhunderte und mehrere Menschengruppen erstreckt hätte, die entweder durch Bande des Blutes oder des Geistes miteinander verbunden waren, bildeten die rund vierzig Seiten, die ursprünglich den Titel *Zénon* trugen, das erste Kapitel. Parallel zu diesem allzu anspruchsvollen Unternehmen liefen die ersten Entwürfe zu einem anderen Werk, aus dem später *Ich zähmte die Wölfin* werden sollte. Um 1926 stellte ich vorerst beide Arbeiten zurück, und die drei schon genannten Fragmente, aus denen der Band *La Mort conduit l'Attelage* wurde, kamen 1934 fast unverändert heraus, nur – was die Zenon-Episode betrifft – um etwa 10 sehr viel später entstandene Seiten erweitert, eine kurze Skizze der Begegnung zwischen Heinrich-Maximilian und Zenon in Innsbruck in dem heutigen Roman *Die schwarze Flamme*.

La Mort conduit l'Attelage wurde damals von der Kritik sehr gut aufgenommen. Manche Artikel, wenn ich sie wieder lese, erfüllen mich noch heute mit Dankbarkeit. Doch der Autor eines Buches hat Gründe, strenger zu sein als seine Richter: er sieht die Schwächen genauer, und er allein weiß, was er hätte tun wollen oder sollen. 1955, einige Jahre nach der Vollendung von *Ich zähmte die Wölfin*, nahm ich diese drei Erzählungen von neuem auf, in der Absicht, sie für eine Neuauflage zu überarbeiten. Wieder beschäftigte mich die Gestalt des Arztes, Philosophen und Alchimisten. Das Kapitel »Das Gespräch in Innsbruck«, das 1956 entstand, war das erste Ergebnis dieser Wiederaufnahme. Der Rest wurde schließlich erst zwischen 1962 und 1965 niedergeschrieben. Höchstens ein Dutzend Seiten von den früheren 50 sind abgeändert und verstreut in dem großen Roman von heute noch vorhanden, aber der Handlungsablauf, der von Zenons illegitimer Geburt in Brügge bis zu seinem Tod in einem Gefängnis derselben Stadt reicht, ist in großen Zügen unverändert geblieben. Der erste Teil des Romans *Die schwarze Flamme* (»Das unstete Leben«) folgt ziemlich genau dem Plan von *Zénon – D'après Dürer* von 1921 bis 1934; der 2. und 3. Teil (»Das unbewegte Leben« und »Das Gefängnis«) sind ganz von den sechs letzten Seiten des Textes abgeleitet, der vor mehr als vierzig Jahren entstand.*

Ich weiß wohl, daß Hinweise wie diese mißfallen können, wenn sie vom Autor selber stammen und zu seinen Lebzeiten gegeben werden. Ich habe mich dennoch entschlossen, sie

---

*Der Titel von 1934 – wie auch die beiden anderen in der Sammlung – hatte den Fehler, diese Erzählungen so vorzustellen, als wären sie die systematische Wiedergabe des Werkes von drei Malern, was nicht zutreffend ist. *D'après Dürer* ist wegen der berühmten »Melancholia« ausgesucht worden, in der eine dunkle Gestalt, die ohne Zweifel den menschlichen Geist darstellt, bitter meditierend zwischen ihren Gerätschaften sitzt, aber ein Leser, der es genau nahm, machte mich darauf aufmerksam, daß die Geschichte von Zenon eher flämisch als deutsch sei. Diese Bemerkung ist heute richtiger als früher, da der zweite und der dritte Teil, die damals noch nicht existierten, sich ganz und gar in Flandern abspielen und weil die Bosch- und Breughel-Themen über Verworrenheit und Schrecken in der Welt in das Werk eindringen, was sie in dem ehemaligen Entwurf nicht taten.

den wenigen Lesern zu übermitteln, die das Entstehen eines Buches interessiert. Was ich hier besonders unterstreichen möchte, ist daß *Die schwarze Flamme* genau wie *Ich zähmte die Wölfin* eines von den Werken ist, die man in früher Jugend beginnt, die man je nach den Umständen vernachlässigt und von neuem aufgreift, mit denen der Autor jedoch sein ganzes Leben verbringt. Der einzige Unterschied besteht darin, daß ein erster Entwurf, aus dem dann *Die schwarze Flamme* werden sollte, einunddreißig Jahre vor der Vollendung des endgültigen Textes erschienen ist, während die ersten Versionen von *Ich zähmte die Wölfin* dieses Glück oder Pech nicht hatten. Im übrigen wurden die Grundlagen für beide Romane in gleicher Weise im Laufe der Jahre in sukzessiven Arbeitsschüben gelegt, bis endlich in beiden Fällen das Werk mit einem einzigen Schwung komponiert und vollendet wurde. Ich habe an anderer Stelle gesagt, was ich, wenigstens was mich betrifft, von den Vorteilen langjähriger Beziehungen halte, die ein Autor zu einer Romanfigur hat, die er in der Jugend erwählt und erdacht hat, die ihm aber erst all ihre Geheimnisse offenbart, wenn er selbst eine gewisse Reife erlangt hat. Diese Methode wird jedoch so selten befolgt, daß mir diese wenigen Bemerkungen gerechtfertigt erscheinen, und sei es auch nur in der Absicht, gewisse bibliographische Verwechslungen zu vermeiden.

Noch mehr als die freie Wiedererschaffung einer realen Gestalt, die ihre Spur in der Geschichte hinterlassen hat, wie Kaiser Hadrian, scheint die Erfindung einer fiktiven »historischen« Persönlichkeit, wie Zenon, auf Dokumente verzichten zu können. Tatsächlich sind aber beide Methoden in sehr vielen Punkten vergleichbar. Im ersten Fall wird der Autor bei dem Versuch, die Gestalt in ihrer ganzen Fülle, so wie sie gewesen ist, dazustellen, niemals leidenschaftlich und genau genug die Dokumente seines Helden studieren, so wie die geschichtliche Überlieferung sie zusammengestellt hat; im zweiten Fall stehen ihm, um seiner fiktiven Figur diese besondere, durch Zeit und Ort bedingte Realität zu verleihen, ohne die ein »historischer Roman« nur ein gelungener oder mißlungener Kostümball ist, nur die Tatsachen und Daten des vergangenen Lebens, nämlich die Geschichte, zur Verfügung.

Zenon, vermutlich 1510 geboren, wäre 9 Jahre alt gewesen, als der alte Leonardo da Vinci in seinem Exil von Amboise starb, 31 Jahre alt beim Tod von Paracelsus, zu dessen Nacheiferer und gelegentlichem Gegner ich ihn machte, 33 bei dem von Kopernikus, der sein großes Werk erst auf seinem Totenbett veröffentlichte, dessen Theorien jedoch in handschriftlicher Form in gewissen Kreisen mit fortschrittlichen Ideen schon lange zirkulierten, was erklärt, daß ich den jungen Kleriker bereits auf der Schulbank davon unterrichtet sein lasse. Bei der Hinrichtung Dolets, der von mir als sein erster »Buchhändler« dargestellt wird, wäre Zenon 36 Jahre alt gewesen und 43 bei der von Servet, welcher wie er Arzt war und sich mit Forschungen über die Blutzirkulation beschäftigte. Fast gleich alt wie der Anatomielehrer Vesal, der Chirurg Ambroise Paré, der Botaniker Cesalpini, der Mathematiker und Philosoph Geryonimo Cardano, stirbt er fünf Jahre nach der Geburt Galileis, ein Jahr nach der Geburt von Campanella. Zur Zeit seines Selbstmordes wäre Giordano Bruno, der 31 Jahre später den Feuertod erleiden mußte, fast 20 Jahre alt gewesen. Ohne etwa eine synthetische Figur mechanisch zusammensetzen zu wollen – was kein gewissenhafter Schriftsteller gerne tut –, verknüpfen doch zahlreiche Nahtstellen den erdachten Philosophen mit diesen authentischen Persönlichkeiten, die in gewissen Abständen in diesem gleichen Jahrhundert gewirkt haben, wie auch mit einigen anderen, die in denselben Ortschaften gelebt, den gleichen Abenteuern nachgejagt oder die gleichen Ziele zu erreichen versucht haben. Ich weise hier auf gewisse Vergleiche hin, die teils bewußt gesucht wurden und dazu dienten, die Einbildungskraft in Gang zu bringen, teil erst nachträglich festgestellt und als richtig bestätigt wurden.

So erinnert die uneheliche Geburt Zenons und seine Erziehung für die geistliche Laufbahn an Erasmus, den Sohn eines Kirchenmannes und einer Bürgerlichen aus Rotterdam, der sein Leben im augustinischen Mönchsgewand begann. Der Aufruhr, der unter den ländlichen Handwerkern durch die Aufstellung eines verbesserten Webstuhls verursacht wurde, erinnert an ähnliche, aus der Mitte des Jahrhunderts überlieferte Vorkommnisse, 1529 in Danzig, wo der Erfinder einer ähnlichen Maschine angeblich getötet wurde, dann 1533 in Brügge, wo die Stadträte ein neues Verfahren für das Färben der Wolle verboten, etwas später in Lyon mit dem Fortschritt der Buchdruckerpressen. Gewisse heftige Züge im Wesen des jungen Zenon könnten an Dolet denken lassen, die Ermordung Perrotins zum Beispiel erinnert, wenn auch entfernt, an die von Compaing. Die Lehrzeiten des jungen Klerikers zuerst bei dem bischöflichen Abt von Sankt-Bavon in Gent, von dem es in meinem Roman heißt, daß er sich mit Alchimie beschäftigte, danach bei dem Marranen Don Blas de Velas, ähneln einerseits den Unterweisungen, die Paracelsus vom Bischof in Settgasch und vom Abt in Spanheim empfing, andererseits den kabbalistischen Studien Campanellas unter Anleitung des Juden Abraham. Zenons Reisen, seine dreifache Laufbahn als Alchimist, Arzt und Philosoph und selbst seine Unannehmlichkeiten in Basel sind sehr ähnlich dem, was man von Paracelsus weiß oder erzählt, und die Episode während seines Aufenthalts im Orient, die nahezu obligat ist in der Biographie eines hermetischen Philosophen, läßt sich ebenfalls mit den wirklichen oder legendären Wanderungen des großen deutsch-schweizerischen Chemikers in Zusammenhang bringen. Die Geschichte von der in Algier zurückgekauften Sklavin stammt aus Episoden, wie sie in den spanischen Romanen der Zeit bis zum Überdruß vorkommen, die von Signe Ulfsdatter, der Dame von Frösö, bezieht sich auf den Ruf skandinavischer Frauen jener Zeit als Heilerinnen und »Kräutersammlerinnen«. Zenons Leben am schwedischen Hofe stützt sich einsteils auf Tycho Brahes Anwesenheit am Hof in Dänemark, im übrigen auf Berichte über einen gewissen Doktor Theophilus Homodei, der eine Generation später Arzt bei Johann III. von Schweden war. Die Operation Hans ist dem Bericht von einem gleichartigen Eingriff in den Lebenserinnerungen von Ambroise Paré nachgebildet. Was einen intimeren Bereich angeht, lohnt es sich vielleicht zu bemerken, daß der Verdacht auf Sodomie (und manchmal ihre so gut wie möglich verborgene und notfalls sogar geleugnete Realität) im Leben von Leonardo da Vinci und Dolet, von Paracelsus und Campanella eine Rolle gespielt hat, ganz wie ich es in dem fiktiven Leben Zenons zeige. Ebenso finden sich die Vorsichtsmaßnahmen des alchimistischen Philosophen, der sich bald bei den Reformierten, bald im Schoß der Kirche seine Schirmherren suchte, in jener Zeit bei zahlreichen mehr oder weniger verfolgten Atheisten oder Deisten wieder. Trotzdem bleibt Zenon bei der Auseinandersetzung zwischen Kirche und Reformation eher der katholischen Seite zugeneigt, so wie viele andere Freigeister seines Jahrhunderts, Giordano Bruno zum Beispiel, der dennoch vom Inquisitionsgericht zum Tode verurteilt wurde, oder Campanella, trotz der einunddreißigjährigen Kerkerstrafe, die das Inquisitionsgericht über ihn verhängte.*

Im Bereich der Ideen befindet sich dieser noch von der Scholastik geprägte, aber schon gegen sie reagierende Zenon auf halbem Weg zwischen dem subversiven Dynamismus der Alchimisten und der mechanischen Philosophie, der die

---

*Es kommt mir nicht zu, hier die Gründe dieser Haltung zu erörtern, die von Léon Blanchet in seinem *Campanella* (Paris 1920) sehr schön analysiert wurden und die eine große Anzahl von Philosophen des 16. Jhs betrifft. Das Buch von J. Huizinga über Erasmus, das von einem völlig anderen Gesichtspunkt ausgeht, zeigt an einem besonderen Fall die gleichen Wirkungen der gleichen Ursachen auf. Wir wollen nur soviel sagen, daß der Prior der Franziskaner nicht unrecht hat, wenn er in der Kritik, die Zenon an Luther übt, einen indirekten Angriff gegen das Christentum selber sieht.

unmittelbare Zukunft gehören sollte, zwischen dem Hermetismus, der einen latenten Gott ins Innere der Dinge verlegt, und einem Atheismus, der seinen Namen kaum auszusprechen wagt, zwischen dem materialistischen Empirismus des Praktikers und der fast visionären Vorstellungskraft eines Schülers der Kabbalisten und stützt sich dabei ebenfalls auf authentische Philosophen und Männer der Wissenschaft seines Jahrhunderts. Seine naturwissenschaftlichen Forschungen im Roman folgen größtenteils den Aufzeichnungen Leonardos. Das gilt insbesondere für die Experimente über die Funktion des Herzmuskels, die denen Harveys vorausgehen. Experimente über das Aufsteigen des Saftes und die »Imbibitionskräfte« der Pflanze, die die Arbeiten von Hales vorwegnehmen, gründen sich auf eine Bemerkung Leonardos und wären von Zenon angestellt worden, um eine Theorie zu prüfen, die zur gleichen Zeit von Cesalpini vertreten wurde.*

Die Hypothesen über die Verwandlungen der Erdoberfläche stammen ebenfalls aus den *Aufzeichnungen*, aber man muß auch sagen, daß Überlegungen dieser Art, die von den Philosophen und Dichtern der Antike beeinflußt sind, in der Dichtung der Zeit sozusagen gang und gäbe waren. Die Ansichten über Versteinerungen kommen denen sehr nahe, die nicht nur von Leonardo, sondern schon 1517 von Frascator und etwa vierzig Jahre später von Bernard Palissy geäußert wurden. Die hydraulischen Projekte des Philosophen, seine »mechanischen Hirngespinste«, insbesondere die Zeichnungen von

---

* Was die medizinischen und chirurgischen Experimente Zenons betrifft, siehe *Les Dissections anatomiques de Léonard de Vinci* von E. Belt und *Léonard de Vinci, biologiste* von F.S. Bodenheimer in *Léonard de Vinci et l'expérience scientifique au XVIe siècle*, Presses Universitaires de France 1953. Zur Theorie von Cesalpini und über die botanischen Forschungen der Renaissance allgemein siehe den ersten Teil des Werkes von E. Guyénot: *Les Sciences de la vie au XVIIe et XVIIIe siècles*, Paris 1941.

Flugmaschinen und schließlich die Erfindung einer Formel für flüssiges Feuer, das in Seeschlachten verwendbar ist, sind natürlich analogen Erfindungen Leonardos und anderer Forscher des 16. Jahrhunderts nachgebildet; sie sind beispielhaft für die Wißbegierde und die Forschungsarbeit eines in jener Epoche keineswegs seltenen geistigen Typus, der die Renaissance sozusagen unter der Oberfläche durchzogen hat und, weil er zugleich dem Mittelalter und den modernen Zeiten nahestand, unsere Triumphe und Gefahren bereits vorausahnte. *

An Warnungen vor einem Mißbrauch technischer Erfindungen durch den Menschen, die uns heute hellseherisch anmuten könnten, fehlt es in den alchimistischen Abhandlungen keineswegs; man begegnet ihnen auch in ganz anderem Zusammenhang bei Leonardo und bei Cardano.

In einigen Fällen ist sogar der Ausdruck eines Gefühls oder eines Gedankens historischen Zeitgenossen des Helden entlehnt worden, um damit besser zu dokumentieren, daß solche Ansichten im 16. Jahnhundert am Platz sind. Eine Betrachtung über die Narrheit des Krieges stammt von Erasmus, eine andere Betrachtung von Leonardo da Vinci. Der Text der »Komischen Prophezeiungen« ist den *Profezie* Leonardos entnommen, mit Ausnahme von zwei Zeilen, die sich in einem Vierzeiler von Nostradamus finden. Der Satz über

* Was das »flüssige Feuer« betrifft, das lange Zeit die Geheimwaffe von Byzanz war und dann zur mongolischen Eroberung beitrug, so wurde im Abendland sein Verbot, welches durch das zweite Laterankonzil (1139) beschlossen war, respektiert, zum Teil weil das Erdöl, der unentbehrliche Grundstoff, westlichen Militäringenieuren fast nicht zur Verfügung stand; das Schießpulver verbannte es dann bis in unsere Tage unter die vergessenen »Fortschritte«. Die Erfindung Zenons hätte also darauf beruht, die alte byzantinische Formel wieder aufzugreifen und sie mit den neuen ballistischen Techniken zu verbinden. Über dieses Thema siehe R. J. Forbes, *Studies in Ancient Technology*, Vol. I, Leiden 1964.

die Identität der Materie, des Lichtes und des Blitzes faßt zwei merkwürdige Stellen bei Paracelsus zusammen.* Die Diskussion über die Magie ist durch Autoren der Zeit beeinflußt, wie Agrippa von Nettesheim und Giovanni della Porta, die übrigens im Laufe der Erzählung erwähnt werden. Die lateinischen Zitate alchimistischer Formeln stammen fast alle aus drei großen Werken über die Alchimie: Marcelin Berthelot, *La Chimie au Moyen Age*, 1893; C. G. Jung, *Psychologie und Alchimie*, 1944 (überarbeitete Auflage 1952) und J. Evola, *La Tradizione ermetica*, 1948; jedes nimmt einen anderen Standpunkt ein, und alle drei zusammen bilden einen nützlichen Zugang zu dem noch immer rätselhaften Bereich des alchimistischen Denkens. Der Ausdruck *L'Œuvre au Noir*, den ich als Titel für das vorliegende Buch gewählt habe, bezeichnet in den alchimistischen Traktaten die Phase der Trennung und Auflösung der Substanz, die, so sagt man, die schwierigste des »Großen Werkes« war. Man diskutiert noch heute darüber, ob diese Formulierung sich auf kühne Experimente mit der Materie selbst bezog oder ob sie symbolisch gemeint war und Prüfungen des Geistes einschloß, der sich von Schablonen und Vorurteilen freimacht. Zweifellos hat sie einmal das eine, einmal das andere und einmal beides zugleich bedeutet.

Die rund sechzig Jahre, in denen sich die Geschichte Zenons abspielt, umfassen eine gewisse Anzahl von Ereignissen, die uns heute noch betreffen: die Spaltung dessen, was um 1510 von der alten Christenheit des Mittelalters noch übrig war, in zwei theologisch und politisch verfeindete Parteien; der Bankrott der Reformation, die zum Protestantismus geworden war, und die Vernichtung dessen, was man ihren linken Flügel nennen könnte; das parallel dazu verlaufende Scheitern des Katholizismus, der vier Jahrhunderte lang in das eiserne Korsett der Gegenreformation eingeschlossen wurde; die großen Entdeckungsreisen, die immer

* Paracelsus, *Das Buch Meteorum,* Köln 1566, zitiert von B. de Telepnef in *Paracelsus*, St. Gallen 1945.

mehr zu einer bloßen Aufteilung der Welt wurden; der Aufschwung der kapitalistischen Wirtschaft, der mit den Anfängen des Zeitalters der Monarchien zusammenfiel. Diese Tatsachen, die zu umfassend waren, um für die Zeitgenossen ganz überschaubar zu sein, beeinflussen mittelbar die Geschichte Zenons, unmittelbarer vielleicht das Leben und Verhalten der Nebenfiguren, die mehr den Gewohnheiten ihres Jahrhunderts verhaftet sind. Bartholomäus Campanus ist nach dem schon veralteten Modell des Kirchenmannes des vergangenen Jahrhunderts gezeichnet, für den die humanistische Kultur ohne Problem war. Der großmütige Prior der Franziskaner hat zwangsläufig leider nur wenige ausgesprochene Gewährsmänner in der Geschichte des 16. Jahrhunderts, hat aber zum Teil Züge bestimmter frommer Menschen der Zeit, die vor dem Beginn ihrer kirchlichen Laufbahn oder vor dem Empfang des Ordenskleides vollen Anteil am weltlichen Leben nahmen. In seinen Äußerungen gegen die Folter wird der Leser ein – übrigens durch und durch christliches – Argument wiedererkennen, das ein Vorgriff auf Montaigne ist. Der gelehrte und weltkluge Bischof von Brügge ist nach anderen Prälaten der Gegenreformation gezeichnet, widerspricht aber nicht dem wenigen, was man über den wirklichen Titular jener Jahre weiß. Don Blas de Vela folgt ganz dem Muster eines gewissen César Brancas, der Abt von Sankt Andreas von Villeneuve-lez-Avignon und ein großer Kabbalist war und von seinen Mönchen um 1597 wegen »Judaismus« verjagt wurde. Die absichtlich undeutliche Gestalt von Bruder Juan erinnert an Fra Pietro Ponzio, der Freund und Schüler des jungen Campanella war.

Die Porträts der Bank- und Geschäftsleute, Simon Adriansen vor seinem Übertritt zu den Wiedertäufern, die Ligre und ihr gesellschaftlicher Aufstieg, Martin Fugger, auch er eine fiktive Gestalt, aber der authentischen Familie aufgepfropft, die das Europa des 16. Jahrhunderts unter der Hand beherrschte, alle schließen sich dicht an ihre wirklichen Vorbilder in der Finanzgeschichte der Zeit an, die der allgemeinen

Geschichte zugrundeliegt. Heinrich-Maximilian gehört zu einem ganzen Bataillon von gebildeten und verwegenen Edelleuten, die mit einem bescheidenen Vorrat an humanistischer Bildung ausgestattet waren, was man dem französischen Leser nicht in Erinnerung zu rufen braucht, doch sollte dieser Typus gegen Ende des Jahrhunderts leider aussterben.*

Colas Gheel, Gilles Rombaut, Josse Cassel und ihre Kameraden geringeren Standes sind so weit wie möglich durch die mageren Dokumente gesehen, die sich auf das Leben des Mannes aus dem Volk beziehen, in einer Epoche, da Chronisten und Historiker sich fast ausschließlich mit dem bürgerlichen Leben, wenn nicht mit dem der Höfe befaßten. Ähnliche Überlegungen könnte man hinsichtlich der weiblichen Figuren wagen, da die Frauengestalten der Epoche, abgesehen von ein paar Fürstinnen, im allgemeinen weniger beleuchtet wurden als die Gesichter der Männer.

Ein gutes Viertel der Komparsen, die in diesem Buch vorkommen, sind überdies der Geschichte oder den örtlichen Chroniken unverändert entnommen: der Nuntius della Casa, der Prokurator Le Cocq, Professor Rondelet, der in Montpellier tatsächlich einen Skandal hervorrief, als er in seiner Gegenwart den Leichnam seines Sohnes sezieren ließ, der Arzt Joseph Ha-Cohen und, unter vielen anderen natürlich, der Admiral Barbarossa und der Scharlatan Ruggieri. Bernard Rottmann, Jan Matthyjs, Hans Bockhold, Knipperdolling, die Hauptakteure des Dramas in Münster, sind zeitgenössischen Chroniken entnommen, und wenn der Bericht von der Wiedertäuferrevolte auch bloß von Gegnern gemacht worden ist, so sind die Beispiele von Fanatismus und die Anfälle von Belagerungsfieber in unserer Zeit zu zahlreich, als daß

---

* Das Fragment 99 aus dem Petronius, so wie es Heinrich-Maximilian zitiert, ist um einige nicht authentische Zeilen vermehrt, als deren Verfasser man hier, aus sachlichen Erfordernissen, nicht den erfinderischen Nodot im 17. Jahrhundert annimmt, sondern irgendeinen glühenden Humanisten der Renaissance, vielleicht Heinrich-Maximilian selber. *In summa serenitate* ist eine edle Fälschung.

wir nicht die meisten Einzelheiten ihres grausigen Abenteuers für glaubwürdig halten könnten. Schneider Adrian und seine Frau Marie stammen aus *Les Tragiques* von Agrippa d'Aubigné; die schönen Italienerinnen und ihre französischen Anbeter in Siena sind bei Brantôme und bei Montluc zu finden. Der Besuch von Margarete von Österreich bei Heinrich-Justus ist ebenso imaginär wie Heinrich-Justus selber, nicht aber die Transaktionen dieser Fürstin mit den Bankiers, noch ihre zärtliche Liebe zu ihrem Papagei »Amant Vert«, dessen Tod ein Hofdichter beweint hat, und ebensowenig ihre Zuneigung zu Madame Loadamie, die bei Brantôme erwähnt wird; der merkwürdige Kommentar über die Liebe unter Frauen, der hier zum Porträt der Margarete von Österreich gemacht wird, stammt von demselben Chronisten. Die Szene von der Hausfrau, die ihr Kind während einer fürstlichen Visite stillt, ist den Memoiren der Margarete von Navarra entnommen, die Flandern eine Generation später besuchte. Die Mission Lorenzaccios in der Türkei im Dienste des Königs von Frankreich, sein vorübergehender Aufenthalt in Lyon im Jahre 1541 mit seinem Gefolge, das mindestens einen »Mohren« enthielt, sowie der Mordanschlag, der in dieser Stadt auf ihn verübt wurde, stehen in zeitgenössischen Dokumenten. Die Episode der Pest in Basel und Köln rechtfertigt sich durch das häufige Auftreten dieses im Europa des 16. Jahrhunderts fast endemisch vorkommenden Übels; aber das Jahr 1549 ist gewählt worden, weil es für die Erzählung notwendig war, und nicht im Hinblick auf einen bekannten Wiederausbruch dieser Krankheit im Rheinland. Zenons Hinweis im Oktober 1551 auf das Risiko, dem sich der 1553 verurteilte und verbrannte Servet aussetzte, ist nicht verfrüht, wie man es meinen könnte, er deutet auf Gefahren hin, die dem katalanischen Arzt seit langem von seiten der Katholiken wie von seiten der Reformierten drohten, die beide zumindest darin einig waren, diesen vom Pech verfolgten genialen Menschen dem Feuer auszuliefern. Die Anspielung auf eine Mätresse des Bischofs von Münster entbehrt jeder geschichtlichen Grundlage, der Name aber erinnert an den der Mätresse eines berühmten Bischofs von Salzburg im 16. Jahrhundert. Bis auf zwei oder drei Ausnahmen sind die Namen der fiktiven Figuren alle irgendwelchen Archiven oder Genealogien entnommen, manche denen der Autorin selbst. Einige sehr bekannte Namen, zum Beispiel der des Herzogs von Alba, sind hier in der Schreibweise der Renaissance (Herzog von Alva) wiedergegeben.

Die Hauptanklagepunkte, die sowohl von den bürgerlichen als auch von den kirchlichen Autoritäten gegen Zenon erhoben wurden, sowie die juristischen Einzelheiten seines Prozesses stammen *mutatis mutandis* aus einem halben Dutzend berühmter oder unbedeutender Gerichtsverhandlungen aus der zweiten Hälfte des 16. Jahrhunderts und den ersten Jahren des 17. Jahrhunderts, insbesondere vielleicht den ersten Prozessen gegen Campanella, in denen Anklagen weltlichen Charakters neben solchen wegen Gottlosigkeit und Irrlehre standen.[*] Der verborgene Konflikt zwischen dem Prokurator Le Cocq und dem Bischof von Brügge, welcher den Prozeß gegen Zenon verzögert und erschwert, ist wie diese ganze Affäre erfunden, kann aber aus der heftigen Feindseligkeit hergeleitet werden, die damals in den flandrischen Städten gegen die administrativen Vorrechte der neuen, unter Philipp II. eingesetzten Bischöfe herrschte. Die spöttische Bemerkung des Theologen Hieronymus van Palmaert, mit der er Zenon ausschickt, seine unendlichen Welten zu erforschen, ist in Wirklichkeit von Kaspar Schoppe, dem deutschen Verfechter der Gegenreformation, anläßlich der Hinrichtung von Giordano Bruno gemacht worden; von Schoppe stammt auch der spöttische Vorschlag, den Gefangenen (in diesem Falle Campanella) die Ketzer auf den von ihm erfundenen fliegenden Bombarden bekämpfen zu lassen. Die

---

[*] Wegen dieser vielfältigen Probleme im halb kirchlichen, halb zivilen Prozeßverfahren siehe die sehr umfangreichen Protokolle, zusammengestellt von Luigi Amabile in: *Fra Tommaso Campanella*, Neapel 1882, 3 Bde.

meisten der in den letzten Kapiteln erwähnten Einzelheiten des besonders für Brügge charakteristischen Strafprozesses, wie etwa die Hinrichtung, die Zenon dem Domherrn Campanus beschreibt und die für ein nicht näher bezeichnetes Verbrechen 1521 in Brügge stattfand, die Feuerstrafe für Kindsmord und der außerhalb der Stadtmauern errichtete Scheiterhaufen für die wegen sittenwidrigen Verhaltens zum Tode Verurteilten, sind dem Buch von Malcolm Letts, *Bruges and Its Past*, entnommen, das die Ereignisse anhand der Gerichtsarchive von Brügge sehr genau belegt.* Die Episode vom Fastnachtdienstag ist nach den Ereignissen gestaltet worden, die sich fast ein Jahrhundert früher in dieser gleichen Stadt anläßlich der Hinrichtung der Ratgeber Kaiser Maximilians zutrugen. Die Episode von dem Richter, der während der Verhandlung schläft und als er aufwacht das Todesurteil schon ausgesprochen glaubt, gibt fast unverändert eine Anekdote wieder, die in jener Zeit über Jean Hessele, Richter am Bluttribunal, in Umlauf war.

Gewisse historische Ereignisse sind freilich leicht abgeändert worden, um sie in den Rahmen der Erzählung einzufügen: Die Autopsie, die Doktor Rondelet an einem seiner Söhne vornimmt, der in Wirklichkeit im Kindesalter starb, wurde um einige Jahre vorverlegt und dieser Sohn als Jüngling dargestellt, damit er »jenes schöne Exemplar der menschlichen Maschine« werden konnte, über das Zenon meditiert. In der Tat war Rondelet, der früh wegen seiner anatomischen Arbeiten berühmt wurde (und der auch seine Schwiegermutter sezierte), etwas älter als sein imaginärer Schüler. Gustav Wasa hat sich zwar oft in seinen Schlössern in Uppsala und Vadstena aufgehalten, aber die Daten, wie sie im Roman angegeben sind, und die erwähnte Anwesenheit des Königs im Herbst 1558 bei einer Versammlung der Notabeln in Uppsala ergaben sich aus dem Wunsch, in wenigen Zeilen eine nahezu adäquate Vorstellung von den Reisen des

* Desclée de Brouwer, Brügge, und A. G. Berry, London 1926

Monarchen und von seiner Tätigkeit als Staatsmann zu geben.

Das Datum der ersten Aufträge, die den Anführern der »Meeresgeusen« gegeben wurden, ist authentisch, aber die Heldentaten und das Ansehen dieser Freiheitskämpfer sind vielleicht ein wenig vordatiert. Die Geschichte vom »Kastellan« des Grafen Egmont verschmilzt die Hinrichtung von Jean des Beausart d'Armentières, Egmonts Waffenträger, mit der außerordentlichen Folterung, die Pierre Col, der Kastellan des Grafen von Nassau, erdulden mußte, der es tatsächlich ablehnte, ein Gemälde von Bosch zu übergeben – nicht dem Herzog von Alba, wie es hier der Prior der Franziskaner sagt, sondern Juan Bolea, dem obersten Richter und Generalprofos der spanischen Armee; die Hypothese, daß dieses Gemälde für die Sammlungen des Königs bestimmt war, dessen Vorliebe für Bosch bekannt ist, stammt von mir und scheint mir zumindest vertretbar. Die Episode von der gescheiterten Flucht des Herrn von Battenburg und seiner Edelleute und ihrer Hinrichtung in Vilvoorden ist zeitlich etwas verkürzt. Auch die Chronologie der Intrigen am türkischen Hof unter der Herrschaft Solimans wurde ein wenig verändert. Zwei- oder dreimal schließlich bringt die jeweilige Stimmung der Person, die spricht, ein Element der Ungenauigkeit in die Erzählung: Zenon, der zwanzigjährig auf dem Wege nach Spanien ist, spricht von diesem Land, als dem von Avicenna, weil die arabische Philosophie und Medizin dem christlichen Abendland durch Spanien vermittelt worden ist, und es kümmert ihn wenig, daß dieser Philosoph und Arzt des 10. Jahrhunderts in Buchara geboren und in Isfahan gestorben ist. Nikolaus Cusanus hatte lange, wenn nicht bis an sein Ende, eine versöhnlichere Haltung gegenüber den Hussiten, als der Bischof von Brügge sagt, aber letzterer bringt in der Diskussion mit Zenon den ökumenischen Prälaten des 15. Jahrhunderts bewußt oder unbewußt in Zusammenhang mit den toleranteren Anschauungen der Gegenreformation.

Eine viel beachtlichere Veränderung betrifft das Datum der

beiden Sittenprozesse, die gegen zwei Gruppen von Augustiner- und Franziskanermönchen aus Gent und Brügge angestrengt wurden und dann für dreizehn Genter und zehn Brügger Mönche mit der Hinrichtung endeten. Diese beiden Prozesse fanden erst 1578 statt, zehn Jahre nach der Zeit, in die ich sie verlegte, und zu einem Zeitpunkt, da die Widersacher der Mönchsorden, die für die Sache Spaniens als gewonnen gelten konnten, kurzfristig die Oberhand in diesen beiden Städten hatten. * Wenn ich diese Prozesse auch vordatiert habe, weil ich aus dem zweiten dieser Skandale eine der Triebfedern für Zenons Verhängnis machen wollte, so habe ich doch versucht, auf einem lokalpolitisch zwangsläufig verschiedenen, aber ebenso dunklen Hintergrund zu zeigen, wie die Wut der Kirchenfeinde zusammen mit der Angst der kirchlichen Autoritäten, sie könnten den Anschein erwecken, einen Skandal vertuschen zu wollen, am Ende zu denselben gesetzlich sanktionierten Grausamkeiten führt. Daraus ergibt sich nicht, daß solche Anschuldigungen notwendigerweise verleumderisch waren. Aus meiner Feder stammt das, was Bartholomäus Campanus über den Selbstmord von Pieter von Hamaeren sagt, der so stattfand, wie ich es erzähle, allerdings in Gent, da dieser Verurteilte zu einer Genter und nicht zu einer Brügger Mönchsgruppe gehörte. Dieser Freitod, der damals sehr selten war und von der christlichen Moral als eine sozusagen unverzeihliche Missetat betrachtet wurde, berechtigt zu dem Gedanken, der Angeklagte hätte auch andere Vorschriften übertreten können, bevor er dieser trotzte. Abgesehen von dem authentischen Pieter von Hamaeren, ist die Gruppe der Brügger Mönche von mir auf sieben Personen beschränkt worden, die alle fiktiv sind, auch das Fräulein von Loos, in das sich Cyprianus verliebt, ist frei erfunden. Frei erfunden ist auch die Hypothese einer von Zenon vermuteten

* Zu diesem Sachverhalt und zu mehreren im vorhergehenden Abschnitt erwähnten Fällen siehe: die *Mémoires anonymes des troubles des Pays-Bas*, J. B. Blaes, Heussner, Brüssel 1859–1860. 2 Bde.

und von den Richtern gesuchten Verbindung zwischen den sogenannten »Engeln« und den Überlebenden von Sekten, die ausgerottet, dann seit fast einem Jahrhundert in Vergessenheit geraten waren, wie jene Adamiten oder Brüder und Schwestern vom Freien Geist, die ähnlicher sexueller Promiskuität verdächtigt wurden und deren Spuren manche Gelehrte, vielleicht zu systematisch, im Werk von Bosch zu finden glaubten. Der Hinweis auf sie bezweckt nur, unter den aufeinanderfolgenden doktrinären Richtungen des 16. Jahrhunderts das ewige Brodeln ehemaliger sinnlicher Ketzereien aufzuzeigen, das vermutlich auch in anderen Prozessen der Zeit steckt. Man wird außerdem bemerkt haben, daß die Zeichnung, die Bruder Florian an Zenon schickt, um ihn zu verhöhnen, nichts anderes ist, als eine ziemlich genaue Wiedergabe von zwei oder drei Figurengruppen aus dem heute im Museum des Prado befindlichen *Garten der Lüste* von Hieronymus Bosch, der im Katalog der Kunstwerke, die Philipp II. gehörten, abgebildet war unter dem Titel: *Una pintura de la variedad del Mundo.*

Inhaltsverzeichnis